JANA SCHÄFER

The Hope we find

JANA SCHÄFER

The Hope we find

Ravensburger

TRIGGERWARNUNG
Dieses Buch enthält Themen, die potenziell triggern können.
Auf Seite 495 befindet sich ein Hinweis zu den Themen.

ACHTUNG: Dieser enthält Spoiler für die gesamte Handlung.

MIX
Papier | Fördert gute Waldnutzung
FSC® C111262

1 3 5 4 2

Originalausgabe

Postfach 2460, 88194 Ravensburg

Dieses Werk wurde vermittelt durch die
Literaturagentur Langenbuch & Weiß, Hamburg.

Umschlaggestaltung: »das verlagsatelier« Romy Pohl
unter Verwendung von Motiven von © ShustrikS, © Verbena,
© sergio34, alle von Shutterstock

Lektorat: Tamara Reisinger
www.tamara-reisinger.de

Printed in Germany

ISBN 978-3-473-58612-7

www.ravensburger.de

Für Sina,
weil du Bücher genauso sehr liebst wie ich
und von Anfang an dabei warst.

Und für Nina,
weil du an diese Geschichte geglaubt
und sie auf ihrem Weg begleitet hast.

PLAYLIST

The Sound of Silence Simon & Garfunkel
If The World Was Ending JP Saxe, Julia Michaels
Still Learning Halsey
A Million Dreams The Greatest Showman
Make You Feel My Love Adele
If You Want Love NF
Lost Boy Ruth B.
Ocean Eyes Billie Eilish
Crashing Gersey
Older Than I Am Lennon Stella
Wildest Dreams Taylor Swift
Bad Habits Ed Sheeran
Circle of Life Elton John (The Lion King)

1. KAPITEL

Maisie

»Pass auf, Teddy. Die Autos fahren hier unglaublich schnell. Ich will, dass du meine Hand nicht mehr loslässt, okay?« Ernst drehte ich mich zu Teddy um, der mich aus murmelgroßen Augen erstaunt ansah. Wenn er diesen Blick aufsetzte, war es beinahe unmöglich, streng zu bleiben, und das wusste er. Er war gerade mal vier Jahre alt und erst seit wenigen Tagen bei uns im Kindergarten, doch er wusste genau, wie er die Erwachsenen um den Finger wickeln konnte. Inklusive mir.

»In zehn Jahren wird er die ersten Herzen brechen«, sagte Bree schmunzelnd.

»Ohne Zweifel.«

»Okay, Kinder, wir gehen jetzt los zum Park. Ihr kennt die Regeln. An der Straße bleiben wir stehen und warten, bis die Erwachsenen sagen, dass wir rübergehen können. Habt ihr alle eine Freundin oder einen Freund an der Hand?« Bree musterte die Kinder, die sich in Zweierreihen aufgestellt hatten, eingehend. »Gut, dann können wir los. Bildest du den Abschluss?«, fragte sie an mich gewandt.

»Klar.«

Wir setzten uns in Bewegung und ließen den Kindergarten hinter uns. Bree legte ein schnelles Tempo an den Tag, doch die Kinder hielten mühelos Schritt. Es war ein sonniger Vormittag, was wir unbedingt ausnutzen wollten. Ich hatte bereits aufgehört zu zählen, wie oft wir im Trockenraum nasse Jacken und Regenhosen auf die Wäscheleine hängten. Doch Regen gehörte genauso zu Edinburgh wie die alten Häuser und kleinen kopfsteingepflasterten Gassen dazwischen.

Ich mochte diese Stadt und nahm den Regen gern in Kauf. Zumindest wenn ich nicht gerade mit zehn Kindern unterwegs war, die es liebten, in Pfützen zu hüpfen – was mich nicht weiter kümmerte, bis die Eltern mit fragenden Mienen vor uns standen, weil ihre Kleinen von oben bis unten mit Schlamm bespritzt waren.

Als wir eine Kreuzung erreichten, blieb Bree stehen. Auf der anderen Straßenseite lag ein kleiner Park mit einem Spielplatz, auf dem wir die nächste Stunde verbringen würden. Bree und ich hatten heute die Leitung der Gruppe der Drei- bis Fünfjährigen übernommen, was meistens darin endete, dass wir auf der Parkbank sitzend über Filme und aktuelle Nachrichten quatschten, während die Kinder spielten. Ab und zu kam eines mit einem aufgeschlagenen Knie zu uns oder brauchte Trost, weil ein anderes Kind gemein gewesen war. Doch für gewöhnlich legte sich die Aufregung schnell wieder.

»Wir warten, bis es Grün wird, dann können wir rübergehen«, erklärte Bree den Kindern wie jedes Mal wenn wir die Kreuzung überquerten. Ich kannte keinen Menschen, der so geduldig und liebevoll mit Kindern umging wie sie.

Seit zwei Jahren arbeitete ich nun schon im Kindergarten. Was nach meinem Schulabschluss als Aushilfe und Krankheitsvertretung begonnen hatte, war zu einer Vier-Tage-Woche geworden. Anders als Bree hatte ich keine Ausbildung durchlaufen, weshalb ich mich mit einem geringeren Gehalt begnügen musste, doch die Arbeit gefiel mir. Kinder waren nicht so kompliziert wie Erwachsene. Sie zerbrachen sich nicht ständig den Kopf und sprachen aus, was sie dachten. Das machte sie zu deutlich angenehmeren Gesprächspartnern.

»Lässt du mich wieder ganz hoch schaukeln?«, fragte Teddy und lenkte mich damit von meinen Gedanken ab.

»Natürlich, aber nur wenn du dich gut festhältst.«

»Versprochen«, sagte er in einem beinahe feierlichen Ton. Ich lächelte und hielt seine kleine Hand, die warm in meiner lag, ein bisschen fester. Gerade als ich mich fragte, wie lange es noch dauern würde, bis die Ampel endlich auf Grün sprang, wurde ich von jemandem angerempelt. Verärgert drehte ich mich um.

Eine Gruppe von vier jungen Männern drängte sich an uns vorbei und trat auf die Straße.

»Warum gehen die schon rüber? Es ist doch noch gar nicht Grün«, sagte Teddy und klang ernsthaft empört.

»Wie wäre es mit ein bisschen mehr Rücksicht?«, rief Bree in diesem Moment, während ich Teddy erklärte, dass manche Leute glaubten, es wäre okay, einfach so über die Straße zu laufen. Was es natürlich nicht war. »Von Vorbildfunktion habt ihr wohl noch nie was gehört!«

Bree blieb im Umgang mit den Kindern immer sanftmütig und ruhig, doch wenn ihr etwas nicht in den Kram passte, regte sie sich leidenschaftlich gern auf. Ich konnte es ihr nicht verdenken. Innerlich warf ich den Idioten dieselben Worte an den Kopf, die sie mühelos über die Lippen gebracht hatte.

Einer der Männer – ich schätzte ihn auf Anfang zwanzig, also vielleicht ein, zwei Jahre älter als ich – blieb mitten auf der verlassenen Straße stehen und drehte sich grinsend zu uns um. »Und wer bist du? Die selbst ernannte Verkehrspolizei?«, fragte er mit einem amüsierten Blick auf Bree, bevor er sich wieder abwandte und den anderen folgte.

Bree erwiderte nichts, doch ich konnte sehen, dass sie die Zähne zusammenbiss. Garantiert kämpfte sie gerade gegen den Drang an, den Typen ein paar Dinge an den Kopf zu werfen, die ihre Pflicht als Vorbild verletzen würden.

In dem Moment wechselte die Ampel von Rot auf Grün, und kurz darauf erreichten wir den Spielplatz. Wie gewohnt scannte ich zuerst die Umgebung. Es war schon mehr als einmal vorgekommen, dass plötzlich ein Hund aus dem Gebüsch geschossen kam und die Kinder zu Tode erschreckte. Doch heute lag der Spielplatz verlassen vor uns.

Dachte ich zumindest. Bis ich jemanden auf der Bank liegen sah. Verdammt, das hatte gerade noch gefehlt. Normalerweise würde ich den Typen ignorieren, aber die Kinder würden sich wundern und Fragen stellen. Das wollte ich weder ihm noch mir zumuten.

»Der Spielplatz ist nicht leer«, sagte ich leise zu meiner Kollegin, nachdem sie die Kinder angewiesen hatte, einen Kreis zu bilden, um noch mal kurz die Regeln durchzugehen, die auf dem Spielplatz galten.

»Das habe ich auch schon bemerkt. Soll ich ihn loswerden?«, fragte sie, doch in dem Moment fing Jenny an zu weinen, weil ein anderes Kind sie gezwickt hatte. Bree nahm sie kurzerhand auf den Arm und murmelte ihr beruhigend zu.

Unschlüssig schaute ich von den Kindern zur Bank und wieder

zurück. »Ich mach das schon«, sagte ich und klang zuversichtlicher, als ich mich fühlte.

Die Kinder schienen den Kerl bisher nicht bemerkt zu haben, was auch so bleiben sollte. Normalerweise überließ ich Bree solche Dinge, wo es darum ging, mit Fremden zu reden, aber sie war noch mit Jenny beschäftigt. Außerdem hatte ich nicht all die Therapiestunden und Fortschritte gemacht, um jetzt zu kneifen.

Während Bree mit der Gruppe ein Lied anstimmte, zu dem alle klatschten, betrat ich entschlossen den Spielplatz. »Entschuldigung«, rief ich, als ich mit etwas Abstand vor der Bank zum Stehen kam. »Sie müssen woanders hingehen. Das hier ist ein Spielplatz.«

Der junge Mann regte sich nicht.

Ich machte noch einen Schritt auf ihn zu und musterte ihn eingehend. Er trug Jeans und Lederjacke. Markenklamotten, wie ich bei näherem Hinsehen erkannte. Der Kerl war höchstens Mitte zwanzig und unverschämt attraktiv. Auch das noch. Mein Blick verharrte eine Spur zu lange auf seinen dunklen Haaren und den markanten Gesichtszügen.

»Hallo?«, versuchte ich es erneut, diesmal lauter.

Keine Reaktion.

Rasch schaute ich zu Bree, die immer noch mit den Kindern beschäftigt war. Von ihr konnte ich also keine Hilfe erwarten.

Nach einem kurzen Zögern setzte ich meinen Rucksack ab, in dem sich ein Erste-Hilfe-Set und eine Wasserflasche befanden. »Du hast es nicht anders gewollt«, murmelte ich, öffnete die Flasche und kippte den halben Inhalt über den Kerl. Das war zwar für gewöhnlich nicht meine Art, aber Not machte erfinderisch.

Ein Keuchen erklang, gefolgt von einem lautstarken Fluch, der mich instinktiv nach den Kindern sehen ließ, die zum Glück weit genug weg standen. »Scheiße! Was zur Hölle soll das?« Graublaue Augen bohrten sich in meine.

Ich öffnete den Mund, doch es kamen keine Worte heraus. Shit. »Das hier ist ein Spielplatz«, sagte ich, als ich die Sprache wiedergefunden hatte.

»Und?« Seine Augenbrauen wanderten herausfordernd nach oben.

Das war der Moment, in dem mein Geduldsfaden riss. »Und hier spielen Kinder, die sich nicht vor einem betrunkenen Kerl fürchten sollten.«

»Kinder lieben mich«, erwiderte er und fuhr sich durch die nassen Haare, die in alle Richtungen abstanden. Dafür, dass er aussah, als hätte er die ganze Nacht auf dieser Parkbank geschlafen, klang seine Stimme erstaunlich klar. »Außerdem bin ich nicht betrunken. Nicht mehr auf jeden Fall.«

»Na dann«, gab ich sarkastisch zurück. Himmel, was für ein Start in die Woche. »Hör zu, meine Kollegin kommt gleich mit einer Gruppe von Kindern, und wenn du bis dahin nicht verschwunden bist, rufe ich die Polizei.« Keine Ahnung, wo all die Worte herkamen, doch ich war verdammt froh, dass sie mich diesmal nicht im Stich ließen. Angetrieben von meiner Wut vergaß ich beinahe, dass ich Gespräche mit Fremden normalerweise vermied.

Ein leises Lachen durchbrach meine Gedanken.

Verwirrt schaute ich den Kerl an. Lachte er mich gerade aus? Aus seinen Haaren tropfte noch immer das Wasser, das ich über ihm ausgeleert hatte, und er besaß die Frechheit, mir ins Gesicht zu lachen. Was für ein Idiot. Ich holte Luft, um ihm die Meinung zu sagen, doch er kam mir zuvor.

»Keine Sorge, ich bin schon weg.« Er stand auf und klopfte sich die Hose ab, wobei er verstohlen die Rutsche und die Schaukel musterte, als sähe er sie gerade zum ersten Mal.

»Keine Erinnerung, wie du hier gelandet bist?«, fragte ich mit einem Anflug von Genugtuung.

»Vage.« Er zuckte mit den Schultern, als wäre es keine große Sache, morgens verkatert in einem Park aufzuwachen.

»Nicht deine erste Nacht auf einer Bank, was?« Wow, ich war richtig in Fahrt. Das würde ich in meiner nächsten Therapiesitzung als Erfolg verbuchen. Mehrere Sätze, ohne zu stocken, mit einem Fremden gesprochen. Meine Therapeutin würde begeistert sein.

»Ob du es glaubst oder nicht, doch. Ich bin an der Uni quasi für mein Verantwortungsbewusstsein bekannt.«

Ich schnaubte. Ja, klar.

Als Brees Stimme über den Platz wehte, machte ich eine ungeduldige Bewegung.

»Bin schon weg.« Er vergrub die Hände in den Hosentaschen und schlenderte in aller Seelenruhe vom Spielplatz. Nach ein paar Schritten drehte er sich noch mal zu mir um. »Wir sehen uns. Danke für die Dusche.«

Ganz sicher nicht. Sprachlos schaute ich ihm hinterher.

»Genau solche Kerle sind der Grund, warum ich nie mit einem Mann zusammen war«, meinte Bree, als wir auf der Parkbank saßen, die ich vorsichtshalber mit einem Tuch abgewischt hatte. Die Rucksäcke der Kinder hatten wir auf der Bank daneben abgelegt.

»Du meinst abgesehen davon, dass du Frauen schon immer attraktiver fandest?«, warf ich schmunzelnd ein. Ich hatte ihr detailliert von dem Gespräch berichtet, das mich immer noch ein bisschen fassungslos machte.

»Ich wette, er studiert Jura oder Medizin, verbrät das Geld seiner Eltern in zu teuren Clubs und hält sich für die Elite der Gesellschaft«, schimpfte Bree weiter. »Genau wie die Deppen, die vorhin einfach über die Straße gelaufen sind.«

»Kann schon sein.«

»Immerhin hast du ihm eine Flasche Wasser über den Kopf gekippt. Geschieht ihm recht. Aber so eine Aktion hätte ich dir gar nicht zugetraut«, sagte sie kichernd.

»Ich mir auch nicht«, murmelte ich und konnte ein Grinsen nicht verbergen. »Aber er war davon wenig beeindruckt. Anstatt sich zu entschuldigen und einfach zu gehen, hat er auch noch dumme Sprüche gerissen.«

»Sag ich ja, eingebildeter Mistkerl.«

Wir verstummten, und die nächsten Minuten konzentrierten wir uns auf die Kinder und passten auf, dass sie nichts anstellten. Gerade spielten sie recht friedlich, aber es dauerte meistens nicht lange, bis eines von ihnen weinte oder uns in das Spiel miteinbezog.

Ich lehnte mich zurück, beobachtete Teddy, wie er mit Jenny eine Sandburg baute, und genoss den kurzen Moment der Ruhe. Bree schien es ähnlich zu gehen. Sie war zwar einer der Menschen, die minutenlang reden konnten, ohne Luft zu holen, aber genauso gut konnte sie schweigen. Das mochte ich an ihr.

Vor zwei Jahren, zu Beginn unserer gemeinsamen Arbeit, hatte ich nur wenig geredet, doch Bree hatte mich deswegen nie anders behandelt oder komisch angeschaut. Sie wusste, dass ich vor allem früher Schwierigkeiten hatte, die Sätze herauszubringen, die mir auf der Zunge lagen. Dass ich zwar schon immer unglaublich viele Gedanken in meinem Kopf herumtrug, doch wenn es darum ging, sie laut auszusprechen, jahrelang gegen unsichtbare Barrieren angekämpft hatte. Und wenn ich dagegen verloren hatte, war ich still geblieben. Die Leute, die mich kannten, wussten das und hatten geduldig gewartet, bis ich so weit war, oder die Stille mit ihren Worten gefüllt. Die, die mich nicht kannten, hatten jedoch weniger Verständnis gezeigt. Inzwischen konnte ich mühelos ganze Konversationen führen, doch ein Teil von mir fühlte sich manchmal noch immer wie das stumme Mädchen von früher.

Ich schüttelte den Kopf, um die Gedanken zu vertreiben, die in eine Abwärtsspirale drifteten, aus der es keinen Ausweg gab.

»Maisie, kannst du mir helfen?« Amy, ein dunkelhaariges Mädchen, das sich meistens abseits von den anderen Kindern hielt, streckte mir seinen Fuß entgegen. Die Schnürsenkel waren aufgegangen.

»Aber natürlich.« Ich band die Schnürsenkel zu einer Schleife zusammen und musterte Amy eingehend. Sie wirkte irgendwie betrübt. »Ist ansonsten alles in Ordnung?«

Prompt füllten sich ihre Augen mit Tränen. »Die anderen lassen mich nicht mitspielen«, schniefte sie. »Jesse hat gesagt, dass ich viel zu langsam bin und darum nur zuschauen darf.«

»Soll ich mitkommen und mit Jesse reden?«

Amy nickte und streckte ihre Hand nach meiner aus. »Ich bin gleich wieder da«, sagte ich zu Bree, die mir dankbar zunickte.

Nachdem ich Jesse überzeugt hatte, dass alle Kinder mitspielen durften und Schnelligkeit nicht alles war, kehrte ich zu Bree zurück.

»Du kannst so was echt gut«, bemerkte sie.

»Was meinst du?«

»Na, das.« Sie zeigte in Richtung der spielenden Kinder. »Du verstehst sie.«

»Das sollte ich bei meinem Job ja auch«, erwiderte ich zwinkernd.

Bree lachte. »Stimmt, aber es gibt weiß Gott viele Erzieherinnen, die sehr viel weniger Verständnis für die Kleinen aufbringen.«

»Das stimmt vermutlich. Dabei sind Kinder so herrlich unkompliziert. Ich stelle es mir deutlich anstrengender vor, in einem Büro zu arbeiten, in dem ich jeden Tag von Erwachsenen umgeben bin.«

»Da sagst du was. Ich glaube, deshalb mag ich den Job auch so gern«, erwiderte Bree. »Hast du Lust, Freitagabend zu einem Musical-Marathon vorbeizukommen?«, fragte sie im selben Atemzug. Das Tempo, in dem sie Themen wechselte, hatte ich schon immer beeindruckend gefunden.

»Klar, ich habe noch nichts vor.« Wie meistens.

Meine Wochenenden bestanden normalerweise aus Leseabenden auf der Couch. Manchmal traf ich mich auch mit meiner Schwester Amelia zu einem Spieleabend oder besuchte mit ihr eine Bar, wenn sie darauf bestand, dass ich mal wieder ausgehen sollte. Seit sie mit Jasper, einem bekannten Autor, zusammen war, versuchten die beiden, mich ständig zu irgendwelchen Events zu schleppen. Bei Gitarrenkonzerten von Amelia oder Lesungen von Jasper war ich gern dabei, aber alles andere löste bei mir vor allem Stress aus. Menschenmengen waren nicht mein Ding, und ich hasste Small Talk. Dieses Gerede über nichtige Sachen wie das Wetter oder die Outfits irgendwelcher Leute ging mir auf die Nerven. Es fiel mir so schon schwer genug, zu sagen, was ich dachte, doch bei solchen Themen fehlte mir einfach der Gesprächsstoff.

Ein lautes Gebrüll riss mich aus meinen Gedanken. Jacob stand mit aufgeschlagenen Knien vor Bree, die ihn umgehend auf ihren Schoß setzte.

»Wir sollten zurück«, sagte sie an mich gewandt, bevor sie beruhigend auf Jacob einredete. »Ist ja gut, ich säubere die Wunde und klebe dir ein Pflaster auf, und im Kindergarten kannst du dich hinlegen.«

Während Bree sich um seine Verletzung kümmerte, versammelte ich die anderen Kinder um mich, und sobald Jacob verarztet, alle Nasen geputzt und Rucksäcke aufgesetzt waren, machten wir uns auf den Rückweg. Teddy ging wie vorhin an meiner Hand und umklammerte sie mit festem Griff. Immer wieder sah er zu mir hoch, als wollte er sich vergewissern, dass ich auch wirklich da war. Die Geste erinnerte mich irgendwie an mich selbst. Ich hatte mich früher ähnlich oft nach meiner Schwester umgeschaut, um sicherzustellen, dass sie nicht von meiner Seite wich.

Sobald wir zurück im Kindergarten waren, sorgten wir dafür, dass alle Hände sauber waren, bevor wir die Kinder wieder spielen ließen. Zum Glück verging die Zeit bis zum Arbeitsende relativ schnell und auch ereignislos. Wie jeden Tag schlossen wir mit einem Lied und einer kleinen Geschichte ab, die Bree vorlas, und dann wurden die Kinder auch schon abgeholt.

Sobald wir alles aufgeräumt hatten, umarmte ich Bree zum Abschied und verließ lächelnd den Kindergarten. Es war erst früh am Nachmittag, weshalb ich beschloss, das schöne Wetter für einen Spaziergang durch Edinburgh zu nutzen. Ich liebte die alten Gebäude, den Blick auf die Burg, die über der Stadt thronte, und diese besondere Atmosphäre, die die Altstadt ausstrahlte. Obwohl hier viele Touristen unterwegs waren, hatte es jedes Mal eine beruhigende Wirkung auf mich.

In meinem Lieblingscafé in der Altstadt legte ich einen Stopp ein. Ich bestellte ihren hausgemachten Eistee, der nach Pfirsich schmeckte, und setzte mich mit meinem Notizbuch an einen Tisch am Fenster. Doch anstatt zu schreiben, beobachtete ich die Menschen, die draußen vorbeieilten, zu beschäftigt, um das Wetter oder die Stadt zu genießen. Ihr Blick klebte entweder auf ihren Füßen oder auf ihrem Handy, und die Sorgenfalten zwischen ihren Augen erinnerten mich an die meiner Tante. Charlotte war eine Meisterin im Sich-Sorgen-Machen und Zu-viel-Arbeiten. Seit Amelias Auszug richtete sich all ihre Aufmerksamkeit auf mich. Während ihre Sorge früher zumindest auch meine Schwester getroffen hatte, kriegte ich jetzt alles allein ab. Ich wusste, dass sie es nur gut meinte und dass ihr das Loslassen schwerfiel, doch manchmal erdrückte mich ihre Sorge. Umso mehr genoss ich es, wenn ich ungestört meine Gedanken zu Papier bringen konnte, wie jetzt.

Im Hintergrund brummte eine Kaffeemaschine, und leise Jazzmusik plätscherte aus den Boxen über mir. Die perfekte Geräuschkulisse, um abzuschalten und meiner Kreativität freien Lauf zu lassen.

Ich setzte den Stift an und schrieb das Erste, was mir in den Sinn kam.

Und ja, es stimmt.
Ich denke und fühle oft ziemlich viel,
vertraue nicht leicht, doch wenn ich es tu, bin ich All In,

weil ich die goldene Mitte schnell mal verpass und
meistens zu tief tauch, wenn ich mal spring.

Nachdenklich schaute ich auf die Buchstaben, die sich eng aneinanderreihten. Warum fiel es mir so viel leichter, meine Gedanken zu ordnen, wenn ich sie aufschrieb? Ich hatte so viel zu sagen, doch trotz unzähliger Therapiestunden blieb ich manchmal immer noch stumm, wenn es darauf ankam. Vielleicht würde ich übermorgen bei meiner nächsten Sitzung das Thema mal ansprechen können.

»Ist hier noch frei?«, erklang neben mir eine dunkle Stimme.

Ich schaute auf und sah einen älteren Herrn, der ein Stück Kuchen auf dem Tisch abstellte, als hätte ich seine Frage bereits bejaht. *Nein*, wollte ich sagen. *Nein, hier ist nicht frei.* Stattdessen nickte ich schwach, und nachdem er sich lächelnd hingesetzt hatte, versuchte ich, mich wieder auf mein Notizbuch zu konzentrieren.

Doch mein Blick huschte immer wieder zu ihm, und ich wurde zunehmend unruhiger. Er sagte nichts, schien auch nicht wie andere ältere Herren an einem Gespräch interessiert zu sein oder mein Schweigen seltsam zu finden. Trotzdem machte mich seine Anwesenheit nervös, und ich wusste nicht, wohin ich schauen sollte.

Es war nicht so, dass ich Angst hatte, mich mit fremden Menschen zu unterhalten oder den Mund aufzumachen und meine Meinung zu sagen. Ein Teil von mir wollte nichts sehnlicher als das, doch ein anderer, mächtigerer Teil stellte sich wie eine unüberwindbare Barriere zwischen meine gedachten Worte und meine Stimme. Es passierte nicht mehr so oft wie früher, doch es gab die Momente noch. Und jetzt war einer dieser Momente.

Seufzend packte ich das Notizbuch ein, trank meinen Eistee aus und schlüpfte in meine Jeansjacke. Vielleicht gelang es mir das nächste Mal. Meine Therapeutin wurde nicht müde zu betonen, dass es manchmal kleine Schritte brauchte. Ob sie wusste, dass ich seit dem Tag, der meine Welt für immer verändert hatte, nichts anderes als kleine Schritte machte?

Ich wollte keine kleinen Schritte mehr, sondern einen Sprung über die verdammte Schlucht.

Vielleicht nächstes Mal. Das sagte ich mir auf dem Weg nach Hause immer wieder.

2. KAPITEL

Maisie

»Ich halte das für eine sehr gute Übung für dich.«

Es war später Nachmittag, und ich war nach dem Kindergarten direkt zu einem Termin bei meiner Therapeutin gefahren.

»Ich soll vor einer Gruppe fremder Leute meine Texte vortragen?« Entgeistert schaute ich Dr. Rae an. Hatte sie jetzt völlig den Verstand verloren? Während ich noch überlegte, ob ich in hysterisches Gelächter oder hektische Schnappatmung ausbrechen sollte, erzählte sie in gelassenem Ton weiter von ihrer absurden Idee.

»Es ist ein geschützter Rahmen. Ein Freund von mir leitet die Schreibwerkstatt. Er unterrichtet Literaturwissenschaften an der Uni und weiß, wovon er redet. Außerdem kommen im Schnitt nur zehn bis fünfzehn Leute zu den Treffen, was eine überschaubare Größe ist.«

Zehn bis fünfzehn Fremde waren immer noch zehn bis fünfzehn zu viel. Natürlich hatte ich in der Schulzeit ebenfalls ab und zu ein Referat halten müssen, was mich jedes Mal eine immense Überwindung gekostet hatte. Aber die vertrauten Gesichter meiner Klassenkameraden hatten mich ermutigt, es zumindest zu versuchen. Einen persönlichen Text vor einem unbekannten Publikum vorzutragen, war aber eine ganz andere Nummer.

»Außerdem sind die Teilnehmer alle in deinem Alter. Die Schreibgruppe ist ausgeschrieben für Zwanzig- bis Fünfundzwanzigjährige. Das wäre also auch eine tolle Gelegenheit, neue Freunde zu finden, meinst du nicht?«

»Meinen Sie das ernst?« Bemüht, die Fassung nicht zu verlieren, suchte ich im Gesicht meiner Therapeutin nach Anzeichen, dass sie nur scherzte. Doch Fehlanzeige. »Es ist Ihr Ernst.« Verblüfft sank ich in das weiche Polster der Couch zurück. »Sie wissen schon, dass ich vor Fremden nicht sprechen kann? Dass ich seit sechzehn Jahren ein Problem damit habe und mich dort völlig zum Deppen machen werde?«

»Das wirst du nicht, Maisie. Ich begleite dich jetzt schon seit vier Jahren, und die Fortschritte, die du in der Zeit gemacht hast, sind enorm. Du bist so weit.« Dr. Raes Lippen verzogen sich zu einem zuversichtlichen Lächeln.

Kopfschüttelnd sah ich sie an. Eigentlich vertraute ich Dr. Raes Urteil. Sie war mir nach einem längeren Klinikaufenthalt, durch den ich mein Schweigen endlich hatte hinter mir lassen können, von einem der Ärzte dort empfohlen worden. Warum sie sich dafür entschieden hatte, Leuten wie mir zu helfen, wusste ich nicht. Aber sie machte ihren Job gut. Zumindest hatte sie das bis heute. »Ich fürchte, Sie irren sich.«

Dr. Rae schwieg einen Moment lang. Mit jeder weiteren Sekunde, die verging, wurde ich unruhiger. Ich hasste es, wenn sie das machte, was absolut ironisch war, wenn ich daran dachte, wie lange ich den Menschen nicht viel mehr als mein Schweigen entgegengebracht hatte. Ich versuchte, in ihrer Miene zu lesen. Vergeblich. Obwohl ich Dr. Rae inzwischen seit vier Jahren regelmäßig sah, konnte ich sie immer noch schwer einschätzen. Ich kannte lediglich ihre Vorliebe für knalligen Lippenstift. Die Wahl war heute auf ein tiefes Kirschrot gefallen, das an mir vermutlich albern aussehen würde, ihr aber einen edlen Touch verlieh. Ihre dunkelblonden Haare hatte sie wie so oft zu einer Frisur hochgesteckt, und sie trug einen blauen Blazer zu einer schwarzen Hose, womit sie genauso gut in einem Büro oder einer schicken Kanzlei hätte sitzen können.

»Was wäre das Schlimmste, was passieren könnte?«, fragte sie ruhig und unterbrach damit meine Gedanken.

Ich kniff die Augen zusammen und unterdrückte ein Seufzen. Das machte sie immer, wenn ich mir etwas selbst nicht zutraute. Sie ging mit mir sämtliche Szenarien durch, bis ich zu dem Schluss kam, dass alles halb so wild war. Und obwohl ich genau wusste, was folgen würde, ließ ich mich darauf ein.

»Sie könnten über mich lachen, weil ich mit einem Blatt Papier vor ihnen stehe und kein Wort herausbringe. Ich könnte in Tränen ausbrechen und wie ein kleines Kind aus dem Raum rennen. Das wäre verdammt demütigend. Und ziemlich peinlich.«

»Ausgelacht zu werden oder eine Flucht wäre also das Schlimmste, was dir passieren könnte?«

»Das kam mir zumindest als Erstes in den Sinn, haben Sie vielleicht noch ein paar weitere Szenarien?«, fragte ich halb im Scherz, halb in Angst.

Sie lachte leise. »Natürlich nicht. Das wirst du jetzt vielleicht nicht hören wollen, aber wenn das deine schlimmsten Vorstellungen sind …«

»Ja?«, fragte ich und wusste nicht, worauf ich hoffte. Dass sie mir Mut machte oder dass sie einsah, dass dieser Schritt zu groß für mich war.

»Nun ja. Ich denke, dann wirst du's überleben.«

Bitte was? Ich war mir ziemlich sicher, dass mir die Kinnlade herunterklappte und ich sie wie eine Idiotin anstarrte. »Dürfen Sie das überhaupt so sagen? Müssten sich mich nicht aufmuntern oder mich darin bestärken, dass ich meine Texte erst dann vortragen soll, wenn ich mich dafür bereit fühle?«

Therapeutinnen waren dafür da, zu helfen, oder nicht? Sie sollten einen Schritt für Schritt über die Schlucht führen und einen nicht einfach hineinstoßen, in der Hoffnung, dass einem plötzlich Flügel wuchsen, die einen vor dem freien Fall schützten. Andererseits hatte ich an Dr. Rae immer gemocht, dass sie auch mal unkonventionelle Wege ging. Obwohl sie meistens mit Fragen arbeitete, sagte sie mir manchmal auch ganz direkt ihre Meinung oder brachte einen Spruch, mit dem ich nicht rechnete. Sie war über die Sitzungen hinweg mehr so etwas wie eine weise Tante geworden, deren Rat ich suchte, wenn ich nicht weiterwusste oder das Chaos in meinem Kopf zu viel wurde, um es allein zu sortieren.

»Normalerweise würde ich das sagen, ja. Aber manchmal braucht es auch einen kleinen Schubs in die richtige Richtung, und ich habe keine Zweifel daran, dass du nur zu der Schreibwerkstatt gehen wirst, wenn du es auch willst. Sieh es als eine starke Empfehlung meinerseits, mehr nicht.«

»Okay.« Zögernd nahm ich den Flyer entgegen, den sie auf das Tischchen zwischen uns gelegt hatte.

Zugegeben, eine Schreibwerkstatt, in der die Leute sich über ihr Geschriebenes austauschten und Texte vortrugen, klang ziemlich cool. Wenn ich die Tatsache ausklammerte, dass ich dort sprechen musste, wäre ich sofort dabei. Ich atmete tief durch und erinnerte mich an mein eigenes Versprechen, mutiger zu sein. Ich wollte keine kleinen Schritte mehr? Dann würde ich mich Herausforderungen wie diesen stellen müssen.

»Ich denke darüber nach«, sagte ich daher, »aber dort mal vorbeizuschauen, kann ja nicht schaden.«

»Das denke ich auch«, erwiderte Dr. Rae mit einem zuversichtlichen Lächeln. »Wie läuft es mit den Zielen, die du dir bei unserer letzten Sitzung gesetzt hattest?«, wechselte sie dann das Thema. Dankbar steckte ich den Zettel ein und berichtete von meiner Woche.

Nach der Stunde bei Dr. Rae machte ich mich auf den Weg zu Amelia und Jasper. Die beiden waren vor zwei Jahren in eine Altbauwohnung am Stadtrand gezogen, nachdem Amelia zuvor zwei Jahre allein gewohnt hatte. Auch wenn ich mir nicht vorstellen konnte, zu Hause auszuziehen, um die Wohnung beneidete ich die beiden insgeheim. Sie war ruhig gelegen und stilvoll eingerichtet. Amelia hatte sie in ein gemütliches Zuhause verwandelt, in dem sich an den Wänden Bücherregale reihten, die perfekt mit den Vintage-Möbeln abgestimmt waren.

»Hey, Maisie. Schön, dass du da bist«, begrüßte mich Jasper. Ein erfreutes Lächeln lag auf seinen Lippen, was mir früher die Hitze in die Wangen getrieben hätte. Inzwischen hatte ich mich an seinen Anblick und die Tatsache, dass meine Schwester mit einem meiner absoluten Lieblingsschriftsteller zusammen war, gewöhnt. Es hatte zwar eine Weile gebraucht, und ein Teil von mir flippte immer noch heimlich aus, wenn wir über seine Ideen und Bücher redeten, aber zumindest äußerlich hatte ich mich im Griff.

»Hi.« Schnell schlüpfte ich an ihm vorbei ins Warme. Für Mitte März wehte heute ein ungewöhnlich kalter Wind durch die Stadt. »Ist Amelia nicht da?«, fügte ich hinzu, als ich das lichtdurchflutete Wohnzimmer betrat, das neben den Bücherregalen mit einer breiten Ledercouch und zwei Sesseln ausgestattet war.

Normalerweise saß Amelia hier mit der Gitarre auf dem Schoß und verlor sich in ihrer Musik. Oder sie ging eines ihrer Lehrbücher durch und machte sich Notizen für eine Hausarbeit. Ich kannte nur wenige Menschen, die mit so viel Leidenschaft studierten wie sie. Kein Wunder, dass sie ein Stipendium an der Uni erhalten hatte. Ihr Abschluss in Sozialer Arbeit stand kurz bevor, und sie hatte schon mehrmals betont, wie sehr sie sich auf die Praxis freute. Doch heute war das Wohnzimmer überraschend aufgeräumt.

»Sie hat noch einen Termin mit einem Dozenten, sollte aber jeden Moment da sein. Willst du was trinken? Kaffee? Tee? Saft?«

»Gern einen Tee, aber den kann ich mir auch selbst machen.« Ich ging an Jasper vorbei in die Küche.

»Klar, fühl dich wie Zuhause«, merkte er an, folgte mir aber trotzdem und lehnte sich an die Arbeitsfläche neben dem Herd, während ich Wasser aufsetzte und einen Teebeutel in die Tasse hängte.

Wie immer wenn ich hier war, musterte ich die vielen Postkarten, die mit Magneten am Kühlschrank befestigt waren. Vor einem Jahr waren Amelia und Jasper zu einer halbjährigen Reise quer durch Europa aufgebrochen. Aus jedem Ort, an dem sie mehrere Tage verbracht hatten, hatten sie eine Postkarte mitgenommen.

»Da kann einen schon mal die Reiselust packen, was?« Jasper war meinem Blick gefolgt.

»Ich mag es hier«, erwiderte ich. »Vielleicht besuche ich irgendwann all die Orte, die hier abgebildet sind, aber momentan fühle ich mich wohl, wo ich bin.«

»Das ist gut. Wie läuft's im Kindergarten?«

»Gut.« Ich schenkte mir Wasser ein und ging mit der Tasse Tee zurück ins Wohnzimmer. »Wie läuft es mit deinem Buch?«

»Frag nicht.« Jasper ließ sich auf einen der Sessel fallen und seufzte laut. »Die Deadline rückt mal wieder zu schnell näher, und ich stecke in einer Szene fest, an der ich seit fünf Tagen schreibe.«

»Hast du nicht gesagt, dass dann nur Löschen und Abstand vom Manuskript nehmen hilft?«

Ein gequältes Lächeln huschte über sein Gesicht. »Das klingt nach mir. Nur lässt der Zeitdruck keine Pause zu.«

»Soll ich mal drüberlesen?« Ich war zwar keine Lektorin, aber ich hatte immerhin alle Bücher von Jasper gelesen und kannte mich mit dem Fantasy-Genre gut aus.

»Das wäre nett, ja. Wann höre ich eigentlich mal einen deiner Texte?«, fragte Jasper und überrumpelte mich damit völlig. Um nicht sofort antworten zu müssen, griff ich nach meinem Tee, während er hinzufügte: »Amelia hat erwähnt, dass du wieder mehr schreibst.«

»Das sind nur Wortschnipsel und Gedankenfetzen.«

Skeptisch schaute Jasper mich an. »Ich glaube dir kein Wort.«

»Du weißt, wie schwer mir das fällt.« Ich wich seinem Blick aus und musterte stattdessen die Kerze auf dem Couchtisch, die seit Ewigkeiten dort stand und einen leichten Vanillegeruch verströmte.

»Das tu ich. Aber glaub mir, es wird sich lohnen. Es ist natürlich nicht dasselbe, das ist mir bewusst, aber vor meiner ersten Lesung bin ich auch Tausend Tode gestorben.«

»Ehrlich?« Ungläubig hob ich die Augenbrauen. Jasper wirkte jedes Mal total entspannt, wenn er vorlas. Er schaffte es bereits nach wenigen Worten, seine Zuhörer zu verzaubern.

»Allerdings. Selbst jetzt bin ich manchmal noch nervös. Es kostet Überwindung, etwas vorzulesen, was man selbst geschrieben hat. Gleichzeitig ist es ein berauschendes Gefühl, endlich zu teilen, was man monatelang nur für sich selbst erarbeitet hat.«

»Das kann ich mir gut vorstellen.«

Einen Moment lang schwiegen wir. Jaspers Worte machten mich nachdenklich. Vermutlich hatte er recht, und Nervosität gehörte einfach dazu. Meine Texte vorzulesen, war ein Ziel, das ich nie aus den Augen verlor und das gleichzeitig unendlich weit weg erschien. Aber die Sache mit der Schreibwerkstatt könnte es möglich machen.

In Gedanken versunken nippte ich an meinem Tee, während Jasper sich lächelnd zurücklehnte. Ich warf ihm einen verstohlenen Blick zu. Er wirkte glücklich, und das gab mir Hoffnung. Er und Amelia hatten sich ein Leben aufgebaut, das nicht immer perfekt, aber das gut war. Sie hatten dafür viele innere Grenzen überschreiten müssen, und es wurde Zeit, dass ich das auch tat. Dass ich zumindest damit anfing.

Wieder sah ich mich in der gemütlich eingerichteten Wohnung um. »Falls ich es jemals schaffe, auszuziehen, wünsche ich mir auch so eine schöne Wohnung«, sagte ich leise.

»Dann musst du nur Amelia engagieren. Sie ist für all das verantwortlich.« Schmunzelnd sah Jasper sich um.

»Du hast verdammt großes Glück mit ihr, weißt du das?«

»Und wie ich das weiß. Ohne deine Schwester säße ich vermutlich immer noch in einem unpersönlichen Apartment, wo ich den ganzen Tag meinen Laptop anstarre.« Er zwinkerte mir zu. »Aber sag Amelia das bloß nicht.«

»Was soll sie mir nicht sagen?«, ertönte die Stimme meiner Schwester.

»Nichts«, sagten Jasper und ich im selben Moment.

»Aha. Ich frage lieber nicht weiter nach.« Sie begrüßte Jasper mit einem flüchtigen Kuss auf den Mund und setzte sich neben mich auf die Couch. »Schön, dich zu sehen, Süße.« Sie drückte mich an sich, und augenblicklich verschwand etwas von der Unruhe, die mich seit der Sitzung mit Dr. Rae gepackt hielt.

»Hi, Amelia«, sagte ich lächelnd und löste mich aus ihrer Umarmung.

»Erzähl, wie geht's dir?«, fragte sie, während Jasper aufstand, um ihr ebenfalls eine Tasse Tee zu bringen. »Wir haben uns ja ewig nicht mehr gesehen.«

Ich schnaubte. »Wir haben vor ein paar Tagen telefoniert.«

»Sag ich ja. Das ist ewig her.«

Belustigt schüttelte ich den Kopf. »Wenn du meinst«, sagte ich, bevor ich dazu überging, ihr von der Arbeit im Kindergarten zu erzählen. Als ich die kurze Begegnung mit dem unverschämten Kerl auf dem Spielplatz erwähnte, lachte Amelia laut auf und gratulierte mir zu meiner Schlagfertigkeit, während Jasper etwas von unverschämtem Verhalten murmelte.

»Als wärst du dafür bekannt, höflich und kommunikativ zu sein«, zog Amelia ihn auf.

»Hey, ich habe mich gebessert«, protestierte Jasper. »Ich bestelle jetzt immer einen zweiten Cappuccino, wenn ich im Café arbeite.«

Schmunzelnd beobachtete ich, wie Amelia die Augen verdrehte und Jasper liebevoll gegen die Schulter stieß. »Ich meinte eigentlich die Sache mit Jamie.«

»Ich weiß. Aber auch da habe ich mich gebessert: Wir telefonieren inzwischen sogar regelmäßig.«

Es war schön, zu hören, dass Jasper wieder ein Verhältnis zu seinem kleinen Bruder hatte aufbauen können. Die beiden waren als Kinder in Pflegefamilien gekommen und hatten es nicht immer leicht gehabt. Ich wusste von Amelia, dass zwischen den beiden einiges vorgefallen war, dass Jasper seinem Bruder aber trotz allem dabei geholfen hatte, in Edinburgh ein neues Leben anzufangen. Das war etwas, was ich an Jasper von Anfang an gemocht hatte: Für die Menschen, die ihm wichtig waren, würde er alles tun. Ähnlich wie Amelia für mich.

Während der nächsten Stunden dachte ich weder an die Schreibwerkstatt noch an die Barriere in meinem Kopf. Ich dachte nicht daran, dass ich keine kleinen Schritte mehr wollte, sondern Sprünge, obwohl es mir riesige Angst einjagte. Ich dachte auch nicht an meine Eltern. Daran, wie sehr ich sie vermisste und dass ich bis heute nicht verstand, warum ich noch da war, während sie keine Chance gehabt hatten.

Ich blendete alle dunklen und zweifelnden Gedanken aus und konzentrierte mich stattdessen auf Amelias Lachen und Jaspers Strahlen, wenn er sie ansah. Bei ihnen war es leicht, zufrieden und ich selbst zu sein.

Als ich mich schließlich verabschiedete und Amelia versprach, mich bald wieder bei ihr zu melden, zog Jasper mich in seine Arme.

»Ich weiß, dass du eine Menge zu sagen hast, und ich glaube fest daran, dass du und die Welt bereit sind, deine Texte zu hören.«

Ich nickte nur und winkte den beiden zu, während ich mich auf den Heimweg machte. Doch Jaspers Worte ließen mich nicht los, und als ich die Tür zu unserer Wohnung aufschloss, glaubte ich sie fast selbst. Zumindest genug, um den Entschluss zu fassen, mich morgen bei der Schreibwerkstatt anzumelden.

3. KAPITEL

Weston

Im Schnellschritt bog ich in die Straße ein, in der sich der Kindergarten befand. Ich war spät dran, und wenn mein Neffe eines hasste, dann warten.

Meine Schwester Rose hatte mir heute Morgen eine verzweifelte Voicemail hinterlassen. Auf der Arbeit war ein spontaner Termin eingegangen, an dem sie teilnehmen musste, und ob ich auf Teddy aufpassen könnte. Also ließ ich meine Rechtsvorlesung sausen und spielte stattdessen Babysitter. Den Stoff wieder aufzuholen, würde mich zwar mehrere Stunden kosten, aber wenn es um Teddy ging, konnte ich unmöglich Nein sagen. Ich liebte den Kleinen einfach abgöttisch.

Wenig später betätigte ich ungeduldig die Türklingel. Teddy ging erst seit Kurzem in den Kindergarten, doch bisher schien er sich sehr wohlzufühlen. Kein Wunder, der Kleine hatte die Erzieherinnen sicher längst um den Finger gewickelt. Das schaffte er bei allen. Mit seinen großen Augen und dem strahlenden Lächeln konnte ihm niemand etwas abschlagen oder ihm lange böse sein. Dabei hatte er es faustdick hinter den Ohren. Eine Eigenschaft, von der ich gern behauptete, dass er sie von mir geerbt hatte. Von meiner Schwester kam das manipulierende Lächeln jedenfalls nicht. Sie war immer die Mustertochter, die meine Eltern sich gewünscht hatten. Sie hatte getan, was von ihr verlangt wurde, und nur Bestnoten nach Hause gebracht. Bis sie mit einundzwanzig weinend auf der Couch meiner Eltern gesessen und ihnen gestanden hatte, dass sie schwanger war.

Mit aller Macht verdrängte ich den Gedanken an das Arschloch, das meine große Schwester einfach sitzen gelassen und ihr Leben unwiderruflich verändert hatte. Es würde mich nur wütend machen, und ich trug bereits genug Frust mit mir herum. Unruhig betätigte ich die Türklingel ein zweites Mal.

Keine Sekunde später wurde sie energisch aufgerissen. Verblüfft starrte ich die junge Frau an, die vor mir stand. Es war die Kleine aus dem Park. Die, die mich mit einem Schwall Wasser unsanft aus meinem komaähnlichen Schlaf geholt hatte.

Zugegeben, ich hatte es verdient. Normalerweise trank ich nicht so viel, dass ich es nicht einmal mehr bis nach Hause schaffte. Solche Fehltritte waren nicht geduldet. Weder von meinem Vater, der zwar nichts von der Aktion mitbekommen, für meine Fehlentscheidungen aber ein gruselig genaues Gespür hatte, noch von den Dozenten an der Uni, die vollen Einsatz erwarteten.

»Du.« Sie kniff die Augen zusammen. Ein wütendes Funkeln lag darin, was mich zum Lächeln brachte.

Sie sah hübsch aus. Rostrote Haare ergossen sich über ihre Schultern und erinnerten an die Farbe von Herbstblättern. Es passte zu ihren zarten Gesichtszügen, doch die schokoladenbraunen Augen, die mich böse musterten, widersprachen ihrer ansonsten sanften Ausstrahlung vollkommen. Irgendwie faszinierte mich dieser Gegensatz.

»Also?«, fragte sie, als ich nichts sagte.

»Also was?«

»Ich warte.« Auffordernd schaute sie mich an.

Mit Mühe unterdrückte ich ein Lachen. »Okay.« Ich machte einen Schritt auf die offene Tür zu, doch sie versperrte mir den Weg. »Ähm, ich muss da rein«, sagte ich.

»*Ähm*, ich glaube, du hast was vergessen.«

»Und was, wenn ich fragen darf?« Diese Unterhaltung wurde immer skurriler.

»Eine Entschuldigung.«

Einen Moment lang sah ich sie sprachlos an. Ich suchte in ihrem Gesicht nach einem Anzeichen, dass sie scherzte, doch sie blieb vollkommen ernst. »Du denkst, ich bin hier, um mich zu entschuldigen? Weil ich … Was? Auf einer Bank auf dem Spielplatz geschlafen habe? Dass das ein Verbrechen ist, ist mir neu.« Diesmal konnte ich mir das Grinsen nicht verkneifen.

»Du willst dich gar …? Oh«, sie brach ab und fuhr sich mit einer Hand durch die Haare.

»Ich bin hier, um meinen Neffen abzuholen.«

Sie trat einen Schritt zurück und räusperte sich. »Deinen Neffen?«

Bildete ich es mir nur ein oder breitete sich auf ihren Wangen eine zarte Röte aus?

»Jepp. Dachtest du wirklich, ich wäre extra zum Kindergarten gefahren, in der Hoffnung, dass es überhaupt der richtige ist, nur um mich zu entschuldigen? Davon abgesehen, soweit ich mich erinnere, schuldest *du* mir eine Entschuldigung. Du hast mich schließlich zu einer unfreiwilligen Dusche gezwungen.« Die ich nötig gehabt hatte, aber den Teil sprach ich wohlweislich nicht aus.

Sie verengte die Augen und öffnete den Mund, doch es kamen keine Worte heraus.

»Hat es dir die Sprache verschlagen?«, neckte ich sie.

Je länger ich hier stand, desto größer wurde die Neugier: Wer war diese junge Frau? Obwohl mir nicht entgangen war, dass sie mich eingehend gemustert hatte, reagierte sie zögerlich. Sie war offenbar nicht leicht zu beeindrucken. Beziehungsweise wenn, dann ließ sie es sich zumindest nicht anmerken.

Sie murmelte etwas, was wie *Idiot* klang und drehte sich in Richtung Flur, der ins Innere des Kindergartens führte.

»Maisie? Ist alles in Ordnung?« Ihre Kollegin, eine Frau mit blondem Sidecut und schwarz-gelb gepunktetem Pullover trat zu ihr und musterte mich neugierig.

Maisie nickte und deutete dann mit dem Kopf auf mich.

Offenbar verstand ihre Kollegin ihre nonverbale Kommunikation sofort, denn sie wandte sich prompt an mich. »Hi. Wie kann ich dir weiterhelfen?«

»Ich möchte Teddy abholen. Er ist mein Neffe«, erwiderte ich und versuchte, mich auf sie statt auf Maisie zu konzentrieren, die mit verschränkten Armen abwartete, was als Nächstes passierte. Doch so ganz wollte mir das nicht gelingen.

»Aha. Und du bist …?«

»Weston. Meiner Schwester Rose ist ein Termin dazwischengekommen.«

»Richtig, sie hat vorhin angerufen und Bescheid gegeben, dass du ihn heute abholst. Sorry für das Misstrauen, aber wir sind da etwas vorsichtig. Könnte ja sonst jeder behaupten. Komm rein. Teddy ist bereits fertig angezogen. Die anderen Kinder wurden vor einer halben Stunde abgeholt.« Ihr Blick wurde kurz streng, als wäre ich eines der Kinder, die sie maßregeln musste, doch dann lächelte sie wieder höflich.

Ich schaute unauffällig zu Maisie, die seit dem Auftauchen ihrer Kollegin kein Wort mehr gesagt hatte. Schade eigentlich. Ich mochte ihre Stimme. Sie war nicht so durchdringend wie die der blonden Frau, sondern angenehm ruhig. Selbst wenn sie wütend war, klang sie noch sanft. Keine Ahnung, wie das möglich war. Schnell schüttelte ich den Gedanken ab und wollte Maisies Kollegin folgen. Doch bevor ich den Flur betreten konnte, kam mir Teddy bereits entgegengerannt.

»Wesyyy!«, brüllte er und sprang direkt in meine Arme.

Lachend hob ich ihn hoch und wirbelte ihn durch die Luft. Er stieß ein begeistertes Jauchzen aus, was meine Laune schlagartig besserte. Es gab kein schöneres Geräusch als Teddys Lachen.

»Mummy hat gar nicht gesagt, dass du mich heute abholst«, sagte er, als ich ihn wieder absetzte.

»Weil es eine Überraschung sein sollte.« Ich ging vor ihm in die Hocke und wuschelte ihm durch die braunen Locken.

»Lass das.« Kichernd stieß er meine Hand weg. »Können wir dann wieder Pommes essen?«, fragte er hoffnungsvoll.

»Ich dachte da eher an Nudeln mit Soße.«

»Bitte, Wesy. Bitte, bitte, bitte.« Seine Augen wurden immer größer, und ich hielt seinem Blick ungefähr zwei Sekunden stand, bevor ich einknickte.

»Na schön. Aber erzähl deiner Mutter nichts davon. Sonst bekomm ich wieder Ärger.«

»Ich sag nix. Das bleibt unser Geheimnis«, versprach er feierlich.

»Auf dich ist Verlass.« Lächelnd stand ich auf und wandte mich zu Maisie und ihrer Kollegin um.

Die beiden starrten mich mit offenem Mund an. Erstaunen lag in ihrer Miene – und noch etwas anderes. Vor allem aus Maisies Gesicht war jeder Anflug von Wut verschwunden. Stattdessen betrachtete sie mich mit einem interessierten Ausdruck.

Ich schluckte schwer und versuchte, nicht in ihren tiefen Augen zu versinken, die wie zwei helle, bodenlose Seen schimmerten. Verflucht, sie musste aufhören, mich so anzusehen. Ich war diese Art von Blicken nicht gewohnt. Ich kannte Blicke, in denen sich Verlangen spiegelte. Genauso wie die neidischen oder neugierigen Blicke, die unweigerlich auf mir landeten, wenn ich erzählte, wo mein Dad arbeitete. Aber Maisies aufrichtiges Interesse? Das war neu – und es ging mir unter die Haut.

»Also dann«, durchbrach ihre Kollegin die Stille.

Ich versuchte, nicht ertappt zusammenzuzucken, und räusperte mich. »Sagst du noch Tschüss?«, fragte ich Teddy, der sich sofort zu Maisie umdrehte und ihr mit seiner kleinen Hand zuwinkte.

»Bis morgen, Missie.«

»Es heißt Maisie«, verbesserte ich schmunzelnd.

Teddy runzelte die Stirn. »Hab ich doch gesagt. Missie. Stimmt doch, oder?« Er riss die Augen auf und warf Maisie einen aufgeregten Blick zu.

»Es heißt tatsächlich Maisie. Aber du kannst auch Missie sagen«, versicherte sie ihm lächelnd, und für eine winzige Sekunde lang wünschte ich, ich wäre an seiner Stelle. Verdammt, der Kleine hatte es drauf. Mit seinen vier Jahren schaffte er es mühelos, die Herzen aller Anwesenden im Sturm zu erobern.

»Okay, dann bis zum nächsten Mal«, sagte ich an Maisie gewandt, ehe ich mit Teddy den Kindergarten verließ und hinaus in die Sonne trat.

»Missie ist meine Lieblingsbetreuerin«, erklärte er mir, während wir zur Wohnung meiner Schwester gingen.

»Das glaube ich dir sofort.«

Ihr irritierter Blick beim Abschied war köstlich gewesen. Die Worte waren mir herausgerutscht, ehe ich sie zurückhalten konnte. Dabei war sie überhaupt nicht mein Typ. Doch Maisie hatte etwas an sich, was mich herausforderte. Als wäre sie ein Rätsel, das es zu lösen galt. Was bescheuert war, weil ich weder Zeit für Rätselraten noch für neue Bekanntschaften hatte. Ganz abgesehen davon, dass sie nicht gerade den Eindruck gemacht hatte, mich unbedingt besser kennenlernen zu wollen.

Und trotzdem.

Vielleicht lag es an meinem übermüdeten Gehirn, das von dem vielen Büffeln keine klaren Gedanken mehr zustande brachte, aber mein Gefühl sagte mir, dass das nicht Maisies und mein letztes Aufeinandertreffen gewesen war.

Es würde ein nächstes Mal geben. Zumindest hoffte ich das.

4. KAPITEL

Maisie

Das erste Treffen in der Schreibwerkstatt stand kurz bevor. In den letzten Tagen hatte ich mehrmals auf die Adresse gestarrt, die auf dem Zettel stand, den Dr. Rae mir mitgegeben hatte. Bis zum Schluss war ich mir nicht hundertprozentig sicher gewesen, ob ich wirklich hingehen würde, doch hier war ich. Auf dem Weg zu einer Gruppe fremder Menschen, die über ihre Texte sprachen. In meinem Magen hatte sich ein mulmiges Gefühl breitgemacht, und ich war mehr als einmal kurz davor, wieder umzukehren.

Vor einem mehrstöckigen Gebäude, das auf den ersten Blick unscheinbar wirkte, blieb ich schließlich stehen. Hier im Erdgeschoss befand sich die Schreibwerkstatt. Ich atmete tief durch und wiederholte in Gedanken noch mal Dr. Raes Frage: Was ist das Schlimmste, was dir passieren kann? Richtig, nicht viel. Ich würde diese Stunde ganz sicher lebend überstehen.

Nachdem ich das Gebäude ein paar weitere Atemzüge lang einfach nur angestarrt hatte, nahm ich meinen Mut zusammen und klingelte.

Ich musste nicht lange warten, bis ein Mann, den ich auf Ende dreißig schätzte, öffnete und mich freudig anlächelte. »Hi, du musst Maisie sein, oder?«

»Ja. Hallo.«

»Ich bin Brian und leite die Werkstatt. Komm rein.«

Etwas überrumpelt folgte ich ihm in einen kleinen Raum, der mit mehreren zusammengeschobenen Tischen und Stühlen ausgestattet war. An den Wänden reihten sich Bücherregale, was mein Herz automatisch schneller schlagen ließ. Für einen Moment lang vergaß ich sogar meine Aufregung.

»Schön, dass du hier bist, Maisie. Wir freuen uns immer über Zuwachs. Lucy Rae hat erzählt, dass du eventuell kommen wirst.« Er warf mir ein aufmunterndes Lächeln zu, das ich zögernd erwiderte. Scheinbar hatte meine Therapeutin ihn bereits vorgewarnt, ohne zu wissen, ob ich überhaupt kommen würde. Oder kannte sie mich inzwischen so gut, dass sie mir mehr Mut zutraute als ich mir selbst? Damit wusste ich zumindest, dass er mich nicht drängen würde, einen Text vorzutragen. Wobei Brian nicht den Eindruck machte, als würde er hier schulähnliche Regeln aufstellen. Mit dem lockeren Hemd und der ausgebleichten Jeans gab er ein völlig anderes Bild ab, als ich es von einem Dozenten erwartet hatte.

»Du darfst dir gern einfach einen Platz aussuchen.« Er deutete auf die freien Stühle an den Tischen. Bisher waren nur zwei andere Leute da. Ein Kerl, der mit finsterer Miene auf sein Handy starrte, und ein dunkelhaariges Mädchen mit blauen Augen, die es mit einem schwarzen Kajal umrundet hatte. Als unsere Blicke sich kreuzten, winkte sie mir zu.

Ich gab mir selbst einen Ruck und setzte mich zu ihr an den Tisch.

»Du bist neu hier, oder?«, fragte sie.

Ich nickte. Sie wirkte nett, trotzdem schaffte ich es nicht direkt, zu sprechen. Das gelang mir meistens erst, wenn ich die Leute ein bisschen kannte. Oder wenn ich starke Emotionen spürte, wie die spontane Empörung auf diesen Weston, weil er einfach auf dem Spielplatz geschlafen und dann auch noch unverschämt gegrinst hatte. Bei ihm waren die Worte und meine Stimme einfach da gewesen.

»Ich bin mir sicher, du wirst es lieben«, fuhr das Mädchen fort. »Die Gruppe ist wirklich cool. Manchmal geht es hier ein bisschen chaotisch zu, und die meisten von uns sind etwas durchgeknallt, aber du weißt ja, wie das mit kreativen Leuten ist.« Sie lachte hell auf und fuhr sich durch die Haare, die ihr in sanften Wellen über die Schultern fielen. »Aber es sind oft richtig gute Texte dabei. Und Brian ist ein super Typ. Er lässt uns viel ausprobieren, gibt gleichzeitig aber wirklich gute Impulse. Ach so, ich bin übrigens Emma, aber nenn mich ruhig Em, das tun alle.« Sie streckte mir die Hand entgegen, die ich überrumpelt ergriff.

Wow, das waren eine Menge Worte gewesen.

»Ich bin Maisie.« Nach ihrer schwallartigen, kurzen Rede fiel es mir leichter, mein Schweigen zu durchbrechen. Bestimmt war ihre Art für manche Menschen im ersten Moment überfordernd, mir kam sie jedoch zugute.

»Ein schöner Name.« Ihre blauen Augen blitzten hell auf, als sie lächelte.

»Danke.« Ich konnte nicht anders, als sie anzustarren. Emma strahlte pure Energie aus. Sie war quirlig und fröhlich, redete wie ein Wasserfall und hatte für jeden ein Lächeln.

Nach und nach trudelten auch die anderen ein, und sobald alle da waren, begann Brian den Kurs mit einer kurzen Befindlichkeitsrunde, in der jeder erzählen sollte, wo ihm heute der Kopf stand und was er in den Kurs miteinbringen wollte. Als ich an der Reihe war, hielt ich mich so kurz wie möglich, sagte meinen Namen und dass ich gespannt auf die Gruppe sei, was ich bereits als Erfolg verbuchte.

Während im Anschluss zwei Teilnehmer aus der Gruppe ihre Texte zum Thema *Glücksmomente* vortrugen – was wohl das Thema der letzten Wochen und so was wie eine Hausaufgabe gewesen war –, sah ich aus dem Augenwinkel immer wieder zu Emma. Obwohl sie aufmerksam zuhörte, schaffte sie es kaum, eine Minute lang still zu sitzen. Entweder spielte sie mit einem Stift oder wippte mit ihrem Fuß. Was normalerweise ausreichen würde, um mich in den Wahnsinn zu treiben, hatte bei Emma seltsamerweise eine entspannende Wirkung auf mich. Vielleicht lag es aber auch an den Texten, die heute vorgetragen wurden – ein kurzes Gedicht über das Meer und ein längerer Text über die kleinen Augenblicke im Alltag, die einen glücklich machten. Während die anderen begeistert applaudierten, brauchte ich kurz, um das Gehörte sacken zu lassen. Die beiden hatten nicht nur mit der Sprache gespielt, sondern auch geschickt Metaphern eingebaut und die Gruppe während des Vortragens in ihren Bann gezogen. Ich war dabei völlig zwischen den Zeilen versunken und hatte an mein eigenes Glück gedacht. An Charlotte und Amelia, und dass ich für mein Leben, wie es war, insgesamt wahnsinnig dankbar sein konnte. Selbst wenn ich es nicht schaffen würde, etwas vorzutragen, lohnte sich die Schreibwerkstatt allein schon für die Beiträge der anderen.

Ich richtete meine Aufmerksamkeit zurück auf Brian, der gerade die neue Aufgabe erklärte. Scheinbar brachte er alle zwei Wochen ein neues Thema mit, zu dem dann ein Text erarbeitet werden sollte. Dabei wurde die erste Stunde zum Sammeln der Ideen oder für erste Entwürfe genutzt, den eigentlichen Text sollten wir dann allerdings zu Hause schreiben. Ich schaute auf das Notizbuch, das vor mir lag und in dem sich unzählige angefangene, aber auch ein paar beendete Texte von mir befanden. Ob ich irgendwann so weit war, mich ebenfalls vor die Gruppe zu stellen und einen davon zu teilen?

»Heute gibt es als Impuls ein Zitat von Ernest Hemingway«, sagte Brian, und ein Kichern ging durch die Runde.

»Hemingway ist sein Lieblingsautor, und er zitiert ihn bei wirklich jeder Gelegenheit«, flüsterte Emma mir zu.

»Das habe ich gehört, Emma.« Brian warf ihr einen gespielt strengen Blick zu. »Also, das wird das Motto für die nächsten Stunden sein.« Er trat an die Tafel hinter sich und schrieb mit geschwungenen Buchstaben einen Satz auf den schwarzen Hintergrund. Als er zur Seite trat, runzelte ich die Stirn.

Write hard and clear about what hurts. – Ernest Hemingway

Wir sollten darüber schreiben, was uns schmerzte? Wow! Nicht gerade eine einfache Übung.

»Ich weiß, dass ich viel verlange. Aber schreiben ist immer persönlich. Mit jedem Text, den ihr verfasst, zeigt ihr einen Teil eurer Seele. Das kann beängstigend sein, aber auch sehr befreiend. Es ist euch überlassen, was ihr mit dem Zitat macht und wie ihr es in eure Texte einfließen lasst. Wie immer gilt: Nichts muss und alles kann. Selbstverständlich ist das Vortragen der Ergebnisse freiwillig, auch wenn diese Gruppe davon lebt, dass ihr eure Texte teilt und wir sie gemeinsam besprechen. Fürs Erste findet euch bitte in Zweiergruppen zusammen und brainstormt ein bisschen, was euch zu dem Zitat einfällt.«

Auf Brians Worte folgte geschäftiges Gemurmel. Tische wurden zusammengeschoben und Stühle gerückt.

»Okay, das ist vermutlich kein einfacher Einstieg für dich, aber ich bin mir sicher, wir kriegen das hin«, sagte Emma und wandte sich mir erwartungsvoll zu.

Erleichtert, dass sie mich nicht allein ließ, drängte ich meine Angst zurück und nickte. Ich konnte das schaffen.

»Was hältst du davon, wenn jede von uns erst mal auf einem Zettel Wörter und Sätze sammelt, die uns zu dem Zitat einfallen?«, schlug Emma vor.

»Das klingt super«, erwiderte ich. Ob sie das Rumpeln der Steine hörte, die mir gerade vom Herzen fielen?

In den nächsten Minuten saßen wir schweigend an unserem Tisch und schrieben alles auf, was uns zu dem Zitat einfiel. Meine Liste zu den Dingen, die schmerzten, war schnell gefüllt:

Schweigen. Das Wort war mir als Erstes in den Sinn gekommen. So viele Jahre lang hatte ich das Schweigen mit mir herumgetragen. Wenn ich vor vier Jahren nicht von einem Arzt in eine Klinik geschickt worden wäre, in der mehrere Therapeuten mit mir gearbeitet hatten, würde ich vermutlich heute noch überwiegend schweigen. Die Erinnerungen an diese Zeit schmerzte, womit ich bei meinem nächsten Begriff war.

Erinnerungen. Manchmal schreckte ich nachts aus einem Albtraum hoch, an den ich mich nicht mehr erinnerte. Doch das Gefühl von namenlosem Entsetzen und einem tief sitzenden Schock war jedes Mal dasselbe. Ich wusste nicht mehr viel über den Tag, an dem ich meine Eltern bei einem Unfall verloren hatte, doch die wenigen, verschwommenen Erinnerungen, die geblieben waren, taten weh. Sie begleiteten mich, seit ich denken konnte, und ich wusste nicht, ob sie je weniger schmerzen würden.

Nachdenklich blickte ich auf den nächsten Punkt. *Die Welt und was mit ihr passiert.* Ich hatte schon immer viel nachgedacht. Wenn ich mit Charlotte die Nachrichten ansah, gelang es ihr meist mühelos, danach einen Spielfilm zu beginnen und in die Handlung einzutauchen. Während mich die Bilder von Armut, Ungerechtigkeiten, Gewalt, brennenden Wäldern und anderen Folgen des Klimawandels noch stundenlang verfolgten, schaffte sie es, die Realität auszublenden. Mein Leben wäre einfacher, wenn ich nicht so viel nachdenken würde. Mich nicht so viel kümmern würde. Doch mein Alltag war nie laut genug, um mich den Weltschmerz vergessen zu lassen. Deshalb hatte ich mich in der Schule auch in einer Umwelt-AG engagiert. Ich vermisste das. Neben der Arbeit im Kindergarten schaffte ich es allerdings kaum noch, zu Demonstrationen oder anderen Aktionen zu gehen, bei denen es um einen nachhaltigeren Umgang mit dem Planeten und unseren Ressourcen ging. Aber vielleicht konnte ich hier in der Gruppe zumindest darüber schreiben und mich austauschen. Das würde immerhin ein bisschen helfen, den Weltschmerz zu lindern.

»Bist du fertig?« Emmas leise Stimme riss mich aus meinen Gedanken.

»Ja«, murmelte ich und kämpfte gegen den Drang an, die Liste zu verstecken.

»Du musst es mir nicht zeigen.«

Ich atmete tief durch und schüttelte den Kopf. »Ich will es aber.«

Genau darum ging es bei dieser Schreibwerkstatt schließlich: Ich wollte über meinen Schatten springen.

Emma nahm die Liste vorsichtig entgegen, als ich sie zu ihr rüberschob. Sie überflog meine Notizen und warf mir einen langen Blick zu, den ich jedoch nicht recht deuten konnte.

»Das sind Punkte, die ich gut verstehen kann. Vor allem das mit dem Weltschmerz«, sagte sie schließlich.

Nach einem kurzen Zögern schob sie mir ihren Zettel zu.

Das Gefühl, nicht frei zu sein stand ganz oben auf dem Blatt. Es passte zu ihr. Die Frage, warum sie sich überhaupt so fühlte, lag mir auf der Zunge, doch ich sprach sie nicht aus. Wir kannten uns zu kurz, um über so persönliche Dinge zu reden. Mein Blick fiel auf die restlichen Punkte: *Verlust, ein gebrochenes Herz, enttäuscht zu werden und andere zu enttäuschen.* Ich hätte jeden einzelnen davon auch auf meine Liste setzen können.

»So, die Zeit ist um. Wir sehen uns nächste Woche wieder.« Brians Stimme ließ mich kurz zusammenzucken. Ich hatte gar nicht bemerkt, wie die Zeit vergangen war. An unserem Tisch blieb er kurz stehen. »Hat es dir gefallen, Maisie?«

Ich nickte begeistert. »Sehr! Die Texte waren wahnsinnig gut.«

»Das freut mich, zu hören. Dann sehen wir dich ab jetzt hier ja sicher öfter.« Er nickte mir lächelnd zu und ging dann nach vorn.

»Das war wirklich eine schöne Einheit«, sagte Emma. »Wirst du nächste Woche wiederkommen?«

»Ich denke, ja«, erwiderte ich. Die Leute hier waren zwar völlig unterschiedlich, hatten aber alle eins gemeinsam: die Liebe zur Literatur. Das machte die Gruppe aus, und obwohl ich sie noch nicht kannte und die meisten Namen direkt wieder vergessen hatte, war ich mir sicher, dass ich mich hier wohlfühlen würde.

Ich verabschiedete mich von Emma und winkte ihr noch mal kurz zu, ehe ich mich auf den Heimweg machte. Da es schon wieder nieselte, beschloss ich, den Bus zu nehmen. In Gedanken arbeitete ich bereits an einem Text zum Thema *Erinnerungen.* Die Beiträge der anderen hatten mich inspiriert, und in meinen Fingern kribbelte es erwartungsvoll. Vielleicht hatte Dr. Rae tatsächlich recht, und die Sache mit der Schreibwerkstatt war genau das Richtige für mich.

Der Rest der Woche verging wie im Flug. Die Begriffe, die Emma und ich gesammelt hatten, hatten mich die letzten Tage ständig begleitet, und obwohl ich den Text für die Schreibwerkstatt gestern Abend fast fertig geschrieben hatte, ertappte ich mich immer wieder dabei, wie ich in Gedanken weiterhin mit ihnen spielte. Selbst jetzt, wo ich mit Charlotte am Frühstückstisch saß.

»Kaffee?« Sie hob fragend eine Kanne mit dampfendem Kaffee in die Höhe.

»Nein, danke.« Ich zeigte auf mein Glas Orangensaft, das wie jeden Morgen vor mir stand.

Man sollte meinen, dass Charlotte nach sechzehn Jahren Zusammenleben wusste, dass ich keinen Kaffee mochte, schließlich war ich ein kleines Kind gewesen, als Amelia und ich zu ihr gekommen waren. Andererseits, meine Tante verließ das Haus morgens meistens vor mir oder setzte sich gar nicht erst zum Frühstücken an den Tisch. Die einzige Ausnahme bildete das Wochenende, was auch der Grund für das entspannte Lächeln im Gesicht meiner Tante war.

»Wie war deine Woche?«, fragte sie, nachdem sie einen großen Schluck Kaffee getrunken hatte.

»Ganz gut«, antwortete ich ausweichend und griff nach einem Brötchen, wohl wissend, dass sie eigentlich hören wollte, wie es in der Schreibgruppe gelaufen war. Bisher hatte sie sich mit Fragen erstaunlich gut zurückgehalten. Allerdings hatte sie Mittwoch auch einen Elternabend an ihrer Schule gehabt, weshalb die Gelegenheit, mich direkt auszufragen, nicht da gewesen war.

Sosehr ich ihre Neugier auch verstand, ich wollte noch nicht darüber sprechen. Es hatte sich gut angefühlt, mit Emma zu reden, und die Gruppe wirkte nett, aber wenn ich mit Charlotte darüber sprach, war sie gleich wieder aus dem Häuschen, und den Druck konnte ich nicht gebrauchen. Die Schreibwerkstatt war etwas, was ich nur für mich tat. Auch wenn ich den Schubs von Dr. Rae dafür gebraucht hatte, hatte die Entscheidung letztendlich bei mir gelegen, und ich war froh, sie getroffen zu haben. Wenn ich wollte, dass sich etwas in meinem Leben veränderte, dass ich mich mehr mit anderen austauschte, dann musste ich solche Chancen ergreifen. So viel hatte ich inzwischen kapiert.

»Und wie war deine Woche?«, fragte ich schnell, um von mir abzulenken.

»Anstrengend.« Charlotte seufzte und fuhr sich durch ihre braunen Haare, die ihr bis knapp über die Schultern reichten.

»Vielleicht solltest du ein bisschen weniger arbeiten und nicht für jede kranke Kollegin einspringen«, bemerkte ich.

»Du weißt doch, wie das ist. Die Schüler brauchen mich, außerdem arbeite ich ja gern dort. Nur manchmal dürfte es ein bisschen stressfreier sein.« Sie lächelte matt und trank einen weiteren Schluck Kaffee.

Charlotte war mit Leib und Seele Lehrerin und liebte ihren Job. Ihre Schüler konnten sich verdammt glücklich schätzen, jemanden wie sie als Lehrerin zu haben. Trotzdem machte ich mir manchmal Sorgen, dass sie zu viel arbeitete. Sie hätte es verdient, mehr Freizeit zu haben, öfter mal zu verreisen oder sich mit Freunden zu treffen. Stattdessen hatte sie die letzten Jahre Amelia, mir und ihrem Job gewidmet.

»Ich hoffe, die Kids wissen es zu schätzen, dass sie dich haben.«

»Meistens schon«, sagte Charlotte und wechselte dann abrupt das Thema: »Was sind deine Pläne für das Wochenende?«

Ich zuckte mit den Schultern. »Weiß noch nicht. Vielleicht gehe ich später ins *Daydream* und schreibe an dem Text für die Schreibwerkstatt weiter.«

Das *Daydream* war ein Café nur wenige Busstationen entfernt. Amelia hatte dort vor ihrem Studium gejobbt, und ich liebte die gemütliche Atmosphäre, die das Café ausstrahlte. Und nachdem ich gestern mit Bree bis spät in die Nacht Musicals und alte Liebeskomödien geschaut und gequatscht hatte, brauchte ich heute ein bisschen Zeit für mich.

»Alles klar«, sagte Charlotte. »Dann genieß es im Café. Bist du zum Abendessen hier?«

Ich nickte. »Auf jeden Fall. Vielleicht können wir ja mal wieder was bestellen?«

»Das klingt gut.« Charlotte lächelte zufrieden und widmete sich wieder ihrem Kaffee.

Als ich mich nach dem Frühstück mit meinem Notizbuch in der Tasche auf den Weg ins *Daydream* machte, spannte sich über mir ein grauer Himmel, der von dunklen Wolken bevölkert wurde. In der Luft lag der Geruch von Regen, und ich beeilte mich, den nächsten Bus zu erwischen.

Während ich in die Straße in Richtung Café einbog, hörte ich einen neuen Song von Halsey, der mich mit seinen melancholischen Klängen in genau die Stimmung versetzte, die ich fürs Schreiben brauchte. Mit ihrer Stimme im Ohr und Tausenden Ideen im Kopf betrat ich das Café, das überraschend gut besucht war. Stirnrunzelnd schaute ich mich um. Kein einziger Tisch war mehr frei. Plötzlich blieb mein Blick an meinem Stammtisch im hinteren Teil des Cafés hängen.

Das Gesicht des Gasts kam mir vage bekannt vor. Mit zusammengekniffenen Augen musterte ich den jungen Mann, der über einem dicken Ordner gebeugt auf meinem Platz saß. Weston. So ein Mist aber auch. Wenn das ein Scherz vom Schicksal sein sollte, war es ein wirklich schlechter. Von allen Cafés in Edinburgh musste Weston natürlich im *Daydream* sitzen. Ausgerechnet heute, wo ich nichts anderes wollte, als in Ruhe an einem meiner Lieblingsplätze zu schreiben. Das Café war mit seiner liebevollen Deko, den bunten Blumensträußen auf den Tischen und selbst gebackenen Muffins eine Wohlfühloase, in die ich mich schon oft geflüchtet hatte. Falls es so etwas wie eine Schicksalsgöttin gab, amüsierte sie sich gerade vermutlich prächtig auf meine Kosten.

Als spürte Weston meine Anwesenheit, hob er den Kopf. Unsere Blicke trafen sich quer durch den Raum, und spätestens jetzt war es amtlich. Der Tag war gelaufen. Niemals würde ich mich irgendwo dazusetzen und schreiben können, wenn diese Augen mich verfolgten.

Bevor die Situation noch unangenehmer werden konnte, drehte ich mich ruckartig um und verließ mit schnellen Schritten das Café. An der frischen Luft angekommen, atmete ich tief durch.

Es war lächerlich, dass Westons Anblick mich dermaßen aus dem Konzept brachte.

Seit der unangenehmen Begegnung im Kindergarten letzte Woche hatte ich jeden Gedanken an ihn verdrängt. Als er vor mir gestanden hatte, war ich davon ausgegangen, dass er sich entschuldigen wollte, aber natürlich hatte ich mich geirrt. Gott, sein arrogantes Grinsen war zum Wahnsinnigwerden gewesen. Sein Auftritt hatte das Bild des eingebildeten Studenten zu hundert Prozent bestätigt. Und dann war Teddy aufgetaucht – und hatte dieses Bild ins Wanken gebracht. Die Szene, wie Weston ihn durch die Luft gewirbelt und voller Zuneigung gemustert hatte, war mir noch lange nachgegangen.

Hastig schob ich dieses Bild beiseite, drehte die Musik auf meinem Handy lauter und setzte mich in Bewegung. Schluss damit. Weston war niemand, über den ich mir den Kopf zerbrechen sollte.

Als plötzlich eine Hand nach meinem Arm griff, schrie ich auf. Panisch wirbelte ich herum und zog mir gleichzeitig die Kopfhörer aus den Ohren.

»Hi.« Weston lächelte mich entschuldigend an. Mit seinem Ordner unter dem Arm stand er vor mir, als wäre es keine große Sache, dass er mir aus dem Café gefolgt war.

Sofort trat ich einen Schritt zurück. »Spinnst du, dich so anzuschleichen?«, rief ich.

»Ich wollte dich nicht erschrecken.«

»Hast du aber.« Das Herz klopfte mir bis zum Hals, und ich spürte den Adrenalinschub im ganzen Körper.

»Sorry.« Abwehrend hob er die Hände.

»Wenn du schon dabei bist, dich zu entschuldigen, kannst du

dich auch gleich dafür entschuldigen, dass du meinen Platz geklaut hast«, fuhr ich fort und war froh, dass meine Stimme mich nicht im Stich ließ.

»Deinen Platz?«, fragte er amüsiert.

»Ja, meinen Platz. Dort sitze ich nämlich immer, wenn ich schreibe. Ich hatte mich schon richtig auf ein paar ungestörte Stunden gefreut, und dann ist das Café voll und mein Stammtisch besetzt.« Ich atmete geräuschvoll aus.

Einen Moment lang herrschte Stille, dann ertönte ein überraschtes Lachen. »Ich hatte ja keine Ahnung, dass das in dir steckt.«

Verwirrt sah ich Weston an. Die Wut verrauchte und mit ihr meine Worte.

»Es tut mir sehr leid, dass ich dir *deinen* Platz geklaut habe.«

Das Zucken seiner Mundwinkel strafte ihn Lügen, doch ich sagte nichts dazu. Ich war zu sehr damit beschäftigt, meinen spontanen Ausbruch zu verarbeiten.

»Kann ich es vielleicht wiedergutmachen? Mit einem Kaffee zum Beispiel?«

»Ich mag keinen Kaffee«, erwiderte ich reflexartig.

»Ich bin mir sicher, wir finden ein Café, das auch andere Getränke im Angebot hat.«

Allmählich ging mir sein Grinsen auf die Nerven. Mit zusammengekniffenen Augen musterte ich Weston. Im Tageslicht schimmerte das Blau in seinen Augen stärker. Es bildete einen starken Kontrast zu seinen dunklen Haaren, was mit Sicherheit sämtliche Frauenherzen höherschlagen ließ. Gepaart mit seinen harten Gesichtszügen, die weich wurden, sobald er lächelte, sah er unverschämt attraktiv aus. Was ihm mit Sicherheit bewusst war.

Zumindest trat ein wissendes Funkeln in seine Augen, als er den Kopf schief legte und mich ebenso eingehend musterte wie ich ihn. Heilige Scheiße, das war nicht gut. Die Luft zwischen uns schien zu vibrieren, und als Weston einen Schritt auf mich zutrat, hielt ich unwillkürlich die Luft an.

»Also? Suchen wir jetzt ein Café? Oder schauen im *Daydream* nach, ob dein Stammplatz noch frei ist? Vielleicht hätte ich den hier dort liegen lassen sollen.« Er sah kurz auf seinen Ordner, der unfassbar schwer aussah. Warum er den überhaupt freiwillig durch die Gegend schleppte, war mir ein Rätsel. »Du musst auch gar nicht mit mir reden, ich habe genug Uni-Sachen zum Lernen dabei«, fuhr er fort. »Also, was sagst du?«

Der Typ hatte echt Nerven. »Vielleicht ein anderes Mal«, erwiderte ich betont ruhig und ignorierte die leise Stimme, die mich daran erinnerte, dass ich doch beschlossen hatte, aufgeschlossener und mutiger zu sein.

Westons Augen weiteten sich. Zum ersten Mal, seit ich ihn kannte, war er sprachlos. »Du erteilst mir eine Abfuhr?«

Überraschte ihn das wirklich?

»Ich kenne dich nicht.«

»Und man hat dir beigebracht, nicht mit fremden Menschen Kaffee trinken zu gehen«, sagte er langsam. »Das ist allerdings verständlich.« Er schüttelte den Kopf, ob über diese Situation oder über sich selbst, konnte ich nicht sagen.

»Nein«, widersprach ich. »Aber ist dir schon mal der Gedanke gekommen, dass ich vielleicht einfach nicht mit *dir* Kaffee trinken gehen will?« Trotz seines unmöglichen Verhaltens fing das Gespräch an, mir Spaß zu machen. Es war verblüffend einfach, ihn zu reizen. Scheinbar war er es gewohnt, die Leute sehr schnell für sich einzunehmen. Doch da würde ich ihn enttäuschen müssen. So leicht war ich nicht zu beeindrucken. Vielleicht genoss ich das Gespräch aber auch deshalb so sehr, weil seine direkte Art mich vergessen ließ, dass ich mich normalerweise nicht mit Fremden unterhielt.

»Das glaube ich nicht«, sagte er vollkommen überzeugt.

Wow! »Dafür gibt's keine Worte«, murmelte ich kopfschüttelnd. Der Typ litt echt an Größenwahn, wenn er glaubte, dass alle Frauen ihm verfallen waren.

»Du könntest es als Entschuldigung für mein unverschämtes Verhalten auf dem Spielplatz betrachten«, schlug er vor, und obwohl seine Augen voller Ernst auf mir ruhten, entging mir das Zucken seiner Mundwinkel nicht. »Aber ich will mich nicht aufdrängen.«

»Wie großzügig von dir«, murmelte ich und grinste nun ebenfalls.

»Tja, dann …« Weston legte den Kopf schief und musterte mich noch einmal eingehend, als würde er aus mir nicht schlau werden. »Ich hätte zwar liebend gern mit dir einen Kaffee getrunken, aber vielleicht sehen wir uns ja im Kindergarten wieder.«

Ich nickte langsam. »Ja, vielleicht.«

Er winkte mir zum Abschied zu, drehte sich um und ging. Nachdenklich sah ich ihm hinterher, bevor ich mich ebenfalls abwandte. Es kam nicht oft vor, dass ich einen Menschen nicht einschätzen konnte. Aber Weston schien verschiedene Gesichter zu haben, und während ich den Kerl, der liebevoll mit Teddy sprach, durchaus interessant fand, wurde ich aus dem Kerl mit dem verschmitzten Lächeln und dem selbstbewussten Auftreten nicht schlau.

Vielleicht würde sich das ändern, falls wir uns erneut über den Weg liefen. Vielleicht war es aber auch besser, wenn es gar nicht erst zu dem Kaffee kam, von dem er gesprochen hatte.

5. KAPITEL

Weston

Regentropfen prasselten auf mich herunter, als ich mit schnellen Schritten die Straße entlangeilte. Ein kühler Wind trieb sie mir ins Gesicht, doch ich ignorierte die Kälte genauso wie meine nassen Schuhe, die sich für das Wetter in Schottland viel zu schnell mit Wasser vollsogen.

Maisies Gesichtsausdruck stand mir noch immer vor Augen. Ich wusste nicht, was es war, aber sie faszinierte mich. Dass sie mir eine Abfuhr erteilt hatte, sollte mich vermutlich nicht wundern, trotzdem nagte es an mir. Sie wirkte nicht wie jemand, der leicht zu überzeugen war, dennoch hatte ich gehofft, sie würde Ja sagen. Warum, wusste ich selbst nicht so recht. Vielleicht, um mehr von ihrem Lächeln zu sehen und ihrer sanften Stimme zu hören, die in einem so starken Kontrast zu der Direktheit stand, die manchmal ganz unvermittelt in ihren Worten auftauchte. Was es auch war, ich sollte sie mir aus dem Kopf schlagen.

Ich beschleunigte meine Schritte. Es hatte vor ein paar Minuten zu regnen begonnen, und auch wenn es nicht mehr weit bis zu meiner Wohnung war, bereute ich es, nicht den Bus genommen zu haben. Gerade als ich die Haustür aufschloss, klingelte mein

Handy. Ich warf einen schnellen Blick auf das Display und runzelte die Stirn. Nach kurzem Zögern nahm ich den Anruf an. Es nicht zu tun, schob das Gespräch nur auf, machte jedoch nichts besser.

»Hi, Dad«, sagte ich und wappnete mich innerlich für das, was kommen würde.

»Hallo, Sohn, wie läuft es mit der Uni?«

Ich verdrehte die Augen. Gott, das war so typisch für ihn. Er kam immer direkt zum Punkt und fragte nach der einzigen Sache, die für ihn wichtig war: mein Jurastudium. Sollte er mich eines Tages stattdessen fragen, wie es mir ging, würde ich vermutlich sofort aufbrechen, um nachzusehen, ob er noch bei Sinnen und er selbst war.

»Gut«, presste ich hervor, schlüpfte aus meinen nassen Schuhen, hängte die Jacke im Flur auf und steuerte zielsicher die Couch im Wohnzimmer an.

»Gut? Weston, ich hoffe, dir ist bewusst, wie wichtig dieses Studium für dich ist. Ich erwarte Bestnoten von dir. Wenn es nicht gut läuft, dann musst du Prioritäten setzen und öfter in die Bibliothek gehen anstatt in Raymonds Werkstatt.«

Ich biss die Zähne zusammen. Raymond war Dads Bruder, und seine Schreinerwerkstatt war der einzige Ort, wo ich so richtig durchatmen konnte. Dad war es seit Jahren ein Dorn im Auge, dass ich regelmäßig hinfuhr, weil er glaubte, ich würde dadurch mein Studium vernachlässigen, aber ich brauchte die Besuche. Sie waren die Lichtblicke in meinem stressigen Unialltag. Zusammen mit den Stunden mit Teddy.

»Ich habe doch gesagt, es läuft gut«, verteidigte ich mich, wobei meine Stimme direkt eine Spur zu laut wurde.

»Kein Grund, mich so anzufahren«, erwiderte Dad gewohnt ruhig. Dass er sich so viel besser unter Kontrolle hatte als ich, machte unsere Telefonate noch schlimmer. Ich zwang mich, innerlich bis fünf zu zählen.

»Sorry«, murmelte ich. »Ich weiß, du willst nur mein Bestes.« Zumindest behauptete er das regelmäßig. »Aber du musst dir keine Sorgen machen, ich komme bei den Kursen gut mit, ich lerne viel und nehme das Studium ernst.«

Dad gab ein brummendes Geräusch von sich, was ich als Zustimmung wertete, und erzählte dann kurz von einem Essen mit einem Geschäftspartner. Nach ein paar Sätzen schaltete ich ab. Der Teil diente nur dazu, zu verschleiern, dass er lediglich anrief, um sicherzustellen, dass ich nicht vergaß, wie wichtig mein Studium war. Wie viel Druck auf mir lastete und wie verdammt hoch seine Erwartungen waren.

Als könnte ich das einfach so vergessen. Ich fragte mich oft, wann es für meinen Vater genug war und ob es das jemals sein konnte. Vermutlich hatte er auch dann noch etwas an mir auszusetzen, wenn ich seine Firma übernahm und damit exakt seinen Wünschen nachkam. An dem Versuch, so etwas wie Wertschätzung von ihm zu bekommen, scheiterte ich seit zweiundzwanzig Jahren. Warum ich mich trotzdem immer wieder darum bemühte, wusste ich auch nicht.

Alastair Campbell hatte etwas an sich, was die Leute dazu brachte, zu ihm aufzuschauen. Mit seinem unerschütterlichen Ehrgeiz und viel harter Arbeit hatte er die Kanzlei seines Vaters übernommen und weiter aufgebaut. Seit Jahren glänzte er dort mit einem gewonnenen Fall nach dem anderen. Er war es auch, der mein Studium finanzierte. Vor allem aber war er der Mann, der mich seit Kindertagen dazu brachte, mein Bestes zu geben. Vielleicht fiel es mir deshalb so schwer, mich gegen den Druck zu wehren, den er ausübte. Dabei wollte ich nicht viel. Ein anerkennendes Nicken hätte mir gereicht. Meine Noten vom letzten Semester waren verdammt gut, aber er hatte nur auf die eine Prüfung gepocht, die ich in den Sand gesetzt hatte. Eine von sieben Prüfungen. Dass ich die anderen ausnahmslos mit einem Sehr gut bestanden hatte, spielte für meinen Dad keine Rolle.

»Dad, ich muss Schluss machen«, sagte ich, als er endlich seine Geschichte über den letzten gewonnenen Fall beendet hatte.

»Natürlich«, erwiderte er sofort. »Du hast sicher noch eine Vorlesung nachzubereiten. Man muss dranbleiben, wenn man es im Leben zu etwas bringen will.« Mit diesen Worten legte er auf.

Frustriert sank ich tiefer in die Couch und schaltete den Fernseher an. Ich hatte nicht vor, mich hier so schnell wieder wegzubewegen. Wenn ich so genervt war wie jetzt, brachte es ohnehin nichts, zu lernen. Ich musste erst den Kopf freikriegen, bevor ich mich mit den Rechtsbüchern befassen konnte.

Auf dem ersten Sender, den ich einschaltete, lief *The Avengers*, und weil ich zu faul war, nach einem anderen Film zu suchen, ließ ich ihn einfach laufen. Auch wenn ich den Film inzwischen schon mindestens zehnmal gesehen hatte. Ich hatte schon immer einen Hang zu Superheldengeschichten. Vielleicht machte mich das zu einem Nerd, aber beim Zusehen konnte ich abschalten und mein eigenes Leben vergessen, das von *heldenhaft* nicht weiter hätte entfernt sein können.

Nach ungefähr der Hälfte des Films riss mich das Einsetzen einer lauten Melodie schlagartig zurück in die Realität. Seufzend schaltete ich den Fernseher auf stumm und angelte nach meinem Handy, das auf dem Couchtisch lag.

»Hi, Rose«, begrüßte ich meine Schwester. »Was gibt's?«

»Störe ich?«, fragte sie atemlos. Wie so oft klang sie eine Spur zu gestresst. Ich hatte ihr schon hundertmal gesagt, dass sie zu viel arbeitete, aber als Marketingmanagerin bei einem bekannten Magazin gab es immer etwas zu tun, und sie wollte so wenig finanzielle Unterstützung wie möglich von unseren Eltern annehmen.

Seit ihrer Schwangerschaft war Roses Verhältnis zu Mum und Dad nicht mehr wie zuvor. Die beiden hatten ihr zwar ihre Unterstützung angeboten, doch Dad hatte seine Missbilligung nicht verbergen können. Mum gab sich alle Mühe, den Kontakt aufrechtzuerhalten, denn sie liebte Teddy abgöttisch. Er war vermutlich das einzige menschliche Wesen, an dem sie nichts auszusetzen hatte. Nur sich bei Rose zu entschuldigen, schaffte sie nicht. Ihr Stolz war ihr im Weg. Wie so oft in unserer Familie.

»Nee, ich schaue gerade nur einen Film an.«

»Musst du nichts lernen?«

Großartig, jetzt klang sie schon wie Dad.

»Was willst du?«, brummte ich unwillig.

»Sorry«, ruderte sie sofort zurück. »Ich weiß ja, wie sehr dich diese Frage nervt. Hör mal, kannst du Teddy nächste Woche Dienstag vom Kindergarten abholen und den Nachmittag mit ihm verbringen? Wir haben in der Redaktion ein wichtiges Shooting, bei dem ich dabei sein muss.«

Ich unterdrückte ein Seufzen. Rose arbeitete seit einigen Jahren für ein bekanntes Modemagazin, das monatlich erschien. Sie liebte ihren Job über alles, nur kollidierten die Termine nicht selten mit den Zeiten des Kindergartens. Bisher wollte sie Teddy aber noch nicht in eine ganztägige Betreuung geben, was nur dank meiner Hilfe möglich war.

»Klar«, erwiderte ich und versuchte, nicht an die vielen Fallbeispiele zu denken, die ich für die anstehenden Straf- und Zivilrechtsklausuren durcharbeiten musste. Als ich mich für Jura eingeschrieben hatte, wusste ich, dass es kein Spaziergang werden würde, aber dass der Stoff mich so dermaßen erschlagen würde, hätte ich nicht gedacht.

»Danke, du bist meine Rettung, Wes. Keine Ahnung, was ich ohne dich machen würde.« Die Erleichterung war aus jeder Silbe herauszuhören.

Ich nickte, obwohl sie mich nicht sehen konnte. »Kein Problem.«

»Aber falls es dir doch zu viel wird, sag Bescheid, ja?«, fuhr sie fort. »Ich habe nur einfach das Gefühl, dass Teddy momentan noch viel Zeit mit vertrauten Gesichtern braucht. Immerhin fühlt er sich im Kindergarten wohl. Die Erzieherinnen von seiner Gruppe sind noch recht jung, scheinen sich aber gut durchsetzen zu können. Hast du sie kennengelernt, als du ihn das letzte Mal abgeholt hast?«

Rostrote Herbsthaare und ein sanftes Lächeln tauchten vor meinen Augen auf. Ich versuchte, das Bild zu verdrängen, aber Maisie war hartnäckig. Seit ich mich vorhin von ihr abgewandt hatte, geisterte sie ständig durch meine Gedanken. Der Blick aus ihren Augen war eine Spur zu eindringlich, zu ernst gewesen, als sie mich angesehen hatte. Sie war niemand, mit dem man einfach nur Spaß hatte. Niemand, an den man sich nach ein paar Tagen nicht mehr erinnerte. Maisie schien vielmehr jemand zu sein, der sich nicht verstellte. Jemand, der zu sich und seinen Träumen stand. Jemand, der ich nie sein würde.

»Ja, Teddy scheint sich direkt in eine von ihnen verknallt zu haben.«

Rose lachte hell auf. »Wenn er irgendwann ein Herzensbrecher wird, schiebe ich es auf dich.«

»Hey!«, verteidigte ich mich. »Ich bezweifle, dass ich viele Herzen auf dem Gewissen habe.« Um sie zu brechen, müsste ich die dazugehörigen Frauen erst mal an mich heranlassen, und das vermied ich im Normalfall.

»Zumindest keine, von denen du weißt.«

»Auch wieder wahr. Sag mal, hast du in letzter Zeit mal mit unseren Eltern geredet?«, fragte ich, weil mir das Gespräch mit Dad mehr nachhing, als ich zugeben wollte.

Sofort schlug die Stimmung um. Roses Tonfall war frostig, als sie antwortete: »Nein, ich beschränke mich auf das Notwendigste. Gestern war ich kurz bei ihnen, weil Teddy seine Großeltern sehen wollte.«

»Verständlich«, murmelte ich. »Immerhin erwarten sie von Teddy noch nichts.«

»Sonst würde ich ihnen aber auch gehörig meine Meinung geigen«, erwiderte Rose. »Hat Dad dich wieder unter Druck gesetzt?«

»Was denkst du denn? Er ruft jedes Mal nur an, um sicherzustellen, dass ich genug lerne. Keine Ahnung, was es braucht, damit er mal zufrieden ist.«

»Mein Gott, Wes. Du lernst doch jede freie Minute. Ich verstehe nicht, warum du dir das überhaupt antust.«

»Du weißt doch, wie wichtig es ihm ist, dass ich eines Tages seine Kanzlei übernehme.«

»Na und? Wir leben im einundzwanzigsten Jahrhundert. Du solltest nicht dasselbe machen müssen wie er, nur weil die Kanzlei seit Jahrzehnten von unserer Familie geführt wird. Manchmal müssen Traditionen gebrochen werden.«

Ich schnaubte. »Das würde er nie verkraften.«

Darauf sagte Rose nichts mehr. Musste sie auch nicht. Wir beide wussten, dass ich nie wirklich eine Wahl gehabt hatte. Seit meiner Geburt stand fest, dass ich eines Tages in der Kanzlei arbeiten würde. Genau wie mein Dad, mein Großvater und dessen Vater. Die Männer unserer Familie waren alle erfolgreich gewesen, und von mir wurde nun ebenfalls erwartet, dass ich mich einreihte. Meinem Dad zu erklären, dass das wahnsinnig überholt und patriarchalisch war, war vergebens. Für ihn war es eine Ehre, das Familiengeschäft aufrechtzuerhalten und weiterzuführen. So etwas warf man nicht einfach weg.

Auf der anderen Seite der Leitung ertönte ein Rascheln und dann Teddys Stimme im Hintergrund.

»Du, ich muss auflegen«, sagte Rose. »Wir sehen uns dann Dienstag, wenn ich Teddy bei dir abhole, okay? Und vielen Dank noch mal!«

»Alles klar, bis dann.« Seufzend legte ich das Handy wieder auf den Couchtisch und schaltete den Ton am Fernseher wieder ein, doch ich konnte mich kaum auf den Film konzentrieren. Meine Gedanken schweiften ständig ab. Zu Dad und seinen Erwartungen, zu Maisies Lächeln, das mich nicht losließ, ganz gleich, wie sehr ich dagegen ankämpfte.

Irgendwann stand ich auf, ging in die Küche und schaltete die Kaffeemaschine ein. Draußen war es inzwischen dunkel geworden, aber ich musste noch einen Foliensatz der letzten Vorlesung zu Familienrecht von Professor Smith durchgehen. Leider reichte es bei mir nicht aus, die Texte nur einmal zu lesen. Um sie wirklich in meinen Schädel zu bekommen, musste ich sie mehrmals durcharbeiten.

Ausgestattet mit einer großen Tasse Kaffee ging ich zurück ins Wohnzimmer. Auf dem Schreibtisch stapelten sich Gesetzbücher und Notizen, die mich höhnisch verspotteten. Seufzend setzte ich mich auf den verhassten Schreibtischstuhl und schlug das erste Buch auf. Das würde eine lange Nacht werden.

6. KAPITEL

Maisie

»Du hast ihn wirklich einfach abblitzen lassen?«, fragte Bree belustigt.

»Hab ich.« Ich streckte meine Beine auf ihrer samtgrünen Couch aus, die so was wie mein zweites Zuhause darstellte. Sie passte perfekt in Brees Zimmer, das mit mehreren Pflanzen ausgestattet war, die ich leider nicht zuordnen konnte, da ich, anders als Bree, keinen grünen Daumen besaß und es einmal sogar fertiggebracht hatte, einen Kaktus sterben zu lassen. Mein Blick glitt über ihre weiße Kommode und den großen Spiegel an der Wand, dessen Rand mit Fotos von uns beklebt war. Unzählige Stunden hatte ich hier schon verbracht, meistens eingemummelt in eine Decke, während irgendein Musical, Klassiker oder Liebesfilm lief und Bree von ihren Dates mit Frauen erzählte, die genau wussten, was sie wollten.

Seit wir uns kannten, betonte Bree, dass sie auf Menschen mit einem starken Charakter stand, während mich das manchmal einschüchterte. Nicht dass ich ständig Dates hatte. Bisher war das auch kein Problem gewesen. Ich mochte mein Leben und brauchte keinen Kerl, um mich komplett oder besonders zu fühlen. Trotzdem hatte ich mich in den letzten Stunden dabei ertappt, dass ein ganz besonderes Augenpaar sich wiederholt in meine Gedanken schlich.

»Das ist ihm vermutlich noch nie passiert«, sagte sie glucksend. Sie lag neben mir auf der Couch und sah trotz ihrer schwarzen Leggins und dem weiten mintgrünen Hoodie noch stilvoll aus. Keine Ahnung, wie sie es schaffte, diesen Gammel-Look so zu rocken.

»Gut möglich.«

»Ich feiere dich jedenfalls für die Aktion. Aber am liebsten würde ich dich grad echt gern schütteln.«

Ich runzelte die Stirn und sank tiefer in die Couch. »Warum das denn?«

»Ähm, hallo? Hast du dir Weston mal richtig angesehen?« Sie wackelte mit den Augenbrauen, was mir ein Lachen entlockte.

»Ist das jetzt dein Ernst, Bree? Ausgerechnet du argumentierst mit seinem Aussehen, obwohl du sonst immer für innere Werte plädierst?«

Sie schnappte sich ein Kissen und zupfte an einem Faden, der sich aus dem Stoff löste. »Sorry. Du hast recht. Natürlich solltest du dich nicht mit ihm treffen, wenn er ein Mistkerl ist. Ich dachte nur, es hätte da im Kindergarten so einen kurzen Moment zwischen euch gegeben.«

Verwirrt sah ich sie an. »Was für ein Moment soll das denn gewesen sein?«

»Keine Ahnung. Ihr habt euch so intensiv angeschaut, nachdem er mit Teddy diese Heißer-großer-Bruder-Nummer abgezogen hat.«

»Die … was?« Entgeistert schaute ich Bree an. Verlor sie jetzt völlig den Verstand? »Da war kein Moment«, widersprach ich, obwohl ich mir insgeheim eingestehen musste, dass ich Weston sehr wohl etwas zu lange gemustert hatte. »Und ich habe keine Ahnung, was für eine Nummer du meinst.«

»Lügnerin. Du hast ihn angeschaut, als würdest du gleich anfangen zu sabbern.«

Ich setzte mich ein Stück aufrechter hin. »Das ist nicht wahr.«

»Ich stand direkt dabei, leugnen ist also zwecklos«, argumentierte sie grinsend.

»Bullshit«, rief ich, konnte mir aber ein kleines Schmunzeln nicht verkneifen. Es war schön, mit Bree herumzualbern und mal über weniger ernste Themen zu quatschen.

»Wie du meinst. Aber jetzt erzähl mal, was habt ihr geredet, bevor du ihm einen Korb gegeben hast?« Bree machte nicht den Eindruck, als würde sie das Thema so schnell fallen lassen.

Ich zuckte mit den Schultern. »Nichts Weltbewegendes. Wir haben uns einfach nur kurz unterhalten.«

»Aha.« Wieder zog sie bedeutungsvoll die Augenbrauen hoch.

»Hör auf damit.«

»Womit?«, fragte Bree betont unschuldig.

Ich gab ihr spielerisch einen Klaps auf die Schulter. »Damit, etwas in die Sache hineinzuinterpretieren, was nicht da ist.«

»Es ist also eine Sache.«

»Bree!« Ich warf ein Kissen nach ihr, dem sie lachend auswich.

»Okay, aber jetzt sei mal ehrlich. Bereust du es, dass du ihm einen Korb gegeben hast?«

Bei Brees Frage tauchten graublaue Augen und ein amüsiertes Lächeln in meinem Kopf auf. Weston war attraktiv, strahlte Selbstbewusstsein und Lässigkeit aus. Eigenschaften, um die ich normalerweise einen großen Bogen machte, weil solche Menschen beliebt und cool waren – und beliebte und coole Menschen fanden eine schweigsame Frau mit zu vielen Gedanken meist nicht besonders interessant. Dennoch konnte ich nicht leugnen, dass ein Teil von mir sich fragte, was sich hinter seinem Lächeln verbarg, denn kein Mensch konnte immer fröhlich und gut gelaunt sein.

»Nein«, sagte ich schließlich, auch wenn es nicht ganz die Wahrheit war. »Ich wollte heute in Ruhe meinen Text schreiben. Und irgendwie hatte ich keine Lust, es ihm so einfach zu machen. Ich kann ihn noch nicht wirklich einschätzen … keine Ahnung.«

»Verstehe«, sagte Bree. »Dann ist es vermutlich gut, dass du auf dein Gefühl gehört hast.«

»Das denke ich auch«, erwiderte ich lächelnd. »Okay, Themenwechsel, was für einen Film wollen wir schauen? Ich wäre ja für *Footloose.*« Bree und ich wechselten in unserer Filmwahl meistens zwischen Musicals und alten Klassikern und schoben ab und zu eine Liebeskomödie dazwischen.

»Gern«, sagte sie.

Erleichtert, dass das Thema Weston damit fürs Erste vom Tisch war, schnappte ich mir eine Wolldecke und machte es mir gemütlich. Während der nächsten Stunden redeten und lachten wir, und versuchten sogar, bei den Tanznummern mitzumachen, wobei Bree voller Dramatik vom Sofa sprang. Am liebsten hätte ich die Szene gefilmt, aber vor lauter Lachen hätte ich das Handy sowieso nicht ruhig halten können. Nach *Footloose* machten wir direkt mit einem der *Step-Up*-Filme weiter, und ich genoss es, mich in den fröhlichen Melodien und Tanzszenen zu verlieren und alles andere für ein paar Stunden lang auszublenden. Deshalb liebte ich

Filme wie diese auch so sehr. Sie hoben die Laune und versprühten genug positive Stimmung, um die grüblerischen Gedanken zu übertönen.

Als ich schließlich mit dem Fahrrad zurück nach Hause fuhr, war es bereits weit nach Mitternacht. Über mir spannte sich ein klarer Sternenhimmel, und es kribbelte in meinen Fingern, die Nacht mit meinen Worten einzufangen. Abende wie der heutige machten mein Leben leicht. Sie konnten mich zwar nicht vergessen lassen, was ich verloren hatte, oder die Sehnsucht nach meinen Eltern mindern, aber sie zeigten, dass es sich lohnte, nicht aufzugeben. Dass ich trotzdem Leichtigkeit spüren und aus tiefstem Herzen lachen konnte.

7. KAPITEL

Maisie

»Attacke!«

Ich wich Jenny aus, die hinter Teddy den Gang entlangstürmte.

»Manchmal wüsste ich wirklich gern, woher die Kids ihre Energie nehmen«, bemerkte Bree, die neben mir im Flur stand, wo die Kinder sich anziehen sollten, da sie gleich abgeholt werden würden. Von der entspannten Ruhe, die Bree und ich vor drei Tagen bei unserem Filmabend genossen hatten, war nichts mehr zu spüren. Trotzdem gefiel mir der Trubel um mich herum.

Als die Tür sich öffnete, drehte ich mich in der Erwartung, ein Elternteil zu sehen, um. Stattdessen stand Weston vor mir.

»Hi«, sagte er und sah mir einen Moment zu lange in die Augen, bevor er sich nach Teddy umschaute.

Mein Herz machte einen kleinen Satz, und mein Puls schnellte nach oben. Mist. »Hi«, krächzte ich leise. Sein Anblick sollte mich kaltlassen, aber ich konnte nicht anders, als ihn eingehend zu mustern. Seine blauen Augen wirkten heute eine Spur dunkler als das letzte Mal, doch als keine Sekunde später Teddy in seine Arme sprang, lächelte er, und plötzlich strahlte sein ganzes Gesicht.

»Ich wusste gar nicht, dass du mich heute schon wieder abholst!«, rief Teddy.

»Deine Mum hat wohl vergessen, es dir zu sagen«, erwiderte Weston. »Wo sind denn deine Jacke und deine Schuhe?«

Teddy zeigte auf seinen Haken an der Wand.

Als Weston an mir vorbeging, streifte mich sein herber Duft. »So schnell sieht man sich wieder«, sagte er lächelnd.

Ich wusste nicht, was ich darauf erwidern sollte, doch Weston kniete sich bereits vor Teddy, um ihm mit seinen Schuhen zu helfen.

Als die Tür ein weiteres Mal aufschwang, atmete ich auf. Ich wollte mich gerade dem Neuankömmling zuwenden, doch Bree kam mir zuvor und verstrickte Jennys Dad direkt in ein Gespräch. Unschlüssig stand ich im Gang.

»Maisie? Kannst du mir helfen?« Jacob kam mit seiner Regenjacke auf mich zu.

Erleichtert, einen Grund zu haben, nicht länger auf Weston und Teddy zu starren, ging ich in die Knie und zog ihm die Jacke an. Als ich mich wieder aufrichtete, rutschte mir ein Zettel aus der Tasche. Ich griff danach, doch eine andere Hand war schneller.

»Eine Lesung?« Interessiert sah Weston auf den Flyer.

»Äh, ja.« Die Lesung fand heute statt, und ich hatte den Zettel eigentlich im Eingangsbereich aufhängen wollen, es heute Morgen aber vergessen. Allerdings war ich mir sowieso nicht sicher, ob Kindergarteneltern die typische Zielgruppe von Jaspers Fantasy-Romanen war.

»Wes, gehen wir jetzt spielen?«, drängelte Teddy.

Weston gab mir den Flyer zurück und nahm Teddys Hand. »Na klar. Sagst du Maisie noch Auf Wiedersehen?«

Teddy winkte mir mit seiner kleinen Hand zu. »Tschüss, Missie!«

Ich konnte nicht anders, als zu lächeln und winkte zurück.

Da das Wetter am Abend immer noch so schön sonnig war wie den ganzen Tag über, beschlossen Amelia und ich, zu Fuß zu Jaspers Lesung zu gehen. In der Innenstadt war zwar einiges los, doch mit Amelia an meiner Seite störten mich die Menschenmengen kaum.

»Wie läuft's im Kindergarten?«, fragte sie nach ein paar Schritten.

»So wie immer eigentlich. Mit Bree ist es super, und meine Chefin hat mich gefragt, ob ich nicht Erziehungswissenschaften studieren möchte, um als Vollzeitkraft im Kindergarten einsteigen zu können. Sie meinte, sie sieht großes Potenzial bei mir.«

»Das klingt doch gut. Wäre das denn eine Option für dich?«

»Ich weiß es nicht«, gestand ich. »Natürlich mache ich mir so meine Gedanken. Ich weiß, dass ich nicht ewig bei Charlotte wohnen kann und mir irgendwann überlegen muss, was ich mit meinem Leben eigentlich machen will. Aber bisher war noch nicht die richtige Idee dabei.«

»Lass dir ruhig Zeit damit. Das habe ich auch gemacht, und jetzt liebe ich mein Studium.«

Dass Amelia nur wegen mir erst mit zweiundzwanzig ausgezogen war und mit dem Studium begonnen hatte, erwähnte sie nicht. Ich wusste, dass sie mir deswegen nie Vorwürfe machen würde, aber der Gedanke versetzte mir manchmal trotzdem einen Stich. Ich hasste es, dass sie und Charlotte sich meinetwegen so oft Sorgen machten. Seit ich mich erinnern konnte, zerbrachen sie sich den Kopf über mich. Und das taten sie immer noch. Dabei war ich stabil. Ich ging regelmäßig zur Therapie und schob die Erinnerungen an den Unfall weg, wenn sie zu übermächtig wurden. Es funktionierte gut genug, um ein normales Leben zu führen.

»Ja, ich lass es auf mich zukommen.« Momentan fühlte ich mich jedenfalls noch nicht bereit dafür, auszuziehen. Das Zusammenleben mit Charlotte hatte sich seit Amelias Auszug gut eingespielt, und ich mochte die Wohnung, die, seit ich mich erinnern konnte, mein Zuhause war.

»Hat Jasper sein Schreibtief inzwischen eigentlich überwunden?«, erkundigte ich mich, als wir von der Princes Street in eine Seitenstraße abbogen, von der aus es nicht mehr weit bis zur Buchhandlung war. Sobald wir die Hauptstraße mit ihren vielen Geschäften und Schaufensterläden hinter uns gelassen hatten, wurde es direkt etwas ruhiger, was mich aufatmen ließ. Mit den zahlreichen Cafés und kleineren Läden gefiel es mir hier viel besser als auf der vielbefahrenen Straße.

»Nein.« Amelia seufzte. »Seit Tagen sitzt er mit finsterer Miene vor seinem Laptop, wenn ich nach Hause komme.«

Das konnte ich mir nur zu gut vorstellen. »Vielleicht solltet ihr ein paar Tage wegfahren oder so«, sagte ich.

Amelia lachte. »Wir können nicht jedes Mal in den Urlaub fahren, nur weil er sich in eine Sackgasse geschrieben hat und nicht weiß, wie er weitermachen soll.«

»Auch wieder wahr.«

Kurz darauf bogen wir um die Ecke und betraten die Buchhandlung, die sich über mehrere Stockwerke erstreckte. Für die Lesung war im Erdgeschoss umgeräumt und Stühle aufgestellt worden, von denen einige schon besetzt waren. Ganz vorn stand für Jasper ein Sessel bereit und daneben ein kleiner Tisch, auf dem sich mehrere Ausgaben von Jaspers neuestem Roman *Der Fall der Fürstentochter* stapelten. Obwohl ich ihn inzwischen bei einigen Lesungen erlebt hatte, faszinierte mich seine tiefe Vorlesestimme jedes Mal aufs Neue. Sie brachte schlagartig Ruhe in den Raum, und während er sprach, erweckte er die Figuren und die Welt, die er schilderte, zum Leben. Selten war es mir so leichtgefallen, in einer Geschichte zu versinken, wie wenn Jasper sie vorlas, und ich konnte es kaum erwarten, ihm heute zuzuhören.

»Ich sag ihm Bescheid, dass wir da sind«, meinte Amelia und verschwand, ehe ich antworten konnte. Kopfschüttelnd sah ich ihr nach. Schließlich wandte ich mich ab und steuerte gerade auf einen Platz in der Mitte zu, als eine vertraute Stimme hinter mir ertönte.

»Das nenne ich mal einen glücklichen Zufall.«

Ich fuhr herum und blickte in graublaue Augen. Weston stand mit einem Lächeln, die Hände in den Hosentaschen vergraben, vor mir.

»Zufall?« Ich dachte an den Zettel, der mir heute Nachmittag aus der Tasche gerutscht war. »Stalkst du mich etwa?« Die Worte waren ausgesprochen, ehe ich sie zurückhalten konnte, doch Weston reagierte nicht verärgert. Ein amüsierter Ausdruck trat auf sein Gesicht.

»Nein, natürlich nicht.« Er nickte zu einer brünetten Frau in der dritten Reihe, die uns interessiert beobachtete. »Eine Freundin von mir will schon lange zu einer Lesung von diesem Jasper Haven, und als ich den Flyer vorhin gesehen habe, dachte ich, ich nutze die Gelegenheit.«

»Ach so!« Kurz tauchte die Frage in meinem Kopf auf, ob er mit der Frau ein Date hatte, doch ich schob den Gedanken energisch beiseite. Selbst wenn es so war, sollte es mich nicht weiter kümmern. Trotzdem ertappte ich mich dabei, wie ich die Frau eingehend musterte. Ich konnte nicht sagen, ob sie lächelte oder ob der Ausdruck auf ihrem Gesicht Misstrauen ausdrückte, aber ihr Erscheinungsbild unterstrich, wie sehr ich mich von Weston unterschied. Sie trug einen türkisblauen Blazer, der teurer aussah als mein gesamtes Outfit zusammen. Inklusive Mantel.

»Bist du allein hier?«, fragte Weston, als ich nichts Weiteres hinzufügte.

»Nein, sie ist mit mir hier.« Jasper trat an meine Seite. Der Blick, den er Weston zuwarf, sprach Bände. O Gott. Sosehr ich Jasper auch mochte, auf seine Beschützernummer konnte ich gerade wirklich verzichten.

»Bist du nicht der Autor?« Weston schaute von Jasper zu den Plakaten, die überall hingen. Darauf waren ein lächelnder Jasper und das Cover des Buchs abgebildet.

»Besonders klug scheint er ja nicht zu sein«, wandte Jasper sich an mich, wobei er sich nicht die Mühe machte, seine Stimme zu senken.

Ich unterdrückte ein Lachen, was mir nicht wirklich gelang.

»Jasper, kommst du mal kurz mit, bitte?« Amelia zog Jasper von uns weg und warf mir einen entschuldigenden Blick zu.

»Er ist … nett«, sagte Weston, als ich weiterhin schwieg. Es war eindeutig, dass er nicht viel von Jaspers Auftritt hielt.

»Das ist er wirklich. Wenn man ihn kennt. Fremden gegenüber wiederum …« Ich zuckte mit den Schultern.

»Eher weniger. Schon verstanden.« Weston rieb sich über das Kinn und sah sich unschlüssig um, als wüsste er nicht, warum er überhaupt noch mit mir hier stand. »Ist er mit deiner Freundin zusammen?«, fragte er dann und schaute in die Richtung, in die Amelia und Jasper verschwunden waren.

Ich nickte und wich einem älteren Herrn aus, der sich an mir vorbeischob. So langsam füllte sich die Buchhandlung. »Amelia ist meine große Schwester, und ja, die beiden sind seit vier Jahren zusammen.«

»Ah, das erklärt die Große-Bruder-Nummer, die er gerade abgezogen hat.« Bildete ich es mir nur ein oder wirkte Weston erleichtert? Der Gedanke, dass er eifersüchtig gewesen sein könnte, tauchte blitzartig auf, doch ich verwarf ihn sofort wieder. Weston war mit einer Freundin hier und sah mich sicher nicht auf diese Art.

»Sehe ich dich nach der Lesung?«, fragte Weston, als das Schweigen zwischen uns erneut zu lang wurde. »Ich meine, wo wir schon mal beide hier sind, könnten wir danach ja noch kurz reden. Uns über das Buch austauschen oder so.«

»Hast du Jaspers Bücher denn überhaupt gelesen?«, hakte ich belustigt nach. Auch wenn ich die Letzte war, die den Lesegeschmack der Leute nach ihrem Äußeren einschätzen wollte, konnte ich mir nicht vorstellen, dass Weston Geschichten über Highlander und frisch verliebte junge Fürstinnen las.

»Nee«, gab er zu, »aber dass du ein Fan bist, werte ich schon mal als gutes Zeichen.«

Erstaunt über so ein direktes Kompliment, fehlten mir kurz die Worte. »Danke«, murmelte ich schließlich und sah zu den Stuhlreihen, die sich in den letzten Minuten beträchtlich gefüllt hatten. »Es geht gleich los, glaub ich.«

Weston nickte und sah mich noch einmal prüfend an. »Also sehen wir uns danach?«

Hartnäckig war er, das musste ich ihm lassen. »Okay«, sagte ich und wusste nicht, wen ich damit mehr überraschte: ihn oder mich.

Ein Lächeln trat auf seine Lippen. »Gut. Dann bis später, Maisie. Genieß die Lesung.« Mit diesen Worten drehte Weston sich um und schlängelte sich an den Leuten vorbei zu seinem Platz.

Mein Blick blieb an ihm hängen, während er sich neben die Frau im Blazer setzte, die ihm etwas zuflüsterte. Die beiden wirkten vertraut miteinander, und ich ärgerte mich über mich selbst, dass mich die Szene nicht kaltließ. Abrupt wandte ich mich ab und machte mich auf die Suche nach Amelia.

»Wer ist er?«, erkundigte sich Amelia sofort, als ich auf sie zutrat. Offenbar hatte sie das Gespräch zwischen Weston und mir aus der Ferne beobachtet.

»Niemand«, erwiderte ich mit betont beiläufiger Stimme, während wir uns auf zwei freie Plätze setzten, von denen aus wir Jasper gut sehen konnten.

»Aha.«

Vielleicht war es doch eine Spur zu beiläufig gewesen.

»Sein Neffe geht in unseren Kindergarten«, fügte ich schnell hinzu, weil ich Amelias neugierigen Blick spürte, ohne mich dafür zu ihr umdrehen zu müssen. »Ich bin ihm ein-, zweimal über den Weg gelaufen.«

»Aha«, wiederholte sie, und diesmal war ich sicher, dass sie grinste.

»Kannst du damit aufhören?« Ich drehte mich gespielt empört zu ihr um.

»Sorry«, entschuldigte Amelia sich, doch das Grinsen blieb. »Es ist nur … Die Blicke, die ihr euch gerade zugeworfen habt, sahen nicht nach *nichts* aus.«

»Jetzt klingst du schon wie Bree«, sagte ich und verdrehte die Augen, merkte aber, dass ein Teil von mir hoffte, dass Amelia recht hatte. Es war eine Weile her, seit jemand ernsthaftes Interesse in mir geweckt hatte, und wenn ich ehrlich zu mir war, vermisste ich das manchmal. Dieses aufregende Kribbeln, wenn Blicke sich trafen und das Herz einen Sprung machte …

»Dann ist vielleicht was dran«, unterbrach Amelia meine Gedanken und zuckte mit den Schultern.

Zum Glück begann in dem Moment die Lesung, was mich vor einer Antwort rettete.

Wie üblich herrschte nach wenigen Sekunden absolute Stille, die nur von Jaspers warmer Stimme durchbrochen wurde. Ich schloss die Augen und ließ mich von ihm in eine andere Welt davontragen, die von brennenden Fürstentümern und feuerspuckenden Drachen besiedelt war. In solchen Momenten versank ich ganz in der fiktiven Welt, die Jasper erschaffen hatte. Ich vergaß die Frage, wie es mit meiner Zukunft weitergehen würde, wann und ob ich den Mut fassen würde, auszuziehen und meinen eigenen Weg zu gehen. Ich vergaß auch den Schmerz über all die Dinge, die schiefliefen in der Welt, die Bilder aus den Nachrichten, die mich manchmal erschlugen. Genau das liebte ich so an Büchern: Sie entführten einen in eine andere Dimension, in der alles möglich war, und verschafften eine Pause vom eigenen Leben.

Der Applaus am Ende der Lesung katapultierte mich unsanft in die Realität zurück. Seufzend öffnete ich die Augen. Wenn es eine Möglichkeit gäbe, in Büchern zu leben, würde ich keine Sekunde lang zögern. Ich würde mir mein eigenes Universum schreiben, in dem es keine endlos langen Gedankenspiralen und Zweifel gab, die sich bis in den Himmel stapelten.

Wenn es doch nur so einfach wäre.

»Das war mal wieder großartig«, sagte Amelia. »Er treibt mich zwar mit seinen Launen manchmal in den Wahnsinn, aber schreiben kann er einfach verdammt gut.«

Der Stolz, der in ihrer Stimme mitschwang, war unverkennbar. Mit einem Anflug von Wehmut beobachtete ich, wie sie Jasper liebevoll betrachtete. Die Art, wie die beiden miteinander umgingen, rührte etwas tief in mir. Es musste schön sein, jemanden zu kennen, der einen verstand und so annahm, wie man war. Trotz Ecken und Kanten. Trotz der brüchigen Stellen und Risse.

Nur langsam verebbte der Applaus, doch schließlich kehrte wieder Stille ein, und Jasper beantwortete noch ein paar Fragen, die ihm die Buchhändlerin und das Publikum stellten. Als die Leute anfingen, sich nach vorn zu drängen, um sich eine Signierung vom Autor persönlich zu holen, zog ich mich an den Rand zurück, weg von der Masse. Während Amelia ebenfalls zu Jasper ging, um ein paar Fotos zu schießen, blieb ich im Hintergrund. Mit zusammengekniffenen Augen suchte ich die Menge nach einer ganz bestimmten Person ab, wobei ich mir vergeblich einredete, dass ich das nur tat, weil Weston gefragt hatte, ob wir uns nach der Lesung sehen würden. Doch obwohl er eigentlich nur ein paar Reihen vor uns gesessen hatte, konnte ich ihn nirgends entdecken.

Gerade als ich glaubte, ihn doch gefunden zu haben, ertönte ein lautes Krachen hinter mir.

Ich erstarrte.

Laut dröhnte das Geräusch in meinen Ohren nach. Und es hörte nicht auf.

Ein Splittern erklang.

Instinktiv suchte ich nach einem Halt, doch meine Hand griff ins Leere. Angst kroch mir den Rücken hinauf und legte sich wie ein kalter Griff um meinen Hals.

Ich schnappte nach Luft. Das war nicht gut. Blinzelnd schaute ich mich um, doch die Sicht vor meinen Augen verschwamm immer mehr. Panik überrollte mich, und ich taumelte in Richtung Ausgang. In meinem Kopf war nur noch Platz für einen Gedanken. Raus. Ich musste hier raus.

Die Welt verwandelte sich in schemenhafte Umrisse.

Keuchend ging ich weiter.

Verzerrt drangen Worte zu mir durch, doch ich verstand sie nicht.

Dann versank die Welt in Dunkelheit.

8. KAPITEL

Maisie

»Maisie? Maisie! Hörst du mich? Kannst du nicken, damit ich weiß, dass du mich verstehst?«

Die dunkle Stimme klang besorgt. Ich verstand, was sie sagte, aber ich verstand nicht, was mit mir los war. Die letzten Minuten lagen vollkommen im Nebel. Ich erinnerte mich an den Applaus, daran, dass die Leute sich zum Signieren angestellt hatten, und an ein Krachen, doch dann: nichts mehr. Nur Stille, die viel zu laut in meinen Ohren dröhnte.

»Wir sind jetzt draußen«, redete die Stimme weiter. »Du warst wie weggetreten, und ich wollte dich in dem Zustand nicht allein lassen, also bin ich dir aus der Buchhandlung gefolgt.«

Ich registrierte ein helles Licht, das viel zu grell auf mich herabschien.

»Maisie? Bitte sag etwas.«

Ich wollte reagieren, der Stimme irgendwie zeigen, dass ich sie hörte, aber mein Körper gehorchte mir nicht.

»Verdammt«, fluchte die Stimme. »Das ist nicht gut.«

Eine Hand legte sich auf meinen Rücken. Der sanfte Druck tat gut. Er brachte mich ein Stückchen zu mir zurück.

»Maisie?« Ein Schemen schob sich vor mein Gesicht.

Ich blinzelte.

Und nickte.

»Gott sei Dank. Du verstehst mich.« Die Umrisse wurden schärfer. Ich blinzelte erneut.

Der Schemen verwandelte sich in Weston.

»Was …?«, krächzte ich. »Was ist passiert?«

»Ich weiß es nicht. In der Buchhandlung ist ein Stapel mit Stühlen umgefallen, was einen riesigen Krach verursacht hat. Ich hatte dich gerade entdeckt und wollte zu dir gehen, aber als ich dich erreicht habe, hast du mich nicht erkannt. Du warst wie erstarrt und bist dann Richtung Ausgang getaumelt. Um sicherzustellen, dass du okay bist, bin ich mitgegangen. Bist du okay?«

Ich runzelte die Stirn. Daran konnte ich mich überhaupt nicht erinnern. Genauso wenig daran, wie ich auf dieser Bank gelandet war. Weston musste mich hierher geführt haben. War ich wirklich so weggetreten gewesen, dass ich nichts davon mitbekommen hatte? In den letzten Jahren hatte es zwar ein paar wenige Male gegeben, in denen mich eine plötzliche Panik überfallen und gelähmt hatte. Aber sie war noch nie so stark gewesen wie dieses Mal. Was war nur los mit mir?

»Hast du dich verletzt? Dir den Kopf gestoßen?« Westons Sturmaugen waren voller Sorge.

»Nein.« Ich bewegte vorsichtshalber meine Arme und Beine. Keine Schmerzen. Nur in meinem Kopf waberten noch immer Nebelfetzen und machten es mir schwer, einen klaren Gedanken zu fassen.

Zitternd atmete ich tief ein. Ich musste mich dringend beruhigen.

»Brauchst du etwas zu trinken?«, fragte Weston.

»Nein. Ich brauch nur einen kurzen Moment.«

»Okay. Lass dir Zeit.«

»Du musst nicht …«, setzte ich an und verstummte, als mir schwindelig wurde. Ich schloss die Augen.

»Konzentrier dich auf deine Atmung.« Westons Stimme drang leise an mein Ohr, und ich spürte, wie er mir behutsam, beinahe vorsichtig über den Rücken strich. Ich nickte, und nach ein paar Atemzügen beruhigte sich mein Puls langsam. »Soll ich deine Schwester holen?«

Reflexartig schüttelte ich den Kopf. Amelia würde sich nur direkt wieder Sorgen machen, und das hier war etwas, was ich selbst erst mal sacken lassen musste.

Eine Weile saßen wir schweigend da. Weston blieb nah neben mir, ich konnte sein Bein an meinem spüren, und trotz der Panik, die vor wenigen Minuten meinen Körper erschüttert hatte, breitete sich ein Kribbeln dort aus, wo wir uns berührten.

Irgendwann brummte mein Handy, und ich kramte es aus meiner Tasche. Stirnrunzelnd sah ich auf die Nachricht; sie war von Amelia.

> Wo steckst du? Bist du mit diesem heißen Kerl abgehauen? Die Chefin der Buchhandlung hat Jasper und mich zum Essen eingeladen. Ist das okay? Fühl dich gedrückt!

Seufzend schrieb ich ihr, dass ich mich auf dem Rückweg befand, und steckte das Handy zurück in meine Tasche.

»War das deine Schwester?«, fragte Weston.

Ich nickte und richtete mich ein Stück auf. Meine Atmung ging bereits wieder deutlich regelmäßiger. »Ja, sie und Jasper sind noch zum Essen eingeladen. Ich sollte mich auch langsam auf den Heimweg machen.« Ich stand auf und sank augenblicklich wieder zurück auf die Bank. Dunkle Flecken tanzten vor meinen Augen. Verdammt. Ich ballte die Hand zu einer Faust und sog scharf die Luft ein. Was war nur mit mir los? Ich verstand nicht, woher die plötzliche Müdigkeit kam, und die Tatsache, dass ich mich nicht daran erinnerte, wie ich nach draußen gegangen war, war verdammt beängstigend. Was hätte ich gemacht, wenn Weston nicht da gewesen und mir gefolgt wäre? Ich wollte gar nicht darüber nachdenken.

»So kannst du auf keinen Fall heimgehen«, sagte Weston besorgt. »Ich ruf dir ein Taxi.«

»Das musst du nicht«, protestierte ich halbherzig. »Und bist du nicht mit deiner Freundin hier?«

»Mit *einer* Freundin«, korrigierte er. »Und ihr ging es vor allem um die Lesung. Ich habe ihr vorhin Bescheid gesagt, dass ich erst sicherstelle, dass du okay bist, und sie meinte, sie würde sich noch ein Autogramm holen und dann heimgehen.«

»Hm«, machte ich und hoffte, dass ich ihm den Abend nicht ruiniert hatte. Wobei ich nicht leugnen konnte, dass mich die Tatsache, dass es sich bei der Frau offenbar nicht um seine Freundin handelte, insgeheim erleichterte.

»Es ist wirklich okay«, wiederholte er und wählte, ehe ich ihn aufhalten konnte, die Nummer eines Taxiunternehmens.

Ich schloss die Augen und konzentrierte mich erneut auf meine Atmung. Vielleicht war ich einfach nur übermüdet gewesen, und mein Körper hatte den Lärm nicht verarbeiten können. Gab es nicht so was wie eine akute Sinnesüberreizung? Ich legte eine Hand auf meinen Bauch und fokussierte mich darauf, wie er sich unter meinen tiefen Atemzügen hob und senkte.

Weston blieb die ganze Zeit über stumm neben mir sitzen. Sein Schweigen war angenehm, genauso wie die Gewissheit, dass ich gerade nicht allein war. Auch als kurz darauf das Taxi vor uns hielt, wich Weston nicht von meiner Seite.

Nachdem ich dem Fahrer meine Adresse genannt hatte, lehnte ich den Kopf an die Fensterscheibe. Draußen setzte langsam die Dämmerung ein. Ich schloss erneut die Augen und ließ mich vom Brummen des Motors davontragen, weshalb ich von dem Weg nach Hause kaum etwas mitbekam. Erst als Weston eine Hand auf meinen Arm legte, öffnete ich die Augen.

»Wir sind da.«

Ich nickte, noch immer leicht überfordert, bedankte mich bei dem Taxifahrer und wollte bezahlen, doch Weston war mir zuvorgekommen.

»Das bekommst du natürlich von mir zurück«, murmelte ich, während ich ausstieg und mit langsamen Schritten auf unsere Wohnung zuging, doch Weston winkte ab.

»Ich komme noch mit rein«, sagte er, »nur um sicherzustellen, dass du nicht umkippst, okay?«

Ich nickte und ließ es zu, dass er dicht neben mir blieb. Seine Anwesenheit hätte mich normalerweise nervös gemacht, doch im Moment war ich einfach nur froh, Gesellschaft zu haben.

In der Wohnung angekommen, steuerte ich direkt auf mein Zimmer zu. Erst als ich auf das Bett sank, hatte ich wieder das Gefühl, richtig tief durchatmen zu können. Weston setzte sich auf den Sessel in der Ecke und ließ mich nicht aus den Augen.

»Ich glaube, jetzt geht es wieder«, sagte ich. »Mein Körper hat wohl beschlossen, kurzzeitig auszusetzen, aber jetzt fühle ich mich besser.«

»Sicher?« Er musterte mich besorgt. Seine Augen schimmerten im matten Licht der Lampe dunkel und eindringlich. Auf einmal war ich mir der Tatsache, dass er sich in meinem Zimmer befand, überdeutlich bewusst.

Es war noch nie ein Mann in meinem Zimmer gewesen. Nie. Außer Amelia, Charlotte und Bree ließ ich niemanden in meine vier Wände. Mein Zimmer war mein Rückzugsort. Mein eigenes Reich. Der Ort, an dem ich sein konnte, wer ich war, und mich nicht verstellen oder verbiegen musste.

Als hätte er meine Gedanken gehört, stand er auf. »Soll ich gehen?«

Ich schüttelte den Kopf, nickte und schüttelte ihn wieder.

»War das ein Ja oder ein Nein?«

»Sorry. Ich bin etwas durch den Wind.« Vollkommen neben der Spur traf es wohl eher.

»Tut mir leid, wenn ich in deine Privatsphäre eingedrungen bin. Ich wollte nur sehen, dass es dir gut geht.«

Seine Worte gruben sich in meinen Kopf und hinterließen ein wohliges Gefühl in meinem Körper. Was er getan hatte, war alles andere als selbstverständlich. Er hätte mich in das Taxi verfrachten und zu seiner Begleitung zurückgehen können. Stattdessen war er mitgekommen, um sicherzustellen, dass ich nicht allein war.

»Danke«, murmelte ich.

»Klar, kein Ding.« Er ging zur Tür und war bereits mit einem Schritt aus meinem Zimmer draußen, als ich ihn aufhielt.

»Warte.« Das Wort entfloh mir, ehe ich es zurückhalten konnte.

Langsam drehte Weston sich zu mir um. Es war unmöglich, in seiner Miene zu lesen, doch ich glaubte, so etwas wie Hoffnung darin zu sehen.

»Willst du noch ein bisschen bleiben? Bis meine Tante wiederkommt?« Soweit ich mich erinnerte, hatte Charlotte eine Lehrerkonferenz in der Schule. Die gingen oft bis zehn oder länger.

»Okay«, sagte er.

Ich nickte und suchte krampfhaft nach den nächsten Worten. Stille breitete sich im Zimmer aus, und ich bereute meine Bitte schon, als mein Magen laut knurrte. Erschrocken presste ich eine Hand auf meinen Bauch, während mein Gesicht wahrscheinlich knallrot anlief.

»Wie wäre es damit, etwas zu essen?« Westons Mundwinkel zuckten belustigt.

Wie zur Bestätigung grummelte mein Magen erneut. Ich stand langsam auf, damit mir nicht gleich wieder schwindelig wurde. Die Geräusche, die mein Körper veranstaltete, klangen alles andere als gut.

»Das scheint ein Ja zu sein«, erwiderte ich mit einem halbherzigen Lächeln und führte Weston in unsere Küche, wo ich mich ein wenig hilflos umschaute. Als ich nach der Packung mit Toast griff, hielt Weston mich auf.

»Solltest du nicht lieber was Vernünftiges essen?«

Überrascht musterte ich ihn. »Was wäre das zum Beispiel?«

»Keine Ahnung – etwas Warmes vielleicht? Etwas, was nicht nur Toast ist?«

»Schlägst du gerade vor, zusammen zu kochen?« Perplex starrte ich ihn an. Mit dieser Wendung hätte ich heute definitiv nicht gerechnet.

»Wäre das so absurd?«

»Ja«, brach es aus mir heraus. »Dass du überhaupt zu dieser Uhrzeit in unserer Küche stehst, ist absurd.«

Weston sah demonstrativ auf die Uhr über dem Herd. Es war kurz nach sieben.

»Na schön, es wäre zu jeder Uhrzeit absurd«, schob ich hinterher, wobei mir ein ungläubiges Lachen entfuhr. Was machte ich hier überhaupt? Kurz spielte ich mit dem Gedanken, ihn höflich zu bitten zu gehen, doch eigentlich wollte ich, dass er blieb. Er hätte mich nicht nach Hause bringen müssen, aber er hatte es dennoch getan und sichergestellt, dass ich okay war. Ich fühlte mich wohl in seiner Nähe, warum also sollte ich die Gelegenheit, ihn besser kennenzulernen, nicht nutzen? »Aber wenn du schon mal hier bist … Ich kann genau drei Gerichte. Pancakes, Pasta mit Tomatensoße und Ofengemüse.«

»Ersetz das Ofengemüse durch Rührei, dann kennst du mein Repertoire. Und ich bin sehr gut darin, Pizza zu bestellen«, sagte Weston mit einem Zwinkern.

»Gut, dann äh …« Ich öffnete den Schrank, in dem Charlotte unsere Vorräte aufbewahrte. »Nudeln? Wir haben auch noch Pesto und geriebenen Parmesan im Kühlschrank.«

»Klingt doch perfekt.« Weston trat neben mich, und mein Herz machte prompt einen Satz.

Mit einer fahrigen Bewegung griff ich nach dem Wasserkocher, füllte ihn auf und holte einen Topf aus dem Schrank. Dann wandte ich mich Weston zu und hielt unwillkürlich die Luft an.

Er hielt seinen Blick unverwandt auf mich gerichtet und war so nah, dass sich unsere Arme berührten. Ein Kribbeln ging von der Stelle aus, an der seine Haut auf meine traf. Kurz war ich versucht, meinen hochgekrempelten Ärmel nach unten zu schieben, doch ein Teil von mir genoss die Berührung. Es war ein völlig neues Gefühl, das mich verwirrte. Ich wollte mich nicht zu ihm hingezogen fühlen. Wollte nicht in dem Graublau seiner Augen versinken und mich fragen, wie seine Lippen sich wohl auf meinen anfühlten.

Als hätte Weston meine Gedanken gehört, lehnte er sich unmerklich in meine Richtung. Sein Blick verharrte auf meinem Mund, und mein Puls beschleunigte sich. Würde er mich küssen? Einmal gedacht, ließ die Frage mich nicht mehr los. Ich hob den Kopf, kam ihm entgegen, bis unsere Gesichter nur noch wenige Zentimeter voneinander entfernt waren.

Ein zischendes Geräusch durchbrach die Stille.

Ich zuckte heftig zusammen und stolperte einen Schritt zurück. Das Wasser kochte und hätte damit kein schlechteres Timing haben können. Räuspernd griff ich nach dem Wasserkocher, kippte das Wasser in den Topf und schüttete die Hälfte der Nudelpackung direkt hinterher. Unauffällig sah ich zu Weston. Er fuhr sich durch die Haare und setzte einen ausdruckslosen Blick auf. Der Moment war vorbei.

Um meine Nervosität zu überspielen, holte ich einen Löffel aus der Schublade und rührte betont konzentriert die Nudeln im Topf um, hauptsächlich um etwas zu tun zu haben.

Weston lehnte sich an die Arbeitsfläche und warf mir immer wieder Blicke zu, die ich nicht ganz deuten konnte. »Soll ich schon mal decken?«, fragte er nach ein paar Minuten, während ich eine Nudel probierte, die aber noch einen Tick zu hart war.

Ich nickte und zeigte ihm, wo unsere Teller und Besteck waren, bevor ich mich wieder auf das Essen konzentrierte.

»Darf ich dich etwas fragen?«, wollte Weston wissen, als wir kurz darauf mit gefüllten Tellern am Tisch saßen. Ich hatte Unterlagen von Charlotte, die sie liegen gelassen hatte, beiseite geräumt und die kleine Vase mit einem Blumenstrauß in die Mitte des Tischs gestellt. Das gedimmte Licht der Küchenbeleuchtung verlieh dem Raum eine gemütliche, beinahe romantische Stimmung.

»Klar«, erwiderte ich und hoffte, dass mir meine Nervosität nicht zu sehr anzumerken war.

»Du hast bei unserer letzten Begegnung gesagt, dass es dir nicht leichtfällt, mit Fremden zu sprechen ... Warum?«

Überrascht von seiner Direktheit setzte ich mich etwas aufrechter hin. Es war eine Weile her, dass mir jemand diese Frage gestellt hatte. Normalerweise ging ich nicht darauf ein und versuchte, das Gespräch in eine andere Richtung zu lenken, aber seltsamerweise verspürte ich dieses Bedürfnis jetzt nicht.

»Seit meiner Kindheit ist da manchmal eine Barriere in meinem Kopf, die es mir unmöglich macht, meine Gedanken in Worte zu fassen. Als Kind habe ich so gut wie gar nicht mit Fremden geredet. Selbst mit meiner Tante Charlotte und Amelia habe ich nur wenig gesprochen. Wenn überhaupt. Ich hatte immer das Gefühl, dass etwas Schlimmes passieren würde, wenn ich etwas sage. Keine Ahnung, warum.«

Dr. Rae hatte ein paarmal mit mir über meine Kindheit und den Tod meiner Eltern geredet, doch das hatte auch keine Antworten liefern können. Ich wusste nicht, warum mit ihrem Unfall mein Schweigen eingesetzt hatte, aber ob es ein Schock oder die Folge eins Traumas war, spielte letztendlich keine Rolle. Entscheidend war gewesen, einen Weg zu finden, damit umzugehen. Inzwischen wusste ich, dass ich meiner Stimme trauen durfte und meine Ängste unbegründet waren. Warum die Barriere manchmal trotzdem noch da war, blieb ein Rätsel.

»Das klingt hart.« Weston hielt seinen Blick unbeirrt auf mich gerichtet. Ich konnte weder Mitleid noch Unverständnis darin erkennen, was mich mindestens so sehr überraschte wie die Tatsache, dass ich ihm das überhaupt erzählt hatte.

»War es.« Erinnerungsfetzen aus einer Zeit, in der ich als Freak beschimpft wurde, stiegen in mir auf. Ein Kind zu sein, das Schwierigkeiten hatte zu sprechen und somit in der Kommunikation eingeschränkt war, war keine lustige Angelegenheit. Während Charlotte und Amelia ihre eigene Art gefunden hatten, sich mit mir zu unterhalten, zeigten meine Mitschüler weniger Verständnis. Erst mit den Teenagerjahren war es besser geworden, und ich hatte meinen Platz in der Klasse gefunden, ohne viel Aufmerksamkeit auf mich zu ziehen.

»Und was machst du, wenn du nicht auf Kinder aufpasst?«, wechselte Weston das Thema und schob sich eine Gabel Nudeln in den Mund.

Dankbar sah ich ihn an. Ich sprach nicht gern über mein Schweigen. Es führte mich jedes Mal zu dem Tag vor sechzehn Jahren, als ich nicht nur meine Stimme, sondern auch meine Eltern verloren hatte. Und obwohl ich keine klaren Erinnerungen an den Unfall hatte, würde ich das Gefühl unsagbaren Grauens nie loswerden, das mich ergriff, sobald ich an damals dachte.

»Nicht viel«, antwortete ich auf Westons Frage, nachdem ich einen Bissen hinuntergeschluckt hatte. »Ich schreibe gern Texte, kurze Gedichte und Gedankenschnipsel oder treffe mich mit meiner Freundin Bree zum Filmschauen oder unternehme etwas mit meiner Schwester. Mein Leben besteht so ziemlich daraus. Was ist mit dir?«

»Ich studiere, wie du weißt. Jura.« Er verzog kurz das Gesicht und widmete sich dann so intensiv seinem Essen, dass ich nicht weiter nachfragte.

»Stimmt«, sagte ich stattdessen und wartete, ob er von selbst noch etwas hinzufügen würde.

Nach ein paar Sekunden hob Weston den Kopf. »Ich muss viel lernen und lesen«, meinte er schulterzuckend, und mich beschlich das Gefühl, dass er über sein Studium genauso ungern sprach wie ich über mein Schweigen. »Ab und zu helfe ich meinem Onkel Raymond in seiner Schreinerwerkstatt oder passe auf Teddy auf.« In den nächsten Minuten erzählte er mir von seiner Schwester und wie sie ihm früher immer Streiche gespielt hatte. »Und jetzt wundert sie sich, dass Teddy genauso ist.«

Schmunzelnd dachte ich daran, wie Teddy unsere Gruppe aufmischte, seit er bei uns war. »Ich hätte ja eher darauf getippt, dass er die stürmische Art von seinem Onkel hat.«

»Was soll das denn heißen?« Gespielt empört sah Weston mich an. Er hatte seinen Teller inzwischen leer gegessen, während ich noch mit den letzten Bissen kämpfte, aber eigentlich schon satt war.

»Nur Gutes natürlich«, erwiderte ich schmunzelnd.

Es tat gut, mit ihm zu scherzen und zu reden, weil es sich so normal anfühlte. Einen Augenblick lang konnte ich dadurch vergessen, was vorhin mit mir passiert war, denn das war genau das Gegenteil von normal gewesen.

»Das hoffe ich doch«, gab Weston zurück, wobei seine Mundwinkel belustigt zuckten.

Als auch mein Teller leer war, stand ich auf und räumte das Geschirr in die Spülmaschine. Die Uhr über dem Herd zeigte halb neun an, und obwohl ich mich mit Weston gern noch länger unterhalten hätte, wurde ich langsam unruhig. Ich hatte Weston zwar vorhin gebeten, zu bleiben, bis meine Tante wiederkam, aber wenn ich ehrlich war, wollte ich nicht, dass sie hereinplatzte, wenn ich mit Weston in der Küche saß. Sie würde viel zu viele Fragen stellen und Weston damit am Ende vertreiben.

Räuspernd drehte ich mich zu ihm um. »Ich will dich nicht rauswerfen …«, setzte ich an, doch Weston war bereits aufgestanden.

»Ich sollte gehen.« In seinen Worten schwang ein Ton mit, den ich nicht deuten konnte. Bereute er es, dass er geblieben war?

Unsere Blicke trafen sich, und ein Kribbeln machte sich in meiner Magengrube bemerkbar. Unwillkürlich hielt ich den Atem an.

»Danke fürs Essen«, sagte er. Bildete ich es mir nur ein oder klang seine Stimme plötzlich tiefer?

»Zu dem du dich selbst eingeladen hast«, bemerkte ich lächelnd.

»Vielleicht kann ich mich dafür ja irgendwann revanchieren«, entgegnete er zwinkernd, und das Gefühl in meiner Magengrube wurde stärker. Verdammt, er brachte mich viel zu schnell aus der Fassung.

Hastig riss ich mich zusammen und begleitete Weston zur Tür, wo wir beide gleichzeitig stehen blieben. »Was du heute für mich getan hast, war nicht selbstverständlich«, sagte ich leise. »Danke, dass du mich heimgebracht und nach mir geschaut hast.«

»Klar, kein Problem.« Er zuckte mit den Schultern, als wäre es keine große Sache, doch sein Blick verriet ihn. Seine Augen ruhten eine Spur zu lange auf mir, und ich schaute nicht schnell genug weg.

Stumm sahen wir uns an, als wäre uns beiden klar, dass die letzten Stunden etwas zwischen uns verändert hatten. Wir waren nicht länger nur Fremde, die sich zufällig ein paarmal über den Weg gelaufen waren.

Amelias Worte kamen mir wieder in den Sinn. *Die Blicke, die ihr euch gerade zugeworfen habt, sahen nicht nach nichts aus.*

Es war seltsam. Ich kannte Weston erst wenige Tage, und trotzdem stand er in unserer Wohnung, die seit Jahren niemand bis auf meine engsten Vertrauten betreten hatte. Noch nie hatte sich jemand so mühelos einen Weg in mein Leben gebahnt. Ich schluckte schwer und ignorierte mein Herz, das verräterisch schnell gegen meine Rippen pochte.

»Also dann«, setzte Weston an, ohne sich von der Stelle zu rühren.

»Also dann.« Ich lächelte halbherzig und überraschte mich selbst, als ich einen Schritt nach vorn machte und ihn umarmte.

Kurz erstarrte Weston, dann schlang er seine Arme um mich. Sein Geruch hüllte mich ein und vernebelte meinen Verstand. Ich versank in seiner Umarmung, verlor mich in seiner Nähe, die sich überwältigend gut anfühlte. Als er sich von mir löste, durchfuhr mich ein kalter Schauer. Ich suchte nach seinem Blick, doch er wich mir aus.

»Bis bald«, murmelte er, öffnete die Tür und zog sie mit einem heftigen Ruck hinter sich zu.

Reglos blieb ich mitten im Flur stehen und starrte auf die Stelle, an der Weston eben noch gestanden hatte. Mein Puls war noch immer viel zu hoch, und meine Beine fühlten sich seltsam weich an.

Was zur Hölle war gerade passiert?

Auf dem Weg in mein Zimmer zerrte ich mein Handy aus der Hosentasche. Das Display zeigte drei verpasste Anrufe und vier Nachrichten von Amelia an, in denen sie mich fragte, ob ich gut zu Hause angekommen war. Mist. Ich tippte eine schnelle Antwort, in der ich ihr versicherte, dass es mir gut ging, bevor ich meine Lieblingsplaylist anmachte, die größtenteils aus Musicalnummern bestand. Mein momentaner Favorit war *Circle of Life* aus *König der Löwen*. Ein Lied, von dem ich nie genug bekommen konnte. Die vertraute Melodie beruhigte mich augenblicklich.

Während die Stimme aus meinen Boxen über den ewigen Kreis des Lebens sang, ging ich gedanklich die letzten Stunden durch. Irgendetwas war mit mir in der Buchhandlung passiert, was ich mir nicht erklären konnte. Ich hatte zwar in der Vergangenheit auch ab und zu mit kurzen Panikattacken zu kämpfen gehabt, aber so wie heute war es nie gewesen. Ich wusste inzwischen, was mögliche Auslöser waren und vermied es, wann immer es ging, Auto zu fahren. Doch das heute war etwas anderes gewesen als die plötzliche Panik, die mich manchmal ergriff, wenn ein Auto quietschend vor einer Ampel zum Stehen kam und ich die Augen zusammenkniff, weil ich auf den Aufprall wartete. Heute hatte ich keine Kontrolle mehr über meinen Körper gehabt, und wenn Weston nicht gewesen wäre, hätte ich es vermutlich nicht nach Hause geschafft.

Ein Kribbeln durchfuhr mich, als ich an den Moment im Flur dachte. Für eine Sekunde war ich mir sicher gewesen, dass er mich küssen würde. Und, was noch viel überraschender war, dass ich es gewollt hätte. In Westons Nähe hatte ich das Gefühl, er würde tatsächlich *mich* sehen. Nicht das zerbrechliche Mädchen, das man beschützen musste, weil es Schlimmes durchgemacht hatte, sondern einfach nur mich.

Kopfschüttelnd stellte ich die Musik lauter, als könnte das die Gedanken an Weston verdrängen. An seine Augen, die mich heute eine Spur zu lange gemustert hatten. Doch es half nicht. Ich wurde weder die Gedanken an ihn noch an den seltsamen Moment in der Buchhandlung los.

In den letzten Jahren hatte ich alles dafür getan, um mich normal zu fühlen. Ich ging zur Therapie, hatte einen Job, der mich erfüllte und besuchte mit Amelia oder Bree Veranstaltungen wie die Lesung heute. Und trotzdem war ein Teil von mir immer noch das verängstigte Mädchen von früher. Und dieser Teil sagte mir, dass ich mich nicht für Weston interessieren durfte. Dass mein Herz nicht schneller schlagen und ich mich ihm nicht anvertrauen sollte. Dass ich vorsichtig sein musste, weil ich um keinen Preis verletzt werden durfte. Dass mein Leben nicht wie ein Musical war, das mit einer gigantischen Tanznummer und lachenden Gesichtern endete.

Dieser Teil in mir, der zweifelte, war laut. Das war er schon immer gewesen.

Doch dieses Mal wollte ich lauter sein als er.

Dieses Mal *musste* ich lauter sein.

9. KAPITEL

Weston

»Ich hol noch 'ne Runde.« Harris war wie üblich hochmotiviert. Woher er die ganze Energie nahm, wusste niemand so genau. Er war der Lebhafte in der Gruppe, der, der nie lange still halten konnte und der dauernd auf der Suche nach mehr Action und mehr Party war. Dass er trotzdem sein Jurastudium im Griff hatte und relativ gute Noten schrieb, war ein kleines Wunder. »Weston, was willst du?«

Meine Ruhe, hätte ich am liebsten geknurrt. Stattdessen pflasterte ich mir ein Grinsen ins Gesicht, das eine Spur zu breit war, für Harris aber funktionierte. Ich warf einen schnellen Blick zu William, der immer noch mit seinem Handy beschäftigt war. Gut. Er hätte mich vermutlich sofort durchschaut.

»Ein Bier, bitte.«

»Kommt sofort.«

Mit einem leisen Seufzen sank ich gegen die Stuhllehne. Wir waren seit einer guten Stunde in einem Pub am Rand der Stadt. Warum ich überhaupt mitgegangen war, wusste ich auch nicht. Möglicherweise, um mir so Maisie aus dem Kopf zu schlagen. Bisher erfolglos. Ihre rostroten Haare und schokoladenbraunen Augen, die einen Tick zu tief waren, um ihnen zu entkommen, verfolgten mich. Entgegen allen Vorsätzen geisterte sie seit gestern unentwegt durch meine Gedanken.

Als ihr im Kindergarten dieser Flyer für die Lesung aus der Tasche gefallen war und ich in einer Art Kurzschlussreaktion Liz gefragt hatte, ob sie mitkommen wollte, hatte ich nicht damit gerechnet, was das bei mir auslösen würde. Ich wollte nur mit Maisie reden. Ein bisschen plaudern und nett sein. Stattdessen hatte sie mir eine Scheißangst eingejagt, und ich war in ihrem Zimmer gelandet. Viel hätte nicht mehr gefehlt und wir hätten uns geküsst. Seither fragte ich mich pausenlos, ob es ihr gut ging. Dabei sollte ich es besser wissen. Solche Gedanken konnte ich gerade nicht brauchen. Ich musste nur die Augen schließen, um Dads mahnende Stimme zu hören: *Ich baue auf dich. Darauf, dass du diese Familie stolz machst. Verbock dein Studium nicht, nur weil deine Freunde ihre Zukunft mit Frauengeschichten und zu viel Whisky verspielen. Du bist nicht wie sie. Verstanden?*

»Alter, zieh nicht so ein Gesicht. Wir sind schließlich zum Feiern hier.« Harris stellte ein Bier vor mir ab und schwang sich auf den Hocker neben mir. »Alles klar?« Er musterte mich eindringlich, und für den Bruchteil einer Sekunde spielte ich mit dem Gedanken, ihm von Maisie zu erzählen. Doch ich verwarf ihn sofort wieder.

»Alles bestens«, sagte ich – klang in meinen Ohren aber nicht besonders überzeugend.

Harris und ich kannten uns seit zwei Jahren, genauso wie William. Wir studierten im selben Semester Jura, und wenn wir nicht mit Liz zusammen in der Bibliothek saßen und unsere Rechtsbücher büffelten, trafen wir uns im Pub. Ich mochte meine Freunde, sie kamen aus ähnlichen Familien wie ich und wussten, was es hieß, unter Druck zu stehen. Aber wenn es darum ging, dass ich mich in meinem eigenen Leben manchmal wie ein Gefangener fühlte, hörten die Gemeinsamkeiten auf. Zumindest kam es mir oft so vor.

Harris würde nicht verstehen, warum mir Maisie nicht aus dem Kopf ging, obwohl wir uns erst seit Kurzem kannten. William vielleicht noch eher, aber auch er würde nicht verstehen, dass ich in ihrer Gegenwart auf eine Art ich selbst sein konnte, wie ich es vor ihnen nie konnte, weil sie anders als Maisie in die Welt meiner Eltern gehörten. In die Welt, in der ich ein funktionierender Jurastudent mit großen Ambitionen war. Die beiden schafften es, sich mühelos in diese Welt einzufügen. Nahmen das Studium ernst und hatten trotzdem noch genug Zeit für ihre sozialen Kontakte.

Vielleicht sprach auch nur Neid aus mir, wenn mir ihre Feierlaune hin und wieder zu viel wurde. Dabei meinten sie es nur gut. Harris war kein schlechter Mensch, genauso wenig wie William. Sie füllten ihre Abende mit Whisky-Gläsern und Pub-Touren, wie sämtliche andere Studenten auch. Und am nächsten Tag setzten sie sich trotzdem in die Vorlesung und planten mit ihren Eltern beim Dinner das nächste Praktikum in einer angesehenen Kanzlei. Warum es mir so schwerfiel, es ihnen gleichzutun und der Zukunft als Anwalt mit Vorfreude und einer ordentlichen Portion Leichtigkeit zu begegnen, wusste ich nicht. Doch mein ganzes Leben war von dem Gefühl begleitet, dass mir etwas fehlte. Es war, als würde ich einer Sache hinterherrennen, die ich nie erreichen konnte.

Während andere Dart spielten und tranken, bis sie grölend auf den Tischen standen, machte sich in mir eine Leere breit, die ich nur schwer füllen konnte. Mit der Zeit hatte ich mich daran gewöhnt, und wenn ich genug Alkohol intus hatte, spielte ich bei dem Spiel der anderen mit. Dann flirtete ich mit Frauen, die mich zu ihrem Zielobjekt für eine Nacht erklärten, weil sie zu klug waren, um sich von mir das Herz brechen zu lassen. Natürlich übertrieb ich es dabei nicht, zumindest nicht so sehr, dass Dad davon Wind bekam und ich mir die nächste Standpauke anhören musste. Die nächste Tirade, warum ich die Familie enttäuschte und ein Versager war.

Seufzend griff ich nach dem Bier und nahm einen großen Schluck. Heute würde keiner dieser Abende sein. Ich hatte morgen eine wichtige Vorlesung, für die ich früh aufstehen musste. Außerdem war da noch dieses verflixte Lächeln, das meine Gedanken völlig für sich einnahm. Wenn ich zumindest Maisies Handynummer hätte, könnte ich sie anrufen und mich vergewissern, dass es ihr gut ging.

Verdammt. Ich saß so was von in der Scheiße. Als sie mich umarmt hatte und mir ihr süßer Geruch in die Nase gestiegen war, hätte ich sie fast nicht mehr losgelassen. Die Versuchung, meine Hand in ihren Haaren zu vergraben und herauszufinden, ob die Spannung zwischen uns explodieren würde, wenn ich sie küsste, war entsetzlich stark gewesen. Es hatte mich sämtliche Willensstärke gekostet, mich wieder von ihr zu lösen.

»Leute, hab ich euch schon von Roxy erzählt?« William lallte leicht und sah zum ersten Mal in der letzten halben Stunde von seinem Handy auf. »Die Frau hat mich vollkommen umgehauen. Ich glaube, ich bin verliebt.«

Ich hob die Augenbrauen. Das war neu.

»Wie dicht bist du?« Harris schüttelte den Kopf, doch das änderte nichts an dem verklärten Lächeln auf Williams Lippen.

»Doch, wirklich. Mit ihr ist es anders. Sie ist Sängerin und kellnert nebenher in einem Café. Wenn ihr sie singen hören würdet, wüsstet ihr, wovon ich rede.«

»Woher kennst du sie?«, fragte ich interessiert nach. William hielt sich anders als Harris bei Frauen oft zurück. Er war mehr der stille Typ, was ihn mir von Anfang an sympathisch gemacht hatte. Nur wenn er betrunken war, fing er an, wie eine Quasselstrippe zu reden.

»Von einem Konzert. Ich hab sie danach angesprochen.« Seine blauen Augen leuchteten auf. Ich war mir nicht sicher, was komischer war, sein verliebter Blick oder Harris' entgleiste Gesichtszüge.

»Du warst bei einem Konzert und hast danach die Sängerin einfach so angesprochen?«, echote Harris.

»Ja.« William zuckte mit den Schultern, als würde er das jeden Tag machen. »Ich hab sie nach einem Date gefragt, und am nächsten Tag sind wir Kaffee trinken gegangen.«

»Verarsch uns nicht, Will. Du kriegst doch nicht mal in unserer Lerngruppe den Mund auf, wenn Frauen dabei sind!«, rief Harris ungläubig, doch er konnte ein Grinsen nicht verbergen. Ich war mir sicher, dass er sich insgeheim für William freute. Die beiden waren seit Jahren eng befreundet und nicht selten im Doppelpack anzutreffen.

»Das ist gelogen«, nuschelte William. »Ich kriege sehr wohl den Mund auf. Es kommt nur nicht immer was dabei raus.«

Ich unterdrückte ein Lachen und setzte mich auf meinem Stuhl aufrechter hin. »Ich freu mich für dich«, sagte ich.

William lächelte breit und zeigte mit einem Finger auf mich. »Du bist ein wahrer Freund.«

»Ich hol mir noch 'n Bier«, sagte Harris abrupt. »Ich muss mich von diesem Schock erholen.«

Kopfschüttelnd sah ich ihm nach.

»Was ist mit dir?«, fragte William. »Du warst in den letzten Tagen auffallend zurückhaltend.«

Eigentlich sollte es mich nicht verwundern, dass er ein Gespür für die Stimmung anderer hatte. Stille Menschen bemerkten meistens mehr als die, die ständig redeten.

»Was soll sein?« Ich dachte an meine Eltern und ihre Erwartungen. An Maisie und ihre Worte und daran, dass ich mich morgen an meine Gesetzbücher setzen würde, anstatt Raymond in seiner Werkstatt auszuhelfen oder auf Teddy aufzupassen, was ich beides tausendmal lieber tun würde.

»Na ja.« William zuckte mit den Schultern. »Du warst doch gestern mit Liz auf dieser Lesung, oder? Läuft da etwa doch was zwischen euch?«

Himmel, William war in Fahrt wie lange nicht mehr. Normalerweise sprach er an Pub-Abenden nur wenig und beobachtete stattdessen das Geschehen mit einem Lächeln, das keiner so richtig durchschaute.

»Liz und ich sind nur Freunde«, beeilte ich mich zu sagen. Ich hatte Liz im ersten Semester kennengelernt, als wir für eine Teamarbeit eingeteilt worden waren. Seither verbrachten wir manchmal Zeit zusammen. So wie gestern Abend. Aber es war für uns beide rein freundschaftlich. Sie hatte mir im Anschluss an die Lesung zwar geschrieben und scherzhaft darauf bestanden, dass ich ihr mindestens einen Kaffee schuldete, weil ich sie in der Buchhandlung für Maisie hatte stehen lassen, aber ich wusste, dass sie mir nicht böse war. Sie verstand mich auf eine Art, wie die Jungs es nicht konnten. Liz war daher die Einzige, mit der ich über meine Familie sprach, ohne Lügen zu erzählen.

»Aha. Und wer ist dann für das Dauergrinsen in deinem Gesicht verantwortlich?«, bohrte William nach.

Bevor ich antworten konnte, kehrte Harris mit einem Bier zurück. »Sind wir mit den Liebesbekundungen fertig?«, fragte er. Seit er uns vor einigen Wochen betrunken gestanden hatte, dass er über seine Exfreundin, die ihn verlassen hatte, noch nicht hinweg war, verstand ich seine Abneigung gegen Romantik besser. Harris sprach so gut wie nie über Gefühle, aber ich war mir ziemlich sicher, dass es in ihm nur so brodelte.

»Sind wir«, antwortete ich und warf William einen mahnenden Blick zu, den er trotz seines Pegels zum Glück verstand.

Den restlichen Abend wandten wir uns daher allgemeineren Themen zu, redeten über anstehende Prüfungen und beschwerten uns über unsere Professoren und Eltern, die uns mit ihren Erwartungen auf die Nerven gingen. Die Stimmung war ausgelassen, und nach dem dritten Bier kreisten meine Gedanken nicht mehr ununterbrochen um Maisie.

Erst später, als ich im Bett lag und schlaflos an die Decke starrte, drängte sich ihr Bild wieder in meinen Kopf. Es war lächerlich, wie sehr sie mir unter die Haut ging. Seufzend drehte ich mich auf die Seite. In den letzten Jahren hatten mich nur wenige Frauen so fasziniert, dass ich sie näher kennenlernen wollte. Seit der Trennung von Judy vor zwei Jahren hatte es keine mehr gegeben, die ich nah genug an mich herangelassen hatte, um ein Teil meines Lebens zu werden.

Hinzu kam, dass ich für so was wie Dates keine Zeit hatte. Zumindest wenn es nach meinem Vater ging.

Aber Maisie war anders. In ihrer Nähe kam ich zur Ruhe. Ähnlich wie in Raymonds Werkstatt konnte ich bei ihr aufatmen. Ich musste nicht den erfolgreichen Kerl spielen, der seine Zukunft längst geplant hatte und sich auf seinen Platz in der Kanzlei freute. Das allein war Grund genug, sie wiedersehen zu wollen.

Nachdem ich mich durch mehrere Stunden Vorlesung gequält hatte, setzte ich mich ins Auto und beschloss, spontan zu Raymonds Werkstatt zu fahren. Es war eine Weile her, dass ich meinen Onkel besucht hatte, und ich konnte die Ablenkung gerade gut gebrauchen.

Ich folgte der Straße raus aus der Stadt, bis ich in dem kleinen Ort ankam, in dem sich Raymond vor Jahren niedergelassen hatte. Irgendwann, noch vor meiner Geburt, musste er beschlossen haben, dem Erbe der Campbells den Rücken zuzukehren. Er hatte den Namen seiner Frau angenommen und sich mit ihr ein neues Leben aufgebaut. Als sie vor fünf Jahren an einer Krebserkrankung starb, war für ihn eine Welt zusammengebrochen. Doch entgegen allen gut gemeinten Ratschlägen von meiner Familie war er in seinem Häuschen geblieben und führte seither ein Leben in selbst gewählter Einsamkeit, das nur von Gesprächen mit seinen Mitarbeitern, Kunden und Besuchen von mir durchbrochen wurde. Obwohl Raymond es nicht immer leicht gehabt hatte, war er einer der entspanntesten Menschen, die ich kannte. Er nahm das Leben, wie es kam, und machte das Beste daraus. Eine Eigenschaft, um die ich ihn insgeheim beneidete.

Quietschend kam mein Wagen auf dem kiesbestreuten Innenhof zum Stehen. Ich stieg aus, und da das Geräusch einer Stichsäge zu hören war, steuerte ich direkt auf die Werkstatt zu, die neben dem kleinen Häuschen mit bunt angemalten Fensterläden und einem überwucherten Vorgarten stand. Lexa, Raymonds Frau, hatte es bunt und chaotisch geliebt. Die Farbe blätterte bereits ab, doch Raymond hatte sie nie übermalt. Irgendwie bezweifelte ich auch, dass er es tun würde.

Es war bereits nach fünf, doch Raymond arbeitete immer noch. Doch das wunderte mich nicht mal. Er machte immer als Letzter Schluss und werkelte oft noch ein, zwei Stunden an seinen Aufträgen weiter, nachdem seine beiden Mitarbeiter gegangen waren. Eine Sache, in der er sich nicht von seinem Bruder unterschied, sosehr er auch darauf beharrte, dass er und Dad grundverschieden wären.

Ich klopfte gegen die alte Holztür, ohne eine Antwort zu erwarten, und stieß sie auf. Raymond stand im hinteren Teil des Raums und hantierte mit einer Stichsäge. Ich trat langsam näher, um ihn nicht zu erschrecken.

Als er mich bemerkte, schaltete er das Gerät aus und sah hoch. »Weston! Was für eine Überraschung. Ich habe mich schon gefragt, wann du wieder herkommen würdest.« Seine dröhnende Stimme erfüllte den gesamten Raum.

»Ich weiß, es ist eine ganze Weile her. Ich hatte viel zu tun.«

»Das Leben eines angehenden Juristen.« Er schüttelte den Kopf und machte einen Schritt auf mich zu. »Hauptsache, ich sehe dich mal wieder.« Raymond klopfte mir auf die Schulter und nickte dann zu einer der Werkbanken. »Dort drüben steht eine angefangene Kommode. Sie wartet darauf, feingeschliffen zu werden.«

»Alles klar, Boss.«

Das war typisch Raymond. Er war kein Mann vieler Worte. Wenn ich ihn besuchte, arbeiteten wir meistens erst an irgendwelchen Möbelstücken, bevor wir es uns mit einem Feierabendbier bei ihm im Wohnzimmer gemütlich machten. Schon als Kind hatte ich ihm bei der Arbeit zugeschaut, und spätestens seit ich sprechen konnte, hatte er mir kleine Aufgaben aufgetragen. Wann immer ich in der Werkstatt war, den vertrauten Geruch von Holz und Leim einatmete, kehrte ein Teil von mir in meine Kindheit zurück. Raymonds Werkstatt war schon damals mein Wohlfühlort gewesen. Die Oase, in der sämtliche Erwartungen keine Rolle mehr spielten. In der mich die strenge Stimme meines Vaters nicht erreichte.

Gedankenverloren strich ich mit den Händen über das helle Holz. Buche, wie ich vermutete. Es gab an der Kommode tatsächlich nicht mehr zu tun als den Feinschliff und die Lackierung, doch für heute kam mir das gerade recht. Ich hatte auch schon ganze Möbelstücke selbst hergestellt, früher, als ich noch mehr Zeit für die Besuche bei Raymond gehabt und die Uni mir nicht jede Luft zum Atmen geraubt hatte. Inzwischen schaffte ich es nur noch alle zwei Wochen in die Werkstatt, wenn überhaupt.

In der nächsten Stunde arbeitete ich schweigend vor mich hin. Ich fuhr mit einem Schleifgerät über die Ecken und Kanten, bearbeitete die größeren Flächen und besserte Kratzer aus, wenn ich welche vorfand. Es war eine beruhigende Tätigkeit, die mich augenblicklich den Stress der letzten Stunden vergessen ließ. Wenn meine Hände beschäftigt waren, gab mein Kopf Ruhe. Ich vergaß immer wieder, wie sehr mir das im Alltag fehlte. Hier verblassten die Gedanken an meine Zukunft. Hier dachte ich nicht an Dad und Mum, an ihre Erwartung, dass aus mir ein herausragender und erfolgreicher Anwalt werden würde, der in Dads Kanzlei einstieg. In Raymonds Werkstatt musste ich nicht funktionieren, musste keine Rolle spielen, bei der ich mich in den letzten Wochen immer öfter fragte, wieso ich das überhaupt tat. Ich konnte ich selbst sein und durchatmen. Vermutlich liebte ich diesen Ort deshalb so.

»Ich denke, für heute ist es genug«, sagte Raymond irgendwann und riss mich aus meinen Gedanken.

Ich schaute auf und ließ von der Kommode ab, die fast fertig war. »Wie spät ist es?« Wie so oft hatte ich beim Bearbeiten eines Möbelstücks völlig das Zeitgefühl verloren.

»Kurz nach sieben.«

»Schon?« Die letzten zwei Stunden waren wie im Flug vergangen. Wenn es mir in den Vorlesungen auch nur ansatzweise so gehen würde, wäre das Studium deutlich leichter zu ertragen.

»Kommst du noch auf ein Bier mit rein?«, fragte Raymond wie jedes Mal.

»Klar«, sagte ich und folgte ihm über den Innenhof zu seinem Haus.

Raymond war Anfang fünfzig, doch er war noch genau so fit wie vor zehn Jahren. In meinen Augen hatte er sich kaum verändert. Nur die grauen Strähnen in seinen dunklen Haaren und die tiefer werdenden Furchen in seinem Gesicht verrieten, dass die Zeit nicht spurlos an ihm vorbeigegangen war.

Das Innere des Hauses sah noch genauso aus wie beim letzten Mal. Auf dem Tisch neben der offenen Küche stapelten sich Zeitungspapiere und leere Kaffeetassen, und ich fragte mich unwillkürlich, wann Raymond das letzte Mal hier gegessen hatte. Wenn ich zu Besuch war, aß er entweder mit mir im Wohnzimmer oder nahm sich ein Sandwich mit in die Werkstatt.

Während Raymond Bier aus dem Kühlschrank holte, durchquerte ich den Gang, der ins Wohnzimmer führte, ein heller Raum mit einer großen Couch, einem Schaukelstuhl und mehreren Holzregalen an den Wänden, die bunt angemalt waren. Die Möbel waren alle von Raymond handgemacht, die Farbe kam von Lexa. Ob er sie sehr vermisste? Vermutlich schon. Ich konnte mir nicht vorstellen, dass man einfach so mit dem Leben weitermachen konnte, wenn man die große Liebe verloren hatte. Es hatte Monate gedauert, bis ich über Judy hinweggekommen war, dabei waren wir nur zwei Jahre lang ein Paar gewesen. Aber das konnte man wohl kaum vergleichen.

»Erzähl, wie geht's dir?« Raymond reichte mir ein alkoholfreies Bier, weil ich später noch heimfahren würde, und ließ sich auf den Schaukelstuhl nieder. Das Bild war mir seit Kindertagen vertraut. Raymond mit verwaschener Jeans, die mit Sägespänen bestäubt war, und einem Holzfällerhemd, das ihm eine Spur zu locker saß, wie er sich nach Feierabend im Stuhl zurücklehnte.

»Mir geht's gut.« Ich setzte mich auf die Couch. »Der Unikram ist wie immer 'ne Menge, aber es ist zu bewältigen. Ansonsten pass ich ab und zu auf Teddy auf. Ihm und Rose geht es übrigens gut.«

»Das freut mich.« Raymond nahm einen großen Schluck von seinem Bier und schwieg. Er sprach die Frage nicht aus, aber ich antwortete trotzdem.

»Dad arbeitet wie üblich viel zu viel. Mit seiner Firma läuft es gut, die Kanzlei hat so viele Fälle wie nie.«

Raymond gab ein brummendes Geräusch von sich. Er sprach

seit Jahren nur noch das Nötigste mit Dad. Warum genau, wusste ich nicht. Doch ich ahnte, dass es etwas mit Raymonds Entscheidung, nicht Teil der Kanzlei zu werden, zu tun hatte.

»Hackt er immer noch so viel auf dir herum?«, fragte er schließlich.

»Manchmal. Ach, du kennst ihn ja.« Meine Stimme klang eine Spur verbitterter, als gewollt.

Raymond runzelte die Stirn. »Er sollte dir nicht seine Vorstellungen vom Leben aufzwängen.«

»Ich habe diesen Weg selbst gewählt«, verteidigte ich Dad. Oder mich, das konnte ich nicht so genau sagen. Genauso wenig, wie ich sagen konnte, warum ich das alles überhaupt tat, aber meine Zweifel laut auszusprechen, würde sie realer machen, und das wollte ich nicht. Ich wollte nicht zweifeln und mich fragen, ob ich als Anwalt wirklich glücklich werden würde. Es wäre so viel leichter, wenn Dads Wünsche auch meine wären, deshalb versuchte ich, mir einzureden, dass sie es waren. In der Hoffnung, dass sie es irgendwann sein wurden. Was hatte ich auch für eine andere Wahl? Fest stand, dass Raymond nicht verstand, was es hieß, die Verantwortung für die Kanzlei auf den Schultern zu tragen. Er hatte damals einen anderen Weg einschlagen können, weil Dad Anwalt geworden war. Das Glück hatte ich nicht.

»Schon gut, Junge. Ich wünschte nur, er würde sehen, was du alles leistest.«

Da waren wir schon zu zweit.

»Wie läuft das Geschäft?«, wechselte ich das Thema.

»Gut. Meine Kundschaft ist nach wie vor treu, und die Gesellen sind sehr fleißig.«

Alles andere hätte mich auch gewundert. In seiner Werkstatt

forderte Raymond höchste Konzentration. Er war ein gerechter Chef und guter Lehrer, aber dafür erwartete er auch vollen Einsatz.

»Freut mich.«

Danach schwiegen wir beide. Nippten an unserem Bier und genossen die Stille. Es war ein krasser Kontrast zu den Abenden mit den Jungs, bei denen immer jemand am Labern war. Was auch seinen Wert hatte, aber manchmal brauchte ich Ruhe, um runterzukommen.

»Hast du Teddy mal wieder gesehen?«, fragte ich in die Stille hinein. »Der Kleine wird immer frecher. Rose behauptet, das hätte er von mir, aber ich glaube seine Dickköpfigkeit hat er von ihr.«

Raymond schmunzelte. »Vielleicht liegt das auch in der Familie.«

Ich dachte an Mums Ehrgeiz und Dads Streben nach Erfolg und wie wenig sie sich von ihren Einstellungen abbringen ließen. »Das kann gut sein«, gab ich zu.

»Du kannst Teddy jedenfalls gern mal mitbringen«, meinte Raymond. »Tut ihm vielleicht mal gut, aus der Stadt rauszukommen.«

Wenn mein Neffe auch nur ein bisschen so tickte wie ich, dann würde es das auf jeden Fall. Wobei ein vierjähriger Junge vermutlich noch nicht wirklich wahrnahm, dass er mitten in einer Großstadt wohnte. Rose ging, so oft es ging, mit ihm raus in den Park oder auf Spielplätze, und für Teddy stellte sowieso alles ein Abenteuer dar.

Wieder musste ich feststellen, wie sehr ich diese Auszeit bei Raymond gebraucht hatte. Und als ich schließlich zurückfuhr, war ich so entspannt wie lange nicht mehr. Wie jedes Mal nahm ich mir vor, bis zu meinem nächsten Besuch nicht so viel Zeit verstreichen zu lassen. Und wie jedes Mal wusste ich, dass der Alltag mir dazwischengrätschen würde.

10. KAPITEL

Maisie

Weston ging mir nicht mehr aus dem Kopf. Egal, wie sehr ich es versuchte. Dabei hatten wir uns seit unserem Beinahe-Kuss letzte Woche nicht mehr gesehen. Weder in der Stadt noch im Kindergarten lief ich ihm über den Weg. Jedes Mal wenn Teddy abgeholt wurde, machte mein Herz einen albernen Sprung, doch es war nie Weston, der sich durch die Tür schob. Jedes Mal wenn ich im *Daydream* saß, an meinem Tee nippte und mein Notizbuch mit Worten füllte, ertappte ich mich dabei, dass ich mich alle paar Minuten verstohlen umschaute. Doch Weston war nicht da. Warum nur hatten wir nicht unsere Nummern ausgetauscht? Dann hätte ich mich zumindest unter irgendeinem fadenscheinigen Grund bei ihm melden können.

Seufzend trat ich kräftiger in die Pedale und genoss die Sonne, die Edinburgh mit für Ende März ungewohnt milden Temperaturen verwöhnte. Heute war wieder ein Treffen in der Schreibwerkstatt, und ich wollte nicht zu spät kommen. Dr. Rae hatte mich in der letzten Sitzung zu der Entscheidung, der Schreibwerkstatt beizutreten, beglückwünscht und mich ermutigt, meine Texte vorzulesen. Obwohl ich mir das in den ersten beiden Stunden nicht hatte vorstellen können, war ich heute seltsam aufgeregt. Die Unterhaltungen mit Weston waren so unverhofft gut gelaufen, und wenn ich es schaffte, mit ihm frei draufloszureden, dann klappte es vielleicht auch, einen Text in der Schreibwerkstatt vorzutragen. Dr. Rae hatte zwar auch gesagt, ich sollte geduldig mit mir selbst sein, aber manchmal brauchte ich einen Sprung ins kalte Wasser statt vieler kleiner Schritte. In meinem Rucksack trug ich jedenfalls mein Notizbuch mit einem fertigen Text, den ich, wenn es gut lief, vortragen würde.

Als ich den kleinen Raum betrat, begrüßte Brian mich mit einem erfreuten Kopfnicken, das ich lächelnd erwiderte, ehe ich mich zu Emma an den Tisch setzte. Sie trug heute ein schwarzes Cord-Kleid, und ihre Haare hatte sie zu einem Zopf zusammengebunden, wodurch sie so ziemlich das Gegenteil von mir bildete. Ich zupfte an meinem weißen gehäkelten Top, das ich über einer hochgeschnittenen Jeans trug.

»Hi, Maisie.« Mit einem strahlenden Lächeln drehte sie sich zu mir. »Wie war deine Woche?«

»Gut«, erwiderte ich und versuchte vergeblich, nicht an Weston zu denken oder an die Tatsache, dass wir uns seit der Lesung vor gut einer Woche nicht mehr gesehen hatten. »Und deine?«, schob ich schnell hinterher.

»Gut, ich habe angefangen, eine Kurzgeschichte zu schreiben, und mich schon seit Tagen auf die Schreibwerkstatt gefreut. Wie sieht es bei dir eigentlich aus? Werden wir heute was von dir hören?«

»Ich weiß es noch nicht«, gab ich zu. »Das entscheide ich nachher spontan.« Zumindest war das der Plan.

Sie lächelte aufmunternd. »Wir sind hier auf jeden Fall alle wertfrei, wie du weißt. Aber deine Sorge ist sicher unbegründet, bestimmt schreibst du wahnsinnig schöne Texte.« Sie drückte kurz zuversichtlich meinen Arm und kramte dann in ihrem kleinen schwarzen Lederrucksack, aus dem sie ein zerfleddertes Notizbuch herausbeförderte.

Neugierig schaute ich darauf. Worum es in Emmas Kurzgeschichte wohl ging? Aus dem Text, den sie letzte Woche vorgelesen hatte, konnte ich deutlich heraushören, dass sich hinter ihrer fröhlichen Art Seiten verbargen, die von einer Tiefe zeugten, die auf den ersten Blick nicht sichtbar war.

Nach und nach trudelten nun auch die anderen ein. Emma hatte mir das letzte Mal die Namen aller Teilnehmer zugeflüstert, aber ich hatte die Hälfte schon wieder vergessen. Sie bildeten jedenfalls eine bunte Truppe. Da war ein Kerl, der nur Schwarz trug und den ich noch nie ohne Kopfhörer gesehen hatte. Neben ihm saß eine junge Frau mit langen blonden Haaren, die ständig etwas in ihren Block kritzelte. Die beiden hätten kaum unterschiedlicher aussehen können, waren aber sowohl letztes als auch dieses Mal gleichzeitig angekommen.

»So, ich freue mich, dass ihr alle euren Weg hierher gefunden habt«, eröffnete Brian die Stunde. »Nachdem es in der letzten Woche um Dinge ging, die schmerzen, werden wir heute mit einem neuen Thema weitermachen, auch wenn ich das Zitat von unserem Freund Hemingway noch eine ganze Weile hätte vertiefen können.«

Auf seine Worte folgte leises Gelächter. Es war offensichtlich, dass die Gruppe Brian sehr schätzte. Kein Wunder. Wenn alle Dozenten an der Uni so locker drauf waren wie er, sollte ich mir das mit dem Studium wohl noch mal überlegen.

»In der ersten Hälfte der Stunde möchte ich euch aber zunächst einladen, eure Ergebnisse vorzutragen. Es dürfen auch ältere Texte sein. Und wie immer gilt das Prinzip der Freiwilligkeit.« Damit setzte er sich an einen der Tische und sah erwartungsvoll in die Runde.

Unsicher schaute ich auf die Stelle, an der er eben noch gestanden hatte.

»Na los«, flüsterte Emma. »Das ist deine Chance.«

Das Herz klopfte mir bis zum Hals, als ich mich nach den anderen umblickte. Niemand machte Anstalten aufzustehen. Ich dachte an Jaspers aufmunternde Worte, an Dr. Rae, die mir ohne zu zögern gesagt hatte, dass ich so weit war, und an Amelia, die sowieso schon immer an mich geglaubt hatte. Westons Lächeln fiel mir ein, sein Schmunzeln, wenn ich in seiner Nähe aussprach, was ich dachte, und mich dabei mit meiner Schlagfertigkeit selbst überraschte. Das alles waren Momente, in denen ich mich selbstbewusst und gesehen gefühlt hatte. Momente, in denen die schweigende Maisie von früher fast vollständig verschwand.

Ehe ich es mir anders überlegen konnte, schnappte ich mir mein Notizbuch und ging nach vorn. Mein Herz klopfte wie verrückt, aber ich blieb stehen und betete stumm, dass der Mut mich nicht zu schnell wieder verließ.

»Wie schön, dass du den Anfang machst«, sagte Brian und nickte mir aufmunternd zu.

Ich schluckte schwer, doch der plötzliche Kloß in meinem Hals blieb. Die Gesichter der anderen verschwammen, und ich klammerte mich an dem Buch in meiner Hand fest.

»Lass dir Zeit«, hörte ich Brians Stimme.

Ich nickte und konzentrierte mich auf meine Atmung. Eine

Übung, die Dr. Rae mir gegen Nervosität gezeigt hatte. Langsam schlug ich das Buch auf und blätterte zu der richtigen Stelle. Die Worte auf dem Papier waren mir vertraut, und ich fragte mich, wie sie auf meiner Zunge schmecken würden, wenn ich sie aussprach.

Ich räusperte mich. Das Geräusch durchdrang die Stille und nahm etwas von der Angst, die mich gefangen hielt. Ich konnte es schaffen. Das hier war nicht wie damals in der Schule, wo ich Referate hatte halten müssen und dabei innerlich hundert Tode gestorben war. Mehrmals war ich, ohne auch nur ein Wort gesprochen zu haben, aus dem Klassenzimmer geflüchtet. Aber nicht heute. Ich war nicht mehr das stille Schulmädchen von damals.

Mein Blick huschte über die Zeilen. Die vertrauten Worte gaben mir schließlich die Zuversicht, die ich brauchte. Ich hielt mich an ihnen fest, als ich den Mund öffnete und anfing zu lesen:

»Sie sagen, was gebrochen ist, kann wieder ganz werden,
und Narben verblassen irgendwann.
Sie sagen, dort wo Dunkel ist, da ist auch Licht,
und dass Zeit alle Wunden heilen kann.
Und dieses Mal, zum ersten Mal, versuche ich,
ihnen zu glauben.
Doch wer bin ich ohne meine Vergangenheit?
Wer bin ich ohne den Schmerz?«

Einen Moment lang herrschte Stille. Dann stand Emma auf und klatschte wie wild in die Hände. Ich blinzelte und kehrte schlagartig in die Schreibwerkstatt zurück. Mein Herz klopfte noch immer viel zu schnell, doch diesmal aus Erleichterung.

Ich hatte es geschafft. Und es hatte sich verdammt gut angefühlt. Die Worte laut auszusprechen und den Text zu teilen, war ein berauschendes Gefühl. Ich hatte gedacht, dass es mir seltsam oder sogar falsch vorkommen würde, etwas Persönliches zu teilen, doch das genaue Gegenteil war der Fall. Meine geschriebenen Worte hatten jahrelang nur mir gehört. Vielleicht hatten Jasper und Dr. Rae doch recht, und es wurde Zeit, sie mit der Welt zu teilen.

»Das war mega!«, rief Emma mir zu, als ich mich zurück an meinen Platz setzte. »Ich weiß, es hat dich Überwindung gekostet, aber seine eigenen Texte zu teilen, kann etwas so Schönes sein! Also hör nicht damit auf, ja?«

Überwältigt nickte ich. »Ich werde mein Bestes geben.«

Verstohlen sah ich mich um und bemerkte, dass auch die anderen mir anerkennend zunickten. Ein warmes Gefühl breitete sich in mir aus, und ich spürte, wie ich lächelte.

»Das war sehr gut«, lobte Brian. »Nachdem jetzt der Anfang gemacht ist – wer will als Nächstes?«

Nach mir trugen noch zwei weitere Leute ihre Texte vor. Eric, der ein Gedicht geschrieben hatte, und Jenna, deren Beitrag an eine Ballade erinnerte. Sie waren gut. So gut, dass ich mit dem Gedanken spielte, sie zu fragen, ob sie mir die Texte schicken würden.

Bevor ich die Frage jedoch aussprechen konnte, führte Brian das Thema *Lichtblicke* ein und ließ uns erst mal wieder brainstormen, welche Dinge uns in unserem Leben mit Freude und Dankbarkeit erfüllten. Was uns dazu brachte, an schweren Tagen durchzuhalten. Wie beim letzten Mal arbeitete ich auch jetzt wieder mit Emma zusammen, und wir hatten unsere Liste schnell gefüllt. Ganz oben standen Freundschaften und Familie, dann folgten Punkte wie Musik, Bücher, freie Zeit und Natur.

Viel zu schnell war die Stunde auch schon wieder vorbei, und Brian gab uns die Hausaufgabe mit, einen Text über jemand zu schreiben, der uns in schwierigen Zeiten zur Seite stand. Sofort tauchte Amelia vor meinen Augen auf. Das würde leicht werden.

»Hast du Lust, noch einen Kaffee trinken zu gehen?«, fragte Emma, als wir unsere Sachen zusammenpackten.

»Gern.«

Es war fünf Uhr nachmittags, und da der Himmel in einem tiefen Blau strahlte, schlenderten wir gemütlich durch die Straßen. Das Fahrrad schob ich neben mir her, während ich den milden Wind genoss, der mir durch die Haare fuhr. Es war ein perfekter Frühlingstag. Die Leute, die uns entgegenkamen, nickten uns im Vorbeigehen zu, und wie immer an den ersten Frühlingstagen wirkten alle ein bisschen offener als während der grauen Wintermonate.

»Seit wann gehst du zur Schreibwerkstatt?«, fragte ich nach ein paar Minuten.

Emma wich einem Hundebesitzer aus, dessen Golden Retriever bei unserem Anblick laut zu kläffen begann. »Seit über einem Jahr«, sagte sie, sobald wir den Hund mitsamt Besitzer hinter uns gelassen hatten. »Ich studiere Journalismus und habe einen Ausgleich zu den Berichten und streng vorgegebenen Schreibübungen gebraucht.«

»Verständlich.«

»Und wie bist du auf die Gruppe aufmerksam geworden?«, fragte sie neugierig.

Kurz zögerte ich, doch dann gab ich mir einen Ruck. In langsamen, stockenden Sätzen erzählte ich Emma von der Therapie und dass das Schreiben schon immer ein Teil von mir war. Sie unterbrach mich kein einziges Mal und ließ mir die Zeit, die ich brauchte.

»Jetzt versteh ich erst, warum es für dich so eine große Sache war, den Text heute vorzutragen«, sagte sie schließlich. »Du kannst wirklich stolz auf dich sein! Das muss unglaublich viel Mut gekostet haben.«

»Danke«, sagte ich, ehrlich berührt von Emmas Zuspruch. Als ich zum ersten Mal in die Schreibwerkstatt gegangen war, hatte ich nicht damit gerechnet, so schnell eine neue Freundin zu finden, aber Emma machte es mir leicht, sie sofort in mein Herz zu schließen.

Als wir die Altstadt erreichten, schloss ich mein Fahrrad an einem Zaun an, bevor wir uns ein Café suchten. Und kurz darauf setzten wir uns, ausgestattet mit Schoko-Muffins, Kaffee und Tee, an einen Tisch im Freien, wo Emma direkt anfing, von ihrem Studium zu erzählen. Zwischendurch brach sie Stücke von ihrem Muffin ab oder rührte in ihrem Kaffee. Sie war ständig in Bewegung und sprach ohne Punkt und Komma.

»Bist du eigentlich auch so ein Serienjunkie?«, fragte sie und steckte sich den Rest Muffin in den Mund. »Ich liebe ja *Gilmore Girls.*«

»Weil sie in der Serie ständig Kaffee trinken und ununterbrochen quasseln?«, fragte ich grinsend.

Emma hob die Schultern. »Erwischt. Wenn ich zu viel rede, musst du mich übrigens stoppen. Meinen Exfreund hat das wahnsinnig gemacht. Er hat sich immer beschwert, dass ich nie meine Klappe halte.«

Ich runzelte die Stirn. »Echt jetzt?«

»Jep.« Sie verdrehte die Augen und trank einen Schluck Kaffee. »Aber keine Sorge, ich habe mir das nicht lange gefallen lassen. Es hat schließlich nicht grundlos zwischen uns nicht funktioniert.«

»Offensichtlich.« Ich nahm einen großen Schluck von meinem Tee. »Zu deiner Frage: Ich gehöre tatsächlich zu den wenigen Menschen, die nicht oft Serien schauen. Filme sind da schon mehr mein Ding, vor allem Musicals und romantische Komödien. Du magst nicht zufällig auch Musicals und hättest mal Lust auf einen Filmabend?«

»Willst du mich verarschen?« Emma riss ihre mit Kajal umrandeten Augen auf. »Ich liebe Musicalfilme, wer tut das nicht?«

Ich lachte. »Dann musst du unbedingt meine Kollegin und Freundin aus dem Kindergarten kennenlernen. Bree und ich schauen solche Filme regelmäßig rauf und runter.«

»Das wäre toll. Die Leute vom Studium sind zwar ganz cool, aber ich glaube, ich bin den meisten zu speziell.« Sie zuckte mit den Schultern und senkte den Blick. Auch wenn sie sich viel Mühe gab, es zu verbergen, entging mir der verletzte Ausdruck auf ihrem Gesicht nicht.

»Mit speziell komme ich klar«, erwiderte ich lächelnd.

Wir blieben sitzen, bis die Sonne zwischen den Häusern verschwand und die Wärme mitnahm. Fröstelnd rieb ich mir über die Arme. »Ich glaube, ich muss langsam mal los.«

»Ja, ich auch. Bis morgen sollte ich noch einen Text über Journalismus im neunzehnten Jahrhundert lesen – wofür auch immer das gut sein soll.« Emma verzog das Gesicht und stand auf. Gemeinsam gingen wir zurück zur Straße, wo ich mein Fahrrad abgestellt hatte.

»Dann bis bald?«, fragte sie, als ich das Fahrradschloss aufsperrte.

Ich nickte. »Sehr gern! Danke für den schönen Nachmittag.«

Emma lächelte breit. »Das können wir gern bald wiederholen.«

Ich winkte ihr zum Abschied zu und fuhr mit einem warmen Gefühl im Bauch zurück nach Hause.

11. KAPITEL

Maisie

»Steht diese Em zufällig auf Frauen?«, fragte Bree und rührte in ihrem Chai Latte, während ich an einem Grüntee nippte.

Wir hatten nach der Arbeit spontan einen Abstecher ins *Daydream* gemacht. Die Kinder waren heute alle etwas von der Rolle gewesen, weshalb wir diesen Ausgleich dringend gebrauchen konnten.

»Ich dachte, du genießt dein Singleleben in vollen Zügen?«, hakte ich nach.

»Tu ich auch. Aber es wäre schön, mal wieder mit jemandem auszugehen. Mein letztes Date ist eine Weile her.« Sie strich sich ihre auf einer Seite schulterlangen blonden Haare hinters Ohr und zuckte mit den Schultern.

»Ich kann sie mal fragen, aber Em hat einen Exfreund erwähnt, ich weiß also nicht, wie deine Chancen stehen. Du kannst bei einem gemeinsamen Filmabend ja mal die Fühler ausstrecken«, meinte ich.

»Werde ich. Apropos«, Bree warf mir einen prüfenden Blick zu, »ich erwarte immer noch einen ausführlichen Bericht über Westons Rettungsaktion.«

»Welche Rettungsaktion?« Verwirrt schaute ich sie an.

»Nach der Lesung«, half sie mir auf die Sprünge.

»Ach, das meinst du.« Ich griff nach meiner Tasse und nahm einen großen Schluck, um nicht sofort antworten zu müssen. Seit der Lesung war eine gute Woche vergangen. Genug Zeit, um mir Weston aus dem Kopf zu schlagen. Theoretisch zumindest.

»Ja, das meine ich. Also?« Sie sah mich neugierig an, aber ich wusste, dass sie mich nicht drängen würde, falls ich nicht darüber reden wollte.

»Ich habe dir eigentlich schon alles erzählt«, sagte ich. »Er hat mich nach Hause gebracht und spontan mit mir gekocht. Wir haben uns unterhalten, und na ja, dann ist er gegangen. Seither habe ich ihn nicht wiedergesehen.« Bedauern schlich sich in meine Stimme.

»Das war verdammt nett von ihm«, meinte Bree, und diesmal lag ein wachsamer Ausdruck in ihren Augen. »Vielleicht hat mich der erste Eindruck von ihm doch getäuscht.«

»Ja, vielleicht«, sagte ich leise und dachte an seinen warmen Blick und das Kribbeln in meinem Bauch, das sich blitzartig darin ausgebreitet hatte, wann immer er mir nah gekommen war. Als würden kleine Funken durch meinen Körper schießen.

»Aber ihr habt euch seither nicht gesehen?«, vergewisserte Bree sich.

Ich schüttelte den Kopf. »Nein. Wir haben keine Nummern ausgetauscht, und da er Teddy in den letzten Tagen auch nicht abgeholt hat … Vielleicht soll es auch einfach nicht sein, dass wir uns wiedersehen.«

»Oder aber ihr bekommt noch eine Chance, das Versäumnis mit euren Handynummern nachzuholen«, hielt sie dagegen. »Du hast in den letzten Monaten nie ernsthaftes Interesse an jemandem gezeigt, aber wenn du von Weston redest, leuchtet irgendwas in deinem Gesicht auf.«

Einen Moment lang starrte ich Bree an, dann brach ich in Lachen aus. »Sorry«, prustete ich, »aber meinst du das ernst? In meinem Gesicht leuchtet etwas auf?«

»Hey«, verteidigte Bree sich, konnte sich aber ebenfalls ein Lachen nicht verkneifen. »Du solltest deine Augen mal sehen, dann wüsstest du, wovon ich rede.«

Zweifelnd sah ich sie an. »Na, ich weiß nicht. Aber falls ich ihn demnächst wiedersehe, kann ich ja versuchen, an die Sache mit der Handynummer zu denken.«

»Genau das wollte ich hören.« Sichtlich zufrieden mit mir leerte sie ihre Tasse und stand auf. »Willst du auch noch einen Cheesecake? Ich brauche jetzt jedenfalls etwas Süßes.«

»Bring mir gern einen Brownie mit.« Nur Schokolade schaffte es, einem stressigen Tag wie heute etwas Positives abzugewinnen.

Kaum war Bree zurück an unserem Tisch, brach ich ein Stück von dem süßen Gebäck ab und steckte es mir in den Mund. Ein genussvolles Seufzen entwich mir, als die Schokolade auf meiner Zunge zerging. Das *Daydream* hatte mit Abstand die besten Brownies, die ich je gegessen hatte.

»Sag mal«, fragte Bree und blickte stirnrunzelnd auf ihr Handy, »hast du schon von diesem Fall gehört?«

»Was für einen Fall?«

»Lynn hat mir gerade einen Link geschickt. Es geht um diesen Politiker. Ralph Cordon. Er soll öffentliche Gelder veruntreut haben, die eigentlich sozialen Einrichtungen zugestanden hätten.

Unter anderem unserem Kindergarten. Warum zur Hölle machen Menschen so was?« Bree war mit jedem Wort lauter geworden.

»Keine Ahnung, aber sobald es um Geld geht, vergessen die meisten ihre Menschlichkeit gern mal«, sagte ich und zuckte mit den Schultern. Ich konnte Brees Wut verstehen. Es gab zu viele Dinge, die schiefliefen in der Welt. Deshalb schaute ich inzwischen nicht mehr so oft Nachrichten und achtete darauf, dass ich vorher in einer guten Verfassung war. Die wirklich wichtigen Neuigkeiten bekam ich trotzdem mit oder las sie im Netz nach. Aber auf den Schwall an ungewollten Informationen, der einen jeden Tag in den Nachrichten überrollte, konnte ich verzichten.

»Ich hasse es, dass diese Typen am Ende mit so was immer durchkommen.« Bree schaute noch immer auf ihr Handy.

Sanft nahm ich es ihr weg. »Lass dir davon nicht den Tag verderben.«

Stirnrunzelnd sah sie mich an, dann glätteten sich ihre Gesichtszüge wieder. »Du hast recht.« Mit einem Seufzen nahm sie einen Bissen von ihrem Cheesecake. »Solange wir noch wissen, was uns wichtig ist, haben wir hoffentlich am Ende genug beigetragen.«

Das Klingeln des Weckers riss mich aus dem Tiefschlaf. Ich hatte schlecht geschlafen und war zweimal atemlos aus einem Albtraum geschreckt, an den ich mich nicht mehr erinnern konnte. Entsprechend gerädert quälte ich mich daher aus dem Bett und tapste in das Badezimmer gegenüber. Nachdem ich geduscht hatte, schlüpfte ich in eine Jeans und eine blau-weiß geblümte Bluse. Die Wahrscheinlichkeit, dass eines der Kinder sie nach wenigen Minuten einsauen würde, war zwar relativ hoch, aber ich hatte das

Bedürfnis, etwas Schönes anzuziehen. Manchmal half es auch gegen die Müdigkeit, in nicht allzu bequemen Klamotten zu stecken. Warum auch immer.

Als ich wenig später den Kindergarten erreichte, betraten bereits die ersten Eltern mit ihren Kindern im Schlepptau das moderne, hell angestrichene Gebäude. Ich unterdrückte ein Gähnen und folgte ihnen.

Bree war wie üblich schon da und war gerade dabei, die Malecke herzurichten und ein paar Decken und Stühle rauszustellen, mit denen die Kinder eine Höhle bauen konnten.

»Guten Morgen«, begrüßte Bree mich. »Du siehst chic aus.« Sie deutete auf meine Bluse und sah dann an ihrem dunkelgrünen Hoodie herunter, den sie über einer knallengen Jeans trug, bevor sie mich wieder musterte. Ein Zwinkern trat in ihre Augen. »Oder hast du heute nach der Arbeit etwa noch was vor?«

Ich lachte. »Nein. Ich brauchte das, um mich gut zu fühlen. Und um das Bett überhaupt zu verlassen.«

»Schlecht geschlafen?«, hakte sie nach und setzte sich in den aufgestellten Stuhlkreis, in dem wir uns mit den Kindern zu Beginn des Tages immer versammelten, um mit einer Erzählrunde und einem Lied in den Morgen zu starten.

»Kann man so sagen.«

Da inzwischen die meisten Kinder eingetrudelt waren, begannen wir mit der üblichen Runde, wobei Teddy aufgeregt erzählte, wie er mit seinem Onkel *Ritter* gespielt hatte.

»Wesy war die Prinzessin, und ich habe ihn befreit«, erklärte er voller Stolz.

Ich zwang mich, nicht zu Bree zu schauen. Es war so schon schwer genug, ein lautes Lachen zu unterdrücken. Himmel, Weston in einem Prinzessinnenkostüm. Das hätte ich zu gern gesehen. Ein Lächeln schlich sich auf meine Lippen, als ich an ihn dachte. Das Bild, wie er Teddy hochgewirbelt hatte, als er ihn abgeholt hatte, tauchte in meinem Kopf auf.

»Erde an Maisie.« Brees Stimme riss mich aus meinen gedanklichen Schwärmereien.

Ich zuckte heftig zusammen und begegnete runden Kinderaugen, die mich neugierig musterten.

»Welches Lied singen wir heute?«, fragte meine Kollegin mit einem feixenden Gesichtsausdruck. Sie wusste genau, in welche Richtung meine Gedanken davongaloppiert waren.

»Ähm, wie wäre es mit dem Alle-Kinder-fahren-Zug-Lied?«

»Jaaaaaa!«, riefen die Kinder begeistert, und ich musste mir ein Grinsen verkneifen. Sie liebten dieses Lied. Was kein Wunder war, es war ein tolles Lied, auch wenn Bree und ich es inzwischen nicht mehr ganz so toll fanden.

Nach der Morgenrunde verteilten sich die Kinder im Raum. Während Bree ein Auge auf die anderen hatte, setzte ich mich mit Jenny, Teddy und Liam in die Ecke mit den Büchern und las ihnen eine Geschichte vor. Doch anders als sonst hielten sie heute nicht lange still, sondern wollten von einer Spielecke in die andere.

Trotz der Abwechslung zog sich der Vormittag ziemlich in die Länge. Jacob stolperte zweimal über seine eigenen Füße und brach in lautes Heulen aus, während Amy und Teddy sich in die Haare kriegten, weil sie um eine Puppe kämpften. Bree und ich waren pausenlos am Trösten und Beruhigen. Als es endlich Zeit fürs Mittagessen war, war ich fix und fertig mit den Nerven. Trotzdem schaffte ich es irgendwie, ein Lächeln aufrechtzuerhalten, während wir uns mit den Kindern in den Hof vor dem Kindergarten setzten, wo sie ihre mitgebrachten Sandwiches aßen. Inzwischen hatte sich auch die Sonne durch die Wolkendecke gekämpft und belohnte uns mit ihren warmen Strahlen. Immerhin etwas.

Dennoch hangelte ich mich bis zum Nachmittag nur noch von einer Minute zur nächsten. Zu allem Überfluss prangte auf meiner Bluse nun auch noch ein großer Schokoladenfleck, weil Amys Eltern die glorreiche Idee gehabt hatten, ihr Pausenbrot mit Schokocreme zu bestreichen. Und sie war natürlich genau in dem Moment auf meinen Schoß geklettert, als sie das Sandwich in ihren kleinen Händen halb zerquetschte. Ich hatte mich gezwungen, mehrmals tief durchzuatmen, und seitdem zählte ich wie ein Mantra die Minuten bis zum Feierabend.

Normalerweise liebte ich meinen Job, aber heute war es die Hölle. Was weniger an den Kindern als meinem übermüdeten Körper lag, der sich dringend nach einer Portion Schlaf sehnte. Als das letzte Kind abgeholt wurde, war ich kurz davor, ein Halleluja anzustimmen. Ich hielt mich allerdings zurück, bis die Eltern aus meinem Blickfeld verschwanden, dann sank ich auf eine der Schaumstoffmatten, die die Kinder zum Spielen nutzten.

»Da ist jemand reif fürs Wochenende«, bemerkte Bree.

»Und wie. Ich weiß nicht, was mit mir los ist, aber heute war hart.«

»So Tage gibt's«, meinte Bree. »Jetzt hast du erst mal Ruhe von den kleinen Rackern.«

»Ach, eigentlich sind sie ja süß.«

»Wenn sie nicht gerade streiten«, sagte Bree mit einem Seufzen, dabei wussten wir beide, dass sie ihre Arbeit liebte.

»Oder hinfallen und schreien«, ergänzte ich. »Oder meine Klamotten einsauen.« Ich verzog das Gesicht.

»Ja, die Bluse war eine mutige Entscheidung.«

Ich zuckte mit den Schultern. »Ist ja nicht so, als würde sie irgendjemand außer dir zu Gesicht bekommen.«

»Stimmt, aber …« Ein Klopfen unterbrach Bree, die mit gerunzelter Stirn zur Tür sah. »Vielleicht hat eins der Kinder seine Jacke vergessen.«

»Machst du auf?« Ich konnte mir nicht vorstellen, die Schaumstoffmatte so schnell wieder zu verlassen.

Bree lachte. »Okay, weil du es bist.«

Mit geschlossenen Augen hörte ich, wie Bree den Flur durchquerte und die Tür öffnete. In Gedanken formulierte ich bereits eine Nachricht an Amelia, in der ich ihr für heute Abend absagte. Sie hatte mich zu einem Filmabend eingeladen, aber nach dem Tag war mir eher nach einem gemütlichen Abend zu Hause. Mit einem großen Becher *Ben & Jerry's*, den ich mit niemandem teilen würde.

»Ähm, Maisie?«

Widerwillig öffnete ich die Augen. »Was ist?«, fragte ich Bree.

»Da will dich jemand sehen.« Sie trat einen Schritt beiseite.

Irritiert setzte ich mich auf. Und starrte in ein Paar graublaue Augen. Was zur Hölle? Ich stand ruckartig auf und verschränkte die Arme vor der Brust, in der Hoffnung, damit den Schokofleck auf meiner Bluse zu verdecken.

»Ich bin dann mal die Malecke aufräumen«, murmelte Bree, bevor ich etwas sagen konnte, verschwand in den angrenzenden Raum und ließ mich mit Weston allein. Mist.

»Hi.« Weston strahlte mich mit fast schon nervtötender Wachheit an. Natürlich sah er kein bisschen müde aus. Lediglich die Schatten unter seinen Augen gaben einen Hinweis darauf, dass er in der letzten Nacht ebenfalls nicht besonders viel Schlaf abbekommen hatte.

Bevor ich mich selbst stoppen konnte, glitt mein Blick über seinen grauen Pulli und die verwaschene Jeans, ein Outfit, das so gar nicht an die Markenklamotten unserer ersten Begegnung herankam.

»Bist du fertig?« Funkelnd sah er mich an, als er einen Schritt in den Raum hereinmachte. »Oder willst du noch ein bisschen weiterstarren?«

»Ich hab nicht …«, stammelte ich. Verflucht. Räuspernd straffte ich die Schultern. »Teddy wurde schon abgeholt«, sagte ich mit erstaunlich fester Stimme, für die ich mir innerlich auf die Schulter klopfte.

»Das sehe ich.« Westons Mundwinkel zuckten. Dieses verdammte Grinsen.

»Und was willst du dann hier?«, fuhr ich ihn eine Spur harscher an, als beabsichtigt.

»Dich sehen.« Er trat noch einen Schritt näher.

Mein Atem stockte, und mein dummes Herz stolperte, doch ich war machtlos gegen die Art, wie mein Körper auf ihn reagierte.

»Warum?«, flüsterte ich.

»Du bist ständig in meinem Kopf aufgetaucht. Ich dachte, das würde wieder von selbst aufhören, hat es aber nicht.«

Sprachlos starrte ich ihn an.

»Außerdem wollte ich mich nach der Sache nach der Lesung letzte Woche versichern, dass es dir gut geht. Ich weiß, das hätte ich schon eher tun sollen, aber ich hatte die letzten Tage irre viel zu tun und … « Er rieb sich über den Nacken und wirkte beinahe verlegen, was mich von allem vermutlich am meisten überraschte.

»Es geht mir gut«, murmelte ich, unfähig, mich von seinen Augen zu lösen. Er war hergekommen, weil er mich nicht aus dem Kopf bekam? Ernsthaft? Wer sagte so was einfach so, und warum zur Hölle klopfte mein Herz schon wieder so schnell?

»Das freut mich«, sagte er mit einem ehrlichen Lächeln. »Dann können wir ja direkt los.«

»Was?« Verwirrung machte sich in mir breit. Wovon zum Teufel redete er?

Er lächelte unbeirrt weiter. »Ich dachte an eine Runde durch den Park schlendern und essen gehen, aber ich bin offen für Gegenvorschläge.«

Ähm. Hatte ich was verpasst?

»Wovon …?« Ich schüttelte den Kopf und verfluchte meine Stimme dafür, dass sie mich ausgerechnet jetzt im Stich ließ.

»Wovon ich rede? Von unserem Date natürlich.« Er zuckte mit den Schultern, als wäre diese Situation kein bisschen seltsam.

Ich riss die Augen auf. Verdammt, Weston hatte den Verstand verloren.

»Ich denke, ich würde mich daran erinnern, wenn wir uns zu einem Date verabredet hätten«, erwiderte ich langsam, als wäre er schwer von Begriff.

»Das ist auch noch so 'ne Sache«, erwiderte ernsthaft. »Ich brauche deine Handynummer. Fürs nächste Mal.«

»Fürs nächste Mal«, echote ich. Langsam kam ich mir wie eine absolute Idiotin vor. Gab es irgendwo eine versteckte Kamera? Hatte Bree sich einen Scherz erlaubt und das alles eingefädelt?

»Das nächste Mal, wenn wir uns treffen, ja. Also, vorausgesetzt, ich habe nicht alle Zeichen völlig falsch gelesen, und du willst das hier gar nicht.« Er warf mir ein entwaffnendes Lächeln zu, das ich bis in die Zehenspitzen spürte.

»Ich, ähm …« Stirnrunzelnd sah ich ihn an. »Du wolltest mich sehen.«

»Ja.« Sein Blick lag unverwandt auf mir. »Also, bist du hier fertig und hast Lust, etwas zu unternehmen?«

»Ich, ähm – ja? Ich schätze schon.«

»Ist das ein Ja?«, vergewisserte er sich im selben Moment, in dem Bree den Raum betrat.

Immer noch etwas überrumpelt wandte ich mich zu ihr um. »Ist es okay, wenn ich jetzt schon gehe?«

Brees Augenbrauen schossen nach oben, und sie warf einen bedeutungsvollen Blick von Weston zu mir. »Klar, ihr könnt sofort los. Soll ich dir noch ein sauberes T-Shirt geben?« Ehe ich antworten konnte, verschwand sie im Flur und kam mit einem dunklen Oberteil wieder zurück. »Hier.«

»Danke«, murmelte ich, ehe ich Weston bat, vor dem Kindergarten zu warten. Sobald ich mich umgezogen hatte, schnappte ich mir meine Tasche und verabschiedete mich von Bree, die mir grinsend viel Spaß wünschte.

»Ruf mich an«, rief Bree mir hinterher, als ich schon fast an der Tür war.

»Mach ich«, versprach ich und schlüpfte hinaus ins Freie.

Weston wartete ein paar Schritte vor der Eingangstür. Er hatte die Hände in den Hosentaschen vergraben und lächelte, als er mich sah. »Tut mir leid, dass ich dich so überfalle, aber ich wusste nicht, wo ich dich sonst hätte wiedersehen können.«

»Schon okay«, murmelte ich.

»Ist das deine Art zuzugeben, dass ich das ein oder andere Mal auch in deinem Kopf aufgetaucht bin?« Seine Augen funkelten verschmitzt, und diesmal konnte ich mir ein kleines Lachen nicht verkneifen.

»Hin und wieder vielleicht«, gab ich zu und bemerkte, wie Westons Lächeln breiter wurde. Verdammt, mit dieser Wendung des Tages hatte ich definitiv nicht gerechnet.

12. KAPITEL

Maisie

Während wir durch die Straßen schlenderten, warf ich Weston immer wieder verstohlene Seitenblicke zu, um mich zu vergewissern, dass das hier tatsächlich passierte. Hätte man mir heute Morgen gesagt, dass der Tag mit einem *Date* mit Weston endet, hätte ich diese Person für verrückt erklärt.

Meine Müdigkeit war inzwischen wie weggewischt. Stattdessen stand mein ganzer Körper unter Strom. Ich war mir jeder Bewegung überdeutlich bewusst, genauso wie der geringen Distanz zwischen uns. Es fehlte nicht viel und unsere Hände hätten sich im Gehen gestreift. Obwohl wir kaum sprachen, war die Stille zwischen uns keineswegs unangenehm.

Schließlich tauchte vor uns der Park auf, und wir machten es uns auf einer Bank gemütlich. Mein Blick glitt über die anderen Spaziergänger und zwei Kinder, die ein paar Meter von uns entfernt Fußball spielten. Die Idylle war beinahe unwirklich. Zwischen den Bäumen blitzte Edinburghs Schloss auf, das auf steilen Felsen über der Stadt thronte. Wenn ich die Stadt nicht schon lieben würde, hätte ich sie spätestens jetzt zu meinem neuen Lieblingsort erklärt.

»Wie kommt es eigentlich, dass du an einem Freitagnachmittag nichts anderes zu tun hast, als im Park zu sitzen? Musst du nicht lernen oder so?«, fragte ich vorsichtig.

Ein Schatten huschte über Westons Gesicht, bevor er wieder eine unbekümmerte Miene aufsetzte. »Müsste ich. Aber ich finde es sehr viel interessanter, stattdessen mit dir Rentner und Hundebesitzer zu beobachten.«

»Was für eine Ehre.« Grinsend nickte ich einem älteren Herrn zu, der seinen Hund hastig an uns vorbeizerrte.

»Na ja, die Alternative wäre, Paragrafen zu büffeln.«

»Das klingt tatsächlich nicht sonderlich spannend«, rutschte es mir heraus. Wieder musterte ich ihn von der Seite. Weston wirkte auf mich nicht wie der typische Jurist, unter dem ich mir einen Anzugträger mit geschniegelter Frisur und einer schicken Armbanduhr vorstellte, aber was wusste ich schon. Das war vermutlich ein genauso klischeehaftes Bild, wie andere es von strickenden Kindergärtnerinnen hatten.

»Ist es auch nicht«, gab er zurück, und die betrübte Miene kehrte zurück.

»Sorry«, murmelte ich. »Du wirkst nur überhaupt nicht wie ein Anzugträger, der seine Tage am Schreibtisch oder im Gericht verbringt und Freude am stundenlangen Lernen hat.«

»Ich weiß.« Weston seufzte leise.

»Macht dir das Studium denn trotzdem Spaß?«, hakte ich vorsichtig nach.

»Die Inhalte sind oft sehr trocken, aber es hat auch interessante Aspekte. Und das Studentenleben ist abgesehen von der Lernerei ganz cool.« Er wich meinem Blick aus. »Im Grunde hatte ich sowieso nie wirklich die Wahl.«

Ich wollte gerade fragen, was er damit meinte, als er das Thema wechselte.

»Aber zurück zu dir, warum lebst du bei deiner Tante?«

Instinktiv zuckte ich zusammen. Seine direkte Art sollte mich inzwischen nicht mehr verwundern, aber die Frage brachte Gedanken ins Rollen, die ich normalerweise lieber ignorierte.

»Na ja«, fing ich an, »sie ist abgesehen von meiner Schwester die einzige Verwandte, die ich noch habe. Sie hat mich großgezogen.« Meine Stimme klang seltsam dünn. »Die beiden sind meine Familie. Es gibt für mich keinen Grund, nicht bei ihr zu wohnen.«

Ich spürte Westons Blick auf mir, doch diesmal war ich es, die ihm auswich. Stille breitete sich zwischen uns aus, und die plötzliche Wendung des Gesprächs löste die Leichtigkeit zwischen uns auf.

In dem Moment hasste ich es, dass ich nicht fröhlich und unbekümmert bleiben konnte, dass meine Gedanken noch immer zu schnell bei meinen Eltern landeten und mich in die Tiefe zu ziehen drohten. Dabei konnte ich mich nicht mal mehr richtig an sie erinnern. An ihre Stimmen, ihr Lachen. Ihren Geruch, wenn sie mich in den Arm nahmen. Hastig blinzelte ich die Tränen weg, die sich klammheimlich in meine Augen geschlichen hatten.

»Verstehe«, sagte Weston mit ungewohnt sanftem Ton. »Du musst auch nicht darüber sprechen. Ich weiß gar nicht, warum ich dich das gefragt habe, ich rede selbst nicht sonderlich gern über meine Familie.«

»Schon okay«, erwiderte ich. »Es ist nicht so, dass ich mit meiner Situation unzufrieden wäre, die Frage kommt nur manchmal auf, und dann hinterfrage ich jedes Mal selbst, ob ich nicht an einem ganz anderen Punkt im Leben stehen sollte.«

»Diese beschissenen Erwartungen von außen …« Weston schüttelte den Kopf. »Ich denke, solange du zufrieden bist, spielt alles andere keine Rolle. Es ist schließlich dein Leben.«

Ich ließ seine Worte nachklingen, fragte mich aber auch, ob er sich selbst daran hielt. Kurz entstand eine etwas unangenehme Stille, in der wir offenbar beide nicht recht wussten, worüber wir reden sollten, doch dann wechselten wir zu unverfänglicheren Themen, kommentierten die vorbeieilenden Leute und vermieden alles, was möglicherweise schmerzhafte Erinnerungen auslösen könnte.

»Sollen wir noch ein bisschen weiterlaufen?«, fragte Weston nach einer Weile.

Ich nickte und stand auf.

Während wir durch die Stadt schlenderten, sprachen wir nicht viel, doch wenn wir es taten, redeten wir über Filme und Bands, die wir gern hörten. Wie nicht anders zu erwarten, hatten wir einen komplett unterschiedlichen Geschmack.

»Du willst mir ernsthaft erzählen, dass du keine spannenden Serien magst?«, fragte Weston ungläubig. »*The 100? Outlander?* Nicht mal *Game of Thrones?*«

»Es tut mir leid, aber nein. Das ist mir alles zu brutal. Bei Büchern kann ich damit super umgehen, aber sehen muss ich das nicht. Wenn ich Serien schaue, dann welche, die mich zum Lachen bringen. *Friends* zum Beispiel.«

»Davon habe ich schon gehört, soll eine gute Serie sein.«

Abrupt blieb ich stehen. »Du kennst *Friends* nicht? Wie … wie kann man denn durchs Leben gehen, ohne *Friends* zu kennen? Das ist eine Kultserie! Ein absolutes Muss.«

»Oookay, du bist ein Fan, schon verstanden.«

»Nein, darum geht es nicht.« Heftig schüttelte ich den Kopf. »Die Serie zu schauen, ist wie in den Urlaub zu fahren. Der Wohlfühlfaktor liegt bei hundert aufwärts. Glaub mir, wenn du erst mal damit anfängst, wirst du verstehen, was ich meine. Und ein bisschen lachen täte dir vielleicht ganz gut.«

»Ich lache ständig«, protestierte Weston.

Zugegeben, er lachte wirklich oft, aber trotzdem lag da in vielen Momenten eine tiefe Ernsthaftigkeit in seinem Blick. Ich kaufte ihm nicht ganz ab, dass er mit seinem Leben und dem Studium wirklich zufrieden war, aber vielleicht interpretierte ich da auch zu viel rein.

»Wenn du allerdings so ein Fan bist«, fuhr Weston grinsend fort, »dann schau ich mir die Serie wahnsinnig gern mit dir an. Ich habe eine breite Couch und einen großen Bildschirm, was sagst du?«

Meine Augenbrauen schossen in die Höhe.

»Ich lade dich wirklich nur zu einem Serienabend ein«, beteuerte Weston. »Die Couch sollte kein verstecktes Angebot sein, wobei ich jetzt nicht unglücklich wäre, wenn wir auf ihr landen …«

»Du bist unmöglich«, fiel ich ihm ins Wort und betete, dass er die plötzliche Hitze auf meinen Wangen nicht bemerkte.

Er zwinkerte mir verschmitzt zu. »Das höre ich nicht zum ersten Mal. Wie auch immer, das Angebot steht, überleg es dir einfach, okay?«

Die Frage, welches Angebot genau er meinte, lag mir auf der Zunge, doch ich schluckte sie hinunter. So verwegen ich mich in seiner Nähe auch fühlte, wollte ich mich nicht zu weit aus dem Fenster lehnen.

Die ganze Dating-Sache war verwirrend genug für mich. Flirten und schlagfertige Sätze auswechseln war nichts, was mir leichtfiel. Zumindest war das bisher so gewesen. In den letzten Jahren hatte es mir vollkommen genügt, attraktive Männer aus der Ferne anzuschmachten. Seit Jeremy, meinem ersten und einzigen Freund aus der Schulzeit, hatte ich niemanden mehr nahe an mich herangelassen. Die Angst, mich ständig rechtfertigen zu müssen, wenn ich abends lieber einen Film auf der Couch schaute, statt durch Bars und Clubs zu ziehen, hatte mich davon abgehalten. *Sei doch einfach mal wie alle anderen und hab ein bisschen Spaß.*

Und dann war da natürlich auch noch mein Schweigen, das mich nicht mehr so häufig, aber hin und wieder doch überrollte. Ich hatte oft Tausend Worte im Kopf gehabt und keines davon zu Jeremy sagen können. Da ich mir ziemlich sicher war, dass eine gute Kommunikation die Grundlage für eine funktionierende Beziehung darstellte, war es vermutlich nicht verwunderlich, dass Jeremy und ich uns nach ein paar Monaten wieder getrennt hatten.

Energisch verdrängte ich den Gedanken an Jeremy und die Schulzeit. Mein Leben lang schon hatte ich mich anders gefühlt. Und daran würde sich so schnell vermutlich nichts ändern. Ich hatte gelernt, damit zu leben. Wenn andere es nicht konnten, sollten sie mich verflucht noch mal in Ruhe lassen.

»Wo auch immer du gerade in Gedanken bist, es scheint kein schöner Ort zu sein.« Westons warme Stimme durchbrach meine Erinnerungen.

Ich zuckte ertappt zusammen. »Sorry, ich sollte das hier mehr genießen.«

Er schüttelte den Kopf. »Dir muss überhaupt gar nichts leidtun. Außer du magst kein italienisches Essen.« Er war vor einer Pizzeria stehen geblieben, die ich noch nie besucht hatte. »Dann hätten wir wirklich ein Problem.« Er grinste, und etwas von der Anspannung, die seit dem Gespräch im Park in der Luft lag, verschwand.

»Ich liebe Pizza«, erwiderte ich.

»Gott sei Dank.«

Mit einem breiten Lächeln betrat ich zusammen mit Weston das Restaurant. Wir setzten uns an einen freien Tisch am Fenster, der einen guten Blick auf die Stadt bot. Als der Kellner kam und uns höflich fragte, was die Dame und der Herr denn essen wollten, prusteten wir gleichzeitig los vor Lachen. Ich schaffte es schneller, mich zu beruhigen, und setzte ein entschuldigendes Lächeln auf.

»Eine vegetarische Pizza, bitte, mit extraviel Champignons, und eine Cola«, sagte ich und merkte erst danach, dass die Worte mühelos aus meinem Mund gekommen waren.

»Für mich bitte auch, und eine Pizza Margherita.«

Während wir auf das Essen warteten, lehnte ich mich zurück und sah mich in dem hellen Raum um. Große Fenster sorgten für viel Licht, und mir gefiel die rustikale Einrichtung auf Anhieb. An den Wänden hingen Bilder von italienischen Gerichten, was mir sofort das Wasser im Mund zusammenlaufen ließ.

»Warst du schon mal in Italien?«, fragte ich, den Blick immer noch auf die Bilder gerichtet.

»Nee, aber ich würde total gern hin. Mein Traum wäre eine Rundreise durch Europa. Einfach mal ein bisschen mehr von der Welt sehen.«

Ich wandte mich Weston zu und bemerkte erstaunt den sehnsüchtigen Ausdruck auf seinem Gesicht. »Kannst du das nach deinem Studium nicht machen?«

»Theoretisch schon, aber es ist üblich, sich dann direkt einen Job zu suchen. Mein Dad würde mir außerdem die Hölle heißmachen, wenn er wüsste, dass ich auch nur mit dem Gedanken spiele, erst mal reisen zu gehen.«

Ich runzelte die Stirn. Viel wusste ich nicht über seinen Dad, aber so wie Weston von ihm erzählte, klang es, als würde ich ihn nicht sonderlich mögen.

»Was ist mit dir?«, fragte Weston. »Wo würdest du gern hinreisen?«

»Hm.« Ich legte den Kopf schief und dachte nach. Jasper hatte mich bei meinem Besuch letztens dasselbe gefragt. »Keine Ahnung, es gibt so viele Orte, an denen ich noch nie war. Ich schätze, überhaupt länger zu verreisen, wäre aufregend genug.«

Weston nickte, als wüsste er genau, was ich meinte. »Ich glaube, ich verbinde damit in meiner Vorstellung vor allem ein Gefühl von Freiheit. Vermutlich ist das Reisen deshalb so attraktiv für viele Menschen.«

»Das stimmt«, erwiderte ich. »Ich denke mir oft, dass man an einem fremden Ort noch mal jemand ganz anders sein kann, aber gleichzeitig glaube ich, dass das auch eine Illusion ist.«

»Genau das«, stimmte er mir zu und musterte mich eingehend. »Wärst du denn gern jemand anders?«

Ich dachte an die Ängste, die mich manchmal überrollten, daran, dass ich mich durch meine Vergangenheit immer ein bisschen anders, ein bisschen seltsam fühlte. »Geht das nicht jedem manchmal so?«, fragte ich leise.

»Vermutlich.« Er sah mich unentwegt an, und wieder schien die Luft zwischen uns dichter zu werden. »Aber wenn es nach mir geht, dann bin ich ziemlich froh, dass du nicht jemand anders bist«, fügte er hinzu.

Ich blinzelte. Mein Atem stockte, und mein Herz machte einen Satz. Passierte das hier gerade wirklich? Der Moment dehnte sich aus, Stille hing in der Luft, und selten hatte sich Schweigen so gut angefühlt. Es war, als wäre da eine Verbindung zwischen Weston und mir, ein Verständnis für den anderen, obwohl wir aus völlig verschiedenen Welten kamen.

»Hier kommt Ihr Essen.« Der Kellner trat an den Tisch, und der Moment zerplatzte.

Kurz war ich verärgert, doch dann stieg der Geruch von Käse in meine Nase, und mein Magen knurrte zustimmend. Während der nächsten Minuten machten wir uns über unser Essen her, Weston über seine Margherita und ich über meine vegetarische Pizza, die überraschend dick mit Champignons und anderem Gemüse beladen war.

»Besser?«, fragte Weston, als ich zwei große Stücke verdrückt hatte.

»Viel besser«, nuschelte ich. »Genau das habe ich nach dem Tag heute gebraucht.«

»War es sehr anstrengend?«

»Ja schon«, erwiderte ich. »Aber solche Tage gehören eben dazu.«

»Hm«, machte Weston und biss von seiner Pizza ab. »Ich bewundere dich jedenfalls für deinen Job. Wenn ich daran denke, wie aktiv Teddy ist … und mit ihm habe ich ja immer nur ein Kind auf einmal.«

»Teddy ist noch eins der leicht zu bändigenden Kinder«, erwiderte ich schmunzelnd.

»Ehrlich? Dann hat er dich wohl noch nie gezwungen, ihn wie ein Pony durch die Wohnung zu tragen.«

Meine Augenbrauen schossen nach oben. »Das hat er wirklich getan?«

»Allerdings. Mit allem Drum und Dran. Ich musste wiehern und mit den Hufen scharren. Von den Nachmittagen, an denen ich die Prinzessin im Turm geben muss, will ich gar nicht erst anfangen«, sagte Weston gespielt ernst und setzte eine leidende Miene auf.

Lachend biss ich von dem nächsten Pizzastück ab. »Mein Mitleid hält sich, ehrlich gesagt, in Grenzen. Teddy erzählt immer ganz begeistert von euren Abenteuern. Du bist bestimmt ein toller Onkel.«

Er lächelte und griff nach dem nächsten Stück Pizza, wobei er beinahe verlegen wirkte. »Danke. Ich gebe mir Mühe. Teddy muss ohne Dad aufwachsen, deshalb hängt er auch so an mir.«

»Was ist passiert?«, fragte ich vorsichtig nach.

Ein finsterer Ausdruck trat auf Westons Gesicht. »Der Exfreund meiner Schwester ist ein feiger Mistkerl, der sie sitzen gelassen hat, als sie schwanger wurde.« Ein Muskel zuckte an seinem Kiefer.

»Das klingt übel«, murmelte ich und dachte an Teddys große Murmelaugen, an sein helles Lachen und die Begeisterung, die er täglich versprühte. Dass sich jemand einfach von ihm abwandte, war unvorstellbar.

»Ist es auch«, knurrte Weston und fuhr sich kurz durch die Haare, bevor er mich entschuldigend ansah. »Sorry, ich will mich gar nicht darüber aufregen. Es macht mich nur jedes Mal so unglaublich wütend, wenn ich daran denke.«

»Verständlich. Wenn jemand meiner Schwester wehtun würde, wäre ich ähnlich wütend.«

Aufmerksam sah er mich an. »Eure Beziehung ist sehr eng, oder?«

»Ja.« Ich dachte an die vielen Jahre, in denen sie mein Anker gewesen war. Mein Sprachrohr, wenn die Worte mir nicht über die Lippen kommen wollten.

»Das muss schön sein«, sagte Weston leise und lehnte sich in seinem Stuhl zurück. Er hatte seine Pizza bereits fertig gegessen, während ich noch mit den letzten beiden Stücken kämpfte.

»Wie ist es bei dir?«, fragte ich.

»Meine Schwester und ich verstehen uns gut, allerdings sehen wir uns leider nicht besonders oft.«

Mir entging nicht, dass er sich dabei leicht versteifte. »Dafür siehst du an der Uni deine Freunde ja sicher regelmäßig, oder?«, wechselte ich das Thema, um nicht wieder über seine Familie zu sprechen.

»Wenn man den Haufen Chaoten, mit dem ich es täglich zu tun habe, so nennen will, dann ja.« Er lachte leise auf.

»Sind diese Chaoten zufällig dafür verantwortlich, dass du allein auf einem Spielplatz aufgewacht bist?«

»Erinnere mich nicht daran.« Weston verzog das Gesicht. »Das war eine Ausnahme.«

»Natürlich war es das.« Grinsend griff ich nach der Cola, die ich bestellt hatte, bevor ich mir das letzte Stück Pizza schnappte.

Währenddessen erzählte Weston von seinen Freunden, die tatsächlich ziemlich chaotisch, aber auch nach einer lustigen Truppe klangen.

Als der Kellner wieder an den Tisch kam, um die leeren Teller abzuräumen, baten wir um die Rechnung. Nachdem wir gezahlt hatten – jeder die Hälfte –, verließen wir das Restaurant und traten ins Freie.

Draußen wehte uns ein kalter Wind entgegen, und ich schlang meine Jacke enger um mich.

»Du hattest recht«, sagte ich nach ein paar Schritten. »Du hast mich zwar komplett überrumpelt, aber es hat gutgetan, noch mal rauszukommen.«

»Das will ich doch hoffen«, erwiderte Weston sichtlich zufrieden mit sich selbst.

Wir redeten und lachten, bis wir wieder am Kindergarten ankamen, wo ich mein Fahrrad abgestellt hatte. Am Himmel setzte bereits die Abenddämmerung ein, was hieß, ich hatte mehrere Stunden mit Weston verbracht. Die Zeit war nur so an mir vorbeigerast.

»Danke für das …« Ich schluckte.

»Date?« Westons Augen funkelten belustigt.

»Ja. Danke.«

»Gern. Mein Stapel mit Lernstoff wird mich morgen zwar erschlagen, aber das war es wert.« Er sah mich an, und ich hätte schwören können, dass meine Beine weich wurden. Warum musste er auch so verdammt faszinierende Augen haben? Ganz zu schweigen von dem Rest von ihm. Seine lockere Art und die mühelos selbstbewusste Ausstrahlung wirkten wie ein Magnet auf mich.

»Sehen wir uns bald wieder?«, fragte ich, bevor sich mein Kopf einschalten konnte.

»Aber natürlich.« In seinem Lächeln lag ein Versprechen.

»Okay«, murmelte ich und ging zu meinem Fahrrad, um es aufzuschließen.

Weston folgte mir, und als er mich zum Abschied umarmte, schlossen sich seine Arme fest um mich. Sein herber Geruch drang mir in die Nase, und mein Herz setzte einen Schlag aus. Empfindungen, die mir fremd waren, rauschten durch meinen Körper, und der Wunsch, ihm nah zu sein, seine Hände auf mir zu spüren, überrollte mich ohne Vorwarnung.

»Bis bald«, flüsterte er mir ins Ohr und löste sich langsam von mir.

Die Gänsehaut, die sein warmer Atem auf meiner Haut hinterlassen hatte, blieb noch eine ganze Weile dort.

Als ich eine halbe Stunde später in meinem Zimmer ankam, ließ ich mich direkt aufs Bett fallen. Die letzten Stunden liefen immer noch wie ein Film vor meinen Augen ab.

Ich griff nach meinem Handy, sagte Amelia für heute Abend ab und entschuldigte mich dafür, dass es so kurzfristig war. Dann scrollte ich weiter durch die Kontakte. An Westons Namen blieb mein Blick hängen. Er hatte mitten während des Essens darauf bestanden, Nummern auszutauschen. Ein albernes Grinsen machte sich auf meinen Lippen breit.

Weston hatte mich zu einem Date ausgeführt. Einfach so. Und ich hatte geredet und gelacht, wie es auch andere Frauen bei Dates taten. Die Worte waren mir mühelos über die Lippen gekommen, und ich hatte kein einziges Mal das Gefühl gehabt, mich verstellen zu müssen.

Vielleicht machte ich einen riesigen Fehler, weil mein Herz anfing, an ein Happy End zu glauben.

Vielleicht war ich naiv, weil ich hoffte, dass Weston meinte, was er sagte.

Vielleicht war das aber auch der Beginn einer großartigen Geschichte.

13. KAPITEL

Weston

Meine Augen brannten, und in meinem Kopf hatte vor einer Stunde ein Hämmern eingesetzt, das es mir fast unmöglich machte, mich zu konzentrieren. Ein Blick auf die Uhr verriet, dass es bereits halb elf Uhr abends war, trotzdem saßen noch einige Studenten über ihre Bücher gebeugt an den Tischen, die im Raum verteilt standen. Die Bibliothek der Universität war während des Semesters für die meisten Studenten wie ein zweites Zuhause. Zwar nicht immer freiwillig, aber anders war die Menge an Lernstoff nicht zu bewältigen.

»Willst du auch einen Kaffee?« Liz schaute mich fragend an. Ihre hochgebundenen blonden Haare saßen perfekt wie immer, und ich fragte mich nicht zum ersten Mal, wie jemand nach mehreren Stunden lernen noch so fit aussehen konnte.

»Der schmeckt furchtbar.« Mit einem Schauder dachte ich an die Brühe aus dem Automaten.

»Es ist Koffein, und es wirkt.« Sie zuckte mit den Schultern. »Ich kann dir auch ’ne Cola mitbringen.«

»Das wäre mir lieber, danke.«

»Alles klar.« Mit leisen Schritten verschwand sie um die Ecke.

Seufzend widmete ich mich wieder dem Buch vor mir. Die eng beschriebenen Seiten verschwammen vor meinen Augen, ganz gleich, wie sehr ich sie zusammenkniff. Bis zu den nächsten Prüfungen war es zwar noch eine Weile hin, aber die Dozenten rasten in einem Tempo durch die Vorlesungen, dass stundenlanges Nacharbeiten nötig war, um mitzukommen. Als Liz mich gefragt hatte, ob ich sie für eine Lernsession in die Bibliothek begleiten wollte, hatte ich sofort zugesagt. Zu spät war mir eingefallen, dass sie meistens die halbe Nacht durchlernte. Wie viel lieber wäre ich heute zu Raymond in die Werkstatt gegangen oder hätte Zeit mit Maisie verbracht. Der Gedanke an sie brachte mich zum Lächeln. Unser Date war ein paar Tage her, und ich hatte seither mehrmals überlegt, ihr zu schreiben, doch der Lernstress war dazwischengekommen. Außerdem gab es da diese kleine, fiese Stimme in meinem Kopf, die sich fragte, was passierte, wenn sie absagte. Wenn sie unsere gemeinsame Zeit nicht so sehr genossen hatte wie ich, auch wenn mich das wundern würde. Sie hatte losgelöst gewirkt. Befreit. Und das machte es noch schwerer, nicht ständig an sie zu denken und stattdessen zu lernen.

»Kommst du mit dem Stoff gut durch?«, fragte Liz leise, als sie zurück war. Sie stellte eine Flasche Cola vor mir auf dem Tisch ab, und ich griff dankbar danach.

»Geht so.« Ich trank einen großen Schluck und ließ meinen Kopf kreisen. Mein Nacken gab ein Knacken von sich, ein Beweis dafür, dass ich schon zu lange über den Büchern brütete.

»Deine Lernsessions bringen mich noch um«, flüsterte ich.

»Du kannst mir danken, wenn du die Prüfungen bestanden hast«, erwiderte Liz ungerührt und schlug ihr Buch auf.

Kopfschüttelnd musterte ich sie. Ich kannte kaum jemand, der sich so in das Studium reinhängte wie sie. Allerdings hatte Liz schon als Kind Anwältin werden wollen. Zumindest hatte sie mir das mal erzählt. Ihre Eltern, die, seit wir zusammen studierten, mit meinen befreundet waren, waren beide Ärzte. Und genau wie meine Eltern hatten auch sie gehofft, dass Liz denselben beruflichen Weg einschlagen würde wie sie, doch ihr Herz hatte schon immer für Jura geschlagen. Warum Eltern von ihren Kindern erwarteten, dass sie automatisch dasselbe machten wie sie, hatte ich nie verstanden. Wenn ich eines Tages Vater werden würde, würde ich meinen Kindern jedenfalls keine Karriere in der Kanzlei aufzwingen.

Vergeblich versuchte ich, mich wieder auf das Buch vor mir zu konzentrieren. Doch um Viertel nach elf gab ich schließlich auf. Kein Mensch sollte so spät noch in der Bibliothek sitzen.

»Kommst du?«, fragte ich Liz, die seit einer Viertelstunde regelmäßig hinter vorgehaltener Hand gähnte.

»Ich wollte eigentlich noch einen Foliensatz durcharbeiten«, sagte sie und blinzelte angestrengt auf die Unterlagen vor sich auf dem Tisch.

»Liz, selbst du musst irgendwann schlafen. Komm, gehen wir.«

Einen Moment lang zögerte sie, dann klappte sie mit einem resignierten Seufzen ihr Buch zu. »Du hast vermutlich recht.«

»Ziemlich sicher habe ich das«, antwortete ich und erntete ein Schnauben.

Wir packten unsere Sachen zusammen, und mit leisen Schritten, um die wenigen anderen Studenten, die noch da waren, nicht zu stören, verließen wir die Bibliothek. Draußen schlug uns kalter Wind entgegen. Am Himmel waren vereinzelt ein paar Sterne zu sehen, und ich hielt kurz inne, um den Anblick zu bewundern.

»Sehen wir uns morgen in der Vorlesung?«, fragte Liz und rieb sich über die Arme, als könnte das die nächtliche Kälte vertreiben.

»Ja, schätze schon«, gab ich zurück. Gott, wenn ich daran dachte, dass ich in ein paar Stunden bereits wieder im Hörsaal sitzen würde, bekam ich schlagartig schlechte Laune. Ich hatte noch nicht einmal die Foliensätze vom letzten Mal komplett durchgearbeitet.

Ich winkte Liz, die in eine andere Richtung musste, zum Abschied zu und machte mich auf den Heimweg.

Zurück in meiner Wohnung, die ich mir dank des großzügigen Betrags, den meine Eltern jeden Monat auf mein Konto überwiesen, mit niemandem teilen musste, fiel ich direkt ins Bett. Ich war todmüde. Die Kopfschmerzen hatten sich inzwischen in ein fieses Stechen verwandelt, und langsam befürchtete ich, dass mich die Lernerei irgendwann wirklich noch umbringen würde.

Das Klingeln meines Weckers riss mich aus dem Tiefschlaf. Mein Schädel brummte, als ich den Alarm ausschaltete und einen Blick auf das Display meines Handys warf. *07:00.* Gott, ich hasste die frühen Vorlesungen.

Mit einer großen Dosis Koffein intus schleppte ich mich eine halbe Stunde später aus dem Haus. Der Abend in der Bibliothek steckte mir immer noch in den Knochen, und auch wenn ich wusste, dass Liz und ihre Lernsessions keine schlechte Idee waren, verfluchte ich sie im Stillen dafür, dass ich mich von ihr dazu hatte überreden lassen.

Fünf Minuten nach Vorlesungsbeginn huschte ich in den Hörsaal und setzte mich neben William, der ähnlich müde aussah wie ich.

»Warst du gestern noch unterwegs?«, fragte er und nippte an einem Energy Drink.

Ich nickte. »Hab mit Liz gelernt.«

»Oh«, machte William und warf mir einen mitleidigen Blick zu. »Dann hat sie dich also in ihre lernbesessenen Krallen bekommen?«

»So ungefähr«, brummte ich und versuchte, mich auf den Dozenten zu konzentrieren, der gerade einen Vortrag über die Grundlagen des Arbeitsrechts hielt. »Na ja, im Grunde sollte ich ihr dankbar sein. Ich bin mit dem Stoff echt hinterher.«

Das Date mit Maisie am Freitag war eine spontane Idee gewesen – und mein Highlight der Woche –, aber es hatte auch Zeit gekostet, die ich für die Uni hätte verwenden können. Wie aufs Stichwort ertönte die Stimme meines Dads in meinem Kopf: *Lass dich nicht ablenken. Auf die nächsten beiden Jahre kommt es an. Mit einem guten Abschluss in der Tasche stehen dir sämtliche Türen offen, und niemand wird daran zweifeln, dass du den Platz in meiner Kanzlei verdient hast.*

Ich biss die Zähne zusammen und verdrängte seine Worte. Ich hasste es, dass er diese Macht über mich hatte. Dass ich mich noch immer nach seiner Wertschätzung sehnte. Dass seine beschissene Meinung trotz allem für mich zählte.

William seufzte. »Geht mir auch so. Dieses Semester ist echt heftig.«

»Und es wird nur schlimmer werden«, antwortete ich und gab es für den Moment auf, so was wie Konzentration für die Vorlesung aufzubringen. »Warum genau tun wir uns das noch mal an?«

»Damit wir irgendwann erfolgreiche Typen in schicken Anzügen werden«, murmelte er.

Ich unterdrückte ein Schnauben. »Wie verlockend.«

»Na ja, und weil wir als Anwälte für Gerechtigkeit einstehen können.«

»Weil genau das die erfolgreichen Anwälte tun«, spöttelte ich.

»Nur weil wir Jura studieren, heißt das nicht, dass wir wie unsere Väter werden müssen«, meinte er schulterzuckend.

Seine Worte hallten noch eine Weile in mir nach. Grundsätzlich würde ich ihm zustimmen, aber in der Theorie klang das so viel einfacher als in der Praxis. Wie sollte ich mich den Vorstellungen meines Vaters entziehen, wenn ich damit auch seinen Respekt verlieren würde? Seine Anerkennung? Nein, mir blieb nichts anderes übrig, als in seine Fußstapfen zu treten.

Während unser Dozent weiterhin irgendetwas über Arbeitsrecht erzählte, wanderten meine Gedanken erneut zu Maisie. Sie war mit ihren roten Haaren und den bunten Kleidern wie ein heller Farbklecks in meinem Leben aufgetaucht. Hatte genau das mitgebracht, was mir in meinem Alltag fehlte. In ihrer Nähe drehte sich nicht alles ausschließlich um meine Zukunft oder die nächsten Prüfungen. Maisie stellte keine Erwartungen oder war mit schicken Anzügen zu beeindrucken. Das hatte ihr Gesichtsausdruck, als sie erfahren hatte, was ich studierte, deutlich gemacht. Mit ihr zu reden, war erfrischend amüsant. Es war anders als die Gespräche, die ich ansonsten den ganzen Tag führte. Ehrlicher. Roher. Und trotzdem konnte ich meine Bedenken nicht vollkommen ausschalten. Nicht wenn ich mit anderen angehenden Anwälten in einem Hörsaal saß und wusste, dass genau das meine Zukunft sein würde.

Maisie kannte nur eine Version von mir. Sie kannte den Mann, der humorvoll und offen war. Der selbstbewusst und überzeugt für sich einstand. Doch das war nur eine Seite von mir. Die andere Seite, die Version, die sich jetzt Notizen machte und gedanklich bereits die nächste Lernsession plante, wäre ihr fremd. Was gut so war. Ich bezweifelte, dass Maisie diesen Weston mögen würde. Manchmal war ich mir ja nicht einmal sicher, ob ich ihn selbst leiden konnte.

Der Rest des Vormittags zog sich in die Länge. Nach der ersten Vorlesung folgten zwei weitere sowie ein Seminar. Als ich um sechzehn Uhr endlich den Campus verließ, war ich mit meinen Nerven am Ende. Die Kopfschmerzen waren zurück, und alles, woran ich denken konnte, war mein Bett.

Das Einsetzen einer lauten Melodie machte mir jedoch einen Strich durch die Rechnung. Ein Blick aufs Display reichte aus, um zu wissen, dass dieser Tag noch beschissener werden würde, als er sowieso schon war. Etwas, was ich vor wenigen Minuten für unmöglich gehalten hatte. Aber Dad schaffte es immer wieder.

»Was gibt's?«

»Hallo, Sohn.« So begrüßte er mich jedes Mal. Nicht *Hallo, Weston* oder *Hi*, sondern *Hallo, Sohn.*

»Hi, Dad«, erwidere ich bemüht ruhig und beschwor mich innerlich, mich nicht aus der Fassung bringen zu lassen. Ich wusste inzwischen schließlich, wie er tickte. Es sollte mich nicht immer noch so hart treffen, wenn er mit seinen Erwartungen loslegte und mich damit überrollte.

»Ich wollte dich nur wissen lassen, dass das Essen bei uns sich heute um eine halbe Stunde nach hinten verschiebt.«

Shit. Das Abendessen mit meinen Eltern hatte ich völlig vergessen. Jeden zweiten Dienstag musste ich bei ihnen antanzen. Sie wurden nicht müde zu betonen, dass sie mich nur deshalb sehen wollten, weil es ohne mich so still im Haus wäre, aber wir alle wussten, dass das gelogen war. Sie wollten mich kontrollieren. Sicherstellen, dass ich das Studium ernst nahm und dem Posten des zukünftigen Staranwalts der Kanzlei *Campbell & Miller* gerecht wurde.

»Dann auf zwanzig Uhr?«, hakte ich nach. Immerhin würde ich mich dadurch ein bisschen länger hinlegen können, bevor ich bei ihnen auf der Matte stehen musste.

»Genau«, sagte Dad und beendete den Anruf. Seine Stimme hatte kühl geklungen. Sachlich. Und wie immer förmlich, immer professionell.

Seufzend steckte ich das Handy weg. Ich konnte mich nicht daran erinnern, wann ich Dad zuletzt herzlich lachen gehört hatte. Er war die Art von Mann, die einen einschüchterte, sobald er den Raum betrat. Jemand, mit dem man sich auf keinen Fall anlegen wollte. Perfekte Eigenschaften für einen erfolgreichen Anwalt. Für einen liebevollen Dad eher weniger.

Vier Stunden später betrat ich mit Jackett und schwarzer Jeans das Haus meiner Eltern. Sie wohnten am Rand der Altstadt in einer wohlhabenden Gegend, wo ein Haus wie das andere aussah. Nur die Farben der Fensterläden und die Höhe der Gartenzäune unterschieden die Gebäude voneinander. Die Vorstellung, später ein Teil dieses Viertels zu sein, verursachte mir eine Gänsehaut. Und zwar keine der angenehmen Sorte.

»Erzähl, wie läuft es mit dem Studium?«, fragte Dad, sobald wir am Tisch saßen. Er trug selbst jetzt noch seinen Anzug, als wäre das hier ein Geschäftstreffen und kein Dinner mit der Familie.

»Gut.« Ich griff nach meinem Glas und trank einen großen Schluck Mineralwasser, um Zeit zu schinden.

»Planst du dir genug Zeit zum Lernen ein? Der Stoff wird nicht weniger werden«, fuhr Dad ungerührt vor.

»Ich weiß«, stieß ich zwischen zusammengebissenen Zähnen hervor.

Augenblicklich runzelte er die Stirn. Die Missbilligung in seinem Gesicht war mir nur allzu vertraut. Mum hingegen hielt sich wie üblich zurück, aber nur, weil Dad bereits die richtigen Fragen stellte. Sie übte zwar nicht ganz so viel Druck aus wie er, aber die Erwartung, dass ich Anwalt wurde und etwas aus meinem Leben machte, teilte sie. Denn sie gehörte zu den ehrgeizigsten Menschen, die ich kannte, und hatte mir, seit ich mich erinnern konnte, gesagt, dass aus mir einmal ein guter Mann werden würde. Was nichts anderes hieß als ein erfolgreicher Anwalt, der unbeirrt seine Ziele verfolgte.

»Gestern Nacht habe ich bis Mitternacht gelernt«, sagte ich müde und wusste selbst nicht, warum ich mich überhaupt verteidigte. »Ich bin dran, okay? Ich nehme es ernst und werde die Prüfungen nicht in den Sand setzen.«

»Natürlich wirst du das nicht, du bist ein Campbell.«

Innerlich zählte ich langsam bis zehn, während ich meinen Mund zu einem falschen Lächeln verzog, bis es schmerzte. »Ja, Dad.«

»Jetzt lass den armen Jungen zumindest sein Abendessen genießen, Alastair«, schaltete meine Mutter sich doch noch ein und ließ damit erstaunlich viel Milde walten.

Dankbar sah ich sie an. Ihre dunklen Haare trug sie zu einem strengen Knoten zusammengebunden, der so tadellos saß wie immer. Sie arbeitete ebenfalls in der Kanzlei, allerdings in einer anderen Rechtsabteilung als Dad, was ihr sicherlich guttat. So musste sie nicht in seinem Schatten stehen, sondern konnte selbst glänzen, was ihr auf die Arbeit bezogen immer wichtig gewesen war.

Bis zur Hauptspeise sprach keiner von uns ein Wort. Wie immer. Schon als Kind hatte ich gelernt, dass während des Essens nicht geredet wurde. Zumindest über nichts, was über oberflächliche Konversationen hinausging.

»Nächste Woche sind wir bei den Lymonts eingeladen«, warf Mum beiläufig ein, als sie mit essen fertig war.

»Und?«, fragte ich, dabei ahnte ich bereits, was sie mir damit sagen wollte.

»Wir würden uns freuen, wenn du uns begleitest. Ihre Tochter Adelaide wird auch da sein.«

Oh, bitte nicht. Seit ein paar Monaten versuchte Mum, mich mit irgendwelchen Töchtern aus befreundeten Familien zu verkuppeln. Als wären wir noch immer im neunzehnten Jahrhundert, wo eine Hochzeit in elitären Kreisen den sozialen Status sicherte und ein Muss darstellte.

»Ich weiß nicht, ob ich Zeit habe«, sagte ich schnell. »Vielleicht treffe ich mich mit Liz zum Lernen.« Lernen vorzuschieben, war jedes Mal die sicherste Variante, mich halbwegs unbeschadet aus der Sache rauszureden.

»Mit Elisabeth?«, fragte sie erfreut.

Ich versteckte mein Grinsen, indem ich hastig nach meinem Wasserglas griff. »Ja.«

Es war kein Geheimnis, dass Liz' und meine Eltern hofften, dass aus unserer Freundschaft mehr werden würde. Was absolut undenkbar war. Wir würden uns als Paar in den Wahnsinn treiben. Ganz abgesehen davon, dass unsere Gefühle füreinander nicht über die freundschaftliche Ebene hinausgingen.

»Ich lass dir den genauen Termin zukommen, dann kannst du schauen, ob du Zeit hast«, sagte sie lächelnd.

Es war ein höfliches, nettes Lächeln. Nicht zu breit, nicht zu herzlich. Manchmal fragte ich mich, wie ich es all die Jahre in diesem Haus ausgehalten hatte.

Der Rest des Abends verlief genauso wie alle anderen Familienabende. Nach dem Essen gingen wir ins Wohnzimmer, wo Dad sich und mir einen Whisky einschenkte, während Mum an einem Martini nippte. Wir unterhielten uns über meine Dozenten, das Studium, Dads aktuelle Fälle und ihre Freunde, die mich nicht mal ansatzweise interessierten.

Als ich endlich gehen konnte, war es kurz nach elf, und ich war mehr als bereit für mein Bett. Nachdem ich unter die Dusche gesprungen und den Stress der letzten Stunden abgespült hatte, fiel ich müde auf meine Matratze. Erst jetzt konnte ich zum ersten Mal an diesem Tag wieder richtig durchatmen, und sofort drängte Maisie sich in meine Gedanken. Unbewusst griff ich nach meinem Handy und warf einen Blick auf das Display. Seit unserem Treffen am Freitag hatte ich nichts mehr von Maisie gehört. Was auch an mir lag. Eigentlich hatte ich ihr nach den Vorlesungen heute Nachmittag schreiben wollen, aber dann hatte mich Dads Anruf abgelenkt.

Ohne darüber nachzudenken, tippte ich ein paar Worte und schickte sie ab.

Hey Maisie, habe ich eigentlich schon meine großartige Couch und den Bildschirm erwähnt, der nur auf einen *Friends*-Marathon wartet?

Als Maisies Antwort auf dem Display aufpoppte, war ich allerdings bereits eingeschlafen.

Hast du :-) Deine Couch muss sich noch ein bisschen gedulden, aber am Wochenende hätte ich Zeit.

14. KAPITEL

Maisie

Im Laufe der Woche verwandelte ich mich in das reinste Nervenbündel. Die Aussicht auf ein Wiedersehen mit Weston verdrängte sämtliche anderen Gedanken. Im Kindergarten lenkten mich die Kinder ab, die permanent nach Aufmerksamkeit verlangten, doch sobald ich nach Hause kam, kehrte die Nervosität zurück.

Ich wusste selbst nicht, warum ich deshalb so durchdrehte. Klar, Weston war ein wahnsinnig attraktiver Mann, und seine Nähe reichte aus, um Gefühle in mir zu wecken, die ich sehr lange nicht mehr gespürt hatte. Aber er war trotz allem nur ein Mensch, den ich noch nicht besonders gut oder lange kannte. Kein Grund, mich deswegen selbst verrückt zu machen. Theoretisch jedenfalls. Mein Unterbewusstsein schien dieses Memo allerdings nicht bekommen zu haben, weshalb Weston sogar in meinen Träumen auftauchte. Alles, woran ich mich am nächsten Morgen erinnerte, waren seine Augen und sein Lächeln. Wenn das so weiterging, würde ich wirklich noch verrückt werden.

Abgelenkt, wie mein Kopf war, vergaß ich am Donnerstagnachmittag beinahe meinen Termin bei Dr. Rae. Zehn Minuten nach der verabredeten Zeit klingelte ich an ihrer Praxistür und schob mich schließlich atemlos durch das Wartezimmer in den mir inzwischen vertrauten Raum.

»Sorry für die Verspätung«, sagte ich, sobald ich auf dem Sofa Platz genommen hatte.

»Kein Problem, ich hatte ohnehin noch zu tun.« Dr. Rae lächelte nachsichtig.

»Okay, gut.« Ich rang noch immer nach Atem.

»Soll ich dir ein Glas Wasser bringen?«

Ich schüttelte den Kopf. »Es geht schon.«

Nach ein paar Minuten beruhigte sich mein Puls endlich wieder.

»Also, Maisie, wie ist es dir denn seit unserem letzten Termin ergangen?« Dr. Raes Blick lag aufmerksam auf mir. Ihr entging nichts. Seit meiner ersten Stunde wurde mir unter dem Blick jedes Mal ein bisschen mulmig. Selbst jetzt noch, wo ich sie längst kannte und ihr vertraute.

»Gut.«

»Gut?« Ihre Augenbrauen wanderten nach oben.

»Ja, im Kindergarten läuft es super. Und die Treffen mit der Schreibgruppe laufen nach wie vor gut.«

»Wie ist es dort für dich?«, hakte sie nach, und wieder tauchte das aufmunternde Lächeln in ihrem Gesicht auf. Wobei sie auch ein kleines bisschen neugierig wirkte, eine Regung, die ich mehr ihr als Privatperson zuschrieb als ihr als Therapeutin. »Hast du beim letzten Mal einen deiner Texte vorgelesen?«

»Ja, habe ich. Zuerst musste ich mich überwinden, aber die Leute dort sind nett. Und es war irgendwie befreiend.« Ich dachte an Emmas überschwängliche und herzliche Art, an Brian, der für jede Aufgabe die richtigen Worte fand, und die entspannte, urteilsfreie Grundstimmung, wenn jemand einen Text vorlas. Die Gruppe war etwas Besonderes, das hatte ich schnell gemerkt.

»Das freut mich.« Dr. Rae nickte, sah mich jedoch weiterhin an, als wartete sie auf etwas.

»Ich habe jemanden kennengelernt«, brachte ich schließlich heraus. »Weston. Er ist etwa zwei Jahre älter als ich und der Onkel eines der Kindergartenkinder. Wir treffen uns am Samstag auf ein Date. Das zweite genauer gesagt. Letzte Woche stand er plötzlich vorm Kindergarten und hat mich zu einem Spaziergang durch die Stadt entführt.«

Die Worte sprudelten aus mir heraus, als hätten sie nur darauf gewartet. Ich hatte zwar bereits Amelia am Telefon davon erzählt und auch Bree ein Update gegeben, aber wenn ich an das Treffen mit Weston dachte, kehrten schlagartig das Kribbeln in meinem Bauch und die Wärme in meinem Körper zurück. Über ihn zu reden half, das Ganze zu verarbeiten. Es zu realisieren und auch, mich darüber zu freuen. Daran zu glauben, dass es etwas Gutes war, mich zu öffnen und den in den letzten Jahren verlässlich eng gebliebenen Kreis von Freunden und vertrauten Menschen zu erweitern.

»Ich weiß nicht, ob ich mich da in etwas reinsteigere«, gestand ich nach einer kurzen Pause.

»Wie meinst du das?« Sofort richtete Dr. Rae ihren Blick auf mich und musterte mich prüfend.

»Wir haben uns erst ein paarmal gesehen«, sagte ich langsam, zwang mich, weiterzusprechen und dem Drang zu widerstehen, mich zurückzuziehen. »Er hat einen völlig anderen Alltag als ich. Studiert Jura. Hängt mit anderen Studenten ab.« Ich zuckte mit den Schultern. »Er ist ein normaler Kerl, der weiß, was er will.«

»Du beschreibst das, als wäre es ein Problem.«

»Ist es vielleicht auch. Ich bin schließlich nicht so.«

»Verstehe«, sagte Dr. Rae, wobei ich in ihren Augen lesen konnte, dass sie mir nicht zustimmte.

»Vor zwei Wochen war ich mit Amelia auf einer Lesung von Jasper«, fuhr ich fort. Ich hatte seither zwar eine Sitzung gehabt, es aber nicht geschafft, über den Vorfall zu reden. Doch jetzt fühlte es sich auf einmal richtig an. Als hätte ich ein wichtiges Detail vergessen, das Dr. Rae aber unbedingt wissen musste. »Weston war auch dort. Nach der Lesung ist allerdings etwas mit mir passiert.« Ich stockte.

Geduldig schaute Dr. Rae mich an, und ihre Haltung drückte nichts als stumme Aufmunterung aus.

Zitternd rang ich nach Atem. Das Gefühl der Ohnmacht und Hilflosigkeit stieg erneut in mir auf. Ich hatte es in den letzten Tagen zurückgedrängt und nicht mehr an die Lesung gedacht, doch jetzt machte es sich bemerkbar, als hätte es die ganze Zeit nur unter der Oberfläche gelauert.

»Ich habe mir eingeredet, dass es nur mein Kreislauf war, und vielleicht stimmt das auch, aber ich war plötzlich wie gelähmt. Irgendwo ist ein Stapel Stühle umgefallen, und dann …« Ich rang nach Luft. Die Worte tanzten durch meinen Kopf, doch sie wollten mir nicht über die Lippen kommen.

»Es war, als ob …« Kopfschüttelnd brach ich ab. Tränen stiegen mir in die Augen. Wie sehr ich das hasste. Mit geballten Händen versuchte ich, die Sätze in die richtige Reihenfolge zu bringen, doch meine Stimme versagte.

»Lass dir Zeit«, sagte Dr. Rae leise. Sorge war in ihren Blick getreten.

Ich nickte und konzentrierte mich auf meinen Atem. »Ich kann mich nicht richtig erinnern«, begann ich stockend. »Plötzlich war da ein Gefühl von Panik, und ich habe kaum noch Luft bekommen. Weston hat sich um mich gekümmert. Als sich mein Kopf wieder eingeschaltet hat, konnte ich mich an keine Details mehr von dem Vorfall erinnern.«

»Ist das schon öfter passiert?«

»Nein«, sagte ich, musste jedoch unwillkürlich an die kurzen Momente der Panik denken, die mich in den letzten Jahren immer mal wieder gepackt hatten. Aber die waren noch nie so heftig gewesen. Zum Glück nicht. Denn ich wollte dieses vollkommene Entsetzen nie wieder spüren. Diese lähmende Panik, die die Kontrolle über meinen Körper übernommen und mich wie eine leblose Puppe zurückgelassen hatte, war furchtbar gewesen, und ich hasste die Machtlosigkeit, die ich in diesem Moment empfunden hatte. Dass ich nicht in der Lage war, etwas an meinem Zustand zu ändern, hatte mich viel zu sehr an früher erinnert, als ein Teil von mir das Sprechen zu einer Unmöglichkeit gemacht hatte, wogegen ich nichts ausrichten konnte.

»Stimmt mit mir was nicht?«, fragte ich leise.

»Mit dir ist alles in Ordnung, Maisie«, versicherte Dr. Rae mir mit fester Stimme. »Was du in diesem Moment gespürt hast, kann eine Folge des Traumas sein, das du bei dem Unfall vor sechzehn Jahren erlitten hast.«

Ihre Stimme klang sanft, doch ich versteifte mich bei ihren Worten trotzdem. Ich wollte nicht über den Unfall reden. Wollte nicht daran denken, wie meine Eltern gestorben waren. Wie sie gegangen waren und ich überlebt hatte. Mit aller Macht drängte ich die Frage zurück, ob die Dinge anders gekommen wären, wenn ich bei Amelia geblieben und nicht mit ihnen im Auto gesessen hätte.

»Maisie?«

Ich zuckte zusammen. »Können wir über etwas anderes sprechen?«, bat ich leise.

Wir hatten in den letzten Jahren nur wenige Male über den Unfall geredet. Stattdessen war es in meinen Sitzungen meistens um mein Schweigen gegangen und wie ich die Hilflosigkeit überwinden konnte, die mich ergriff, wenn die Barriere in meinem Kopf zu stark wurde. Denn sobald es um meine Eltern ging, loderte tief in mir ein Schmerz auf, den ich nicht an die Oberfläche lassen konnte.

»Natürlich.« Dr. Rae lächelte, doch die Sorgenfalte auf ihrer Stirn blieb, als sie das Thema wechselte. »Was hast du denn mit Weston geplant?«

»Wir treffen uns erst mal bei ihm und schauen dann weiter.« Ein Lächeln schlich sich auf meine Lippen, als ich an Samstag dachte.

»Dafür, dass du befürchtest, nicht in seine Welt zu passen, macht dich der Gedanke an ihn aber sehr glücklich«, bemerkte Dr. Rae, und wenn ich mich nicht völlig irrte, zuckten ihre Mundwinkel leicht, als müsste sie sich ein Lächeln verkneifen.

Ertappt biss ich mir auf die Lippe und zwang mich, das alberne Grinsen verschwinden zu lassen. »Das kann schon sein«, gab ich zu. »Vielleicht sollte ich einfach abwarten, was als Nächstes passiert und mir nicht zu sehr den Kopf zerbrechen?« Ich sah sie an, wohlwissend, dass sie mir darauf keine Antwort geben würde. Die musste ich schon selbst haben.

»Ich kenne dich lange genug, um zu wissen, dass du im Grunde weißt, was gut für dich ist«, sagte Dr. Rae voller Überzeugung.

Ich nickte, während ihre Worte in mir nachklangen. Auch wenn mich ihr Vertrauen ehrte, war ich mir da nicht ganz so sicher. Dennoch hinterließ das Gespräch eine gewisse Ruhe bei mir. So war es jedes Mal, wenn ich die Praxistür hinter mir schloss: Ich war erfüllt von der Zuversicht, dass letztendlich – irgendwie – alles gut werden würde.

Unschlüssig verharrte ich mit dem Stift über dem weißen Papier, als ich mit meinem Notizbuch auf dem Bett saß. Manchmal flossen die Worte ungebremst aus mir heraus, und ich kam mit dem Schreiben kaum hinterher. An anderen Tagen brauchte ich ein paar Minuten, bis ich meine durcheinanderwirbelnden Gedanken greifen konnte. So auch heute.

Ich schloss die Augen und fing die ersten Worte ein, die mir durch den Kopf schossen, und setzte einen Buchstaben nach dem anderen. Überließ meinem Unterbewusstsein die Kontrolle. Meistens war es das Beste, die Gedanken einfach aufzuschreiben, bevor ich sie wieder verwerfen oder zu Tode analysieren konnte. Ich verlor mich ganz in dem Geräusch, das der Stift auf dem Papier machte, in den schnellen Bewegungen meiner Hand, während die Worte aus mir herausflossen. Ich hörte erst auf, als mein Gefühl mir sagte, dass der Text fertig war. Dann überflog ich, was ich geschrieben hatte:

Was, wenn heute mal die Grenzen verschwimmen,
wenn es heute kein Richtig oder Falsch,
kein Oben und Unten gibt,
nur Worte und Wege,
nur dich und mich,

unsere Seelen grenzenlos,
ein Meer aus Tausend Möglichkeiten.
Und wir, kurz vor dem Sprung.
Was, wenn ich heute mal vergesse, wer ich war, und stattdessen bin, wer ich sein will?

Mit jedem Wort, das ich las, konnte ich wieder tiefer und leichter atmen. So war es meistens. Wenn ich Unruhe mit mir herumtrug oder immer wieder dieselben Gedanken durch meinen Kopf kreisten, half nur eines. Sie aufzuschreiben.

Nachdenklich fuhr ich mit den Fingern über die krakelige Schrift. Wie so oft verriet der Text, was ich fühlte, noch bevor ich es in meinen Gedanken richtig hatte greifen können. Ich hatte es so satt, ständig zu zweifeln und vorsichtig zu sein. Zu befürchten, einen weiteren Menschen in mein Leben zu lassen, nur um ihn dann wieder zu verlieren. Denn es gab keine Garantie, dass ich nicht weitere Verluste erleiden musste. Die gab es nie.

Amelia hatte es mit Jasper damals ebenfalls nicht leicht gehabt, aber sich letztendlich dafür entschieden, an ein Happy End zu glauben. Wenn sie das schaffte, konnte ich es auch.

Ich schloss das Notizbuch und legte es in die Schublade meines Nachttischs. Die Nervosität wegen meines Dates mit Weston war zwar nicht vollends verschwunden, aber immerhin wusste ich jetzt, dass ich dem Treffen mit Weston eine Chance geben würde. Was auch immer das zwischen uns war, ich würde nicht länger dagegen ankämpfen. Nicht, um Weston einen Gefallen zu tun, sondern weil ich mir selbst die Chance geben wollte, herauszufinden, was ich für ihn empfand.

Es roch herrlich nach Rührei, als ich mich am Samstagmorgen zu einer ungewohnt gut gelaunten Charlotte an den Frühstückstisch setzte.

»Hast du heute etwas Besonderes vor?«, fragte ich, nachdem ich mir etwas von dem Rührei genommen hatte, und biss von meinem Toastbrot ab.

Sie trank einen großen Schluck Kaffee und sah dann über den Rand der Tasse zu mir. »Nein, ich muss noch ein Projekt für die Schüler vorbereiten. Und später wollte ich mich mit einem Kollegen auf einen Kaffee in der Stadt treffen.« Ihr Tonfall klang eine Spur zu beiläufig.

»Ein Kollege?«, hakte ich nach. Meine Tante hatte in den letzten Jahren immer wieder kurze Beziehungen gehabt, die alle nicht von Dauer gewesen waren. Ihr Job und die Verantwortung für Amelia und mich hatten wenig Zeit für Verabredungen gelassen. Dabei würden meine Schwester und ich ihr nichts mehr wünschen, als dass sie mehr auf sich selbst schaute. Dass sie ihr eigenes Wohlergehen wieder an erste Stelle stellte.

Charlotte zuckte mit den Schultern. »Er ist seit ein paar Wochen neu im Kollegium, und wir sind ins Gespräch gekommen.«

»Aha.« Grinsend beobachtete ich, wie sich eine sanfte Röte auf ihre Wangen legte. Es war seltsam, sie verlegen zu sehen, aber ich freute mich auch. »Du hast ein Date«, fasste ich ihren Erklärungsversuch zusammen.

»Das ist kein Date«, schoss es reflexartig aus ihrem Mund.

Ich presste die Lippen zusammen, um nicht laut zu lachen. »Das glaubst du. Für mich klingt das nämlich nach einer Verabredung der privaten Art und nicht nach einem Treffen unter Kollegen.«

»Du meinst, er denkt, dass das ein Date ist?« Stirnrunzelnd ließ sie die Gabel mit dem Bissen Rührei, den sie sich gerade in den Mund schieben wollte, wieder sinken.

»Wäre das denn schlimm?«

»Ich schätze nicht.« Sie schüttelte den Kopf. »Aber genug von mir, was machst du heute?«

»Also ich, ähm …« Kurz überlegte ich, ihr irgendeine Halbwahrheit aufzutischen, doch dann entschied ich mich dagegen. Es hatte sich bisher jedes Mal gut angefühlt, über Weston zu reden, und ich wusste, wie sehr es Charlotte freute, wenn ich ihr etwas von mir anvertraute. Abgesehen davon war sie ziemlich gut darin, sich mit mir zu freuen. Egal, was gerade Gutes in meinem Leben passierte. »Wenn du es genau wissen willst – ich habe ein Date.«

»Du hast was?« Verblüfft starrte Charlotte mich an.

Ich gab mir einen Ruck und sprach weiter: »Erinnerst du dich an den Kerl, der mich nach der Lesung nach Hause begleitet hat? Er hat mich zu sich eingeladen.«

Charlottes Augenbrauen schossen in die Höhe. »Du gehst zu ihm nach Hause? Zu einem Fremden? Den ich nicht kenne? Maisie, ich denke nicht, dass …«

»Wow, Charlotte«, bremste ich sie. »Ich bin zwanzig Jahre alt, nicht vierzehn. Du musst dir keine Sorgen machen. Er ist kein komplett Fremder, wir waren letzte Woche in der Stadt essen und haben uns lange unterhalten. Ich kann dir zwischendurch schreiben, wenn dich das beruhigt, aber bitte mach dir dieses eine Mal keine Sorgen.«

Sie atmete hörbar aus und betrachtete mich eingehend. »Ich werde nie aufhören, mich um dich und deine Schwester zu sorgen.« Ein trauriger Ausdruck trat in ihre Augen. Ich wusste, dass sie gerade an meine Mutter dachte. Daran, dass sie sie zu früh verloren hatte und statt des Parts der Tante plötzlich den Part der Erziehungsberechtigten übernehmen musste.

»Ich weiß«, sagte ich mit sanfter Stimme. »Das ist ja auch irgendwie dein Job. Aber diesmal ist es wirklich nicht nötig.«

Sie nickte. »Ich hoffe, du hast recht.«

Das hoffte ich auch.

Schweigend aßen wir unser Frühstück. Als Charlottes Teller und ihre Tasse Kaffee leer waren, stand sie auf, um sie in die Spüle zu stellen. In der Küche drehte sie sich noch einmal zu mir um.

»Maisie?«

»Ja?«

»Ich freu mich für dich. Das mit dem Date klingt toll, und ich hoffe, du hast Spaß. Tut mir leid, dass ich im ersten Moment immer noch mit Sorge reagiere. Das ist wie ein Reflex, den ich nicht abstellen kann. Aber ich weiß, dass du nicht mehr vierzehn bist und von mir beschützt werden musst.«

Ich schluckte und kämpfte gegen den plötzlichen Kloß in meinem Hals an. »Danke«, sagte ich leise. »Das weiß ich wirklich zu schätzen.«

Sie blinzelte, und ich ahnte, dass sie ähnlich gerührt war wie ich. Im nächsten Moment straffte sie jedoch die Schultern und begann, die Küche aufzuräumen. »Wann trefft ihr euch?«, fragte sie, als ich meinen Teller ebenfalls zur Spüle trug.

»Heute Nachmittag um fünf oder so«, sagte ich, und mir fiel ein, dass ich Weston noch nach seiner Adresse fragen musste, bevor ich losfuhr. Sicher wohnte er in irgendeinem schicken Apartment. Er hatte es zwar nie angesprochen, aber seine Klamotten ließen darauf schließen, dass er nicht gerade arm war. Wenn seine Eltern die Uni bezahlen konnten, waren sie vermutlich Ärzte oder ebenfalls Anwälte oder arbeiteten in einer großen Firma, die viel Geld abwarf.

»Das klingt doch gut, dann kannst du bis dahin ja noch schön entspannen.«

Ich versuchte, nicht das Gesicht zu verziehen. Wenn ich es schaffte, nicht zu viel an das Date zu denken, ja. Ich bezweifelte allerdings, dass mir das gelingen würde.

Ein paar Stunden später stand ich mit Brees Stimme im Hintergrund verzweifelt vor meinem Kleiderschrank.

»Was ist mit der hellblauen Bluse, auf der kleine Schwalben gestickt sind? Die ist doch süß«, sagte Bree.

Stirnrunzelnd wühlte ich durch meine Schublade. »Meinst du die hier?« Ich hielt ein Oberteil in die Kamera, über die Bree meine vergebliche Suche nach dem passenden Outfit verfolgte.

»Nee, die andere blaue Bluse, die du hast.«

Seufzend warf ich das Teil auf mein Bett. »Das ist doch dämlich«, murmelte ich. »Als Weston mich das letzte Mal gesehen hat, hatte ich Schokoflecken auf meiner Kleidung, weil Amy ihr Brot unbedingt auf meinem Dekolleté verteilen musste. Da mach ich mich doch jetzt nicht verrückt.«

Bree unterdrückte ein Lachen. »Wie wäre es mit dem langen, bunt gemusterten Rock? Du weißt schon, der bordeauxrote mit den vielen Blumen drauf? Und dazu eins deiner gehäkelten Tops. Das wäre doch ein süßes Outfit.«

»Ich soll als Hippie-Girl zu einem Date mit einem Jurastudenten gehen?«, fragte ich zweifelnd.

Bree seufzte leise. »Du sollst vor allem als du selbst zu diesem Date gehen. Deine Klamotten sind doch egal. Zieh das an, worin du dich wohlfühlst.«

»Du hast ja recht.« Genau deshalb hatte ich sie angerufen. Kurzerhand entschied ich mich für einen knöchellangen, türkisblauen Rock, der mir locker um die Beine fiel, und ein langärmliges eng anliegendes Oberteil. Darüber zog ich meine Jeansjacke, denn obwohl der April vor der Tür stand, konnte es im Schatten noch sehr kühl werden.

»Das wird super werden«, versicherte Bree mir. »Und falls er sich danebenbenimmt oder du dich nicht wohlfühlst: Ich bin nur ein Anruf entfernt.«

»Ich weiß, danke.«

Wenige Minuten später verließ ich das Haus. Weston wohnte am Rand der Altstadt, und ich brauchte laut meiner App nur fünfzehn Minuten mit dem Fahrrad. Da ich allerdings nicht wusste, wie lange ich bei ihm bleiben würde, und es mit dem Rock ohnehin auf dem Rad schwierig war, entschied ich mich für den Bus. Ich war zwar normalerweise nicht der ängstliche Typ und bevorzugte Fahrrad fahren, wann immer es ging, aber in der Dunkelheit einmal quer durch die Stadt zu fahren, musste nicht sein.

Um mich während der Fahrt abzulenken, setzte ich meine Kopfhörer auf und lauschte Billie Elishs Stimme, wobei ich mich bei *Ocean Eyes* dabei ertappte, plötzlich an ein ganz bestimmtes Paar ozeanblauer Augen zu denken.

Viel zu schnell erreichte ich die genannte Adresse. Wie zu erwarten, führte mich mein Handy in eine Gegend mit schicken Altbauwohnungen. Vor einem mehrstöckigen Haus mit sechs Klingelschildern blieb ich schließlich stehen. Mein Herz klopfte mir bis zum Hals, als ich die Klingel drückte und darauf wartete, dass Weston öffnete.

15. KAPITEL

Maisie

»Tja, das ist mein Reich.« Weston breitete die Arme aus und deutete auf das Apartment, das von innen noch beeindruckender aussah, als erwartet.

Große Fenster sorgten dafür, dass der offene Raum von Licht durchflutet wurde, was mir auf Anhieb gefiel. Ich machte ein paar Schritte in das Zimmer hinein und sah mich bewundernd um. Eine breite Couch und ein Flachbildschirm standen in der Mitte des Apartments und luden zu gemütlichen Filmabenden ein. Dahinter befand sich eine modern eingerichtete Küche. Die hellen Fliesen und Arbeitsflächen waren zu meinem Erstaunen blitzsauber. Ob es daran lag, dass Weston einen Putzfimmel hatte oder den Herd so gut wie nie benutzte, konnte ich nicht sagen.

Mein Blick glitt weiter zum Schreibtisch, der vor einem der zwei großen Fenster stand. In dem Regal daneben stapelten sich Gesetzbücher und Ordner, die mit winzigen kleinen Buchstaben beschriftet waren. Sah nach einer Menge Arbeit aus.

Westons Möbel waren alle aus dunklem Holz, wobei mir nicht entging, dass sowohl sein Schreibtisch als auch das Regal perfekt aufeinander abgestimmt waren. Kleine Schnitzereien an den Seiten gaben den Möbelstücken einen beinahe antiken Look. Sie könnten direkt von einem Flohmarkt stammen, aber die Feinheiten im Holz sprachen dafür, dass es sich hierbei um kostbare Einzelstücke handelte.

»Und? Was sagst du?«, fragte Weston.

Ich musterte die Pflanzen am Fenster und die Fotografien an den Wänden, die Edinburgh im Abendlicht zeigten.

»Es ist nicht das, was ich erwartet habe«, sagte ich schließlich.

»Ist das gut oder schlecht?« Weston trat neben mich. So nah, dass unsere Arme sich beinahe streiften.

»Es ist gut.« Lächelnd wandte ich mich ihm zu. Und bereute es im selben Moment. Das stürmische Blau seiner Augen traf mich mit voller Wucht und raubte mir für einen Moment lang den Atem. Weston und sein verflucht intensiver Blick. Ich hatte keine Chance, mich ihm zu entziehen.

»Du hast eine unpersönliche, hochmoderne Wohnung erwartet, stimmt's? Mit ordentlich aufgehängten Anzügen im Schlafzimmer und einer Kaffeemaschine, die ununterbrochen läuft, weil Juristen ohne Koffein aufgeschmissen sind.« Seine Augen funkelten belustigt.

Ich riss mich davon los und deutete mit hochgezogenen Brauen auf seine Küche. »Zumindest die moderne Kaffeemaschine ist ja auch tatsächlich da.«

Lachend hob er die Hände. »Touché.«

»Aber du hast recht. Ich habe nicht erwartet, dass es bei dir so …«, ich suchte nach dem richtigen Wort, »… gemütlich aussieht. Du hast echt ein Händchen für Inneneinrichtung. Und woher sind diese Möbel? Sie sehen unfassbar schön aus.«

Ein Schmunzeln huschte über Westons Lippen. Für einen

Moment verschwand alle Anspannung aus seinem Gesicht und wich einem Strahlen, das mich umhaute. »Ich habe sie selbst gemacht.«

»Was?« Ungläubig starrte ich ihn an.

»Mein Onkel hat eine Schreinerwerkstatt. Als Kind und auch als Jugendlicher war ich ständig dort, um meinem Onkel zu helfen. Dabei habe ich einiges von ihm gelernt. Inzwischen schaffe ich es aber nur noch ab und zu, zu ihm zu fahren, aber ich kann mich an keine Zeit erinnern, in der die Besuche in der Werkstatt nicht zu meinem Leben dazugehört haben.«

Ehrlich beeindruckt sah ich ihn an. »Das klingt ziemlich toll, und du scheinst wirklich Talent zu haben.«

Kurz wirkte er tatsächlich verlegen, im nächsten Moment überspielte er es jedoch sofort wieder. »Ich habe geschickte Hände, das hilft.«

Obwohl der Spruch viel zu offensichtlich war, schoss mein Blick reflexartig zu seinen Händen, und die Frage, wie es sich anfühlen würde, von ihnen berührt zu werden, drängte sich in meine Gedanken. Ich spürte, wie meine Wangen heiß wurden. Bilder aus meinen Träumen wirbelten mir durch den Kopf und weckten erneut Sehnsüchte, die mir bis vor wenigen Tagen fremd gewesen waren. Hastig sah ich mich ein zweites Mal in der Wohnung um.

»Kann ich dir was zu trinken anbieten?«, fragte Weston, dem die plötzliche Hitze auf meinen Wangen garantiert nicht entgangen war. »Ein Glas Wasser mit Eis zur Abkühlung vielleicht?«

»Ein Mineralwasser wäre super«, erwiderte ich, ohne auf den amüsierten Ton in seiner Stimme einzugehen. Stattdessen starrte ich verlegen zu Boden und drehte mich erst wieder zu ihm um, als ich hörte, dass er zwei Gläser aus dem Schrank nahm.

Himmel. Wenn ich mich nicht zusammenriss, würde das hier ein einziges Desaster werden.

»Hier bitte.« Weston drückte mir das Glas in die Hand und ging dann auf eine Tür zu, die ich bisher nicht bemerkt hatte.

»Ich habe dir noch nicht die ganze Wohnung gezeigt«, sagte er und drückte die Klinke herunter.

Zögernd trat ich näher – und blickte direkt in sein Schlafzimmer. Großer Gott. Mit betont langsamen Schritten folgte ich ihm, als er den Raum durchquerte, der mit einem großen Holzschrank und einem breiten Bett ausgestattet war. Dahinter führte eine verglaste Tür auf einen Balkon.

»Bevor du mich wie versprochen in die Welt von *Friends* einführst, muss ich noch ein bisschen mit meinem Balkon angeben«, sagte er.

Ich wollte gerade einen spöttischen Kommentar abgeben, als ich den Balkon betrat und mir die Worte im Hals stecken blieben. Im Gegensatz zum Rest der Wohnung war der Balkon nicht sonderlich groß, doch was mich sprachlos machte, war die Hollywoodschaukel, die zwischen eingetopften Kräutern und Blumen stand. Eine verdammte Hollywoodschaukel! Wenn ich das Bree erzählte, würde sie ausflippen.

»Gib es zu, die hast du nur, um Frauen aufzureißen.« Was vermutlich auch todsicher funktionierte.

»Als ob ich dafür eine Hollywoodschaukel brauchen würde«, erwiderte Weston schmunzelnd, als könnte er nicht anders, als auf meine Steilvorlage einzugehen.

»Natürlich nicht«, sagte ich, »das schaffst du bereits mit deiner bescheidenen und charmanten Art.«

»Ganz genau.« Sein Grinsen war unerträglich selbstgefällig,

trotzdem löste es ein Kribbeln in mir aus. Doch schon im nächsten Moment wurde er wieder ernst. »Tatsächlich beschränkt sich die Zahl meiner weiblichen Gäste, die in den Genuss der Hollywoodschaukel kamen, auf ein paar wenige.«

»Wirklich?« Zweifelnd sah ich ihn an. Ich war nicht so naiv zu glauben, dass ich das erste Date war, das er zu sich nach Hause einlud.

»Wirklich. Meistens sind die Frauen wieder weg, bevor es draußen richtig hell wird.« Er musterte mich prüfend. Erwartete er, dass ich darauf mit Überraschung oder Erschrecken reagierte? Wenn ja, dann schätzte er mich eindeutig falsch ein. Die Vorstellung von ihm mit anderen Frauen war zwar nicht unbedingt die schönste, aber es änderte nichts daran, dass ich ihn kennenlernen wollte. Den echten Weston. Den Weston, der herzlich lachte und still lächelte, wenn er seine Möbel ansah. Der seinem Neffen die Welt versprach und mich nicht komisch ansah, wenn ich ihm erzählte, dass ich früher oft mit meinen Worten gerungen hatte.

»Dann verpassen sie etwas«, sagte ich deshalb bloß und ließ mich auf das weiche Polster der Schaukel sinken. Das Gestell wackelte, als Weston mir folgte.

»Du bist anders, als ich dachte«, sagte er leise.

Ich schluckte schwer und versuchte, nicht daran zu denken, wie nah er mir war. Sein Oberschenkel presste sich gegen meinen, und überall dort, wo wir uns berührten, ging ein sanftes Kribbeln durch meinen Körper.

»Ist das etwas Gutes oder Schlechtes?«, wiederholte ich seine Frage von vorhin.

»Etwas Gutes. Etwas sehr Gutes sogar.« Weston wandte den Kopf und sah mich direkt an. Sein Blick ging mir unter die Haut.

Wie gebannt erwiderte ich ihn, verlor mich in dem Blau, das mich in seine Tiefe lockte.

»Du hast etwas an dir, was mich fasziniert«, murmelte er.

Ich schluckte schwer. Wärme durchflutete mich und sammelte sich in meiner Bauchgegend. »Das kann ich nur zurückgeben.«

Weston lächelte, und diesmal war nichts von dem selbstgefälligen Ausdruck zu sehen. Auf einmal schien die Luft zwischen uns wie aufgeladen. Atemlos lehnte ich mich in seine Richtung, seine Lippen, die meinen verführerisch nah waren, zogen mich wie magisch an. Nur noch wenige Zentimeter trennten uns voneinander. Ich hörte, wie Weston scharf die Luft einsog, ehe er seine Hand auf mein Bein legte, sanft über mein Knie und weiter nach oben fuhr. Die Berührung war zaghaft, beinahe federleicht, doch sie reichte aus, um meine Nervenenden unter Strom zu setzen. Mein Innerstes zog sich erwartungsvoll zusammen, als sein Mund näher kam. Ich hörte das Blut in meinen Ohren rauschen. Gleich würde ich wissen, wie es sich anfühlte, Weston zu küssen. Wie seine Lippen schmeckten, wenn sie auf meine trafen und uns nichts mehr trennte.

Eine laut einsetzende Melodie zerriss die Stille wie ein Schuss. Weston erstarrte, während ich erschrocken zurückfuhr. Der Moment zerbrach, und die Spannung verflog.

Fluchend fischte Weston sein Handy aus der Kapuzenjacke, die er trug. »Sorry, da muss ich rangehen.« Mir gerunzelter Stirn nahm er den Anruf entgegen und verschwand in seinem Schlafzimmer. Seine Stimme drang nur noch gedämpft zu mir heraus, doch es war deutlich, dass er mit jemandem stritt.

Zitternd rang ich nach Luft. Das Herz klopfte mir bis zum Hals. Was zur Hölle war gerade passiert? Wir waren kurz davor gewesen, uns zu küssen. Vermutlich sollte ich um die Unterbrechung froh sein, weil es mir Zeit verschaffte, die Sache mit Weston noch mal zu überdenken. Doch alles, woran ich denken konnte, war, dass der Anrufer mich um den vielleicht besten Kuss meines Lebens gebracht hatte.

»Tut mir leid, das war mein Vater«, sagte Weston, als er sich kurz darauf wieder neben mich setzte, diesmal mit einem Stück Abstand.

Mit einem mulmigen Gefühl im Bauch starrte ich auf die Lücke zwischen unseren Beinen, ehe ich zu ihm hochsah. Um Westons Mund lag ein harter Zug, der ihn beinahe bitter wirken ließ. Was auch immer sein Dad gewollt hatte, es hatte dafür gesorgt, dass der Schalk aus Westons Augen verschwunden war.

»Sollen wir reingehen?«, fragte ich leise.

»Lass uns noch ein paar Minuten hier sitzen bleiben, okay?« Bittend sah er mich an.

»Natürlich.«

Weston nickte und lehnte sich zurück. Verstohlen musterte ich ihn von der Seite, während er langsam ein- und ausatmete. Ähnlich wie ich früher, wenn die Angst mich zu überwältigen drohte. Was Weston wohl belastete? Nicht zum ersten Mal fielen mir die Ringe unter seinen Augen auf. Ich konnte mir gut vorstellen, dass das Jurastudium einiges von einem forderte. Wenn ich daran dachte, wie viel Amelia für die Uni lernte, obwohl sie ein praxisbezogenes Fach gewählt hatte, wollte ich gar nicht wissen, wie viel Weston lernen musste. Andererseits hatte er sich selbst dafür entschieden, also gab es vielleicht doch eine andere Sache, die ihn beschäftigte.

»Hör auf damit.«

Westons sanfte Stimme erschreckte mich so sehr, dass ich heftig zusammenzuckte und die Hollywoodschaukel zum Wackeln brachte.

»Womit?«, fragte ich vorsichtig.

»Damit, dir den Kopf zu zerbrechen. Du denkst so laut, dass es vermutlich noch in zwanzig Kilometern zu hören ist.«

»Sehr witzig.« Ich verzog das Gesicht. »Ich habe mir nur Sorgen gemacht.«

»Um mich?« Ruckartig richtete Weston sich auf. Erneut schaukelten wir ein Stück nach vorn.

Ich nickte. »Um den finsteren Ausdruck auf deinem Gesicht.«

Einen Moment lang starrte er mich durchdringend an, dann wurde seine Miene weicher. »Du hast recht. Jetzt ist nicht der richtige Zeitpunkt, um mich über meinen Vater zu ärgern. Nicht wenn du da bist.« Er versuchte es mit einem Lächeln, doch es kam noch nicht ganz an das unbekümmerte Strahlen von vorhin heran. Aber es war nah dran. »Was hältst du davon, wenn wir was zu essen bestellen und endlich diese Serie schauen, von der du behauptest, dass man sie gesehen haben muss, wenn man in Frieden sterben will?«

»So dramatisch habe ich es sicher nicht gesagt«, erwiderte ich grinsend. »Aber du hast absolut recht. Man muss sie wirklich gesehen haben. Und Essen bestellen klingt super.« Ich stand auf und hielt ihm eine Hand hin.

Überrascht schaute er sie an, bevor er sie ergriff und sich von mir hochziehen ließ.

Während Rachel, die ihre Freunde nach langer Zeit wiedersah, im Hochzeitskleid über den Bildschirm flimmerte, beobachtete ich

Weston erneut aus dem Augenwinkel. Er schien die Serie zu mögen, denn bisher hatte er an allen richtigen Stellen gelacht.

»Zufrieden?«, fragte er und ertappte mich beim Starren.

»Sehr.« Ich griff nach der Box mit gebratenen Nudeln, die wir bestellt hatten. »Würdest du die Serie nicht mögen, wäre das hier unser letztes Treffen«, fügte ich scherzhaft hinzu.

»Puh, dann habe ich ja noch mal Glück gehabt.« Er legte einen Arm auf die Lehne hinter uns und rückte ein Stück näher.

Mein Puls schoss prompt in die Höhe. Als wäre mein Körper darauf programmiert, jedes Mal in Ausnahmezustand zu schalten, sobald Weston mir nahe kam. Langsam stellte ich das Essen zurück auf den kleinen Couchtisch vor uns, ohne etwas davon gegessen zu haben. Mein Magen fühlte sich zu nervös an für Nudeln vom Chinesen.

Ich zwang mich, weiterhin auf den Bildschirm zu schauen, doch als Weston anfing, mit einer Haarsträhne zu spielen, die sich aus meinem Zopf gelöst hatte, war es vorbei mit meiner Konzentration. Scheinbar beiläufig wanderte seine Hand zu meinem Nacken, wo er Kreise auf meine Haut malte. Die Berührung war hauchzart, trotzdem spürte ich sie bis in die Zehenspitzen.

Die nächste Folge startete, und Weston lachte über eine Szene, die ich kaum mitbekam. Ich war zu beschäftigt, die Gänsehaut zu ignorieren, die seine Berührungen auslöste. Sein tiefes Lachen, das den Raum ausfüllte, half auch nicht gerade dabei, meinen Herzschlag zu beruhigen. Immer wieder huschte mein Blick zu ihm. Es war wie ein Reflex, wie die einzig logische Reaktion, die meinem Körper einfiel.

»Es wird schwer, die Serie weiterzuverfolgen, wenn du mich so anschaust«, sagte Weston plötzlich.

Ertappt zuckte ich zusammen, doch anstatt mich abzuwenden, starrte ich ihn einfach weiter an. Mein Herz pochte schneller und erinnerte mich mit jedem Schlag daran, was Westons Nähe in mir auslöste. Ich konnte mich nicht daran erinnern, mich jemals so unsicher und mutig zugleich gefühlt zu haben. Angst, verletzt zu werden, wechselte sich mit der Gewissheit ab, dass das hier absolut richtig war. Ich wollte nicht mehr vor meinen eigenen Sehnsüchten weglaufen. Ich wollte bleiben und herausfinden, was passierte, wenn ich ihnen nachgab.

»Ernsthaft, Maisie. Ich gebe mir hier alle Mühe, mich zurückzuhalten.«

Ich atmete laut aus. »Dann hör auf damit.«

»Was?« Ruckartig drehte er sich zu mir. In seinen Augen tobte ein ganzer Sturm an Gefühlen, und die Sehnsucht darin zog mich gnadenlos mit sich.

»Ähm.« Räuspernd suchte ich nach den richtigen Worten. »Ich will nicht, dass du dich zurückhältst. Nicht meinetwegen.« Ich hielt seinem Blick stand und bemerkte deshalb genau den Moment, in dem er verstand.

Westons Augen weiteten sich unmerklich, und er lehnte sich in meine Richtung, bis unsere Schultern sich berührten. »Bist du dir ganz sicher, dass du das willst? Ich bin keiner der unkomplizierten Kerle, die dir jeden Tag die Welt zu Füßen legen.«

»Ich will nicht die Welt«, erwiderte ich lächelnd. »Ich will dich.«

Meine Worte rissen die letzte Barriere zwischen uns nieder. Mit einem beinahe verzweifelten Keuchen überbrückte Weston die Distanz und presste seinen Mund auf meinen. Die Berührung traf mich wie ein Blitz, und als seine Lippen anfingen, meine sanft zu liebkosen, ertrank ich regelrecht in seinem Kuss. Wärme durchflutete mich und vertrieb alle Zweifel.

Mit einem Seufzen zog Weston mich noch enger an sich. Seine Hände wanderten in meinen Nacken und gruben sich in meine Haare. Ich strich über seinen Arm, hielt mich an ihm fest, als unsere Zungen aufeinandertrafen. Kleine Funken stoben durch meinen Körper und ließen mich schweben. Für einen Augenblick vergaß ich vollkommen, wo ich war. Westons Atem an meinem Mund und seine Finger auf meiner Haut waren alles, was ich noch wahrnahm. Die Vergangenheit verschwand, genauso wie der Gedanke an morgen.

Als wir uns nach einer gefühlten Ewigkeit voneinander lösten, hatte ich keine Ahnung, wie viel Zeit vergangen war. Atemlos sah ich Weston an. In seinen Augen las ich dasselbe Erstaunen, das auch mich gepackt hielt. Und eine Wärme, die mein Lächeln noch ein Stück breiter werden ließ.

»Wir sollten definitiv öfter einen Serienabend machen«, sagte er mit rauer Stimme.

»Sollten wir«, murmelte ich, noch immer leicht außer Atem.

Leise lachend legte Weston einen Arm um meine Schultern und zog mich an sich, sodass ich mich bei ihm anlehnen konnte. »Schätze, wir müssen die Folge noch mal neu starten. Ich war in den letzten Minuten nämlich etwas abgelenkt.«

Grinsend blinzelte ich. »Ach, ist das so?«

»Ja, etwas sehr viel Interessanteres als die Serie hat meine ganze Aufmerksamkeit für sich beansprucht.« Er schlang seinen Arm noch ein bisschen fester um mich, und ich kuschelte mich an ihn, als er die Folge neu startete.

Wenn ich geahnt hätte, wie glücklich mich Westons Nähe machen würde, hätte ich bereits das erste Mal, als er mich gefragt hatte, ob ich etwas mit ihm trinken gehen wollte, ja gesagt. Wobei ich damals noch nicht wusste, was für ein Mensch sich hinter der selbstbewussten Fassade verbarg. So ganz wusste ich es immer noch nicht, aber bisher gefiel mir, was ich sah. Sehr sogar.

16. KAPITEL

Weston

»Du machst ja gar nicht wirklich mit!« Ein anklagender Blick traf mich, und Teddy schob schmollend die Unterlippe vor. Dabei sah er so dermaßen niedlich aus, dass es mir schwerfiel, ernst zu bleiben.

»Entschuldige«, sagte ich und richtete meine Aufmerksamkeit zurück auf die Bauklötzchen zwischen uns, mit denen wir einen rekordhohen Turm bauen wollten. »Ich war in Gedanken gerade woanders.«

Teddy runzelte die Stirn, stürzte sich im nächsten Moment aber wieder auf die Klötzchen und schichtete sie sorgsam übereinander. Ich half ihm dabei und versuchte, diesmal bei der Sache zu bleiben und nicht wieder an Maisie zu denken.

Seit unserem Date gestern Abend schlich sie sich ständig in meine Gedanken. Wenn ich die Augen schloss, bildete ich mir ein, noch immer unseren Kuss spüren zu können. Das Treffen war anders verlaufen, als gedacht. Ich hatte nie geplant, sie zu küssen und mit dem Auto nach Hause zu fahren, damit sie nachts um zwölf nicht den Bus nehmen musste. Es war auch nicht geplant gewesen, dass mein Körper in ihrer Nähe verrückt spielte und ich sie mit jeder Faser wollte. Geschweige denn, dass sie mir seither nicht mehr aus dem Kopf ging und ich diesen Kuss unbedingt wiederholen wollte.

Am liebsten hätte ich sie gar nicht mehr gehen lassen, hätte gar nicht mehr aufgehört, sie zu küssen, aber Maisie war niemand, mit dem man mal schnell Spaß hatte oder der nur für eine Nacht blieb. Zumindest wollte ich das nicht. Zum ersten Mal seit Monaten spürte ich wieder so etwas wie ernsthaftes Interesse. Ich wollte es bei ihr nicht vermasseln, und ich wollte ihr die Zeit lassen, die sie brauchte. Gleichzeitig tauchten, wann immer ich an sie dachte, reflexartig auch Zweifel auf.

Maisie war so ganz anders als ich. Passte ich überhaupt zu ihrem Leben? Oder sie zu meinem? Vermutlich spielte das alles keine Rolle, aber ich brauchte nur an Dad und sein missbilligendes Stirnrunzeln zu denken, und mir wurde schlagartig kalt. Wenn es nach ihm ginge, sollte ich mich bis zum Ende des Studiums auf nichts anderes als das Lernen fokussieren. Er würde höchstens eine andere Jurastudentin an meiner Seite akzeptieren. Jemand, der zu seiner Welt gehörte. Jemand, der nicht wie Maisie war.

Ein lautes Krachen ertönte, und ich zuckte zusammen. Verdammt. Ich hatte schon wieder nicht aufgepasst.

»Du hast den Turm umgeschmissen!« Vorwurfsvoll sah Teddy mich an, und tatsächlich war es mein letztes Holzklötzchen gewesen, das das Gleichgewicht gestört und unseren Turm zu Fall gebracht hatte.

»Es tut mir leid«, versicherte ich. »Ich bin heute wirklich furchtbar. Aber wie wäre es, wenn ich dir dafür etwas vorlese? Ich verstelle auch die Stimmen genau so, wie du es willst.«

Teddys Augen leuchteten auf. »Kannst du das Buch mit den Räubern lesen?«

»Ja, klar.«

Sofort sprang er auf, rannte zu der Bücherkiste, die Rose in einem Regal in der Spielecke aufbewahrte, und kehrte damit zu mir zurück. Eigentlich hatte heute lernen auf dem Plan gestanden, aber als meine Schwester mich gebeten hatte, am Nachmittag für zwei Stunden vorbeizukommen, weil sie wegen eines Notfalls in die Arbeit musste, obwohl Sonntag war, hatte ich es ihr nicht abschlagen können.

Ich konnte später immer noch in die Bibliothek fahren. Die Sorge, ob ich trotzdem mit dem Stoff durchkam, schob ich resolut beiseite.

»Das hier ist es.« Teddy drückte mir ein Kinderbuch in die Hand, auf dem zwei Räuber mit Pistolen und sehr chaotischen Frisuren sowie einem ungepflegten Bart abgebildet waren. Wenn Dad das sehen würde, bekäme er vermutlich die Krise, weil seiner Meinung nach Kriminelle durch solche Geschichten romantisiert wurden, aber ich bezweifelte, dass Teddy wegen eines Räuberbuchs später auf die schiefe Bahn geriet.

»Dann wollen wir mal.« Ich setzte mich auf die Couch, Teddy sprang auf den Platz neben mich und lehnte sich bei mir an. Mit großen Augen sah er auf die aufgeschlagene Seite, und mein Innerstes zog sich zusammen. Es gab nicht viele Menschen auf der Welt, die ich so bedingungslos liebte und verehrte wie meinen Neffen. Vermutlich niemanden.

Mit fester Stimme las ich die Geschichte über zwei Räuber vor, die einen Überfall auf einen reichen und herzlosen Herzog planten und dabei jede Menge Chaos anrichteten. Teddy lachte an den lustigen Stellen laut auf, und diesmal war ich mit meiner Konzentration ganz bei ihm.

Zumindest bis Rose zurückkam. Sobald ich mich auf den Weg zur Bibliothek machte, kehrten die Gedanken an Maisie zurück.

Frustriert schlug ich das Buch zu. William und ich saßen nun bereits seit Stunden in der Bibliothek, und ich las zum ungefähr zwölften Mal denselben Absatz, ohne irgendetwas davon zu kapieren.

»Sollen wir eine Pause machen?«, schlug William vor. »Ich könnte einen Burger mit Pommes vertragen.« Wie zur Bestätigung knurrte sein Magen.

»Von mir aus.« Mein übermüdetes Gehirn war ohnehin nicht mehr in der Lage, weiteren Stoff aufzunehmen. Die letzten Tage hatte ich gefühlt nichts anderes gemacht, außer zu den Vorlesungen zu gehen und danach bis spät in die Nacht zu lernen. Oder es zumindest zu versuchen, denn Maisie und unser Kuss spukten immer noch hartnäckig in meinen Gedanken herum, was meiner Konzentration nicht gerade geholfen hatte.

Seufzend packte ich meine Sachen zusammen, und wir verließen die Bibliothek und liefen zu einem Café in der Nähe, das auch Sandwiches und Burger anbot.

»Also, was ist los?«, fragte William, sobald wir unsere Bestellung aufgegeben hatten.

»Was soll sein?« Müde fuhr ich mir übers Gesicht.

Er runzelte die Stirn. »Du bist unnatürlich blass und hast gigantische Ringe unter den Augen. Außerdem wirkst du seit Tagen abgelenkt, und am Wochenende hast du dich weder im Pub noch beim Zocken bei Harris blicken lassen.«

»Ich hatte eine Verabredung. Und den Rest der Zeit habe ich mit lernen verbracht. Mach dir keinen Kopf, ich komme klar.«

Williams Sorge war sicher nett gemeint, aber nicht notwendig. Ich musste mich nur ein bisschen mehr anstrengen, um den Lernstoff aufzuholen, der durch den Nachmittag mit Teddy und das Treffen mit Maisie liegen geblieben war.

»Was denn für eine Verabredung?«, hakte William natürlich sofort nach.

Seufzend lehnte ich mich zurück, und Maisies Gesicht erschien vor meinem inneren Auge. Ihr Lächeln, das mich jedes Mal aufs Neue umhaute und das in mir den Drang auslöste, sie an mich zu ziehen und zu küssen, bis wir beide keine Luft mehr bekamen. Ihre Bernsteinaugen, die mich warm und vertrauensvoll anschauten, als wäre ich ein guter Kerl.

»Scheiße, dich hat es echt erwischt, oder?«

Ruckartig kehrte ich zurück in das Café. Auf Williams Gesicht lag ein breites Grinsen, das mich unter anderen Umständen vielleicht amüsiert hätte, aber müde, wie ich war, nervte es mich nur. »Du verstehst das nicht«, erwiderte ich abwehrend.

Eine steile Falte erschien zwischen seinen Augenbrauen. »Was? Dass du eine Frau getroffen hast, die dich fasziniert und die du interessant findest? Die du öfter sehen willst, weil du genau weißt, dass sie etwas Besonderes ist? Für wie beschränkt hältst du mich?«

Verblüfft starrte ich William an. Mir war bereits aufgefallen, dass er in letzter Zeit mehr über Gefühle und Frauen redete als sonst. Anders als Harris hielt er sich in Gruppensituationen meistens zurück, und selbst wenn wir uns zu zweit trafen, war er eher der schweigsame Kerl. Aber das schien sich zu ändern – zumindest wirkte er in letzter Zeit deutlich offener und redseliger.

»Sorry«, ruderte ich zurück. »Ich verhalte mich gerade wie ein Arsch. Heute ist irgendwie nicht mein Tag.«

»Schon okay.« William machte eine wegwerfende Handbewegung und lächelte unbekümmert. Seine Sanftmütigkeit war einer der Gründe, warum ich so gern Zeit mit ihm verbrachte. Ich hoffte, er konnte sich diese Eigenschaft beibehalten, wenn er als Anwalt in einer großen Kanzlei arbeitete.

»Die Sache mit dieser Frau, von der du letztens erzählt hast, ist ganz schön ernst, oder?«, wechselte ich das Thema, um nicht länger nur über mich zu reden.

Er hob die Schultern. »Kann schon sein. Nicht, dass du das verstehen würdest.«

Ich verzog das Gesicht. »Autsch, aber das habe ich verdient.« So viel zu Williams Gutmütigkeit. »Tut mir wirklich leid, ich hätte das nicht sagen sollen, ich bin nur hundemüde. Keine Ahnung, wie unsere Kommilitonen den ganzen Stoff bewältigen. Wenn ich an die nächste Prüfung denke …« Ich schüttelte den Kopf und drängte die Panik zurück, die mich zu überfallen drohte. »Vermutlich sollte ich mir Maisie aus dem Kopf schlagen. Ich meine, bei allem, was bei uns gerade ansteht, haben wir nicht wirklich Zeit für Beziehungen, oder?«

»Hm«, machte William und rührte in dem Kaffee, der uns eben gebracht worden war. »Denkst du denn, dass sich das je ändert? Das Studium ist hart, und danach kommen die ersten Jahre im Job, die mindestens genauso stressig, wenn nicht noch anspruchsvoller sind. Schätze, in unserer Branche muss man sich entweder bewusst Zeit für Beziehungen nehmen oder sich mit einem Leben als ewiger Single anfreunden.«

Nachdenklich musterte ich ihn. An seinen Worten war was

dran. »Das stimmt wohl«, sagte ich langsam. »Nur würden meine Eltern das etwas anders sehen. Für sie ist es ein Zeichen von Erfolg, wenn man eine gute Position innehat und gleichzeitig eine respektable Freundin präsentieren kann. Sie wären mit Maisie nicht einverstanden, und ich will sie auch nicht in meine Welt ziehen und den kritischen Blicken meiner Eltern aussetzen. Verdammt, warum muss es immer so kompliziert sein? Warum kann ich nicht erfolgreich in meinem Studium sein, Dad zufriedenstellen und gleichzeitig ausgehen, mit wem ich will? Das sollte doch nicht so schwer sein.« Unruhig griff ich nach meinem Glas Cola. Ich hatte nicht vorgehabt, William von Maisie oder meinen Zweifeln zu erzählen, doch einmal ausgesprochen, verschwand tatsächlich etwas von dem Druck auf meiner Brust.

»Vielleicht zeigt dein Dad ja mehr Verständnis, als du denkst«, warf William ein, was mir nur ein Schnauben entlockte.

»Klar«, sagte ich. »Und vielleicht checken die Leute morgen, dass Geld nicht alles ist und wir uns gemeinsam mehr für den Weltfrieden und den Klimaschutz einsetzen sollten. Das ist in etwa genauso wahrscheinlich wie die Vorstellung, dass mein Dad einen Sinneswandel hat.«

»O Mann«, murmelte William. »Am liebsten würde ich sagen, scheiß drauf. Mach das, was dich glücklich macht. Aber ich weiß, wie schwer es ist, sich gegen die Meinung der Familie zu stellen.«

»Wirklich?«, rutschte es mir heraus. »Ich dachte, du kommst mit deinen Eltern gut klar?«

»Ja, schon. Aber nur, weil ich Dads Kanzlei später übernehmen will und er mich in dem, was ich mache, unterstützt, ohne Druck auszuüben. Mein Bruder hingegen jobbt momentan als Barkeeper und hat einen riesigen Streit mit Mum, weil sie gehofft hat, dass er ebenfalls Jura studiert. Oder zumindest ein anderes Fach. Dass er jetzt nicht einmal eine Ausbildung macht, sondern sich in einer Bar die Nächte um die Ohren schlägt, passt ihr gar nicht. Aber er meint, letztendlich muss er zufrieden mit seinem Leben sein, nicht unsere Eltern.«

Verdammt. Seit wann traf William die Dinge auf den Punkt und sagte genau das, was ich hören musste?

»Da hat dein Bruder vermutlich recht«, murmelte ich.

»Das hat er meistens, was ihn manchmal unerträglich macht.«

»Das glaube ich sofort«, erwiderte ich und lehnte mich zurück, als die Bedienung mit zwei Burgern an unseren Tisch trat.

Während wir uns über das Essen hermachten, fragte ich William erneut nach der Frau, die er kennengelernt hatte. Im Gegensatz zu mir schien er keine Probleme damit zu haben, über sie zu reden, und er erzählte ausführlich von ihrem letzten Date – einem Kinobesuch – und dass er glaubte, es könnte tatsächlich etwas Festes werden. Dabei leuchteten seine Augen auf eine Art auf, wie ich es noch nie bei ihm gesehen hatte. Wie voll auch immer unser Stundenplan momentan war, diese Frau schien William echt gut zu tun. Vielleicht machte ich mir tatsächlich mal wieder zu viele Sorgen, und Maisie und ich hatten trotz allem eine Chance. Es musste so sein. Ich war nämlich nicht bereit, sie zu verlieren, noch bevor sie überhaupt ein Teil meines Lebens geworden war.

Nach dem Essen kehrten wir wieder in die Bibliothek zurück, allerdings konnte ich mich auch jetzt kaum auf die Inhalte konzentrieren. Warum mussten Gesetze auch in so einer entsetzlich trockenen Sprache geschrieben sein? Wie Anwälte eine Leidenschaft dafür entwickeln konnten, war mir ein Rätsel. Gäbe es nicht auch noch den Teil, wo wir mit unseren Mandanten sprachen, uns Strategien überlegten und vor Gericht Kommunikations- und Rhetorikgeschick beweisen mussten, könnte ich mir die Arbeit in einer Kanzlei absolut nicht vorstellen. Aber Verträge aufzusetzen und Paragrafen herunterzubeten, war zum Glück nicht alles, was ein Anwalt machte.

Als ich nach weiteren zwei Stunden, in denen ich mich dazu zwang, das Buch vor mir zu lesen, zusammenpacken und das Ganze für ein Fiasko erklären wollte, tauchte Harris an unserem Tisch auf.

»Hey, Leute«, begrüßte er uns, setzte sich auf einen freien Stuhl und kramte in seinem Rucksack nach seinem Gesetzbuch. »Kommt ihr voran?«, fragte er.

Ich schnitt eine Grimasse als Antwort, während William *Geht so* brummte.

»Ich hoffe, bei mir läuft's heute«, sagte Harris und holte ein kleines Päckchen aus seiner Hosentasche. Stirnrunzelnd beobachtete ich, wie er eine Tablette einwarf und sie mit Wasser runterspülte.

»Was ist das?«

»Ach, das sind Tabletten, die einem helfen, sich länger zu konzentrieren. Nehmen die meisten im Laufe des Studiums.« Er zuckte mit den Schultern, als wäre es keine große Sache, dass er gerade verkündet hatte, sich mit Aufputschmitteln durch das Semester zu pushen.

»Ernsthaft? Wie lange nimmst du das Zeug schon?«

»Seit dem ersten Semester«, erklärte er beiläufig und schlug seine Lernunterlagen auf. »Aber nur in den stressigen Phasen.«

»Ist das mit den Nebenwirkungen nicht gefährlich?«, fragte ich. »Das Zeug ist doch garantiert nicht ohne, oder?«

»Ach was, das ist halb so wild«, winkte Harris ab.

Ich schaute zu William, der bisher komischerweise nichts dazu gesagt hatte und sich stattdessen wieder seinen Unterlagen widmete. Kümmerte es ihn wirklich gar nicht? Soweit ich wusste, waren solche Tabletten nur für Leute gedacht, die ernsthafte Konzentrationsschwierigkeiten und eine entsprechende Diagnose erhalten hatten. Dass das Zeug trotzdem unter Studenten vertickt wurde, damit sie besser lernen konnten, war mir zwar nicht neu, aber ich hätte nicht damit gerechnet, dass Harris ebenfalls zu ihnen zählte.

»Okay, wenn du meinst«, sagte ich, immer noch unsicher, was ich davon halten sollte. Ein Teil von mir wollte ihm ins Gewissen reden, ihm deutlich machen, wie gefährlich das sein konnte, aber der andere Teil wusste, dass ich damit vermutlich nichts erreichte. Und wenn ich ehrlich war, wusste ich zu wenig über solche Aufputschmittel. »Aber übertreib es nicht, ja? Das ist auf Dauer sicher ziemlich schädlich.«

»Ja, *Mum*.« Harris zog eine Grimasse und öffnete sein Gesetzbuch. »Bist du nächstes Wochenende dabei? In meinem Wohnheim schmeißt am Samstag jemand eine Party.«

»Ich weiß noch nicht«, sagte ich ausweichend.

»Komm schon, Alter. Du hast dich in letzter Zeit kaum blicken lassen.« Durchdringend musterte er mich.

Das stimmte zwar, aber ich hatte auch gute Gründe dafür gehabt. »Wie gesagt, ich weiß es noch nicht.« Harris kam mit Absagen nicht sonderlich gut klar, vor allem wenn es um Partys ging, aber auch wenn er oft den Draufgänger raushängen ließ, wusste ich, dass er es letztendlich verstehen würde. »Eventuell muss ich auf Teddy aufpassen, aber ich melde mich.«

Bevor Harris zu einer Antwort ansetzen konnte, stand ich auf und packte meine Sachen. »Wir sehen uns!«, rief ich über die Schulter, wofür ich nicht viel mehr als ein Schnauben und ein Tschüss von William erntete.

»Wie läuft es in der Uni, Weston?«

Ich stieß gerade den Löffel in die Mousse au Chocolat, als Dad mit der üblichen Frage herausrückte. Überraschend spät für seine Verhältnisse. Eigentlich hatte ich den Abend mit Maisie auf der Couch verbringen wollen, nachdem ich die letzten beiden Tage quasi komplett in der Uni und der Bibliothek verbracht hatte. Bis auf ein paar Nachrichten hatten wir seit unserem letzten Treffen nicht viel Kontakt gehabt, und ich vermisste sie. Doch dann hatten Dad und Mum mich zu einem spontanen Dinner eingeladen, da Dad irgendeinen wichtigen Deal in der Kanzlei klargemacht hatte und das mit der Familie feiern wollte. Die Familie waren in diesem Fall Mum und ich, die ihn bewundern sollten, obwohl Mum selbst einen Erfolg vorzuweisen hatte. In Dads Augen war dieser jedoch nebensächlich.

Während ich einen Löffel von dem Dessert aß, fragte ich mich zum wiederholten Mal, warum ich bei meinen Eltern saß, statt mit der Frau, die mein Herz auf eine ungewohnte Art zum Rasen brachte, auf der Couch eine Serie zu schauen.

»Weston?«, erkundigte sich nun auch Mum. »Dein Vater hat dich etwas gefragt. Wie läuft das Studium?«

»Gut«, antwortete ich wie jedes Mal, obwohl ich das alles hier hasste. Fast so sehr wie den kleinen, erbärmlichen Teil in mir, der noch immer auf ein Wunder wartete und auf so etwas wie Zufriedenheit von ihnen. Das war der einzige Grund, warum ich bei all dem überhaupt noch mitmachte: Ich wollte Mum und Dad nicht enttäuschen und sie stolz machen. Ich wollte, dass sie sahen, wie sehr ich mich reinhängte. Es war auch nicht so, dass ich nie Lob von ihnen bekam. Aber es kam selten und wenn, dann musste ich viel dafür leisten.

»Die nächsten Klausuren stehen in ein paar Wochen an, nicht wahr?«, hakte Mum nach.

»Genau.« Ich starrte konzentriert auf das Dessert, um nicht sie ansehen zu müssen. Das machte es leichter, den Frust zurückzudrängen, der mich ergriff, wann immer sie oder Dad mir Fragen stellten, auf die sie die Antwort bereits kannten. Eine Angewohnheit, die ihnen im Gerichtssaal zugutekam, die zu Hause aber fehl am Platz war.

»Du wirst das schon schaffen«, sagte Mum und sah über meine einsilbige Antwort einfach hinweg. »Schließlich arbeitest du hart dafür.«

»Zumindest sollte er das«, kommentierte Dad, und jetzt hob ich doch den Kopf. Mit zusammengekniffenen Augen musterte er mich. »Häng dich ordentlich rein, Junge, ja? Ich will nicht wieder so eine vermasselte Arbeit wie im letzten Semester sehen.«

Ich biss die Zähne zusammen. Ich hatte zehn Punkte unter der vollen Punktzahl gelegen. Zehn. Bei einem Test, der weit über hundert Fragen hatte und bei dem somit auch über hundert Punkte zu erreichen gewesen waren. »Natürlich, Dad«, sagte ich betont ruhig und nickte.

»Von nichts kommt nicht«, fuhr er fort. »Deine Freunde denken vielleicht, sie könnten es sich leisten, zu feiern und Spaß zu haben, aber für dich gilt das nicht. Wenn du irgendwann einmal meinen Posten übernimmst, musst du zu den Besten gehören. Und der Beste wird man nicht, wenn man die Abende in Bars verbringt.«

Wieder nickte ich. Wie eine Marionette, die von unsichtbaren Fäden gezogen wurde und keine Kontrolle über sich selbst hatte. Ich nickte und nickte, lächelte, versprach, mich mehr reinzuhängen, und ignorierte, dass sie nicht ein einziges Mal fragten, wie es mir ging. Ob ich glücklich war. Was in meinem Leben abgesehen von der Uni sonst noch so passierte. Aber das mussten sie auch nicht, denn in ihren Augen gab es neben der Uni kein Leben für mich.

»Wie läuft es in der Kanzlei?«, fragte ich schließlich mit einer Kälte in der Stimme, die ich nicht von mir kannte. Die Frage war meistens der einzige Weg, Dads Aufmerksamkeit von meinen Leistungen wegzulenken.

»Gut«, sagte er, und etwas von der Strenge verschwand aus seinem Blick. »Unser neuer Mandant könnte uns eine Menge Geld einbringen.«

»Wer ist es?«, hakte ich nach, weil ich wusste, dass das erwartet wurde.

»Ralph Cordon. Aber das bleibt unter uns.«

Ich runzelte die Stirn. »Der Politiker, der Gelder veruntreut haben soll? Gelder, die eigentlich in das Gesundheitswesen und in Bildungsstätten fließen sollten? Ist das dein Ernst?«

»Er wird dafür *angeklagt*, bisher fehlen aber die entscheidenden Beweise«, erwiderte Dad mit einer Ruhe, die mich wahnsinnig machte.

»Warum vertrittst du so einen Mistkerl?«, fragte ich, wohlwissend, dass ich mich damit selbst ins Aus schoss. Keine Ahnung, wann ich zuletzt mit meinen Eltern ein normales Gespräch geführt hatte. In den letzten Jahren war die Kommunikation zwischen uns immer verkrampfter geworden. Entweder ging es um Dads Kanzlei, um mein Studium oder um Mums Fälle. Hauptsache, nicht zu persönlich werden. Hauptsache, keine Gefühle zeigen.

»Weil er uns dafür bezahlt. Und es ist nun mal mein Job, meine Mandanten zu vertreten und das bestmögliche Ergebnis für sie zu erzielen«, herrschte Dad mich an. »Sei nicht so naiv, Weston! Du weißt doch, wie unsere Branche läuft.«

Ich presste die Lippen aufeinander und zählte innerlich bis fünf, bevor ich wieder sprach – bemüht ruhig: »Wie lange vertretet ihr ihn schon?«

Es passte zu *Campbell & Miller*, dass sie Männer wie Ralph Cordon vertraten. Für meinen Vater und seinen Partner zählten das Geld und nicht die moralischen Werte ihrer Mandanten. Ich hoffte, ich würde das ändern können, wenn ich in die Kanzlei einstieg.

»Dein Tonfall gefällt mir nicht, Weston.« Wie immer wenn er verärgert war, tauchte die zornige Falte auf Dads Stirn auf, vor der ich mich früher schon gefürchtet hatte. Und ich hatte sie oft heraufbeschworen.

Ich war kein einfacher Teenager gewesen. Hatte mich mit meinen Freunden bis spät abends draußen rumgetrieben, heimlich geraucht und getrunken. Meine Eltern hatten mir die rebellische Phase erstaunliche zwei Jahre lang durchgehen lassen, bis sie mich an meinem achtzehnten Geburtstag vor die Wahl gestellt hatten: Entweder ich schrieb bessere Noten und trat nach meinem Abschluss das Jurastudium an, oder es wäre vorbei mit der finanziellen Unterstützung und damit auch mit meinem eigenen Apartment. Ich wäre komplett auf mich allein gestellt gewesen, und jede Chance, in Dads Fußstapfen zu treten, dahin. So verlockend das kurz gewirkt hatte, so sehr hatte mich die Vorstellung auch abgeschreckt, dann endgültig bei meinen Eltern in Ungnade zu fallen und komplett selbstständig sein zu müssen.

»Tut mir leid«, murmelte ich, ohne es ernst zu meinen. Was hatte ich auch erwartet? Dass es dieses Mal anders laufen würde? Das tat es nie. »Ehrlich gesagt will ich auch gar nicht länger bleiben. Ich bin müde und habe morgen einiges zu lernen.« Ohne eine Antwort abzuwarten, erhob ich mich. Das hätte ich schon viel früher tun sollen.

»Warte, du hast deinen Nachtisch noch nicht mal aufgegessen.« Mum folgte mir, als ich das Esszimmer verließ. Sie war im Vergleich zu Dad noch eher darum bemüht, so etwas wie Harmonie zwischen uns herzustellen, doch wann immer Konflikte auftraten, stellte sie sich auf seine Seite.

»Mir ist der Appetit vergangen«, sagte ich darum nur und durchquerte das gigantisch große Wohnzimmer, das mit seinen hellen Designerstücken direkt aus einem geschmacklosen Magazin für Inneneinrichtung hätte entsprungen sein können.

»Weston, bitte warte.«

Seufzend drehte ich mich noch einmal zu Mum um.

»Ich weiß, dass du hart arbeitest und wir viel von dir erwarten, aber wir wollen nur dein Bestes«, sagte sie mit ungewohnt sanftem Tonfall. »Rückblickend hätte ich mir gewünscht, meine Eltern hätten mich auch manchmal mehr angetrieben.«

Ich presste die Lippen aufeinander und zwang mich zu nicken.

»Ich weiß«, erwiderte ich. Alles in mir wollte jetzt nur noch hier raus.

»Dann ist ja gut.« Sie strich sich über ihre Bluse, die sie zu einer schwarzen Bundfaltenhose trug. Ihr Outfit war genau wie Dads immer modern und chic. Makellos wie ihr roter Lippenstift, den sie, seit ich mich erinnern konnte, täglich trug und der nie auch nur ein bisschen verrutschte.

Rose und ich mussten unsere Eltern mit unserer Klamottenwahl regelmäßig in den Wahnsinn treiben, dabei zogen wir uns an wie der Rest von Schottland.

Bevor ich noch irgendetwas sagte, was ich später bereuen würde, verabschiedete ich mich von Mum und verließ mit schnellen Schritten das Haus. An der frischen Luft atmete ich tief ein. Seit Stunden pochte es hinter meiner Stirn, und auf noch heftigere Kopfschmerzen konnte ich gut verzichten. Ein Blick auf die Uhr sagte mir, dass es erst kurz nach acht war, doch ich fühlte mich gerädert wie nach einer Lernsession mit Liz. Ob es an den Gesprächen mit Dad und Mum lag, die mich jedes Mal mehr Energie kosteten, als sie sollten, oder an meinen kurzen Nächten in letzter Zeit, konnte ich nicht sagen.

Während ich auf den Bus wartete, wanderten meine Gedanken zu Maisie. Wie sie ihren Tag wohl verbracht hatte? Sicherlich nicht mit öden Büchern in der Bibliothek oder einem steifen Familienessen. Wenn sie mit ihrer Schwester oder ihrer Tante zusammen war, wurde bestimmt herzlich gelacht. Und auf einen Verhaltenskodex aus dem letzten Jahrhundert verzichtet.

Einem spontanen Impuls folgend, holte ich mein Handy aus der Tasche und rief sie an. Maisie ging nach dem vierten Klingeln dran.

»Ja?«, fragte sie zögerlich.

Bei dem Klang ihrer Stimme wurde mir ganz warm. »Hi. Wie geht's dir? Wie war dein Tag?«, fragte ich, als der Bus quietschend vor mir hielt.

»Du rufst mich an, weil du wissen willst, wie mein Tag war?«, wiederholte sie ungläubig.

»Nein, ich rufe dich an, weil du mir nicht mehr aus dem Kopf gehst und ich deine Stimme hören will.« Ich stieg ein und setzte mich auf einen Sitzplatz weiter hinten. Bis auf ein paar wenige andere Passagiere war der Bus ohnehin leer.

»Oh.« Ich könnte schwören, dass ich sie lächeln hörte.

»Also?«, fragte ich.

»Also was?«

»Wie war dein Tag?«, wiederholte ich.

Sie lachte leise. »Gut, aber du glaubst nicht, was dein werter Neffe heute angestellt hat.«

»Erzähl mir mehr.«

»Sicher? Du willst irgendwelche Kindergartengeschichten hören?«

Nach den letzten Stunden wollte ich nichts lieber als das. »Ganz sicher.«

»Na schön. Aber beschwer dich hinterher nicht«, sagte sie amüsiert und berichtete, wie Teddy einem anderen Kind das Gesicht mit Wasserfarben vollgemalt hatte, statt des Papieres vor ihm auf dem Tisch.

Ich unterdrückte ein Grinsen. Das war typisch Teddy, und ich wollte mir gar nicht vorstellen, wie Rose darauf reagiert hatte. Doch als Maisie erzählte, wie eines der Kinder kurz darauf mit einem Edding aus dem Büro das Gesicht eines anderen Kindes angemalt hatte, prustete ich los. Zum Glück war ich gerade aus dem Bus gestiegen und bei meinem Apartment angekommen. Gesichter anzumalen, schien bei den Kids jedenfalls sehr angesagt zu sein. Die Eltern mussten einen halben Herzinfarkt gehabt haben, als sie es wieder abholten. Mit einem gekühlten Mineralwasser ließ ich mich auf die Couch fallen und lauschte weiter Maisies Schilderungen. Als sie dabei leise lachte, presste ich das Telefon ein Stückchen enger an mein Ohr. Ich mochte das Geräusch. Oder wenn sie so voller Begeisterung von ihrer Arbeit erzählte.

Als sie sich von mir verabschiedete und auflegte, weil ihre Tante etwas von ihr wollte, starrte ich eine geschlagene Minute auf mein Handy, ohne mich zu rühren.

Meine Kopfschmerzen waren verschwunden – genauso wie die Anspannung, die ich seit heute Morgen mit mir herumschleppte. Verdammt. Ich saß so was von in der Scheiße. Die Chance, die Sache mit Maisie zu beenden, bevor jemand enttäuscht wurde, sank gerade gegen null. Niemals würde ich es schaffen, mich von ihr fernzuhalten. Nicht wenn sie mir mit einem einzigen Telefonat den Tag rettete.

Keine Ahnung, was es war, das mich zu ihr hinzog. Sie war hübsch, aber nicht attraktiver als die Frauen, mit denen ich mich in den letzten Jahren getroffen hatte. Doch irgendetwas an Maisie brachte mich dazu, meinen Vorsatz, mich während des Studiums nicht ablenken zu lassen, in den Wind zu schießen. Vielleicht lag es an ihrer Art, mit wenigen Worten unglaublich viel zu sagen. Oder daran, dass sie, wenn sie mich anschaute, scheinbar mühelos hinter meine Fassade blickte.

Als brummend eine neue Nachricht auf meinem Handy eintrudelte, zuckte ich zusammen.

Bist du morgen Nachmittag nach der letzten Vorlesung bei einer Lernsession in der Bib dabei?

Liz' Nachricht katapultierte mich schlagartig zurück in die Realität. In eine Realität, in der Treffen mit Maisie und Besuche bei Rose oder Raymond nur drin waren, wenn ich die nächsten Prüfungen nicht in den Sand setzte. Bei dem Gedanken kehrten prompt die Kopfschmerzen zurück.

Seufzend erhob ich mich und setzte mich an den Schreibtisch. Während ich mich durch einen Foliensatz aus der Vorlesung über Verfassungsprozessrecht quälte, fiel mir das Gespräch mit Harris wieder ein. Dass er zu Pillen griff, die höchstwahrscheinlich rezeptpflichtig waren und mit denen gehandelt wurde wie mit Drogen, war idiotisch. Trotzdem verstand ich allmählich, warum das Zeug unter Jurastudenten so beliebt war. Die Dozenten waren wahnsinnig, wenn sie glaubten, dass wir den Stoff leicht bewältigen konnten.

17. KAPITEL

Maisie

Der Geruch von frisch gekochtem Kaffee und süßem Gebäck schlug mir entgegen, als ich die Tür zum *Daydream* aufstieß, das heute ziemlich gut besucht war. Mit einem zufriedenen Seufzer setzte ich mich an einen Platz am Fenster. Genau das brauchte ich jetzt. Zeit für mich, mit einem Hauch von Stimmengewirr und Caféatmosphäre um mich herum. Der perfekte freie Tag.

Ich bestellte mir einen Chai Latte und öffnete mein Notizbuch. Brian hatte uns eine neue Aufgabe mitgegeben, und ich wollte den Text bis zum nächsten Treffen fertig haben. Wir sollten über das Thema Natur schreiben und was wir damit verbanden. Eine leichte Aufgabe. Ich brauchte nur die Augen zu schließen, um mich an die Ausflüge mit Charlotte an den Strand zu erinnern. Nirgendwo sonst fühlte ich mich so frei und grenzenlos wie am Meer.

Meine Hand zuckte, und ich beeilte mich, die Worte festzuhalten, die mir durch den Kopf schossen. Vertieft in meinen Text schaute ich erst auf, als ich das letzte Wort geschrieben hatte und mein Getränk längst kalt war.

»Ich sehe schon, diesmal hat dir niemand deinen Lieblingsplatz geklaut.«

Ruckartig wandte ich mich der vertrauten Stimme zu. Weston stand grinsend vor mir, die Hände in den Hosentaschen vergraben. Er trug ein dunkelblaues Hemd, was ihn ungewohnt chic aussehen ließ. Vermutlich kam er direkt von der Uni und passte sich dort dem Look der anderen Studenten an. Auch wenn ich den gewohnten Pulli an ihm vermisste, machte mein Herz bei seinem Anblick einen kleinen Hüpfer. Ob mein Körper irgendwann weniger aufgeregt auf ihn reagieren würde? In meinem Magen setzte das mir inzwischen vertraute Flattern ein, gefolgt von einem Ziehen, das ich nicht richtig deuten konnte. War es Vorfreude? Sehnsucht? Angst, dass Weston unseren Kuss bereute?

Seit unserem Date letzte Woche bei ihm zu Hause hatten wir uns nicht mehr gesehen und abgesehen von dem Telefonat gestern auch nicht gehört. Ich wusste, dass Weston viel für die Uni tun musste, dennoch hätte ich mir ein, zwei Nachrichten mehr gewünscht.

»Darf ich mich setzen?«, fragte er beinahe vorsichtig und sah mich abwartend an.

Ertappt nickte ich. Ich hatte ihn sicher eine halbe Minute lang wortlos angestarrt. Wieder einmal. »Klar«, sagte ich betont locker, doch das Kratzen in meiner Stimme verriet mich.

Er lachte leise und trat einen Schritt auf mich zu.

Sofort zog sich mein Innerstes zusammen. Himmel, würde das jetzt immer so sein? Er war in der Nähe, und mein Körper spielte verrückt?

Ohne mich aus den Augen zu lassen, beugte Weston sich zu mir herunter. Ich hielt den Atem an, als seine Lippen meine Wange berührten, wo er mich sanft küsste. »Schön, dich zu sehen«, raunte er mir ins Ohr, bevor er sich viel zu schnell zurückzog und sich auf den Stuhl mir gegenüber fallen ließ. »Hast du geschrieben?« Er deutete auf das Notizbuch vor mir auf dem Tisch.

Hastig klappte ich es zu. »Ja, wir hatten eine Hausaufgabe von Brian, dem Leiter der Schreibgruppe.«

»Cool. Wann darf ich denn mal einen deiner Texte hören?«

Ich wich seinem Blick aus und heftete ihn auf meine Chai Latte. »Irgendwann«, murmelte ich. Nicht einmal Amelia oder Jasper kannten meine Texte. Sie in der Schreibwerkstatt vorzutragen, war etwas anderes. Brian betonte immer wieder, dass es bei unseren Vorträgen kein Richtig oder Falsch gab und wir die Angst, nicht gut genug zu sein, überwinden mussten. Die anderen kämpften dort mit denselben Unsicherheiten wie ich auch und verstanden, was mir das Schreiben bedeutete. Ich fühlte mich sicher, wenn ich vor ihnen stand. Sie kannten mich nicht gut genug, um zu viele Schlüsse zu ziehen. Im Gegensatz zu Amelia, Charlotte oder Bree. Auch wenn sie mich mit Sicherheit unterstützen würden, erfüllte mich der Gedanke, sie meine Texte lesen zu lassen, momentan noch mit Panik.

»Es eilt ja nicht«, erwiderte Weston freundlich, doch mir entging der wachsame Blick in seinen Augen nicht.

»Wie war deine Woche?«, wechselte ich das Thema. »Und was machst du hier?« Er hatte mich gestern vor allem nach meinem Tag im Kindergarten ausgefragt und verdächtig wenig von sich erzählt. Ich hatte das durchgehen lassen, weil er irgendwie angespannt geklungen hatte, aber entgangen war es mir nicht.

Es war seltsam, jetzt mit ihm im Café zu sitzen und zu plaudern, nachdem ich ihn eine Woche zuvor noch auf seiner Couch geküsst hatte. Oder vielmehr er mich.

»Frag nicht.« Weston lehnte sich seufzend in seinem Stuhl zurück. Erst jetzt fielen mir die dunklen Schatten unter seinen Augen auf.

»Dein Studium verlangt dir ziemlich viel ab, oder?«, fragte ich vorsichtig nach.

Er schnaubte. »Das kann man so sagen. Studiere niemals Jura, wenn du dir ein bisschen Freiheit bewahren willst.«

»Glaub mir, das habe ich nicht vor«, antwortete ich und realisierte zu spät, wie verletzend mein Tonfall klingen könnte. »Sorry, ich meinte nicht, dass das grundsätzlich ein schlechter Studiengang ist oder ich etwas gegen Anwälte hätte. Nicht alle vertreten Idioten wie Ralph Cordon oder wie der Typ heißt, von dem Bree erzählt hat. Der denkt wohl, seine Jacht wäre wichtiger als Kindergärten und Schulen.« Die Worte blubberten in einer viel zu schnellen Geschwindigkeit aus meinem Mund. Was redete ich denn da? »Ich meine nur, dass du sicher mal ein toller Anwalt wirst, der Gutes bewirkt«, schloss ich verlegen.

Weston schaute mich ausdruckslos an. Kurz flackerte etwas in seinen Augen auf, was wie Schmerz aussah, doch es verschwand schnell wieder. »Du hast recht«, sagte er leise und senkte den Blick. Warum nur hatte ich plötzlich das Gefühl, etwas Entscheidendes verpasst zu haben?

»Hast du heute zumindest frei?«, hakte ich nach, in der Hoffnung, den finsteren Ausdruck auf seinem Gesicht vertreiben zu können. Was auch immer für Gedanken durch seinen Kopf geisterten, es waren keine leichten.

»Wie man es nimmt«, antwortete er schulterzuckend. »Eigentlich müsste ich lernen, aber ich habe eine Pause gebraucht und gehofft, dich hier zu sehen.« Ein Lächeln zupfte an seinen Mundwinkeln. Als er wieder aufsah, war das Blau in seinen Augen nicht länger dunkel.

Ein warmes Gefühl stieg in mir auf. »Du hast Glück. Ich bin mit meinem Text gerade fertig geworden.« Nicht dass ich den für Weston nicht sowieso unterbrochen hätte, aber das brauchte ich ihm ja nicht auf die Nase zu binden.

»Sehr gut, dann passt das ja perfekt. Dann können wir ja direkt etwas zusammen unternehmen.« Er legte nachdenklich den Kopf schief. »Hast du für heute noch irgendwelche Pläne?«

»Du meinst, abgesehen von einem Abend auf der Couch im Pyjama?« Lachend schüttelte ich den Kopf. »Nein.«

»Du gehörst nicht gerade zu den Partygängern, was?«

Sofort wurde ich ernster. »Nein«, sagte ich zögerlich.

Falls Weston sich fragte, warum ich nicht unternehmungslustiger war, hatte ich keine Antwort parat. Ich erinnerte mich noch zu gut an unsere erste Begegnung auf dem Spielplatz. Anders als ich ging er scheinbar öfter mit Freunden aus.

»Hm«, machte er und sah mich nachdenklich an. »Ist auf der Couch noch Platz für einen weiteren Pyjamaträger?«

Verblüfft sah ich ihn an. »Meinst du das ernst?« Damit hatte ich nicht gerechnet.

»Na ja, für mich klingt das nach einem ziemlich guten Abendprogramm.«

»Das meinte ich nicht. Du besitzt einen Pyjama?« Bei der Vorstellung von Weston in einem Schlafanzug konnte ich mir nur mit Mühe ein lautes Lachen verkneifen.

»Ähm, ich besitze eine Jogginghose, das zählt auch, oder?«

Ich schüttelte den Kopf. »Absolut nicht.«

»Verdammt. Darf ich dir trotzdem Gesellschaft leisten?«

Kurz zögerte ich. Es war Freitagabend, was bedeutete, dass Charlotte sich vermutlich mit Freunden traf. Trotzdem konnte ich nicht sicher sein, dass sie sich nicht ebenfalls im Wohnzimmer aufhalten würde, und mein Zimmer kam nicht infrage. Es war winzig im Vergleich zu Westons Wohnung und hatte kein Sofa. Nur mein Bett.

»Bei mir ist nicht viel Platz«, erwiderte ich langsam.

»Du könntest auch wieder zu mir kommen. Ich will mich ja nicht zu weit aus dem Fenster lehnen, aber du hast das letzte Mal den Eindruck gemacht, als würdest du meine Couch sehr mögen.« Verschmitzt zwinkerte er mir zu.

»Bilde dir bloß nichts darauf ein«, sagte ich, konnte mir ein Schmunzeln aber nicht verkneifen.

»Was? Auf dein leises Seufzen, als ich dich geküsst habe, oder auf deinen wehmütigen Blick, als du gegangen bist?«

Sprachlos starrte ich ihn an. »Du bist … das ist …« Kopfschüttelnd verschränkte ich die Arme und ignorierte den wohligen Schauer, den Westons tiefes Lachen auslöste, mit aller Macht.

»Unmöglich? Unverschämt? Verdammt eingebildet?« Herausfordernd funkelte er mich an.

»So ungefähr«, brummte ich, konnte ein Grinsen aber nicht länger zurückhalten.

»Also, bist du so weit?«, fragte er und stand auf.

Ich nickte, zahlte am Tresen und verließ zusammen mit Weston das Café.

»Ich muss noch kurz meinen Onkel anrufen und ihm sagen, dass ich es heute nicht mehr schaffe, bei ihm in der Werkstatt vorbeizuschauen«, sagte Weston.

»Ich will dich nicht von einem Besuch bei ihm abhalten«, widersprach ich sofort.

»Quatsch, ich kann auch wann anders hinfahren, es sei denn …« Weston warf mir einen schnellen Seitenblick zu. Kurz schien er mit sich zu ringen, dann sah er mich an. »Willst du mitkommen?«

»Zu deinem Onkel?«, fragte ich überrascht.

»Keine Sorge, er ist kein reicher Schnösel oder so. Er wird dich also weder mit Fragen überfallen, noch ein bestimmtes Verhalten erwarten. Meistens redet er nicht besonders viel.«

Der letzte Satz überzeugte mich. »Klingt sympathisch. Ich würde gern mitkommen.«

Die Erinnerung, wie Weston auf meine Frage nach seinen Möbeln mit unverkennbarem Stolz reagiert hatte, machte mich neugierig auf die Werkstatt. Es war offensichtlich, dass Weston deutlich mehr Leidenschaft für dieses Hobby empfand als für sein Studium.

Kurze Zeit später saßen wir in Westons Auto und fuhren aus der Stadt raus. Die ersten Minuten war ich wie immer angespannt gewesen, aber nachdem ich mich auf meine Atmung konzentriert und gemerkt hatte, wie sicher Weston fuhr, war die Nervosität verschwunden.

Ich lehnte den Kopf zurück und blickte aus dem Fenster. Weiße Wolken zogen am Himmel vorbei, der heute in einem hellen Blau strahlte. Aus dem Lautsprecher plätscherte Simon & Garfunkels *Sound of Silence*, eines meiner absoluten Lieblingslieder. Charlotte hatte mir irgendwann erzählt, dass Dad den Song ebenfalls geliebt hatte. Seither machte er mich jedes Mal glücklich und traurig zugleich. In Momenten wie diesen fragte ich mich, wo meine Eltern jetzt wären. Was sie zu mir gesagt hätten, wenn sie noch hier wären. Hätte Dad Weston kennenlernen wollen, bevor er mich in seinen Wagen steigen ließ? Hätte er ihn gewarnt, niemals das Herz seiner Tochter zu brechen?

In meiner Vorstellung war es Mum, die mich ermutigte, meinem Gefühl zu vertrauen. Sie war es, die mich im Nachhinein fragen würde, was Weston in mir auslöste und warum ich ihm vertraute. Sie war es auch, die Dad beruhigte, der die Meinung vertrat, dass niemand jemals gut genug für mich war.

Ich merkte erst, dass ich weinte, als eine Träne von meinem Kinn tropfte. Hastig wischte ich sie weg und schielte unauffällig zu Weston. Er warf mir einen schnellen Seitenblick zu, konzentrierte sich dann aber sofort wieder auf die Straße. Gerade als ich dachte, er hätte meine Traurigkeit doch nicht bemerkt oder beschlossen, sie nicht zu beachten, streckte er eine Hand aus und drückte sanft mein Bein, bevor er sie zurück ans Lenkrad legte. Die kleine Geste reichte aus, um mich ein bisschen weniger allein zu fühlen. Dankbar, dass er es ansonsten dabei beließ und nicht nachbohrte, schaute ich wieder aus dem Fenster. Ich wollte nicht darüber reden und dieses Fass aufmachen, das mir manchmal bodenlos vorkam. Die Trauer um meine Eltern lag tief in mir vergraben. Seit ich denken konnte, trug ich sie mit mir herum – und das würde ich auch noch mein Leben lang tun. Im Grunde hatte ich meine Eltern kaum gekannt. Trotzdem gab es Tage, an denen ich sie vermisste. Tage, an denen ich an der Ungerechtigkeit, ohne sie aufwachsen zu müssen, fast verzweifelte. Darüber zu sprechen, half mir manchmal, aber meist wählte ich lieber die Ablenkung.

Schnell verdrängte ich die Gedanken an meine Eltern und konzentrierte mich auf das Hier und Jetzt. Weston bog gerade um eine Ecke, und wenige Augenblicke später parkte er das Auto vor einem älteren Haus.

Es gefiel mir auf Anhieb. Sowohl die bunt bemalten Fensterläden als auch der verwilderte Garten machten einen beinahe romantischen Eindruck. Ich hatte schon immer ein Faible für alte Gebäude gehabt. Sie waren tausendmal interessanter als irgendwelche modernen Wohnungen mit perfekter weißer Fassade ohne Vergangenheit.

»Raymond ist vermutlich in der Werkstatt. Ich habe ihm zwar geschrieben, aber wie ich ihn kenne, ist er so in die Arbeit vertieft, dass er es noch nicht gesehen hat. Keine Sorge, er wird sich über den Besuch bestimmt freuen.« Aufmunternd lächelte Weston mir zu, stieg aus dem Auto und lief auf ein kleines Gebäude einige Meter neben dem anderen Haus zu.

Zögernd folgte ich ihm. Wie würde er meine Anwesenheit erklären? Wir hatten bisher nicht über den Kuss geredet. Oder darüber, was das zwischen uns eigentlich bedeutete. Für mich wurde Weston mit jedem Treffen mehr zu einem Freund. Aber was wir darüber hinaus waren, wusste ich nicht. Es wäre gelogen, zu behaupten, ich hätte ein nur rein freundschaftliches Interesse an ihm. Dafür erinnerte ich mich viel zu gut daran, wie sich seine Lippen auf meinen angefühlt hatten. Bei dem Gedanken kehrte reflexartig das Kribbeln in meinem Bauch zurück, aber ich versuchte, es zu ignorieren. Ich hatte nicht vor, mit einem hormonvernebelten Gehirn Westons Onkel gegenüberzutreten. Mein Gefühl sagte mir nämlich, dass er zu den Menschen gehörte, die einen sofort durchschauten. So war es meistens bei den Leuten, die nicht viel sagten und dafür umso mehr beobachteten.

Kurz vor der Werkstatt blieb ich stehen. Zweifel packten mich, und ich fragte mich, ob die Idee, mit Weston hierherzukommen, nicht doch ein riesiger Fehler war.

»Soll ich uns kurz ankündigen?« Weston hatte meine Unsicherheit natürlich bemerkt.

Ich atmete erleichtert auf. »Das wäre nett.«

Er nickte, trat auf mich zu und drückte im Vorbeigehen kurz meine Hand. »Mach dir keine Sorgen«, sagte er. »Raymond wird dich mögen.« Dann verschwand er in der Werkstatt.

Während ich darauf wartete, dass er zurückkam, antwortete ich Amelia auf ihre Frage, ob wir später noch telefonieren wollten, dass ich noch nicht wusste, wann ich Zeit hatte. Den Grund dafür verschwieg ich, aber nur, weil ich ihr persönlich davon erzählen wollte.

»So. Alles wie erwartet – Raymond freut sich, dich kennenzulernen.« Weston tauchte vor mir auf, und ich steckte das Handy wieder in meine Tasche, als er mir seine Hand hinhielt.

Ich ergriff sie, wild entschlossen, den restlichen Tag zu genießen und mich nicht länger von meiner Unsicherheit leiten zu lassen. »Was hast du ihm gesagt, wer ich bin?«, fragte ich.

»Eine Freundin, die ich zufällig über Teddys Kindergarten kennengelernt habe«, erwiderte Weston. »Ist das okay?«

»Das ist sehr okay.«

Weston ließ meine Hand erst los, als wir in der Mitte der Werkstatt standen. Mit großen Augen schaute ich mich um. Werkbänke mit verschiedenen Werkzeugen und Maschinen standen in den lichtdurchfluteten Räumen. Es roch nach Leim und Holz, und ein Blick zu Weston genügte, um zu wissen, wie sehr er diesen Geruch liebte.

Ein groß gewachsener, schlanker Mann kam aus dem hinteren Teil der Werkstatt auf uns zu. In seinen blauen Augen lag aufrichtiges Interesse, aber auch eine Vorsicht, die ich nur zu gut verstehen konnte. Sein Händedruck war fest, doch als ich ihn erwiderte, lächelte er.

»Hi, ich bin Raymond, Westons Onkel.«

»Maisie.«

»Freut mich. Weston bringt nie jemanden hierher.« Neugierig musterte Raymond mich.

»Ähm …«

»Hör auf, sie in Verlegenheit zu bringen«, rettete Weston mich.

»Na schön, hast du Kraft in den Armen?« Raymonds Blick huschte zu meiner mintgrünen Bluse, die mit weißen Federn bestickt war. Nicht gerade das beste Arbeitsoutfit, aber als ich mich auf dem Weg ins Café gemacht hatte, hatte ich nicht damit gerechnet, später in einer Schreinerwerkstatt zu landen.

»Klar«, erwiderte ich. »Also zumindest bei leichteren Sachen kann ich gern mit anpacken.«

»Super, ich habe eine neue Lieferung Holz. Wenn ihr zu zweit zusammenhelft, solltenwir in einer Stunde fertig sein.«

»Du musst das nicht machen«, sagte Weston zu mir und warf seinem Onkel einen erbosten Blick zu, woraufhin der nur die Hände hob.

»Du weißt, wie das hier läuft, Wes. Erst die Arbeit, dann das Vergnügen. Deine Freundin sieht aus, als hätte sie damit kein Problem.«

»Habe ich auch nicht«, versicherte ich, und diesmal war ich es, die Weston einen bösen Blick zuwarf.

»Du hast sie gehört, danach gibt's auch Tee und Kekse, versprochen.« Raymond zwinkerte mir zu, und in dem Moment glaubte ich, in ihm eine gewisse Ähnlichkeit mit Weston zu erkennen.

»Soll ich dir zumindest ein Arbeitsshirt organisieren? In Raymonds Haus müssten noch alte T-Shirts von mir rumliegen. Ich brauche sowieso auch noch eins.« Weston sah besorgt auf meine Bluse.

»Das wäre nett, danke.«

Weston nickte. »Okay, ich bin gleich zurück.«

Kurz sah ich ihm nach, wie er zum Haus hinüberging, ehe ich mich unschlüssig umsah. Raymond war wieder im hinteren Teil der Werkstatt verschwunden, weshalb ich die Gelegenheit nutzte und mein Handy aus der Tasche holte. Seit ein paar Minuten geisterten mir ein paar Stichworte durch den Kopf, die ich unbedingt aufschreiben wollte.

Als Weston ein paar Minuten später zurückkehrte, zog ich kurzerhand das große T-Shirt über die Bluse und krempelte die Ärmel hoch. Dann durchquerten wir die Werkstatt und verließen sie durch eine Tür auf der anderen Seite. Davor stand ein Anhänger, in dem sich verschiedene Holzplatten stapelten.

»Ich fasse es nicht, dass er dich Holz schleppen lässt«, sagte Weston kopfschüttelnd.

»Also, ich mag deinen Onkel.« Dass er mich direkt fragte, ob ich mithalf und mich nicht mit Samthandschuhen oder aufgesetzter Höflichkeit behandelte, gefiel mir. Leute, die gleich auf den Punkt kamen, waren mir schon immer sympathisch gewesen.

»Das war irgendwie klar.« Ein Lächeln huschte über sein Gesicht, als er mir ein Paar Handschuhe zuwarf.

In der nächsten Stunde trugen wir eine Platte nach der anderen in die Werkstatt. Meine Hände schmerzten bereits nach wenigen

Minuten, doch ich beschwerte mich nicht. Es war Weston anzusehen, wie sehr er es genoss, hier zu sein. Jegliche Anspannung war aus seinem Gesicht verschwunden, und die Art, wie er und Raymond miteinander umgingen, rührte etwas in mir. Als Weston nach einer Platte Holz griff, die eine Spur zu schwer für mich war, eilte Raymond wortlos zu ihm, um zu helfen. Gemeinsam schleppten sie das Holz in die Werkstatt, und Raymond nickte Weston anerkennend zu, bevor er eine der Holzplatten mit einer Säge bearbeitete und uns wieder allein weitermachen ließ. Das zufriedene Lächeln, das auf Westons Lippen lag, sprach Bände. Auch wenn Raymond nur sein Onkel war, wirkten sie vielmehr wie Vater und Sohn. Sie schienen sich ohne Worte zu verstehen und ähnelten sich in ihren Gesten vermutlich mehr, als Weston bewusst war. Wieder einmal fragte ich mich, warum Weston Jura studierte und ob es ihn wirklich glücklich machte. Bisher hatten seine Augen, wenn er über das Studium sprach, nämlich kein einziges Mal so geleuchtet, wie sie es jetzt taten.

Ich griff nach einer größeren Platte und wartete, bis Weston an der anderen Seite mit anpackte.

»Ist es wirklich okay für dich, dass wir helfen?«, fragte er, während wir uns in Bewegung setzten und die Werkstatt ansteuerten.

Ich nickte. »Ja, ist es. Ich bin vielleicht nicht sehr groß, aber deswegen noch lange nicht zimperlich.«

Weston lachte leise und warf mir einen Blick zu, in dem ich so etwas wie Zuneigung zu lesen glaubte. »Das war mir schon bei unserer ersten Begegnung bewusst, als du mich zur Schnecke gemacht hast, weil ich auf dem Spielplatz geschlafen habe. Da wusste ich sofort, dass in dir ein Feuer brennt, vor dem man sich besser in Acht nimmt.«

Nachdem wir das Holz neben den anderen Platten abgestellt hatten, pustete ich mir eine verschwitzte Haarsträhne aus der Stirn und musterte Weston unauffällig. Sein erster Eindruck von mir war ein ganz anderer gewesen als der, den die meisten Menschen hatten. Er hatte in mir nicht das zurückhaltende, schüchterne Mädchen gesehen, für das mich viele hielten. Vermutlich weil ich es bei ihm nicht gewesen war.

»Wenigstens weißt du, was gut für dich ist«, neckte ich ihn, was Weston auflachen ließ.

»Komm, wir haben es fast geschafft.«

Ich nickte und sah zu der Ladung Holz, die auf zwei Platten geschrumpft war. Raymond war in der Zwischenzeit ins Haus verschwunden, wahrscheinlich um Tee und Kekse für uns vorzubereiten.

Nachdem Weston und ich die letzten beiden Platten in die Werkstatt getragen hatten, gingen wir ebenfalls ins Haus, wo Weston ohne Umschweife aus seinem T-Shirt schlüpfte. Kurz blieb mein Blick an seinem nackten Oberkörper hängen – was ihm seinem wissenden Grinsen zufolge nicht entgangen war –, ehe er sich sein Hemd wieder anzog. Mit warmen Wangen zog ich ebenfalls das viel zu große Shirt aus und reichte es Weston.

Als wir ins Wohnzimmer traten, wartete Raymond dort tatsächlich schon mit den versprochenen Keksen auf uns. Verstohlen sah ich mich in dem chaotischen und zugleich gemütlichen Raum um. Raymond hatte auf einem Schaukelstuhl Platz genommen, während Weston sich auf die Couch fallen ließ. Ich sank neben ihn auf das weiche Polster und musterte die bunt angemalten Schränke und Regale an den Wänden. Die farbenfrohe Einrichtung gefiel mir – vor allem, weil nicht alles perfekt aufeinander abgestimmt war, sondern gewollt durcheinandergewürfelt und lebendig wirkte.

»Danke für eure Hilfe«, sagte Raymond und hielt mir die Schüssel mit den Keksen hin. »Bedien dich ruhig. Die hast du dir verdient.« Er lächelte mich freundlich an, und ich griff nach einem der Kekse, die zur Hälfte mit Schokolade überzogen waren.

In den nächsten Minuten wollte er mehr über meine Arbeit im Kindergarten und meine Pläne für die Zukunft wissen. Während mich genau solche Fragen oft nervten und unter Druck setzen, spürte ich bei Raymond vor allem ehrliches Interesse. Er hakte nicht nach, als ich sagte, dass ich noch nicht wüsste, wie lange ich im Kindergarten bleiben und was danach kommen würde. Er fragte nur, ob ich meine Arbeit gern machte. Das war der Moment, in dem ich ihn ins Herz schloss.

Viel zu schnell dämmerte es draußen, woraufhin wir uns verabschiedeten. Als Raymond mir versicherte, dass ich jederzeit wiederkommen dürfte, brachte mir das ein anerkennendes Nicken von Weston ein. Ich wurde das Gefühl nicht los, gerade eine wichtige Prüfung bestanden zu haben. Es war offensichtlich, wie viel Weston sein Onkel und dessen Meinung bedeuteten.

»Danke, dass du mich mitgenommen hast«, sagte ich, als wir auf dem Weg zurück nach Edinburgh waren.

»Und das trotz Schlepperei und verstaubter Klamotten?«

Ich zuckte mit den Schultern. »Das stört mich nicht. Raymond ist wirklich nett, außerdem wirkst du sehr entspannt, wenn du in der Werkstatt bist.«

Daraufhin erwiderte Weston nichts, doch der zufriedene Gesichtsausdruck sprach für sich.

Als ich mich zurücklehnte, drehte er das Radio auf. *Bad Habits* von Ed Sheeran erklang, und der fröhliche Popsong hätte nicht besser zu diesem Nachmittag passen können. Beim Refrain stieg Weston auf einmal mit ein, was mir ein lautes Lachen entlockte. Am liebsten hätte ich den Moment angehalten, um noch länger darin zu verweilen, doch schon wenige Minuten später parkte Weston den Wagen vor seinem Apartment.

»Das war ein wirklich schöner Nachmittag«, brach ich die plötzliche Stille.

»Sag das nicht«, bat Weston mich.

»Was meinst du?«

»Dass es schön *war*. Der Tag ist nämlich noch nicht vorbei. Zumindest wenn es nach mir geht …« Mit diesen Worten stieg Weston aus dem Auto, um einmal drum herum zu laufen und mir die Tür zu öffnen.

Schlagartig kehrte die Aufregung zurück. Und mit ihr das vorfreudige Kribbeln. Ohne zu zögern, ergriff ich Westons ausgestreckte Hand und folgte ihm in seine Wohnung.

18. KAPITEL

Maisie

»Ich gebe zu, dass ich mehrmals kurz davor war, die Bücher zu lesen, aber letztendlich hat mich die alte Sprache abgeschreckt. Bei den Filmen habe ich auch nur den ersten gesehen. Schätze, Fantasy ist nicht so wirklich mein Genre.«

Gespielt erschrocken riss ich die Augen auf. »Du willst mir ernsthaft sagen, dass du weder *Friends* noch *Herr der Ringe* gesehen hast? Ich bin entsetzt.«

»Du kannst sagen, was du willst«, erwiderte Weston schmunzelnd, »aber du sitzt trotzdem hier mit mir auf der Couch. So schlimm kann es also nicht sein.«

Kopfschüttelnd sah ich ihn an. Unsere Beine berührten sich, genauso wie unsere Arme, und ich hatte es schon vor einer Weile aufgegeben, so zu tun, als würde ich die Nähe nicht genießen. Mein Körper kribbelte überall, wo ich seine Haut auf meiner spürte, ein Gefühl, an das ich mich durchaus gewöhnen könnte. Ebenso wie daran, ein Hemd von Weston zu tragen. Er hatte es mir vor ein paar Minuten gegeben, da meine Bluse trotz des Arbeitsshirts von der Holzschlepperei etwas verstaubt war. Dass mir dadurch sein Geruch noch deutlicher in der Nase hing, machte es allerdings nicht gerade leichter, mich auf unser Gespräch zu konzentrieren.

»Es ist schlimm«, widersprach ich. »Sogar sehr schlimm. Aber immerhin tun wir etwas gegen die *Friends*-Sache. Das ist der einzige Grund, warum ich überhaupt hier sitze.«

»Ach ja?« Weston beugte sich in meine Richtung. So nah, dass ich seinen Atem an meiner Wange spürte.

Langsam wandte ich mich ihm zu, bis unsere Münder sich fast trafen. Er kam noch näher, verringerte die Distanz, bis seine Lippen sanft über meine strichen. Mein Atem stockte, und tief in mir erwachte etwas zum Leben, was sich nichts sehnlicher wünschte, als dass er mich an sich zog, seine Hände in meinen Haaren vergrub und mich nie wieder losließ.

Stattdessen löste er sich jedoch und schaute zurück auf den Bildschirm, als wäre nichts passiert. Mistkerl.

»Der einzige Grund also, ja?«, fragte er nach ein paar Sekunden.

Mein Herz trommelte wie verrückt, aber ich schaffte es wie durch ein Wunder, meine Stimme normal klingen zu lassen. »Vielleicht nicht ganz der einzige«, räumte ich ein. »Diese Couch ist auch sehr bequem, und dein Bildschirm etwa fünfmal so groß wie meiner.«

»Du bist unmöglich.« Wie aus dem Nichts packte Weston mich und begann, mich erbarmungslos zu kitzeln.

Ich schrie auf, trat und schlug um mich, doch ich hatte keine Chance. »Aufhören«, japste ich zwischen Lachen und verzweifeltem Luftholen.

»Nur wenn du zugibst, dass es noch einen anderen Grund gibt, warum du hier bist.«

»Dein Balkon«, stieß ich hervor.

»Das war ein Fehler.« Weston startete die nächste Attacke, und kurz darauf wand ich mich unter ihm.

»Okay, okay!«, rief ich. »Es gibt noch einen anderen Grund.«

Sofort ließ er von mir ab. Ich lag mit dem Rücken auf der Couch, Weston kniete über mir.

»Und der wäre?«, fragte er mit einem frechen Grinsen.

»Ich verbringe gern Zeit mit dir. Zufrieden?«

Das Lächeln verschwand. Ein dunkles Funkeln trat in seine Augen, und als er diesmal die Hand nach mir ausstreckte, war seine Berührung sanft. Quälend langsam wanderten seine Finger an meiner Seite nach oben, bis sie mein Gesicht erreichten. Zärtlich strich er eine Strähne hinter mein Ohr. Unwillkürlich hielt ich den Atem an, und die Luft zwischen uns veränderte sich. Weston fuhr mit seinem Daumen über meine Lippen, was einen angenehmen Schauer in mir auslöste.

»Ich verbringe auch gern Zeit mit dir, Maisie.«

Seine Worte legten sich um mich wie eine feste Umarmung, aus der ich nie wieder entlassen werden wollte. Das Einzige, was besser war, war eine tatsächliche Umarmung.

Mit einem Ruck richtete ich mich auf und drückte ihn sanft, aber bestimmt, zurück. In der Vergangenheit war nie ich diejenige gewesen, die den ersten Schritt machte. Die mutig und entschlossen handelte. Aber bei Weston war es anders. Bei ihm fühlte ich mich stark und selbstbewusst. Als gäbe es nichts, wofür ich mich schämen, nichts, was ich zurückhalten müsste.

Weston sank gegen die Rückenlehne der Couch, wobei ihm ein atemloses Keuchen entwich. Ermutigt von seiner Reaktion lehnte ich mich ihm entgegen. Er griff im selben Moment nach mir und hob mich auf seinen Schoß. Diesmal war ich es, die keuchte. Meine Hände wanderten zu seinem Nacken und vergruben sich in seinen dunklen Haaren. Unsere Blicke trafen sich, und plötzlich lag keine Sanftheit mehr in seinen Augen. Stattdessen blickte ich in einen tosenden Sturm.

Kaum eine Sekunde später presste Weston seinen Mund auf meinen. Er zog mich an sich, seine Hände lagen schwer auf meinen Hüften, während seine Zunge über meine Lippen glitt. Die unterschiedlichsten Gefühle rauschten durch mich hindurch. Verlangen mischte sich mit Aufregung und blendete alles andere aus. Ich verlor mich in dem Moment, in Westons Kuss und seinen Berührungen.

»Verdammt, Maisie«, murmelte er, als wir uns atemlos voneinander lösten. Ich lachte erstickt, meine Hände ruhten noch immer in seinem Nacken. »Du bringst mich noch um. Wie soll ich mich beherrschen, wenn du so was machst?« Er bewegte sich unruhig unter mir, sodass ich plötzlich genau spüren konnte, *wie* sehr er mich wollte.

»Das hast du schon mal gesagt, aber du musst dich nicht zurückhalten.« Ich wollte Weston. Daran hatte ich keine Zweifel mehr. In seiner Nähe fühlte ich mich wohl und bereit, mich fallen zu lassen.

»Doch, das muss ich. Du kennst mich noch nicht lange, du weißt nicht, was für ein Leben ich führe oder mal führen werde …«

»Was soll das denn heißen?« Verwirrt sah ich ihn an.

Er seufzte leise. »Ich mag dich, Maisie. Sehr. Und genau deshalb will ich das hier nicht vermasseln.«

»Verstehe.«

Enttäuschung machte sich in mir breit. Ohne ihn anzusehen,

rutschte ich von seinem Schoß und setzte mich wieder neben ihn auf die Couch. Es lief bereits die nächste Folge, doch das hätte mich kaum weniger interessieren können.

»Hey, das heißt nicht, dass ich dich nicht will.« Weston legte eine Hand unter mein Kinn und drehte es sanft in seine Richtung. »Ich mag dich mehr, als ich vielleicht sollte. Wenn du da bist, will ich in deiner Nähe sein, dich berühren und am liebsten nie wieder loslassen.«

»Aber?«, fragte ich.

»Aber wir sollten uns erst mal richtig kennenlernen. Ich will nicht, dass du dich auf mich einlässt und es hinterher bereust.«

Ich setzte an, um zu protestieren, überlegte es mir dann aber doch anders. Er hatte ja nicht ganz unrecht. »Okay.«

Mir fiel wieder unsere erste Begegnung ein. Hätte man mir damals gesagt, dass Weston sich heute wie ein Gentleman zurückziehen würde, hätte ich ungläubig gelacht.

Aber im Grunde hatte er recht. Es gab vieles, was wir noch nicht übereinander wussten. Er hatte keine Ahnung, dass ich nachts immer mal wieder aus Albträumen hochschreckte. Oder dass ich meine Eltern manchmal so sehr vermisste, dass ich glaubte, daran zu zerbrechen. Er wusste nicht, dass ich mich jahrelang anders gefühlt hatte und nur auf den Moment wartete, in dem er erkannte, dass ich nicht in seine Welt passte. Eine Welt, von der ich kaum etwas mitbekam. Denn auch Weston sprach über manche Dinge nicht. Das entging mir genauso wenig wie die Schatten unter seinen Augen oder der düstere Ausdruck, der sich ab und zu über sein Gesicht legte.

»Erzähl mir was«, sagte er und tastete mit seiner Hand nach meiner.

Ich verschränkte meine Finger mit seinen und rückte ein Stückchen näher, sodass unsere Arme und Schultern sich berührten. »Was willst du hören?«

»Irgendwas.«

»Okay.« Ich überlegte kurz. »Der Text, den ich heute geschrieben habe, handelt vom Meer. Davon, wie sehr ich es liebe, auf die blaue Weite zu blicken, Wind in meinen Haaren zu spüren und den Wellen zuzuhören, wie sie an den Strand schlagen.«

»Das klingt verdammt gut.«

Ich glaubte, Sehnsucht in Westons Stimme zu hören.

»Wann warst du das letzte Mal am Strand?«, fragte ich.

»Vor ein, zwei Jahren vielleicht? Ist auf jeden Fall eine Weile her. Ich komme viel zu selten aus der Stadt heraus. Es gibt immer etwas zu tun. In der vorlesungsfreien Zeit muss ich lernen, auf Teddy aufpassen oder Dad in seiner Kanzlei aushelfen.«

»Dein Vater ist auch Anwalt?«, platzte es unbedacht aus mir heraus.

Sofort versteifte Weston sich. »Ja. Er war es, der mich davon überzeugt hat, dieselbe Richtung einzuschlagen wie er.«

Das erklärte einiges. Ich hatte von Anfang an den Eindruck gehabt, dass Weston seinem Studium nicht besonders gern nachging. Am liebsten hätte ich nachgehakt, warum Weston Jura studierte, wenn es doch offensichtlich der Traum seines Vaters und nicht sein eigener war, doch der harte Ausdruck in seinem Blick hielt mit davon ab.

»Du bist dran«, sagte ich darum betont fröhlich.

»Womit?«

»Etwas zu erzählen.«

»Hm, lass mich überlegen.« Er löste seine Hand aus meiner und strich mit den Fingern wie beiläufig über mein Bein.

Ich erschauderte unter seiner Berührung und rückte noch ein Stück näher.

»Ich vermisse das Meer auch«, sagte er leise. »Und ich vermisse das Gefühl von Freiheit. Manchmal, wenn ich nachts nicht schlafen kann, spiele ich mit dem Gedanken, einfach ins Auto zu steigen und loszufahren. Egal wohin. Ans Meer oder in die Highlands. Hauptsache weg.«

Das konnte ich gut nachvollziehen. Mir ging es auch so, wenn Charlotte sich wieder Sorgen machte oder mich die Frage, ob das wirklich schon alles war, was das Leben für mich bereithielt, erdrückte. »Was hält dich davon ab?«

»Meine Familie. Das Studium.« Weston zuckte scheinbar gleichgültig mit den Schultern, doch ich durchschaute ihn sofort. Das Thema ging tiefer, als er zeigen wollte.

»Das versteh ich. Meine Schwester Amelia war jahrelang für mich da. Sie hat immer davon geträumt, mal aus der Stadt rauszukommen, aber sie hat sich für mich verantwortlich gefühlt und ist geblieben. Bis ich mich mit sechzehn dazu entschlossen habe, in eine Klinik zu gehen, um etwas gegen mein Schweigen zu tun.« Ich holte tief Luft. Obwohl die Entscheidung damals die beste gewesen war, die ich hatte treffen können, redete ich nicht oft darüber. Noch immer fürchtete ich mich zu sehr vor den mitleidigen Blicken der Leute. Oder – noch schlimmer – den verurteilenden, abfälligen Kommentaren. Sie kamen nicht oft, aber es gab genügend Menschen, die nicht kapierten, dass psychische Erkrankungen genauso einer Behandlung bedurften wie physische Leiden und dass daran nichts Seltsames oder Skandalöses war. Vorsichtig sah ich zu Weston hoch, doch in seinen Augen las ich aufrichtiges Interesse.

»Hat der Aufenthalt denn geholfen?«

»Ja. Ich bin hingegangen, weil ich endlich wieder reden und die Angst überwinden wollte, die mich jedes Mal ergriffen hat, wenn ich den Mund aufgemacht habe. In meinem Kopf war diese irrationale Panik, dass etwas Schlimmes passiert, wenn ich spreche. Die Therapeuten in der Klinik haben mir dann geholfen, zu erkennen, wie unbegründet diese Angst war. Der Aufenthalt dort hat alles verändert.« Ich lächelte bei der Erinnerung. »Amelia ist während meiner Abwesenheit mit Jasper zu einem Roadtrip aufgebrochen und konnte endlich mal etwas anderes sehen als die Stadt und das *Daydream*, wo sie gejobbt hat. Letztendlich haben wir beide dadurch erkannt, dass wir auch ohne die andere zurechtkommen. Dass wir unser Leben nicht länger nach der anderen ausrichten müssen.«

Die Worte waren aus meinem Mund geströmt, als hätte ich sie schon Hunderte Male ausgesprochen. Dabei kam es nicht oft vor, dass ich von meiner Vergangenheit sprach. Vor allem nicht so ausführlich.

»Das klingt nach einer schwierigen Zeit«, sagte Weston. »Aber auch so, als wäre es gut für euch gewesen.«

»Das war es auf jeden Fall«, erwiderte ich. Gedankenverloren lehnte ich den Kopf an seine Schulter.

»Ich weiß, was du mir damit sagen willst«, erwiderte Weston, nachdem wir ein paar Augenblicke schweigend dagesessen hatten. Sanft strich er mit dem Daumen über meinen Handrücken. Ich genoss die Berührung und kuschelte mich noch enger an ihn. »Aber meine Familie ist anders als deine«, fuhr er fort. »Und manchmal muss man die eigenen Wünsche zurückstellen. Nicht jeder kann es sich leisten, einfach das zu machen, was er will.«

Er klang bitter, und ich wollte ihm antworten, dass er sich irrte. Dass Glück mehr zählte als der Wille seiner Familie. Stattdessen schwieg ich. Ich hatte kein Recht, über ihn zu urteilen oder ihm in sein Leben reinzureden. Weston musste selbst entscheiden, welchen Weg er einschlagen wollte.

»Du wirst wissen, was das Beste ist«, sagte ich darum bloß.

Ein Drücken meiner Hand war die Antwort. Danach sagte keiner von uns mehr etwas. Schweigend konzentrierten wir uns wieder auf die Serie, die etwas von der Leichtigkeit zurückbrachte, die uns in den letzten Minuten abhandengekommen war. Westons Schulter bebte jedes Mal, wenn er lachte. Das Geräusch vibrierte in meinem gesamten Körper und machte mich auf absurde Art glücklich.

Irgendwann wurden meine Lider schwer. Mein Zeitgefühl hatte ich längst verloren, vielleicht war es weit nach Mitternacht, vielleicht auch erst kurz vor zehn, aber es spielte ohnehin keine Rolle. Westons Atem strich gleichmäßig über mein Haar, während ich wegdämmerte.

Das nächste Mal, als ich die Augen öffnete, fielen helle Sonnenstrahlen in mein Zimmer. Winzige Staubkörner tanzten durch die Luft und erinnerten mich an Mückenschwärme, die im Sommer über dem See in der Nähe unserer Wohnung schwirrten.

Lächelnd kuschelte ich mich tiefer in mein Kissen. Wohlige Wärme umfing mich, und ich hatte nicht vor, das Bett so bald zu verlassen. Ich war kurz davor, erneut in Schlaf zu versinken, als ein Gedanke in meinem Kopf auftauchte, der die Müdigkeit schlagartig wegwischte.

Das hier war nicht mein Zimmer.

Erschrocken riss ich die Augen auf und starrte auf die verglaste Tür, die, wie ich wusste, zu einem Balkon führte. Ich war in Westons Bett. Vorsichtig drehte ich mich um. Weston lag neben mir. Er schien tief und fest zu schlafen, zumindest hob sein Brustkorb sich in regelmäßigen Abständen. Zu meiner Erleichterung trug er ein T-Shirt und ich noch dieselben Klamotten wie gestern. Blieb nur die Frage, wie ich hier gelandet war.

»Du bist mitten in einer Folge eingeschlafen, und weil es so spät war, wollte ich dich nicht wecken«, sagte Weston leise. »Außerdem hast du verdammt niedlich ausgesehen, wie du meine Schulter vollgesabbert hast. Da musste ich dich einfach ins Bett tragen.«

»Du bist wach«, sprach ich das Erste aus, was mir durch den Kopf schoss.

Er lachte leise und drehte sich in meine Richtung, während ich mir innerlich an den Kopf schlug, weil mir keine bessere Erwiderung eingefallen war. Äußerlich war ich jedoch damit beschäftigt, Weston nicht entgeistert anzustarren, der selbst am Morgen unverschämt gut aussah. Garantiert hatten Menschen wie er den Hashtag *wokeuplikethis* ins Leben gerufen. Würde ich direkt nach dem Aufwachen so aussehen, würde ich mich vermutlich auch fotografieren. Nur leider wusste ich zu gut, dass ich gerade mehr Ähnlichkeit mit der verstrubbelten Morgenversion von Anna aus *Frozen* hatte als mit irgendwelchen Instagram-Models.

»Und ich habe bestimmt nicht gesabbert«, schob ich nach einer viel zu langen Pause hinterher, was Weston mit einem amüsierten Grinsen hinnahm.

»Doch, hast du. Ich kann dir die Beweisflecken auf meinem Shirt zeigen.«

Oh, bitte nicht.

»Du hast mich in dein Bett getragen?«, hakte ich nach, um das Thema zu wechseln. »Einfach so?«

Sein Grinsen wurde breiter. »Hättest du noch heimfahren wollen? Dann tut es mir leid. Du hast nämlich nicht so ausgesehen, als wäre das der Fall.«

Ich wusste nicht, ob ich seine Antwort unverschämt oder charmant finden sollte, was ich aber wusste, war, dass es Schlimmeres gab, als neben Weston aufzuwachen. Sehr viel Schlimmeres. »Nein, schon gut« sagte ich darum nur. »Ich bin bloß überrascht.«

»Das ist verständlich.« Weston richtete sich ein Stück auf. »Kann ich dir mit Rührei und Toast beweisen, dass es eine gute Idee war, hierzubleiben?«

Meine Augen weiteten sich. »Das würdest du tun?«

»Ja klar, ich will dir ein guter Gastgeber sein.« Er schlug die Decke beiseite und stand auf.

Überfordert sah ich ihm nach, als er aus dem Zimmer verschwand. Die Vorstellung, dass er mich gestern in sein Bett getragen und zugedeckt hatte, ließ mich lächeln. Ganz gleich, wie viele Zweifel und Ängste zwischen uns standen, Weston schlich sich mit jeder Minute, die wir zusammen verbrachten, mehr in mein Herz. Ich hätte nicht gedacht, dass das passieren würde. Dass jemand wie er, der ein völlig anderes Leben lebte als ich, mir das Gefühl geben könnte, verstanden zu werden. Doch so war es.

Während Weston in der Küche mit einer Pfanne hantierte – zumindest klang es danach –, ging ich ins Bad, um mich frisch zu machen. Ich wusch mir das Gesicht und legte frisches Deo auf, das ich zum Glück in meiner Tasche dabeigehabt hatte. Meine Bluse, die ich zum Trocknen über die Duschkabinenstange gehängt hatte, war zwar nicht mehr nass, doch es hingen noch immer Sägespäne daran. Daher beschloss ich, Westons Hemd anzulassen, obwohl ich es bereits in der Nacht getragen hatte. In einem Schränkchen über dem Waschbecken fand ich mehrere in Plastik eingepackte Zahnbürsten. Warum Weston einen ganzen Vorrat davon hatte, wollte ich lieber nicht wissen.

Nachdem ich mit meinem Aussehen einigermaßen zufrieden war, verließ ich das Badezimmer wieder. Weston hatte bereits zwei Teller mit Rührei und Toast gefüllt und steuerte damit sein Schlafzimmer an.

»Morgens ist auf dem Balkon Sonne«, erklärte er.

Mit knurrendem Magen folgte ich ihm und ließ mich mit dem Teller auf dem Schoß neben Weston auf die Hollywoodschaukel sinken. Das Frühstück fühlte sich surreal an, wie wir da so nebeneinandersaßen, sanft vor- und zurückschaukelten, während uns die Sonne ins Gesicht schien.

»Ich will dich nicht rauswerfen«, sagte Weston mit echtem Bedauern in der Stimme, nachdem er seine Portion in Rekordzeit verschlungen hatte. »Aber ich muss heute lernen. 'ne Menge, wenn ich am Abend auf die Party will, von der mein Kumpel Harris gesprochen hat.«

»Schon okay«, beeilte ich mich zu sagen. »Charlotte fragt sich bestimmt bereits, wo ich bleibe.« Ich zwang mich zu einem Lächeln, das sich nicht echt anfühlte.

Seit Weston aufgestanden war, war der Schatten auf seinem Gesicht zurück. Als hätte er gestern Nachmittag vergessen, was sein Leben bestimmte, und sich jetzt erst wieder daran erinnert, dass sein Alltag aus Lernsessions für die Uni und Partys mit Freunden bestand.

Ich drängte das nagende Gefühl mit aller Macht zurück. Ich wollte nicht zweifeln. Nicht nachdem sich der gestrige Abend wie einer der besten meines Lebens angefühlt hatte. Doch ich konnte das Gefühl nicht ganz abschütteln. Weder als Weston mich zum Abschied fest an sich zog und mir einen Kuss auf die Stirn hauchte noch als ich unsere Wohnung betrat und mich unwillkürlich fragte, wie viele Tage diesmal vergehen würden, bis ich ihn wiedersah.

19. KAPITEL

Weston

Die Stille in meiner Wohnung war unerträglich laut. Es war, als hätte Maisie mit ihrem Weggehen auch sämtliche Lebendigkeit mitgenommen. Gedankenverloren starrte ich auf meine Lernunterlagen. Vor meinem inneren Auge sah ich sie noch immer vor mir, wie sie auf meiner Couch eingeschlafen und ich sie in mein Zimmer getragen hatte. Der Anblick von Maisie in meinem Bett – mit meinem Hemd – würde mich vermutlich noch eine Weile verfolgen. Selten hatte ich mich so beherrschen müssen wie in dem Moment, als ich mich leise und vorsichtig, um sie nicht zu wecken, neben sie gelegt hatte.

Eine Weile hatte ich ihren Atemzügen gelauscht, doch schließlich war ich selbst eingeschlafen. In ihrer Nähe war es herrlich leicht, zu vergessen, dass ich in meinem Leben für so etwas eigentlich keine Zeit hatte. Doch die Art wie sie, ohne zu zögern, bei Raymond mit angepackt hatte, machte es nur noch schwerer, nicht ständig an sie zu denken.

Ich straffte die Schultern und konzentrierte mich wieder auf den Text vor mir. Ich konnte es mir nicht leisten, mich in Tagträumen zu verlieren. Wenn die nächste Prüfung nicht gut lief, erwartete mich nur ein weiterer Vortrag von Dad, und darauf konnte ich verzichten.

Eine halbe Stunde schaffte ich es, durchzuarbeiten, ohne abzuschweifen, als mein Handy klingelte und mich aus dem Flow riss. Reflexartig griff ich danach, und ein Blick auf das Display zeigte Roses Namen.

Sofort ging ich dran. »Hey, alles klar bei dir?«

»Ja«, erwiderte meine Schwester und klang ausnahmsweise einmal nicht atemlos oder gestresst. »Teddy ist gerade am Spielen.« Ein Hupen erklang im Hintergrund, gefolgt von einem lauten Rufen.

»Spielt er wieder Polizei?«, fragte ich schmunzelnd.

»Tut er. Ein Freund aus dem Kindergarten ist hier. Ich bin froh, wenn die Wohnung nachher noch steht.«

Ich lachte. »Das glaube ich sofort«, sagte ich und stand auf. Roses Anruf kam mir gerade gelegen, um eine kurze Pause einzulegen und mir in der Küche einen Kaffee zu machen. »Rufst du aus einem bestimmten Grund an?«

»Nein, ich wollte nur mal hören, wie es dir geht.«

Erstaunt griff ich nach der Dose mit Kaffeebohnen, füllte etwas davon in die Maschine und stellte sie an. Normalerweise rief Rose an, weil sie etwas von mir brauchte und ich nach Teddy sehen sollte. Offenbar war heute tatsächlich einer der stressfreieren Tage. »Mir geht's gut«, erwiderte ich. »Ich bin am Lernen – wie immer.«

»Vergiss nicht, genügend Pausen zu machen.«

Ich lächelte stumm und ließ den Kaffee durchlaufen. Wenn meine Eltern auch nur ansatzweise dieselbe Einstellung hätten wie Rose, wäre mein Leben um einiges leichter. Wobei sie selbst viel zu viel arbeitete und unfassbar schlecht darin war, Hilfe anzunehmen. Außer es ging um Teddy – dann bat sie immerhin mich um Unterstützung.

»Ich gebe mein Bestes«, versprach ich. »Allerdings sitze ich gerade wirklich eher zu wenig als zu viel am Lernen. Heute Morgen habe ich zum Beispiel gemütlich gefrühstückt.« Zumindest für meine Verhältnisse.

»Ach ja?« Sie wurde hellhörig. »Hattest du zufällig Frauenbesuch?«

Ich schnappte mir den Kaffee und ging zurück zum Schreibtisch. Kurz zögerte ich, doch dann beschloss ich, Rose die Wahrheit zu erzählen. Bei ihr wusste ich zumindest, dass sie mir nicht vorhalten würde, Maisie wäre zu viel Ablenkung.

»Ja, hatte ich.« Ich lehnte mich im Stuhl zurück und nippte vorsichtig an dem heißen Kaffee.

»Ist es etwas Ernstes?«

»Ich weiß es nicht«, gab ich zu und stellte die Kaffeetasse ab. »Wir sind noch dabei, uns besser kennenzulernen.«

Dasselbe hatte ich zu Maisie auch gesagt und sie davon abgehalten, den nächsten Schritt zu gehen. Rückblickend kam es mir wie ein kleines Wunder vor, dass ich mich so gut im Griff hatte. Die Vorstellung, ihr nah zu sein, mit meinen Händen über ihre nackte Haut zu fahren und ihr zu zeigen, wie sehr ich sie wollte, brachte mich fast um. Aber es war richtig gewesen, es langsam anzugehen. Allein, dass ich das überhaupt dachte, zeigte vermutlich schon, wie ernst es um mich stand.

»Aber das klingt doch gut. Du hast viel zu oft Sachen überstürzt oder dich gar nicht erst darauf eingelassen.«

»Das stimmt«, murmelte ich.

»Ich wünsch dir auf jeden Fall, dass du das tust, was dich glücklich macht.«

Ich brauchte nicht nachzufragen, um zu wissen, dass sie damit nicht nur Maisie meinte. Sie fragte mich oft, warum ich so viel Energie und Zeit in das Studium steckte, wenn mich das offensichtlich nicht glücklich machte. Dabei war es ja gar nicht so, dass es mich unglücklich machte. Es war nur viel – zu viel. Aber Dad würde sich mit weniger nicht zufriedengeben.

Ein Krachen am anderen Ende der Leitung, gefolgt von einem Schrei, riss mich aus meinen Gedanken.

»Mist«, fluchte Rose. »Teddy ist hingefallen. Ich muss aufhören.« Ohne eine Erwiderung abzuwarten, legte sie auf.

Seufzend griff ich nach meinem Kaffee, trank einen großen Schluck und widmete mich dann wieder meinen Unterlagen. Hoffentlich war es nur der Schreck, der Teddy hatte weinen lassen. Während ich mich wieder in den Text vor mir vertiefte, wanderten meine Gedanken wiederholt zu Maisie. Mit jedem Mal, dass ich sie sah, faszinierte sie mich mehr. Als wir uns gekusst hatten, war für ein Moment mein Herz stehen geblieben. So etwas hatte ich davor noch nie erlebt.

Maisie ging mir unter die Haut, und ich hatte mir nie so sehr gewünscht, für jemanden die richtige Person zu sein. Jemand, der ihr gut tat. Der sie zum Lachen brachte. Der sie glücklich machte. Nur hatte ich keine Ahnung, ob ich diese Person sein konnte.

20. KAPITEL

Maisie

Emma war ungewöhnlich still. Ich warf ihr immer wieder Seitenblicke zu, die sie jedoch nicht zu bemerken schien. Während die anderen ihre Texte vortrugen und ich mir Notizen machte, rührte sie sich nicht von der Stelle. Seltsam. Das passte überhaupt nicht zu ihrer sonst so fröhlichen Art. Andererseits hatte jeder mal einen schlechten Tag. Vielleicht war ihrer ja heute.

»Maisie? Hast du auch einen Text für uns dabei?«, fragte Brian.

Ich nickte und erhob mich langsam. Das Blatt zitterte in meiner Hand, dabei wusste ich inzwischen, dass ich nichts zu befürchten hatte. Meine Stimme ließ mich nicht mehr im Stich wie früher, und die Gruppe würde mich auch nicht auslachen.

»Der Text handelt vom Mond«, sagte ich leise. »Und von dem Auf und Ab, das sich im Leben nicht vermeiden lässt, auch wenn wir uns am liebsten immer gut fühlen würden.« Den Blick auf die Buchstaben geheftet, verschwanden die anderen. Während ich sprach, klang meine Stimme sicher und laut. Ich spielte mit ihr, sprach manche Passagen schneller als andere und gab dem Text einen Rhythmus. Bei den letzten Zeilen sah ich auf und sprach die Worte frei in den Raum:

»Vielleicht ist es am Ende wie mit dem Mond.
Vielleicht sind es nur Phasen, und vielleicht müssen wir uns erst leer fühlen, bevor wie wieder ganz werden können.«

Sobald ich verstummte, erklang lauter Applaus und die anderen musterten mich wohlwollend. Obwohl ich eine positive Reaktion erwartet hatte, fiel sämtliche Anspannung schlagartig von mir ab.

»Das war gut.« Emma lächelte mir zu, als ich mich wieder neben sie setzte, doch es erreichte nicht ihre Augen.

»Vielen Dank für deinen Beitrag, Maisie«, sagte Brian. »Ich würde sagen, wir machen erst mal ein paar Minuten Pause, bevor es mit Ryans Text weitergeht, einverstanden?« Brian nickte in die Runde, und sofort setzte ein Gemurmel ein und Stühle wurden zurückgeschoben.

»Ist alles okay?«, wandte ich mich an Emma, deren Verhalten mir langsam wirklich Sorgen bereitete.

»Nicht wirklich.« Sie schüttelte den Kopf, ihre Augen füllten sich mit Tränen. »Mein Exfreund hat sich gemeldet, und das hat eine Menge aufgewirbelt. Dabei dachte ich, ich hätte mit dem Kapitel längst abgeschlossen.« Sie wirkte ernsthaft geknickt, und ich legte eine Hand auf ihren Arm und drückte ihn sanft.

»Was hältst du von einem Filmabend mit Bree und mir? Du weißt schon, die Freundin und Kollegin, von der ich dir erzählt habe. Ihr würdet euch sicher gut verstehen. Sie redet ähnlich viel wie du.« Grinsend stellte ich mir vor, wie ein Treffen zwischen den beiden ablaufen würde. Das könnte interessant werden. Entweder sie mochten sich auf Anhieb, oder es ging fürchterlich schief. Emmas Art konnte manchmal etwas viel sein, und auch wenn Bree viel redete, war sie unsicherer, als sie es sich anmerken ließ.

»Wäre das wirklich in Ordnung für euch?« Hoffnung trat in Emmas Augen.

»Natürlich. Sonst hätte ich doch nicht gefragt.«

»Gut, dann komme ich gern.« Ein schwaches Lächeln kehrte in Emmas Gesicht zurück. Immerhin ein Anfang.

Als Brian die Gruppe zur Ordnung rief und Ryan bat, seinen Text vorzutragen, verstummten wir. Während der restlichen Stunde sprangen meine Gedanken zwischen dem bevorstehenden Filmabend und dem Treffen mit Weston hin und her. Seit Samstag hatten wir nur einmal kurz telefoniert und ein paarmal hin- und hergeschrieben. Er hatte mir erzählt, dass er nicht der Typ war, der ständig am Handy hing und Nachrichten schrieb. Ähnlich wie ich bevorzugte er es, sich direkt zu sehen, nur musste man dafür eben Zeit haben. Inzwischen war es allerdings Mittwoch, und langsam kehrten die Zweifel zurück. Weston hatte kein Geheimnis daraus gemacht, wie voll sein Terminkalender war. Logisch, dass da nicht viel Zeit für Treffen mit mir blieb. Unschlüssig überlegte ich, ob ich ihm noch mal schreiben sollte. Ich hatte ihm bereits heute Morgen eine Nachricht geschickt, bisher aber keine Antwort erhalten.

»Erde an Maisie.« Emma stupste mich sanft mir ihrem Ellenbogen an.

Verdutzt schaute ich auf und bemerkte erst jetzt, dass die anderen nach und nach aufstanden, sich verabschiedeten und den Raum verließen. »Oh, die Stunde ist schon vorbei?«

»Schon seit ein paar Minuten. Wo bist du nur mit deinen Gedanken?«

»Längere Geschichte«, murmelte ich.

Emma zog die Augenbrauen hoch und musterte mich eingehend. »Klingt, als könntest du den Mädelsabend ebenfalls gut gebrauchen.«

Ich seufzte leise. »Und wie.«

Einige Stunden später stand Bree mit voll gepackter Tasche in meinem Zimmer. »Ich habe an alles gedacht. Kekse, Schokolade, Gummibärchen.« Sie beförderte die genannten Süßigkeiten aus der Tasche und warf sie auf mein Bett. »Außerdem habe ich geröstete Nüsse und Chips dabei.«

»Wer soll das denn alles essen?« Belustigt schaute ich auf den Berg Junkfood auf meinem Bett.

»Es geht nicht darum, alles zu essen, sondern eine Auswahl zu haben«, erklärte sie.

Ich lachte leise. »Verstehe.«

Bree ließ sich aufs Bett fallen und griff nach der Packung Kekse. »Wann kommt diese Emma noch mal?« Sie öffnete die Packung und biss genüsslich von einem der Oreo-Kekse ab.

Ich setzte mich ebenfalls. »Sie müsste jeden Moment da sein. Sei nett zu ihr, ja?«

»Bin ich doch immer«, protestierte sie.

Das war Bree wirklich. Ich machte mir mehr Sorgen, dass Emmas überschwängliche Art sie einschüchtern würde. Bevor ich es nicht selbst erlebt hatte, hatte ich es nicht für möglich gehalten, aber Bree konnte durchaus still und schüchtern sein. Vor allem wenn eine Frau sie umhaute. Und Emma hatte dazu durchaus Potenzial.

Als es klingelte, sprang ich hastig auf und ging zur Tür.

Emma begrüßte mich mit einer Umarmung und sah sich neugierig in unserer Wohnung um.

Sobald wir mein Zimmer erreicht hatten, stellte sich allerdings schnell heraus, dass meine Bedenken unbegründet waren. Nach einer eingehenden Musterung umarmte Emma Bree einfach und erklärte kurz darauf im Gespräch *Supergirl* zu ihrer aktuellen Lieblingsserie, was Bree, die die Serie liebte, vollends von ihr überzeugte. Ich meinte sogar zu sehen, wie ihr Blick danach auffällig oft zu Emma huschte, die mit einem Kissen im Rücken neben ihr ans Bett gelehnt auf dem Teppichboden saß. Ich selbst hatte es mir vor dem Bücherregal gegenüber gemütlich gemacht. In unserer Mitte lag die Oreo-Packung, die nicht mehr lange überleben würde, wenn wir die Kekse weiterhin in Rekordgeschwindigkeit verschlangen. Gut, dass Bree gleich eine ganze Wagenladung Süßkram angeschleppt hatte.

»Aber jetzt erzähl mal«, wandte sich Bree plötzlich an mich, nachdem wir eine Weile über Filme und Musik geredet hatten. »Mir fehlt immer noch der ausführliche Bericht über das Date mit Weston.«

»Was für ein Date?«, fragte Emma neugierig.

»Ach, das ist eine längere Geschichte«, sagte ich ausweichend, weil ich nicht wusste, ob sie das überhaupt interessierte. »Wir müssen nicht darüber reden.«

»Nichts da, ich warte seit Tagen darauf, dass du endlich mit der Sprache rausrückst«, widersprach Bree.

»Vor den Kindern konnte ich ja schlecht darüber berichten«, erwiderte ich. »Vor allem nicht vor seinem Neffen. Teddy ist viel zu clever für sein Alter.«

»Das stimmt.« Grinsend nahm sich Bree einen weiteren Keks.

»Also, ich würde gern mehr wissen«, schaltete Emma sich ein.

»Vorausgesetzt, du willst uns davon erzählen.« Erwartungsvoll schaute sie mich an.

Seufzend gab ich nach. »Na schön. Ich hatte ein Date mit einem Kerl, der zufällig der Onkel eines unserer Kindergartenkinder ist«, fing ich an, ehe ich ihr in wenigen Sätzen Westons und meine erste Begegnung schilderte.

»Du hast ernsthaft eine Wasserflasche über ihm ausgekippt?«, fragte Emma und griff lachend nach der Tüte Gummibärchen.

»Er hat weder auf mein Rufen noch mein Rütteln an seiner Schulter reagiert«, erwiderte ich grinsend. »Was hätte ich tun sollen?«

»Hammer – der Gesichtsausdruck muss es wert gewesen sein.«

»War er.«

»Und wie war es jetzt Freitag?«, fragte Bree, die noch immer auf ihren Bericht wartete. »War das Treffen eigentlich geplant?«

Ich schüttelte den Kopf. »Nein, wir haben uns zufällig im Café getroffen. Weston hat gefragt, ob ich Lust hätte, mit zu ihm zu gehen. Als er seinem Onkel, den er eigentlich noch hatte besuchen wollen, absagen wollte, habe ich ihn davon abgehalten, und na ja, dann hat er mich eingeladen mitzukommen.«

»Er hat dich seiner Familie vorgestellt?« Brees Stimme klang plötzlich eine Oktave höher.

»Nein, nur seinem Onkel«, erklärte ich.

»Ach so, ich dachte schon. Das wäre dann doch etwas schnell gegangen.«

»Äh ja, viel zu schnell!« Allein bei der Vorstellung, Westons Eltern zu begegnen, noch bevor ich wusste, was genau das zwischen uns war, bildete sich ein nervöser Klumpen in meinem Magen. »So war es jedenfalls ein wahnsinnig schöner Nachmittag. Danach haben wir bei Weston zu Hause ein paar Folgen *Friends* geschaut und viel geredet. Irgendwann bin ich eingeschlafen und am nächsten Morgen in Westons Bett aufgewacht.«

»Wow. Klingt doch ziemlich perfekt«, sagte Emma.

Ich zögerte. »Schon.«

»Aber?«, hakte Bree vorsichtig nach.

»Keine Ahnung, vielleicht bilde ich es mir nur ein, aber …« Mühsam suchte ich nach den richtigen Worten. »Wenn wir zusammen sind, ist es jedes Mal wunderschön. Wir lachen viel, und seine Nähe löst Dinge in mir aus, die ich sehr lange nicht mehr gespürt habe. Aber sobald es um sein Studium geht, macht er dicht. Es ist offensichtlich, dass es ihm damit nicht sonderlich gut geht, und ich habe den Eindruck, dass er mir irgendetwas verschweigt oder nicht komplett ehrlich ist. Wir schreiben auch nicht wahnsinnig viel, was mich normalerweise gar nicht stört, aber vielleicht wüsste ich, wenn er sich öfter melden würde, mehr, woran ich bin.«

»Verstehe.« Emma runzelte die Stirn. »Und wenn du ihn mal direkt darauf ansprichst?«

Ich hob die Schultern und schnappte mir eine Handvoll Gummibärchen aus der Tüte. »Dafür kennen wir uns irgendwie noch nicht gut genug. Ich will ihn nicht drängen. Das habe ich früher gehasst, wenn es jemand bei mir gemacht hat.«

»Vielleicht solltest du es trotzdem tun«, merkte Bree an. »Wenn du ein mieses Gefühl hast, musst du es ansprechen.«

»Ich weiß.« Seufzend steckte ich mir ein Gummibärchen in den Mund. »Das Problem ist nur, dass sich meine Zweifel meistens schlagartig in Luft auflösen, wenn ich bei ihm bin.«

Emma nickte. »Das kenne ich nur zu gut«, sagte sie und streckte die Beine aus. »Was empfindest du denn für ihn? Ist das was Ernstes?«

Ihre Frage kam nicht unerwartet, trotzdem erwischte sie mich unvorbereitet.

»Ich mag ihn sehr«, gestand ich zögerlich. »Und ich würde ihn gern besser kennenlernen. Er ist so viel mehr als nur ein cooler, selbstbewusster Jurastudent. Ich weiß nur nicht, ob das reicht. Er hat so wahnsinnig viel zu tun und nur selten Zeit.« Hinzu kam, dass es immer noch viel zu viel gab, was er nicht über mich wusste. Wie anders ich mich manchmal noch fühlte, zum Beispiel. Oder dass an schlechten Tagen die Frage in mir aufstieg, ob meine Eltern noch leben würden, wenn ich damals nicht mit ihnen ins Auto gestiegen wäre. Nicht dass ich als kleines Kind eine Wahl gehabt hätte, aber die Frage war trotzdem da. Er wusste nicht, dass die Vorstellung, auszuziehen und wie Amelia zu studieren, mich noch immer mit Panik erfüllte. Dass ich Angst davor hatte, in der Masse unterzugehen, weil die Stimmen der anderen meine übertönten.

»Für mich klingt das, als wüsstest du bereits, was dein Gefühl dir sagen will. Wenn du glaubst, dass er es wert ist, wird er es auch sein. Pass trotzdem auf dich auf, ja? Ich will nicht, dass dir das Herz gebrochen wird«, sagte Bree.

Dankbar schaute ich sie an. »Und selbst wenn, bist du da, um mich aufzufangen, richtig?«

»Immer.« Sie griff nach meiner Hand und drückte sie sanft.

»Okay, genug von mir.« Ich schaute zu Emma, die auffallend still geworden war. »Eigentlich geht es heute darum, dich abzulenken.«

»Das tut ihr bereits«, versicherte sie. »Wäre ich jetzt zu Hause, würde ich allein irgendeine Serie schauen und über den Mistkerl nachdenken, der mein Leben schon wieder ruinieren will.«

»So schlimm?«, fragte ich.

»Nicht wirklich. Er meint es nicht böse. Ich glaube, dass er mich wirklich mag, mit meiner Art aber nicht klarkommt, sodass wir uns jedes Mal streiten, wenn wir länger als drei Stunden in einem Raum sind.« Sie verzog das Gesicht. »Ich werde mich diesmal allerdings nicht wieder auf ihn einlassen. Endet nur wieder an demselben Punkt.«

»Sich von den Menschen zu lösen, die einem nicht guttun, ist hart. Aber jedes Mal wenn man sich gegen sie entscheidet, entscheidet man sich für sich selbst, und glaub mir, das ist es wert«, sagte Bree.

»Da hast du recht.« Emma schenkte Bree ein dankbares Lächeln. »Ich glaube, genau das habe ich gebraucht. Einen Filmabend mit zwei klugen Frauen, die mich verstehen.«

»Klar, wir halten zusammen«, versprach ich, ehe ich das Thema wechselte. »Sollen wir mit dem Film starten?«

Die beiden nickten, und in den nächsten Stunden schauten wir nicht nur den ersten, sondern direkt auch den zweiten *Sister-Act*-Film. Bree sang bei jedem einzelnen Lied mit, während Emma sich als ein wahres Naturtalent im Tanzen erwies. Wir aßen Schokolade und Chips, bis wir kurz vorm Platzen waren und selbst lachen wehtat. Kurzum, es war ein perfekter Abend, der mich von meinen Grübeleien ablenkte.

Als die beiden gingen, war es bereits weit nach Mitternacht. Morgen würde ich im Kindergarten vermutlich zwischen den Kindern einschlafen, aber die Zeit mit Bree und Emma war es wert gewesen. Schnell machte ich mich bettfertig und kuschelte mich in die weiche Decke. Es dauerte nicht lange, bis meine Augenlider schwer wurden und ich einschlief – und mich in einem Albtraum der schlimmsten Sorte wiederfand.

Es ist dunkel. Ich kann nichts sehen. Dichte Nebelfetzen hängen in der Luft. Mein Blick gleitet aus dem Fenster, doch ich starre nur in gähnende Leere. Da ist nichts. Keine Straße, keine Bäume.

Der Motor eines Autos dröhnt laut in meinen Ohren. Ich richte meine Aufmerksamkeit auf die beiden schemenhaften Gestalten vor mir; eine sitzt am Steuer, die andere auf dem Beifahrersitz.

Plötzlich bricht der Nebel auf, und wir rasen in halsbrecherischer Geschwindigkeit auf eine Kreuzung zu.

Ich schreie, doch sie hören mich nicht. Ich versuche, den Gurt zu lösen und nach vorn zu klettern, doch er klemmt.

Wir rasen weiter auf die Kreuzung zu. Und dann geht alles ganz schnell. Ein Auto kommt von links herangeschossen, zu schnell, um ihm auszuweichen. Jemand schreit, im nächsten Moment erfüllt ein ohrenbetäubender Lärm meine Ohren. Metall knirscht, das Fenster splittert. Scherben regnen auf mich herab. Blutspritzer besprenkeln die Windschutzscheibe.

Ich will aufstehen, mich bewegen und etwas tun, doch ich kann mich nicht rühren. Erstarrt sitze ich unversehrt auf der Rückbank, während die Welt um mich zerbricht. Ich kneife die Augen zu und wünsche mich weit weg. Bete, dass der Moment vorbeigeht und alles nur eine Illusion ist.

Als ich die Augen wieder öffne, sitze ich im Gras. Um mich herum sind Grabsteine mit Namen, die ich nicht kenne.

Amelia steht vor einem der Gräber, ein trauriger Zug um ihre Lippen. Sie weint und schaut mich vorwurfsvoll an. »Es ist deine

Schuld«, sagt sie. »Sie sind tot, und du bist es nicht. Warum sind sie tot?«

Ihre Worte schnüren mir die Luft ab. Ich kann nicht atmen.

»Warum sind sie tot?«, schreit sie. »Was hast du getan?«

Ich öffne den Mund, doch es kommen keine Worte über meine Lippen. Und dann denke ich den schlimmsten Gedanken, den ich je gedacht habe. Den Gedanken, den ich nie laut aussprechen würde, der mich in diesem Moment aber nicht loslässt.

Ich denke, ich hätte mit ihnen sterben sollen.

Ich denke, ich hätte nicht überleben dürfen, wenn sie es auch nicht konnten.

»Warum sind sie tot?«, kreischt Amelia, und diesmal kommt ein Laut aus meiner Kehle: ein Schrei, der die Luft zerreißt.

Atemlos schreckte ich auf. Mein Kopf pochte, und die Bilder aus dem Traum flimmerten lebhaft echt vor meinem inneren Auge. Es war lange her, dass ich von dem Unfall geträumt hatte, der sicher ganz anders abgelaufen war. Aber da ich keine Erinnerungen daran hatte, lieferte mein Gehirn mir immer wieder andere Szenarien, die alle gleich schrecklich waren. Allerdings waren die Träume selten so detailliert gewesen wie diesmal. Amelias Stimme hallte noch immer in meinen Ohren nach.

Mit zitternden Fingern knipste ich das Licht an und trank einen großen Schluck aus der Wasserflasche neben meinem Bett, ehe ich einen Blick auf den Wecker auf meinem Nachttisch warf. Er zeigte kurz nach fünf Uhr an. In zwei Stunden würde er klingeln.

Ich versuchte, tief durchzuatmen, doch die Panik aus dem Traum hielt meinen Körper fest gepackt. Mein Puls raste, und ich konnte mich nicht gegen das Entsetzen wehren, das mich ergriff.

Mein Verstand sagte mir, dass Amelia niemals so mit mir sprechen würde. Ich war ein vierjähriges Kind gewesen. Mich traf keine Schuld an dem Unfall. Trotzdem brauchte ich eine geschlagene halbe Stunde, bis sich mein Atem wieder beruhigt hatte. An Schlaf war allerdings nicht mehr zu denken. Also griff ich nach einem Buch, in der Hoffnung, dass es mich ablenken würde.

Vielleicht wurde es doch allmählich Zeit, in der Therapie über den Unfall zu sprechen. Wenn mir jemand helfen konnte, dann Dr. Rae.

21. KAPITEL

Weston

Mein Schädel brummte, und alles in mir lechzte nach einem Kaffee. Ich hatte vier Stunden Vorlesung hinter mir und wollte nichts mehr über die Anwendung von Sozialrecht wissen, auch wenn das der Bereich war, der mich noch am ehesten interessierte. Ich hatte die Vorlesungsreihe dazu selbst gewählt, wohl wissend, dass Dad es hassen würde, wenn ich mich darauf spezialisierte. Was ich nicht vorhatte. Aber es bot zumindest eine Abwechslung zu den anderen Kursen.

»Brauchst du auch einen Kaffee?«, fragte William gut gelaunt, als wir uns an der üblichen Ecke vor dem Hauptgebäude trafen. Er hatte einen ähnlich dichten Vormittag hinter sich wie ich, wirkte aber nicht im Geringsten müde. Möglicherweise weil ihn, anders als mich, die Inhalte der Vorlesung tatsächlich begeisterten. Außerdem lernte er von uns allen am schnellsten. Abgesehen von Liz, aber die überbot sowieso niemand.

»Dringend«, erwiderte ich.

Die letzten Tage waren die Hölle gewesen. Wieder einmal. Ich hatte es nicht einmal geschafft, mich regelmäßig bei Maisie zu melden. Dabei war sie eine der wenigen Dinge in meinem Leben, die gut liefen. Mit ihr Zeit zu verbringen, war jedes Mal wie ein kleiner Urlaub. Es waren die einzigen Stunden in der Woche, in denen ich tief durchatmen konnte und meine Gedanken nicht pausenlos darum kreisten, wie ich den Scheiß bewältigen sollte, den die Dozenten uns aufbrummten.

»Hast du heute noch weitere Veranstaltungen?«, fragte William, während wir über den Innenhof zu einem der Kaffeewagen liefen, die schon mehr als einmal meine Rettung gewesen waren.

Ich seufzte. »Jepp. Zwei Seminare zu Familien- und Erbrecht. Und du?«

»Ich bin für heute zum Glück durch. Mache aber nachher noch einen Abstecher in die Bibliothek, bevor es heute Abend zu Teds Party geht. Kommst du auch?«

Ich runzelte die Stirn. »Ted? Sollte ich den kennen?«

»Er studiert mit uns.« William warf mir einen belustigten Blick zu.

»Na und?« Ich lachte schnaubend. »Eine Menge Leute studieren mit uns.«

»Er ist mit Harris befreundet.«

»Natürlich ist er das«, erwiderte ich kopfschüttelnd. Harris war mit der halben Uni befreundet. Wenn ich mit ihm auf dem Gelände unterwegs war, grüßte uns gefühlt jede dritte Person.

»Also?«, hakte William nach. »Bist du dabei? Heute Abend um zehn Uhr geht es los.«

»Ich weiß es noch nicht«, wich ich aus.

»Komm schon, ein Abend unter Freunden hilft vielleicht, den Kopf mal wieder freizukriegen.«

»Vielleicht.«

Die Aussicht auf eine Party mit einem Haufen fremder Menschen klang zwar nicht unbedingt verlockend, aber es würde guttun und mich vielleicht tatsächlich auf andere Gedanken bringen. Und meistens wurde es mit den Jungs auch witzig.

Als wir den Kaffeewagen erreichten, bei dem zum Glück keine Schlange anstand, bestellte ich einen doppelten Espresso, der hoffentlich Wunder wirken würde. Ich musste noch weitere vier Stunden durchhalten.

»Sag mal«, begann ich gedankenverloren, während wir unseren Kaffee entgegennahmen und weiterschlenderten, »was hältst du eigentlich davon, dass Harris diese Pillen nimmt, um sich besser konzentrieren zu können?«

William zögerte kurz. »Ich denke, er ist alt genug, um zu wissen, was er tut. Außerdem nehmen das einige.«

»Wirklich?« Williams Gelassenheit machte mich skeptisch. Es passte nicht zu ihm, dass ihn das Ganze nicht weiter kümmerte.

»Aber es sind doch sicher verschreibungspflichtige Tabletten, oder? Die bekommt man doch normalerweise nur, wenn man eine entsprechende Diagnose hat.«

»Ja, schon. Normalerweise bekommen das Leute, die Konzentrationsschwierigkeiten haben.«

Ein bisschen schockte es mich, wie beiläufig William darüber sprach. Andererseits schien es unter meinen Kommilitonen offenbar keine große Sache zu sein, wobei das auch nicht gerade beruhigend war.

»Hast du die Tabletten auch schon mal probiert?«, fragte ich, als wir in Richtung des Gebäudes gingen, wo meine nächste Vorlesung stattfand.

William nippte an seinem Kaffee und steuerte eine freie Bank in der Sonne an. Außer uns saßen noch ein paar andere Leute da, die in ihrer Pause das angenehme Wetter genossen.

Ich warf einen schnellen Blick auf die große Uhr über dem Eingang, ehe ich mich neben ihn sinken ließ. Noch fünfzehn Minuten, bis die Vorlesung losging.

»Ich hab das Zeug einmal ausprobiert«, sagte William schließlich. »Letztes Jahr vor den Klausuren. Hat mir die Abschlussnote des Semesters gerettet.«

Ich trank einen Schluck von meinem Espresso. Er war eine Spur zu bitter, aber solange er etwas von der Müdigkeit vertrieb, war es das wert. Kurz tauchte der Gedanke auf, ob diese Art des Koffeinkonsums nicht auch schon ein Aufputschen war, aber ich schob ihn rasch beiseite.

»Und du hast das gut vertragen?«, fragte ich und machte mir gar nicht erst die Mühe, meine Überraschung zu verbergen. Ich hatte William nicht so eingeschätzt, dass er zu Psychostimulanzien greifen würde, um ein paar Lernsessions mehr auf die Reihe zu kriegen, und ich wusste nicht so recht, was ich davon halten sollte.

Er zuckte mit den Schultern. »Ich würde es nicht unbedingt wieder tun, weil ich es lieber ohne schaffen will, aber mir wäre nicht aufgefallen, dass die Tabletten mir geschadet hätten. Ich hab das Zeug aber auch nur über einen sehr kurzen Zeitraum hinweg genommen, in dem ohnehin nur lernen auf dem Plan stand.«

Ich war immer noch skeptisch. »Dann hoffe ich, dass Harris weiß, wann er damit aufhören muss.«

»Ja«, murmelte William und trank einen weiteren Schluck von seinem Kaffee. Damit war das Thema für ihn wohl erledigt.

Da ich nicht nachbohren wollte, fragte ich ihn stattdessen, wie es mit der Frau lief, die er kennengelernt hatte – darüber sprach er offenbar deutlich lieber, denn den Rest meiner Pause schwärmte er in den höchsten Tönen von ihr, und ich musste ihn regelrecht stoppen, um noch rechtzeitig zu meiner Vorlesung zu kommen.

Sobald ich im Hörsaal saß, setzten direkt wieder die Kopfschmerzen ein, die draußen an der frischen Luft nachgelassen hatten. Zu allem Überfluss zogen sich die beiden Seminare ähnlich in die Länge wie der Vormittag. Als ich schließlich die Uni verließ, um nach Hause zu fahren, war mein Hirn vollkommen überladen von den vielen neuen Informationen. Ich pflanzte mich auf die Couch und gönnte mir ein paar Minuten Ruhe, bevor ich mich an den Schreibtisch setzte und mich dazu zwang, die Mitschriften zu den heutigen Vorlesungen noch mal durchzugehen.

Gegend Abend trudelte eine Nachricht von William ein.

Wie sieht's aus? Kommst du nachher zur Party?

Seufzend schaute ich von meinem Display zu meinen Unterlagen. Mir war zwar nicht unbedingt nach Party, aber die Vorstellung, die halbe Nacht zu lernen, während meine Kumpels Spaß hatten, war auch nicht gerade ansprechend. Vermutlich wäre es vernünftig, nichts von beidem zu machen und stattdessen früh schlafen zu gehen, aber sobald ich mich hinlegte, würde Dads Stimme in meinem Kopf ertönen: *Du kannst es dir nicht leisten, dich auszuruhen, Sohn.*

Nein, darauf konnte ich verzichten. Dann ging ich lieber zu dieser Party, auch wenn Dad das noch weniger billigen würde. Was nur ein Grund mehr war, mir eine Ablenkung zu suchen. Heute war einer dieser Tage, an denen ich einfach nur Ruhe in meinem Kopf wollte.

Schon wenige Stunden später bereute ich meine Entscheidung jedoch. Teds Wohnung befand sich in einem der Studentenwohnheime. An die zwanzig Leute drängten sich in der winzigen Küche, die für höchstens fünf Menschen ausgelegt war, und im Aufenthaltsraum bewegte sich mein halber Studiengang zu schlechter Technomusik auf und ab. Vereinzelt standen Sofas an den Wänden, die von jeweils mindestens sechs Leuten besetzt waren. Der Geruch von verschüttetem Bier und Fruchtbowle hing in der Luft.

»Warum genau sind wir noch mal hier?«, fragte ich an William gewandt, der zeitgleich mit mir angekommen war.

»Das wird lustig«, meinte er zuversichtlich, doch mir entging der skeptische Blick in seinen Augen nicht. William war ein leidenschaftlicher Pubgänger, und Partys in dieser Größe waren normalerweise nicht so sein Ding. Umso mehr wunderte es mich, dass er mich überhaupt dazu überredet hatte. Aber vielleicht brauchte er genauso eine Pause von allem wie ich, und die Party war dafür die nächstbeste Gelegenheit gewesen. »Aber ich brauch erst mal was zu trinken«, fügte er schließlich hinzu und kämpfte sich durch die Menge in Richtung Küche.

Seufzend folgte ich ihm. Das hier war eine beschissene Idee gewesen.

Und ich behielt recht. Zwei Gläser Bowle später dröhnte der Bass der Musik immer noch zu laut in meinen Ohren. Zu den Anwesenden waren locker fünfzig weitere Leute dazugekommen, und langsam bekam ich ernsthafte Probleme damit.

»Ich geh mal an die frische Luft«, sagte ich zu William und bemerkte zu spät, dass nicht er es war, der neben mir stand.

Das blonde Mädchen schaute mich verdutzt an, bevor es ein strahlendes Lächeln aufsetzte. »Frische Luft klingt toll«, säuselte sie.

Oh, bitte nicht.

»Das habe ich nicht gemeint«, ruderte ich zurück, doch meine Worte gingen in dem Lärm unter.

Mit dem Mädchen auf den Fersen verließ ich die Wohnung, bis ich auf einem kleinen Platz vor dem Wohnheim endlich wieder Luft holen konnte. Scheiße, war die Musik da drinnen laut. Und schlecht.

»Woher kennst du Ted eigentlich?«, fragte ich, da das Mädchen neben mir stehen geblieben war und keine Anstalten machte, so schnell wieder zu gehen.

»Wen?« Sie schwankte leicht, und ich griff reflexartig nach ihrem Arm, um sie zu stützen. Großer Fehler, denn sie lehnte sich an mich und seufzte zufrieden, als wäre ich nicht irgendein Fremder auf einer Party, sondern ein guter Freund von ihr.

»Du bist betrunken«, bemerkte ich.

»Ein bisschen vielleicht«, murmelte sie.

»Bist du allein hier?«

»Nein, mit einer Freundin.«

Gott sei Dank.

Ich schaute mich suchend um. »Und wo ist diese Freundin?«

Das Mädchen kicherte leise. »Weiß nicht.« Mit der Hand klammerte sie sich an meinem Arm fest, und ich zwang mich, tief durchzuatmen.

Die Bowle stieg mir langsam zu Kopf, und der Schwindel trug

nicht gerade zu einer Besserung der Situation bei. »Wie wäre es, wenn ich dich zurückbringe und du nach deiner Freundin suchst?«, schlug ich vor.

Sie nickte. »Vielleicht wäre das ganz gut.«

»Ja, das denke ich auch«, murmelte und steuerte mit ihr im Schlepptau wieder das Wohnheim an. Auf dem Weg kam mir Harris entgegen.

»Du hast es hergeschafft«, lallte er.

Allmählich bekam ich das Gefühl, der Einzige auf dieser dämlichen Party zu sein, der noch nicht völlig dicht war.

»Und du hast eine Kleine aufgerissen.« Grinsend kam er vor uns zum Stehen. »Jackpot würde ich sagen.«

»Sie kann dich hören«, antwortete ich genervt. Manchmal war Harris ein echter Idiot. Vor allem wenn er zu viel Alkohol getrunken hatte, verschwand bei ihm jegliche Spur von Einfühlungsvermögen. »Außerdem habe ich sie nicht aufgerissen.«

»Mach dich locker, Weston. War nur ein Witz. Du bist viel zu ernst in letzter Zeit. Du solltest mal wieder lockerer werden.« Der Blick, den er mir zuwarf, gefiel mir nicht.

»Ich muss viel lernen, das weißt du genau«, erwiderte ich ruhig und versuchte, mich nicht von ihm provozieren zu lassen.

»Ja klar.« Er schnaubte und hielt sich am Geländer fest, wobei er mich aus schmalen Augen fixierte. »Ich glaube eher, du lässt dich nicht mehr blicken, weil du deine Zeit lieber mit deiner neuen Flamme verbringst. Ist doch so, oder?«

»Stimmt«, erwiderte ich gelassen, denn im Grunde hatte er recht. Ich verbrachte meine Zeit lieber mit Maisie als mit betrunkenen Idioten, die nicht kapierten, was bei mir wirklich los war. Was mir wohl kaum jemand verübeln konnte. »Aber wenn es dieses Jahr nicht so viel Lernstoff gäbe, wäre ich auch öfter bei Abenden im Pub dabei.«

»Verdammt, das geht uns doch allen so.« Er legte die Stirn in Falten, als müsste er nachdenken. »Weißt du was …« Harris kramte in der Tasche seiner Lederjacke.

Das Mädchen an meinem Arm löste sich unterdessen von mir und setzte sich auf die unterste Treppenstufe, die zum Wohnheim führte. Es würde mich nicht wundern, wenn sie dort jeden Moment einschlief.

»Hier.« Harris drückte mir eine Plastiktüte mit Tabletten in die Hand.

»Alter, was soll das?« Hektisch schaute ich mich um, doch bis auf zwei torkelnde Gestalten war niemand zu sehen.

»Reg dich ab, das sind keine Drogen.« Lachend schlug er mir auf die Schulter.

»Sondern was? Vitamintabletten?«, zischte ich. Das alles wurde mir langsam echt zu dumm.

»So in der Art«, meinte Harris unbekümmert, der von meiner Stimmung ganz offenbar nichts mitbekam. »William und mir hat das Zeug letztes Semester den Arsch gerettet. Wenn du dadurch deinen Scheiß besser auf die Reihe kriegst und dich wieder öfter blicken lässt, kannst du sie haben.«

Ich wollte widersprechen und ihm die Tabletten zurückgeben, doch irgendetwas ließ mich zögern.

»Es passiert dadurch nichts Schlimmes«, versicherte Harris nuschelnd. »Du wirst nur besser lernen können, und das ist doch geil, oder?«

Das bezweifelte ich. Trotzdem gab ich ihm das Tütchen nicht zurück. Ich wusste, ich sollte es tun. Das Zeug zu nehmen, war keine Option. Aber als ich an die vielen Ordner und Unterlagen zu Hause dachte, setzte etwas in mir aus. Ehe ich begriff, was ich tat, steckte ich die Tabletten ein.

»Dass du so was überhaupt mit auf eine Party schleppst«, murmelte ich kopfschüttelnd und warf einen schnellen Blick zu dem Mädchen, das jedoch nichts von der Unterhaltung mitzubekommen schien. Sie hatte ihren Kopf ans Geländer gelehnt und war vermutlich kurz davor, wegzudämmern.

»Ich war vorhin in der Bibliothek und hatte sie deshalb in der Jackentasche«, verteidigte er sich schulterzuckend. »Wie sieht's aus? Trinken wir noch ein Bier zusammen?«

Obwohl er inzwischen nicht mehr ganz so viel lallte, machte Harris nicht den Eindruck, als bräuchte er noch mehr Alkohol. Aber das war seine Sache. Inzwischen machte ich mir keine Sorgen mehr um ihn, Harris schaffte es immer irgendwie, gut nach Hause zu kommen – und wenn er auf dem Heimweg einen Abstecher zum Spielplatz machen musste, um dort seinen Rausch auszuschlafen. Ich würde ihn jedenfalls nicht aufhalten.

»Warum nicht«, sagte ich daher. Vielleicht sollte ich der Party doch noch eine Chance geben.

In dem Moment kam uns ein Mädchen vom oberen Ende der Treppe entgegen und steuerte auf seine Freundin zu, die noch immer reglos am Geländer lehnte.

»Vermutlich ist es das Beste, wenn du sie nach Hause bringst«, sagte ich zu ihr. Sie nickte mir dankbar zu und schlang dann einen Arm um ihre Freundin, woraufhin diese mit ihr aufstand. Sie wirkten fit genug, um es heil nach Hause zu schaffen, weshalb ich den beiden nur kurz zulächelte und dann mit Harris zur Party zurückkehrte.

Die nächsten Stunden rauschten wie im Nebel an mir vorbei. Ich spielte mit Harris und William Beerpong, wobei wir ein Team bildeten und gnadenlos verloren. Das Ergebnis war ein sturzbetrunkener Harris, der sich kaum noch auf den Beinen halten konnte. William, der noch erstaunlich klar war, drückte ihm ein Glas Wasser in die Hand und dirigierte ihn nach draußen. Ich folgte schwankend und setzte mich auf die Treppe. Die Welt um mich herum drehte sich, und Übelkeit stieg in mir auf. Ich presste eine Hand auf meinen Magen und verfluchte William dafür, dass er mich zu diesem Schwachsinn überredet hatte, und mich selbst gleich mit, weil ich nicht rechtzeitig wieder gegangen war.

»Das war eine miese Idee«, sagte ich, als William Harris auf eine Treppenstufe etwas weiter unter mir verfrachtet hatte und sich mir zuwandte.

»Ich weiß.« Grinsend ließ er sich neben mir nieder. »Aber auch ein bisschen lustig.«

»Ach ja? Und was genau? Wie wir beim Beerpong verloren haben? Oder wie Ted einen Becher Bowle über dein Hemd gekippt hat?« Ich deutete auf Williams versautes Shirt.

»Erinnere mich nicht daran.«

Ich setzte zu einer Antwort an, wurde aber von Harris unterbrochen, der fluchend auf die Beine kam. Er stolperte ein paar Schritte nach vorn und übergab sich auf dem nächstbesten Stück Rasen.

William und ich schauten uns an. Ein paar Sekunden lang verzog keiner von uns eine Miene, dann prustete er los. »Nein, *das* ist der lustigste Part«, stieß er lachend hervor.

Grinsend lehnte ich mich zurück und legte den Kopf in den Nacken. Über uns funkelten unzählige Sterne am Nachthimmel.

Es war eine laue Frühlingsnacht, und zum ersten Mal in den letzten Stunden fragte ich mich, was Maisie gerade machte.

Vielleicht sollte ich sie direkt fragen. Ich hatte mich seit unserem letzten Date viel zu selten bei ihr gemeldet und wollte nicht, dass sie dachte, es läge an ihr. Sie konnte nichts dafür, dass mein Leben aus beschissenen Lernsessions und Vorlesungen bestand.

Bevor mein Verstand sich einschaltete, hatte ich bereits ihre Nummer gewählt. Nach wiederholtem Tuten sprang die Mailbox an.

»Hey, Maisie, ich bin es, Weston.« Ich holte tief Luft. »Ich weiß, ich habe mich in letzter Zeit wenig gemeldet, und das tut mir leid. Du musst wissen, dass ich dich wirklich sehr gern mag und am liebsten jeden Abend mit dir auf meiner Couch verbringen würde. Wirklich jeeeden Abend. Und das hab ich noch nie jemandem gesagt. Normalerweise teile ich meine Couch nämlich nicht.« Ein Lachen stieg in meiner Kehle auf und brach ungefiltert aus mir heraus. »Aber das wollte ich gar nicht sagen. Was ich sagen wollte, ist, dass ich an dich denke. Und dich vermisse.« Stirnrunzelnd überlegte ich, was ich noch sagen wollte.

»Was machst du da?«, ertonte Williams entgeisterte Stimme.

»Mit Maisie telefonieren«, erwiderte ich schulterzuckend. »Willst du Hallo sagen?«

Er lachte leise auf. »Du hast sie um fünf Uhr morgens aus dem Bett geklingelt? Alter, so was macht man auch nur, wenn man zu voll ist.«

»Ich hab sie nicht geweckt«, erklärte ich. »Sie schläft vermutlich gerade.«

»Also hinterlässt du ihr betrunkene Liebesbekundungen auf der Mailbox? Großartige Idee, wirklich.« Er schüttelte den Kopf und sah zu Harris, der sich ein paar Stufen weiter unten wieder hingesetzt hatte und eine Hand auf seinen Magen presste.

»Mach ich doch gar nicht, William. Ich wollte nur hören, wie es ihr geht und ihr sagen …«

»Alter, leg auf. Du wirst das morgen so was von bereuen.« William riss mir das Handy aus der Hand und beendete den Anruf, ehe er mir das Telefon wieder hinhielt.

Verblüfft starrte ich ihn an, steckte es dann aber zurück in meine Tasche.

»Fuck, warum muss immer ich der Nüchternste von uns sein? Na kommt, Kinder, gehen wir heim.« Er stand auf und klopfte erst mir und dann Harris auf den Rücken, woraufhin der sich stöhnend erhob.

Zu dritt gingen wir bis zur nächsten größeren Straße, wo William ein Taxi organisierte. Ich dämmerte auf der Fahrt fast weg und schaffte es nur mit Mühe in mein Bett. Sobald mein Kopf das Kissen berührte, schlief ich auch schon ein. Mein letzter Gedanke galt Maisie. Und der Gewissheit, dass ich mich mit meinem Anruf zum absoluten Vollidioten gemacht hatte.

22. KAPITEL

Maisie

Der Geruch von frisch gekochtem Kaffee lag in der Luft. Charlotte saß bereits am Frühstückstisch und lächelte mich müde an. »Morgen. Hast du gut geschlafen?«

»Ja.« Ich setzte mich auf den Stuhl ihr gegenüber und füllte mein Glas mit Orangensaft, während ich versuchte, nicht zu breit zu grinsen.

Was mir natürlich nicht besonders gut gelang, denn Charlotte hob die Augenbrauen. »Das sehe ich«, sagte sie. »Habe ich was verpasst?«

»Nein, ich habe in der Nacht nur einen sehr amüsanten Anruf erhalten.« Bei dem Gedanken an die Nachricht auf meiner Mailbox stieg erneut ein Lachen in mir auf. Ich hatte sie dreimal hintereinander gehört. Garantiert hatte dieser William recht, und Weston bereute den Anruf heute. Dabei gab es dafür keinen Grund.

Nachdem ich so wenig von Weston gehört hatte, tat es gut, zu wissen, dass er an mich dachte. Auch wenn ich das lieber noch mal nüchtern von ihm hörte.

Charlotte runzelte die Stirn. »Wer ruft dich den mitten in der

Nacht an? Etwa der Kerl, mit dem du dich letztens getroffen hast? Der dich nach der Lesung nach Hause gebracht hat?«

»Ja, genau der. Er heißt übrigens Weston.«

Wachsam sah sie mich an, und ich ahnte bereits, was als Nächstes kam. »Aha. Dann ist das also etwas Ernsteres zwischen euch? Wann lerne ich ihn kennen?«

»Na ja …« Ich zuckte mit den Schultern. »Irgendwann vielleicht?« So gern ich Charlotte auch hatte, ich wusste nicht, ob ich schon dafür bereit war, dass sie Weston löcherte.

»Vertraust du ihm?«, fragte sie nach einem kurzen Schweigen.

Ich nickte. Trotz der Zweifel, die mich zwischendurch manchmal überkamen, musste ich nicht lange darüber nachdenken. »Er ist kein schlechter Kerl. Du musst dir keine Sorgen machen.«

»Daran arbeite ich seit sechzehn Jahren«, erwiderte sie leise.

»Ich weiß.« Über den Tisch griff ich nach ihrer Hand und drückte sie sanft, ehe ich mir ein Toastbrot schnappte.

Um die Aufmerksamkeit von mir wegzulenken, erkundigte ich mich bei Charlotte nach dem Treffen mit ihrem Kollegen. Vergeblich. Sie wollte nicht mit der Sprache herausrücken und wich meinen Fragen geschickt aus, also gab ich es auf. Immerhin konnte ich es selbst nicht leiden, wenn sie es war, die mich mit Fragen bombardierte. Stattdessen redeten wir über allgemeinere Themen, und als Charlotte schließlich aufbrach, ging ich zurück in mein Zimmer. Heute wollte ich mir einen gemütlichen Vormittag machen und ein Buch lesen. Doch gerade als ich mich auf den Sessel setzte, klingelte mein Handy. Der Blick auf das Display ließ mich unwillkürlich lächeln.

»Du bist früh auf«, begrüßte ich Weston.

»Bevor du etwas sagst, will ich mich entschuldigen.« Seine

Stimme klang leicht kratzig, als wäre er noch nicht richtig wach. Oder zumindest noch nicht sehr lange. »Es tut mir leid, Maisie. Ich hätte dich nicht mitten in der Nacht betrunken anrufen sollen. Du bist davon doch nicht aufgewacht, oder?«

»Nein, bin ich nicht«, versicherte ich ihm. »Und es muss dir nicht peinlich sein, ich habe mich sehr über deinen Anruf gefreut.« Ich war mir sicher, dass er das Grinsen in meiner Stimme hören konnte.

»Hm«, brummte er, ohne darauf einzugehen.

»Wie geht's dir denn heute Morgen?«, fragte ich. »Klang ja nach einem lustigen Abend.«

Ein Rascheln ertönte am anderen Ende der Leitung, als würde Weston sich aufsetzen. War er noch im Bett? »Frag nicht.«

Nur mit Mühe konnte ich mir ein Lachen verkneifen. »So schlimm?«

»Es geht eigentlich. Nur mein Kopf brummt ziemlich. Sag mal, hast du später Zeit? So um 15 Uhr. Ich würde dich gern sehen, und da das Wetter schön werden soll, könnten wir ja in den Park gehen.«

Bei seinen Worten machte mein Herz einen Sprung. »Klar.« Dann würde ich mich direkt persönlich davon überzeugen können, dass es ihm gut ging. Und ob er wirklich ernst meinte, was er mir aufs Handy gesprochen hatte.

»Tut mir leid, dass ich zu spät bin«, erklang eine dunkle Stimme hinter mir.

Ich fuhr herum, und wieder einmal blieb mir kurz die Luft weg. Dafür dass Weston kaum mehr als fünf Stunden geschlafen hatte, sah er unverschämt fit aus. Sein dunkelblaues Hemd, das er locker hochgekrempelt trug, betonte das Blau seiner Augen, die mich viel zu intensiv anstrahlten.

»Macht nichts«, sagte ich und trat auf ihn zu. Sofort öffnete er die Arme, und als er mich an sich zog, stieg Wärme in mir auf und flutete meinen Körper.

Weston löste sich von mir und ließ seinen Blick über mein knöchellanges Sommerkleid gleiten, das mit einem bunten Blumenmuster versehen war und eines meiner absoluten Lieblingsteile war. Sobald die Temperaturen über siebzehn Grad kletterten und die Sonne schien, griff ich danach. »Du siehst toll aus«, sagte er, was mir eine leichte Röte auf die Wangen trieb.

»Danke. Du siehst auch nicht übel aus. Vor allem wenn man bedenkt, dass du dich letzte Nacht auf einer Party rumgetrieben hast.«

Das Lächeln auf Westons Lippen erlosch.

Grinsend sah ich ihn an. »Die Sache ist dir wirklich unangenehm, oder?«

»Ein bisschen vielleicht.«

»Ach komm, das war eine schöne Nachricht. Ich meine, welche Ehre, dass du deine heiß geliebte Couch mit mir teilst.«

»O Gott.« Weston schlug sich eine Hand an die Stirn.

Ich zögerte kurz, doch dann gab ich mir einen Ruck. »Hast du denn ernst gemeint, was du gesagt hast?«, fragte ich und konnte nur mit Mühe seinem Blick standhalten.

»Natürlich habe ich das.«

Mein Herz machte einen Satz, und ich konnte ein breites Lächeln nicht länger zurückhalten.

»Du bedeutest mir viel, Maisie«, fuhr er eindringlich fort, ehe er tief seufzte. »Und es tut mir so leid, dass ich kaum Zeit für dich habe. Aber dieses Semester ist die Hölle, und wenn ich eine Wahl hätte, würden wir uns öfter sehen.«

Ich nickte und schluckte die Worte hinunter, die mir auf der Zunge lagen. Nämlich dass er meiner Meinung nach sehr wohl eine Wahl hatte, wenn es um sein Leben ging und wie er es führte. Allerdings bezweifelte ich, dass er das jetzt hören wollte. »Vielleicht brauchst du einfach mal eine Auszeit«, sagte ich stattdessen.

»Was meinst du?«

»Wollen wir uns kurz setzen?«, fragte ich und nickte zu einer Bank, die nur wenige Meter von uns entfernt stand. Ohne seine Antwort abzuwarten, steuerte ich darauf zu und redete weiter: »Ich habe nachgedacht. Du hast erzählt, dass du seit Ewigkeiten nicht mehr am Meer warst, und auch wenn dein Terminkalender das vermutlich eigentlich nicht zulässt … Wie wäre es mit einem Ausflug?«

Überrascht sah er mich an, während wir uns setzten. »Ans Meer?«

»Ja. Wenn wir mit dem Auto fahren, könnten wir in zwanzig Minuten am Portobello Beach sein, da war ich früher mit Charlotte und Amelia öfter mal.« Zugegeben, die Idee war sehr spontan, aber einmal in meinem Kopf festgesetzt, hatte sie mich nicht mehr losgelassen. Es wäre so schön, mal wieder rauszukommen und etwas anderes zu sehen als die Stadt.

»Das klingt echt verlockend, aber …« Er brauchte den Rest des Satzes nicht aussprechen. *Aber ich kann es mir nicht leisten, einfach wegzufahren.* Doch plötzlich veränderte sich etwas in seinem Blick, und er sah mich entschlossen an. »Weißt du was, scheiß drauf. Lass uns wegfahren. Aber dann nicht nur für ein paar Stunden.«

»Sondern?«, fragte ich, unsicher, ob er wirklich das damit sagen wollte, was ich dachte.

»Wir könnten jetzt losfahren und morgen Mittag zurückkommen. Es ist Wochenende, und du hast recht. Ich kann eine Auszeit wirklich gut gebrauchen. Also, was sagst du?« Weston klang auf einmal ganz aufgeregt.

Überrumpelt starrte ich ihn an. Er wollte mit mir ans Meer fahren? Über Nacht? »Ähm«, sagte ich, »finden wir denn so kurzfristig eine Unterkunft?«

»Ein Freund von meinen Eltern hat ein Ferienhaus in Portobello, das direkt am Meer liegt. Es steht die meiste Zeit des Jahres leer, weil sie es nur ab und zu vermieten. Wir könnten also Glück haben.« Weston strahlte jetzt über das ganze Gesicht, und diesmal sprang der Funke über.

Vor meinem inneren Auge tauchten Bilder von uns beiden am Strand auf. Wir wären weit genug weg vom Alltag, um sämtliche Zweifel hinter uns zulassen. Um so zu tun, als wären wir ganz allein und als spielte nichts anderes eine Rolle.

Ich grinste. »Das ist zwar die spontanste Aktion, die ich je gemacht habe«, sagte ich, »aber wenn wir da wirklich übernachten können, bin ich dabei. Wir müssten nur bei mir vorbeifahren, damit ich ein paar Sachen einpacken kann.«

»Das kriegen wir hin. Ich muss auch noch packen. Also fahren wir ans Meer?« Weston klang so begeistert, dass es das Flattern in meine Magengrube zurückbrachte.

»Wir fahren ans Meer«, sagte ich lachend.

»Perfekt.« Weston sprang auf und griff nach meiner Hand, wobei er wie selbstverständlich seine Finger mit meinen verschränkte.

Glücksgefühle jagten durch meinen Körper, und ich schwor mir, in den nächsten Stunden nicht zu viel nachzudenken und jede Minute zu genießen.

Hand in Hand schlenderten wir zu seiner Wohnung. Während Weston für ein paar Minuten in seinem Zimmer verschwand, rief ich Charlotte an, die von der Idee zwar nicht begeistert war, aber genauso gut wie ich wusste, dass sie mich nicht davon abhalten konnte. Ich war erwachsen und alt genug, um zu wissen, was ich tat. Nachdem Weston kurz darauf mit einem gepackten Rucksack wieder herausgekommen war, fuhren wir direkt zu mir. Unterwegs schrieb ich Amelia auch noch eine schnelle Nachricht. Auf ihre Reaktion brauchte ich allerdings nicht zu warten, um zu wissen, dass sie positiv ausfallen würde. Wenn es sich für mich richtig anfühlte, stand sie hinter mir. Sie wusste zwar noch nicht alles über Weston und mich, da wir in letzter Zeit viel zu selten gesprochen hatten, aber ich versprach ihr, sie nach dem Trip anzurufen.

»Ist es okay, wenn du im Auto wartest?«, fragte ich, sobald Weston den Wagen vor dem alten Backsteingebäude geparkt hatte, das seit sechzehn Jahren mein Zuhause war.

»Hast du Angst, dass Charlotte mich lyncht, während du deinen Pyjama einpackst?«, fragte er grinsend.

»So ähnlich«, murmelte ich. Weston brauchte nicht zu wissen, dass ihn viel eher ein unangenehmer Vortrag über Verhütung und angemessenen Umgang mit jungen Frauen erwartete, wenn er Charlotte gegenübertrat. Wobei ich gar nicht wusste, ob sie überhaupt zu Hause war. Das hatte ich während unseres kurzen Telefonats vergessen, zu fragen. So oder so ging ich lieber auf Nummer sicher.

»Ist gut. Aber beeil dich.« Er beugte sich zu mir herüber und drückte mir einen sanften Kuss auf die Wange.

So schnell wie möglich lief ich in mein Zimmer und warf in Windeseile meine Pyjamahose, Unterwäsche, Leggins und einen Pullover in meinen Rucksack. Charlotte war tatsächlich unterwegs, worüber ich nicht unbedingt traurig war. Es reichte, wenn ich ihr nach dem Ausflug Bericht erstattete. Im Bad griff ich nach einem Handtuch und meinem Kulturbeutel, ehe ich wieder nach draußen lief. Wir würden zwar nur knapp vierundzwanzig Stunden weg sein, aber ich wollte nicht völlig unvorbereitet in einem fremden Ferienhaus sitzen.

Weston startete den Motor, sobald ich das Haus verließ. Im Schnellschritt ging ich auf den Wagen zu und schwang mich auf den Beifahrersitz.

»Bereit für ein Abenteuer?«, fragte er mit einem Lächeln auf den Lippen, das mein Herz höherschlagen ließ.

»Und wie.«

Vor uns erstreckte sich endlose Weite. In regelmäßigen Abständen donnerten die Wellen an den Strand, der sich von der Sonne aufgewärmt hatte. Ich machte ein paar Schritte nach vorn, bis meine nackten Füße von kaltem Wasser umspült wurden.

Die Fahrt hatte nur gute zwanzig Minuten gedauert, trotzdem war es, als wären wir in einer anderen Welt gelandet. Wir hatten das Auto beim Ferienhaus geparkt und waren, nachdem wir unsere Sachen reingebracht hatten, direkt zum Strand gelaufen.

»Es ist wunderschön hier«, sagte ich und atmete tief ein.

Weston trat hinter mich. Er schlang einen Arm um meine Taille, und ich lehnte mich an seine Brust. Wenn es einen Weg gäbe, diesen Augenblick für immer festzuhalten, würde ich es, ohne zu zögern, tun. Weiße Gischt tanzte auf der blaugrauen Oberfläche des Meeres, und ich brauchte mich nicht umzudrehen, um zu wissen, dass sich die Farbe in Westons Augen widerspiegelte.

»Das ist es wirklich.« Wind fuhr durch meine Haare und wehte alle zweifelnden Gedanken mit sich fort.

»Wann warst du das letzte Mal schwimmen?«, fragte Weston, und ich konnte das Grinsen in seiner Stimme hören.

»Was?« Ahnungsvoll drehte ich mich zu ihm um. Es waren noch ein paar andere Leute am Strand, allerdings ein ganzes Stück weiter weg. Vorhin hatte ich sogar einen Mann gesehen, der im Meer schwamm, und direkt gedacht, dass man verrückt sein musste, wenn man sich bei den Temperaturen ins Wasser traute. Die Sonne schien heute zwar ungewöhnlich warm vom Himmel, aber bis sie das Meer spürbar erwärmte, dauerte es noch ein paar Wochen.

»Du hast mich schon verstanden«, sagte er zwinkernd.

Weston machte ein paar Schritte zurück und zog sich sein Shirt über den Kopf. Die Jeans folgte kurz darauf. Fassungslos beobachtete ich, wie er nur mit Boxershorts bekleidet langsam auf mich zukam. Mein Blick verselbstständigte sich und glitt über seinen Oberkörper. Dass Weston gut aussah, war kein Geheimnis. Trotzdem bildete ich mir einen Moment lang ein, dass meine Beine weich wurden.

»Hast du genug gestaunt?«, fragte er grinsend.

»Das hättest du gern«, erwiderte ich und wich zurück, als ich das gefährliche Funkeln in seinen Augen bemerkte. »Denk nicht mal dran«, warnte ich ihn. Das Wasser hatte nicht gerade angenehme Badetemperaturen, was für April absolut normal war – und ich war nur mit den Füßen drin. Nicht normal war, dass Weston inzwischen bis zu den Knien im Wasser stand und es in der Kälte aushielt, ohne am ganzen Körper zu zittern.

»Angst?«, neckte er mich. »Oder bist du einfach nur ein Feigling?«

Ich verschränkte die Arme. »Soll das eine Herausforderung sein?«

»Wohl kaum. Das würde ja bedeuten, dass du dich weiter reintraust als mit den Zehenspitzen.«

Sprachlos schaute ich ihn an. Dieser elende, arrogante Idiot. Obwohl ich wusste, dass er genau das damit bezwecken wollte, schlüpfte ich aus meinem Kleid. Zum Glück hatte ich mich heute Morgen für schwarze, blickdichte Unterwäsche entschieden.

Mit zusammengebissenen Zähnen kehrte ich ins Wasser zurück und machte ein paar Schritte hinein. Scheiße, war das kalt! Ich hob den Kopf, um Weston das triumphierende Grinsen zu schenken, das er verdient hatte, als ich seinen Blick bemerkte. Sehnsucht lag in seinen Augen, die mich nie mehr an einen tosenden Sturm erinnert hatten als in diesem Moment.

Ohne ein Wort zu verlieren, überbrückte er den Abstand zwischen uns und legte seine Arme um meinen Körper. Er hob mich hoch, und ich schlang, ohne nachzudenken, meine Beine um ihn. Meine Hände vergrub ich in seinen Haaren. Lächelnd blickte Weston zu mir auf. Sonne schien ihm ins Gesicht, als ich den Kopf senkte und unsere Münder aufeinandertrafen. Weston verstärkte seinen Griff und zog mich fester an seinen Körper.

Seufzend vertiefte ich den Kuss, bis unsere Zungen aufeinandertrafen. Weston schmeckte nach Salz und Sonne, eine Kombination, die ich für immer mit diesem Moment verbinden würde. Ohne mich loszulassen, ging er weiter ins Meer hinaus. Die Wellen schwappten an mir empor, doch die Kälte störte mich nicht länger. Als Weston den Kuss unterbrach und die Augen öffnete, war der Sturm aus seinem Blick verschwunden. Stattdessen sah ich darin einen entspannten, beinahe friedlichen Ausdruck.

»Jetzt weiß ich wieder, was du damit meinst, dass man sich am Meer frei fühlt«, sagte er.

Ich lächelte. »Das ist gut.« Langsam löste ich mich von ihm. Meine Füße kamen auf dem Boden an und wirbelten Sand auf. Wie sehr ich das vermisst hatte …

Mit einem zufriedenen Seufzer stieß ich mich ab und schwamm ein paar Züge. Das Wasser war verdammt kalt, aber mit jedem Schwimmzug, merkte ich die Kälte weniger. Den Blick auf den Horizont gerichtet, vergaß ich das Ufer hinter mir. Es verschwand, genauso wie jeder Gedanke an die Vergangenheit oder die Zukunft. In diesem Moment spielte es keine Rolle, dass meine Kindheit an einem sonnigen Nachmittag schlagartig einen Riss bekommen hatte, der seither nicht wieder zusammengewachsen war. Es spielte auch keine Rolle, dass ich nicht ewig bei meiner Tante bleiben konnte und irgendwann ein eigenes Leben aufbauen musste. Das Einzige, was zählte, war das Gefühl unbändiger Freiheit, während ich die Luft anhielt und durch die nächste Welle hindurchtauchte.

Als ich wieder die Oberfläche durchbrach, gab ich mir selbst ein Versprechen: Ganz gleich, was in den nächsten Stunden und Tagen passieren würde, diesen Augenblick würde ich nicht vergessen. Wenn der Alltag mich wieder fest im Griff hatte und alte Zweifel durch meinen Kopf wirbelten, würde ich mich an das Gefühl von Glück erinnern. Daran, dass ich mutig genug war, selbst zu entscheiden, wie ich leben wollte.

Mit diesem Vorsatz drehte ich mich um. Zu meiner Überraschung war Weston bereits zurück am Strand, wo er – wieder voll bekleidet – mit einem Handtuch, das er aus dem Auto mitgenommen hatte, auf mich wartete.

»Feigling«, zog ich ihn auf, als ich aus dem Wasser stieg.

»Ich schätze, ich habe unterschätzt, wie kalt es ist«, gab er zu, stellte sich hinter mich und legte das Handtuch um meine Schultern. Als er merkte, dass ich zitterte, umschlang er mich und rieb sanft über meine Arme. Erneut durchlief mich ein Zittern, doch diesmal aus einem anderen Grund. Mein Rücken presste sich gegen Westons Oberkörper, lediglich das Handtuch und sein Shirt, das er sich leider wieder angezogen hatte, trennten uns voneinander. Ich spürte seinen warmen Atem in meinem Nacken und sog scharf die Luft ein. Ein heißes Kribbeln durchfuhr mich, und ich erschauderte.

»Ist dir immer noch kalt?«, fragte er leise, und ich schüttelte den Kopf.

Langsam drehte ich mich zu ihm um, das Handtuch fest um meine Schultern geschlungen.

»Was ist dann …?« Er brach ab, als er meinen Blick bemerkte. »Verdammt«, murmelte er und streckte eine Hand nach mir aus. Im nächsten Augenblick schlang er einen Arm um meine Taille, und ich stolperte nach vorn und fing mich an seiner Brust ab.

Spätestens jetzt war mir nicht länger kalt. Ich vergrub meine Hände in seinen Haaren, und Weston kam mir sofort entgegen. Seine Lippen strichen über meine, erst sanft, dann fordernd. Hitze sammelte sich in meiner Bauchgegend, und ich vertiefte den Kuss.

Unsere Zungen trafen sich, was Funken in meinem Körper entfachte. Ich spürte den Kuss bis in die Zehenspitzen. Weston verstärkte den Griff um meine Taille, ich presste mich an ihn und verlor mich in seinen Berührungen. In dem Seufzen, das er an meinen Lippen ausstieß und das wie ein Versprechen nach mehr klang.

Atemlos löste ich mich und sah ihn an. »Hätte ich gewusst, dass dieser Tag uns hierher führen würde …« Ich schüttelte ungläubig den Kopf. Ich hätte es ziemlich sicher nicht geglaubt.

»Frag mich mal. Vor zwölf Stunden habe ich noch Harris beim Kotzen zugeschaut.«

»Wow. Du weißt wirklich, wie man die romantische Stimmung zerstört«, bemerkte ich gespielt trocken.

»Sorry.« Weston drückte mir einen Kuss auf die Stirn, und ich vergrub mein Gesicht in seiner Halsbeuge. »Ich war noch nie gut, wenn es um Romantik ging.«

»Warum nur glaube ich dir das sofort«, erwiderte ich lachend und trat einen Schritt zurück, um mir mein Kleid wieder anzuziehen. Ein kühler Wind wehte vom Meer her, und ich fröstelte erneut. Höchste Zeit, dass ich ins Warme kam.

Weston schien dasselbe zu denken, denn er verschränkte seine Finger mit meinen, und Hand in Hand schlenderten wir zu dem Ferienhaus, das sich nur wenige Meter vom Strand entfernt befand und von dem aus man einen direkten Blick aufs Meer hatte. Da wir vorhin nur unsere Sachen abgeladen hatten, hatte ich noch nicht mehr als das Erdgeschoss mit Küche und Wohnzimmer gesehen. Doch wenn der Rest des Hauses genauso stilvoll und modern eingerichtet war, würde ich mich während der nächsten Stunden vermutlich wie in einem Film fühlen, in dem die Protagonisten in der Welt der Reichen und Schönen verkehrten. Fehlte nur noch ein Butler. Wobei ich auf den gern verzichtete. Weston reichte vollkommen.

Bei dem Gedanken, in den nächsten Stunden mit ihm allein zu sein, kehrte das aufgeregte Kribbeln zurück. Ich hatte zwar schon einmal bei ihm übernachtet, aber nur, weil ich aus Versehen eingeschlafen war. Eine geplante gemeinsame Nacht in einem Ferienhaus am Meer stellte ein völlig anderes Szenario dar.

»Alles klar?«, fragte Weston, als wir an der Eingangstür ankamen. Das gesamte Haus erstrahlte in einem blassblauen Farbton, der perfekt zu der Kulisse passte. Von der Veranda aus konnte man das Meer sehen, ein schmaler Steg führte zum Strand. Vielleicht würde ich heute Nacht sogar die Wellen rauschen hören.

Ich kniff die Augen zusammen, unfähig zu begreifen, dass das alles real war. Doch als ich sie wieder öffnete, stand ich immer noch hier. Salzwasser tropfte aus meinen nassen Haaren auf meine nackten Arme.

»Alles bestens«, sagte ich.

»Okay.« Er warf mir einen prüfenden Blick zu und öffnete die Tür. »Dann lass uns mal den schicken Ofen in der Küche testen.«

»Du meinst für die Tiefkühlpizza, die wir auf dem Weg gekauft haben?«

»Genau dafür«, sagte Weston lachend.

Als wir das Haus betraten, konnte ich nicht anders, als Weston immer wieder verstohlene Blicke zuzuwerfen. Je mehr ich von ihm sah, desto schwerer wurde es, ihn nicht in mein Herz zu lassen. Ich wusste, dass es keinen Sinn hatte, mich länger dagegen zu wehren. Dass er längst dabei war, sich einen Platz darin zu sichern.

»Kommst du?«

Ich merkte erst jetzt, dass ich stehen geblieben war. Entschlossen folgte ich Weston in die Küche. Was auch immer in den nächsten Stunden passieren würde, ich würde die Zeit in vollen Zügen genießen.

23. KAPITEL

Maisie

Das Ferienhaus war tatsächlich der Wahnsinn. Das Erdgeschoss, das ich vorhin nur kurz gesehen hatte, war komplett offen, und die Bereiche gingen fließend ineinander über. Von der Küche aus konnte man durch das gesamte Wohnzimmer bis zu der Veranda dahinter sehen, auf der sich eine Bank, ein weiterer Tisch und mehrere Stühle befanden. Im Wohnzimmer selbst gab es einen großen Kamin und eine breite Couch, die aussah, als wäre sie nagelneu. An den Wänden hingen Gemälde mit Küstenmotiven. Die wilden Pinselstriche ließen sie rau, aber dennoch verspielt aussehen. In ihnen lag eine gewisse Melancholie, was mich sofort begeisterte. Fehlten nur noch Bücherregale und ein paar Pflanzen auf der Fensterbank, und ich würde hier, ohne zu zögern, einziehen.

Ein Leben am Meer hatte mich schon immer gereizt. Vielleicht konnte ich Amelia und Jasper davon überzeugen, im Sommer mit mir an die Küste zu fahren. Die beiden konnten eine Auszeit sicher auch gut gebrauchen. Mein Blick glitt zurück zu Weston, der in der Küche unsere Vorräte sortierte, die wir auf der Fahrt hierher gekauft hatten. Vielleicht würde auch ihm ein Urlaub guttun.

»Wollen wir uns vor dem Essen noch ein bisschen raussetzen?«, fragte ich. Ich trug inzwischen eine Jeans und einen Pulli, weil es mir in dem Kleid und der nassen Unterwäsche doch zu kühl geworden war. Draußen war es, da es bereits zu dämmern begonnen hatte, zwar nicht gerade warm, aber ich hatte in einer Kiste neben der Couch mehrere Wolldecken entdeckt, die die nächtliche Kälte fernhalten würden.

»Gute Idee. Eine Couch habe ich zu Hause schließlich auch, eine Veranda nicht.« Weston lächelte schief, und mein Herz machte wieder einmal einen Satz. Unwillkürlich tauchte der Moment am Strand in meinem Kopf auf. Der Kuss war berauschend gewesen, und ich fragte mich, wie viele wir davon heute Abend noch austauschen würden.

Schnell räusperte ich mich und strich mir eine Haarsträhne hinters Ohr. Ich war mir Westons Blick nur zu deutlich bewusst, was mich plötzlich verlegen machte. »Ich geh mal die Decken holen«, murmelte ich und steuerte den Korb neben der Couch an.

Er folgte mir wortlos, als ich nach zwei Wolldecken griff und die Veranda betrat. Während ich die Decken ausbreitete und mich in eine davon wickelte, wischte Weston mit einem Lappen den Tisch ab und steckte die Lichterkette ein, die sich um das blassblau angestrichene Geländer schlang und die Veranda in warmes Licht tauchte. Hinter dem Steg blitzte weißer Sand auf, und eine angenehme Stille lag in der Luft, die lediglich von dem Rauschen der Wellen durchbrochen wurde. Die Szene hatte etwas Unwirkliches, und ich widerstand dem Drang, mich zu kneifen und davon zu überzeugen, dass all das real war. Eingekuschelt in die Decke setzte ich mich auf eine Bank und nahm den Anblick in mich auf.

»Du kannst sagen, was du willst, aber das ist jetzt ja wohl romantisch, oder?« Weston sank neben mir auf das weiche Polster und legte wie selbstverständlich einen Arm um meine Schultern. Sofort lehnte ich mich an ihn und an den weichen weinroten Kapuzenpulli, den ich ihm klauen wollte, seit er ihn sich nach dem Strandausflug übergezogen hatte.

»Ein bisschen vielleicht«, sagte ich, um ihn zu ärgern.

»Ein bisschen?« Weston lachte leise. Das Geräusch stellte seltsame Dinge mit meinem Körper an. Eine Gänsehaut der angenehmen Sorte breitete sich auf meinen Armen aus, und tief in mir erwachte ein sehnsuchtsvolles Pochen.

Als hätte Weston meinen Stimmungswechsel gespürt, wanderte seine Hand unter die Decke und legte sich schwer auf meinen Oberschenkel. Mit seinem Daumen fing er an, unsichtbare Kreise zu malen, und ich musste die Zähne zusammenbeißen, um nicht laut zu seufzen. Himmel, wie machte er das bloß?

Ich kuschelte mich noch mehr an ihn, während ich die sanften Berührungen und den Anblick des Abendhimmels genoss, der von Orangerot zu Blasslila und schließlich Blauschwarz wechselte. Keiner von uns sagte etwas. Instinktiv schienen wir beide zu spüren, dass dieser Moment keine Worte brauchte. Westons regelmäßiger Atem strich über meine Haare und mir wurde bewusst, dass ich ihn noch nie so entspannt und friedlich erlebt hatte wie in den letzten Stunden.

Irgendwann tauchten die ersten Sterne am Nachthimmel auf. Der Wind wurde stärker und wehte kalte Luft vom Meer herüber, die mich trotz der Decke zittern ließ.

»Sollen wir reingehen?«, fragte Weston. »Ich könnte ein Feuer machen. Außerdem wäre etwas zu essen nicht schlecht.«

»Das stimmt«, sagte ich. Mein Magen hatte schon vor ein paar

Minuten geknurrt, aber ich hatte mich neben Weston viel zu wohl gefühlt, um deshalb aufzustehen.

Ich schälte mich aus der Decke und folgte Weston zurück ins Wohnzimmer, wo ich die Vorhänge zuzog und die Stehlampe neben der Couch einschaltete. Nachdem ich zwei Tiefkühlpizzen in den Ofen geschoben hatte, kehrte ich zurück und sah zu, wie Weston das Feuer anmachte. Oder es zumindest versuchte.

»Kommst du klar?« Skeptisch beobachtete ich, wie Weston im Kamin Holzscheite aufeinanderstapelte.

»Bestens.« Er griff nach einem Stück Holz, das viel zu groß war und das Feuer direkt ersticken würde.

»Lass mich mal.« Sanft drängte ich ihn beiseite und schichtete das Holz neu. In der Kiste neben dem Kamin befanden sich zudem alte Zeitungen. Wer auch immer die Freunde von Westons Eltern waren, das Ferienhaus bot wirklich alles, was man brauchte, und in weniger als fünf Minuten hatte ich das Feuer entfacht. Voller Genugtuung bemerkte ich Westons entgeisterten Blick.

»Warum kannst du das so gut?«, fragte er.

»Hat mir Charlotte als Kind beigebracht.« Ich zuckte betont beiläufig mit den Schultern, dabei war ich durchaus etwas stolz darauf.

»Deine Tante ist verdammt cool«, bemerkte er.

»Ist sie.«

»Es ist verrückt, immer wenn ich denke, ich würde dich kennen, entdecke ich neue Seiten an dir.«

Kurz durchzuckte mich die Erinnerung an meinen Albtraum und an Dr. Raes Worte, dass ich mich meinem Trauma stellen müsste, wenn ich es bewältigen wollte. Doch ich verdrängte sie, bevor sie in meinem Kopf Wurzeln schlagen und diesen Ausflug zerstören konnten. Weston kannte vielleicht nicht alle Seiten von mir, aber er kannte genug. Genauso wie ich genug von ihm gesehen hatte, um zu wissen, dass ich ihm vertrauen konnte.

»So geht es mir mit dir auch«, gab ich zu. »Aber was ich bisher gesehen habe, gefällt mir, und mit jeder neuen Seite, die ich an dir entdecke, mag ich dich ein bisschen mehr.« Meine Stimme zitterte leicht, und das Herz klopfte mir bis zum Hals, doch ich schwächte die Worte nicht mit einer hinterhergeschobenen Relativierung ab.

Ein Lächeln breitete sich auf seinen Lippen aus.

Einen Augenblick lang dachte ich an all die Dinge, denen er in Gesprächen auswich, aber irgendwann würde er mir erzählen, warum er Jura studierte, obwohl es ihn nicht glücklich zu machen schien. Da war ich mir sicher. Er war kein schlechter Mensch. Keiner von denen, die aus reichen Familien kamen, verwöhnt waren und nur nach Macht und noch mehr Reichtum strebten. Die ihre Position als Anwalt dazu nutzten, um Profit zu machen, anstatt sich für die Menschen einzusetzen, denen täglich Ungerechtigkeiten widerfuhren.

Im nächsten Moment sprang er auf. »Die Pizza!« Er fluchte, und ich folgte ihm eilig in die Küche. Wir kamen noch rechtzeitig, allerdings war der Käse bereits leicht braun, sodass wir das Essen schnell rausholten.

Ausgestattet mit zwei dampfenden Pizzen, machten wir es uns im Wohnzimmer gemütlich. Während wir aßen, tauschten wir uns über belanglose Dinge aus – seine Freunde, die Schreibwerkstatt, welche Filme wir liebten und welche überhaupt nicht gingen.

Sobald die Teller leer waren, lehnten wir uns auf der Couch

zurück, kuschelten uns aneinander. Im Hintergrund prasselte das Feuer im Kamin, und ich schloss kurz die Augen. Ich hatte bereits geahnt, dass der Ausflug eine gute Sache war, aber ich hatte nicht damit gerechnet, dass es so gut werden würde. Dass die Gefühle in mir hochkochen und meine Zuneigung zu Weston in mir übersprudeln würde.

Als hätte er meinen Gedanken gehört, legte Weston eine Hand auf mein Bein und begann, mit seinem Daumen Wellen darauf zu malen. Dort, wo er mich berührte, wurde meine Haut ganz warm, und auf einmal kam mir der Abstand zwischen uns viel zu groß vor.

Ohne lange darüber nachzudenken, kletterte ich auf seinen Schoß. Weston sah mich überrascht an, und seine Augen weiteten sich, doch schon im nächsten Augenblick legte er eine Hand an meine Hüfte.

»Du bist wunderschön«, murmelte er und strich mir zärtlich durch die Haare.

Mein Herz klopfte viel zu schnell, und ich konnte selbst kaum glauben, was ich hier tat. Als seine Hand in meinem Nacken zum Ruhen kam, sammelte sich Hitze in meiner Körpermitte und strahlte in alle Richtungen aus. Ich strich mit einem Finger über seine Wange und hob sein Kinn an, bis er mich direkt anschaute. In seinen Augen loderte ein Feuer, heller noch als die Flammen im Kamin. Für ein paar Sekunden lang sahen wir uns schweigend an. In diesem Augenblick wussten wir es beide. Diese Nacht gehörte uns. In den nächsten Stunden würden kein Alltag, keine Arbeit und kein Studium existieren. Keine Freunde und Familie, die uns ermahnten, vorsichtig zu sein, oder die uns sagen wollten, wie wir unser Leben zu leben hatten. Es gab nur ihn und mich. Zwei Menschen, die sich gleichzeitig füreinander entschieden und es nicht bereuen würden.

Als unsere Lippen aufeinandertrafen, lag eine Verzweiflung darin, die mich erschütterte. Weston griff in meine Haare und zog mich näher zu sich, bis kein Blatt mehr zwischen uns passte. Ich hielt mich an ihm fest, während er den Kuss vertiefte, und mein Denken setzte aus. Alles, was ich noch wahrnahm, waren seine Hände, die über meinen Rücken wanderten und sich unter den Pulli und schließlich den Saum meines Tops schoben.

Atemlos löste ich mich von ihm. Sein dunkler Blick jagte kleine Blitze durch meinen Körper. Ohne ihn aus den Augen zu lassen, zog ich mir den Pulli über den Kopf und warf ihn achtlos beiseite. Weston beugte sich vor, strich über meine Arme und ließ sanfte Küsse auf meinen Hals regnen. Ich legte den Kopf in den Nacken, und als er an der empfindlichen Stelle unter meinem Ohr ankam, konnte ich ein Stöhnen nicht länger zurückhalten.

»Verdammt, Maisie«, murmelte er an meiner Haut.

In diesem Moment begriff ich, dass er sich diesmal nicht zurückhalten würde. Dass er es nicht bei ein paar Küssen belassen würde. Angespornt von diesem Gedanken tastete ich nach seinem Pulli und befreite ihn davon. Sein T-Shirt folgte keine Sekunde später. Westons Hände glitten zu meinen Oberschenkeln, und ich lehnte mich zurück, um ihn betrachten zu können, während meine Finger seinen nackten Oberkörper erkundeten. Ich fuhr über seine Muskeln und genoss es, wie er unter der Berührung erzitterte.

Seit meinem ersten Freund Jeremy hatte ich mit niemandem mehr geschlafen, trotzdem fiel sämtliche Schüchternheit ab, als ich in Westons Augen blickte. Er hatte mich von Anfang an so akzeptiert, wie ich war, und ich hatte mich nie verstellt. Mich nie zurückgehalten. Also würde ich jetzt ganz sicher nicht damit anfangen.

»Gefällt dir das?«, flüsterte ich und erntete ein atemloses Keuchen. Es dauerte nicht lange, bis Weston unter mir unruhig herumrutschte. Ich konnte durch den rauen Stoff der Jeans spüren, wie sehr er mich wollte.

Mit einem gequälten Laut bewegte er sich und presste seine Lippen erneut auf meine. Ohne den Kuss zu unterbrechen, richtete ich mich etwas auf und zog Weston von der Couch mit mir. Er folgte mir, und kurz darauf sank ich auf weichen Teppichboden. Weston stützte sich mit einem Arm neben meinem Kopf ab, sein Gewicht senkte sich langsam auf mich. Als seine Zunge auf meine traf, verwandelte sich die Hitze in meiner Körpermitte in einen Flächenbrand, der alles mit sich riss. Ich schloss die Augen und trieb davon.

Was dann passierte, nahm ich wie in einem Fiebertraum und gleichzeitig so intensiv wahr, wie ich es bisher noch nie erlebt hatte. Ich spürte Westons nackte Haut auf meiner, hörte ihn Liebkosungen in mein Ohr flüstern und fühlte, wie seine Hand über meine Taille zu meinem Bauch wanderte. Quälend langsam strich er über den Bund meiner Jeans, bis ich es nicht mehr aushielt und den Knopf öffnete, um mich von dem Stoff zu befreien.

»Bist du dir sicher, dass du das willst?«, fragte Weston.

»Absolut sicher.«

»Du kannst das hier jederzeit beenden«, sagte er und begann, die Hose über meine Beine nach unten zu streifen.

»Ich weiß.« Aber das würde ich nicht tun. Noch nie war ich mir sicherer gewesen, etwas zu wollen, wie diese Nacht mit Weston. In seinen Armen fühlte ich mich geborgen und zugleich frei. Ich war nicht länger jemandes kleines Mädchen, das beschützt werden musste. In Westons Nähe konnte ich die selbstbewusste Frau sein, die wusste, was sie wollte. Ich brauchte mich nicht zu verstecken oder mit meinen Worten kämpfen.

Während das Holz hinter uns im Kamin knackte und wohlige Wärme verströmte, entledigte sich Weston ebenfalls seiner Jeans, und im Nu war er wieder über mir. Er warf mir einen langen, feurigen Blick zu, und ich verlor mich in dem dunklen Funkeln in seinen Augen.

»Danke, dass du mich hierher gebracht hast«, flüsterte ich und legte eine Hand in seinen Nacken, wo ich mit meinen Fingern Kreise malte.

»Soweit ich mich erinnere, war es deine Idee, ans Meer zu fahren«, raunte er. Sein Mund näherte sich meinem, und bevor ich zu einer Antwort ansetzen konnte, verschloss er meine Lippen mit seinen. Doch das machte nichts. Nicht wenn er mich auf diese Art zum Schweigen brachte.

Im nächsten Moment schlang ich meine Beine um Weston. Wir küssten uns, bis wir keine Luft mehr bekamen. Atemlos und zwischen ersticktem Lachen erkundeten wir den Körper des anderen. Westons Hände waren überall, sie glitten über meine Taille, meinen Bauch und zu meinen Schultern, wo er die Träger meines BHs nach unten schob. Ich half nach und öffnete den Verschluss. Ein weiteres Kleidungsstück landete auf dem Boden.

Den Kopf in den Nacken gelegt, gab ich mich seinen zärtlichen Küssen hin, bis das Verlangen zu groß wurde. Ich bog mich ihm entgegen, als er sich an mich presste. Mein Körper bebte unter seinen Berührungen, doch es war nicht genug. Ungeduldig zupfte ich am Saum seiner Boxershorts, und er verstand sofort.

Wenige Augenblicke später gab es keinen störenden Stoff mehr zwischen uns. Aus gesenkten Lidern beobachtete ich, wie Weston nach seiner Jeans angelte. Es folgte das reißende Geräusch von Folie, und schon war er wieder bei mir.

»Du bist dir ganz sicher?«, fragte er.

»Ja.«

Mein Herz pochte wie wild, während Weston sich langsam zwischen meine Beine schob. Unwillkürlich hielt ich die Luft an, als er langsam in mich eindrang.

»Gott, Maisie«, murmelte er und warf mir einen glühenden Blick zu, den ich bis in die Zehenspitzen spürte.

Was folgte, verschlug mir die Sprache. Unsere Körper bewegten sich fieberhaft, bis sie einen gleichmäßigen Rhythmus fanden. Ich gab mich meiner Lust hin, die mich alles vergessen ließ. Der Rest der Welt verschwand, das Ferienhaus, das Feuer und die Lichterkettenveranda. Da waren nur noch wir beide. Unsere Herzen, die wild und unregelmäßig schlugen, und unser keuchender Atem. Ich wusste nicht mehr, wo ich aufhörte und er begann, oder wie viel Zeit schon vergangen war.

Was ich wusste, war, dass ich diesen Moment nie vergessen würde. Weder wie er meinen Namen immer und immer wieder flüsterte, als er auf mir zusammensackte, noch die Wellen puren Glücks, die mich kurz darauf überrollten.

Sobald sich unser Atem wieder beruhigt hatte, kuschelte ich mich enger an Weston. Er hatte irgendwann eine Decke geholt, und wir hatten es uns auf dem Boden vor dem Kamin gemütlich gemacht. Weston hatte einen Arm um mich geschlungen, sein Kinn ruhte auf meinem Kopf.

»Das war schön«, flüsterte er schläfrig.

Ich tastete nach seiner Hand und drückte sie sanft.

Ja, das war es. Ich hatte keine Ahnung, was der nächste Morgen bringen würde, doch für den Augenblick genügte es mir, in Westons Armen einzuschlafen und mir vorzustellen, dass diese Nacht niemals endete.

24. KAPITEL

Maisie

»Erzähl mir alles.«

Bree saß mit weit aufgerissenen Augen auf meinem Bett und starrte mich erwartungsvoll an.

Sie war den ganzen Tag über vor Neugierde fast geplatzt, als ich heute Morgen in den Kindergarten gekommen war und erzählt hatte, dass ich das Wochenende mit Weston am Meer verbracht hatte.

»Mach ich, keine Sorge.« Ich griff nach meinem Tee und nahm einen großen Schluck. »Wo soll ich anfangen?«

»Vielleicht damit, wie zur Hölle aus einem Treffen im Park ein Ausflug ans Meer werden konnte?«

Lachend lehnte ich mich in meinem Sessel zurück. Die Nacht im Ferienhaus kam mir bereits jetzt wie ein ferner Traum vor. Gleichzeitig erinnerte sich mein Körper nur zu gut an das Gefühl von Westons Berührungen und daran, wie ich am nächsten Morgen in seinen Armen aufgewacht war. Irgendwann hatte er uns Tee und Kaffee gekocht, während ich Pancakes gemacht hatte, und nach einem ausgiebigen Frühstück waren wir Händchen haltend am Strand entlangspaziert.

Es waren Stunden voller Glück gewesen. Doch dann waren wir zurückgefahren, und seither fragte ich mich immer wieder, wie wir es schaffen konnten, den Zauber, den wir am Meer gespürt hatten, auch in Edinburgh aufrechtzuerhalten. Ich wollte nicht daran denken, dass der Ausflug vielleicht nur ein Urlaub von unserem Alltag gewesen war, in dem unsere Leben nicht zueinanderpassten. Doch der Gedanke nistete sich trotzdem ein. Mit jeder Minute, in der ich nichts von Weston hörte, wuchs das ungute Gefühl.

Als ich Bree davon erzählte, wie wir spontan beschlossen hatten wegzufahren und die Nacht vor dem Kamin verbracht hatten, erschien ein Grinsen auf ihrem Gesicht. Doch als ich von meinen Zweifeln berichtete, erlosch es.

»Warte kurz … Er hat eben mal ein Ferienhaus klargemacht, wo er dich die ganze Nacht in seinen Armen gehalten hat, und jetzt glaubst du, er bereut es, weil er sich seit gestern nicht gemeldet hat?«

»Nein«, erwiderte ich ernst. »Ich glaube, dass er dort unfassbar glücklich war und mir eine Seite von sich gezeigt hat, die er sonst nur selten jemanden sehen lässt. Ich glaube aber auch, dass er jetzt wieder zurück in der Uni ist, lernen muss und mit seinen Kommilitonen die nächste Party plant. Und ich werde das Gefühl nicht los, dass er mir etwas verschweigt, beziehungsweise dass er zurückhält, was ihn beschäftigt. Außerdem weiß ich kaum etwas über seine Familie. Ich weiß nur, dass er eine Schwester hat, und kenne seinen Onkel Raymond. Okay, und natürlich Teddy, aber trotzdem.«

»Hast du ihn mal gegoogelt?«

Ich runzelte die Stirn. »Ähm, nein. Natürlich nicht. Wer macht so was?«

»Jeder.« Brees Augenbrauen schossen belustigt nach oben.

Ich blieb skeptisch. »Ich wüsste nicht, was das bringen soll.«

»Du könntest etwas über ihn und seine Familie erfahren«, sagte sie.

Zögernd schaute ich auf mein Handy. Ich wollte Weston nicht nachspionieren, und auch wenn die Suchmaschine nur Informationen ausspucken würde, die jedem Menschen zugänglich waren, fühlte es sich wie Verrat an.

»Wie heißt er mit Nachnamen? Campbell wie Teddy?« Bree tippte bereits auf ihrem Handy herum.

»Warte, Bree.« Hastig griff ich danach, aber sie wich meiner Hand aus.

»Scheiße.« Bree kniff ihre Augen zusammen und starrte auf das Display.

»Was ist? Hast du was herausgefunden?«

»Erinnerst du dich an den Fall, über den wir uns neulich so aufgeregt haben? Der Kerl, der Gelder veruntreut hat, die eigentlich unserem Kindergarten und anderen sozialen Einrichtungen und Bildungsstätten zugestanden hätten?«

»Klar, dieser Ralph Cordon, oder? Was hat das mit Weston zu tun?«

Wortlos drückte mir Bree ihr Handy in die Hand.

Anwälte von Cordon wollen einen Deal aushandeln. Ein Insider erzählt, um wie viel Geld es tatsächlich geht.

Ich scrollte weiter nach unten und landete bei einem Foto, das Ralph Cordon zusammen mit einem Mann in Anzug zeigte. Geschätzt war er Mitte fünfzig, und selbst auf der Aufnahme wirkten seine Augen berechnend und kalt. Sein ganzes Auftreten sollte einschüchtern, von der perfekt sitzenden Krawatte, bis zu den polierten Markenschuhen, die vermutlich mehr gekostet hatten als mein gesamter Kleiderschrank.

Unter dem Bild standen die Namen der Abgebildeten: *Ralph Cordon (l.) mit seinem Anwalt Alastair Campbell (r.).*

»Sag mir, dass das nicht sein Vater ist.« Mein Blick zuckte von dem Foto zu Bree. Bevor ich mich davon abhalten konnte, klickte ich den Link an, der mich auf die Homepage der Kanzlei führte. An der Rubrik Mitarbeiter blieb ich hängen. Ganz unten, am Ende einer langen Liste, fand ich Westons Foto. Er wurde als Junior vorgestellt. Damit waren die letzten Zweifel beiseitegewischt. Ich schluckte, während ich ihr wortlos das Display hinhielt.

Bree sah mich mitfühlend an. »Vielleicht hat er dir nichts davon erzählt, weil es noch nicht zur Sprache kam?«

»Glaub mir, es kam zur Sprache. Ich habe mich über genau diesen Fall vor ihm aufgeregt.« Stöhnend vergrub ich das Gesicht in den Händen. »Meine Worte haben in etwa gelautet: *Du kannst mit deinem Studium ja was Cooles machen und nicht wie die Idioten werden, die Mandanten wie Ralph Cordon vertreten und nur an Profit interessiert sind, statt an dem Wohlergehen der Leute.* Verdammt. Spätestens da hätte er was sagen müssen, oder?«

»Vielleicht hat er sich nicht getraut«, warf Bree ein.

»Vielleicht. Trotzdem verstehe ich es nicht.«

Ich ließ das Handy sinken. In meinem Kopf jagte ein Gedanke den nächsten. Warum hatte Weston mir nicht einfach erzählt, dass sein Vater Cordon vertritt? Glaubte er, ich würde es nicht verstehen? Die Zweifel, dass uns eine ganze Welt trennte, wurden mit jeder Sekunde lauter. Sein Vater war führender Geschäftspartner in einer der renommiertesten Kanzleien der Stadt. Kein Wunder, dass Weston ebenfalls studierte und sich ein schickes Apartment leisten konnte. Vermutlich wurde es sogar von seinem Dad finanziert, der durch Mandanten wie Ralph Cordon ein dickes Konto auf der Bank hatte. Mir war natürlich klar, dass das alles nicht automatisch hieß, dass Weston eines Tages denselben Weg einschlagen würde, aber es lag nahe, dass genau das sein Plan war. Warum sonst sollte er Jura studieren? Er wäre dumm, wenn er nicht die Kontakte nutzen und in die Kanzlei einsteigen würde. Dennoch konnte ich mir nicht vorstellen, wie der Kerl, der mich am Strand lachend ins Wasser getragen hatte, mit Anzug und Krawatte vor dem Gericht Männer wie diesen Ralph Cordon verteidigte.

»Scheiße«, murmelte ich.

Vor einigen Stunden hatte ich noch in Westons Armen gelegen und mich wie das glücklichste Mädchen auf der Welt gefühlt. Ich wusste, dass er mir nichts vorgespielt hatte. Dafür hatten sich die Momente mit ihm zu echt angefühlt. Aber er hatte mir etwas verschwiegen, und ich musste wissen, warum. Vertraute er mir nicht? Oder war ich für ihn bloß eine Ablenkung, eine Auszeit, die er von seinem stressigen Alltag brauchte? Jemand, bei dem er entspannen und sich zurücklehnen konnte, weil ich nichts über seine Familie wusste?

»Was wirst du jetzt tun?«, fragte Bree und riss mich aus meiner Gedankenspirale.

»Na, was wohl. Ihn darauf ansprechen. Ich meine, im Grunde hat es nichts direkt mit uns zu tun, aber es kommt mir trotzdem merkwürdig vor, dass er nichts gesagt hat, als ich das Thema angesprochen habe. Ich will, dass wir ehrlich und offen miteinander reden können.«

»Das verstehe ich. Vielleicht kann er es ja erklären. Und nur weil sein Dad diese Kanzlei leitet, heißt das nicht, dass Weston denselben Weg einschlagen wird.« Bree klang zuversichtlich, doch ihr Blick verriet sie. Dass Weston nichts über seinen Vater gesagt hatte und das Thema wechselte, sobald ich ihn etwas über das Studium oder seine Eltern fragte, war kein gutes Zeichen.

Seufzend sank ich zurück auf die Matratze und starrte an die Decke. Im Grunde hatte ich es geahnt. Wäre ja auch zu schön gewesen, wenn die Dinge dieses eine Mal unkompliziert und einfach geblieben wären. Stattdessen war ich dabei, mich in einen reichen Anwaltssohn zu verlieben, in dessen Welt ich niemals passen würde. Mit meinen bunten Klamotten und unserer Wohnung in einer Wohngegend am Rand der Stadt, war ich für einen Mann wie Alastair Campbell höchstens untere Mittelklasse. Nicht dass ich von ihm Anerkennung brauchte. Jemand, der seine Macht missbrauchte, um Geld zu scheffeln, konnte mir gestohlen bleiben.

Kurz entschlossen schnappte ich mir mein Handy und tippte eine Nachricht an Weston.

Wir müssen reden. Wann hast du Zeit?

25.KAPITEL

Weston

Mehrere Sekunden lang starrte ich reglos auf Maisies Nachricht. *Wir müssen reden. Wann hast du Zeit?* Das war nicht gut. Irgendetwas musste seit gestern Nachmittag passiert sein. Als Maisie sich von mir verabschiedet hatte, hatte sie lachend gefragt, wann wir uns wiedersehen würden und sich kaum von mir lösen können. Die Nachricht auf meinem Handy sprach allerdings eine andere Sprache.

Mein Blick zuckte zu dem aufgeschlagenen Buch auf meinem Schreibtisch und dem Berg an Notizen, die ich mir während der Vorlesungen gemacht hatte, und wieder zuruck zum Handy. Ich musste zwar einiges aufholen, aber mit meiner Konzentration war es jetzt ohnehin vorbei.

> Klar :) Du kannst jederzeit vorbeikommen, wenn du magst. Ist alles okay?

Gebannt starrte ich auf die Pünktchen, bis ihre Antwort schließlich erschien.

Passt es, wenn ich in einer halben Stunde da bin?

Verdammt. Was könnte ich seit gestern verbockt haben?

Schnell tippte ich ein »Klar, bis gleich«, während ich in Gedanken die letzten Stunden durchging, aber mir fiel beim besten Willen nichts ein, was ich falsch gemacht haben könnte. Das Wochenende am Meer war die romantischste Aktion meines Lebens gewesen. Für tiefe Gefühle und lange Gespräche war bisher nicht viel Platz gewesen. Und wenn es nach Dad ginge, sollte ich sowieso überhaupt nichts machen, außer zu funktionieren und gute Leistungen zu erbringen.

Er selbst hatte Mum kennengelernt, als sie ein Praktikum bei ihm in der Kanzlei gemacht hatte. Wenige Wochen später waren sie ein Paar gewesen und kein Jahr später verheiratet. Von Verliebtheit, spontanen Reisen oder großen Gefühlen war nie die Rede gewesen. Er würde nicht verstehen, dass Maisie mich glücklich machte. Dass ich bei ihr jemand sein konnte, der es wert war, geliebt zu werden. Jemand, den ich selbst mochte.

Aber ich wollte Maisie nicht verlieren. Nicht nachdem sich die Nacht mit ihr verflucht richtig angefühlt hatte. Trotzdem konnte ich die Stimme in meinem Hinterkopf nicht völlig ausblenden, die mir zuflüsterte, dass ich ihr nicht guttat und sie mich ablenkte. Dass ich keine Zeit für Frauengeschichten hatte, wenn ich das Studium erfolgreich beenden wollte. Ich wusste, dass die Stimme die meines Dads war, aber das machte es nicht leichter, sie zu ignorieren.

Mit angespannten Nerven wartete ich auf das Klingeln an der Tür. Als es erklang, sprang ich sofort auf, um ihr zu öffnen.

»Hey.« Ich machte einen Schritt auf Maisie zu, doch der Blick in ihren Augen hielt mich davon ab, sie an mich zu ziehen. »Komm rein«, sagte ich stattdessen und wich wieder zurück.

Langsam betrat Maisie das Wohnzimmer und setzte sich auf die Couch. Es fühlte sich falsch an, wie sie sich vorsichtig umschaute und mich mit einem beinahe misstrauischen Blick betrachtete. Ich ließ mich neben ihr auf der Couch nieder, achtete aber darauf, einen gewissen Abstand beizubehalten. Was sich ebenfalls falsch anfühlte.

»Was ist los?«, fragte ich angespannt. Die Stille machte mich verrückt, und ich brauchte eine Antwort.

»Erinnerst du dich daran, dass ich mich über diesen Politiker aufgeregt habe, der angeklagt wurde, weil er Gelder veruntreut hatte?« Maisie ließ mich nicht aus den Augen. Ein stummes Flehen lag darin, und das Herz sackte mir nach unten.

Shit. Sie hatte es herausgefunden und festgestellt, dass ich aus einer Familie kam, die sich von ihrer kaum mehr unterscheiden könnte. Und noch schlimmer, dass mein Dad ausgerechnet diesen Politiker vertrat. Angst kroch mir den Nacken hinauf. War das der Moment, in dem ich sie verlieren würde?

»Ja«, sagte ich leise.

»Dann weißt du auch noch, dass ich dir gesagt habe, dass du sicher nicht wie einer von ihnen werden würdest.«

»Maisie …«, setzte ich an.

»Warum hast du es mir nicht erzählt?« In ihren braunen Augen, die sonst voller Wärme waren, lagen Vorsicht und Enttäuschung. Letzteres gab mir den Rest. Diesen Blick kannte ich nur zu gut. Wann würde ich endlich aufhören, die Menschen, die mir wichtig waren, zu enttäuschen?

Ich kämpfte gegen die Panik an, die mich ergriff. Genau davor hatte ich mich gefürchtet, weshalb ich auch nichts von der Kanzlei erzählt hatte. »Ich wollte dich nicht verschrecken«, gestand ich ihr schließlich. »Du siehst in mir jemand, der gut ist oder es zumindest sein kann. In deiner Anwesenheit kann ich seit Langem wieder ganz ich selbst sein. In der Uni oder bei meinen Eltern kommt es mir ständig so vor, als würde ich eine Rolle spielen.«

»Das erklärt nicht, warum du es mir nicht gesagt hast.«

»Ich habe mit dem Fall nichts zu tun«, beteuerte ich. Bis vor Kurzem hatte ich nicht einmal was davon gewusst, auch wenn es mich nicht überraschte, dass Ralph Cordon ein Mandant unserer Kanzlei war.

»Das weiß ich doch. Ich bin sehr wohl in der Lage, zu verstehen, dass du und dein Vater nicht dieselbe Person seid. Was ich allerdings nicht verstehe, ist, warum du es mir verschwiegen hast. Denkst du wirklich, ich hätte dich dafür verurteilt? Für die Taten eines anderen?« Sie hatte ihre Finger ineinander verschränkt und knetete sie unruhig.

Am liebsten hätte ich den Abstand überbrückt und nach ihrer Hand gegriffen, aber ich wusste, dass sie das nicht zulassen würde. »Ich soll die Kanzlei irgendwann übernehmen«, begann ich tonlos. Noch nie war mir meine Zukunft weniger lohnenswert erschienen. »Ich soll wie er werden, und du kannst mir nicht sagen, dass ich dann noch jemand bin, den du so anschaust, wie du es die letzten Tage getan hast.« Meine Hände hatten sich zu Fäusten geballt.

Maisies Blick zuckte zu ihnen und zurück zu meinem Gesicht. Ihr war anzusehen, dass sie mit sich rang. »Hättest du es mir irgendwann erzählt?«

Es kostete mich alle Mühe, nicht aufzuspringen und sie an mich zu ziehen. Ich hasste es, dass sie mit angespannten Schultern vor mir saß. So durfte es nicht enden.

»Ja«, sagte ich. »Vielleicht kannst du mir das jetzt nicht glauben, aber ich hätte es dir erzählt. Am Wochenende ist mir klar geworden, wie wichtig du mir bist. Ich bitte dich, Maisie, lass es mich wiedergutmachen. Lass mich beweisen, dass ich der Mensch bin, den du in mir siehst.« Mein Tonfall hatte einen flehenden Klang angenommen, doch es kümmerte mich nicht, ob ich mich damit lächerlich machte. Alles, was mich kümmerte, war, dass Maisie mir noch eine Chance gab. Mein Vater und seine verfluchte Kanzlei durften mir das nicht auch noch kaputt machen.

»Weißt du, Weston, ich glaube, das Problem ist nicht, wie *ich* dich sehe, sondern wie du dich *selbst* siehst.« Sie runzelte die Stirn, als würde ihr gerade erst etwas bewusst werden. »Wenn du weißt, wer du bist und was du willst, dann gibt es keinen Grund, so etwas vor mir zu verschweigen, oder? Ich will, dass wir ehrlich zueinander sind und uns erzählen können, was uns belastet. Aber ich weiß nicht, ob das funktionieren wird. Ob wir genug Zeit füreinander finden, um das nötige Vertrauen dafür entstehen zu lassen.« Maisie stand auf, und mein Herz setzte einen Schlag aus.

Ich hatte es vermasselt. Im Grunde sollte es mich nicht wundern. Ich hatte noch nie eine gut funktionierende, ernsthafte Beziehung geführt. Mit Maisie stand ich erst am Anfang, doch ich wusste, dass sie mir mehr bedeutete als je eine Frau zuvor.

»Geh nicht«, flüsterte ich. »Bitte.«

»Ich weiß nicht, was ich darüber denken soll.« Maisie blieb mitten im Wohnzimmer stehen und sah sich um, als fühlte sie sich vollkommen fehl am Platz. Es schmerzte, sie so zu sehen, und es schmerzte auch, dass ihre Worte einen Funken Wahrheit beinhalteten.

»Ich werde uns nicht einfach so aufgeben«, sagte ich und sprang ebenfalls auf. Mit wenigen Schritten war ich bei ihr, streckte eine Hand aus und legte sie sanft an ihre Wange.

Maisies Atem stockte. »Ich will auch nicht aufgeben, Weston. Das hier ist doch kein Ende. Ich wünschte nur, du hättest es mir erzählt. Und vor allem wünschte ich, dass ich nicht der einzige Mensch bin, bei dem du ganz du selbst sein kannst. Das solltest du immer sein können.« Ernst blickte sie mich an.

»Du sagst es, als wäre das so einfach. Aber du kennst meine Eltern nicht.« Meine Stimme brach. »Du weißt nicht, wie es ist, mit ihren Erwartungen aufzuwachsen, die ich nie erfüllen kann, ganz gleich, wie sehr ich es versuche.«

»Stimmt. Das weiß ich nicht. Ich weiß überhaupt nicht, wie es ist, mit Eltern aufzuwachsen.« Ein verletzter Ausdruck trat in ihre Augen.

Ich zuckte zurück. Der Schmerz in ihrer Stimme war unverkennbar, und ich hätte mich am liebsten selbst getreten für meinen Kommentar. Ich hatte es bereits geahnt, immerhin lebte sie bei ihrer Tante, und in ihren Erzählungen sprach sie hauptsächlich von ihrer Schwester.

»Shit, so meinte ich das nicht, ich …«

»Das ist mir klar«, unterbrach sie mich und wich einen Schritt vor mir zurück. »Aber du hast recht, ich weiß nicht, wie du aufgewachsen bist oder wie es dir in deinem Alltag ergeht. Ich bin kein Teil davon.« Obwohl sie nicht vorwurfsvoll klang, konnte ich deutlich erkennen, dass dieser Punkt sie schon länger beschäftigte. Dabei schützte ich sie, indem ich sie meinen Eltern nicht vorstellte. Maisie sollte weder die kritischen Blicke meiner Mutter ertragen, noch die vernichtenden Kommentare meines Dads hören müssen. Ich würde nicht zulassen, dass sie ihr jemals das Gefühl gaben, nicht gut genug zu sein.

»Aber wenn das zwischen uns funktionieren soll«, fuhr Maisie fort, »wenn du und ich herausfinden wollen, was der Ausflug ans Meer für uns bedeutet, dann müssen wir aufhören, uns Dinge zu verschweigen, die uns beschäftigen. Meinst du, wir kriegen das hin?«

»Und wie wir das hinkriegen.«

Ein Lächeln erschien auf ihren Lippen, zwar nur ein kleines, doch das war alles, was ich brauchte. Ohne zu zögern, zog ich sie an mich und schlang meine Arme um sie. Sie erwiderte die Umarmung, doch als wir uns voneinander lösten, vermisste ich das Strahlen in ihren Augen.

»Gib mir ein, zwei Tage Zeit, ja?«, bat Maisie leise.

»So viel Zeit, wie du brauchst«, versprach ich. »Und wenn du Fragen oder Zweifel hast, melde dich. Immer. Ich meine das ernst mit uns, okay?«

»Okay.« Sie nickte, und diesmal wirkte ihr Lächeln echt.

»Darf ich dich noch zur Tür bringen?«, fragte ich, als sie sich zum Gehen wandte.

»Klar.« Kopfschüttelnd ging sie an mir vorbei.

»Was denn?«

»Dafür, dass du behauptest, weder romantisch noch ein Gentleman zu sein, bist du ganz schön charmant.«

»Ich habe nie behauptet, kein Gentleman zu sein.«

»Auch wieder wahr.« An der Tür angekommen, drehte sie sich zu mir um. »Bis bald, Weston.« Sie hauchte mir einen Kuss auf die Lippen, der viel zu kurz war, ehe sie nach draußen schlüpfte.

Eine Weile blieb ich reglos stehen, bevor ich mich aufraffte und zurück zu meinem Schreibtisch ging. Der Berg mit Papieren versetzte meiner Stimmung einen Dämpfer.

Seufzend machte ich mich an die ersten Seiten, doch ich war nicht richtig bei der Sache. Meine Gedanken schweiften ständig zu Maisie. Am liebsten hätte ich sie gefragt, ob sie bleiben wollte, aber wenn sie Abstand brauchte, respektierte ich das. Außerdem musste ich den Berg vor mir abarbeiten. Mit gerunzelter Stirn las ich den letzten Abschnitt erneut. Wenn ich nicht schneller vorankam, würde ich die ganze Nacht hier sitzen müssen.

»Komm schon, Mann«, knurrte ich. »Konzentrier dich.«

Wenige Minuten später stand ich auf. So kam ich nicht weiter. Ich ging in die Küche und machte mir einen Kaffee. Während ich wartete, fiel mein Blick auf die oberste Schublade, in der irgendwelche Vitamintabletten lagen, die Mum mir angedreht hatte. Und das kleine Tütchen mit den Tabletten, die Harris mir gegeben hatte. Ich hatte es nach der Party gedankenverloren in die Schublade geworfen und seitdem nicht mehr dran gedacht. In den letzten Tagen hatte ich es sogar völlig vergessen. Nachdenklich sah ich zurück zum Schreibtisch und wieder zur Schublade. Williams Worte geisterten durch meinen Kopf: *Das Zeug hat mir letztes Semester die Abschlussprüfung gerettet.*

Obwohl ich es nicht wollte, öffnete ich die Schublade und nahm eine der Tabletten heraus. Ich musterte sie stirnrunzelnd. Zu Williams Stimme gesellte sich die meines Dads: *Enttäusch mich nicht wieder, Junge. Ich erwarte Bestleistungen von dir. Du wirst uns stolz machen, das weiß ich, aber dafür musst du dich reinhängen.*

Ich verzog das Gesicht und schloss die Hand, in der die Tablette lag. Verdammt. Was machte ich hier eigentlich? War ich wirklich so verzweifelt, dass ich dieses Zeug nehmen wollte? Wieder zuckte mein Blick zum Schreibtisch. Nein, mit wollen hatte das alles nichts zu tun.

Ich dachte an Maisie und ihren enttäuschten Blick. Daran, wie sie gesagt hatte, dass wir mehr Zeit füreinander brauchten, um uns besser kennenzulernen und Vertrauen zu entwickeln. Sie hatte recht, aber wo sollte ich die Zeit hernehmen, wenn ich ständig lernen musste und meine Konzentration mich neuerdings zu oft im Stich ließ? Aber wenn die Tablette wirklich wirkte, würde ich vielleicht schneller mit dem Stoff durchkommen.

Der Gedanke setzte sich fest, und ich öffnete die Hand wieder. Starrte die Tablette an, während in meinem Kopf die Stimmen anschwollen, bis ich es nicht länger aushielt. Im Bruchteil einer Sekunde reagierte ich, griff nach einem Glas Wasser und spülte die Tablette hinunter.

Noch während ich schluckte, wurde mir schlecht. Was hatte ich mir dabei nur gedacht? Ich schwor mir, dass es bei diesem einen Mal bleiben würde. Für heute war es allerdings zu spät.

Doch wenn Harris recht hatte und die Tablette die Konzentration wirklich steigerte, würde ich in den nächsten Stunden den Stapel Papiere durcharbeiten und damit meinen Rückstand hoffentlich aufholen. Dann hätte ich eine Chance, die Dinge besser unter Kontrolle zu kriegen. Das Studium, die Sache mit Maisie, die Kommunikation mit meinem Dad. Alles. Ich musste es einfach hinkriegen. Ohne Hilfsmittel.

Mit einem Glas Wasser ausgestattet, ging ich zurück an den Schreibtisch. Den Kaffee ließ ich sicherheitshalber stehen. Mit der

Tablette in meinem Kreislauf brauchte ich hoffentlich kein Koffein, um mich wach zu halten.

»Dann wollen wir mal«, sagte ich in die Stille hinein und überflog die Seite, an der ich die letzte halbe Stunde gesessen hatte, noch mal aufs Neue.

26. KAPITEL

Maisie

Während der nächsten Tage ging mir das Gespräch mit Weston nicht aus dem Kopf. Ich war froh, ihn direkt auf seinen Vater angesprochen zu haben, doch die Gründe, warum er es verschwiegen hatte, fütterten meine Zweifel. Meistens gelang es mir, sie wegzuschieben und mich an den positiven Dingen festzuhalten. An Westons Lächeln, als er mir versprochen hatte, von nun an ehrlich zu sein. Daran, wie mein Herz in seiner Nähe schneller schlug und mich daran erinnerte, warum ich bei seinem zweiten Versuch, mit mir auszugehen, eingeknickt war.

Was mir Sorge bereitete, war jedoch nicht, dass er mir gegenüber nicht komplett offen war. Vielmehr fürchtete ich, dass er sich selbst belog. Jemand, der sich mit Ringen unter den Augen durch Mitschriften von Vorlesungen quälte, die ihn allem Anschein nach nicht begeisterten, konnte unmöglich glücklich sein. Und das war auf Dauer nicht gesund. Ich hatte selbst lange daran gearbeitet, herauszufinden, was ich wollte, und wusste es in vielen Bereichen immer noch nicht. Aber zumindest versank ich nicht mehr in Stille oder sperrte den Rest der Welt aus, sondern stellte mich dem, was mich belastete.

»Kannst du mir helfen?« Teddy kam auf mich zugerannt. Atemlos drückte er mir einen Plüschelefanten in die Hand, der auf der einen Seite mit braunen Matschflecken übersät war.

»Oje, ist er dir in den Dreck gefallen?«, fragte ich behutsam.

Mit Tränen in den Augen nickte Teddy.

»Warte kurz, ich hole Tücher, und dann machen wir ihn zusammen sauber, ja?«

Wieder nickte Teddy. Seine murmelgroßen Augen folgten mir, als ich nach drinnen in die kleine Küche ging, in der wir für die Kinder in den Pausen Tee kochten, und eine Küchenrolle holte.

»Damit ist er gleich wieder sauber«, versicherte ich, als ich wieder rauskam, und drückte Teddy ein Blatt Küchenrolle in die Hand.

Eifrig wischte er damit über sein Kuscheltier, wobei er den Matsch größtenteils nur weiterverteilte. Also half ich mit einem nassen Lappen nach.

»Hat er eigentlich einen Namen?«, fragte ich und deutete auf den Elefanten.

»Es ist eine *Sie*«, verbesserte mich Teddy. »Und sie heißt Roberta.«

Ein paar Sekunden lang schaute ich ihn verblüfft an. Irgendwie erwartete ich, dass er jeden Moment in Gelächter ausbrechen und erklären würde, dass er mich nur veralberte. Aber Teddy war ein kleines Kind, das das Herz auf der Zunge trug und vermutlich noch nie ernsthaft gelogen hatte.

»Onkel Wesy hat sie mir geschenkt.«

»Und hat er ihr auch diesen tollen Namen gegeben?«, fragte ich schmunzelnd.

»Ja, die hieß schon so, als ich sie bekommen habe.« Liebevoll streichelte Teddy über das weiche Material.

»In Ordnung. Was hältst du denn davon, wenn wir Roberta in die Sonne legen und warten, bis sie trocken ist?«, schlug ich vor. »Dann kannst du wieder zu den anderen gehen und mit ihnen spielen.«

Da heute die Sonne schien, verbrachten wir den Vormittag draußen auf dem Gelände vor dem Kindergarten. Die Kinder fuhren mit Rollern und Laufrädern über den geteerten Platz. Etwas weiter saß Bree auf dem Stück Rasen, das ebenfalls zum Gelände gehörte, genauso wie die zwei Schaukeln und ein Sandkasten. Momentan weinte tatsächlich niemand, und bisher spielten die Kinder ungewohnt friedlich miteinander.

»Passt du auf, dass niemand sie wegnimmt?«, fragte Teddy. Diese Seite an ihm hatte ich von Anfang an gemocht. In seinem kindlichen Erleben hatten kleine Dinge wie ein Kuscheltier eine wahnsinnig große Bedeutung. Die Art, wie er die Verantwortung dafür übernahm und sich ernsthaft sorgte, rührte mich.

»Natürlich.«

Teddy nickte erleichtert und schaute zu den anderen Kindern im Sandkasten.

»Du kannst ruhig gehen und mitspielen«, ermutigte ich ihn.

»Ich weiß.« Nachdenklich schaute er mich an. »Du, Missie … du kennst doch Onkel Wesy, oder?«

»Was?« Überrascht sah ich ihn an. Damit hatte ich nicht gerechnet.

»Er hat gesagt, dass er dich kennt«, sagte Teddy.

»Ja, das stimmt, ich kenne ihn. Warum fragst du?«

Teddy trat unruhig von einem Fuß auf den anderen. »Er spielt gar nicht mehr mit mir«, platzte es schließlich aus ihm heraus. »Früher war er immer lustig und hat mich rumgetragen. Aber es ist schon ganz, ganz lange her, dass er bei uns war.« Seine Stimme hatte einen traurigen Tonfall angenommen, und es zerriss mir das Herz, ihn so zu sehen.

»Weißt du, dein Onkel muss ganz viel für die Schule lernen. Aber sobald er weniger zu tun hat, kommt er dich bestimmt wieder besuchen und spielt mit dir.«

»Also hat er mich immer noch lieb?«, fragte Teddy.

»Natürlich. Glaub mir, wenn ich eins weiß, dann, dass Weston dich unglaublich liebhat.«

»Gut. Ich hab ihn nämlich auch sehr lieb.« Das Lächeln kehrte in sein Gesicht zurück. »Ich geh jetzt spielen, und du passt auf Roberta auf, okay?«

»Okay.«

Mit einem seltsamen Ziehen in der Brust beobachtete ich, wie Teddy zu den anderen Kindern im Sandkasten lief. Wenige Minuten später war er bereits wieder ins Spielen vertieft und strahlte über das ganze Gesicht. Bei ihm sah es so leicht aus, die Sorgen einfach abzuschütteln. Manchmal beneidete ich die Kinder um diese Fähigkeit.

Teddys Worte bestätigten allerdings, was ich befürchtet hatte. Westons Studium forderte ihn mehr, als er zugab. Unwillkürlich fragte ich mich, ob sein Vater ihn je gefragt hatte, ob er überhaupt Anwalt werden wollte. In Westons Erzählungen klang es jedes Mal, als hätte er keine Wahl. Als könnte er nicht selbst entscheiden, wie er sein Leben gestalten wollte.

»Worüber grübelst du?« Bree tauchte neben mir auf und setzte sich auf die Steinmauer.

»Ach, nur die Sache mit Weston.«

»Ich dachte, eure Aussprache wäre gut verlaufen.«

»Ist sie auch. Aber ich werde das Gefühl nicht los, dass er sich selbst etwas vormacht.«

»Hm.«

»Was?« Ich kannte Bree inzwischen gut genug, um zu spüren, wenn sie ihre Meinung zurückhielt.

»Du machst dir ziemlich viele Gedanken um ihn, was ich gut verstehen kann. Aber es ist sein Leben und seine Entscheidung. Wenn er nicht selbst erkennt, was gut für ihn ist, ist das seine Sache. Du kannst seine Probleme nicht für ihn lösen.«

Ich seufzte leise. »Das weiß ich doch.«

»Und trotzdem zerbrichst du dir ständig den Kopf darüber. Ach, Maisie.« Sie legte einen Arm um meine Schultern und drückte mich an sich. »Du hast schon immer ein zu großes Herz gehabt.«

»Ich mache mir nur Sorgen. Als wir am Meer waren, hat er so glücklich gewirkt. So losgelöst. Wir waren dort einfach nur wir selbst. Ich kann mich nicht erinnern, wann ich zuletzt dermaßen glücklich war. Ich glaube …« Ich holte tief Luft. Die nächsten Worte machten mir eine Heidenangst, aber ich wollte sie nicht länger zurückhalten. »Ich glaube, ich bin dabei, mich in ihn zu verlieben.«

Bree schwieg einen Moment lang. Ich fürchtete schon eine Standpauke, als sie mich noch ein Stückchen enger an sich zog. »Ich freue mich für dich. Wenn es jemand verdient hat, glücklich zu sein, dann du. Und ich drücke euch die Daumen, dass das, was ihr bei eurem Ausflug gefühlt habt, auch im Alltag bestehen kann.«

Das hoffte ich auch.

Am Freitagabend war ich seit Langem wieder einmal bei Amelia und Jasper. Die beiden hatten mich zu einem Spieleabend eingeladen, auf den ich mich zwar freute, dem ich jedoch auch mit einem Hauch schlechten Gewissens entgegensah. Amelias Tonfall am Telefon war sorgenvoll gewesen, was daran lag, dass ich mich in den letzten Wochen so wenig bei ihr gemeldet hatte. Zwischen den Stunden im Kindergarten, Treffen mit der Schreibwerkstatt und der Therapiestunde bei Dr. Rae hatte ich allerdings keine Zeit gefunden, bei ihnen vorbeizuschauen.

Meine Sorge, Amelia könnte es mir irgendwie übel nehmen, war jedoch unbegründet, denn sie öffnete mir freudestrahlend die Tür und fiel mir direkt um den Hals.

»Geht es dir gut?« Sie musterte mich eingehend, nur um mich gleich noch mal zu umarmen.

»Du klingst schon wie Charlotte.« Lachend machte ich mich von ihr los.

Sie verzog das Gesicht »Sag das nicht.«

»Dann hör auf, dich wie eine besorgte Glucke aufzuführen. Mir geht's gut.«

»Das freut mich.« Jasper tauchte lächelnd hinter Amelia auf und zog mich ebenfalls in eine Umarmung. »Komm doch rein.«

Ich folgte den beiden in die Wohnung, wo Amelia mich direkt zur Couch lotste.

»Jasper«, sagte sie, »wärst du so lieb und holst uns etwas zu trinken?«

»Klar, für was bin ich sonst da«, erwiderte er grinsend.

»Ganz genau.« Meine Schwester zwinkerte ihm zu und wandte sich mir zu. »Und jetzt erzähl mal. Was habe ich in den letzten Wochen verpasst?«

Nachdem Jasper zwei Gläser Mineralwasser vor uns abgestellt hatte und wieder in der Küche verschwunden war, wo es wenige Minuten später fantastisch gut zu duften anfing, erzählte ich Amelia ausführlich von den Treffen mit Weston und meinen Gedanken dazu.

»Als du mir geschrieben hast, dass du eben mal mit einem Kerl am Meer übernachtest, habe ich mich ja schon kurz erschreckt«, gab Amelia zu. Das wunderte mich nicht. Sosehr sie sich manchmal über Charlottes sorgenvolle Art aufregte, sie war kein bisschen besser.

»Und dann hast du dich daran erinnert, dass Jasper dich damals nicht nur für eine Nacht entführt hat, sondern ihr gleich einen Roadtrip gemacht habt, und du hast dich wieder beruhigt?«, zog ich sie auf und trank einen Schluck aus meinem Glas.

»Haha.« Sie schnitt eine Grimasse, doch ihr Grinsen verriet sie. »Ich will nur, dass du glücklich bist.«

Ich griff nach ihrer Hand und drückte sie kurz. »Das weiß ich doch.«

»Ich unterbreche ja nur ungern, aber das Risotto ist fertig.« Jasper stand im Türrahmen, und ich erhob mich sofort, um an dem großen Holztisch in der Küche, den er bereits gedeckt hatte, Platz zu nehmen.

Dankbar lächelte ich Jasper an. »Den Service hätte ich gern öfter«, sagte ich, bevor ich mich zufrieden über das Risotto hermachte. Es schmeckte noch besser, als es roch. »Kann es sein, dass deine Kochkünste sich enorm verbessert haben?«, fragte ich mit vollem Mund.

»Ja«, antwortete Amelia an Jaspers Stelle. »Er hat so eine Kochsendung für sich entdeckt und probiert seitdem sämtliche neuen Rezepte aus. Das sind die guten Seiten seiner Schreibkrise.«

»Läuft es immer noch nicht gut?«, erkundigte ich mich.

»Na ja, die Szene, an der ich hing, habe ich überwunden. Beziehungsweise habe ich gefunden, was nicht gestimmt hat, und sie schließlich ganz neu geschrieben«, sagte Jasper, »aber ich habe trotzdem das Gefühl, jede Menge Blödsinn von mir zu geben. Das soll mir dann aber mein Lektor rückmelden. Ich kann es mir nicht leisten, noch länger festzustecken.«

Wie ich ihn einschätzte, war der *Blödsinn* ein packendes und gefühlvolles Manuskript, das die Leser wie jedes Mal begeistern würde. »Hauptsache du schreibst wieder.« Ich lächelte ihm aufmunternd zu. »Alles andere kommt bestimmt von selbst.«

Jasper gab ein brummendes Geräusch von sich, wirkte aber deutlich weniger angespannt als bei unserer letzten Begegnung.

»Wie läuft's mit dem Studium?«, fragte ich an Amelia gewandt. Vor dem Essen war es wieder mal viel zu lange nur um mich gegangen.

»Super so weit! Dieses Semester gibt es einiges zu tun, aber ich bin ganz gut im Zeitplan.«

Ich unterdrückte ein Grinsen. Das war sie immer. Seit sie studierte, war Amelia zu einer Musterstudentin mutiert, die die Inhalte der Vorlesungen nur so inhalierte.

»Ich schätze, im sozialen Bereich geht es mit dem Druck auch noch, den die Dozenten ausüben«, fügte sie hinzu. »Bei Medizin und Jura hingegen muss es ziemlich übel sein.«

»Ist es auch.« Der Kommentar rutschte mir einfach heraus. Ich merkte selbst, dass mein Tonfall eine Spur zu bitter klang.

»Was meinst du?«, fragte Jasper prompt.

Kurz zögerte ich, doch dann beschloss ich, ehrlich zu sein. Vermutlich hatte Amelia ihm sowieso schon von Weston erzählt.

»Ach, Weston studiert Jura und muss ständig lernen. Manchmal denke ich, ich würde das alles eher verstehen, wenn ich auch studieren würde, aber dieser gestresste Ausdruck in seinem Gesicht sieht nicht gesund aus.«

Jasper legte seine Gabel ab und sah mich besorgt an. »Es gibt einen Unterschied zwischen etwas Stress und Stress, der einen nicht mehr schlafen lässt und unglücklich macht. Wenn es Letzteres ist, sollte er sich vielleicht Hilfe holen oder das Studium um ein Semester verlängern und sich mehr Zeit nehmen.«

Nachdenklich schaute ich ihn an. Etwas Ähnliches hatte Amelia vorhin auch gesagt, und wie üblich hatte sie nicht ganz unrecht, nur bezweifelte ich, dass Weston das hören wollte. Er musste selbst erkennen, was er brauchte.

»Ich werde ja merken, wie sich alles entwickelt. Vielleicht sind meine Sorgen auch unbegründet«, erwiderte ich.

»Vielleicht.« Amelias Blick blieb ähnlich wie Brees skeptisch, doch ich ignorierte ihn. Genauso wie Jaspers sorgenvolle Miene.

Sie wussten nicht, wie Weston war. Wie leicht er mich zum Lachen brachte und wie leicht ich mit ihm über Gedanken sprechen konnte, die ich normalerweise zurückhielt.

Nachdem wir fertig gegessen und den Tisch abgeräumt hatten, holte Jasper Karten und einen Block zum Schreiben. Meistens ging Amelia an solchen Abenden als Siegerin hervor, weshalb Jasper und ich im Laufe des Spiels oft ein Team bildeten.

»Heute werde übrigens ich gewinnen«, sagte Jasper, während er die Karten mischte. »Ihr wisst, dass ich es in den letzten Wochen nicht leicht hatte. Ich brauche diesen Sieg.«

»Du bist und bleibst eine Dramaqueen.« Amelia streckte die Hand aus und fuhr Jasper sanft durch die Haare. »Aber wenn du glaubst, dass du gegen mich eine Chance hast, irrst du dich«, fuhr sie mit einem süßen Lächeln fort.

»Das werden wir ja sehen.« Jaspers Augen funkelten herausfordernd.

Doch schon nach wenigen Runden lag Amelia in Führung, und es war absehbar, wer am Ende gewinnen würde. Aber das nahm ich gern in Kauf. Die ausgelassene Stimmung tat gut und brachte die Leichtigkeit mit sich, die ich bei meinen Besuchen immer genoss. Irgendwann fing Jasper an zu schummeln, indem er seine Karten mit Karten aus dem Stapel tauschte und sich kaum auffälliger hätte verhalten können. Amelia schlug ihm jedes Mal auf die Finger, wenn sie es bemerkte. Grinsend beobachtete ich die beiden, wie sie sich kabbelten, und versuchte, nicht darüber nachzudenken, ob es zwischen Weston und mir auch einmal so leicht werden würde. Ein Teil von mir konnte sich das schwer vorstellen, aber der andere Teil hoffte, dass Weston von selbst merkte, was ihm wichtig war.

Als ich mich schließlich verabschiedete, war es bereits kurz vor elf. Trotz der späten Uhrzeit lag noch ein Rest Wärme in der Luft. Ich stieg auf mein Fahrrad und trat lächelnd in die Pedale. Vermutlich hätte ich Amelia schon früher besuchen sollen. Im Alltag vergaß ich manchmal, wie gut es tat, sie zu sehen. Oft merkte ich erst, dass ich sie vermisste, wenn ich sie besuchte und danach allein zurückfuhr.

In Gedanken versunken bog ich um die Ecke. Es waren nur wenige Autos unterwegs, weshalb ich die aufleuchtenden Scheinwerfer zu spät bemerkte. Grell stachen sie mir ins Auge und nahmen mir für einen Moment die Sicht. Fluchend riss ich den Lenker zur Seite und kam schlingernd im Gras neben der Fahrbahn zum Stehen.

Ein Motor heulte auf, erneut streifte mich helles Licht, dann war es vorbei. Das Auto entfernte sich, das Brummen des Motors wurde leiser.

Nur das Herz klopfte mir noch immer bis zum Hals. Panik kroch mir den Rücken hinauf.

Bitte nicht, flehte ich stumm. *Nicht schon wieder.*

Die Welt verschwamm vor meinen Augen, das schwache Licht der Straßenlaterne einige Meter weiter wurde zu einem trüben Fleck in der blauschwarzen Dunkelheit.

Ich rang nach Atem, presste eine Hand auf meine Brust. »Es geht mir gut«, murmelte ich. »Ich bin in Sicherheit.« Doch es nützte nichts. Wie durch einen Nebel registrierte ich, wie ich neben dem Fahrrad auf die Knie sank und nach meinem Handy tastete. Irgendwie schaffte ich es, einen Anruf zu tätigen und durchzugeben, wo ich war, bevor ein Rauschen in meinen Ohren einsetze und ich nichts mehr wahrnahm.

Keuchend konzentrierte ich mich auf das Gras unter meinen Knien, auf meinen Atem, während in meinem Kopf Lichter aufblitzten und Metall knirschte. Ich ballte die Hände zu Fäusten, fokussierte mich auf den Schmerz, den meine Fingernägel in meiner Handfläche hinterließen, und klammerte mich an den Gedanken, dass das hier vorbeigehen würde.

Dass es jedes Mal vorbeiging.

27. KAPITEL

Maisie

»Danke. Es tut mir leid, dass ich dich so spät noch angerufen habe, aber ich war panisch, und …« Ich stockte, bevor die nächsten Worte zaghaft über meine Lippen kamen. »Du warst die erste Person, die mir in den Kopf geschossen ist.«

»Ich bin froh, dass du angerufen hast.« Ernst schaute Weston mich an.

Ich saß in eine Decke eingewickelt auf seinem Sofa mit einer Tasse heißer Schokolade in der Hand, die Weston mir gemacht hatte. Er war nach meinem Anruf sofort losgefahren und hatte mich neben meinem Fahrrad zusammengekauert im Gras gefunden.

Mein Anblick musste ihn ziemlich erschreckt haben, er ließ mich seither nämlich nicht aus den Augen. Der Ausdruck in seinem Gesicht erinnerte mich an früher, als sich mein Umfeld ständig um mich gesorgt hatte. Charlotte hatte ich deshalb gerade auch nur kurz geschrieben, dass ich spontan bei Weston übernachtete. Den wahren Grund verschwieg ich vorerst lieber.

»Was ist passiert?«, fragte er leise.

Seufzend starrte ich auf den Kakao in der Tasse.

»Keine Ahnung. Ein Auto kam mir entgegen. Das plötzliche Auftauchen der Scheinwerfer hat mich geblendet, weshalb ich nach rechts ausgewichen bin. Und dann …« Meine Stimme versagte. Dann hatte ich nicht mehr klar sehen können, und der Rest war in meiner Erinnerung verschwommen.

»Schon gut«, sagte er sanft. »Du musst nicht darüber reden.«

Ich nickte dankbar.

Es war das zweite Mal, dass das namenlose Entsetzen mich erfasst hatte, und das Gefühl, von der Panik überrollt zu werden, steckte mir noch immer tief in den Knochen. Ich hasste es. Das Schlimmste war dabei gar nicht die Angst selbst, sondern die Machtlosigkeit. Die Unfähigkeit, etwas zu tun.

Unwillkürlich musste ich wieder an das Gespräch mit Dr. Rae denken. Sie hatte etwas von Auswirkungen eines Traumas gesagt, aber konnte das sein? In den Jahren nach dem Unfall waren es immer nur mein Schweigen und die Schwierigkeit zu sprechen gewesen, die mich und mein Umfeld belasteten. Inzwischen ging ich regelmäßig zur Therapie und hatte gelernt, mit der Trauer und der Blockade in meinem Kopf umzugehen. Zumindest hatte ich das gedacht.

Meine Gedanken wurden unterbrochen, als Weston einen Arm um mich legte, und ich flüchtete mich in die Wärme seiner Umarmung. Ich war froh, dass er nicht nachhakte, denn ich wusste ja selbst nicht, was mit mir los war.

Eine Weile saßen wir schweigend da. Die heiße Schokolade hatte ich längst leer getrunken, und langsam setzte eine matte Müdigkeit ein.

»Was hast du eigentlich gemacht, bevor ich angerufen habe?«, fragte ich träge.

»Gelernt.« Westons Tonfall klang angespannt.

Sofort richtete ich mich auf. Mein Blick fiel auf den Schreibtisch vor dem Fenster, der mit Unterlagen und Büchern übersät war. »So spät noch?«

Gleichgültig zuckte er mit den Schultern. »In den letzten Tagen wurde es oft nach Mitternacht, also war es nicht wirklich spät für mich.«

Prüfend musterte ich Weston. Er sah erschöpft aus. Ausgelaugt. Ein ungutes Gefühl machte sich in mir breit.

»Schau mich bitte nicht so an, Maisie«, sagte er.

»Wie denn?«

»Als müsstest du dir Sorgen machen. Das musst du nicht. Ich habe alles unter Kontrolle. Es ist ein stressiges Semester, weiter nichts.« Er fuhr mit einer Hand über meine Schulter und verharrte in meinem Nacken. Der leere Ausdruck verschwand aus seinen Augen, und das vertraute Funkeln kehrte darin zurück. Ein Lächeln zupfte an seinen Mundwinkeln, und mein Herz machte einen Sprung, als ich mich ihm unbewusst entgegenlehnte.

Ich wollte mich nicht länger sorgen, also schob ich das ungute Gefühl beiseite. »Dir geht's gut, ja?«

»Ja«, flüsterte er und vergrub seine Hand in meinen Haaren. »Wenn du da bist, geht es mir immer gut.« Sein dunkler Blick jagte einen Schauer über meinen Rücken.

Ich überwand den letzten Abstand zwischen uns und küsste ihn, ehe ich mich an ihn kuschelte. Wohlige Wärme hüllte mich ein, während der Rest der Welt verschwand. Für einen Moment waren wir wieder im Ferienhaus am Strand, wo es nur uns beide gab. Wo nichts anderes zählte als unsere wild trommelnden Herzen. Ich schloss die Augen und ließ mich in seine tröstende Nähe fallen, die mich wie jedes Mal auffing. Es brauchte keine Worte, um die Stille zu füllen, es reichte, dass er für mich da war.

Als ich spürte, wie meine Lider immer schwerer wurden, gingen wir ins Bett, wo Weston mich fest an sich zog und mich einfach nur hielt. Das Letzte, was ich wahrnahm, bevor ich in einen tiefen Schlaf sank, war das regelmäßige Heben und Senken seines Brustkorbs unter meinem Kopf.

Helles Sonnenlicht blendete mich, als ich blinzelnd die Augen öffnete. Es dauerte ein paar Sekunden, bis ich realisierte, dass ich nicht in meinem Bett lag. Reflexartig streckte ich meinen Arm nach Weston aus und griff ins Leere.

Schlagartig fiel die Müdigkeit von mir ab, und ich setzte mich auf. Der Wecker auf dem Nachttisch zeigte kurz nach neun an, doch von Weston war nichts zu sehen. Unruhig schlüpfte ich in meine Jeans und zog ein T-Shirt von Weston über mein Top, bevor ich das Schlafzimmer verließ.

Als ich ins Wohnzimmer kam, entdeckte ich ihn am Schreibtisch. Er saß mit dem Rücken zu mir, und seine ganze Haltung drückte Anspannung aus.

Langsam näherte ich mich. »Guten Morgen.«

Weston stieß einen Fluch aus und fuhr zu mir herum. »Du hast mich erschreckt.« Er runzelte die Stirn, doch als er meinen Blick bemerkte, verschwand die verärgerte Miene. »Guten Morgen.«

»Du lernst? Am Samstagmorgen?« Ich stellte mich hinter ihn und betrachtete den Stapel Papiere, die von oben bis unten eng beschrieben waren. Daneben stand eine leere Tasse Kaffee. Seit wann war Weston wach?

Er zuckte mit den Schultern. »Ich bin früh aufgewacht und

konnte nicht mehr schlafen«, sagte er und drehte sich mit einem matten Lächeln auf den Lippen ganz zu mir um. »Hast du gut geschlafen?« Er schlang die Arme um meine Taille und zog mich näher an sich heran.

»Ja, habe ich.« Sehr gut sogar. Bis ich die Augen geöffnet hatte und Weston nicht da gewesen war. Gedankenverloren strich ich ihm durch die Haare, woraufhin er mit einem leisen Seufzen seinen Kopf gegen meinen Bauch sinken ließ.

Ich glaubte ihm keine Sekunde, dass er früh aufgewacht war und lernte, weil er mit seiner Zeit nichts Besseres anzufangen wusste. Teddys Worte kamen mir wieder in den Sinn. Er vermisste seinen Onkel genauso wie ich. Der Weston, der sich erschöpft an mich lehnte und wie ein Roboter seine Lernunterlagen studierte, hatte kaum noch etwas mit dem Mann gemeinsam, der mit leuchtenden Augen am Meer entlangspaziert war.

»Ist wirklich alles in Ordnung?«, fragte ich leise.

Sofort versteifte Weston sich. »Ja. Mach dir keine Sorgen.«

Das hatte ich schon mal von ihm gehört, und diesmal glaubte ich es genauso wenig wie beim letzten Mal. »Du weißt, dass du zu mir kommen kannst, wenn etwas ist, oder? Egal was. Ich bin für dich da.«

»Das weiß ich.« Ein tiefes Seufzen entwich Weston. »Es ist nur die Uni, weiter nichts.«

»Hm.«

Einen Moment lang herrschte Schweigen, dann löste Weston sich ruckartig von mir und stand auf. »Magst du einen Tee? Und Bagels? Ich habe noch welche zum Aufbacken da. Wir könnten auf dem Balkon frühstücken.«

»Das klingt gut«, erwiderte ich lächelnd.

Weston drückte mir im Vorbeigehen einen Kuss auf die Stirn, ehe er in der Küche verschwand und Wasser aufsetzte.

Nachdenklich sah ich ihm hinterher. Der Kloß in meinem Hals war nicht komplett verschwunden, aber zumindest ein Stückchen kleiner geworden. Vielleicht steigerte ich mich zu sehr in die Sache hinein. Vor wenigen Stunden war ich noch vor Panik gelähmt gewesen. Dr. Rae würde meine Sorge um Weston vermutlich als Projektion meiner eigenen Probleme beschreiben.

»Ich hätte auch noch etwas Orangensaft da«, rief Weston aus der Küche.

»Perfekt.« Entschlossen, meine Grübeleien beiseitezuschieben, folgte ich ihm in die Küche. Als er leise Musik anmachte und tatsächlich zu der Melodie von König der Löwens *Circle of Life* mitsummte, wurde das Lächeln auf meinem Gesicht breiter.

»Lust auf Rührei?«, fragte er und griff nach einer Pfanne, bevor ich dazu kam, zu antworten.

Grinsend und zugleich kopfschüttelnd über seine plötzlich gute Laune setzte ich mich mit meinem Tee auf die Arbeitsfläche und sah ihm zu, während er das Frühstück zubereitete. Der Anblick von Weston, wie er barfuß, mit Jeans und einem weißen T-Shirt bekleidet in der Küche stand und in der Pfanne rührte, wischte alle Zweifel beiseite. Zum ersten Mal, seit ich erfahren hatte, wer sein Vater war, blitzte wieder Unbekümmertheit in seinen Augen auf. Als er eine beeindruckende Drehung hinlegte und direkt vor mir zum Stehen kam, lachte ich laut auf.

»Du weißt schon, dass du gerade das Klischee des perfekten Freundes erfüllst, oder?«, fragte ich.

»Der perfekte Freund also?« Sein Blick war unergründlich.

»Na ja, ich dachte, wir sind jetzt … also, wir haben ja noch gar nicht darüber geredet, aber …« Himmel, ich stotterte herum, als wäre ich ein frisch verknallter Teenie, der vor seinem Schwarm kein Wort herausbrachte.

»Du dachtest, wir sind zusammen?«, fragte er mit einem frechen Grinsen.

»Ja.« Ich senkte den Blick auf meine Hände. Mein Herz klopfte unnatürlich schnell. Warum hatte ich nicht einfach die Klappe gehalten?

»Maisie.« Westons Stimme erklang nah an meinem Ohr. Er legte einen Zeigefinger unter mein Kinn und zwang mich aufzusehen. »Ich will mit dir zusammen sein. Nichts lieber das.«

Erleichterung durchflutete mich. »Gut.« Ich beugte mich vor, und unsere Lippen streiften sich. Im nächsten Moment zog er mich an sich. Ich stieß einen überraschten Laut aus, den er erstickte, indem er mich küsste. Der Kloß in meinem Hals verschwand vollends und wurde durch wohlige Wärme ersetzt, die meinen ganzen Körper durchströmte. Keine Ahnung, wie er das anstellte, doch in seinen Armen verlor ich jedes Mal das Gefühl für Raum und Zeit.

Erst der Geruch von angebranntem Rührei holte mich zurück in die Realität. Ebenso wie Weston, der mit einem Fluch zum Herd hechtete, um unser Frühstück zu retten.

Wir hatten Glück, und kurz darauf saßen wir mit gefüllten Tellern auf Westons Hollywoodschaukel. Die Sonne schien mir ins Gesicht, und der wolkenlose Himmel versprach einen warmen Tag.

»Hast du Amelia oder deiner Tante eigentlich Bescheid gesagt, dass du hier bist?«, fragte Weston irgendwann.

Ich nickte. »Charlotte habe ich gestern noch geschrieben, dass ich spontan zu dir gefahren bin.«

»Wirst du ihnen erzählen, was passiert ist?«

Gute Frage. Ich biss von meinem Bagel ab und ging in Gedanken die letzte Nacht durch. Wenn ich Charlotte von der plötzlichen Angst und dem Gefühl, gelähmt zu sein, erzählte, würde sie sich nur wieder Sorgen machen. Genauso wie Amelia.

»Ich denke nicht. Nächste Woche habe ich wieder eine Sitzung bei Dr. Rae – meiner Therapeutin. Vielleicht kann sie mir erklären, was los ist.«

Ich vermied es, Weston direkt anzuschauen, während ich sprach. Obwohl ich ihm vertraute und er bereits einiges selbst miterlebt hatte, kostete es mich Überwindung, über die Therapiesitzungen und meine Aussetzer zu reden. Dass ich durchdrehte, weil ein Paar Autoscheinwerfer mich blendete, war nicht normal. Und auch wenn Weston sagte, dass er mich so akzeptierte, wie ich war, konnte ich nicht einfach vergessen, wer seine Familie war. Ich hatte ein paar Interviews von Alastair Campbell gesehen, in denen er sich zu dem Fall von Ralph Cordon äußerte. Der Mann hatte mit Sicherheit kein Verständnis für psychische oder emotionale Störungen. Wenn er wüsste, dass sein Sohn sich mit jemandem wie mir traf, wäre er vermutlich wenig begeistert.

»Dann hoffe ich, dass dir das helfen wird«, sagte er leise und ging nicht weiter auf die Therapiestunden ein. Stattdessen legte er einen Arm um mich und reckte sein Gesicht der Sonne entgegen. »Von allen Orten auf der Welt … Wo würdest du gern hinreisen?«, fragte er gedankenverloren.

Dankbar für den Themenwechsel sah ich ihn an. »Irgendwohin, wo es warm ist. Ich würde gern mal im Meer baden, ohne dabei einen Kälteschock zu erleiden.«

»Man sollte meinen, dass du etwas abgehärteter bist, nachdem du nun schon dein Leben lang in Edinburgh lebst.«

»Sich wie ein Wahnsinniger in eiskaltes Wasser zu stürzen, ist nichts, worauf man stolz sein sollte«, konterte ich.

»Das sagst du nur, weil du dich ohne mich gar nicht erst getraut hättest.«

»Gar nicht wahr.« Ich stieß ihm meinen Ellenbogen in die Seite und funkelte ihn empört an, was ihn zum Schmunzeln brachte. »Machst du dich etwa über mich lustig?«

»Das würde ich nie wagen«, sagte er und setzte eine todernste Miene auf.

Diesmal war ich es, die grinste. »Weil du so ein Gentleman bist?«

»Ganz genau.«

Ich hob eine Augenbraue. »Muss ich dich erst an unsere erste Begegnung erinnern, um diese Aussage zu hinterfragen?«

»Wie bitte?« Gespielt empört sah er mich an. »Du warst doch diejenige, die sich rüpelhaft benommen hat. Man leert nicht einfach Wasserflaschen über Fremden aus.«

»Man kuriert seinen Kater auch nicht auf Spielplätzen aus.«

Einen Moment lang sahen wir uns stumm in die Augen, dann lachten wir gleichzeitig los. Es war ein lautes Lachen, das ehrlicher nicht hätte sein können. Es vertrieb etwas von dem Schrecken, der sich seit gestern Abend in mir festgesetzt hatte. Immer noch grinsend widmeten wir uns wieder unserem Frühstück. Die ausgelassene und fröhliche Stimmung, die warmen Sonnenstrahlen und Westons Nähe … Auch wenn der Morgen etwas holprig gestartet hatte, konnte es jetzt nicht perfekter sein.

Nachdem wir die Teller in die Spülmaschine geräumt hatten, drehte ich mich zu Weston um. Ich wollte ihn gerade fragen, ob wir das schöne Wetter für einen Spaziergang durch den Park nutzen sollten, als er mit unergründlicher Miene zu seinem Schreibtisch blickte.

»Sorry, ich muss leider noch ein bisschen was lernen«, sagte er. »Aber du kannst es dir gern auf dem Sofa gemütlich machen, und wir unternehmen später noch was?«

Zögernd sah ich ihn an. »Nein, schon gut, dann mache ich mich auf den Heimweg. Ich wollte sowieso noch ein bisschen schreiben.«

Er nickte, und das Schuldbewusstsein stand ihm ins Gesicht geschrieben. Trotzdem wich er von seinen Plänen nicht ab, was ich ihm nicht wirklich verübeln konnte. Wir waren nicht verabredet gewesen, und sein Studium forderte nun mal viele Lernsessions.

Während er sich an den Schreibtisch setzte, ging ich zurück in sein Schlafzimmer und zog mich fertig an.

»Sehen wir uns bald wieder?«, fragte ich, als ich ins Wohnzimmer zurückkehrte.

»Natürlich.« Weston sah kaum auf, als ich zu ihm trat. Gedanklich schien er bereits meilenweit fort zu sein, als er sich doch aufrichtete und sich mit einem flüchtigen Kuss verabschiedete.

Stirnrunzelnd sah ich auf seine Unterlagen, bevor ich die Wohnung durchquerte und die Haustür hinter mir schloss. »Hör auf, dir Sorgen zu machen«, murmelte ich zu mir selbst und ging mit gestrafften Schultern zu meinem Fahrrad, das Weston gestern irgendwie in seinen Kofferraum verstaut hatte.

Ich würde mir den Tag nicht verderben lassen.

Entschlossen trat ich in die Pedale und genoss das Kitzeln der Sonnenstrahlen auf meinem Gesicht. Das ungute Gefühl, das sich trotz allem tief in mir festgesetzt hatte, verdrängte ich mit aller Macht.

28. KAPITEL

Weston

Schlechtes Gewissen nagte an mir. Seit ich Maisie nach dem gemeinsamen Frühstück letzte Woche gehen lassen hatte, folgte es mir. Es meldete sich zu Wort, wann immer Maisie mir eine Nachricht schrieb, und drückte mich nieder, wenn Rose am Telefon sagte, dass Teddy mich vermisste und nach mir fragte. Sie machte sich Sorgen um mich, das hörte ich aus jedem Anruf heraus, aber sie hatte selbst so viel um die Ohren, dass sie mir nicht viel mehr sagte, als dass ich mehr Pausen machen sollte. Wann immer ich Maisie, Teddy oder Rose absagte, um zu lernen, stieg das schlechte Gewissen in mir hoch, doch wenn ich mich mit ihnen traf und nicht lernte, stürzte es über mir zusammen und riss mich mit sich. Und das war fast noch schlimmer.

Aus der einen Tablette wurden mehr. Nach einer Woche musste ich Harris anrufen und ihn fragen, ob er mir Nachschub besorgen konnte. Ich wusste, dass es nicht gut war, was ich da tat, aber mit dem Zeug schaffte ich es, mich auf die Lernsachen zu fokussieren wie nie zuvor. Einmal hatte ich die halbe Nacht gelernt, ohne eine Pause zu machen, und um kurz nach drei verblüfft festgestellt, dass es bereits weit nach Mitternacht war.

Ein Teil von mir warnte mich und sagte, dass ich es nicht übertreiben durfte. Doch der Teil, der Erleichterung verspürte, weil ich endlich nicht mehr hinterherhinkte, war lauter. Nur die wenigen Momente, in denen ich Maisie sah, rissen mich aus meinem konzentrierten Zustand. Sie holte mich zurück ins Leben und erinnerte mich daran, wie fantastisch es sich anfühlte, zu lachen. Sie zu küssen, brachte mir jedes Mal ein Stückchen Frieden. Und trotzdem schaffte ich es nicht, mich täglich bei ihr zu melden oder sie einfach nur anzurufen.

Meine Nachmittage verbrachte ich inzwischen fast nur noch in der Bibliothek und arbeitete die neuen Foliensätze der Vorlesungen nach, und nachts lernte ich für die Abschlussklausuren des Semesters. Es war, als wäre ein Schalter in mir umgelegt worden, der alles, was nicht den Abschlussnoten diente, hintanstellte.

Wenn ich es dann doch mal ins Bett schaffte, konnte ich nicht schlafen. Das waren die Stunden, in denen meine Gedanken um Maisie kreisten und Zweifel in mir aufstiegen. Ich konnte ihre Enttäuschung zwischen den Zeilen lesen, wenn sie mir von ihrem Tag erzählte und fragte, ob es mir gut ging. Sie trug das Herz dabei auf der Zunge und ließ mich spüren, wie sehr sie es bedauerte, dass ich keine Zeit für sie hatte. Meistens antwortete ich ihr mitten in der Nacht, wenn ich merkte, wie sehr ich sie vermisste. Doch sobald der Wecker am nächsten Morgen klingelte, nahm der Unialltag mich wieder für sich ein, und die Stunden verschwammen.

Zeit wurde relativ. Meine Tage bestanden aus Vorlesungen und lernen. Zwischendurch zwang ich mich, Teddy und Rose zu besuchen, wobei sich mein Neffe meist nach wenigen Minuten beschwerte, weil ich beim Spielen überhaupt nicht aufpasste, während meine Schwester mich sorgenvoll fragte, wie viel ich momentan schlief. Mein Fokus verschob sich mehr und mehr, bis ich endlich genau das tat, was Dad sich immer gewünscht hatte. Ich verwendete all meine Energie aufs Studium und ließ mich nicht länger von anderen Dingen ablenken.

»Weston? Warte mal kurz.« Liz' Stimme ertönte hinter mir.

Ich ging ein paar Schritte zur Seite, um die Studenten vorbeizulassen, die aus dem Vorlesungssaal strömten, in dem wir bis eben alle gesessen hatten.

»Kommst du mit zur Mensa? Heute gibt's Lasagne, die halbwegs essbar sein soll.« Sie strich sich eine Strähne hinters Ohr und sah mich erwartungsvoll an.

»Ich wollte eigentlich direkt in die Bibliothek.«

Ihre Augenbrauen schossen nach oben. Ungläubig schaute sie mich an. »Du lässt das Mittagessen ausfallen, um in die Bib zu gehen? Hast du Fieber?« Sie streckte die Hand aus und legte sie mir auf die Stirn. »Oder stehst du unter Drogen?«

»Lass das.« Verärgert schob ich ihre Hand beiseite. »Ich komme endlich mit dem Stoff gut durch und will den Anschluss nicht wieder verlieren. Wenn ich so weitermache, bestehe ich die Prüfungen vermutlich mit den besten Noten, die ich bisher geschrieben habe, das will ich nicht vermasseln. Wenn das jemand verstehen kann, dann ja wohl du.«

»Ehrgeizig zu sein und Bestleistungen erzielen zu wollen, finde ich großartig, aber wenn ich ehrlich sein darf, du siehst nicht gut aus, Weston.«

»Na, vielen Dank«, brummte ich.

Ihr Gesichtsausdruck wurde milder. »Ich mache mir Sorgen. Du warst in letzter Zeit nie beim Essen dabei, und William hat erzählt, dass du dich weder bei ihm noch bei Harris hast blicken lassen.«

In Liz' Augen spiegelte sich aufrichtige Sorge. Sofort kehrte das schlechte Gewissen zurück. Ich biss die Zähne zusammen und zwang mich, ruhig zu bleiben. Da schaffte ich es endlich, mich auf den Arsch zu setzen und zu lernen, und erntete nur Vorwürfe. »Wie gesagt, ich hab viel zu tun.«

»Schon klar. Das haben wir alle, schon vergessen?«, sagte Liz, und diesmal schwang Ungeduld in ihrer Stimme mit.

Ich seufzte. »Tut mir leid.« Müde fuhr ich mir durchs Gesicht. Es war eine Weile her, dass ich die ganze Nacht durchgeschlafen hatte, und langsam machten sich die Lernsessions in meinem Körper bemerkbar. Mein Nacken schmerzte seit Tagen, und sobald ich eine Pause einlegte, begann mein Kopf unangenehm zu pochen.

»Entschuldige dich nicht, sondern nimm dir genügend Pausen. Wenn du so weitermachst, bist du bei den Prüfungen in einem Monat nur noch ein übermüdeter Zombie.«

»Das wird nicht passieren«, versicherte ich.

»Also, kommst du mit in die Mensa?«

»Nee, ich muss nachher meinen Eltern einen Pflichtbesuch abstatten und will vorher noch die Vorlesung von Professor Thomas durchgehen.«

»Verstehe.« Liz warf mir einen letzten prüfenden Blick zu, bevor sie sich mit einem »Man sieht sich« abwandte und um die nächste Ecke in Richtung Mensa verschwand.

Widerwillig betätigte ich die Klingel, als ich wenige Stunden später vor dem Haus meiner Eltern stand. Mum öffnete mir mit einem strahlenden Lächeln auf den Lippen. Betont fröhlich begrüßte sie mich und führte mich ins Esszimmer, wo der Tisch wie immer bereits gedeckt war.

»Unsere Köchin hat heute Lasagne gemacht«, verkündete sie.

»Das klingt toll«, erwiderte ich und versuchte, echte Begeisterung aufzubringen, doch so richtig wollte es mir nicht gelingen. Für die gemeinsamen Dinner engagierte Mum jedes Mal jemanden zum Kochen, weshalb das Essen eigentlich immer richtig gut war.

»Hallo, Sohn«, sagte Dad, als er das Zimmer betrat und sich an das Kopfende des Tisches setzte. Mit zufriedener Miene begutachtete er das perfekt aufeinander abgestimmte Geschirr, das mit der mintgrünen Tischdecke und den weißen Servietten harmonierte.

Skurril, wie viel Wert meine Eltern auch dann auf die Etikette legten, wenn keine Gäste da waren. Wir saßen zu dritt am Tisch, und trotzdem wirkte es, als erwarteten sie jeden Moment einen ihrer wichtigsten Mandanten.

»Was gibt es Neues?«, fragte Mum, nachdem sie die Vorspeise, eine Tomatensuppe, auf unsere Teller verteilt hatte. Dass sie dafür nicht auch jemanden angestellt hatten, glich einem Wunder.

»Nicht viel«, antwortete ich, während ich von der Suppe probierte. »Ich bin von morgens bis abends in der Uni, um mich auf die Prüfungen nächsten Monat vorzubereiten.«

Dad machte ein zustimmendes Geräusch. In seinen graublauen Augen lag tatsächlich so etwas wie Anerkennung.

»Fleißig, wie wir es von dir gewohnt sind.« Mum lächelte stolz, ehe sie mich durchdringend anschaute. »Aber denk daran, dass du genügend Pausen machst.«

Hatte sie etwa die Schatten unter meinen Augen bemerkt, die ich seit Tagen ignorierte?

»Das Studium lässt nun mal nicht viel Zeit für Pausen, Victoria«, bemerkte Dad, bevor ich etwas sagen konnte.

»Das ist mir bewusst, schließlich bist du nicht der Einzige mit einem abgeschlossenen Jurastudium in dieser Familie«, erwiderte sie ungewohnt scharf.

Ich horchte auf. Dass sie Dad widersprach, kam selten vor.

»Zweifellos wirst du diese Prüfungen mit Bravour bestehen«, sagte Dad in meine Richtung gewandt und wischte damit Mums Einwurf einfach beiseite.

Ich unterdrückte ein Seufzen. Natürlich würde ich das. Mit weniger als *Bravour* gab Dad sich nicht zufrieden, und ich hatte wenig Lust, den ganzen Sommer in seiner Kanzlei zu verbringen, um mir anzuhören, wie viel ich noch zu lernen hatte.

»Wie läuft es auf der Arbeit?«, fragte ich, um von mir abzulenken.

»Gut.« Dad ließ den Löffel sinken. »Wir haben einen neuen Partner gewinnen können, der einige wohlhabende Mandanten mitbringt.«

Ich unterdrückte ein Stöhnen. Wie üblich ging es ihm nur ums Geld. Was Maisie dazu wohl sagen würde? Es brauchte nicht viel Fantasie, um mir ihr Gesicht vorzustellen, wenn sie jetzt an diesem Tisch sitzen würde. Sie hätte kein Verständnis für den feinen Aufzug oder die oberflächlichen Gespräche. Schnell verdrängte ich den Gedanken und konzentrierte mich wieder auf Dad.

»Und der Fall mit Ralph Cordon?«, fragte ich. »Ist er unschuldig oder hat er die Gelder wirklich veruntreut?«

»Es fehlen bisher die entscheidenden Beweise, weshalb wir gute Chancen haben, den Fall zu gewinnen«, sagte Dad.

Ich nickte und lehnte mich im Stuhl zurück. Die Kopfschmerzen kehrten zurück.

In den letzten Jahren hatte ich mich oft gefragt, ob die Anwälte der Kanzlei die Falschen verteidigten. Ob sie sich, statt für Gerechtigkeit zu kämpfen, lediglich auf die Seite der marktführenden Unternehmer schlugen, weil die ihnen hohe Summen dafür zahlten, dass sie Anklagen abschmetterten, die vermutlich absolut berechtigt waren. Der Gedanke versetzte mir jedes Mal einen Stich. Ich wollte, dass mein Vater einer der Guten war. Dass ich stolz auf ihn sein konnte, denn er hatte verdammt viel erreicht in der Kanzlei.

Irgendwann hatte ich daher auch angefangen, mir einzureden, dass ich es anders machen würde, wenn ich erst mal in seiner Position war. Dass ich dann all die Fälle annehmen könnte, die er verweigerte, und dass ich den Menschen helfen könnte, denen niemand eine Chance gab. Das war auch einer der Gründe, warum ich das Studium weiterhin verfolgte und alles dafür tat, um diese Prüfungen zu bestehen. Wenn es anders wäre, hätte ich nie zu Harris' Tabletten gegriffen.

»Irgendwann wirst du das verstehen, Weston.«

»Was?« Verwirrt sah ich Dad an.

»Warum es für die Kanzlei das Beste ist, einflussreiche Männer wie Cordon zu vertreten. Ich weiß, dass du das momentan noch nicht sehen kannst. Das ging mir in deinem Alter nicht anders. Es ist normal, an hohe Ideale und Werte zu glauben, wenn man jung ist. Irgendwann realisiert man aber, dass Werte weder die Miete bezahlen können, noch einen an den Tisch der Oberschicht bringen.«

»Vielleicht will ich an diesen Tisch überhaupt nicht«, murmelte ich.

»Wie war das?« Dads Blick durchbohrte mich, und ich wurde automatisch ein Stück kleiner. Ich hasste es, dass er diese Wirkung auf mich hatte. Sobald er seine Stimme anhob, erzitterte alles im Raum. So war es im Gerichtssaal, in seinem Büro und auch zu Hause.

»Zeit für den Hauptgang.« Mum stand auf und machte sich daran, unsere Teller in die Küche zu tragen.

Wie ich den ganzen Zirkus hasste.

Den Rest des Abendessens redeten wir nur noch über belanglose Dinge. Zum Glück. Dennoch zwang ich mich, zu lächeln, bis mir die Wangen wehtaten, während ich stumm die Stunden zählte, bis ich endlich ins Bett konnte.

Heute Morgen hatte ich eine der Tabletten eingeworfen, um mich in der Uni und anschließend beim Lernen in der Bibliothek konzentrieren zu können. Irgendwann hatte ich auf die Uhr geschaut und erschrocken festgestellt, dass ich in zwanzig Minuten bei meinen Eltern sein sollte. Seither ließ die Wirkung der Tablette immer mehr nach, und die Erschöpfung kehrte zurück. Ich fühlte mich seltsam leer. Ausgebrannt. Es hatte sich eine gewisse Gleichgültigkeit eingeschlichen, die jeden Ärger oder Zweifel übertönte. Was vielleicht nicht schlecht war. So würde ich die Prüfungen durchziehen können, ohne mich von irgendwelchen Gefühlen ablenken zu lassen.

Eine gefühlte Ewigkeit später konnte ich mich endlich verabschieden und in mein Auto steigen. Obwohl es bereits neun Uhr abends war, spielte ich mit dem Gedanken, noch zu Raymond zu fahren. Seit ich ihn zusammen mit Maisie besucht hatte, waren ein paar Wochen vergangen, und mir fehlte die Arbeit in der Werkstatt. Die Ablenkung würde mir bestimmt guttun.

Entschlossen startete ich den Motor und fuhr los. Inzwischen war es schon längst dunkel geworden. Mit zusammengekniffenen Augen schaute ich auf die leere Straße vor mir, als sich zu den Kopfschmerzen nun auch Müdigkeit gesellte. Vielleicht sollte ich doch besser umkehren und nach Hause fahren, um mich hinzulegen. Die Chance, endlich mal wieder direkt einzuschlafen, stand heute hoch.

In Gedanken versunken bog ich links ab und bemerkte zu spät, dass ich ein Stück auf die Gegenfahrbahn abdriftete. Grelles Licht blendete mich, und ich zuckte zurück. Das Auto steuerte direkt auf mich zu. In letzter Sekunde riss ich das Lenkrad herum, doch ich war nicht schnell genug. Mein Wagen schrappte an der Seite des anderen Autos entlang und kam schlingernd zum Stehen.

»Fuck!« Ich schlug mit der flachen Hand auf das Lenkrad. »Fuck, fuck, fuck!«

Mit zitternden Beinen kletterte ich aus dem Wagen. Panik machte sich in mir breit und erschwerte mir das Atmen. Wenn der anderen Person etwas passiert war … Ich wollte den Gedanken gar nicht erst zu Ende denken.

Das andere Auto war am Rand stehen geblieben. Niemand schrie oder schimpfte, was ich als gutes Zeichen deutete.

»Hallo?«, rief ich in die Dunkelheit, während ich mich vorsichtig näherte.

Eine junge Frau stieg aus dem Auto. Prüfend musterte ich sie. Sie schien nicht verletzt zu sein. Schock und Panik spiegelten sich in ihrem Blick, aber ansonsten schien es ihr gut zu gehen.

»Es tut mir so leid«, sagte ich. »Haben Sie schon die Polizei gerufen?«

»Nein.« Ihre Stimme war nicht viel mehr als ein Flüstern.

»Gut, dann mache ich das.« Mit bebenden Fingern tippte ich die Nummer ein und meldete den Unfall.

Während wir schweigend darauf warteten, dass die Beamten kamen, um sich das Auto anzusehen und das Ganze aufzunehmen, starrte ich in den wolkenverhangenen Himmel über mir. Taubheit machte sich in meinem Körper breit und legte sich wie ein trüber Filter über meine Wahrnehmung. Ich hatte die Kontrolle verloren. Es war zwar niemand verletzt, aber die Sache hätte auch anders ausgehen können. Gänsehaut breitete sich auf meinen Armen aus. Ich durfte nicht zu lange darüber nachdenken, sonst würde ich noch völlig durchdrehen. Bis die Polizei da war und alle Aussagen aufgenommen hatte, musste ich mich zusammenreißen.

29. KAPITEL

Maisie

Leise Klavierklänge tönten aus meinen Boxen. Ich saß auf dem Bett und las einen Artikel über die Meilensteine in der Entwicklung eines Kindes. Bree hatte ihn mir zugeschickt und empfohlen. Kühle Nachtluft drang durch das gekippte Fenster in mein Zimmer. Es war die perfekte Stimmung, um konzentriert zu lesen, doch meine Gedanken schweiften ständig ab.

Seit meinem letzten Besuch bei Weston hatte ich kaum etwas von ihm gehört. Und das war immerhin bereits über eine Woche her. Wieder einmal zog er sich zurück und versank in seinen Lernunterlagen. Zumindest ging ich davon aus. In der letzten Sitzung mit Dr. Rae hatten wir neben meinem Panikanfall auch über meine Zweifel gesprochen. Sie hatte sich wie üblich mit direkten Ratschlägen zurückgehalten, aber es war trotzdem deutlich geworden, dass sie mir riet, mich auf mich selbst zu konzentrieren, anstatt mir den Kopf über Weston zu zerbrechen.

Du kannst seine Probleme nicht lösen, und du hast genug eigene Themen, denen du dich stattdessen stellen könntest. Das waren ihre Worte gewesen. Womit sie nicht ganz unrecht hatte. Vermutlich wäre das auch der Moment gewesen, in dem ich endlich den Unfall und das Trauma hätte ansprechen sollen, aber ich hatte es nicht geschafft.

Seufzend las ich den letzten Abschnitt des Artikels ein zweites Mal. Das Thema war nicht nur relevant für meine tägliche Arbeit im Kindergarten, sondern interessierte mich auch. Seit ich als Kind selbst gewisse Entwicklungsschritte nach dem Unfall in einem anderen Tempo durchlaufen hatte, faszinierten mich die Gründe für mögliche Entwicklungsverzögerungen und die Frage, wie diese behandelt werden konnten.

Gerade als ich mich in die Thematik des Artikels vertiefte und meine Gedanken nicht länger abschweiften, klingelte mein Handy. Stirnrunzelnd griff ich danach und erstarrte kurz, als Westons Name auf dem Display aufleuchtete. Gegen meinen Willen stahl sich ein Lächeln auf meine Lippen.

»Hi, Weston. Schön, dass du anrufst.« Auf der anderen Seite der Leitung atmete jemand abgehackt, und sofort erlosch mein Lächeln. »Was ist los?« Ich setzte mich aufrecht hin und presste das Handy enger an mein Ohr. »Weston?«

»Ich hab Mist gebaut.« Seine Stimme klang gepresst.

»Was ist passiert?«

»Kannst du mich abholen?«, fragte er.

»Klar, wo bist du?«

»Auf der Polizeistation.«

Es dauerte ein paar Sekunden, bis die Bedeutung der Worte zu mir durchdrang. »Bist du okay?« Bilder von einem blutüberströmten Weston tauchten vor meinem inneren Auge auf. *Bitte lass ihm nichts passiert sein,* flehte ich.

»Ja, es geht mir gut. Es gab einen Unfall, nichts Schlimmes, aber die wollen mich in meinem Zustand nicht allein heimfahren lassen, und ich wusste nicht, wen ich sonst anrufen soll.« Weston klang verzweifelt.

Mühsam drängte ich die Fragen zurück, die mir auf der Zunge lagen. Es hatte einen Unfall gegeben? Was hieß das? Dass er von der Polizeistation und nicht aus dem Krankenhaus anrief, war ein gutes Zeichen. Oder?

Ich notierte mir die Adresse, die Weston durchgab, und legte auf. In Rekordgeschwindigkeit tauschte ich meine Leggins gegen eine Jeans und zog einen Pullover über mein Shirt.

»Charlotte?«, rief ich und stürmte den Flur entlang zu ihrem Zimmer.

»Was ist los?« Meine Tante saß an ihrem Schreibtisch und ging Arbeitsblätter ihrer Schüler durch.

»Kannst du mich mit dem Auto wo hinfahren? Es ist ein Notfall.«

Alarmiert sah sie auf. »Was ist passiert?«

»Ich weiß es nicht. Weston hat angerufen. Er braucht mich jetzt.«

»Okay.« Sie runzelte die Stirn, nickte nach einem kurzen Zögern aber. »Klar, wenn es ein Notfall ist, kann ich dich fahren.«

»Danke dir!« Ohne ein weiteres Wort zu verlieren, stürmte ich nach draußen.

Charlotte folgte mir keine Minute später. Als wir im Wagen saßen und ich ihr erklärte, wo sie hinfahren sollte, hielt sie allerdings abrupt inne. »Zur Polizei?«

»Ich erklär dir morgen alles, wenn ich mehr weiß«, versprach ich. »Bitte, bitte fahr mich einfach nur hin und lass uns Weston abholen.«

Sie sah aus, als hätte sie dem noch jede Menge hinzuzufügen, doch anstatt irgendetwas davon auszusprechen, startete sie den Motor. Momente wie diese erinnerten mich daran, warum ich Charlotte so liebte. Wenn es drauf ankam, schaffte sie es nämlich sehr wohl ihre Sorgen hintanzustellen und zu handeln.

Die Sorge um Weston ließ mich auf dem Weg zur Polizeistation nicht eine Sekunde lang los, auch wenn ich mir jeden Gedanken daran verbot, dass ihm etwas hätte passiert sein können. Ich durfte ihn nicht verlieren. Nicht nach allem, was in den letzten Wochen passiert war.

An der Polizeistation angekommen, wartete Charlotte geduldig im Auto, während ich nach draußen sprang und nach Weston Ausschau hielt. Ich entdeckte ihn sofort. Er stand vor dem Revier, die Hände in den Hosentaschen vergraben. Seine Haltung strahlte eine dermaßen starke Anspannung aus, dass ich mich ihm nur mit langsamen Schritten näherte.

»Weston?« Wie befürchtet, zuckte er beim Klang meiner Stimme heftig zusammen. Blinzend sah er mich an und schien einige Sekunden zu brauchen, bis er mich erkannte.

»Maisie«, stieß er hervor und stolperte auf mich zu.

Das war der Moment, in dem ich die Beherrschung verlor. Mit wenigen Schritten überbrückte ich den Abstand zwischen uns und schlang meine Arme um seinen Hals. »Es geht dir gut«, flüsterte ich. Sein Atem an meinem Ohr war das schönste Geräusch, das ich je gehört hatte.

Er erwiderte wortlos meine Umarmung und hielt sich an mir fest, als könnte er keine Minute mehr allein stehen.

»Was ist passiert? Wurdest du angefahren?« Ich löste mich von ihm und tastete an seinen Armen entlang, wie um mich zu versichern, dass er tatsächlich unversehrt war.

»Nein.« Ein Schatten huschte über sein Gesicht. Die Anspannung schien stärker zu werden, und es war ihm anzusehen, dass er nicht reden wollte.

Obwohl ich immer noch voller Sorge war, hakte ich nicht nach, sondern griff nach seiner Hand und zog ihn in Richtung Auto. »Komm, wir fahren dich nach Hause.«

»Wir?« Er blieb ruckartig stehen, als er Charlotte entdeckte.

»Ich fahre kein Auto«, erklärte ich leise. Als ich mich das erste Mal probeweise hinters Steuer gesetzt hatte, hatte mein Herz direkt zu rasen begonnen. Angst war mir den Rücken hinaufgekrochen, und seither schob ich die Sache mit dem Führerschein weit von mir. »Sie wird keine Fragen stellen«, versicherte ich ihm.

Zögernd ging Weston auf das Auto zu und stieg hinten ein, während ich mich wieder auf den Beifahrersitz sinken ließ und Charlotte seine Adresse nannte. Wie erwartet schwieg Weston die ganze Fahrt über. Ich warf ihm immer wieder besorgte Blicke zu, denen er jedoch auswich, und ein ungutes Gefühl machte sich in meiner Magengegend breit.

Als Charlotte den Wagen wenig später vor der Wohnung parkte, stolperte Weston mit einem knappen Danke nach draußen.

»Melde dich nachher, ja?«, sagte sie, als ich ebenfalls ausstieg, und warf mir einen durchdringenden Blick zu. »Und pass auf dich auf!«

»Mach ich. Tausend Dank dir.« Ich winkte ihr noch zum Abschied, ehe ich Weston in seine Wohnung folgte, wo wir uns auf die Couch setzten.

Sein Blick irrte durch die Wohnung, und er schien gedanklich meilenweit weg zu sein. Ich wollte ihn nicht drängen, aber irgendwann musste er erzählen, was los war. Eine Woche lang hatte ich kaum etwas von ihm gehört, und dann rief er von einer Polizeistation an. Ich hatte eine Erklärung verdient.

»Es war meine Schuld.«

Die Worte erklangen so plötzlich aus seinem Mund, dass ich erschrocken zusammenfuhr. »Was meinst du?«, fragte ich vorsichtig nach. Zwischen uns lag ein ganzes Stück Abstand, aber bisher hatte ich nicht gewagt, ihn zu überbrücken.

Weston drehte sich langsam in meine Richtung. Im schwachen Licht der Deckenbeleuchtung wirkten seine Augenringe erschreckend dunkel. Er sah nicht gut aus. Seine Wangen waren unnatürlich blass, und in seinen geweiteten Augen las ich einen Ausdruck von unendlicher Erschöpfung.

»Ich hab den Unfall verursacht«, sagte er ausdruckslos.

Verwirrt suchte ich in seinem Gesicht nach einer Regung, dem Ausdruck von Reue oder Entsetzen, doch da war nichts. Nur Leere. Vielleicht stand er unter Schock. Ich hoffte, dass es so war. Denn bei seinen Worten hatte sich mein Innerstes schmerzhaft zusammengezogen.

»Weston«, sagte ich betont ruhig, »erzähl mir, was passiert ist. Der Reihe nach.«

»Ich war bei meinen Eltern und wollte nach Hause fahren. Es war ein langer Tag in der Uni, und die Gespräche mit meinem Dad haben mir den Rest gegeben. Jedenfalls bin ich losgefahren, und …« Er runzelte die Stirn. »Ich war müde und für einen kurzen Moment unaufmerksam. Als ich abgebogen bin, war da plötzlich das andere Auto. Es ist direkt auf mich zugefahren. Ich hab das Lenkrad herumgerissen, um einen Zusammenstoß zu vermeiden und dabei das andere Auto gestreift. Der Fahrerin ist nichts passiert.« Er holte tief Luft. Schloss die Augen und öffnete sie wieder. Diesmal war sein Blick nicht leer. Endloser Schmerz tobte in seinen Augen.

Ich wollte eine Hand nach ihm austrecken und sagen, dass alles gut werden würde. Dass es ein kleiner Unfall war, nichts weiter, und dass es allen gut ging. Doch ich konnte nicht. Bei seinen Worten hatte sich ein schwerer Druck auf meine Brust gelegt, der mir mit jeder Sekunde das Atmen schwerer machte.

»Ich werde vermutlich eine Geldstrafe zahlen müssen.« Gequält sah Weston mich an. »Sag es schon.«

»Was?«, krächzte ich und hasste meine Stimme dafür.

»Sag, wie enttäuscht du von mir bist. Das ist der Moment, oder?«

Verständnislos sah ich ihn an. »Welcher Moment?«

»Der Moment, in dem du gehst, weil du erkennst, dass du mit jemandem wie mir nicht zusammen sein kannst.«

»Was redest du denn da?« Ich schüttelte den Kopf. »Nein, Weston. Ich werde nicht einfach gehen. Dass du Auto gefahren bist, obwohl du übermüdet bist, war verantwortungslos.« Erfolglos kämpfte ich gegen das Zittern in meiner Stimme an. »Es hätte sonst was passieren können.«

»Ich weiß.« Er presste die Lippen zusammen, seine Hände hatte er zu Fäusten geballt.

»Aber wenn du denkst, dass ich deswegen einfach gehe, liegst du falsch. Allerdings will ich, dass du mit mir redest. Dass du mir sagst, was los ist. Wenn wir uns sehen, braucht es jedes Mal ein paar Minuten, bis du auftaust, und sobald ich weggehe, höre ich tagelang kaum etwas von dir. Seit wir am Meer waren, scheinst du dich immer mehr zu verändern. Ich mache mir Sorgen um dich.«

»Das brauchst du nicht«, sagte er scharf und rückte ein Stück von mir weg. »Ich weiß, dass ich mich nicht oft gemeldet habe, und das tut mir leid, aber mir geht es gut, und ich kriege endlich meinen Unikram auf die Reihe. Nächste Woche werde ich mehr Zeit haben. Versprochen.« Seine Augen glänzten fast schon fiebrig.

Scheiße. Merkte er denn nicht, wie schlecht es ihm ging? Wie sehr er neben der Spur war? Der Weston, den ich vor zwei Monaten kennengelernt hatte, wäre niemals übermüdet in ein Auto gestiegen. Er hätte nicht Treffen mit seinem Neffen und Verabredungen mit mir sausen lassen, um stattdessen zu lernen.

Ich runzelte die Stirn und erhob meine Stimme, in der Hoffnung, so zu ihm durchzudringen. »Dir ist schon klar, was heute Abend passiert ist, oder? Wir kommen gerade von einer Polizeiwache, wo du eine Aussage gemacht hast, weil du einen Unfall verursacht hast. Dir geht es also offensichtlich nicht gut.«

Weston sprang auf. »Ich habe es satt, dass mir das alle ständig sagen.« Unruhig begann er, in der Wohnung auf und ab zu gehen. Der Anblick erinnerte mich an ein gefangenes Tier, das seinen Käfig ablief.

Eine Gänsehaut bildete sich auf meinen Armen, und mir wurde schlagartig kalt. »Ich bin aber nicht alle«, entgegnete ich scharf. »Soweit ich mich erinnere, bin ich deine Freundin. Die Person, der du vertraust und die du anrufst, wenn du Mist gebaut hast. Also sag mir, verdammt noch mal, was los ist!«

»Nichts ist los!«, rief er aufgebracht.

Ich schnaubte. »Das sehe ich«, sagte ich und stand ebenfalls auf. »Ich will nicht mit dir streiten, aber ich kann so nicht weitermachen. Weißt du, wie oft ich mich in den letzten Tagen gefragt habe, wie es dir geht? Ob wirklich alles in Ordnung ist? Zu oft. Viel zu oft.«

»Was willst du denn von mir hören?« Erschöpft sah Weston mich an. Jeder Anflug von Wut war aus seinem Gesicht verschwunden.

»Seit wann lernst du nur noch und vergisst sogar, Zeit mit deinem Neffen zu verbringen? Seit wann schreibst du mir keine Nachrichten mehr, dass du und deine Couch mich vermissen? Dein Verhalten in den letzten Tagen … So kenne ich dich nicht.«

»Es tut mir leid.« Müde fuhr Weston sich durch die Haare. »Du bist die eine Sache, die ich nie vermasseln wollte. Aber Dad sitzt mir wegen der anstehenden Prüfungen im Nacken, und ich hatte eine Menge aufzuholen. Mit Harris' Tabletten hat das endlich geklappt, und ich schwöre, dass ich bald wieder mehr Zeit habe. Was hältst du davon, wenn wir nächste Woche zusammen Pizza bestellen und …«

»Was für Tabletten?«, unterbrach ich ihn, und eiskalte Angst griff nach mir.

»Was?« Etwas flackerte in seinen Augen auf.

»Was für Tabletten?«, wiederholte ich, diesmal lauter. Blut rauschte mir in den Ohren, und ich war kurz davor, die Fassung zu verlieren.

Das war alles zu viel. Westons Zustand, der Unfall, unser Streit. Wir redeten aneinander vorbei, und ich hatte das Gefühl, ihn nicht mehr zu kennen. Der gehetzte Ausdruck in seinem Gesicht machte mir Angst. Die Schatten unter seinen Augen machten mir Angst. Und die Vorstellung, dass ich ihn heute hätte verlieren können, machte mir Angst, fast so sehr wie die Vorstellung, dass ich ihn längst verloren hatte. Verdammt. Ich ballte meine Hände zur Faust und kämpfte gegen die aufkeimende Panik an.

Weston zuckte mit den Schultern. »Harris hat sie mir auf einer

Party gegeben. Sie helfen dabei, dass ich mich länger am Stück auf eine Aufgabe fokussieren kann«, erklärte er nüchtern.

Der Druck auf meiner Brust verstärkte sich. Ich wartete auf eine Ergänzung, eine Erklärung, irgendwas, doch nichts dergleichen kam.

»Redest du von so was wie Ritalin?« Fassungslos schaute ich ihn an. »Von verschreibungspflichtigen Medikamenten?«

»Viele Studenten nehmen das.« Die Emotionslosigkeit in seiner Stimme war schlimmer als die Wut von vorhin. Schlimmer als der Schmerz.

»Sag mal, hörst du dir eigentlich selbst zu? Du hast vor wenigen Stunden einen Unfall gebaut, verdammt noch mal.«

Müde hob er die Schultern. »Was hat das denn jetzt damit zu tun?«

Ich hielt abrupt inne. Irgendetwas in mir zerbrach, als ich Weston ansah. Er war mir nie fremder gewesen. »Das fragst du ja wohl nicht ernsthaft. Seit Tagen lernst du wie besessen, und jetzt versteh ich auch, warum. Diese Tabletten tun dir nicht gut, merkst du das nicht? Du vernachlässigst deine sozialen Kontakte, und so, wie du aussiehst, schläfst du auch kaum noch. Das ist nicht gesund!« Meine Stimme drohte zu brechen. Mit aller Macht drängte ich das Schluchzen zurück, das in meiner Kehle saß. »Du hast versprochen, ehrlich zu mir zu sein. Du hast gesagt, dass du mich nicht belügen wirst.« Jetzt kamen die Tränen doch. Wütend blinzelte ich sie weg.

»Ich habe dich nicht belogen.« Weston machte einen Schritt auf mich zu, aber ich wich zurück.

»Du hast gesagt, dass es dir gut geht. Aber das stimmt nicht. Es geht dir nicht gut. Und ich will dir helfen, das will ich wirklich.

Aber wie soll das gehen, wenn du nicht einsehen willst, was los ist? Ich kann dir nicht helfen, wenn du dir selbst nicht hilfst, und ich kann mir nicht ständig den Kopf zerbrechen, wie es dir geht.« Ich stolperte einen weiten Schritt zurück, steuerte die Couch an, auf der ich meine Jacke abgelegt hatte.

»Warte!«, rief Weston. »Bitte. Du brauchst mir nicht zu helfen oder dir meinetwegen den Kopf zu zerbrechen. Ich werde die Tabletten nicht mehr nehmen. Die Prüfungen schaffe ich trotzdem. Bitte, Maisie. Ich habe alles unter Kontrolle.« Fast schon flehend sah er mich.

»Du verstehst es nicht, oder? Du bist auf dem besten Weg, zu einem emotionslosen Roboter zu werden, der nur lernen im Kopf hat. Aktionen wie heute … Der Unfall … Ich weiß, dass du kein rücksichtsloser Idiot bist, aber wenn du so weitermachst, wirst du zu einem. Dann bist du nicht viel besser als …« Ich verstummte, aber es war zu spät.

»Als mein Dad? Wolltest du das sagen?« Er kniff die Augen zusammen.

»Ja.« Ich schaute ihn an, suchte nach dem Mann, in den ich mich verliebt hatte und blickte in eine Maske aus kalter Wut.

»Du hast keine Ahnung, wovon du da sprichst. Du weißt nicht, wie es ist, jeden Morgen aufzuwachen und all die Erwartungen mit dir herumzuschleppen, denen du niemals gerecht werden kannst. Mein Leben lang kämpfe ich darum, gut genug für ihn zu sein. Du weißt nicht, wie das ist. Du hast deine Schwester und deine Tante, die dich lieben, egal, was du machst. Du musst nichts beweisen.« Weston klang bitter.

»Das ist nicht fair«, entgegnete ich schwach. »Hast du je versucht, mit deinem Dad darüber zu sprechen, dass dich das Studium nicht glücklich macht? Du könntest etwas ganz anderes tun. Etwas, was dich tatsächlich begeistert und …«

»Sei still, Maisie!«, fuhr Weston dazwischen.

Ich taumelte zurück, als hätte er mich geschlagen.

Ein Schluchzen drang aus meiner Kehle, viel zu laut für die plötzliche Stille.

Etwas in mir, was gerade erst wieder zusammengewachsen war, zersprang und hinterließ ein klaffendes Loch. Ich spürte den Schmerz, spürte, wie ich brach. Die Umgebung verschwamm vor meinen Augen, die Welt hörte auf, sich zu drehen.

Sei still, Maisie!

Die Worte hallten in meinem Kopf wider, rüttelten an meinem Innersten und brachten alle Mauern und Wände zum Einstürzen. Panik überrollte mich, gefolgt von einem alles verzehrenden Schmerz.

Wie in Trance wandte ich mich von Weston ab, griff nach meiner Jacke und ging zur Haustür. Ich hörte ihn rufen, verstand aber nicht, was er sagte. Es war mir auch egal.

Sei still, Maisie!

Irgendwie schaffte ich es, Charlotte anzurufen und sie zu bitten, mich abzuholen, bevor ich auf den Gehweg sank. Ich sperrte alle Gedanken aus, blendete die Gefühle aus, die sich wie ein Tornado über mir zusammenbrauten.

Meine Konzentration reichte aus, bis Charlotte kam. Ihre Augen waren voller Sorge, aber ich schaffte es nicht, darauf zu reagieren. Ich schaffte es nicht, etwas zu sagen. Die ganze Fahrt über brachte ich kein Wort heraus.

Nur am Rande bekam ich mit, wie Charlotte das Auto vor unserer Wohnung parkte und der Motor erstarb.

Mit der Stille kamen die Tränen.

Ich sank in mich zusammen und fiel.

Sei still, Maisie!

Ich schluckte, während Mums Gesicht vor mir auftauchte. Ihre Stimme vermischte sich mit Westons. *Sei still, Maisie!*

Bilder blitzten auf. Ich auf dem Rücksitz, wie ich redete und lachte. Mum auf dem Beifahrersitz und Dad am Steuer.

Mum, die sich zu mir umdrehte. Die mich ermahnte, still zu sein.

Und dann das Krachen, als das andere Auto mit ihrem zusammenprallte.

Sei still, Maisie!

Ich hatte sie verloren, und es war meine Schuld.

30. KAPITEL

Weston

Kaltes Wasser prasselte auf mich herab, doch es konnte die Gedanken in meinem Kopf nicht ausschalten.

Seit dem Streit waren zwei Tage vergangen. Zwei Tage, in denen ich meine Lernsachen kein einziges Mal angerührt hatte. Ich konnte es nicht. Stattdessen versumpfte ich auf meiner Couch, schaute zu viel fern und gab mein Bestes, den dumpfen Schmerz in meinem Innern zu ignorieren. Ich hatte Maisie unzählige Nachrichten geschickt, doch sie reagierte auf keine einzige davon, blockte jeden Versuch, mich zu entschuldigen, ab.

Ich hatte es vermasselt. Und zwar gründlich.

Wenn ich die Augen schloss, sah ich noch immer die Scheinwerfer des anderen Fahrzeugs. Wie hatte das nur passieren können? Ich war ein guter Fahrer, konzentriert und verlässlich. Niemals wäre ich unter normalen Umständen so unaufmerksam gewesen. Aber übermüdet einen Unfall zu bauen, weil man sich mit Tabletten zum Lernen aufgeputscht hatte, war nun mal kein normaler Umstand. Die Polizisten hatten routinemäßig einen Alkoholtest gemacht, der natürlich negativ war, und als sie meinen Namen gesehen hatten, wussten sie, dass Dad mich so oder so rausboxen würde. Also hatten sie nur meine Aussage aufgenommen, und ich war mit einem Vermerk in meiner Akte davongekommen. Der Fahrerin musste ich natürlich den Schaden an ihrem Auto bezahlen, aber das war's auch schon. Zumindest offiziell. Gedanklich würde ich noch einige Zeit damit zu kämpfen haben.

Ich drehte das Wasser ab und trat aus der Dusche. Egal, wie sehr ich es auch versuchte, ich schaffte es nicht, die Bilder zu verdrängen. Weder die von der geschockten Fahrerin noch die von Maisie. Ihr verletzter Gesichtsausdruck wollte mir nicht aus dem Kopf gehen. Wir hatten uns im Streit unschöne Dinge gesagt. Ein Teil von mir hing an ihrem Vorwurf fest, dass ich mich auf dem besten Weg befand, wie mein Vater zu werden, der in ihren Augen nicht viel mehr als ein rücksichtsloser, machtgieriger Idiot war. Was nicht fair war. Sie kannte meinen Dad nicht. Oder meinen Alltag. Aber ich wusste auch, dass es an mir lag, dass sie meine Welt nie kennengelernt hatte. Aus Angst, dass ich sie verlieren würde, sobald sie merkte, wie wenig sie mein Leben mochte, hatte ich sie davon ferngehalten – was sie nur weiter von mir fortgetrieben hatte. Und jetzt hatte ich alles verloren. Die Kraft, mich aufzuraffen und zu lernen, und Maisie. Was nützte es mir, zu funktionieren und die Erwartungen meines Dads zu erfüllen, wenn ich mich dabei so elend fühlte?

Seufzend zog ich eine Jogginghose an und schlüpfte in ein schwarzes Shirt, bevor ich zurück ins Wohnzimmer ging. Stille dröhnte mir entgegen, die in meinen Ohren entsetzlich laut klang. Um sie nicht länger ertragen zu müssen, schaltete ich den Fernseher an. Dann sank ich auf die Couch und griff nach meinem Handy, das ich auf dem kleinen Tisch vor mir abgelegt hatte. Mit einer albernen Hoffnung, die ohnehin vergebens war, entsperrte ich den Bildschirm. Keine neuen Nachrichten. Ich ließ mich zurücksinken und schaute lustlos auf den Bildschirm, über den eine Folge *Brooklyn 99* flimmerte.

Natürlich hatte Maisie nicht geantwortet. Ich hatte sie angeschrien und ihr gesagt, dass ich ihre Hilfe nicht brauchte. Da hätte ich mich an ihrer Stelle auch nicht mehr gemeldet. Verdammt.

Vielleicht sollte ich froh darüber sein. Sie verstand nicht, wie es für mich war, ständig unter Druck zu stehen. Wie es sich anfühlte, wenn nichts von dem, was man tat, genug war. Maisie hatte von Anfang an jemand in mir gesehen, den ich selbst nicht sah. Was Teil des Problems war, das wusste ich. Genervt über mich selbst, stellte ich den Ton lauter. Doch es half nichts. Meine Gedanken blieben trotzdem bei Maisie haften. Der Ausdruck in ihrem Gesicht, als sie aus meiner Wohnung getaumelt war, hatte mir Angst gemacht.

Bevor ich es mir anders überlegen konnte, öffnete ich den Chatverlauf und verfasste eine weitere Nachricht.

Bist du okay? Ich weiß, du willst gerade nichts mit mir zu tun haben, und das verstehe ich, aber bitte schick mir ein kurzes Lebenszeichen, damit ich weiß, dass es dir so weit gut geht.

Mehrere Minuten starrte ich den Text an, überlegte, ob ich ihn wirklich abschicken konnte. Machte ich mich damit komplett lächerlich? Es war aus zwischen uns, das hatten der hässliche Streit und Maisies Funkstille seither mehr als deutlich gemacht. Warum konnte ich also nicht loslassen?

Seufzend drückte ich auf *Senden* und warf das Handy neben mich auf die Couch. Wem wollte ich etwas vormachen? In meinem Kopf herrschte das reinste Chaos, und ich hatte rein gar nichts mehr unter Kontrolle. Weder meine Gefühle für Maisie noch mein Studium oder die Situation mit meiner Familie.

Ich konnte immer noch Maisies besorgte Stimme hören, genauso wie die fordernden Worte meines Dads. Ich hörte auch Roses tiefes Seufzen, wenn ich wieder einmal nicht auf Teddy aufpassen konnte, weil ich lernen musste, und Raymonds brummende Stimme, wenn er mit traurigem Blick feststellte, dass ich tun können sollte, was ich wollte. Ich hörte auch meine Freunde, die schulterzuckend sagten, dass wir anders als unsere Väter werden konnten, obwohl wir alle unsere Praktika in hochrangingen Kanzleien machten, die vorwiegend an ihrem guten Ruf und Geld interessiert waren.

Die einzige Stimme, die ich nicht hörte, war meine eigene. Keine Ahnung, wann ich mich zuletzt gefragt hatte, was ich eigentlich wollte. Was mich glücklich machte. In der Theorie wusste ich, wie wichtig es war, sich darüber im Klaren zu sein, was einem guttat, aber in der Praxis war es leichter, mit dem Strom zu schwimmen. Den Weg einzuschlagen, der einem vorgegeben worden war.

Ein lautes Klingeln riss mich aus meinen Gedanken. Reflexartig schoss mein Puls nach oben. Doch es war nicht Maisie, die anrief. Es war Rose.

»Hi«, sagte ich und konnte nichts gegen den enttäuschten Ton in meiner Stimme tun.

»Du klingst beschissen, Bruderherz.«

»Wow, danke. Da freue ich mich gleich noch mehr über deinen Anruf.«

»Ist alles in Ordnung?«, fragte Rose. Garantiert runzelte sie gerade besorgt die Stirn und fragte sich, wie sie es in ihren vollen Terminkalender einplanen konnte, nach mir zu sehen.

»Ja, alles bestens«, log ich. Das Letzte, was ich wollte, war, meine alleinerziehende Schwester mit meinen Problemen zu belasten.

»Ich weiß, du hast momentan viel zu tun, aber denkst du, du könntest später auf Teddy aufpassen?«

»Klar«, erwiderte ich. Das war eine willkommene Ablenkung und besser, als nur herumzusitzen und Trübsal zu blasen.

Theoretisch müsste ich zwar in die Uni und lernen, aber allein bei dem Gedanken zog sich in meinem Innern alles zusammen. Irgendwie würde ich die Veranstaltungen nachholen und aufarbeiten, aber zurzeit war meine Konzentration sowieso am Arsch. Was nicht nur daran lag, dass ich, seit ich die Tabletten nicht mehr nahm, ständig erschöpft war. An fokussiertes Lernen war jedenfalls nicht zu denken. Daher brauchte ich mich auch nicht alibimäßig in die Vorlesung zu setzen, sondern konnte stattdessen Zeit mit meinem Neffen verbringen. Ich hatte ihn schon viel zu lange nicht mehr gesehen. Außerdem war Teddy momentan der einzige Mensch, der keine Erwartungen an mich stellte, außer denen, dass ich beim Spielen tat, was er sagte. Das machte ihn zu der perfekten Gesellschaft.

»Danke, du bist ein Schatz. Teddy wird sich freuen. Kann ich ihn gegen fünf Uhr bei dir vorbeibringen?«

»Ja, das passt.«

»Super, dann bis später.«

»Bis dann«, verabschiedete ich mich, ehe ich mir einen Ruck gab. Entschlossen erhob ich mich von der Couch und sah mich um. Benutztes Geschirr stapelte sich in der Küche, und es musste dringend mal wieder gesaugt werden. Bevor Rose und Teddy hier ankamen, musste ich auf jeden Fall erst mal aufräumen.

»Kannst du mich noch ein bisschen fester anstoßen?«, fragte Teddy. Er hatte direkt bei der Ankunft nach meiner Hand gegriffen und nachdrücklich danach verlangt, schaukeln zu gehen. Also waren wir zu einem kleinen Spielplatz in der Nähe gegangen.

Kopfschüttelnd gab ich ihm einen leichten Schubs.

»Noch höher!«, rief er lachend. Der Nieselregen, der vor einigen Minuten eingesetzt hatte, schien Teddy nicht zu stören.

»Ich glaube, jetzt reicht es. Sonst macht die Schaukel am Ende noch einen Überschlag«, sagte ich, während ich mich auf die zweite Schaukel setzte und Teddy ansah. In seinem Gesicht lag ein glücklicher Ausdruck. Es hatte eine beruhigende Wirkung, wie er vor- und zurückschwang und dabei vollkommen zufrieden wirkte. Ich konnte mich nicht daran erinnern, wann ich mich zuletzt so gefühlt hatte. Vielleicht, als ich mit Maisie am Meer gewesen war.

»Wesy?«, fragte Teddy, als die Schaukel langsamer wurde.

»Ja?«

»Wenn ich mal groß bin, werde ich dann auch so viel arbeiten wie du und Grandpa?« Seine helle Stimme klang unbekümmert, doch seine Worte trafen mich wie ein Hieb.

»Na ja, das kommt ganz darauf an, was du mal für einen Beruf hast.«

»Mummy sagt, dass du so viel arbeitest, weil Grandpa das will.«

Ich schluckte schwer. Verflucht, Rose! Warum erzählte sie ihm so was? »Na ja, dein Grandpa arbeitet für eine große Kanzlei.« Wusste Teddy überhaupt, was eine Kanzlei war? Vermutlich nicht.

Andererseits war ich mir ziemlich sicher, dass ich das Wort mit fünf Jahren bereits gekannt hatte. »Er ist ziemlich stolz auf seine Arbeit und möchte, dass ich irgendwann seinen Platz einnehme.«

»Aha«, sagte Teddy.

»Aber das heißt nicht, dass du irgendwann auch so viel arbeitest oder dasselbe machst«, beeilte ich mich hinzuzufügen. »Du kannst später machen, was auch immer du willst.«

»Dann werde ich Zirkusdirektor«, verkündete Teddy entschlossen.

Ich schmunzelte. »Du würdest mit Sicherheit einen großartigen Zirkusdirektor abgeben.«

»Jaaaaa! Dann würden ganz viele Leute kommen und zuschauen. Ich hätte dann auch einen Tiger, der durch einen brennenden Reifen springt. Wobei, nein.« Teddys Schaukel schwang inzwischen kaum noch, und er schlitterte mit seinen Füßen über den Boden, bis sie zum Stillstand kam. »Ich will keine Tiere einsperren. Es wäre ein Zirkus ohne Tiger. Dafür mit ganz vielen Akroben.«

»Du meinst Akrobaten.«

»Ja, genau.« Er nickte ernsthaft, und mein Herz schmolz ein bisschen. Das tat es bei ihm immer.

»Das klingt nach einem sehr guten Plan. Ich würde auf jeden Fall zu jeder Aufführung kommen.«

»Gut.« Teddy strahlte mich an. »Das wird ganz toll werden. Ich will nämlich mal einen Beruf, wo man auch spielen kann und Spaß hat.«

Ich blinzelte und sah meinen Neffen an. Mir lag auf der Zunge, dass das vermutlich nicht wirklich möglich war, doch dann hielt ich inne. War ich wirklich einer von denen geworden, für die Arbeit automatisch hart und ernst sein musste? In seiner kindlichen Vorstellung malte sich Teddy vielleicht eine völlig unrealistische Zukunft aus, aber seine Worte blieben bei mir hängen. Wann hatte ich zuletzt etwas nur getan, weil es *Spaß* machte? Weil es mich erfüllte?

»Gehen wir jetzt zu dir nach Hause und schauen einen Film?«, fragte Teddy, der inzwischen von der Schaukel gehüpft war.

Ich riss mich von den Gedanken los und stand ebenfalls auf. »Einen Film nicht«, sagte ich, »du weißt genau, dass deine Mum nicht will, dass du so viel fernsiehst. Aber was hältst du davon, wenn wir Pizza holen und die zusammen bei mir essen?«

»Au ja!« Teddy klatschte begeistert in die Hände. »Wer als Erster da ist!«, rief er und lief los.

Ich gab ihm ein paar Meter Vorsprung und sah ihm lächelnd zu, wie er über den Spielplatz rannte. Seit Teddys Ankunft hob sich meine Laune stetig. Manchmal tat es einfach gut, die Welt durch Kinderaugen zu sehen. Sie kam mir direkt ein bisschen weniger trostlos und schwer vor.

31. KAPITEL

Maisie

Dunkelheit hüllte mich ein. Mir war wohlig warm, dennoch zog ich mir die Decke bis unters Kinn hoch. Mit geschlossenen Augen driftete ich davon. Solange ich sie nicht öffnete, musste ich mich der Realität nicht stellen. Solange ich sie geschlossen hielt, war alles gut.

Es war erschreckend leicht, mich von der Dunkelheit einlullen zu lassen. Sie legte sich wie eine vertraute Umarmung um mich und zog mich mit sich in die Tiefe. Dorthin, wo es keine Erinnerungen gab. Keine Gedanken. Keine Gefühle. Keinen Schmerz.

Ich schwebte zwischen Halbschlaf und Schlaf, einen Atemzug von dem nächsten Traum entfernt. Die Dunkelheit wurde mein Freund. Ich hielt an ihr fest, als Charlotte am Morgen nach dem Streit mit Weston in mein Zimmer kam, weil ich nicht aufstand. Ich tauchte tiefer in sie hinab, als Charlotte erst bei meinem Arbeitgeber anrief und mich krankmeldete, bevor sie sich selbst freinahm. Ich flüchtete mich in Dunkelheit, als Westons Name auf dem Display erschien, und hielt die Augen geschlossen, als ich Charlotte mit Amelia telefonieren hörte und meine Schwester kurz darauf in mein Zimmer kam. Sie war nicht lange da, strich mir tröstend über den Rücken, aber als ich nicht reagierte, ging sie irgendwann wieder.

Ich wollte die Stimmen meiner Familie und Freunde nicht hören. Wollte nicht daran erinnert werden, dass es Menschen gab, die sich um mich sorgten. Sie würden mich zurück in die Realität zerren, in der ich meine Eltern vor sechzehn Jahren verloren hatte, weil ich es nicht geschafft hatte, still zu sein. In der ich Weston verloren hatte, weil ich die Warnzeichen nicht früher erkannt hatte.

Zeit verging, die Uhren drehten sich weiter, und ich wusste, dass ich irgendwann auftauchen musste. Als ich es schließlich tat, überrollte mich der Schmerz mit voller Wucht. Ich weinte einen Tag lang, ohne zu verstehen, was mit mir passierte.

Der Streit mit Weston war inzwischen vier Tage her. Vier Tage, in denen er mir dreizehn Nachrichten geschrieben und fünfmal auf die Mailbox gesprochen hatte. Vier Tage, in denen sowohl Bree als auch Emma fragten, ob alles in Ordnung war. Vier Tage, in denen ich mein Zimmer nur verließ, um ins Bad zu gehen oder einen Tee aus der Küche zu holen. Ich war müde, obwohl ich die meiste Zeit schlief.

Irgendwann setzte ich mich auf und holte den Laptop hervor. In den nächsten Stunden schaute ich eine komplette Staffel *Friends*. Es sollte der Ablenkung dienen, stattdessen erinnerten mich die Folgen an meinen Serienabend mit Weston. Wütend kniff ich die Augen zusammen, als könnte ich die Tränen dadurch zurückhalten. Wie überhaupt noch welche übrig sein konnten, war mir ein Rätsel.

Ich hasste es, ihn zu vermissen und dass ich mir selbst jetzt noch Gedanken um ihn machte. Unser Streit war eskaliert, und ich wusste nicht mehr, wer wann zu weit gegangen war. Mit seinen Worten hatte er eine alte Wunde aufgerissen, von der ich nicht gewusst hatte, dass ich sie überhaupt mit mir herumtrug.

Sei still, Maisie!

Die Erinnerung war verschwommen, ein unklares Bild aus einer anderen Zeit. Vielleicht war es nur Einbildung, aber seit Weston mir die Worte entgegengeschleudert hatte, hörte ich sie mit Mums Stimme. Dieselben Worte, nur diesmal aus ihrem Mund.

War es so passiert? Hatte ich auf dem Rücksitz gesessen und gequengelt, weil ich irgendetwas wollte, und sie hatte mir lachend zugerufen, ich solle still sein, weil Dad sich konzentrieren müsse? War das die Ursache für den Unfall? War es meine Schuld? Die Fragen attackierten mich mit einer Wucht, gegen die ich nicht ankam. Ich schlang die Decke enger um mich und drehte die Serie lauter. Ich wollte die Fragen nicht hören, wollte die Bilder nicht sehen. Die Erinnerungen. Die Schuld, die damit einherging.

Als mein Handy erneut klingelte, schaltete ich es aus. Was auch immer Weston zu sagen hatte, musste warten. Ich konnte mir jetzt nicht den Kopf zerbrechen, wie es ihm ging. Wenn er nach dem Unfall nicht raffte, dass er kurz davor war, in einen Abgrund zu stürzen, aus dem er so leicht nicht mehr herauskam, konnte ich ihm auch nicht helfen. Ich musste mich um mich selbst kümmern.

Verdammt, Weston. Was hast du dir nur dabei gedacht?

Während eine Stimme in meinem Kopf mir sagte, dass ich ohne ihn besser dran war, vermisste mein Körper ihn. Die Sehnsucht nach seinen Armen, die mich festhielten und vom Rest der Welt abschirmten, wurde unerträglich.

Ich wollte ihn nicht vermissen.

Aber mein Herz machte, was es wollte. Das hatte es bei Weston von Anfang an gemacht.

»Maisie?« Ein Klopfen an der Tür ertönte. »Ich komme jetzt rein«, sagte Charlotte und drückte die Klinke herunter. »Willst du etwas essen? Ich habe einen Gemüseauflauf gemacht. Den liebst du doch so.« Sie probierte es mit einem Lächeln, doch die Sorge in ihrem Gesicht machte den Versuch zunichte.

Ich öffnete den Mund, doch kein Laut drang heraus. Panik schnürte mir die Luft ab. Ich rang nach Luft, presste eine Hand auf meine Brust und konzentrierte mich auf meinen Atem.

Ein und aus.

»O Gott, Maisie. Was ist denn los?« Mit einem Satz war Charlotte an meinem Bett. Sie setzte sich auf die Kante und legte mir sanft eine Hand auf den Arm. »Gut so. Du musst weiteratmen. Ganz ruhig. Ein und aus.« Sie atmete mit mir gemeinsam, und nach ein paar Sekunden verschwand der Druck.

Erneut öffnete ich den Mund, aber wieder kam kein Laut heraus. *Sei still, Maisie!* Die Angst, dass etwas Schreckliches passieren würde, wenn ich sprach, wurde übermächtig.

»Du musst nichts sagen«, flüsterte Charlotte und strich mir beruhigend über den Arm. »Gib dir selbst Zeit.«

Ich schüttelte den Kopf, Verzweiflung stieg in mir auf und flutete alles, was ich in den letzten Stunden mühsam wieder aufgerichtet hatte. Jahrelang hatte ich mich in Schweigen gehüllt, bevor ich beschloss, mir meine Stimme zurückzuerkämpfen. Ich durfte nicht wieder in das alte Muster fallen. Dafür hatte ich zu viel erreicht.

Das ängstliche, zurückgezogene Mädchen, das sich den ganzen Tag in seinem Zimmer verkroch, gehörte der Vergangenheit an.

Ich war nicht mehr wie sie. Ich hatte Texte vor einer Gruppe Unbekannten vorgetragen. Mit Weston hatte ich von Anfang an drauflosreden können. Ohne Angst. Ohne mich zurückzuhalten.

»Alles wird gut«, murmelte Charlotte, und ich tat das Nächstbeste, was mir in den Sinn kam.

Ich stürzte mich in ihre Arme, die mich sofort umfingen. Wie früher. Sie strich mir über die Haare, wiegte mich hin und her und versicherte mir, dass alles gut werden würde. Irgendwann sank ich zurück aufs Bett. Charlotte schaltete den Laptop aus und deckte mich zu. Sie strich ein letztes Mal durch meine Haare, ehe sie mein Zimmer wieder verließ.

Mit einem matten Lächeln sah ich ihr hinterher. Die Panik war verebbt, und Ruhe kehrte ein. Endlich.

Ich schloss die Augen, verdrängte die Frage, warum die Barriere in meinem Kopf zurück war und flüchtete mich in die Wärme meiner Decke.

Solange ich schlief, musste ich nicht nachdenken.

Solange ich schlief, konnte ich so tun, als wären die letzten Tage nicht passiert und mein Leben kein Scherbenhaufen.

Solange ich schlief, spürte ich die Risse in meinem Innern nicht.

32. KAPITEL

Weston

Guten Tag, Sie sind verbunden mit der Mailbox von Maisie Fraser. Hinterlassen Sie eine Nachricht nach dem Piepton.

Frustriert ließ ich das Handy sinken.

Alles, was ich in den letzten sechs Tagen von Maisie gehört hatte, war ihr Name auf ihrer Mailboxansage.

Sie fehlte mir.

Ihr Lachen, ihre Stimme, ihre blitzenden Augen, wenn ich einen schlechten Witz oder machohaften Spruch machte. Ihre Blicke, die meine Fassade von Anfang an durchschaut hatten, und ihre Arme, in denen ich mich angekommen und wie ich selbst fühlte.

»Na schön. Spuck's schon aus. Was ist los?« William schaltete den Fernseher lautlos, auf dem wir uns ein Hockeyspiel anschauten. Theoretisch zumindest. Ich hatte keine Ahnung, wie der Punktestand aussah. Ganz zu schweigen vom Verlauf des Spiels.

»Ist 'ne längere Geschichte«, wehrte ich ab und wich seinem Blick aus.

Seit Teddys Besuch zwang ich mich, wieder am Leben teilzunehmen. Zeit mit meinen Freunden zu verbringen, zur Uni zu gehen, irgendwie weiterzumachen. Da Harris auf irgendeiner Party unterwegs war, auf die weder William noch ich Bock gehabt hatten, und Williams Mitbewohner unterwegs war, hatte ich dem Hockey- und Bierabend zugestimmt. Auch wenn es mir immer noch schwerfiel, mich auf das Jetzt zu konzentrieren. Vor allem, da mir bewusst war, dass mein Verhalten in letzter Zeit aufgefallen war.

»Wir haben Zeit. Du musst auch nichts erzählen, wenn du nicht willst, aber du stehst seit ein paar Wochen ziemlich neben dir, und du bist auch ein paar Tage nicht in der Uni aufgetaucht.« William wirkte aufrichtig besorgt.

Nachdenklich nippte ich an meinem Bier. Die Versuchung, mit jemandem über den ganzen Mist zu reden, war groß. Und bisher hatte William sich auch immer als guter Zuhörer erwiesen. Wenn ich mit jemandem darüber reden konnte, dann mit ihm.

»Vor einer Woche hab ich einen Unfall gebaut«, sagte ich zögernd. Den Blick hielt ich fest auf den Bildschirm gerichtet.

William erwiderte nichts. Ähnlich wie Maisie wartete er, bis ich bereit war, zu reden. Bei dem Gedanken verspürte ich einen Stich in der Brust. Das Gefühl war mir inzwischen nur allzu vertraut, und fast genoss ich es. Es erinnerte mich daran, dass die Sache zwischen Maisie und mir echt gewesen war. Und es ließ mich hoffen, dass wir vielleicht irgendwann wieder die Menschen sein konnten, die ins eiskalte Meer gesprungen waren.

Ich atmete tief durch, und dann erzählte ich William alles. Angefangen bei den Tabletten und meiner Müdigkeit, wie ich trotzdem ins Auto gestiegen war und Maisie mich anschließend von der Polizeistation abgeholt hatte. Ich berichtete von unserem Streit und ihrem entrückten Gesichtsausdruck, als sie vor mir zurückgewichen und aus der Wohnung getaumelt war. Irgendwas musste in diesem Moment passiert sein, was ich nicht verstand.

»Fuck! Das ist übel«, sagte William schließlich.

Ich lachte bitter und trank einen weiteren Schluck Bier. »Das fasst es ziemlich gut zusammen.«

»Und du hast seither nicht mit ihr gesprochen?«

»Nope.«

»Shit. Warum hast du nicht schon früher was gesagt? Ich versteh ja, dass dir die Prüfungen wichtig sind, schließlich hab ich selbst schon zu den Tabletten gegriffen, um länger zu lernen. Aber das war drei Tage direkt vor den Klausuren, in denen ich mich voll konzentrieren und meinen Rückstand aufholen wollte. Über eine Woche lang das Zeug jeden Tag mehrmals zu nehmen ist 'ne ziemlich dämliche Aktion.«

Erstaunt drehte ich den Kopf in Williams Richtung. Ich konnte mich nicht daran erinnern, dass er mir jemals so deutlich seine Meinung gesagt hatte.

»Vermutlich hast du recht«, räumte ich ein. »Ziemlich sicher hast du das sogar. Es war unglaublich dumm. Das sehe ich jetzt auch, deshalb nehme ich das Zeug auch nicht mehr. Nur kommt die Erkenntnis zu spät.«

Skeptisch hob er die Augenbrauen. »Sicher?«

»Was meinst du damit?«

William zuckte mit den Schultern und schaute auf den Bildschirm, wo die Fans über einen Treffer jubelten. »Willst du überhaupt Jura studieren?«

»Natürlich«, erwiderte ich reflexartig. »Es steht quasi seit meiner Geburt fest, dass ich irgendwann Dads Kanzlei übernehme.«

»Das habe ich nicht gefragt«, sagte William ruhig.

Verblüfft sah ich ihn an. Seine Frage erinnerte mich an Maisies Worte, kurz bevor ich sie angeschrien hatte, sie solle still sein, und sie aus der Wohnung gestürmt war. *Du könntest etwas ganz anderes tun. Etwas, was dich tatsächlich begeistert …* Und dann waren da auch noch Teddys Worte: *Ich will etwas machen, was Spaß macht …*

Aber sie irrten sich. Ich konnte es mir nicht leisten, so egoistisch zu sein. Dad würde mir das niemals verzeihen, und Mum wäre maßlos enttäuscht, vor allem wenn wir uns stritten. Es würde meine Familie zerstören.

»Vergiss mal kurz, dass dein Alter dir im Nacken sitzt und du alles verraten würdest, was dir von klein auf als erstrebenswert präsentiert wurde«, fuhr William ungerührt fort. »Also … Willst du überhaupt Jura studieren?«

Ich seufzte schwer. Schloss die Augen und gönnte mir eine Sekunde, in der ich mir vorstellte, dass ich nicht diese Last an Erwartungen auf meinen Schultern trug. Dass ich die fantasievolle Vorstellung meines Neffen teilte, der fest davon überzeugt war, dass die Welt ein Spielplatz war und wir selbst entscheiden konnten, wie wir darin lebten. Was wir mit unserer Zeit machten.

»Nein«, sagte ich, und dieses eine Wort reichte aus, dass mir erneut der Boden unter den Füßen weggezogen wurde. Diesmal von mir selbst. »Nein, ich will nicht Jura studieren.«

Es war das erste Mal, dass ich diesen Gedanken laut aussprach. Bisher hatte ich mir verboten, ihn auch nur zu denken.

»Okay.« William nickte, als wären damit all meine Probleme gelöst und nicht ein weiteres hinzugekommen.

»Okay?«

»Na ja. Damit hast du doch deine Antwort.« Er warf mir einen schnellen Seitenblick zu. »Es ist nicht zu spät, dein Studienfach zu ändern. Oder ganz mit dem Studieren aufzuhören und was anderes anzufangen. Wer sagt, dass du nicht noch mal ganz neu anfangen kannst?«

Perplex sah ich ihn an. Er traf es ziemlich gut auf den Punkt, und wieder einmal fragte ich mich, warum ich ihn ständig unterschätzte, wenn es darum ging, gute Gespräche zu führen.

»Vielleicht hast du recht«, meinte ich.

Er nickte bloß und stellte den Fernseherton wieder lauter, als hätten wir gerade nicht ein unglaublich wichtiges Gespräch geführt. Als wäre mir nicht gerade etwas Fundamentales klar geworden.

Verflucht, William!

Mit Tausenden sich überstürzenden Gedanken lehnte ich mich zurück und versuchte, das Chaos in meinem Kopf zu sortieren.

»Weston, gut, dass du hier bist.« Mum lächelte nicht, als sie mir öffnete, und das allein war Grund genug, dass ich mir ernsthaft Sorgen machte.

Sie hatte vorhin am Telefon irgendetwas von einer Krise in der Kanzlei gesagt und gefragt, ob ich vorbeikommen könnte. Was genau ich bewirken sollte, wusste ich zwar auch nicht, aber ihr flehender Tonfall hatte ausgereicht, dass ich jetzt vor ihrer Tür stand. Seit dem Gespräch mit William gestern hatte es in meinem Kopf pausenlos gerattert, und ich hätte den Tag gern für mich gehabt, aber wenn es um einen Notfall ging, konnte ich sie nicht im Stich lassen. Trotz allem.

»Was ist denn los?«, fragte ich und betrat das Haus.

Mum seufzte. »Dein Vater hat den Fall mit Ralph Cordon verloren. Der Gerichtstermin war heute, und weil der Fall so viel Aufmerksamkeit erhalten hat, drohen weitere Mandanten, sich von der Kanzlei abzuwenden.«

Das klang übel.

»Ist Dad da?«, fragte ich. Es war fünf Uhr und damit eigentlich zu früh für Dads Feierabend.

»Er kommt in der nächsten Stunde.« Mum sah besorgt aus. Ihre Wimperntusche, die sie, seit ich mich erinnern konnte, jeden Morgen sorgsam auftrug, war verwischt, als hätte sie geweint.

»In Ordnung. Dann bleibe ich solange hier. Kann ich irgendwas tun? Vielleicht einen Tee kochen?«

Sie lächelte matt. »Das wäre lieb.«

»Dann setz dich doch ins Wohnzimmer. Ich bin in einer Minute bei dir.«

Sie wollte protestieren, aber ich schob sie sanft an der Küche vorbei. Dieses eine Mal würde sie sich nicht um alle kümmern müssen. Das machte sie oft genug.

»Danke.« Erleichtert seufzte sie auf, als ich kurz darauf mit einer Tasse Tee zu ihr kam.

Ich setzte mich auf einen Sessel gegenüber und schaute mich in dem perfekt aufgeräumten Zimmer um. Meine Eltern hatten eine Reinigungskraft engagiert, die zweimal in der Woche kam, aber so wie ich Mum kannte, machte sie trotzdem regelmäßig selbst sauber. Sie war schon immer eine Perfektionistin gewesen, und ihr Zwang nach Ordnung hatte mich als Kind regelmäßig in den Wahnsinn getrieben.

»Geht es dir gut?«, fragte ich. »Abgesehen von Dads Fall, meine ich.«

»Ja«, sie lächelte, aber es wirkte nicht echt. Viel eher müde.

Ich runzelte die Stirn. »Du arbeitest zu viel, Mum. Genauso wie Dad.«

»So ist das eben, wenn man eine erfolgreiche Kanzlei führen will.«

»Manchmal frage ich mich, ob es das wirklich wert ist«, murmelte ich gedankenverloren.

Daraufhin schwieg sie, nippte lediglich an ihrem Tee. Aber was sollte sie auch sagen? Sie hatte ein Leben lang hart gearbeitet. Für ihr Studium, ihren Beruf, ihre Kinder. Sie hatte Rose und mich großgezogen, den Haushalt geschmissen – wenn auch mit Hilfe von Angestellten – und die Arbeit in der Kanzlei wieder aufgenommen, sobald wir groß genug waren, um in den Kindergarten zu gehen. Ich glaubte nicht, dass Mum in den letzten fünfundzwanzig Jahren oft etwas nur für sich selbst gemacht hatte. Oder ob sie überhaupt wüsste, was sie wollte, wenn es nicht zum Wohlergehen der Familie beitrug.

»Ich muss dir was erzählen«, sagte ich aus einem plötzlichen Impuls heraus.

Sofort richtete Mum sich ein Stück auf.

»Bitte dreh nicht durch. Ich habe vor einigen Tagen einen kleinen Unfall verursacht. Es ist niemandem etwas passiert, aber der Grund, warum ich unaufmerksam war …« Ich schluckte schwer. »Ich habe Tabletten genommen, um besser lernen zu können.« Ich wagte es nicht, Mum direkt anzusehen, doch aus dem Augenwinkel registrierte ich, dass sie stocksteif dasaß. Was anderes hätte mich auch überrascht, trotzdem sprach ich weiter: »Durch die Tabletten konnte ich den vielen Stoff bewältigen, den die Dozenten uns aufbrummen. Allerdings habe ich dadurch auch weniger geschlafen, und als die Wirkung nachgelassen hat, kam die Erschöpfung. Ich hätte in diesem Zustand nicht fahren sollen, das weiß ich. Auch wenn nichts passiert ist, habe ich daraus gelernt und nehme das Zeug nicht mehr.«

Stille breitete sich im Wohnzimmer aus. Das Ticken der großen Uhr an der Wand tönte unnatürlich laut in meinen Ohren. Irgendwann wagte ich es, aufzuschauen. Mum sah mich mit einem unergründlichen Blick an. Ich schluckte schwer. Ich hatte erwartet, dass sie mir direkt einen Vortrag halten würde. Darüber, wie enttäuscht sie war, dass ich den Lehrstoff nicht bewältigt hatte. Dass ich nicht gut genug war, um es zu schaffen – ohne irgendwelche Tabletten, die ohnehin nur alles schlimmer gemacht hatten.

»Weiß dein Vater Bescheid?«, fragte sie.

Ich schüttelte den Kopf.

»Okay.« Sie atmete hörbar aus, ihr Blick zuckte zu mir und wieder zurück zu dem kleinen Couchtisch vor uns, wo sie ihre Teetasse abgestellt hatte. Ihre Miene war nicht zu deuten. War sie wütend auf mich? Enttäuscht?

Bevor ich etwas erwidern konnte, wandte sie sich wieder mir zu: »Weston, ich will, dass du mir jetzt gut zuhörst.« Eindringlich sah sie mich an. »Dieses Studium ist wichtig. Es bestimmt deine ganze Zukunft.«

Die Rede kam nicht unerwartet, trotzdem spannte ich mich an. Ich wusste nicht, wie viel ich davon heute ertrug.

»Aber es gibt etwas, was wichtiger ist als das Studium«, fuhr sie fort.

Ruckartig wandte ich mich ihr zu. Damit hatte ich nicht gerechnet.

Mum holte tief Luft. »Wenn deine Gesundheit in Gefahr ist, ist es wichtiger, dass du …«

»Victoria? Bist du da?« Dads dröhnende Stimme unterbrach sie mitten im Satz.

Ich verfluchte ihn innerlich für sein beschissenes Timing und die Fähigkeit, den einen Moment zu zerstören, in dem Mum mir so was wie Verständnis entgegenbrachte. Ich hätte das gebraucht. In ihrem Blick war für einen Augenblick lang Wärme gewesen. Etwas, worauf ich immer gewartet hatte. Doch sobald die Stimme meines Vaters ertönt war, war sie aufgesprungen und hatte ihre Bluse glatt gestrichen.

Ich blieb bewusst sitzen, als er das Wohnzimmer betrat, wohl wissend, dass ihn das nervte. »Hi, Dad.«

Er nickte mir knapp zu und setzte sich aufs Sofa, seine Aktentasche stellte er auf dem Boden vor sich ab.

»Willst du ein Glas Wasser?«, fragte Mum und hob ihre Mundwinkel, doch ich bemerkte, dass das Lächeln nicht ihre Augen erreichte.

»Gern.« Dankbar lächelte er sie an. Es war ein kurzes Aufblitzen von Zuneigung, das ich nur selten in seinen Zügen sah. Als er sich mir zuwandte, war von der Freundlichkeit in seiner Miene nicht mehr viel übrig. »Wie du sicher schon gehört hast, haben wir den Fall verloren. Die Anwältin des Klägers hatte entscheidende Beweise.« Müde fuhr er sich übers Gesicht.

Ich presste die Lippen zusammen. Mum sah mich erwartungsvoll an, aber ich brachte es nicht über mich, Bedauern vorzutäuschen. Wenn dieser Mann öffentliche Gelder veruntreut hatte, gehörte er schuldig gesprochen. Die Kanzlei hätte ihn gar nicht erst vertreten sollen.

Dad redete inzwischen unbeirrt weiter. »In den nächsten Wochen müssen wir dafür sorgen, dass wir unseren guten Ruf wiederherstellen. Ich habe bereits einen Fall im Auge, in dem es um den Bau von Sozialwohnungen geht. Wenn wir uns da auf die Seite der Mieter schlagen, sollte das die gewünschte Wirkung erzeugen. Ich will, dass du dich während deines Praktikums da reinhängst.«

»Was für ein Praktikum?«, fragte ich nach. Ich hatte in den letzten Semesterferien bereits Praktika in der Kanzlei absolviert. Dad hatte sogar darauf bestanden, mich als Junior auf der Website aufzulisten, weil ich ihm im letzten Semester ab und zu ausgeholfen hatte. Dass ich auch diesen Sommer dort arbeiten würde, war mir allerdings neu. Wobei es mich nicht überraschen sollte, dass er wie selbstverständlich davon ausging.

»Haben wir noch nicht darüber gesprochen? Ich denke, du solltest nach deinen Prüfungen ein paar Stunden in der Woche bei uns arbeiten, um weitere Praxiserfahrungen zu sammeln«, sagte Dad ruhig. Sein Tonfall machte deutlich, dass er keine Widerworte dulden würde.

Ich mahnte mich, ebenfalls ruhig zu bleiben. »Dieses Semester verlangt mir viel ab, und ich brauche danach eine Pause.«

Dad kniff die Augen zusammen, und innerlich wappnete ich mich für das, was unweigerlich folgen würde. »Wenn du nach deinem Studium in der Kanzlei einsteigen willst, brauchst du ein gewisses Maß an Erfahrung.«

»Vielleicht will ich das gar nicht«, murmelte ich, während Mum mit einem Glas Wasser zurückkam und es vor ihm abstellte, bevor sie sich auf einen Sessel links von mir setzte.

»Wie war das?« Dads Stimme hatte einen scharfen Klang angenommen.

Ich sammelte all meinen Mut zusammen. »In letzter Zeit bin ich mir nicht mehr sicher, ob Jura wirklich das Richtige für mich ist«, sagte ich. Mein Herz raste, und es war ein verdammtes Wunder, dass ich Dads Blick überhaupt standhielt, aber ich schaute nicht weg. Innerlich klopfte ich mir dafür auf die Schulter. Äußerlich verzog ich keine Miene. Ich hatte meine Eltern lange genug beobachtet, um eine regungslose Miene aufsetzen zu können.

»Du weißt nicht, was du da redest, Junge.«

Genervt seufzte ich auf und vergaß mein Pokerface. »Ich habe einen Unfall gebaut, weil ich wegen des Studiums kaum noch schlafe. Es ist eine kleine Ewigkeit her, dass ich Teddy gesehen habe, und ich habe die Beziehung mit dem einzigen Menschen, der mich in der letzten Zeit tatsächlich verstanden hat, vermasselt.« Meine Stimme wurde immer lauter. »Wie viel soll ich noch verlieren? Was nützt es mir, ein einflussreicher Anwalt zu sein, wenn ich keine Freunde mehr habe, mit denen ich meine Erfolge feiern kann? Wenn Teddy mich nicht mehr erkennt, weil ich ihn seit Jahren nicht gesehen habe? Ich will nicht unglücklich werden, und das werde ich, wenn ich später Idioten wie Ralph Cordon vertrete und Geld über meine moralischen Werte stelle.«

»Was willst du damit sagen?« Dads Stimme donnerte durch das Wohnzimmer. »Du wirst dein Studium nicht hinschmeißen, weil dieses Semester ein bisschen anstrengender ist als die vorherigen, hörst du? Du bist ein Campbell. Wir geben nicht auf! Eines Tages wirst du meinen Platz in der Kanzlei einnehmen und mich stolz machen, verdammt noch mal.« Sein Blick war unerbittlich.

»Ich kann das nicht mehr«, sagte ich bemüht ruhig und warf einen schnellen Blick zu Mum, die blass geworden war. »Und ich will das auch nicht mehr.«

»Du hast keine Ahnung, was du da redest.« Dad atmete laut ein und wieder aus. »Geh nach Hause und ruh dich aus. Wir sprechen uns nächste Woche, wenn du wieder zur Vernunft gekommen bist.«

Ich öffnete den Mund, um zu widersprechen, doch Mum kam mir zuvor. »Lass es gut sein, Weston«, warnte sie leise.

Das war der Moment, in dem mir der Kragen platzte. »Nein! Ich werde es nicht gut sein lassen und nächste Woche hier wieder antanzen. Das hier ist keine Laune oder einem plötzlichen Auftauchen von Müdigkeit geschuldet. Ich hasse das Jurastudium.« Ich ließ Dad nicht aus den Augen, während ich sprach. Er sollte wissen, wie verdammt ernst es mir war. »Es ist nicht mein Ding, zu lernen. War es nie. Das lange Stillsitzen macht mich wahnsinnig. Ich will später nicht im Anzug durch die Gegend rennen und meine Tage in Gerichtssälen verbringen.«

Auf meinen Ausbruch folgte Schweigen. Mum blickte mich erschrocken an, wobei ich einen Anflug von Verständnis in ihren Zügen aufblitzen sah. Aber vielleicht bildete ich mir das auch nur ein. Dad hingegen presste die Lippen fest aufeinander und kniff die Augen zusammen. Ich kannte die Anzeichen. Mir stand ein Wutanfall der ganz üblen Sorte bevor, doch das war mir egal. Von meinen Schultern war soeben eine immense Last abgefallen. Es tat unglaublich gut, endlich meine Meinung gesagt zu haben.

»Wenn du das Studium hinwirfst, stelle ich sämtliche Überweisungen ein«, drohte Dad. »Es wird keine drei Tage dauern, bis du wieder vor meiner Tür stehst und um Hilfe bettelst.« Seine Stimme bebte, und ich wusste, dass meine Zeit abgelaufen war. Er würde mir nicht zuhören. In seinen Augen stellte ich eine Enttäuschung dar, die seine Erwartungen nicht erfüllen konnte. So war es seit Jahren, und so würde es auch bleiben, wenn ich nicht endlich handelte.

»Tu, was du nicht lassen kannst. Ich kann jedenfalls nicht mehr so weitermachen«, sagte ich tonlos. Es war keine Wut mehr übrig. Nur Resignation und die Erkenntnis, dass es immer auf diesen Punkt hinausgelaufen war. Von Anfang an. Ich hatte es nur nicht wahrhaben wollen.

»Du hast keine Ahnung, was du damit alles wegwirfst!«, rief Dad, aber ich erhob mich und ging zur Tür.

Es war mir egal, was er sagte. Es war ohnehin nichts, was ich noch nie gehört hatte. Er tobte weiter, doch seine Worte kamen nicht länger bei mir an. Während er schimpfte, blieb meine Mutter still. Ich spürte ihren Blick im Rücken, aber ich konnte keine Rücksicht auf sie nehmen oder darauf warten, dass sie sich für mich einsetzte.

Draußen an der frischen Luft holte ich tief Luft. Ich wusste nicht, ob ich schreien oder lachen sollte. Ich hatte meinem Dad gesagt, dass ich das Studium hinschmeißen wollte.

Fuck!

Ohne darüber nachzudenken, griff ich nach meinem Handy und wählte Maisies Nummer. Ich musste mit ihr sprechen. Sie war der erste Mensch, dem ich davon erzählen wollte. Die Einzige, deren Meinung gerade zählte.

Lass es nicht zu spät sein, flehte ich. *Lass es mich nicht endgültig vermasselt haben.*

33. KAPITEL

Maisie

Graue Wolken hingen schwer am Himmel. Ich saß auf dem breiten Fenstersims in Amelias ehemaligem Zimmer und schaute nach draußen. Irgendwann in der letzten Nacht, Stunden nachdem Weston angerufen und ich wieder nicht drangegangen war, hatte ich mein Bett verlassen und war in Amelias geflüchtet.

Meine Schwester besuchte uns nicht mehr oft, seit das Studium sie voll für sich einnahm und sie mit Jasper ein eigenes Zuhause hatte. Erst jetzt merkte ich, wie sehr mir das fehlte. Wir hatten früher ständig zusammen Filme geschaut oder Musik gehört. Oft hatte ich stundenlang auf ihrem Bett gesessen und Bücher verschlungen, während sie Gitarre spielte.

Damals war mir alles so viel leichter erschienen. Und gleichzeitig unendlich schwer. Abgesehen von Amelia und Charlotte hatte ich kaum mit jemandem geredet. Die Barriere in meinem Kopf, die Angst, dass schreckliche Dinge passieren würden, sobald ich einen Laut von mir gab, waren meine täglichen Begleiter gewesen.

Müde lehnte ich meinen Kopf gegen die kühle Scheibe. Eine Woche war es nun her, dass ich Weston zuletzt gesehen hatte.

Oder irgendjemanden außer meiner Tante. Ich hatte mich zurück in mein Zimmer geflüchtet wie früher, wenn mich die Welt überfordert hatte. Wie lange würde es diesmal dauern, bis die Schmerzen nachließen? Bis sich das schreckliche Loch in meinem Innern wieder schloss? Etwas war vor sechzehn Jahren in mir zerbrochen, und ich wusste nicht, wie ich es wieder zusammensetzen, wie ich wieder ganz werden konnte. Oder ob das überhaupt möglich war.

Als ein Rauschen einsetzte, hob ich den Blick. Regen prasselte gegen das Fenster und malte wilde Muster auf die Scheibe. Ich schnappte mir eine Wolldecke und ein Buch und machte es mir auf Amelias Bett gemütlich. Der Regen hatte eine beruhigende Wirkung, und es dauerte nicht lange, bis ich zwischen den Buchdeckeln in eine andere Welt entschwand. Für ein paar Stunden vergaß ich, dass mein Leben innerhalb weniger Stunden aus den Fugen geraten war. Ich vergaß, dass ich gegen Dämonen ankämpfte, die ich nicht besiegen konnte, und dass Weston mir so sehr fehlte, dass es in meinem ganzen Körper schmerzte.

Irgendwann am Nachmittag ging ich zurück in mein Zimmer. Charlotte hatte mir ein Sandwich auf den Schreibtisch gestellt, und sofort durchzuckte mich das schlechte Gewissen. Sie sollte sich nicht um mich kümmern müssen. Das tat sie bereits viel zu lange. Gedankenverloren griff ich nach meinem Notizbuch, in das ich gestern Nacht mit krakeligen Buchstaben einen Text geschrieben hatte, nachdem ich aus einem Traum von Weston hochgeschreckt war. Bilder, wie er mit blassem Gesicht und blutunterlaufenen Augen in seinem Zimmer über seinen Lernunterlagen hing, wirbelten durch meinen Kopf. Auch wenn sie nur aus meinem Traum stammten, fühlten sie sich beunruhigend echt an.

Vermutlich hätte ich es viel früher sehen sollen. Seine und

meine Welt passten nicht zusammen, und es wäre nur eine Frage der Zeit gewesen, bis er mich verlassen hätte. Denn auch wenn letztendlich ich gegangen war, wusste ich, dass ich ihn schon Tage vorher verloren hatte. Seine Entscheidung, sich mit Tabletten durch die Prüfungen zu pushen und ein Leben zu leben, das ihn nicht glücklich machte, war unser Ende gewesen.

Mit den Fingern fuhr ich über die Buchstaben. Beim Lesen traten erneut Tränen in meine Augen. Ich presste eine Hand auf meinen Bauch, als könnte ich so den Schmerz in meinem Innern stoppen. Doch er wütete schonungslos weiter.

Ich hatte sie alle verloren. Meine Eltern. Weston. Selbst Amelia war mir nicht mehr so nah wie früher.

Sollte das etwa mein Schicksal sein? Dass die Menschen, die ich liebte, mich verließen?

Die Schrift verschwamm vor meinen Augen, doch die Worte hatten sich ohnehin längst in meinen Kopf gebrannt.

Immer.
Du hast gesagt, das mit uns wäre für immer, und dann
bist du gegangen und hast dein Immer mitgenommen.
Was bleibt, bin ich.
Mein Schweigen und meine Gedanken, mein Herz,
das zu gut für die Welt und nicht gut genug für deine ist.
Was bleibt, ist mein Jetzt.
Für immer.

Ich wusste nicht, ob der Text nur von Weston handelte. Die Worte hatten sich auf das Papier gedrängt, als könnten sie keine Sekunde länger in meinem Kopf bleiben. Vielleicht sah ich die Dinge verzerrt, wenn ich ihm die Schuld an allem gab. Vielleicht hätte ich ihm noch eine Chance geben sollen. Aber ich hatte keine Kraft mehr, mich aufzuraffen und verständnisvoll zu sein. Ich wollte nicht länger diejenige sein, die sich sorgte und kümmerte. Die fragte, ob es ihm wirklich gut ging, und dann mit Lügen abgespeist wurde. Diejenige, die zurückblieb, während alle anderen gingen.

Ein Schluchzen drang aus meiner Kehle. Ich klappte das Buch zu und schob es unter mein Kissen.

Was bleibt, ist mein Jetzt.

Mit geschlossenen Augen rollte ich mich zu einer Kugel zusammen. In meinem Kopf beschwor ich das Bild meiner Mutter hervor. Es war wie immer verschwommen. Eine Mischung aus blassen Erinnerungen und Fotos, die ich gesehen hatte.

Es tut mir leid, Mum. Ich wünschte, du wärst noch da. Ich wünschte, ich wäre dort, wo du bist.

Die Sehnsucht nach ihr brach wie eine Flutwelle über mir herein. Wie konnte es bloß so wehtun, jemanden zu vermissen, den ich kaum gekannt hatte?

Ich weinte, bis keine Tränen mehr kamen und nichts als Leere in mir zurückblieb. Ermattet zog ich die Decke über mich. Ich wollte nur noch schlafen und vergessen.

Das nächste Mal, als ich die Augen öffnete, begann es draußen bereits zu dämmern. Blinzelnd richtete ich mich auf, als es leise klopfte.

Ich rechnete mit Charlotte, doch es war Weston, der die Tür aufmachte.

Ein ersticktes Geräusch entfloh meinen Lippen. Keine Sekunde später traf mich sein Blick. Ich starrte in seine Sturmaugen, unfähig, mich zu bewegen. Mein Herz raste. Ich öffnete den Mund. *Was willst du hier?* Die Worte hallten laut in meinem Kopf wider, doch keines davon drang nach draußen. Keuchend rang ich nach Atem.

Weston betrat das Zimmer und näherte sich. Vorsichtig, als wäre ich ein verschrecktes Tier, ließ er sich auf meiner Bettkante nieder. Sein Anblick war mir schmerzhaft vertraut. Er streckte die Hand nach mir aus, ließ sie jedoch wieder sinken. Als wüsste er nicht, ob er das noch durfte. Mein Blick glitt über sein Gesicht, scannte die vertrauten Züge. Die Ringe unter seinen Augen waren verblasst, und er hatte wieder mehr Farbe im Gesicht. In seiner Miene spiegelten sich Sorge und Trauer, aber der gehetzte Ausdruck, den ich zuletzt darin gesehen hatte, war verschwunden.

»Maisie«, flüsterte er, und etwas in mir bäumte sich auf. Ein Funke, der aus dem Nichts erschien und die Leere in meiner Brust füllte.

Mein Herz pochte schneller und erinnerte mich mit jedem Schlag daran, dass ich zu keinem Zeitpunkt aufgehört hatte, Weston zu wollen.

»Es tut mir so leid«, fuhr er leise fort, und diesmal zog er die Hand nicht wieder zurück. Sanft landete sie auf meiner und strich über meine Finger, die sich wie automatisch mit seinen verschränkten.

Die Berührung sandte eine sanfte Wärme aus und vertrieb ein weiteres Stück der Leere. Sein Mund öffnete sich, doch ich schüttelte den Kopf. *Sag nichts*, dachte ich. *Halt mich einfach nur fest, damit wir einen Moment lang so tun können, als wäre alles gut.*

Prüfend musterte er mich, versuchte aus meinem Schweigen

schlau zu werden. Dann nickte er, streifte seine Schuhe von den Füßen und legte sich wortlos zu mir ins Bett. Sanft schloss er die Arme um mich und zog mich an seine Brust.

Ich klammerte mich an ihn, verschwand in seiner Umarmung, die mich voll und ganz einhüllte. Wir hielten aneinander fest und gaben uns den Halt, den wir offenbar beide brauchten. In diesem Augenblick spielte unser Streit keine Rolle mehr. Unsere Herzen schlugen laut und schnell, unsere Körper sprachen eine eigene Sprache, die wir mit Worten nicht erklären konnten. Zum ersten Mal seit Stunden fühlte ich mich geborgen. Sicher. Westons Nähe konnte das Loch in meinem Innern nicht füllen, aber sie machte es erträglicher. In seinen Armen erlaubte ich es mir, mich fallen zu lassen.

»Ich hätte dich nicht gehen lassen dürfen«, murmelte er irgendwann leise. »Ich hätte nicht sagen dürfen, dass du still sein sollst. Du hattest mit allem recht. Ich war dabei, mich selbst zu verlieren. Aber ich werde nicht so weitermachen wie bisher. Ich habe meinem Dad gestern gesagt, dass sich etwas ändern muss und ich den Druck nicht länger ertrage. Das hätte mir schon viel früher klar werden sollen, aber offenbar mussten die Dinge erst so richtig übel werden, damit ich das kapiert habe.« Er strich sanft mit einer Hand über meinen Arm, und ich kuschelte mich enger an ihn.

»Ich werde herausfinden, was ich mit meinem Leben machen möchte«, fuhr er fort, »und ich werde der Mensch werden, den du von Anfang an in mir gesehen hast. Und wenn ich weiß, wer das ist, werde ich zurückkommen.«

Seine Worte nisteten sich in meinem Kopf ein, füllten mein Herz und gaben mir etwas zurück, was ich bereits verloren geglaubt hatte. Hoffnung.

Ich wollte ihm sagen, dass ich dasselbe tun würde. Dass ich herausfinden musste, was der Schmerz in meinem Innern zu bedeuten hatte und warum meine Stimme seit unserem Streit verstummt war. Auch jetzt brachte ich immer noch kein Wort über die Lippen. Stattdessen griff ich nach seiner Hand und drückte sie sanft, bevor ich wieder losließ.

Wir würden nicht einfach weitermachen können, als hätten wir uns mit unseren Aussagen nicht gegenseitig verletzt. Aber dass er hier war, bedeutete, dass wir vielleicht doch noch eine Chance hatten.

Irgendwann stand Weston auf, brachte mir das Sandwich vom Schreibtisch und verschwand in Richtung Küche, wo ich ihn mit Charlotte reden hörte. Kurz darauf kam er mit zwei Tassen Tee zurück und drückte mir eine davon in die Hand. Dankbar setzte ich mich auf und nippte an der heißen Flüssigkeit.

Weston drängte mich nicht zum Sprechen, er ließ mir mein Schweigen und las darin, so gut er es konnte. Sein stummes Verständnis war alles, was ich gerade brauchte.

Nachdem ich gegessen hatte und die Tasse leer war, legte ich mich zurück ins Bett. Trotz der vielen Stunden Schlaf fühlte ich mich unglaublich erschöpft. Ich tastete nach meinem Notizbuch unter dem Kopfkissen und schlug eine neue Seite auf. Weston, der mich beobachtet hatte, reichte mir einen Stift, der auf dem Nachttisch lag. Dankbar nahm ich ihn entgegen und schrieb eine Frage:

Bleibst du, bis ich eingeschlafen bin?

Ich schob ihm den Block hin und ließ ihn nicht aus den Augen. Als er nickte, ließ ich mich erleichtert zurück in das Kissen sinken.

»Alles wird gut«, flüsterte er, legte sich zu mir aufs Bett und zog mich wieder an sich. Ob er damit sich selbst oder mich beruhigen wollte, wusste ich nicht. Vielleicht uns beide.

34. KAPITEL

Weston

Das Brummen des Motors erstarb, und mein Blick huschte zu dem kleinen Häuschen, das sich schon früher mehr nach zu Hause angefühlt hatte als das Haus meiner Eltern.

Raymond wusste nichts von meinem Kommen. Drei Tage war es her, seit ich Maisie besucht hatte. Nachdem sie meine Anrufe weiterhin ignoriert hatte, hatte ich es nicht länger ausgehalten und war kurzerhand zu ihr gefahren. Als ich ihrer Tante sagte, dass ich mir Sorgen machte und nach ihr sehen wollte, hatte sie zwar gezögert, mich aber schließlich reingelassen. Vermutlich hatte sie die Panik in meiner Stimme gehört – oder sich selbst Sorgen um Maisie gemacht und gehofft, dass ich zu ihr durchdringen würde. Eigentlich hatte ich mich nur entschuldigen wollen, aber zu sehen, wie sehr Maisie litt, war wie ein Schlag ins Gesicht gewesen.

Ihr Anblick verfolgte mich immer noch in jeder Minute. Sie hatte nicht gut ausgehen. Die tiefe Traurigkeit in ihren Augen machte mir Angst. Genauso wie das Schweigen, das sie wie eine dunkle, undurchdringbare Wolke umgeben hatte. Ich wünschte, ich könnte sie da rausholen, könnte ihr Lachen zurückbringen, aber ich ahnte, dass sie das selbst schaffen musste. Was auch immer bei unserem Streit losgetreten worden war, hatte sie an einen Ort katapultiert, an den ich ihr nicht folgen konnte. Deshalb hatte ich mir geschworen, mein Versprechen wahr zu machen. Ich würde meinen Scheiß auf die Reihe kriegen und zu ihr zurückkehren, wenn ich der Mensch war, der ihr guttat.

Nach kurzem Zögern stieg ich aus dem Auto. Laut meinem Handydisplay war es bereits halb sechs, aber wie ich Raymond kannte, werkelte er noch mindestens eine halbe Stunde weiter. Mit entschlossenen Schritten marschierte ich auf die Werkstatt zu. Als ich eintrat, atmete ich tief ein, und der herbe Geruch von Holz stieg mir in die Nase. Wie sehr ich das vermisst hatte. Aus dem hinteren Teil der Werkstatt erklang das Geräusch einer Kreissäge – vermutlich schnitt Raymond gerade Holz zurecht.

Um ihn nicht bei der Arbeit zu stören, ging ich auf eine der Werkbänke zu, auf der ein angefangener Tisch stand. Mit den Fingern fuhr ich über die raue Oberfläche. Spürte jede Kerbe und jeden Riss. Es war ein Unikat, wie jedes von Raymonds Stücken. Er würde die Flächen schleifen, bis die Ecken weich wurden, aber die Risse darin lassen.

Eine Erinnerung stieg in mir auf.

Ich war noch ein Kind gewesen, keine sieben Jahre alt, und wie so oft durch die Werkstatt gelaufen. Mit den Händen hatte ich die verschiedenen Möbelstücke berührt, ihre Beschaffenheit erkundet und darüber gestaunt, wie unterschiedlich sich Holz anfühlen konnte. Vor einem fertigen Buchregal war ich stehen geblieben. Von Raymond wusste ich, dass das helle Holz von einer Kiefer stammte. Er hatte feine Schnörkel und Verzierungen in die Seiten geschnitzt. Andächtig war ich mit meinen Händen darübergefahren und hatte kleine Kerben im Holz bemerkt, die Raymond nicht glatt geschliffen hatte. Als ich ihn aufgeregt darauf aufmerksam gemacht hatte, war er lächelnd vor mir in die Hocke gegangen.

Weißt du, Weston, hatte er gesagt. *Die meisten Menschen wollen glatt geschliffene Möbelstücke, die perfekt aufeinander abgestimmt sind. Dabei sehen sie nicht, dass sie dadurch die wahre Schönheit der Natur zerstören. Kein Baum gleicht dem anderen, und jedes Stück Holz erzählt eine eigene Geschichte. Die kleinen Kerben und Risse wegzuschleifen, würde bedeuten, die Geschichten auszulöschen. Es würde dem Stück Holz seine Einzigartigkeit nehmen, und genau das macht es doch so besonders, verstehst du?*

Ich hatte genickt und mir die Worte gut eingeprägt, auch wenn ich heute wusste, dass ich sie damals nicht begriffen hatte. Vielleicht tat ich das immer noch nicht.

»Weston? Was machst du denn hier?«, fragte Raymond, der meine Anwesenheit inzwischen bemerkt hatte, und kam zu mir an die Werkbank. Ich musste so in Gedanken versunken gewesen sein, dass ich nicht mitbekommen hatte, wie die Kreissäge verstummt war.

»Musste mal den Kopf freikriegen.« Ich warf ihm einen schnellen Blick zu, doch er nickte nur, als wäre er über mein plötzliches Auftauchen kein bisschen verwundert.

»Willst du den Tisch fertig machen?« Er deutete auf das angefangene Möbelstück vor uns.

»Gern.«

Während Raymond zurück in den hinteren Teil der Werkstatt ging, machte ich mich an den Feinschliff des Tischs. Danach würde ich das Holz einölen. Den Teil der Arbeit liebte ich besonders. Wenn der holzige Geruch zusammen mit dem des Öls in meine

Nase stieg, während ich mit einem Tuch über das fast fertige Möbelstück fuhr.

Bereits nach wenigen Minuten merkte ich, wie mein Körper sich entspannte. Meine Hände wussten, was zu tun war, und die kreisenden Gedanken in meinem Kopf wurden leiser. Es tat gut, endlich wieder einer Tätigkeit nachzugehen, die mir sinnvoll erschien. Während ich das Holz bearbeitete, vergaß ich alles um mich herum.

»Weston? Ich wäre fertig für heute.« Raymonds Stimme ließ mich innehalten. Ich hatte kaum bemerkt, wie die Zeit vergangen war.

»Gib mir noch zehn Minuten, ja?«

»Natürlich.« Mein Onkel lächelte wissend. »Schließ die Werkstatt hinter dir ab, wenn du rüberkommst.« Er ließ seinen Schlüssel auf der Werkbank liegen und verschwand.

Leise summend machte ich weiter. Als ich alle Flächen fertig geölt hatte, trat ich einen Schritt zurück und begutachtete das Ergebnis. Es war ein schlichter, aber schöner Tisch aus ebenmäßigem Kiefernholz. Wie das Buchregal damals. Vielleicht konnte ich Raymond bitten, dass er mir bei meinem nächsten Besuch zeigte, wie er die kleinen Schnörkel in das Holz einarbeitete. An größere Verzierungen hatte ich mich bereits herangetraut, aber für die Feinarbeit, mit der Raymond seinen Möbeln ihre Einzigartigkeit verlieh, brauchte ich noch mehr Übung.

Nachdem ich aufgeräumt und mir den Staub von der Hose geklopft hatte, verließ ich die Werkstatt. Draußen war es inzwischen dunkel geworden. Wie lange hatte ich an dem Tisch gearbeitet? Als ich einen Blick auf mein Handy warf, bestätigte sich mein Verdacht, dass ich jegliches Gefühl für Zeit verloren hatte. Es war bereits kurz vor halb acht, was bedeutete, dass zwei Stunden an mir vorbeigezogen waren, ohne dass ich mehr als ein paar wenige Worte mit Raymond gewechselt hatte. Während meiner Lernsessions hatte ich die Uhrzeit ebenfalls völlig aus den Augen verloren, allerdings hatte sich mit dem Zurückkehren in die Realität jedes Mal ein Gefühl von Leere eingeschlichen. Ich war erschöpft ins Bett gefallen, ohne wirklich müde zu sein. Doch jetzt verspürte ich nur eine angenehme Müdigkeit, die mit der Zufriedenheit, etwas Sinnvolles getan zu haben, einherging. Ich hatte das Ergebnis meiner Mühe direkt vor mir gesehen und musste nicht erst auf die Note eines Dozenten warten, der abwägte, ob meine Arbeit gut genug war.

Mit langsamen Schritten überquerte ich den Parkplatz und schloss die Haustür auf.

»Da bist du ja.« Raymond stand in der Küche und kochte. Der Anblick war so dermaßen ungewohnt, dass ich ihn einige Sekunden lang ungläubig anstarrte. »Ja, ja, große Überraschung, dein Onkel kann kochen.«

»Sorry, ich glaube nur nicht, dass ich das je mit eigenen Augen gesehen habe.«

Raymond gab ein brummendes Geräusch von sich und rührte weiter in etwas, was nach einem deftigen Eintopf roch. Wie aufs Stichwort begann mein Magen zu knurren.

»Bist du fertig geworden?«, fragte er.

»Natürlich.« Ich trat zu ihm in die Küche und holte zwei Teller aus einem der bunt angemalten Schränke. Blumenmuster mit dunkelgrünen Ranken dazwischen waren mit feinen Pinselstrichen auf die Schranktüren gemalt worden. Es steckte immer noch so viel von meiner Tante in diesem Haus, da Raymond darauf bestanden hatte, die Dinge zu lassen, wie sie waren. In ihrem alten Atelier hatte er sogar sämtliche Kunstwerke von ihr aufgehängt. Es war einer der schönsten Räume im Haus.

»Du hast Talent darin, weißt du das?«

»Im Holzbearbeiten?«, fragte ich grinsend.

»Du hast ein gutes Gespür dafür und denselben Sinn für Kunst wie ich. Es ist eine Schande, dass du deine Hände stattdessen für das Unterzeichnen von Akten nutzen willst.« Obwohl sein Tonfall scherzhaft klang, wussten wir beide, dass Raymond keinen Witz machte. Er hatte sich schon früh gegen ein Studium entschieden und hielt nicht viel von der Arbeit meines Dads.

»Vielleicht werde ich das gar nicht«, sagte ich leise.

»Was?« Raymond hörte auf, in dem Eintopf zu rühren, und drehte sich erstaunt zu mir um.

»Ich hab Dad gesagt, dass ich nicht mehr Jura studieren möchte.« Es laut auszusprechen, war jedes Mal ein seltsam befriedigendes Gefühl.

»Ist das dein Ernst?«, fragte er und wirkte beinahe erfreut.

Ich nickte. »Absolut.«

»Das ist keine Laune oder Phase, in der du ein bisschen gegen deinen Vater rebellieren willst?« Prüfend musterte er mich.

»Mein Studium an der Uni hinzuschmeißen, weil ich ein bisschen rebellieren will, wäre ziemlich extrem. Im Grunde macht es mir seit einer ganzen Weile keinen Spaß mehr, ich wollte es nur nicht wahrhaben. Ich glaube, Jura ist nicht meins und war es auch nie so richtig. Also ja, ich meine es ernst.«

Die Andeutung eines Lächelns erschien auf Raymonds Lippen, und dass er so reagierte und nicht mit Überraschung oder Vorwürfen – womit ich bei ihm aber auch nicht gerechnet hatte –, war einer der Gründe, warum ich zu ihm gefahren war. Warum ich mich bei ihm jedes Mal sofort wohlfühlte.

»Wie hat dein Dad reagiert?«

»Nicht so gut«, gestand ich. »Er hat damit gedroht, mir komplett den Geldhahn zuzudrehen.«

»Das war klar.« Raymond griff nach den Tellern. »Wie wär's, wenn wir erst mal essen? Und du erzählst mir dann alles der Reihe nach.«

Mit einer Portion, die mich für die nächsten Stunden mehr als satt machen würde, setzte ich mich an den massiven Esstisch, den Raymond vor Jahren selbst gemacht hatte. Nach anfänglicher Skepsis probierte ich von dem Eintopf, in dem Kartoffeln und undefinierbares Gemüse herumschwammen. Doch meine Befürchtung blieb unbegründet. Das Essen schmeckte fantastisch.

»Du kannst wirklich kochen«, sagte ich zwischen zwei Bissen.

»Warum so überrascht?« Kopfschüttelnd griff Raymond nach einem Stück Brot.

»Vielleicht, weil Dad nicht mal Rührei zubereiten kann.«

Raymond schnaubte amüsiert. »Dass ich mich von deinem Vater in fast allem unterscheide, solltest du inzwischen eigentlich wissen.«

Ich nickte langsam. Da hatte er recht.

Abwartend sah Raymond mich an. Die Schonzeit, in der ich so tun konnte, als wäre das hier ein normaler Besuch, war offensichtlich vorbei.

Ich seufzte leise. »Seit ich das letzte Mal hier war, ist viel passiert«, begann ich nach einer kurzen Pause. »Ich hab ziemlichen Mist gebaut.«

Raymond hörte geduldig zu, während ich von den letzten Wochen erzählte und nichts ausließ. Ich berichtete von der dämlichen Entscheidung, Harris' Tabletten einzuwerfen, um länger lernen zu können, und wie ich mich von Maisie und allem, was mir wichtig war, immer mehr entfernt hatte. Als ich zu dem Teil mit dem Unfall kam, erschien eine steile Falte zwischen Raymonds Augenbrauen, doch er unterbrach mich nicht. Schonungslos machte ich mit dem Streit zwischen Maisie und mir und der Auseinandersetzung mit Dad weiter.

Nachdem ich geendet hatte, herrschte einen Moment lang Schweigen, und ich lehnte mich schwer atmend im Stuhl zurück. Einmal alles auszusprechen, hatte gutgetan. Mit jedem Wort war die Last auf meinen Schultern ein bisschen leichter geworden.

»Und jetzt weißt du nicht, wie es weitergehen soll«, sagte Raymond in die Stille hinein.

»So sieht's aus. In dem Moment hat es sich richtig angefühlt, und das tut es immer noch, aber jetzt weiß ich nicht wirklich, wo mir der Kopf steht. Ich mache mir Sorgen um Maisie, Vorwürfe, weil ich es verbockt habe, und gleichzeitig fürchte ich, nächsten Monat aus meiner Wohnung zu fliegen, weil Dad den Geldhahn zudreht.«

»Warte mal ab. Da wird deine Mutter noch ein Wörtchen mitreden, glaub mir. So schnell wird er das nicht tun. Wie ich meinen Bruder kenne, wird er erst mal versuchen, dich umzustimmen. Und was Maisie angeht …« Raymond zögerte. »Lexa hätte gewusst, wie du das wieder hinbiegen kannst. Ich bin nicht sonderlich gut darin, Ratschläge zu geben, aber dass du dir Zeit nehmen willst, um herauszufinden, was du tun möchtest, klingt nach einem guten Plan. Und falls dein Vater dich tatsächlich dazu zwingt, die Wohnung zu verlassen, weißt du, wo du mich findest. In diesem Haus ist mehr als genug Platz.« Er lächelte schief, und die Last wurde noch ein Stück leichter.

»Danke, Ray.«

Das war mehr, als ich erwartet hatte. Ich wollte die Stadt zwar nicht verlassen, aber es tat gut, zu wissen, dass es einen Ort gab, an den ich im Zweifelsfall flüchten konnte.

»Kein Problem. Die Werkstatt und dieses Haus stehen dir immer zur Verfügung.«

»Das weiß ich zu schätzen. Vor allem die Werkstatt hat mich in den letzten Jahren mehr als nur einmal davor bewahrt, den Verstand zu verlieren.«

Raymond öffnete den Mund und schloss ihn wieder. »Wie gesagt, du bist hier willkommen. Und ich bin immer froh, wenn du mir bei der Arbeit hilfst.«

Vielleicht täuschte ich mich, doch ich hatte den Eindruck, dass er noch etwas anderes hatte sagen wollen. Aber was es auch war, er behielt es fürs Erste für sich.

»Danke«, sagte ich leise und hoffte, dass er verstand, dass ich viel mehr als nur seine Worte meinte.

Er nicke mir zu, und die Wärme in seinem Blick erfüllte mich mit Zuversicht. Solange ich Menschen wie ihn in meinem Leben hatte, war ich nicht allein, und das war verdammt viel wert.

In einvernehmliches Schweigen gehüllt, aßen wir fertig. Nachdem ich Raymond noch beim Abwasch geholfen hatte, verabschiedete ich mich von ihm und versprach, bald wiederzukommen. Und diesmal würde ich das auch wirklich tun.

Erschöpft, aber erfüllt von den letzten Stunden stieg ich ins Auto und schaltete das Radio ein. Leise Musik drang aus den Boxen, und zum ersten Mal seit Wochen spürte ich so etwas wie Ruhe in mir.

Mir war bewusst, dass ich noch viele Schritte zu gehen hatte, aber der Anfang war gemacht. Alles andere würde sich zeigen. Meine Entscheidung, mit dem Studium nicht weiterzumachen, hatte hohe Wellen geschlagen, deren Wirkung im Moment nicht absehbar war. William, Liz und Harris wussten noch nichts davon, ebenso wenig wie Maisie. Ich hatte ihr bei meinem spontanen Besuch eigentlich davon erzählen wollen, aber ihr Schweigen hatte mich davon abgehalten.

Bei dem Gedanken an sie stieg wieder Sorge in mir auf, gefolgt von einer tiefen Sehnsucht, die sich jedes Mal wie ein Stich in die Brust anfühlte. Sie fehlte mir. Ich hätte nicht gedacht, dass ich Maisie so schnell in mein Herz schließen würde. Sie war wie ein Wirbelwind in mein Leben getreten. Mit ihren rostroten Haaren, den vielen Sommersprossen und diesen unglaublich warmen braunen Augen, die direkt in mein Innerstes zu blicken schienen, hatte ich keine Chance gehabt.

Maisie war etwas Besonderes. Sie sagte zwar, dass sie lange mit ihrem Schweigen gekämpft hatte, aber wenn sie sprach, sagte sie die Wahrheit. Während ich seit Jahren versuchte, jemand zu sein, der ich nicht war, war sie sie selbst. Das liebte ich am meisten an ihr.

Ich schluckte schwer; ein plötzlicher Kloß bildete sich in meinem Hals. Der Moment der Ruhe war vorbei. Mit jedem Meter, den ich mich Edinburgh näherte, kehrten auch die Sorgen, wie es weitergehen sollte, zurück. Der Plan, meinen Scheiß auf die Reihe zu kriegen, war sehr viel leichter auszusprechen als umzusetzen. Immerhin wusste ich jetzt, dass meine Entscheidung die richtige gewesen war und ich nicht vollkommen allein dastand.

35. KAPITEL

Maisie

Seit Westons Besuch hatte ich mehrmals versucht zu sprechen, doch ich schaffte es nicht. Etwas hielt mich zurück und verhinderte, dass die Worte über meine Lippen kamen. Wie damals. Die Barriere war zurück und mit ihr die Angst, die ich nie richtig verstanden hatte.

Charlotte ging wieder arbeiten, wobei sie bei jedem Abschied betonte, dass ich sie jederzeit anrufen konnte. Was ich nicht tun würde. Auch Amelia hatte mehrmals vorbeikommen wollen, aber ich hatte ihr jedes Mal geschrieben, dass ich noch etwas Zeit brauchte. Dabei wusste ich selbst nicht genau, warum ich zögerte. Sie fehlte mir, und die Maisie von früher hätte sich in so einer Phase sofort in Amelias Arme gestürzt. Vielleicht zögerte ich deshalb. Ich war nicht mehr die Maisie von früher.

Bree und Emma erkundigten sich ebenfalls täglich, und ich versicherte ihnen immer wieder, dass es mir gut ginge und dass ich erst über den Streit mit Weston hinwegkommen müsste. Dass ich mit Schatten aus einer Zeit, an die ich mich kaum erinnerte, kämpfte, sagte ich nicht.

Mit dem Handy in der Hand machte ich mich auf den Weg in

die Küche, um zu frühstücken. Es war bereits elf Uhr, aber ich hatte es nicht früher aus dem Bett geschafft. Während das Wasser für den Tee kochte, entsperrte ich das Display. Weston hatte versucht anzurufen. Seit er vor wenigen Tagen in meinem Zimmer aufgetaucht war, hatten wir keinen Kontakt mehr gehabt, und ich fragte mich, wie es ihm ging. Die Versuchung, ihm zu schreiben, war groß, aber ich brachte es nicht über mich. Was auch immer er gerade tat, er hatte gesagt, er würde zurückkommen, wenn er wusste, wie es bei ihm weitergehen sollte. Solange würde ich warten und versuchen, meine eigenen Probleme in Angriff zu nehmen.

Mit meinem Frühstück, zwei Scheiben Toast mit Erdnussbutter und Marmelade, setzte ich mich an den Tisch in unserer Küche. Charlotte hatte Blumen gekauft, und der bunte Strauß sorgte für einen hellen Farbtupfer im Raum. Er erinnerte mich an Amelia. Sie hatte schon immer einen Blick für kleine Details gehabt. Unruhig griff ich erneut nach meinem Handy und scrollte durch die Kontakte, unschlüssig, wohin das führen sollte.

Bei einem Namen verharrten meine Finger. Mehrere Sekunden lang blinzelte ich ihn an, bevor ich mir einen Ruck gab und die Nummer anrief.

Zehn Tage Schweigen waren eine lange Zeit, wenn man so viele Worte im Kopf herumtrug wie ich. Ich hatte nicht vor, daraus zehn Monate oder Jahre werden zu lassen. Diesmal nicht.

Dr. Rae nahm nach dem vierten Klingeln ab. Offenbar hatte ich Glück und sie steckte gerade nicht mitten in einer Sitzung. »Dr. Rae, Praxis für Psychotherapie und Beratung, wie kann ich Ihnen helfen?«

Komm schon, Maisie. Sag etwas.

Ich räusperte mich, doch meine Stimme blieb stumm. Mit aller Macht kämpfte ich gegen die Barriere in meinem Kopf, aber ich verlor den Kampf.

»Wer ist da?«

Weitere Sekunden verstrichen. Ich rechnete schon damit, dass Dr. Rae auflegte, als sie scharf einatmete. »Maisie? Bist du das?«

Ein ersticktes Geräusch drang aus meiner Kehle. Tränen schossen mir in die Augen, ob vor Erleichterung oder Verzweiflung wusste ich selbst nicht.

»Ich habe mich schon gewundert, warum du bei unserem letzten Termin nicht aufgetaucht bist«, fuhr meine Therapeutin fort. »Kannst du sprechen?«

Wieder versuchte ich es, aber ich kam nicht gegen die Barriere an.

»In Ordnung. Atme einmal tief ein und aus, damit ich dich hören kann.«

Ich folgte ihrer Anweisung, auch wenn ich mich etwas seltsam dabei fühlte.

»Sehr gut. Ich weiß nicht, was passiert ist, und natürlich wäre es leichter, wenn du jetzt in meiner Praxis wärst, aber ich würde gern etwas mit dir ausprobieren, wäre das in Ordnung?«

Ich nickte, bis mir einfiel, dass Dr. Rae mich nicht sehen konnte. Also atmete ich geräuschvoll aus, in der Hoffnung, dass sie das als ein *Ja* aufgriff.

»Gut. Dann schließe jetzt bitte die Augen.« Dr. Raes Stimme nahm einen sanften, beruhigenden Tonfall an, und ich tat wie geheißen und schloss die Augen. »Konzentriere dich auf deinen Atem, Maisie. Ein und wieder aus.«

Nach einigen Atemzügen leitete sie mich an, gedanklich an

einen Ort zu reisen, an dem ich glücklich war. *Einen Ort, an dem alles gut ist. An dem es keine Schicksalsschläge und Grausamkeiten gibt. Einen Ort, an dem du sicher bist. An dem dir nichts passieren kann, ganz gleich, was du tust. Einen Ort, an dem du frei bist.*

Anfangs war ich skeptisch, doch je länger ich Dr. Raes Stimme lauschte, desto ruhiger wurde ich. Ich stellte mir vor, wie ich am Strand saß, den Blick auf das Meer gerichtet. Sanfte Wellen schlugen in gleichmäßigen Abständen an den Strand. Links neben mir saßen Amelia, Charlotte und Jasper. Ich musste sie nicht ansehen, um zu wissen, dass sie da waren. Rechts von mir saß Weston. Seine Präsenz spürte ich im ganzen Körper, obwohl er mich nicht berührte.

»Bist du an dem Ort?«, fragte Dr. Rae.

»Ja.« Das Wort glitt nicht mühelos über meine Lippen, es war viel eher ein Krächzen. Aber es war ein Wort.

»Sehr gut. Vergiss nicht, dass du sicher bist und dir hier nichts passieren wird. Kannst du erzählen, was geschehen ist?«

Ich holte tief Luft, öffnete den Mund, doch es kam kein Laut heraus. Frustriert kniff ich die Augen zusammen.

»Lass dir Zeit«, sagte Dr. Rae.

Ich nickte und atmete ein weiteres Mal tief durch.

»Sei still, Maisie!« Ich sprach langsam, und meine Stimme klang seltsam heiser. Als hätte sie vergessen, was sie tun musste. »Das waren ihre letzten Worte.«

»Wessen Worte?«

»Die meiner Mum.« Ich schloss die Augen und kämpfte gegen den Schmerz in meinem Innern. Ich musste weiterreden. Musste die Worte endlich nach draußen lassen. »Der Unfall … Ich erinnere mich an ihre Stimme. *Sei still, Maisie!*, hat sie gesagt. Nicht böse, eher in einem tadelnden, liebevollen Ton. Und dann wird alles schwarz.«

Zitternd rang ich nach Luft. Mein Herz klopfte bis zum Hals, und meine Hände begannen zu schwitzen. »Ist es meine Schuld? Habe ich zu laut gespielt oder sie abgelenkt? Wenn ich damals nicht im Wagen gesessen hätte …«

»Maisie, hör mir gut zu«, unterbrach Dr. Rae. »Du trägst keine Schuld am Tod deiner Eltern. Es war ein Unfall. Dir ist als Kind etwas Schreckliches widerfahren, und dieses Erlebnis hat Spuren hinterlassen. Aber es ist nicht deine Schuld. Das war es nie.«

Ich umklammerte das Handy fester, presste es an mein Ohr und sog ihre Worte in mich auf.

»Was hat dein erneutes Schweigen ausgelöst?«, fragte sie sanft. »Warum ist diese Erinnerung jetzt aufgetaucht?«

»Ich hatte einen Streit mit Weston. Er hat mir dieselben Worte an den Kopf geworfen, und plötzlich war die Barriere wieder da. Ich habe mich zurückgezogen wie früher.«

»Verstehe.« Ein Rascheln war zu hören, gefolgt von dem kratzenden Geräusch eines Stifts auf Papier. »Weißt du noch, wie wir über den Vorfall nach der Lesung geredet haben?«

Meinen Aussetzer. Ja, daran erinnerte ich mich noch zu gut. Dr. Rae hatte gesagt, dass er die Folge eines Traumas sein könnte.

»Ich glaube«, fuhr Dr. Rae fort, »dass die aufgestiegene Erinnerung die Ursache für dein jahrelanges Schweigen ist. Vielleicht ist das jetzt die Chance, mit dem Erlebnis von damals Frieden zu schließen.«

»Aber ich habe den Tod meiner Eltern doch längst verarbeitet«, murmelte ich.

»Du hast vorhin gefragt, ob es deine Schuld ist«, sagte sie sanft. »Wenn du die Antwort darauf nicht kennst und die Frage all die Jahre mit dir herumgetragen hast, dann hast du es möglicherweise noch nicht verarbeitet. Manchmal bricht ein Trauma Jahre später erst wieder auf.«

»Und was soll ich jetzt machen?«, flüsterte ich.

In meinem Kopf wirbelten zu viele Gedanken durcheinander. Die Erkenntnis, dass ein Teil von mir sich die Schuld am Tod meiner Eltern gab, kam nicht überraschend. Dennoch überrollte sie mich mit einer Heftigkeit, der ich nicht gewachsen war.

Wie oft hatte ich schon gedacht, dass ich nicht in dem Auto hätte sitzen dürfen. Dass ich es nicht hätte überleben dürfen, dass mein Leben mit ihrem hätte enden sollen. Es waren Gedanken, die ich mit niemandem teilte. Nicht einmal Amelia wusste davon. Die Angst, dass sie insgeheim derselben Meinung war, hatte mich immer zurückgehalten.

»Dass du angerufen hast, war ein guter und wichtiger Schritt. Lass erst mal sacken, was dir gerade durch den Kopf geht. Nächste Woche können wir in unserer Sitzung da anschließen. Falls es aber einen Notfall geben sollte, kannst du dich wie immer früher melden.« Ihre Stimme nahm einen ermutigenden Ton an. »Du bist stark, Maisie. Du wirst das überstehen. Und vergiss nicht, dass du bei all dem nicht allein bist. Du hast Freunde und vor allem Familie, die dich unterstützen. Vielleicht hilft es auch, wenn du mit Amelia und Charlotte über all das sprichst. Ich bin mir sicher, du wirst herausfinden, was für dich der beste Weg ist.«

Ich nickte und vergaß wieder, dass Dr. Rae mich nicht sehen konnte. »Danke«, sagte ich.

Nachdem ich aufgelegt hatte, blieb ich noch einige Minuten

reglos sitzen. Die Angst war nur noch ein Echo in meinem Körper, ein kaum spürbares Drücken in der Magengegend.

Niemandem würde etwas zustoßen, wenn ich sprach. Das hatte ich jetzt begriffen. Trotzdem konnte ich das Gefühl der Hilflosigkeit nicht vollkommen abschütteln. Seit dem Unfall begleitete es mich, und zu sehen, wie Weston ein Schatten seiner selbst wurde, hatte es erneut geweckt. Nichts für ihn tun zu können, weil er sich abschottete, war furchtbar gewesen.

Kurz entschlossen hob ich das Handy und wählte zum zweiten Mal an diesem Vormittag eine Nummer.

»Maisie? Bist du das? Ist alles in Ordnung?«

Brees vertraute Stimme zu hören, trieb mir beinahe Tränen in die Augen. Keine Ahnung, wie mein Körper immer noch welche produzieren konnte. In den letzten Tagen hatte ich so viel geweint wie in den letzten fünf Jahren zusammen.

»Ja, ich bin's«, erwiderte ich lächelnd. »Kannst du schon telefonieren?«

»Ja, die Kinder sind gerade abgeholt worden. Ich bin ja so froh, dass du anrufst. Ich wollte dich nicht drängen und warten, bis du so weit bist, aber ich habe mir echt Sorgen gemacht.«

»Das weiß ich, Bree. Und es tut mir leid, dass ich nicht früher angerufen habe, aber ich habe die Zeit gebraucht.«

»Was ist los?«

Kurz zögerte ich, doch dann schaffte ich es, zumindest von dem Streit mit Weston zu erzählen. Davon, dass die Angst, ihn zu verlieren, mich mit dem Verlust meiner Eltern konfrontiert und mein Schweigen zurückgebracht hatte. Zwar brach meine Stimme immer wieder weg, aber Bree hörte geduldig zu und unterbrach mich nur, um Fragen zu stellen, wenn sie etwas nicht verstand. Es tat gut, mit ihr über meine Gedanken zu reden, die in den letzten Tagen pausenlos durch meinen Kopf gekreist waren. Sie auszusprechen, machte sie weniger beängstigend.

»Wenn ich gewusst hätte, wie schlecht es dir geht, wäre ich längst vorbeigekommen«, sagte sie betroffen, als ich geendet hatte.

»Das weiß ich. Aber ich war in einer Stimmung, in der ich niemanden in meiner Nähe haben wollte.«

»Verständlich.« Bree seufzte leise. »Wenn ich dir irgendwie helfen kann, sag Bescheid, okay?«

»Das hast du bereits. Ich muss noch mit Amelia reden und mir über ein paar Dinge klar werden, aber ich hoffe, dass ich nächste Woche wieder zurück in den Kindergarten kommen kann.«

»Lass dir Zeit damit. Deine Gesundheit geht vor.«

»Danke. Für alles. Ich wüsste nicht, was ich ohne dich machen würde, Bree.«

»Dafür sind Freundschaften schließlich da«, erwiderte sie.

Ich lächelte, ehe ich das Thema wechselte. »Und was war bei dir in den letzten Tagen so los?«

»Ach, nicht viel«, druckste Bree herum, und ich durchschaute ihren versucht beiläufigen Tonfall sofort.

»Bree?«, hakte ich nach.

»Na schön. Es gab da ein Treffen mit einer sehr überraschenden Wendung.«

»Du machst es aber verdammt spannend. Was ist los?«

Bree lachte verlegen, und eine Ahnung stieg in mir auf.

»Na ja«, sagte sie, »ich habe mich mit Em zu einem Filmabend getroffen.«

Grinsend sank ich gegen die Rückenlehne des Küchenstuhls.

Hatte ich es doch gewusst. »Wie hast du das denn angestellt?«, fragte ich. »Vor wenigen Wochen hat sie mir noch mit traurigen Augen von ihrem Exfreund erzählt.«

»Hey, es war Emma, die mich zuerst geküsst hat«, protestierte Bree. »Ehrlich, ich hatte keine Ahnung, dass sie dasselbe für mich empfindet wie ich für sie.«

»Okay, erzähl mir alles«, sagte ich und stellte meinen Teller in das Spülbecken, bevor ich zurück in mein Zimmer ging, wo ich es mir auf dem Bett gemütlich machte.

Während ich Brees aufgeregter Erzählung lauschte, verschwand ein weiteres Stück der Anspannung. Das Gespräch fühlte sich so normal an, und für ein paar kostbare Minuten traten meine Probleme in den Hintergrund. Es tat gut, mit Bree zu quatschen und mich für eine Weile zu fühlen, als hätte sich nicht alles verändert.

Als wir uns schließlich verabschiedeten, hatte ich mich so weit gefangen, dass ich das erste Mal seit Tagen wieder in eine Jeans schlüpfte und beschloss, eine Runde durch die Stadt zu laufen. Bevor ich mich einem Gespräch mit Amelia stellen wollte, um ihr von dem Panikgefühl und den Gesprächen mit Dr. Rae zu erzählen, brauchte ich frische Luft.

Als ich durch die Straßen der Altstadt schlenderte und kleine Gassen durchquerte, konnte ich zum ersten Mal seit Tagen wieder durchatmen. Die Fassaden der alten Steingebäude hatten eine seltsam beruhigende Wirkung. Über mir hingen dunkle Wolken am Himmel, die die Stadt in ein schummriges Licht tauchten. Ein Lächeln schlich sich auf meine Lippen. Ich liebte den Geruch von Regen. Wenn der Wind durch die Straßen wehte, als wollte er all die trüben Gedanken aus den Köpfen der Menschen blasen. Mit geschlossenen Augen atmete ich tief ein und wieder aus.

Die Telefonate mit Dr. Rae und Bree hatten mir meine Stimme zurückgegeben. Was jetzt blieb, war, sie zu nutzen.

36. KAPITEL

Maisie

Mehrere Minuten lang verharrte ich unschlüssig vor Amelias Wohnung. Ich hatte ihr heute Morgen eine Nachricht geschrieben und gefragt, ob ich vorbeikommen könnte. Es war Wochenende, weshalb die Chancen gut standen, dass sie noch nichts vorhatte. Ihre Antwort war wie erwartet positiv ausgefallen, wobei mir der besorgte Ton in ihrer Nachricht nicht entgangen war. Kein Wunder. Ich hatte mich über eine Woche lang kaum gemeldet, und sie hatte sicher noch das Bild vor Augen, wie ich im Bett lag und kein Wort sprach. Obwohl ihre Nähe in dem Moment tröstend gewesen war, hatte ich es ihr nicht zeigen können, und das hatte sie sicher genauso sehr an früher erinnert wie mich.

Unruhig starrte ich die helle Holztür an, deren Rahmen dunkelrot angestrichen war. Es gab keinen Grund, mich vor einem Gespräch mit Amelia zu fürchten. Sie kannte mich schon mein ganzes Leben lang und hatte immer zu mir gehalten, ganz gleich, was passierte. Trotzdem bildete sich in meinem Magen ein nervöser Klumpen, der viel zu schwer wog. Was, wenn ich nicht die richtigen Worte fand?

Kopfschüttelnd betätigte ich die Klingel. *Hör auf, dich albern zu benehmen*, schalt ich mich selbst.

Kurz darauf flog die Wohnungstür auf, und Amelia warf sich mir entgegen. Mit einem überraschten Laut fing ich sie auf, als sie ihre Arme um mich schlang und mich fest an sich drückte.

»Ich hab dich vermisst, Maisie.« Sie musterte mich eingehend, als müsste sie sich versichern, dass es mir wirklich besser ging als bei ihrem letzten Besuch.

»Ich dich auch«, gab ich zurück.

»Komm rein, ich mach uns einen Tee. Jasper ist zum Schreiben ins *Daydream* gegangen, wir haben die Wohnung also für uns.«

Ich atmete tief ein, ehe ich Amelia in die Küche folgte.

Während das Wasser kochte, musterte ich sie prüfend. Ihre roten Haare hatte sie zu einem Dutt zusammengebunden. Sie trug zu schwarzen Leggins einen weiten Hoodie, der verdächtig danach aussah, als käme er direkt aus Jaspers Kleiderschrank. Als sie hinter vorgehaltener Hand gähnte, fielen mir erst die Schatten unter ihren Augen auf.

»Bist du müde?«, fragte ich besorgt.

»Ein bisschen, ich habe nicht viel geschlafen letzte Nacht.«

»Sag mir jetzt nicht, dass du stundenlang gelernt hast.« Alarmiert schaute ich sie an.

»Was? Nein, natürlich nicht. Jasper und ich haben lange geredet.« Sie seufzte und holte zwei Tassen aus dem Schrank.

Das klang nicht gut. »Ist alles in Ordnung bei euch?«

»Ja, wir haben nur beide gerade ziemlich viel zu tun, und daher kamen gemeinsame Ausflüge und Aktivitäten in letzter Zeit etwas zu kurz. Manchmal hatte ich sogar das Gefühl, als würden wir momentan aneinander vorbeileben. Das habe ich gestern angesprochen, und daraus wurde ein Gespräch bis weit nach Mitternacht.« Amelia hängte die Teebeutel in die Tasse und goss das heiße Wasser darüber.

Ausgestattet mit Tee setzten wir uns ins Wohnzimmer, wo mein Blick wie jedes Mal zu den Bücherregalen huschte. Schnell konzentrierte ich mich wieder auf Amelia. »Also konntet ihr das klären?«

»Konnten wir. Du weißt ja, wie Jasper ist. Wenn er sich in ein Buchprojekt vertieft, vergisst er manchmal die Welt um sich herum.«

»Was dich aber nicht mit einschließen sollte«, warf ich ein.

»Genau darüber haben wir gestern geredet. Und darüber, dass ich nicht so oft in die Bibliothek verschwinden, sondern die Abende bewusst mit ihm verbringen sollte.«

Unwillkürlich tauchte ein Bild von Weston in meinem Kopf auf. Wie er mit gebeugten Schultern an seinem Schreibtisch über dicken Gesetzbüchern saß, obwohl er längst zu erschöpft zum Lernen war.

»Gut, dass du das selbst erkannt hast«, murmelte ich und klang bitterer als beabsichtigt.

»Was ist los?«

Ich griff nach dem Tee, um Zeit zu schinden, und pustete in die Tasse. »Die letzten Tage waren nicht so leicht«, gestand ich. Was für eine Untertreibung! »Ehrlich gesagt weiß ich gar nicht, wo ich anfangen soll.« Ich sah auf, hielt mich an Amelias ruhigem Blick fest, der liebevoll auf mir lag.

»Fang mit dem an, was dir am meisten auf der Seele brennt.«

»Okay.« Ich nickte, sammelte all meinen Mut zusammen. »Ich könnte jetzt über Weston reden. Darüber, wie sehr ich ihn vermisse und wie es mir das Herz bricht, dass wir uns gestritten haben und auseinandergegangen sind. Aber das ist es nicht, worüber ich mit dir reden will. Worüber ich reden muss.«

Zitternd rang ich nach Luft. Meine Hände schwitzten, und der Klumpen in meinem Magen schwoll weiter an. Vorsichtig stellte ich den Tee zurück auf den kleinen Abstelltisch vor der Couch, um die heiße Flüssigkeit nicht aus Versehen zu verschütten.

Amelia drängte mich nicht, wofür ich ihr unendlich dankbar war. Sie wartete geduldig, bis ich so weit war.

Ich gab mir einen Ruck. »Nach dem Streit mit Weston habe ich wieder aufgehört zu reden. Charlotte hat es dir bestimmt erzählt, und ich weiß, dass du nach mir gesehen hast, auch wenn ich nicht reagiert habe.« Ich strich mir eine Strähne aus dem Gesicht und warf einen Blick zu Amelia, die mich mit einer Mischung aus stummer Aufforderung und Sorge ansah. »Ich habe nicht geschwiegen, weil ich es so wollte, sondern weil es nicht anders ging. Jedes Mal wenn ich den Mund aufgemacht habe, um etwas zu sagen, war da wieder diese Barriere in meinem Kopf. Ich hatte panische Angst, dass etwas Schlimmes passieren würde, wenn ich spreche. Und inzwischen weiß ich auch warum.« Wieder atmete ich tief ein. Es kostete mich mehr Mühe als erwartet, darüber zu reden, doch die Erinnerung an das Gespräch mit Dr. Rae ermutigte mich. Sie hatte recht, ich hatte Freunde und Familie, die für mich da waren, und vor allem Amelia war nie von meiner Seite gewichen. Insbesondere während meiner Kindheit und Jugend nicht. Wenn es jemand gab, zu dem ich offen sein wollte, dann zu ihr.

Amelia legte mir eine Hand auf das Knie und drückte sanft zu. Wie früher, wenn sie mir damit stumm zu verstehen gegeben hatte, dass ich nicht allein war.

Auf einmal stiegen mir Tränen in die Augen, die ich heftig wegblinzelte. »Weston hat etwas zu mir gesagt, was eine Erinnerung hochgeholt hat. Ich glaube«, begann ich stockend, »ich glaube, Mums letzte Worte waren: *Sei still, Maisie!* Ich kann mich nicht an die Details erinnern, aber ich habe dieses Bild im Kopf, wie sie das in einem liebevollen und gleichzeitig strengen Ton zu mir sagt. Und dann ertönt ein lautes Krachen, und alles wird dunkel.«

Ich zog die Beine an und umklammerte sie mit den Armen, als müsste ich mich selbst davor bewahren auseinanderzubrechen.

»Wenn ich daran denke …«, fuhr ich langsam fort. »Ich kann es nicht richtig beschreiben … Es ist so ein grauenhaftes Entsetzen, das mir die Luft zum Atmen raubt und mich zwingt, stumm zu bleiben. Zweimal hatte ich in den letzten Wochen dieses Gefühl. Ich war wie erstarrt.« Mit wild pochendem Herzen suchte ich in Amelias Blick ein Anzeichen von Unverständnis, doch was ich fand, war ein plötzliches Verstehen. Als hätte sie gerade ein fehlendes Puzzlestück gefunden, das das Bild endlich vervollständigte.

»Du hast nie über den Unfall geredet«, sagte sie leise. »Ich dachte immer, du erinnerst dich an nichts, weil du so jung warst. Dass du die Sache abgeschlossen hättest und dass das Schweigen eine Folge des Verlusts war.« Ihre Augen füllten sich mit Tränen. »Dabei hat ein Teil von dir das Auto nie verlassen, oder?«

Ein bekannter Schmerz stieg in mir auf. Angst kroch mir den Nacken hinauf und legte sich wie eine unsichtbare Faust um meinen Hals. »In schwachen Momenten habe ich mich gefragt, warum ich nicht mit ihnen gestorben bin. Warum ich weiterleben darf, während sie es nicht durften. Schon als Kind dachte ich oft, dass sie vielleicht noch am Leben wären, wenn ich nicht mit ihnen im Auto gesessen hätte.«

Amelia gab einen erstickten Laut von sich. Tränen rannen ihr über die Wangen, und sie tastete nach meiner Hand, mit der ich noch immer mein Knie umklammerte.

Die Berührung gab mir Halt und den Mut, weiterzusprechen. »Was, wenn es meine Schuld war? Wenn ich laut gespielt oder gequengelt habe und Dad deshalb das andere Auto zu spät bemerkt hat? Vielleicht wäre es nicht passiert, wenn ich still gewesen wäre.«

»Maisie, nein.« Amelia schüttelte heftig den Kopf und rutschte ein Stück näher. »Dich trifft keine Schuld, hörst du? Gar keine. Du warst ein vierjähriges Kind, das Geräusche macht wie jedes normale Kind. Das Auto, das mit dem Wagen unserer Eltern zusammengestoßen ist, kam in einer viel zu schnellen Geschwindigkeit um die Ecke geschossen. Der Fahrer ist auf die falsche Fahrbahn gekommen und frontal auf Dad zugerast. Auch wenn du keinen Mucks von dir gegeben hättest, wären sie heute tot. Sie hatten keine Chance.« Eindringlich sah Amelia mich an. »Dass du überlebt hast, ist ein Wunder. Es war das große Glück in dem schrecklichen Unfall. Wenn ich dich nicht gehabt hätte, wäre ich vollkommen allein gewesen. Du bist meine Familie, meine Schwester, und allein der Gedanke, dass du nicht mehr da wärst …« Ihre Stimme brach, und sie schluchzte auf. »Du darfst so etwas nicht denken.«

Unter Tränen nickte ich. Der Klumpen in meinem Magen wurde kleiner, als ich meine Knie losließ und mich aufrichtete. Amelias Worte legten sich wie eine tröstende Umarmung um mich. Sie füllten das Loch in meinem Innern, das seit sechzehn Jahren in meinem Herzen klaffte.

»Du warst mir nie böse, oder?«, fragte ich. »Dass ich noch lebe und sie nicht.«

»Natürlich nicht! So etwas habe ich nie gedacht.« Amelia öffnete ihre Arme, und ich sank gegen sie, ließ mich fallen, eingehüllt von ihrer vertrauten Wärme, die mich ein Leben lang beschützt hatte.

In den Armen meiner Schwester löste sich etwas von der Schuld, die ich seit Jahren unbewusst wie eine Last auf den Schultern trug. Ich wusste, dass ich ein kleines, hilfloses Kind gewesen war, unfähig zu begreifen, was geschah. Doch etwas in mir hatte an dem schrecklichsten Moment meines Lebens festgehalten. Es hatte mir meine Stimme genommen, ohne dass ich mir dessen bewusst gewesen war. Vermutlich würde es noch eine Weile dauern, bis ich wirklich begriff, dass nichts von dem, was passiert war, meine Schuld war. Dass ich die Barriere überwinden und mir selbst wieder vollkommen vertrauen durfte. Aber ich war auf dem richtigen Weg.

»Dr. Rae hatte recht«, murmelte ich, als sich mein Atem wieder beruhigt hatte. Vorsichtig löste ich mich aus Amelias Armen und sank in das weiche Polster in meinem Rücken. »Reden hilft. Ich wusste, dass ich durch den Unfall ein Päckchen mit mir herumtrage. Sie hat es ein Trauma genannt, das in den letzten Wochen erneut aufgebrochen ist. Bis eben habe ich nicht wirklich verstanden, was sie damit meint. Ich schätze, ich musste es von dir hören. Dass mich keine Schuld trifft, meine ich. Und dass ich genauso ein Recht auf Glück und Liebe habe wie jeder andere Mensch auch.«

»Das hast du.« Amelia lächelte sanft. »Vermutlich hast du es sogar ein bisschen mehr verdient als die meisten anderen. Ziemlich sicher hast du das sogar.«

»Du bist eine großartige Schwester, weißt du das?«

»Natürlich.« Ihr Lächeln wurde breiter, und diesmal erwiderte ich es.

In den nächsten Minuten tranken wir in Schweigen gehüllt unseren Tee. Die Luft war noch immer erfüllt von den Gefühlen und unseren Worten, die uns einmal durchgerüttelt hatten. Worte, die längst überfällig gewesen waren. Aber vielleicht hatten sie einfach Zeit gebraucht.

»Und was ist mit Weston?«, fragte Amelia irgendwann in die Stille hinein.

Wie immer wenn sein Name fiel, rauschte ein Sturm an Emotionen durch mich hindurch. Da war diese tiefe Zuneigung, die seit unserer ersten Begegnung mit jedem Tag zugenommen hatte. Aber da waren auch Enttäuschung und Angst. Als er sich während meines Schweigens zu mir gelegt und mich festgehalten hatte, hatte ich erkannt, dass er in mein Leben gehörte. Trotzdem konnte ich die Furcht, ihn zu verlieren, nicht einfach abschütteln.

»Es ist kompliziert«, sagte ich ausweichend.

»Ist es das nicht immer?«

»Bei dir und Jasper sieht es jedenfalls nicht so aus.«

Sie schnaubte leise. »Glaub mir, unsere Anfänge waren alles andere als unkompliziert, und wie du vorhin gehörst hast, brauchen wir auch heute noch hin und wieder klärende Gespräche. Wir alle haben schließlich unsere Päckchen und Themen; die verschwinden in einer Beziehung ja nicht. Aber darüber zu reden, hilft, da hat deine Therapeutin schon recht.«

»Hm.« Nachdenklich schaute ich aus dem Fenster, beobachtete den Regen, der vor einer Stunde eingesetzt hatte. Ich liebte das trommelnde Geräusch, das die Tropfen auf der Scheibe hinterließen, doch heute konnte es mich nicht von meinen Gedanken ablenken. Also drehte ich mich wieder zu Amelia herum.

»Unser Streit war hässlich«, gab ich zu. »Weston lebt ein völlig anderes Leben als ich, das ich nie ganz verstanden habe, und als er sich zurückgezogen hat, bin ich damit nicht klargekommen. Aber ich kann nicht glauben, dass das mit uns wirklich vorbei ist. Dafür hat es sich zu gut angefühlt.«

»Vielleicht solltest du ihm das so sagen.«

Ich nickte. »Ja, vielleicht.«

Dr. Raes Stimme ertönte in meinem Kopf. *Ein Schritt nach dem anderen.* Heute hierherzukommen, hatte mich Überwindung gekostet, und ich würde noch einige Stunden brauchen, um Amelia und mein Gespräch gedanklich zu ordnen. Mir gleichzeitig über Weston Gedanken zu machen, war zu viel. Ich musste darauf vertrauen, dass er die Dinge für sich selbst regelte, wie er es versprochen hatte.

Das Wichtigste im Moment war, dass ich endlich so etwas wie Frieden fand. Nach sechzehn Jahren konnte ich erstmals wieder richtig frei atmen und ohne jegliches Zögern sprechen.

37. KAPITEL

Maisie

Schwungvoll stieß ich die Tür zur Schreibwerkstatt auf. Ich war eine Viertelstunde zu früh dran, aber Brian hatte den Raum bereits aufgesperrt. Er saß mit seinem Laptop an einem der Tische und blickte konzentriert auf den Bildschirm vor sich. Als ich mich mit einem Räuspern bemerkbar machte, zuckte er erschrocken zusammen und schaute auf.

»Maisie, schön, dich zu sehen. Ich habe dich letzte Woche bei dem Treffen vermisst.«

Entschuldigend sah ich ihn an. »Es ging mir nicht so gut.«

»Verstehe. Umso besser, dass du es jetzt geschafft hast.«

Ich lächelte zaghaft. »Ja.« Wieder herzukommen, war mir wichtig gewesen. Ein Beweis für mich selbst, dass mich die ganze Sache nicht zurückgeworfen hatte, sondern es nur einen weiteren Schritt auf meinem Weg darstellte.

Ich blickte mich in dem Raum um, der mir mit seinen vollgestopften Regalen an den Wänden seltsam vertraut war. Beim ersten Mal, als ich hier war, hatte ich noch nervös an der Tür geklingelt und mich nur zaghaft in das Zimmer getraut. Verrückt, wie viel seither passiert war.

»Ich habe eine Frage«, sagte ich, bevor ich einen Rückzieher machen konnte.

»Schieß los.«

»Na ja, es ist eigentlich keine Frage, sondern vielmehr eine Bitte.«

»Okay.« Aufmunternd nickte Brian mir zu. Falls ich mich an der Uni einschrieb, hoffte ich, von Dozenten wie ihm unterrichtet zu werden. Er vermittelte das Gefühl, dass er über nichts von dem, was hier drin gesprochen wurde, urteilte.

»Ich habe einen Text geschrieben, den ich heute gern vortragen würde. Er hat nichts mit irgendeiner Aufgabe zu tun, und ich weiß nicht, worüber ihr letzte Woche gesprochen habt, aber es wäre mir wichtig, ihn zu teilen.«

»Natürlich. Wir können uns am Ende zehn Minuten dafür nehmen. Dafür ist diese Schreibwerkstatt schließlich da.«

»Danke«, sagte ich und setzte mich an einen der Tische, wo ich mein Notizbuch auspackte.

Seit dem Gespräch mit Amelia vor wenigen Tagen hatte ich gefühlt pausenlos geschrieben. All die Gedanken, die in meinem Kopf herumwirbelten, hatte ich zu Papier gebracht – und es waren eine Menge gewesen. Ich hatte meine wenigen Erinnerungen an den Unfall aufgeschrieben, mich den Geräuschen und Eindrücken, die mein Unterbewusstsein gespeichert hatte, gestellt. Je mehr ich über meine Ängste geschrieben hatte, desto kleiner waren sie geworden.

In den nächsten Minuten trudelten nach und nach auch die anderen Teilnehmer der Schreibwerkstatt ein. Emma kam direkt zu mir, als sie mich entdeckte. Mit einer Mischung aus Erleichterung und Sorge umarmte sie mich.

»Geht es dir besser?«, fragte sie.

»Ja«, erwiderte ich. »Sorry, dass ich in den letzten Tagen nur sporadisch auf deine Nachrichten geantwortet habe.«

»Kein Problem. Bree hat mir gesagt, dass du gerade eher Ruhe brauchst.« Eine sanfte Röte erschien auf ihren Wangen.

»Bree also«, setzte ich schmunzelnd an. »Sie hat da etwas von einem Kuss erwähnt …?«

»Das erzähle ich dir später mal.« Emma grinste verlegen, ein Ausdruck, der mir an ihr neu war.

»Darauf verlasse ich mich«, sagte ich lächelnd, bevor ich mich auf Brian konzentrierte, der nach vorn getreten war und – vermutlich für mich – noch mal die Aufgabe der letzten Woche zusammenfasste. Die anderen hatten einen Text schreiben sollen, in dem sich der Bösewicht am Ende als Held herausstellte. Wie die Begriffe Bösewicht und Held definiert und verstanden wurden, hatte er dabei jedem selbst überlassen.

Aufmerksam lauschte ich den Beiträgen der anderen und erkannte wieder einmal, wie kreativ und einfallsreich die Leute hier waren. Jasmine trug eine Kurzgeschichte vor, die von jemand handelte, der Schurke und Held gleichermaßen war. Ihre Metaphern waren gut gewählt, und die Botschaft, dass jeder Mensch verschiedene Seiten und Eigenschaften in sich vereinte, kam an. Vor allem weil sie eine klare, angenehme Stimme hatte. Dennoch schweifte meine Konzentration immer wieder ab, und ich schielte auf meinen Block.

Ein nervöses Kribbeln machte sich in mir breit. Ich wollte den Text vortragen, vor allem um mir selbst zu beweisen, dass ich so weit war.

»Alles klar?«, flüsterte Emma und stupste mich sanft mit ihrem Ellenbogen an.

»Bin nur aufgeregt«, murmelte ich. »Ich habe Brian gefragt, ob ich nachher einen Text vortragen kann, der recht persönlich ist.«

»Oh, wow! Das klingt toll, aber ich bin mir sicher, du wirst es großartig machen. So wie jedes Mal bisher.« Sie lächelte mir ermutigend zu, was meine Nerven jedoch nicht beruhigen konnte.

Als Brian schließlich gegen Ende der Stunde meinen Blick suchte, fing ich an zu schwitzen. In seinen Augen lag die stumme Frage, ob ich bereit war. Aber war ich das?

Nach einem kurzen Zögern nickte ich.

Ich war bereit.

Ich musste es sein.

Brian lächelte. »Zum Abschluss der Stunde haben wir noch einen Beitrag von Maisie«, verkündete er.

Mit wackligen Knien stand ich auf. Es war weder mein längster noch mein emotionalster Text. Aber er bedeutete mir eine Menge. Er war mein Versprechen an mich selbst, dass ich die Angst, die mich seit Jahren begleitete, losließ und das Leben in seiner ganzen Fülle lebte. Ich wollte mich nicht mehr verstecken oder zurückziehen. Dafür hatte ich nicht überlebt.

Räuspernd trat ich vor die Gruppe. Meinen Blick auf das Blatt Papier in meiner Hand gerichtet öffnete ich den Mund und besiegelte mein Versprechen. Ich sprach darüber, wie ich mich immer wieder für meine Worte und das Leben entscheiden würde, dazu, für mein Glück zu kämpfen und mir selbst zu vertrauen. Und ich sprach darüber, dass ich erst lernen musste, die Vergangenheit loszulassen, um ganz im Hier und Jetzt anzukommen.

Bei den letzten Zeilen hob ich den Kopf und ließ meine Stimme ein bisschen lauter klingen.

»Manchmal will ich alles festhalten,
meine Erinnerungen, dich und das Glück.
Und je mehr ich festhalte, desto mehr verliere ich mich.
Also lass ich los, los, los.«

Ich ließ das letzte Wort nachhallen. Einen kurzen Augenblick herrschte Stille, bevor Applaus erklang. Mit einem dankbaren Nicken huschte ich zu meinem Platz zurück.

»Das war sehr gut«, sagte Brian. »Es zeigt, warum ich hier immer wieder darüber spreche, dass es kraftvoll ist, eure Emotionen für die Texte zu nutzen.« Er warf mir einen anerkennenden Blick zu und schrieb die Aufgabe für die kommende Woche an die Tafel.

Emma sah mich mit großen Augen an. »Das war wahnsinnig schön. Und ich glaube, ich verstehe jetzt ein bisschen besser, warum du dich zurückgezogen hast. Ich hoffe, dass du das, was du hinter dir lassen willst, auch wirklich loslassen kannst.«

Überrascht musterte ich sie. Solche Sätze war ich von Bree gewohnt, die es schon immer schaffte, zwischen den Zeilen zu lesen. Aber Emmas lebhafte, fast schon sprunghafte Art ließ mich manchmal vergessen, dass sie auch eine andere Seite in sich trug.

»Danke. Das hoffe ich auch.«

»Okay, Leute, bis nächste Woche bearbeitet ihr bitte das Thema *Zeit*. Wo ihr die Schwerpunkte setzt, ist euch überlassen. An den Texten selbst arbeiten wir dann während der Stunde, ihr dürft diesmal zu Hause brainstormen und euch Gedanken machen.« Ein Nicken und Murmeln ging durch die Reihen, und Brian lächelte zufrieden. »Sehr gut, dann bis nächste Woche. Ich bin wie immer gespannt.«

Nachdem wir unsere Sachen zusammengepackt hatten, verließ ich gemeinsam mit Emma den Raum und trat nach draußen.

»Hast du Lust auf einen Kaffee?«, erkundigte sich Emma.

»Gern, ich muss nur kurz einen Anruf machen, okay?«

»Klar.«

Ich ging ein paar Schritte weiter und blieb an einer Straßenecke stehen. An die Hauswand gelehnt wählte ich Westons Nummer. Die letzten Stunden und Tage hatten mich durchgerüttelt, und nachdem ich einmal alles zu Papier gebracht hatte, gab es nur noch einen Menschen, dem ich davon erzählen wollte. Von dem Gespräch mit Amelia, meinem Schweigen und der Erkenntnis, dass ich nicht länger Angst haben musste.

Nach einer gefühlten Ewigkeit sprang die Mailbox an. Enttäuscht ließ ich das Handy wieder sinken. Was, wenn es zu spät für uns war? Wenn unser Timing nicht stimmte und es einfach nicht sein sollte?

Ich schüttelte den Kopf über mich selbst und tippte eine Nachricht:

> Hast du Zeit und Lust auf ein Treffen?
> Ich würde gern mit dir reden.

Kurz starrte ich die Nachricht an, dann kniff ich die Augen zusammen und löschte sie wieder. Obwohl ich ihn vermisste, brachte ich es nicht über mich, ihm zu schreiben. Er hatte gesagt, dass er auf sich schauen musste, dass er herausfinden wollte, was ihn glücklich machte. Vermutlich sollte ich darauf vertrauen, dass er sein Versprechen hielt und zu mir zurückkam, wenn er so weit war. Vielleicht brauchte er einfach nur Zeit.

Entschlossen, nicht länger zu zweifeln, stieß ich mich von der Wand ab und ging zu Emma zurück.

»Also«, sagte ich, während wir auf der Suche nach einem Café durch die Altstadt schlenderten, »erzähl mir von dir und Bree.«

»Ach komm, das hat sie sicher schon getan. Oder?« Ich meinte, Verunsicherung in ihrer Stimme zu hören.

»Ich will aber deine Sicht der Dinge hören. Immerhin habe ich euch gegenseitig vorgestellt. Dadurch fühle ich mich dafür verantwortlich, dass das nicht gleich wieder in einer Katastrophe endet.«

»Hey«, empörte sich Emma gespielt.

Ich grinste. »Na ja, so wie du über deinen Ex geredet hast …«

»Das war etwas anderes«, widersprach sie sofort. »Ich war ihm immer zu laut und zu experimentierfreudig. Er wollte ein ruhiges, spießiges Leben mit einem kleinen Haus in einem Vorort, das einen weiß angestrichenen Gartenzaun hat. Ich hasse Gartenzäune.« Emma schüttelte sich. »Nee, das mit uns hatte keine Zukunft. Bree dagegen …« Sie lachte leise auf. »Ich habe null damit gerechnet oder auch nur daran gedacht. Aber nach dem Filmabend und während es dir nicht gut ging, haben wir uns ein paarmal getroffen, und irgendwie hat es klick gemacht.«

»Ich freu mich für euch.« Das tat ich wirklich, auch wenn sich der Gedanke, dass meine einzigen beiden Freundinnen miteinander ausgingen, komisch anfühlte.

Da die Sonne schien, holten wir uns zwei frisch gepresste Säfte to go und setzten uns damit auf ein Stück Wiese am Stadtrand. Grinsend hörte ich zu, während Emma von ihren Plänen für den Sommer erzählte, in dem sie nach Paris reisen wollte. Anscheinend hatte sie eine Vorliebe für Kunstausstellungen und Museen und träumte seit Jahren davon, mal den Louvre zu besuchen.

Ihr munteres Geplapper wäre mir an anderen Tagen möglicherweise zu viel gewesen, doch heute versetzte es mich in gute Laune. Emmas Abenteuerlust tat mir gut und rüttelte Gedanken in mir wach, die ich in den letzten Jahren beiseitegeschoben hatte. Sosehr ich den Job im Kindergarten auch liebte, mir war immer schon bewusst gewesen, dass ich dort nicht ewig bleiben würde. Genauso wie ich nicht für immer bei Charlotte wohnen konnte. Irgendwann musste ich mir ein eigenes Leben aufbauen, und während dieses *Irgendwann* bisher in weiter Ferne gelegen hatte, rückte es plötzlich erschreckend nah.

»Ich rede zu viel, oder?«

»Was?« Ertappt zuckte ich zusammen. »Tut mir leid, ich war gerade in Gedanken versunken. Das passiert mir manchmal.«

»Kein Problem, was geht dir durch den Kopf?« Aufmerksam sah sie mich an.

»Viel.« Ich zuckte mit den Schultern. »Na ja, du hast so viele Ideen, was du machen möchtest. Ich meine, deine Liste mit Orten, die du besuchen willst, und die neuen Hobbys, die du lernen möchtest … Hast du gerade eigentlich wirklich gesagt, dass du einen Steppkurs belegen willst?«

»Ja.« Emmas tiefblaue Augen leuchteten begeistert auf.

»Davon will ich Videos sehen«, erwiderte ich grinsend.

»Kriegst du. Versprochen.«

»Gut.« Für einen Moment schwiegen wir beide, dann platzte ich mit den Worten heraus, die mir durch den Kopf gingen. »Ich war in den letzten Jahren so damit beschäftigt, mir einen Alltag zu erschaffen, in dem ich mich sicher fühle. Ich wollte nicht ausziehen, zum einen aus Angst, dass ich nicht allein klarkommen würde, zum anderen, weil ich meine Tante nicht einfach verlassen wollte. Aber ich glaube, ich brauche diesen sicheren Alltag nicht mehr.«

»Du willst deinen eigenen Weg gehen. Wie du es in deinem Text vorgetragen hast«, fasste Emma lächelnd meine Worte zusammen.

»Genau. Es wird Zeit dafür. Auch wenn der Gedanke beängstigend ist.«

»Das sind Veränderungen immer.«

»Stimmt.«

»Aber sie lohnen sich auch«, sagte sie. »Und wenn jemand mutig genug dafür ist, dann du.«

Dankbar sah ich sie an. »Ich hoffe es.«

Wir blieben noch eine Weile sitzen und genossen die frühlingshaften Temperaturen. Zwischendurch schlich sich Weston immer wieder in meine Gedanken, und wie jedes Mal durchzuckte mich dabei ein kleiner Stich. Es war kein zerreißender Schmerz. Keiner, der mich davon abhielt zu lachen, wenn Emma etwas Lustiges erzählte. Aber er war da. Wie ein ungebetener Gast begleitete er mich bei allem, was ich tat.

38. KAPITEL

Weston

Mit langsamen Schritten schlenderte ich durch den Park. Ich war ohne ein Ziel losgelaufen und hatte erst im Gehen gemerkt, wohin meine Füße wollten. An dem kleinen Spielplatz am Rande des Parks blieb ich stehen. Gelächter und laute Stimmen schlugen mir entgegen. Zwischendurch schrie oder weinte ein Kind und lief quer über den Platz zu seiner Mutter.

Bei dem Anblick drängte sich sofort Maisie in meine Gedanken.

Seit ich sie das letzte Mal gesehen hatte, waren einige Tage vergangen, seit ich ihre Stimme gehört hatte, noch viel mehr. Die Frage, wie es ihr ging, nagte ununterbrochen an mir, genauso wie die Sehnsucht nach ihrer Nähe. Ich vermisste meine Freundin, den Menschen, mit dem ich lachen und reden konnte, ohne mich zu verstellen. Trotzdem waren da auch Zweifel. Die Dinge hatten sich nach unserem Streit rasend schnell verändert, und ein Teil von mir fürchtete, sie für immer verloren zu haben.

Seufzend schloss ich die Augen und versuchte, für einen Moment den Lärmpegel zu verdrängen. Kam Rose mit Teddy auch manchmal hierher? Keine Ahnung, wie die Mütter und Väter es zwischen fliegenden Sandkörnern und gefährlich hoch schwingenden Schaukeln aushielten.

»Weston?«

Beim Klang der vertrauten Stimme fuhr ich herum. Hitze durchströmte meinen Körper, und flutartig kehrten sämtliche Gefühle zurück.

Maisie sah wunderschön aus. Sie trug ein kurzes weißes Top unter einer mintgrünen Jacke und eine hoch geschnittene, mit bunten Blumen bestickte Jeans, was mir automatisch ein Lächeln entlockte. Sie trug meistens bunte Farben, das hatte ich von Anfang an gemocht. Die Haare fielen ihr offen über die Schultern und schimmerten im Licht der Sonne noch ein wenig rötlicher als sonst. Ein zaghaftes Lächeln umspielte ihre Lippen, und in diesem Moment beschloss ich, dass ich alles dafür tun würde, dass es so schnell nicht wieder verschwand.

»Was machst du hier?«, fragte ich und schlug mir im nächsten Moment innerlich an den Kopf. Was für eine bescheuerte Frage.

»Ich habe ein bisschen frische Luft gebraucht.« Maisies Stimme klang leiser als sonst. Ihre gesamte Haltung drückte Vorsicht aus, vielleicht auch eine Spur Misstrauen, und es zerriss mich, dass ich dafür mitverantwortlich war.

Einen Moment lang schwiegen wir. Zwischen uns hingen Tausende ungesagte Dinge in der Luft, aber ich schaffte es nicht, sie zu greifen.

»Es tut mir leid«, platzte es schließlich aus mir heraus. »Ich habe Mist gebaut. Großen Mist, und ich weiß, dass ich das nicht wieder ungeschehen machen kann.«

»Nein, kannst du nicht.« Ein trauriger Zug trat auf ihr Gesicht, und ich hasste mich augenblicklich dafür.

»Es tut mir leid«, wiederholte ich.

Maisie nickte nur. Ihr Blick schweifte zu dem Spielplatz und verharrte auf der Bank. Zwei Mütter saßen dort und unterhielten sich angeregt, doch ich wusste, dass Maisie an dasselbe dachte wie ich. Den Morgen, an dem sie mich mit einer kalten Dusche geweckt hatte und ich vollkommen verkatert die Augen aufgerissen hatte, nur um in Maisies Gesicht zu blicken, würde ich vermutlich nie vergessen.

Wie viel seither passiert war …

Zu viel.

»Magst du vielleicht ein paar Schritte laufen?« Meine Stimme hatte einen flehenden Klang angenommen, doch es war mir egal, wenn sie meine Verzweiflung merkte. Ich konnte und wollte Maisie nicht noch einmal einfach gehen lassen.

»Okay«, sagte sie, und obwohl ich das überzeugende Lächeln auf ihren Lippen vermisste, nickte ich, und wir setzten uns langsam in Bewegung.

»Was hältst du davon, auf den Arthur's Seat zu laufen? Von dort aus hätten wir einen Blick bis zum Meer, und ich kenne eine schöne Stelle, die nicht ganz so touristenbevölkert ist«, sagte sie plötzlich zu meiner Überraschung.

Ich warf einen schnellen Blick auf ihre Schuhe. Maisie trug schwarze Boots mit einer stabil wirkenden Sohle. Der Aufstieg auf Edinburghs einzigen Berg – oder vielmehr Hügel – war nicht gerade mit einem Spaziergang durch den Park zu vergleichen.

»Von mir aus gern«, sagte ich, während ich skeptisch den Horizont betrachtete, an dem sich dunkle Regenwolken türmten, doch bis sie über der Stadt waren, dauerte es hoffentlich noch eine Weile.

Während wir durch die Straßen liefen, gingen mir unzählige Satzanfänge durch den Kopf. Wo fing man an, wenn zwei Wochen das Leben einmal komplett durchgerüttelt hatten und plötzlich nichts mehr war wie zuvor?

»Du denkst so laut, dass ich meine eigenen Gedanken kaum noch höre«, bemerkte Maisie irgendwann.

Ich zuckte zusammen und warf ihr einen schnellen Seitenblick zu. »Wie machst du das bloß immer?«, murmelte ich.

»Ich kenne dich inzwischen eben ein bisschen.«

Ihre Worte trafen mich mitten ins Herz, das in ihrer Nähe wie immer viel zu schnell schlug.

Ich räusperte mich. »Es ist viel passiert in den letzten Tagen.«

»Ist es.« Abwartend sah sie mich an.

»Dir geht es besser, oder?«, fragte ich. »Du hast mir ziemlich Angst gemacht, als ich dich das letzte Mal gesehen habe.«

»Du meinst, als ich im Bett lag und kein Wort gesprochen habe?« Ein Schatten huschte über ihr Gesicht. »Unser Streit hat einiges in mir ausgelöst«, schob sie nach ein paar Sekunden hinterher.

»Das tut mir leid.«

»Ich weiß, das hast du in den letzten Minuten oft gesagt.« Sie klang nicht verärgert, aber ich hörte die Vorsicht in ihrer Stimme.

»Weil es stimmt. Die Dinge hätten nicht so laufen dürfen.«

Darauf erwiderte sie nichts. Musste sie auch nicht. Wir wussten beide, dass ich recht hatte. Ich wollte noch etwas hinzufügen, irgendetwas sagen, was die Situation auflockerte, doch die Worte blieben mir ungesagt auf der Zunge liegen. Also tat ich das, was ich durch Maisie erst wieder zu schätzen gelernt hatte, und schwieg.

Die nächsten Minuten liefen wir still nebeneinanderher. Folgten dem Weg am Rande des Holyrood Parks ein Stück bis zum Arthur's Seat, ehe wir mit dem Aufstieg begannen. Immer wieder schielte ich zu ihr rüber. Sie wirkte angespannt, aber auch seltsam gelöst. Ich hoffte, dass sie mir irgendwann erzählen würde, was in den letzten Tagen bei ihr passiert war.

Je höher wir gelangten, desto stärker wehte der Wind, und Maisie schlang ihren Schal enger um den Hals. Ihr Blick war auf die Weite vor uns gerichtet, als wir die Anhöhe erreichten, von der aus man einen Blick über die ganze Stadt hatte. Am Horizont war sogar das Meer zu sehen. Ein graublauer Streifen, der an glückliche Stunden erinnerte.

»Wow«, murmelte ich. Natürlich war ich nicht zum ersten Mal hier, aber es war eine Weile her, und damals hatte ich mich nicht so bewusst umgeschaut. Hatte die unendliche Weite und die Stadt unter mir nicht so genau betrachtet. Doch seit ich mich entschlossen hatte, das Studium zu schmeißen, hatte ich unglaublich viel Zeit. Während das anfangs noch ungewohnt gewesen war, genoss ich es inzwischen, im Jetzt zu verweilen und nicht mehr so durch den Alltag hetzen zu müssen. Allerdings reichten meist ein Gedanke an Dad und die Frage, ob er mir den Geldhahn wirklich zudrehen würde, wenn er realisierte, wie ernst ich es meinte, aus, um sämtliche Gelassenheit wegzuwischen.

»Es ist wirklich sehr schön«, murmelte Maisie neben mir, und ich wandte mich ihr rasch zu. Ein nachdenklicher Ausdruck lag auf ihrem Gesicht, aber ich glaubte, die Andeutung eines Lächelns zu sehen. »Komm«, sagte sie, »gehen wir ein Stück weiter, wo es nicht so stark windet.«

Wir verließen die Anhöhe, und ich folgte Maisie zu einem geschützten Plätzchen abseits des Wegs, wo wir uns in das weiche Gras setzen. Nicht nah genug, dass sich unsere Beine berührten, aber dennoch näher, als es unter Bekannten üblich wäre. Sehnsucht machte sich in mir breit, und der Drang, meine Hand auszustrecken, um sie zu berühren, wurde unerträglich.

Als hätte sie meinen Gedanken gehört, wandte sie mir ihr Gesicht zu. In ihren Augen spiegelte sich dieselbe Sehnsucht, aber auch ein Schmerz, der mir kurz die Luft zum Atmen raubte. Da lag eine Dunkelheit in ihrem Ausdruck, die ich nicht an ihr kannte. Was war in den letzten Tagen mit ihr passiert?

»Sieh mich nicht so an«, flüsterte sie.

»Wie denn?«

»Als müsstest du mich bemitleiden. Als wäre ich schwach. Das bin ich nicht. In den letzten Tagen bin ich durch die Hölle gegangen. Meine ganz eigene Hölle, die ich, seit ich denken kann, mit mir herumtrage. Aber ich bin noch da. Ich war stärker als die Schatten und Erinnerungen.« Sie reckte ihr Kinn, als müsste sie sich behaupten. Als gäbe es etwas zu beweisen. »Du hast mir wehgetan, Weston. Sehr. Und ich weiß nicht, ob ich das einfach so vergessen kann. Ob ich weitermachen kann, als wäre nichts passiert.« Ihre Stimme zitterte leicht.

Ich schluckte schwer. Ich hatte gewusst, dass es nicht einfach werden würde. Niemand konnte die Zeit zurückdrehen, und unser Streit hatte viel kaputt gemacht.

»Ich weiß, dass ich dich auch verletzt habe«, fuhr sie fort, ehe ich etwas erwidern konnte. »Und das tut mir leid. Zwei Menschen, die sich …« Sie brach mitten im Satz ab. »Wir hätten uns nie so wehtun dürfen.«

Traurig starrte ich sie an. Ihre Worte hingen zwischen uns. *Zwei*

Menschen, die sich liebten, sollten sich nicht so wehtun dürfen. Das hatte sie sagen wollen.

»Du hast recht«, stimmte ich ihr leise zu. *Und trotzdem kann ich nicht aufhören, dich zu lieben.*

Ich wusste nicht, woher die Gewissheit kam, warum ich plötzlich so klar sah, wie seit Tagen nicht mehr. Ich hatte mich in Maisie verliebt. Das musste genug sein. Wenn Liebe nicht reichte, was tat es dann?

Gerade als ich den Mund öffnen und ihr sagen wollte, was ich dachte, stand sie auf.

»Wir sollten zurück in die Stadt.« Sie deutete auf den Himmel.

Die dunklen Wolken hingen direkt über uns, und der Wind war eine Spur kühler geworden. In ihrer Nähe hatte ich alles andere ausgeblendet, weshalb ich das herannahende Unwetter nicht bemerkt hatte.

»Klar«, sagte ich mit gepresster Stimme.

Im Schnellschritt verließen wir den Platz und liefen schweigend zurück. In dem Moment, als wir die Altstadt erreichten, öffnete der Himmel seine Schleusen. Es fing mit ein paar dicken Tropfen an, die schwer auf den Asphalt und unsere Köpfe platschten. Wenige Sekunden später prasselte der Regen bereits mit einer Wucht herunter, die uns in Rekordgeschwindigkeit durchnässte.

»Sollen wir uns irgendwo unterstellen?«, rief ich Maisie zu.

»Dafür ist es eh zu spät«, erwiderte sie.

»Okay, dann zu mir?«

Ihre Augen weiteten sich, und mir wurde bewusst, was ich gerade gesagt hatte. Ich rechnete fest damit, dass sie das Angebot ablehnen würde, aber zu meiner Überraschung nickte sie.

»Dann mal los.« Sie steigerte ihr Tempo, und die letzten Meter zu meiner Wohnung rannten wir quasi. Vor der Haustür hielt Maisie zögernd inne.

»Ich kann dich auch nach Hause fahren«, bot ich an.

»Und dein Auto volltropfen? Nein, ich komme mit rein.« Ihr war anzusehen, dass ihr noch etwas anderes auf der Zunge lag, doch als ich bemerkte, wie sie zitterte, schloss ich schnell die Haustür auf und schob sie ins Innere.

Der Wasserkocher rauschte im Hintergrund, und ich konnte nicht anders, als immer wieder zu Maisie rüberzusehen. Sie saß in eine Decke gehüllt auf meiner Couch und schwieg. Ich hatte ihr eine Jogginghose und ein T-Shirt von mir gegeben, das ihr bis über die Oberschenkel reichte. Ihre nassen Haare hatte sie zu einem Zopf geflochten. Der Anblick, wie sie in meine karierte Wolldecke gekuschelt auf der Couch saß, als gehörte sie genau dort und nirgendwo sonst hin, stellte seltsame Dinge mit meinem Körper an. Ich spürte, wie das Verlangen nach Maisie zurückkehrte, gleichzeitig wollte ich sie einfach nur festhalten.

Als ich bemerkte, dass ich sie anstarrte, räusperte ich mich. »Der Tee ist gleich fertig«, sagte ich.

»Danke. Du brauchst mich aber nicht zu bedienen.« Maisie wollte die Decke zur Seite legen, doch ich hielt sie davon ab.

»Ich mach das gern.« Ohne eine Erwiderung abzuwarten, wandte ich mich rasch dem Wasserkocher zu und holte eine Tasse aus dem Schrank.

Der Abstand half mir, einen kühlen Kopf zu bewahren. Maisie in meiner Wohnung zu sehen, forderte meine Selbstbeherrschung auf eine Art heraus, der ich nicht gewachsen war. Ich brauchte nur die Augen zu schließen, um mich daran zu erinnern, wie sich ihr

Körper unter meinem anfühlte. Wie ihre Haut mit einem Schauer reagierte, wenn ich mit meinen Händen darüberfuhr. Der Gedanke entfachte Bilder in meinem Kopf, die alles andere als hilfreich waren. Ein leichtes Pochen machte sich in meiner Hose bemerkbar, und ich beeilte mich, das Wasser in die Tasse zu gießen. »Reiß dich zusammen«, murmelte ich.

»Hast du was gesagt?«, erklang Maisies Stimme hinter mir.

Ich fuhr herum.

Sie stand direkt vor mir; mein T-Shirt war ihr auf der einen Seite von den Schultern gerutscht. Fuck. Ich konnte nicht länger leugnen, wie sehr ich sie wollte. Maisie in meinen Klamotten zu sehen, killte jede Absicht, mich zurückzuhalten. Doch ich würde nicht den ersten Schritt machen. Ich wusste, was ich wollte. Was ich immer gewollt hatte. Aber solange Maisie es nicht ebenfalls wusste, würde ich mein Verlangen so gut es ging unterdrücken. Auch wenn es mich innerlich zerriss.

»Weston?«

»Ja?« Starrte ich sie etwa schon wieder an?

»Sorry, ich wollte dich nicht anstarren, es fällt mir nur schwer, es nicht zu tun, weil du … na ja … weil du *du* bist, und weil du hier bist, und …«

Maisie erlöste mich von meinem Gestammel. Mit zwei Schritten durchquerte sie die Küche, schlang ihre Arme um mich und versiegelte meinen Mund mit einem Kuss.

Maisie

Kleine Feuerwerke explodierten in meinem Körper. Hitze schoss durch mich hindurch und entfachte ein Verlangen, das ich in den letzten Tagen verdrängt hatte. Weston zu küssen, war wie nach Hause zu kommen. Er fühlte sich vertraut an. Und unfassbar gut. Zwar sagte mir eine Stimme in meinem Kopf, dass ich einen Fehler machte, dass ich ihm nicht einfach so verzeihen und vergessen durfte, was passiert war, aber ich brachte sie zum Verstummen. Ich wollte nicht nachdenken. Ich wollte auch nicht über alles reden. Das hatte ich in den letzten Tagen oft genug getan. Ich wollte nicht zweifeln oder zögern. Ich wollte Weston. Das tat ich, seit ich ihn im Kindergarten mit Teddy erlebt hatte, seit er mit einem Lächeln sämtliche Mauern durchbrochen hatte, als wäre es das Leichteste der Welt, sich in mein Leben zu schleichen.

Meine Hände wanderten über seine Brust, tasteten über den dünnen Stoff seines T-Shirts und verharrten in seinem Nacken. Ich zog ihn enger an mich, legte all meine Sehnsucht in den Kuss. Weston stieß ein tiefes Seufzen aus, das mir durch und durch ging. Er umfasste meine Taille, drückte mich fast schon verzweifelt an sich.

Als wir uns voneinander lösten, schnappten wir gleichzeitig nach Luft.

»Bist du dir sicher, dass das hier für dich okay ist?«, fragte Weston atemlos. Sein dunkler Blick jagte Schauer über meinen Rücken und löschte den letzten Funken Verstand.

»Dich zu küssen? Ja, verdammt. Das ist mehr als okay.«

»Ich liebe es, wenn du einfach sagst, was du denkst.« Sanft strich er über meine Arme, malte Kreise auf meine Haut. Ich seufzte unter seinen Berührungen auf, die ein wohliges Kribbeln auslösten.

»Können wir für heute so tun, als wären wir zwei Menschen ohne Päckchen und Schwierigkeiten?«, fragte ich leise.

»Nichts lieber als das.« Westons blaugraue Augen leuchteten dunkel auf, ein Ozean mit endloser Tiefe, in dem ich liebend gern versank.

Mit einem Ruck hob er mich auf den Tresen hinter mir und schob sich zwischen meine Beine. Sofort schlang ich meine Beine um seine Hüften und tat genau das, was wir uns versprochen hatten. Ich vergaß sämtliche Gedanken an die Vergangenheit oder Zukunft und ließ zu, dass nur noch Platz für das Jetzt da war. Für seine Fingerspitzen auf meiner Haut und für unsere Herzen, die viel zu schnell pochten.

Das war es, was zählte. Was wirklich zählte. Alles Weitere würde sich mit der Zeit klären.

»Du hast keine Ahnung, wie sehr ich das vermisst habe«, raunte Weston an meinen Lippen.

»So ein bisschen schon«, erwiderte ich schmunzelnd und presste meinen Mund auf seinen, ehe er antworten konnte.

In den nächsten Minuten ließen wir unsere Körper für uns sprechen. Westons Küsse schickten warme Schauer über meinen Rücken. Ich gab mich ihnen hin, klinkte mich aus meinen Gedanken aus und war ganz bei ihm. Als seine Zunge auf meine traf, keuchte ich leise auf. Ob ich je aufhören würde, mich nach ihm zu sehnen?

Irgendwann trug Weston mich in sein Schlafzimmer. Ein Flattern machte sich in meiner Magengrube bemerkbar, das sich rasend schnell ausbreitete. Aufregung und Vorfreude wechselten sich miteinander ab, als ich auf die Matratze sank.

»Das hier ist keine bedeutungslose Nacht, um uns abzulenken, oder?«, fragte Weston leise, als er sich über mich beugte. Für den Bruchteil einer Sekunde flackerte Unsicherheit in seinem Blick auf.

»Natürlich nicht. Bei dir und mir war es nie bedeutungslos.« Deshalb hatte es auch so wehgetan, als es auseinandergegangen war. Ich drängte den Gedanken beiseite und konzentrierte mich auf den Moment.

»Gut.« Er lächelte und senkte die Lippen für einen zärtlichen Kuss auf meine.

Wir ließen uns Zeit, wurden ein Kleidungsstück nach dem anderen los und erkundeten fast schon quälend langsam den Körper des anderen. Während ich beim letzten Mal überwältigt von Westons Nähe gewesen war, genoss ich diesmal jede Sekunde ganz bewusst. Ich beobachtete, wie erneut ein dunkles Glitzern in seine Augen trat, als ich mich auf seinen Schoß setzte, und hielt den Blick unverwandt auf ihn gerichtet, als wir uns zu bewegen begannen. Keiner von uns löste den Blickkontakt, wir schauten uns die ganze Zeit in die Augen, das stumme Versprechen darin, dass das hier kein weiterer Fehler war, ganz gleich, was der nächste Morgen bringen würde.

39. KAPITEL

Maisie

Der Geruch von frisch gekochtem Kaffee weckte mich. Blinzelnd öffnete ich die Augen. Einen Moment lang wusste ich nicht, wo ich war, dann fiel mir schlagartig alles wieder ein. Das Treffen auf dem Spielplatz, Arthur's Seat, der Regen und die gemeinsame Nacht.

Lächelnd drehte ich mich auf die Seite und blickte auf eine leere Betthälfte. Aus der Küche ertönte Geschirrgeklapper, also schob ich die Decke weg und stand auf. Ich fand Weston am Herd, wo er sich an etwas probierte, was vermutlich Pancakes werden sollten.

»Brauchst du Hilfe?«

Mit einem erschrockenen Schrei fuhr Weston zu mir herum. In der Hand hielt er einen Pfannenwender, den er abwehrend vor seinen Körper hielt.

»Wow, ich bin's nur!« Lachend hob ich die Arme.

»Du hast mich erschreckt.« Weston ließ den Pfannenwender sinken.

»Und damit wolltest du mich zur Strecke bringen?«, fragte ich und versuchte mich an einem scherzhaften Tonfall, der mir jedoch misslang. Die Nacht hatte sich gut angefühlt, doch mit jeder

Minute, die verstrich, wurde mir bewusster, dass die Leidenschaft der letzten Nacht zwangsläufig der Realität weichen musste.

Ich hatte mit Weston immer noch nicht darüber gesprochen, wie es mir nach unserem Streit ergangen war, und ich wusste auch nicht, wie er das Studium ohne die Tabletten bewältigen wollte. Falls er sie wirklich nicht mehr nahm. Es gab so viel, was ich ansprechen sollte, ansprechen musste, wenn es für uns so etwas wie eine zweite Chance geben sollte. Wenn.

»Was ist los?«, fragte Weston, der meinen Stimmungswechsel gemerkt hatte.

»Nichts«, sagte ich mit einem halbherzigen Lächeln. »Was wird das denn?« Ich trat neben ihn und besah mir das Debakel in der Pfanne.

»Pancakes?«

Ich hob eine Augenbraue. »Ist das eine Frage?«

»Na schön, ich kann nur Rührei«, gab er schulterzuckend zu.

»Lass mich mal.« Sanft schob ich ihn beiseite und beförderte die verbrannten Klumpen von der Pfanne in den Abfall. »Du könntest mir dafür einen Tee kochen.«

»Das kriege ich gerade noch hin.« Weston sah mich einen Moment lang an, als wollte er noch etwas sagen, doch schließlich drehte er sich um und ging zum Wasserkocher.

Die Stimmung in der Küche war seltsam angespannt. Ich hasste es, dass wir nicht lachen und unbekümmert sein konnten, doch es gab zu viele ungesagte Dinge zwischen uns.

Nachdem ich das Pancake-Frühstück gerettet hatte, verteilte Weston es auf zwei Teller. »Sollen wir uns auf den Balkon setzen?«

Ich dachte an die Hollywoodschaukel und nickte sofort.

»Das sind die besten Pancakes, die ich je gegessen habe.« Zufrieden stach Weston mit der Gabel in den Berg Pancakes auf seinem Teller. Wir hatten beide eine dampfende Tasse vor uns, er einen Kaffee, ich einen Schwarztee.

»Eins der wenigen Dinge, die ich in der Küche draufhabe.« Mit einem genüsslichen Geräusch schob ich mir ebenfalls ein Stück Pancake in den Mund.

In den nächsten Minuten sagte keiner von uns etwas. Über uns lag ein wolkenverhangener Himmel, der die Stadt in ein trübes Licht hüllte.

In meinem Kopf spielten sich die letzten Stunden in Endlosschleife ab, und ich fragte mich, was ich hier überhaupt machte.

»Haben wir noch eine Chance?«, fragte Weston plötzlich.

Langsam wandte ich mich ihm zu. »Was meinst du?«

»Du weißt, was ich meine. Was hat die letzte Nacht zu bedeuten?«

Zitternd atmete ich tief ein. Sie hatte alles bedeutet. Ich liebte Weston und wollte nichts sehnlicher, als ihm verzeihen, ihm vertrauen und alles hinter mir lassen, was in den letzten Wochen schiefgelaufen war. Ich wollte es wirklich. Aber die Worte kamen mir nicht über die Lippen.

»Ich weiß es nicht«, sagte ich stattdessen.

Enttäuschung trat in Westons Augen und versetzte mir einen schmerzhaften Stich.

»Aber vielleicht können wir es herausfinden«, schob ich hinterher.

»Das haben wir also? Ein Vielleicht?« Sein Blick lag ruhig auf mir. Diesmal konnte ich nicht darin lesen.

»Es ist besser als nichts, oder?«, flüsterte ich. Das Herz klopfte mir bis zum Hals.

Er nickte. »Alles ist besser als nichts«, erwiderte er. »Vor allem wenn es um dich geht. Ich weiß, dass ich Mist gebaut habe, und ich bin dabei, die Dinge für mich zu klären.«

Seine Worte machten mir Hoffnung, und ich hielt mich daran fest. Abwartend sah ich ihn an, doch er führte das nicht weiter aus.

»Geben wir uns etwas Zeit, ja?« Sanft strich er mit einer Hand über mein Bein.

Ich nickte und widmete mich wieder dem Essen. Wenn es stimmte, was die Leute sagten, konnte Zeit sämtliche Wunden heilen. Vielleicht galt das ja auch für uns.

Nach dem Frühstück trugen wir das Geschirr zurück in die Küche. Vermutlich sollte ich Charlotte schreiben, wo ich war. So, wie ich sie kannte, machte sie sich bestimmt wieder einmal Sorgen. Oder sie ging davon aus, dass ich spontan zu Amelia gefahren war.

Ich wollte gerade zur Couch gehen, wo ich gestern Abend meine Tasche auf den Boden abgestellt hatte, als ein Handy klingelte. Stirnrunzelnd fischte ich das Ding aus der Tasche, doch das Display war schwarz.

»Ja?«, hörte ich Weston hinter mir.

Er stand am Schreibtisch und blickte aus dem Fenster. Ich konnte sein Gesicht nicht sehen, doch an seiner Haltung bemerkte ich den Augenblick, in dem seine Stimmung kippte. Sein ganzer Körper spannte sich an. Der Griff um das Handy wurde fester, bis seine Knöchel weiß hervortraten.

»Ich komme sofort«, sagte er gepresst.

Unendlich langsam ließ er das Handy sinken. Er wirkte wie erstarrt.

»Weston?«, fragte ich vorsichtig. Mit wenigen Schritten war ich bei ihm. »Was ist passiert?«

Als er sich zu mir umdrehte, schnappte ich nach Luft. Sein Gesicht glich einer hölzernen Maske, keine Regung war darin zu erkennen. Nur in seinen Augen sah ich, was in ihm vorging. Kalte Angst lag darin.

»Weston?«, wiederholte ich.

Mit steifen Schritten ging er an mir vorbei in sein Zimmer, und ich folgte ihm. Mechanisch zog er eine Jeans und einen Pulli an.

»Rede mit mir«, verlangte ich. Was auch immer er am Telefon gehört hatte, es zog ihm den Boden unter den Füßen weg.

»Ich kann nicht«, murmelte Weston, ohne mich anzusehen. »Ich muss ins Krankenhaus.«

Alarmiert trat auf ihn zu. »Was ist passiert? Ich lasse dich in dem Zustand ganz sicher nicht in ein Auto steigen. Was ist los?«

»Mein Dad …« Endlich sah er mich an. »Er hatte einen Herzinfarkt.«

Geschockt starrte ich ihn an. Damit hatte ich nicht gerechnet. »Er ist im Krankenhaus?«

»Ja. Das war Rose am Telefon.«

»Ich komme mit.« Entschlossen griff ich nach meiner Jeans, die über Nacht zum Trocknen auf der Heizung gelegen hatte.

Weston sagte nichts, aber ich glaubte, Erleichterung in seinem Blick zu sehen.

Mit fahrigen Bewegungen schlüpfte ich in mein Top von gestern und zog die Jacke drüber. Meine Haare band ich zu einem unordentlichen Dutt zusammen, für alles andere blieb keine Zeit.

Sobald ich fertig war, lotste ich Weston, der seinen Autoschlüssel fest umklammerte, aus der Wohnung. Mein Puls schoss in die Höhe, als wir uns ins Auto setzten, aber ich zwang mich, ruhig zu bleiben. Weston brauchte mich jetzt als Stütze.

»Atme einmal tief durch«, bat ich ihn.

Er rang nach Luft und steckte den Schlüssel ins Zündschloss. »Ich bin konzentriert genug, um sicher zu fahren«, sagte er leise und startete das Auto.

Während der zehnminütigen Fahrt ins Krankenhaus herrschte ein merkwürdiges Schweigen. Weston schien gedanklich meilenweit entfernt zu sein, und ich wagte es nicht, Fragen über den Zustand seines Dads zu stellen. Zum einen wollte ich Weston nicht noch mehr ablenken, zum anderen war ich mir nicht sicher, ob er überhaupt Genaueres darüber wusste.

Sobald Weston geparkt hatte, sprang er aus dem Wagen. Unschlüssig, was ich tun sollte, verharrte ich kurz auf dem Beifahrersitz, dann traf ich eine Entscheidung. Ich wusste nicht, ob er mich dabeihaben wollte, aber ich würde nicht gehen, solange er mich nicht wegschickte.

»Warte.« Ich rannte hinter Weston her, der beim Klang meiner Stimme tatsächlich stehen blieb. »Ich komme mit rein.«

Er nickte nur, den Blick starr auf das Krankenhausgebäude vor uns gerichtet. »Was, wenn es zu spät ist?«, wisperte er.

»Wird es nicht.« Woher ich meine Zuversicht nahm, wusste ich nicht, aber es durfte nicht so enden.

Weston rührte sich aber keinen Zentimeter.

Sanft schob ich meine Hand in seine. »Du schaffst das«, sagte ich.

»Okay.« Zischend stieß Weston die Luft aus, bevor er sich einen

Ruck gab und auf das Krankenhaus zuging. Am Eingang löste er unsere Hände voneinander.

Im Schnellschritt liefen wir zum Wartebereich. Mit einem erstickten Laut stürzte Weston auf Rose und eine andere Frau zu, die sich bei seinem Anblick sofort erhob. Sie hatte dieselben dunklen Haare wie ihre Kinder, die einen starken Kontrast zu ihren blauen Augen bildeten. Auch ansonsten war die Ähnlichkeit nicht zu übersehen. Nur das graue Kleid, das schrecklich steif wirkte und ihr bis zu den Schienbeinen reichte, passte nicht zu den bequemen Klamotten, die Rose und Weston trugen. Genauso wenig wie der strenge Dutt und die rot angemalten Lippen. In ihren Augen spiegelte sich purer Schock, genauso wie in denen von Rose.

Weston wechselte ein paar Worte mit ihnen, ehe er sich neben sie auf einen freien Stuhl setzte. Seine Schultern waren herabgesackt, und die Angst in seinem Gesicht versetzte mir einen schmerzhaften Stich.

Unschlüssig beobachtete ich die drei. Vermutlich sollte ich gehen. Das Letzte, was ich wollte, war zu stören. Weston schien meine Anwesenheit vergessen zu haben, was ich ihm nicht verübeln konnte. Er bangte gerade um das Leben seines Vaters.

Ich biss mir auf die Lippe und wandte mich ab, als eine Stimme mich zurückhielt. »Maisie?«

Rose tauchte an meiner Seite auf. Mit gerunzelter Stirn musterte sie mich. »Hast du meinen Bruder hergebracht?«

»Ähm, ja. Ich war bei ihm, als er den Anruf erhalten hat. Es tut mir so leid«, stotterte ich.

Sie nickte. »Vielleicht wäre es besser, wenn du bleibst.«

»Was?«

»Ich glaube, er braucht dich jetzt.« Rose schaute zu Weston, der das Gesicht in den Händen vergraben hatte.

»Was ist mit eurem Dad? Ist er …?« Ich schaffte es nicht, den Satz zu beenden.

»Er hatte einen Herzinfarkt und wird gerade behandelt. Es ging alles sehr schnell …« Sie brach ab und schüttelte den Kopf. »Mum hat sofort den Notarzt gerufen, als sie die Anzeichen erkannt hat. Seither heißt es für uns warten.« Trotz der Panik in ihrem Blick sprach sie erstaunlich ruhig.

»Wo ist Teddy?«, fragte ich und biss mir auf die Lippe. Was für eine bescheuerte Frage.

»Er ist bei meiner Nachbarin. Ich habe ihn zu ihr gebracht, nachdem der Anruf von meiner Mutter kam.«

»Kann ich irgendwie helfen?«

»Ich glaube, du kannst Weston helfen, indem du bleibst.«

Ich nickte langsam und ging zögernd auf Weston zu. Als er mich bemerkte, hob er den Kopf. Tränen schwammen darin, und diesmal wusste ich, was zu tun war. Mit einem Schritt war ich bei ihm. Er zog mich auf seinen Schoß und vergrub sein Gesicht an meiner Schulter. Ein Zittern durchlief seinen Körper, und ich schlang meine Arme fest um ihn. In diesem Augenblick war es das einzig Richtige.

»Alles wird gut«, flüsterte ich ihm zu und drängte die Angst zurück, die mir den Nacken heraufkroch.

Eine Weile verharrten wir schweigend so. Irgendwann wagte ich einen Blick zu seiner Mutter, doch sie beachtete mich gar nicht. Sie starrte reglos auf ihre Hände. Ihr Anblick erinnerte mich an eine Statue, und ich fragte mich unwillkürlich, wie sich Westons Kindheit wohl angefühlt hatte.

Nach einer gefühlten Ewigkeit trat ein Arzt auf uns zu. »Mrs Campbell? Ich würde gern mit Ihnen sprechen.«

Ruckartig schoss ihr Blick nach oben. Ich sah zu, wie sie sich steif erhob und dem Arzt folgte.

Weston hatte ebenfalls den Kopf gehoben. »Scheiße«, murmelte er. »Das kann nichts Gutes bedeuten.«

40. KAPITEL

Weston

Ich hörte das Ticken der billigen Uhr an der Wand hinter mir. Die Zeiger drehten sich weiter, folgten ihrem üblichen Lauf. Doch für mich stand die Zeit still.

Ich hasste alles an diesem Krankenhaus. Den sterilen Geruch, die kahlen Wände. Ich hasste es, zu warten, und ich hasste die Angst, die mir die Kehle abschnürte und die Luft zum Atmen nahm. Das Einzige, was mir gerade Halt gab, war Maisies Hand in meiner. Sie saß neben mir, und ihre Nähe reichte aus, um nicht vollends den Verstand zu verlieren.

In meinem Kopf lief die letzte Begegnung mit Dad in Endlosschleife ab. Ich sah sein enttäuschtes Gesicht, den wütenden Ausdruck in seinen Augen. Hörte die Endgültigkeit in seinen Worten, als er sagte, dass er meine Entscheidung nicht unterstützte. Dass er sie nie unterstützen würde. Er hatte immer gewollt, dass ich irgendwann seinen Platz in der Kanzlei einnahm. Das war sein Traum. Sein Plan für mein Leben.

Die Gewissheit, ihn enttäuscht zu haben, mischte sich mit der bodenlosen Sorge, ihn zu verlieren. Ihm nie sagen zu können, dass ich ihn respektierte und trotz allem zu ihm aufsah, aber seinen Platz nicht einnehmen konnte. Ich war nicht wie er. Dennoch war und blieb er mein Vater. Der Mann, der mich früher auf Wanderungen und Ausflüge mitgenommen hatte, der sich erstaunlich gut mit Sternbildern auskannte und die schlechtesten Pfannkuchen der Welt machte. Und der Mann, der vor Stolz fast geplatzt war, als er mich bei meinem ersten Praktikum in der Kanzlei seinen Kollegen vorstellte.

Ich wusste nicht, wann der Druck und die Enttäuschung zwischen uns die Oberhand gewonnen hatten. Wann unsere Beziehung nur noch von unerfüllbaren Erwartungen und Halbwahrheiten genährt wurde.

»Mum kommt zurück«, sagte Rose neben mir, und sofort spannte ich mich an.

Mit schnellen Schritten kam sie auf uns zu. »Er lebt.«

Zwei Wörter, und meine Welt drehte sich wieder.

Maisie drückte meine Hand fester, und ich drückte zurück. Erleichterung durchflutete mich und löste die Angst, die mich noch immer im Griff hatte. Mit jedem Atemzug strömte mehr Luft in meine Lunge.

Dad hatte überlebt. Er war nicht an den Folgen des Herzinfarkts gestorben.

»Können wir zu ihm?«, fragte Rose.

»Ja, er hat nach euch gefragt«, sagte Mum lächelnd.

»Und er hat keine Schäden davongetragen? Es geht ihm gut?«, hakte Rose ungläubig nach.

»Der Arzt meinte, dass der Herzinfarkt eine Folge von zu hohem Blutdruck und Bewegungsmangel sein könnte. Er hat außerdem etwas von einer genetischen Veranlagung erzählt, aber ich glaube, dass es eher am Stress liegt. Alastair arbeitet viel zu viel.

Das sage ich ihm seit Jahren.« Sie schüttelte den Kopf, und in ihrem Gesicht spiegelte sich Erleichterung, aber auch Wut.

»Wir sehen nach ihm«, versprach Rose. Sie griff nach meinem Arm, und ehe ich protestieren konnte, führte sie mich von Maisie und Mum fort, die sich entkräftet auf einen der Stühle sinken ließ.

Ich schaute noch mal zurück und sah, dass Maisie mir aufmunternd zunickte. Einen kurzen Augenblick lang spielte ich mit dem Gedanken, umzukehren, Maisies Hand zu ergreifen und mit ihr das verdammte Krankenhaus zu verlassen. Doch natürlich tat ich nichts dergleichen.

»Geh du erst mal rein«, sagte ich, als wir vor seinem Zimmer ankamen.

»Bist du sicher?«

Ich nickte. »Unser letztes Treffen ist nicht gerade gut ausgegangen, wie du weißt. Vielleicht ist es besser, wenn er erst mal nur dich sieht.«

»Schwachsinn. Ich habe auch kein besonders enges Verhältnis zu ihm, und das weißt du. Aber er ist nun mal unser Vater, also komm.« Entschlossen stieß sie die Tür auf.

»Rose, ich will wirklich nicht …« Die restlichen Worte blieben mir im Hals stecken. Mein Blick fiel auf Dad. Oder vielmehr auf den blassen Mann, der uns mit müden Augen entgegensah. Alles in mir sträubte sich dagegen, den Raum zu betreten, dennoch setzte ich einen Fuß vor den anderen, bis ich vor seinem Bett zum Stehen kam.

»Hallo, Dad«, sagte ich mit krächzender Stimme.

»Weston.« Er musterte mich, doch es war unmöglich, zu erkennen, was in ihm vorging. »Du bist gekommen.«

Ich stieß die Luft aus, die ich unbewusst angehalten haben musste. »Natürlich! Du hattest einen Herzinfarkt.«

»Ich bin so froh, dass es dir gut geht«, sagte Rose und griff zögerlich nach seiner Hand.

Er nickte, sichtlich überfordert von Roses Reaktion.

»Mum hat erzählt, dass du plötzlich Schmerzen in der Brust hattest und nicht mehr gut atmen konntest«, redete sie weiter. »Wir hatten solche Angst.«

»Es war ein vergleichsweise schwacher Herzinfarkt, meinten die Ärzte.« Unbeholfen tätschelte er ihre Hand. »Nichts Schlimmes.«

»Nichts Schlimmes?«, echote Rose und richtete sich auf. In ihren Augen blitzte es gefährlich.

Unbehaglich wechselte ich von einem Fuß auf den anderen. Ich stand noch immer einen guten Meter vom Bett entfernt, unschlüssig, ob ich näher treten sollte.

»Dad, du musst das hier ernst nehmen.« Wütend und besorgt zugleich funkelte Rose unseren Vater an. »Das ist ein klares Warnzeichen, weil du überarbeitest bist.«

Er erwiderte nichts. Musste er auch nicht. Wir alle wussten, dass er, sobald er entlassen wurde, mit der Arbeit weitermachte wie bisher. Die Kanzlei war sein Lebenswerk. Niemals würde er dort freiwillig kürzertreten.

Rose und ich tauschten einen vielsagenden Blick.

»Ich geh mal einen Kaffee für Mum holen, aber ich komme noch mal, bevor ich zurückfahre, ja?« Rose rang sich zu einem Lächeln durch und verließ das Zimmer.

Seufzend sah Dad ihr nach. »Sie macht sich zu viele Sorgen.«

»Ist das so?« Stirnrunzelnd betrachtete ich ihn. Tiefe Furchen lagen in seinem Gesicht, und zum ersten Mal kam mir der Gedanke, dass ich nicht mehr den Mann vor mir hatte, dem nichts und niemand etwas anhaben konnte.

»Hast du es dir anders überlegt?«, fragte Dad und erwischte mich damit unvorbereitet.

»Was meinst du?«

»Die Sache mit dem Studium.«

Sprachlos starrte ich ihn an. Seine Stimme war nicht viel mehr als ein entkräftetes Echo seiner gewohnten Lautstärke, und trotzdem brachte er es fertig, mich zum Verstummen zu bringen.

»Du hattest gerade einen Herzinfarkt …«, erinnerte ich ihn. »Ich bin voller Angst hierhergekommen, und das Erste, was du wissen willst, ist, ob ich meine Meinung geändert habe?«

»Hast du?«, fragte er ungerührt.

Das durfte nicht wahr sein.

Ungläubig trat ich einen Schritt zurück. Wut wallte in mir auf und drängte jede Sorge zurück. »Ich will mich nicht schon wieder mit dir streiten. Nicht jetzt. Nicht hier«, stieß ich zwischen zusammengebissenen Zähnen hervor. »Ich bin froh, dass du lebst, Dad, aber ich kann das nicht länger mitmachen.«

Mit diesen Worten drehte ich mich um und verließ das Zimmer, bevor ich noch etwas sagen konnte, was ich später bereuen würde.

Maisie

Mit wachsendem Unbehagen schielte ich auf mein Handy. Es war bereits kurz nach zwei, was hieß, dass wir seit drei Stunden im Krankenhaus waren. Ich hatte Charlotte eine Nachricht geschrieben, damit sie sich keine Sorgen machte, aber damit gab es für mich nichts mehr zu tun.

Neben mir ertönte das Rascheln eines Taschentuchs. Im nächsten Moment putzte Westons Mum sich geräuschlos die Nase. Gab es irgendetwas, was sie nicht mit Eleganz und Zurückhaltung machte? Diese Frau war mir ein Rätsel. Und ich fühlte mich unwohler, je länger wir darauf warteten, dass Rose und Weston zurückkamen.

»Woher kennen Sie meinen Sohn?«, fragte sie.

Erschrocken fuhr ich zu ihr herum. Das Herz klopfte mir bis zum Hals, was absolut lächerlich war, schließlich war sie auch nur ein Mensch. Allerdings einer mit einem perfekten Lächeln, das sie selbst in dieser Situation auf den Lippen trug. Es erreichte zwar nicht ihre Augen, unter denen Reste von verlaufener Wimperntusche klebten, doch dass sie überhaupt eins aufsetzen konnte, beeindruckte mich.

»Ich arbeite in dem Kindergarten, in dem Teddy ist«, erklärte ich.

Das war zwar nicht der Ort, an dem ich Weston kennengelernt hatte, aber ihr zu erzählen, dass ich ihren Sohn mit einer Flasche Wasser aus einem komaähnlichen Zustand geholt hatte, während im Hintergrund Kinder spielten, war vermutlich kein guter Start für uns.

»Verstehe.« Sie nickte und ließ ihren Blick über mein Oberteil und die Hose gleiten. Was sie wohl in mir sah? Ein Mädchen, das zu viele Farben trug und kaum weniger in ihre Welt passen konnte? »Ich nehme an«, fuhr sie fort, »er hat Ihnen erzählt, was zwischen ihm und seinem Vater vorgefallen ist.«

Irritiert runzelte ich die Stirn. »Ich bin mir nicht ganz sicher, was Sie meinen.«

»Dass er sein Studium hinwirft, natürlich. Ich vermute, Sie sind einer der Gründe, warum er die Entscheidung getroffen hat.« Obwohl sie keine Miene verzog, hörte ich den leisen Vorwurf in ihrer Stimme.

Sprachlos sah ich sie an. Weston hatte sein Studium abgebrochen?

Verdammt, er hatte kein Wort darüber verloren.

»Das letzte Treffen zwischen Alastair und Weston hat sehr unschön geendet.« Sie seufzte und warf einen besorgten Blick in die Richtung, in die Weston verschwunden war.

Jetzt ergab einiges mehr Sinn. Kein Wunder, dass Weston so angespannt auf den Anruf reagiert hatte. In meinem Kopf überschlugen sich die Gedanken.

»Weston hat immer alles dafür getan, dass Alastair ihm Anerkennung schenkt«, fuhr Westons Mum fort. Sie schien meine Verwirrung gar nicht zu bemerken.

»Aber ihm war nie genug, was Weston geleistet hat?«, rutschte es mir heraus.

Eine tiefe Furche erschien zwischen ihren Augenbrauen. »Mein Mann hat hohe Erwartungen an sich und seine Mitmenschen. Das war schon immer so. Aber sein größter Stolz ist nicht die Kanzlei, sondern seine Kinder.«

Davon schien Weston nicht viel gespürt zu haben. »Hm«, machte ich und wartete, ob sie weitersprach. Ich wusste nicht, was ich von der ganzen Situation halten sollte. Geschweige denn, was ich darauf erwidern sollte. Ich wollte schließlich nicht unhöflich sein. Hoffentlich kam Weston bald zurück.

»Ich weiß, dass Weston ihn vermutlich anders dargestellt hat. Sein Dad ist nicht gut darin, seine Gefühle zu zeigen. Ich erwarte nicht, dass Sie das verstehen«, sagte sie leise.

Mit gerunzelter Stirn sah ich sie an. »Ja, vielleicht verstehe ich das wirklich nicht. Aber was ich verstehe, ist, dass Weston ein herzensguter Mensch ist, der es hasst, andere zu enttäuschen. Er hat das Recht, sein Leben selbst in die Hand zu nehmen, und sollte es nicht die Aufgabe der Familie sein, ihn dabei zu unterstützen?« Ich holte tief Luft und versuchte, meine Stimme nicht zu harsch klingen zu lassen. Es stand mir nicht zu, mich hier einzumischen, aber ich hielt es nicht länger aus, nichts zu sagen.

Nachdem ich mich jahrelang in Situationen wiedergefunden hatte, in denen ich nichts lieber wollte, als das auszusprechen, was ich dachte, und stattdessen keinen Ton herausbrachte, konnte ich dieses Mal nicht schweigen. Die Worte sprudelten aus meinem Mund, ehe ich sie aufhalten konnte.

Ich hatte keinen Schimmer, was genau zwischen Weston und seinen Eltern vorgefallen war oder warum er sich gegen das Studium entschieden hatte, aber ich musste daran glauben, dass es aus den richtigen Gründen war. Vielleicht hatte er erkannt, dass er sein Leben nicht länger nach den Vorstellungen seines Dads ausrichten wollte. Und wenn das so war, konnten seine Eltern verdammt noch mal stolz auf ihn sein.

»Ich bin mir sicher, dass Sie nur das Beste für Weston wollen«, fuhr ich fort. »Vielleicht wäre es an der Zeit, ihm zu zeigen, dass Sie stolz auf ihn sind? Nicht jeder hat den Mut, zu seinen eigenen Wünschen zu stehen.«

Mrs Campbell zog ihre Augenbrauen hoch, und ich rechnete bereits mit einem Rausschmiss, als sie zu meiner Überraschung lächelte. »Sie sind eine erstaunliche junge Frau.« Sie musterte mich mit einem nachdenklichen Blick und sank in ihrem Stuhl zurück, als hätte sie den Versuch, aufrecht zu sitzen und sich stark zu geben, aufgegeben. »Ich denke, ich verstehe jetzt, weshalb Weston Sie mag.«

Überrascht sah ich sie an. Ihre Worte nahmen mir völlig den Wind aus den Segeln. Ich setzte gerade zu einer Erwiderung an, als Weston auf uns zugestürmt kam; in seinem Gesicht spiegelte sich blanke Wut.

»Wie lief es?«, erkundigte sich Westons Mum.

»Wir gehen«, sagte er an mich gerichtet. Seine Stimme bebte und ließ keinen Zweifel daran, dass das Wiedersehen mit seinem Dad alles andere als gut gelaufen war.

»Weston, warte!«, rief Mrs Campbell.

»Worauf, Mum? Darauf, dass Dad zur Besinnung kommt und erkennt, dass er sich noch zu Tode arbeitet, wenn er so weitermacht? Darauf, dass er mich nicht länger als wandelnde Enttäuschung ansieht? Er hatte einen verdammten Herzinfarkt, und trotzdem hat er nichts Besseres zu tun, als mich zu fragen, ob ich weiterstudieren will. Ich bin hier fertig.«

Wütend stürmte er in Richtung Ausgang davon. Seine Schritte

hallten auf dem Boden, sodass eine Krankenschwester, die nicht weit von uns entfernt stand, besorgt zu uns herübersah.

Ich sprang auf, warf Westons Mum einen entschuldigenden Blick zu und eilte mit schnellen Schritten Weston nach. Draußen angekommen konnte ich ihn allerdings nirgends entdecken.

»Weston?«, rief ich.

Keine Antwort. Verdammt, wo steckte er?

Auf gut Glück lief ich auf einen kleinen Park zu, der auf der anderen Seite des Parkplatzes lag.

»Weston?«

»Ich bin hier«, ertönte seine Stimme. Er saß an einen Baumstamm gelehnt auf dem Boden. Sein Brustkorb hob und senkte sich in kurzen Abständen, und in seinen Augen tobten die unterschiedlichsten Gefühle. Kein Wunder. Die letzten Stunden mussten für ihn eine Achterbahnfahrt der Gefühle gewesen sein.

Schweigend setzte ich mich ihm gegenüber und wartete. Langsam beruhigte sich sein Atem wieder.

»Wir müssen reden«, brach ich schließlich die Stille.

»Ich weiß.« Ein Muskel an seinem Kiefer zuckte. Die Anspannung in seinem Körper war beinahe greifbar.

»Was ist da drin passiert?«, fragte ich vorsichtig.

Etwas von dem Ärger verschwand aus Westons Gesicht, doch der Frust in seinen Augen blieb. »Er hätte heute sterben können«, sagte er. »Er hätte sterben können, und während das mit den meisten Menschen zumindest irgendetwas macht, fragt er mich, ob ich es mir mit dem Studium noch mal überlegt habe.«

Wut stieg in mir hoch. Wie konnte Westons Dad nicht sehen, was für ein großartiger Mensch sein Sohn war? Inzwischen konnte ich verstehen, warum Weston mir von alldem nichts erzählt hatte.

Er bekam so viel Druck von seinen Eltern, und im Grunde hatte ich dasselbe gemacht, als ich verlangt hatte, dass er immer ehrlich sein müsste. Das alles fühlte sich vollkommen verkehrt an.

»Du hast das Studium abgebrochen?«, hakte ich nach, weil ich nicht wusste, wo ich sonst anfangen sollte.

»Jepp. Davon wollte ich dir noch erzählen.« Müde rieb er sich über das Gesicht.

»Okay.« Ich zögerte kurz. »Es tut mir leid, dass ich dich so unter Druck gesetzt habe. Ich hätte nicht verlangen dürfen, dass du mir alles erzählen musst, schließlich kennen wir uns noch nicht so lange, und du hast ein Recht darauf, Dinge für dich zu behalten.«

Er schwieg einen Moment lang. Nervös verknotete ich meine Finger miteinander, während ich auf seine Antwort wartete.

»Ich bin froh, dass du das sagt. In den letzten Stunden ist so wahnsinnig viel passiert, und ich weiß nicht, wo ich anfangen soll. Da ist diese Scheißangst um meinen Dad, gleichzeitig bin ich sauer auf ihn, und wir … wir müssen noch so viel aufholen. Ich will wissen, wie es dir in den letzten Tagen ging, was ich verpasst habe. Ich will dir erzählen, warum ich mich gegen das Studium entschieden habe und dass ich seit unserem Streit ständig an dich denke. Aber nicht jetzt. Nicht hier.« Er holte tief Luft. »Ich glaube, ich sollte nach Hause gehen. Aber vorher fahr ich dich noch heim.«

»Okay.«

Ihm war anzusehen, dass er nicht weiterreden wollte, und vermutlich würde mir eine Pause ebenfalls guttun. Schweigend gingen wir zurück zum Parkplatz.

»Danke«, sagte er, bevor er einstieg. »Ohne dich hätte ich das heute nicht durchgestanden.«

»Doch, hättest du. Aber ich bin trotzdem froh, dass ich da war.«

Er nickte bloß und setzte sich hinters Steuer. Mit einem Kloß im Hals folgte ich ihm, und viel zu schnell erreichten wir meine Wohnung.

Es war noch keine vierundzwanzig Stunden her, dass ich Weston zufällig im Park begegnet war. In meinen Gedanken hatte ich ihn zwar vermisst, aber ich war meilenweit davon entfernt gewesen, ihn wieder in mein Leben zu lassen. Doch seither hatten sich die Dinge rasend schnell verändert. Es grenzte an ein Wunder, dass ich nicht unter einem Schleudertrauma litt, so wie meine Gefühle durchgerüttelt worden waren.

»Willst du noch kurz mit reinkommen?«, fragte ich, nachdem wir beide ausgestiegen waren, obwohl ich die Erschöpfung in allen Knochen spürte.

»Ich glaube, ich muss jetzt allein sein.« Entschuldigend blickte er mich an und griff nach meiner Hand. »Aber ich will bald mit dir reden. Richtig reden, meine ich. Wenn wir nicht beide übermüdet und geschockt von den letzten Stunden sind.«

Ich versuchte zu lächeln. »Das klingt gut.« Und ich meinte es auch so.

Wenn wir noch eine Chance haben wollten, mussten wir über die letzten Tage reden. Ich wollte ihm von den Dämonen, die seit dem Unfall vor sechzehn Jahren mein Unterbewusstsein beeinflusst hatten, erzählen. Davon, wie groß die Angst war, die Menschen, die ich liebte, zu verlieren. Davon, dass ich keine halbe Sache ertrug, sondern mit allem, was ich hatte, zu ihm gehören wollte. Und dass es mir leidtat, dass ich das nicht früher begriffen hatte.

Ich wollte ein *All in.* Etwas anderes schaffte ich nicht. Hatte ich nie und würde ich nie können.

»Dann bis bald?«, fragte er leise.

»Ja«, sagte ich.

Schweigend trat er auf mich zu, zog mich in seine Arme und hüllte mich mit der altbekannten Wärme ein, die mir das Gefühl absoluter Geborgenheit gab.

Bis bald.

41. KAPITEL

Weston

»Du willst was?«, fragte Liz fassungslos.

»Das Studium abbrechen«, wiederholte ich. »Ich will den Sommer über außerdem bei meinem Onkel in der Werkstatt aushelfen und mir dann vielleicht eine gute Ausbildungsstelle als Schreiner suchen.« Die Idee hatte sich in den letzten Tagen verfestigt, nachdem mir klar geworden war, dass ich mir das tief in mir drin schon länger hatte vorstellen können.

»Du verarschst uns, oder?« Harris sah mich entgeistert an.

Ich unterdrückte ein Seufzen. Ich hatte mich mit meinen Freunden in einem Pub in der Altstadt getroffen, um ihnen endlich von meinem Entschluss zu erzählen, und sie zeigten genau die Reaktionen, die ich erwartet hatte. Bisher waren sie nur von einer längeren Pause ausgegangen, und ich hatte sie bei ihren besorgten Nachfragen nicht in dieser Annahme korrigiert. Ich war beschäftigt genug gewesen, für mich selbst zu sortieren, was ich eigentlich wollte und was das alles bedeuten würde.

»Warum sagst du nichts dazu?«, wandte Harris sich Hilfe suchen an William, der daraufhin zu mir sah.

»Ich muss das kurz sacken lassen, aber ich freu mich für dich. Sehr sogar«, sagte er und warf mir ein breites Lächeln zu.

»Was?« Überrascht starrte Liz ihn an, offenbar hatte sie mit einer anderen Reaktion gerechnet. Auch Harris schien mehr Entsetzen erwartet zu haben.

»Na ja, Weston war mit dem Studium nicht mehr glücklich, oder? Das haben wir alle gemerkt«, sagte William in die Runde, bevor er sich wieder zu mir umdrehte. »Dass du jetzt was anderes machst, was dir dafür umso mehr Spaß macht, ist ziemlich cool.«

Dankbar sah ich ihn an.

»Aber du hast doch superviel gelernt«, warf Liz ein. »Du hättest die Prüfungen mit links bestanden.«

Seufzend wandte ich mich ihr zu. Ich verstand, dass es für sie schwer war, nachzuvollziehen, warum ich plötzlich einen völlig anderen Weg einschlug. Aber ich hatte gehofft, hier nicht auf dieselben Fragen wie bei meinen Eltern zu stoßen. »Darum geht's mir nicht«, erklärte ich geduldig. »Ich sehe mich ganz einfach nicht als Anwalt. Vermutlich habe ich das nie.«

Daraufhin sagte erst mal niemand etwas.

Harris war schließlich der Erste, der das Schweigen brach. »Wehe, du lässt dich ab jetzt nicht mehr blicken«, sagte er gespielt drohend. »Ich meine, ich will, dass du glücklich bist! Das will ich wirklich. Aber wag es ja nicht, einfach aus unserem Leben zu verschwinden.« Er sah mich eindringlich an, und die Ernsthaftigkeit in seiner Stimme überraschte mich mindestens so sehr wie seine Worte.

»Natürlich werdet ihr mich weiterhin sehen«, versprach ich. »Ich wandere schließlich nicht aus, sondern hör nur auf zu studieren.«

»Dann ist ja gut.« Er nickte erleichtert und griff nach seinem Bier.

Ich warf einen schnellen Blick zu Liz, die mich nachdenklich musterte. »Ich werde noch ein bisschen brauchen, um das zu verdauen«, gab sie zu.

»Das ist okay. Solange du dich trotzdem für mich freuen kannst.«

»Das kann ich«, versicherte sie. »Wie William gesagt hat: Hauptsache, du bist glücklich. Aber jetzt mal eine ganz andere Frage: Wann lernen wir endlich diese Maisie kennen?«

Ein Lächeln schlich sich auf meine Lippen, wie immer wenn ich an Maisie dachte. »Hoffentlich bald«, sagte ich.

Seit dem Tag von Dads Herzinfarkt war eine Woche vergangen. Maisie und ich hatten mehrmals Kontakt gehabt – ich hatte ihr täglich geschrieben –, es aber bisher nicht geschafft, uns zu sehen. Während sie wieder im Kindergarten arbeitete, musste ich mich an der Uni exmatrikulieren und ein paar Sachen bezüglich meiner Versicherungen klären. Außerdem war ich so oft wie möglich bei Raymond in der Werkstatt gewesen, überwiegend um mich abzulenken. Denn wenn ich zu viel freie Zeit hatte, wanderten meine Gedanken immer wieder zu Dad und der Frage, wie es ihm ging.

Resolut schob ich die Sorge um ihn beiseite, bevor sie Wurzeln schlagen und mir den Abend verderben konnte. In den letzten Tagen hatte ich versucht, nicht zu oft an meine Eltern zu denken, was mir mal mehr, mal weniger gelungen war. Mum hatte ein paarmal versucht, mich zu erreichen, aber ich war nie drangegangen. Nur mit Rose hatte ich länger telefoniert und ausführlich über alles gesprochen. Ich steckte immer noch mitten im Prozess, aber langsam lichtete sich das Chaos in meinem Kopf etwas.

Ich richtete meine Aufmerksamkeit wieder auf meine Freunde und lehnte mich in meinem Stuhl zurück. Die Bar hatte sich gut gefüllt, und ich beobachtete mit einem Schmunzeln wie Harris und William mit Liz über eine Vorlesung diskutierten. Wir blieben noch eine ganze Weile sitzen, und ich stellte erleichtert fest, dass sich zwischen uns nicht plötzlich alles geändert hatte. Dass manche Dinge beim Alten blieben. Es wurde weiterhin über die Dozenten geschimpft und die Menge des Lehrstoffs bemängelt. Harris erzählte von einer Party am Wochenende, die legendär gewesen war, während William versprach, uns ebenfalls bald seine neue Freundin vorzustellen. Es war ein ausgelassener Abend, der mich vergessen ließ, dass nicht alle mit meiner Entscheidung glücklich waren.

Als wir uns schließlich auf den Heimweg machten, begleitete mich Liz noch ein Stück, da sie in dieselbe Richtung musste.

»Ich wollte es vorhin nicht ansprechen«, sagte sie vorsichtig, »aber wie geht es deinem Dad?« Ich hatte den dreien natürlich kurz von dem Herzinfarkt berichtet, vor allem, da ich wusste, dass unsere Eltern teilweise ohnehin in Kontakt standen. Dass weder die Jungs noch Liz vorhin nachgefragt hatten, sondern das Thema ruhen ließen, rechnete ich ihnen hoch an. Auch wenn ich nie offen über den Druck gesprochen hatte, den Dad in den letzten Jahren auf mich ausgeübt hatte, wussten sie, dass das kein einfaches Thema für mich war.

»Es geht ihm gut so weit. Rose meinte, dass er noch nicht wieder arbeitet und Mum sich zu Hause um ihn kümmert.«

Liz warf mir einen besorgten Seitenblick zu. War die Anspannung in meiner Stimme so deutlich gewesen?

»Ist alles okay bei euch?«, fragte sie vorsichtig nach.

Ich zuckte mit den Schultern. »Nicht wirklich. Du kannst dir ja denken, was er davon hält, dass ich nicht seinem Traum folge.«

»Es ist vorhin vielleicht nicht so deutlich geworden, aber ich finde es mutig von dir«, sagte Liz. »Du gehst deinen eigenen Weg. Das schaffen nicht alle.«

»Du hast es geschafft.«

»Ja, und meine Eltern verstehen es bis heute nicht«, erwiderte sie, und ihre Stimme klang bitter.

Ich schüttelte den Kopf, als ich daran dachte, wie man Liz, die ihren Zielen ambitioniert folgte, nicht mit Anerkennung begegnen konnte. »Warum nur können die sich nicht einfach für uns freuen?«, fragte ich.

Liz seufzte und wich einem Spaziergänger aus, der uns mit seinem Hund entgegenkam. Obwohl es längst dunkel war, waren vereinzelt noch ein paar Leute unterwegs. »Keine Ahnung«, erwiderte sie. »Vielleicht dachten sie, mit dem Kinderkriegen bekommen sie die Garantie, dass jemand so wird wie sie, und jetzt müssen sie feststellen, dass sie stattdessen eigenständige Persönlichkeiten geschaffen haben.«

»Was für eine Enttäuschung«, spöttelte ich und steckte die Hände tiefer in die Taschen meiner Jacke. Ein kühler Wind wehte durch die Stadt, und von den frühsommerlichen Temperaturen war seit Einbruch der Dunkelheit nichts mehr zu spüren.

»Irgendwann wird dein Vater sich einkriegen.«

»Was macht dich da so sicher?«

»Wenn die Wahl ist, dich zu akzeptieren, wie du bist, oder dich ein Leben lang mit Schweigen zu strafen, wird er Ersteres wählen. Alles andere wäre ein schlechter Deal«, sagte Liz.

Verblüfft sah ich sie an, dann brach ich in lautes Gelächter aus.

»Kein schlechter Ansatz, ich weiß nur nicht, ob mein Dad wirklich so funktioniert.«

»Ich würde es mir für dich wünschen.«

Ja, das würde ich mir auch.

Am nächsten Tag rief Mum mich erneut an. Einem spontanen Impuls folgend ging ich diesmal ran. Ihre Stimme klang ungewohnt emotional, und als sie mich bat, sie zu besuchen, horchte ich auf.

»Geht es euch gut? Ist was mit Dad?«

»Uns geht's gut«, versicherte sie. »Es wäre nur schön, dich mal wieder zu sehen. Vor allem nach der Sache im Krankenhaus.«

Meinte sie mit »der Sache«, dass ich im Wartebereich laut geworden war oder dass Dad und ich uns fast schon wieder gestritten hätten?

»Bitte, Weston. Es ist mir wirklich wichtig.«

»Von mir aus«, gab ich nach. *Solange du dann nachher auch etwas sagst, wenn Dad wieder an mir herummäkelt.*

»Super. Passt es dir auf sechzehn Uhr?«

»Klar.« Nicht, dass mein Terminkalender momentan besonders voll wäre.

»Schön, ich freu mich.«

Ich murmelte eine Erwiderung, die entfernt nach »Ich mich auch.« klang, was gnadenlos gelogen war.

Für das Treffen beließ ich es absichtlich bei Jeans und Pulli. Die Zeiten, in denen ich in Jackett und mit gestylten Haaren bei ihnen aufkreuzte, waren vorbei. Ich hatte den Zirkus, den wir jedes Mal veranstalteten, ohnehin für schwachsinnig gehalten.

Als ich klingelte, öffnete Mum schwungvoll die Tür. Ein paar Sekunden lang starrte ich sie sprachlos an. Sie trug eine lockere cremefarbene Hose und eine bunt gemusterte Bluse, was ihr ein junges, beinahe fröhliches Aussehen verlieh.

»Es ist unhöflich, andere Menschen anzustarren«, tadelte sie mich und machte einen Schritt zur Seite.

»Sorry, du siehst nur so anders aus«, sagte ich und schob mich an ihr vorbei ins Innere.

»Mach dich nicht lächerlich, ich sehe aus wie immer. Schön, dass du es geschafft hast.« Sie zog mich in eine flüchtige Umarmung, ehe sie in Richtung Wohnzimmer rauschte.

Verblüfft sah ich ihr hinterher. Das war nicht die steife Frau mit dem antrainierten Lächeln, die bei meinen letzten Besuchen die Tür geöffnet hatte.

Mit langsamen Schritten folgte ich ihr. Dad saß auf einer Couch. Er trug einen Anzug, obwohl ich wusste, dass er momentan nicht arbeitete. Aber alles andere hätte mich auch gewundert.

»Hallo, Weston«, begrüßte er mich, und zum zweiten Mal an diesem Tag war ich sprachlos. Wo war das förmliche »Hallo, Sohn.« geblieben?

»Hi, Dad.« Ich setzte mich ihm gegenüber auf einen der beiden weißen Sessel, die auch nach Jahren noch aussahen wie neu. Meine Eltern hatten sie kurz nach meinem Auszug gekauft. Vermutlich hatten sie gewartet, bis das Haus eine kinderfreie Zone war und sie endlich ihre makellose Inneneinrichtung umsetzen konnten.

»Geht es dir besser?«, fragte ich, um die Stille zu durchbrechen. Mum war in der Küche verschwunden und hatte die Tür hinter sich zugezogen. Bis auf leises Geschirrgeklapper war nichts zu hören.

»Ja, die Ärzte meinten, ich solle langsam machen. Deshalb besteht deine Mutter darauf, dass ich erst mal ein paar Tage zu Hause bleibe.« Dad verzog das Gesicht.

»Wovon du nicht sonderlich viel hältst«, schlussfolgerte ich.

»Ich bin wieder bei Kräften, und es gibt keinen Grund, mich weiterhin zurückzuhalten«, sagte er.

»Du wirst dich an die Vorgaben der Ärzte halten!«, mischte Mum sich ein, die gerade aus der Küche trat. Sie trug ein Tablett mit Kaffee und Kuchen in den Händen, der verdächtig danach aussah, als käme er aus der Konditorei ganz in der Nähe. Dort hatte sie früher schon Süßgebäck gekauft, wenn Gäste kamen.

»Sag doch was, dann hätte ich dir geholfen.« Ich sprang auf, um ihr das Tablett abzunehmen.

»Das mach ich gern. Außerdem soll dein Vater sich schonen.«

Dad stieß ein Schnauben aus, widersprach ihr jedoch nicht. Erstaunt sah ich zwischen den beiden hin und her. Das war neu.

»Ich muss euch noch etwas mitteilen«, sagte ich, nachdem wir alle von unseren Getränken genippt und Mum den Kuchen verteilt hatte.

Sofort schossen Dads Augenbrauen in die Höhe. Der kritische Ausdruck auf seinem Gesicht war mir nur allzu vertraut. Doch während er mich früher davon abgehalten hatte, zu sagen, was ich dachte, ermutigte er mich diesmal, endlich für mich einzustehen.

Ich schluckte. »Den Sommer über werde ich bei Raymond in der Werkstatt arbeiten, um Geld zu verdienen. Das brauche ich schließlich, wenn ich mir bald eine neue Wohnung suche. Und dann suche ich mir eine Ausbildungsstellte. Ich will Schreiner werden.«

Stille. Ich wartete auf den großen Aufschrei, doch er kam nicht.

»Das habe ich mir schon fast gedacht«, sagte Mum leise.

»Und Raymond ist damit einverstanden?«, fragte Dad stirnrunzelnd.

»Er kann eine Aushilfe gut gebrauchen.« Ich bemühte mich, ruhig zu bleiben. »Und ich arbeite gern dort.«

»Ja, das hast du schon immer getan«, erwiderte er, doch der gewohnt missbilligende Klang in seiner Stimme blieb diesmal aus. »Früher war ich deswegen manchmal verärgert. Ich habe nicht verstanden, was du an der Werkstatt findest. Jedes Mal wenn mein Bruder auftauchte, bist du zu ihm gerannt und hast ihn Löcher in den Bauch gefragt. Du wolltest alles über die verschiedenen Holzarten wissen, wie er seine Möbelstücke anfertigt, welche Aufträge er erledigt, wenn er nicht in der Werkstatt ist …« Dad schüttelte den Kopf, als hätte er sich in seinen eigenen Gedanken verloren. »Ich schätze, ich habe mir immer gewünscht, dass du dieselbe Begeisterung für Jura entwickeln würdest.«

»Ich weiß«, sagte ich leise. »Aber das habe ich nicht. Und das werde ich auch nie. Ich gehöre weder in ein Büro noch in einen Gerichtssaal.«

»Du hast so viel Potenzial und verschwendest es einfach.« Bedauern schwang in seiner Stimme mit.

Innerlich zählte ich stumm bis fünf, um nicht die Beherrschung zu verlieren. Warum zur Hölle waren wir schon wieder an diesem Punkt gelandet?

»Alastair«, sagte Mum in mahnendem Ton. »Du hast es versprochen.«

»Was hat er versprochen?«, fragte ich irritiert.

»Alastair?« Mum warf ihm einen erwartungsvollen Blick zu.

»Es tut mir leid«, sagte er widerwillig.

Diesmal war ich es, der die Augenbrauen nach oben zog. »Es tut dir leid?« Verwirrt sah ich meinen Vater an. Ich konnte mich nicht daran erinnern, wann ich diese Worte zuletzt aus seinem Mund gehört hatte. »Was genau tut dir leid?«

Er räusperte sich. »Ich finde es nicht gut, dass du das Studium beendest. Nach all der Arbeit, die du reingesteckt hast, verstehe ich einfach nicht, wie du jetzt alles hinschmeißen kannst.«

»Das klingt nicht gerade nach einer Entschuldigung«, warf ich ein.

»Aber«, fuhr er fort und ignorierte meinen Einwurf. »Ich will nicht, dass wir jahrelang kein Wort mehr miteinander sprechen und diese Familie völlig auseinanderbricht.«

Fast hätte ich laut aufgelacht. Das klang zu gut, um wahr zu sein. Und es klang definitiv nicht nach Dad, der bei Rose deutlich weniger Verständnis für ihre Situation gezeigt hatte, als sie sich entschied, ihr Kind allein großzuziehen. Wobei sie mit ihrem Stolz und ihrer Dickköpfigkeit Mum und Dad auch bewusst ausschloss. Was ich ihr nicht verübeln konnte. Dennoch wollte ich nicht, dass es mir irgendwann genauso erging und ich wochenlang nichts von meinen Eltern hörte. Trotz allem waren sie nun mal meine Familie.

»Das will ich auch nicht«, sagte ich. »Ich wollte euch nie enttäuschen, aber ich kann nicht ein Leben führen, das mich unglücklich macht.«

»Das verstehen wir«, versicherte Mum und überraschte mich damit völlig. »Zumindest versuchen wir, es zu verstehen. Und du enttäuschst uns nicht, Weston. Wir arbeiten daran, dir das mehr zu zeigen.« Auffordernd sah sie zu Dad. »Nicht wahr, Alastair?«

Dad gab ein zustimmendes Brummen von sich, was bei ihm einem kleinen Wunder nahe kam.

Ich atmete tief ein und speicherte ihre Worte in meinem Gedächtnis. Sie waren wie Balsam, der sich auf die Wunden legte, die in den letzten Jahren entstanden waren. Wie lange hatte ich schon damit zu kämpfen, eine Enttäuschung für sie darzustellen? Wie oft hatte ich mich verbogen, um in ihre Welt zu passen, die nie ganz meine sein würde?

»Wirst du es mir irgendwann verzeihen, dass ich einen anderen Weg einschlage?«, fragte ich Dad.

Er musterte mich aus unergründlichen Augen, die gleichen blaugrauen Augen, die ich jeden Tag im Spiegel erblickte. »Ich weiß, dass ich hart zu dir war«, sagte er schließlich. »Aber das war ich nur, weil ich wollte, dass du erfolgreich wirst. Mein Vater hat mich jahrelang getrimmt. Für ihn stand es früh fest, dass ich die Kanzlei nach ihm übernehmen sollte, und er hat mich immer wieder daran erinnert.« Er seufzte tief. »Ich wollte immer nur dein Bestes, Weston. Dass du kein Anwalt mehr werden willst, ist wie ein Schlag ins Gesicht.«

Die Worte so direkt zu hören, war hart, aber so war Dad nun mal.

»Gib mir etwas Zeit«, fuhr er fort. »Ich will versuchen, dich zu verstehen, aber das geht nicht von heute auf morgen.«

»Das ist mir bewusst.« Schließlich würde ich auch Zeit brauchen, um ihm zu verzeihen. Um zu akzeptieren, dass er mich in all den Jahren viel zu sehr gedrängt hatte, auch wenn er es aus vermeintlich guten Gründen getan hatte.

Ich warf einen Blick zu Mum, die uns mit einem stummen Lächeln beobachtete. Sie wusste genauso gut wie ich, dass das hier nur den Anfang darstellte und wir noch in viele Konflikte geraten würden. Aber die größte Hürde war geschafft, und mit vielen kleinen Schritten würden wir den Rest auch noch hinkriegen.

Ich erwiderte ihr Lächeln, und damit schien die unangenehme Entschuldigung abgehakt zu sein. Noch etwas unbeholfen wandten wir uns allgemeineren Gesprächsthemen zu, und als ich mich schließlich verabschiedete, zog Mum mich in eine lange Umarmung, und Dad klopfte mir etwas steif auf die Schulter.

Bevor ich in mein Auto stieg, schaute ich noch mal auf das Haus zurück, das jahrelang mein Zuhause gewesen war. Hier hatte ich Glück und Unbeschwertheit erlebt, aber auch Frust und Angst. Trotzdem war ich immer wieder hierhergekommen, und heute hatte eine alte Wunde endlich angefangen, sich zu schließen.

Dad und ich würden noch viele Diskussionen führen, und zweifellos würde er nach wie vor Dinge finden, die er an mir kritisieren konnte. Doch nach der letzten Stunde wusste ich, dass ich es ertragen würde. Weil wir zwar unterschiedlich, aber dennoch eine Familie waren. Und daran würde sich nie etwas ändern.

Mit hundert Kilo Ballast weniger auf den Schultern startete ich den Motor. Mum winkte mir zu, bis ich aus ihrem Sichtfeld verschwand.

Ich drehte das Radio auf und bog in die Straße ein, die mich zu Maisie bringen würde. Zu dem Leben, das ich von nun an führen wollte. Ich hoffte nur, dass sie da war. Und ich nicht zu spät kam.

Die Vergangenheit wurde mit jedem Meter kleiner, und endlich wusste ich mit absoluter Gewissheit, dass ich in die richtige Richtung steuerte. In eine Zukunft, die mir gehörte und die nur darauf wartete, gestaltet zu werden.

42. KAPITEL

Maisie

Es war kurz vor sechs, als es an der Tür klingelte. Charlotte hatte eine Verabredung mit dem Kollegen, den sie in den letzten Wochen verdächtig oft getroffen hatte. Ich freute mich für sie. Wenn es jemand verdient hatte, glücklich zu sein und einen Neuanfang mit einem Mann zu starten, dann sie.

Mit schnellen Schritten durchquerte ich den Flur. Ich trug eine graue Jogginghose und ein schwarzes Tanktop, aber vermutlich klingelte nur wieder die Nachbarin von oben drüber, weil sie ihren Schlüssel vergessen hatte. Sie war in einem ähnlichen Alter wie Charlotte und machte auf mich jedes Mal einen leicht verwirrten, chaotischen Eindruck. Irgendwann hatte sie Charlotte gebeten, einen Schlüssel für sie aufzubewahren, für den Fall, dass sie sich aus Versehen aussperrte.

Ich öffnete schwungvoll die Tür. »Guten Abe… Oh.« Meine Füße verharrten wie angewurzelt auf der Stelle, und mein Puls schnellte nach oben.

Weston sah unverschämt gut aus. Er trug eine Jeans und einen hellen Pulli, ein Lächeln auf den Lippen und ein Funkeln in den Augen. Mein Herz raste, und ich suchte verzweifelt nach irgendwelchen Worten. Egal welchen. Doch es war nicht die Barriere, die mich davon abhielt zu sprechen, sondern Aufregung und ein nervöses Flattern in meinem Bauch, das nur er auslösen konnte.

»Darf ich reinkommen?« Kurz flackerte Unsicherheit in seinen Augen auf, und in diesem Moment klopfte mein Herz noch ein bisschen schneller.

»Klar.« Ich trat einen Schritt beiseite und führte ihn in die Küche. »Magst du etwas trinken?«, fragte ich, als Weston unschlüssig von einem Bein aufs andere wechselte.

Es war seltsam, wie wir uns gegenüberstanden, einerseits fremd und doch so unglaublich vertraut.

»Ja, das heißt, nein.«

»Okay?« Irritiert sah ich ihn an.

»Sorry.« Weston fuhr sich durch die Haare, sein Blick zuckte durch die Küche und das kleine Wohnzimmer dahinter und wieder zurück zu mir. »Eigentlich wollte ich dich fragen, ob du Lust auf einen kleinen Ausflug hast.«

»Jetzt?«

»Ja.« Ein Lächeln zupfte an seinen Mundwinkeln, was seltsame Dinge mit meinem Körper anstellte.

Das Flattern verstärke sich, und mir wurde schlagartig bewusst, dass ich in Jogginghose und Top vor ihm stand. »Ist das ein Date?«

»So ist zumindest der Plan. Ich wollte für diesen einen Abend romantisch sein und bei unserem Neuanfang alles richtig machen. Falls du das willst.« In Westons Augen lag ein stummes Flehen und ich beeilte mich zu nicken.

»Natürlich will ich das.«

Genau darauf hatte ich in den letzten Tagen gewartet. Nach der

Sache mit seinem Vater hatte ich ihm Zeit geben wollen, auch wenn ein Teil von mir dabei Tausend Tode gestorben war. Die Angst, dass er nicht wiederauftauchen, dass er sich erneut zurückziehen und sich nicht melden würde, war groß gewesen. Aber Weston hatte mir täglich geschrieben, also hatte ich an der Hoffnung festgehalten, sie tief in meinen Gedanken und meinem Herzen verankert mit der Absicht, sie nicht wieder loszulassen.

»Gib mir nur ein paar Minuten, ja?«, bat ich ihn.

»Klar.« Westons Lächeln verwandelte sich in ein Grinsen. Er schob die Hände in die Hosentasche und lehnte sich gegen den Kühlschrank, während ich in mein Zimmer sprintete.

Wahllos griff ich nach einer hellen Jeans und einem bauchfreien roten Pulli, nicht unbedingt mein schickstes Outfit, aber ich fühlte mich darin wohl. Meine Haare ließ ich offen über die Schultern fallen. Kurz überlegte ich, Wimperntusche und Make-up aufzutragen, doch dann entschied ich mich dagegen. Je schneller ich wieder bei ihm war, desto schneller konnten wir losgehen.

»Bin so weit.«

Westons Augen weiteten sich unmerklich, als ich zurück in die Küche kam. An dem Streifen Haut zwischen der Jeans und dem Pulli verweilte sein Blick ein paar Sekunden länger. Wortlos nahm er meine Hand in seine, zog mich an sich und hauchte mir einen Kuss auf die Lippen. Es war ein zarter, unendlich sanfter Kuss, doch ich spürte ihn bis in die Zehenspitzen.

»Gehen wir.« Er verschränkte seine Finger mit meinen und führte mich nach draußen zu seinem Auto, das vor der Tür stand.

»Wo fahren wir hin?«, fragte ich.

»Lass dich überraschen.«

Kurz darauf hielt Weston an einem großen Parkplatz am Stadtrand. Neugierig folgte ich ihm aus dem Wagen, als er zum Kofferraum ging und eine Decke herausholte.

Während er außerdem nach einem Rucksack griff, drehte er sich zu mir um. »In den letzten Wochen ging es oft hektisch zu, und ich habe mich in dem ganzen Stress selbst verloren. Ich weiß noch, wie du mal gesagt hast, dass du die Stille der Natur so magst, weil du dort richtig zur Ruhe kommen kannst. Als wir am Meer waren, habe ich verstanden, was du damit meinst. Deshalb dachte ich, ein Ausflug in die Natur wäre passend für das hier.«

»Das klingt gut«, erwiderte ich lächelnd.

Schweigend liefen wir ein kleines Stück einen Feldweg entlang, bis wir zu einer Wiese kamen. Von hier aus hatten wir einen guten Blick auf das Edinburgh Castle, das über der Stadt thronte und mich für immer an Heimat erinnern würde.

Weston breitete die Decke auf der Wiese aus und zauberte eine Packung Kekse sowie Sandwiches und Eistee aus seinem Rucksack.

»Du hast das hier ja wirklich durchdacht«, stellte ich lächelnd fest und griff nach einem Sandwich.

»Ja, natürlich! Ich würde dich doch nie zu einem zweitklassigen Date ausführen.«

Ich lachte. »Natürlich nicht.«

Erneut senkte sich Stille über uns, als wir die Snacks aßen und dabei dem sanften Wind lauschten, der durch die Gräser strich. Nur schwach drang das weit entfernte Brummen von Motoren zu uns. Es war ein lauer Abend, ungewöhnlich mild, und der Geruch nach Sommer lag in der Luft.

»Ich habe mich mit meinem Dad ausgesprochen«, sagte Weston plötzlich, als er sein Sandwich fertig gegessen hatte.

Ich drehte mich zu ihm um. Seine Augen glänzten verdächtig, und der glückliche Ausdruck auf seinem Gesicht war das Schönste, was ich seit Langem gesehen hatte. »Oh, wow! Das klingt großartig.«

»Ja, es lief wirklich gut. Na ja, für seine Verhältnisse. Er hat es zwar nicht direkt gesagt, aber er hat gezeigt, dass er meine Entscheidung akzeptiert. Dass er nur Zeit braucht, sich daran zu gewöhnen, was ich verstehen kann. Ich glaube, ihm ist klar geworden, dass er mich verlieren wird, wenn er keine Einsicht zeigt. Vermutlich ist Mum dafür verantwortlich. Sie scheint sich endlich für mich eingesetzt zu haben.«

Er holte tief Luft, und ich war mir sicher, dass er an meinem Gesichtsausdruck lesen konnte, wie sehr ich mich für ihn freute. Es klang, als ginge es zwischen ihm und seinen Eltern endlich in die richtige Richtung.

»Ich glaube«, fuhr er fort, »ein Teil von mir hat sich in den letzten Jahren fehlerhaft gefühlt. Es war nie gut genug, was ich getan habe, und als ich dich getroffen habe, warst du so wunderbar echt. Du hast gesagt, was du denkst, hast dich angezogen, wie du es wolltest, hast gelacht, wenn dich etwas amüsiert hat, und dabei hast du keinen Gedanken daran verschwendet, wie dein Umfeld das aufnimmt. Du warst du selbst, und das hat mich daran erinnert, dass ich es nicht bin. Und das hat mir eine Scheißangst eingejagt. Ein Leben lang wurde mir immer wieder gesagt, dass ich Anwalt werde, und irgendwann war alles andere keine Option mehr. Bis du kamst.« Weston sah mich direkt an, und meine Lippen verzogen sich unweigerlich zu einem Lächeln. »Es tut mir leid, dass ich dich ausgeschlossen habe, als es mir nicht gut ging. Ich schätze, ich war noch nicht bereit dafür, der Mensch zu sein, der eine Beziehung mir dir führen kann. Ich musste erst selbst herausfinden, welchen Weg ich gehen will. Ich wünschte nur, ich hätte dich dabei nicht so sehr verletzt.« In seinem Gesicht las ich echtes Bedauern, aber auch Hoffnung.

Langsam streckte ich die Hand aus und legte sie auf seine. »Das weiß ich. Und mir tut es auch leid. Ich habe dir Sachen an den Kopf geworfen, die ich so nicht gemeint habe. Außerdem hätte ich dich nicht drängen sollen. Du hast deine Zeit gebraucht, genau wie ich auch. Vielleicht hat es so sein müssen, vielleicht mussten wir mit den dunklen Kapiteln unserer Vergangenheit erst allein fertig werden, bevor wir wieder gemeinsam nach vorn schauen können. Denn das tun wir hier doch, oder? Wir schauen nach vorn?«

»Und wie wir das tun.« Sein Blick traf auf meinen, und damit war es besiegelt.

Ich beugte mich vor, kam ihm näher, so nah, dass ich seinen stockenden Atem auf meinen Lippen spürte. Langsam überbrückte ich den letzten Zentimeter, bis unsere Münder sich trafen. Der Kuss rauschte durch meinen Körper, hüllte mich ein und trug mich davon. Mit geschlossenen Augen gab ich mich der Nähe zu Weston hin, genoss das Gefühl seiner Hände auf meinen Hüften, als er mich auf seinen Schoß zog.

Eine Weile blieben wir so sitzen, küssten uns, redeten und lachten. Ich vergrub meine Hände in seinen Haaren, er presste mich an sich, bis ich mir sicher war, dass er das schnelle Schlagen meines Herzens spüren musste.

Irgendwann löste Weston sich von mir. »Wir sollten zurück«,

murmelte er. In seinem dunklen Blick las ich Sehnsucht. Ein aufgeregtes Kribbeln breitete sich in meinem Körper aus, als er aufstand und mir auf die Beine half.

Unsere Finger fest ineinander verschränkt gingen wir zum Auto zurück, und als er losfuhr, legte ich eine Hand auf seinen Oberschenkel. Es war wie ein Zwang, ein unbändiger Drang, ihn zu berühren und ihm nahe zu sein. Jetzt, wo ich ihn wieder an meine Seite hatte, würde ich ihn so schnell nicht mehr loslassen.

Auf dem Weg vom Parkplatz zu seinem Apartment stolperten wir mehr als das wir gingen. Immer wieder zog er mich an sich, um mich zu küssen und mir zu sagen, wie sehr er das hier vermisst hatte.

Kaum war die Wohnungstür hinter uns ins Schloss gefallen und wir in seinem Zimmer angelangt, schlüpfte ich aus dem roten Pulli und warf ihn achtlos beiseite. Weston tat es mir gleich, und im nächsten Moment spürte ich seine Hände auf meiner nackten Haut.

»Du weißt gar nicht, wie sehr ich dich vermisst habe«, flüsterte er. Seine Stirn sank gegen meine, und für einen Moment hielten wir ganz still.

»Doch, weiß ich. Weil es mir genauso ging.« Ich hob den Kopf. Lange sahen wir uns an. Ich legte all meine Gefühle in meinen Blick, all meine Ängste, all meine Hoffnung. Wir hatten uns nie voreinander verstellt, aber jetzt waren auch die letzten Mauern eingerissen, die letzten unausgesprochenen Worte gesagt. Zumindest fast.

»Weston?«, wisperte ich.

»Ja?«

»Ich glaube, ich liebe dich.«

Das Herz klopfte mir bis zum Hals, und die Sekunden, in denen er mich einfach nur ansah, ohne zu antworten, wurden zu einer Ewigkeit.

Dann – endlich – erschien ein Lächeln auf seinen Lippen, eines das seine Augen erreichte und die Schmetterlinge in meiner Magengrube zum Leben erweckte. »Ich liebe dich auch, Maisie. So sehr.«

In Filmen und Büchern hatte ich es oft lächerlich gefunden, wenn die Charaktere beschrieben, wie anders es sich anfühlte, einem Menschen nahe zu sein, den man tatsächlich liebte. Als würde eine gemeinsame Nacht sich schlagartig magisch anfühlen, nur weil Gefühle im Spiel waren.

Doch inzwischen verstand ich, worüber sie sprachen.

Mit jeder Berührung, mit jedem Laut, der über seine Lippen drang, war ich mich sicherer. Ich liebte Weston. Irgendwann zwischen der ersten Auseinandersetzung auf dem Spielplatz, den Spaziergängen durch Edinburgh, der Nacht am Meer und den Gesprächen heute Abend hatte ich mich in ihn verliebt. Nicht Hals über Kopf, sondern langsam, mit kleinen Schritten, die alle in die richtige Richtung gefuhrt hatten. Zu diesem Moment. Vielleicht waren wir ein paar Umwege gelaufen, aber in dieser Sekunde gab es keinen Ort und keinen Menschen, bei dem ich lieber gewesen wäre.

In den nächsten Minuten füllten wir die Stille mit unserem lauten Atem, mit geflüsterten Worten und unseren Händen, die den Körper des anderen erkundeten. Es war anders als die letzten Male. Intensiver. Tiefer. Zwischen Weston und mir lagen keine Zweifel, keine Zurückhaltung mehr. Wir hatten uns unsere Narben und Schatten gezeigt, die dunklen Seiten, die wir vor uns selbst hatten verstecken wollen, und jetzt gab es nichts mehr, was zwischen uns stand.

Atemlos sanken wir auf die Matratze, sein Arm lag schwer auf meiner Hüfte und eine tiefe Zufriedenheit ergriff mich.

Irgendwann nach einer gefühlten Ewigkeit, die ich in einem dämmrigen Zustand mit meinem Kopf auf Westons Brust verbracht hatte, stupste er mich mit der Nase an.

»Ich weiß ja nicht, wie es dir geht«, sagte er, »aber mein Magen könnte dringend etwas zu essen gebrauchen.«

»Wie romantisch«, murmelte ich und sah widerwillig auf.

Er zwinkerte mir verschmitzt zu. »Du weißt doch, dass ich im Club der hoffnungslosen Romantiker nicht aufgenommen wurde.«

»Stimmt«, erwiderte ich schmunzelnd. Am liebsten wäre ich in seinen Armen liegen geblieben, doch mein Magen knurrte ebenfalls seit ein paar Minuten verdächtig laut.

»Was hältst du davon, wenn wir Essen bestellen?«, fragte er.

»Gute Idee.« Ich hauchte ihm einen Kuss auf den Mund und schwang mich aus dem Bett.

Das Klamottenchaos auf dem Boden ignorierte ich geflissentlich, stattdessen öffnete ich Westons Kleiderschrank und zog eins seiner T-Shirts heraus. Nachdem ich meinen Slip zwischen Westons Jogginghose und einem Paar Socken gefunden hatte, ging ich in Richtung Wohnzimmer. Weston folgte mir zwei Minuten später.

»Auf was hast du Lust?«, fragte der, den Blick aufs Handy gerichtet, vermutlich weil er dort nach einem Lieferdienst suchte.

»Pizza?«, schlug ich vor.

»Warum nur habe ich das kommen sehen?«, murmelte er schmunzelnd.

»Pizza geht eben immer.« Grinsend schenkte ich mir ein Glas Wasser ein und lehnte mich gegen die Anrichte hinter mir. Wenn ich daran dachte, wie wir vor wenigen Stunden noch auf der Wiese gesessen und ich Weston eng umschlungen hatte mit der Absicht, ihn so schnell nicht wieder loszulassen, schoss mir Hitze in die Wangen. Und in meinen Körper. Mit einem Seufzer musterte ich ihn. Seine dunkelbraunen Haare standen in alle Richtungen ab, und auf seinem markanten Gesicht lag ein zufriedener Ausdruck. Ich hatte ihn lange nicht mehr so entspannt und glücklich gesehen.

»Für dich eine Gemüsepizza mit extraviel Champignons?«, fragte Weston, als er das Handy ans Ohr hob.

»Genau.«

Dass er sich daran erinnerte, wie ich meine Pizza mochte, entfachte eine wohlige Wärme in mir. Vielleicht lag es an den Hormonen, die durch meinen Körper rauschten, aber in dieser Sekunde verzieh ich ihm alles, was passiert war. Er hätte anders handeln sollen. Das wussten wir beide. Sich Tabletten einzuwerfen, um sich durch die Prüfungen zu dopen, und zusätzlich übermüdet in einen Wagen zu steigen, war dämlich. Aber möglicherweise hatte Weston erst abstürzen müssen, damit er erkannte, dass er die Notbremse ziehen musste.

Nach allem, was er mir heute erzählt hatte, hatte ich keine Zweifel mehr, dass er sein Leben auf eine positive Art ändern würde. So wie ich auch. In den letzten Stunden war ein Plan in mir gereift, eine erste konkrete Idee, wie es nach dem Sommer weitergehen könnte. Ich musste mit Charlotte darüber reden, vielleicht auch mit Amelia. Doch ich war bereit für die nächsten Schritte. Nun, da ich damit angefangen hatte, meine Ängste und Schuldgefühle loszulassen, schienen sich auch sämtliche andere Zweifel aufzulösen.

»Wo bist du gerade in Gedanken?« Weston kam auf mich zu und strich mit den Händen über meine nackten Arme. Dort, wo er mich berührte, bildete sich eine Gänsehaut.

»Bei unseren Gesprächen und meiner Zukunft.«

»Das sind aber große Gedanken.« Er kniff die Augen zusammen. »Zu große für einen so schönen Abend.«

»Da hast du recht.« Lächelnd schmiegte ich mich an ihn. In meiner Magengrube begann das altbekannte Flattern, und ein Kribbeln durchfuhr meinen Körper, als Weston seine Hände zu meinen Hüften gleiten ließ.

»Hast du etwa immer noch nicht genug?«, neckte ich ihn.

»Von dir? Nie.«

»Du bist und bleibst ein Charmeur.« Lachend drückte ich ihm einen Kuss auf den Mund.

Als die Pizza kam, setzten wir uns mit den Kartons auf die Couch. Ich schlang mir eine Decke um die Schultern und machte mich mit knurrendem Magen über das Essen her. Erst als ich zwei Stücke verputzt hatte, merkte ich, dass Weston mich anstarrte.

»Was ist?«, fragte ich.

»Nichts. Es ist nur schön, zu sehen, wie du hier auf meiner Couch sitzt und dich ganz offensichtlich wohlfühlst.«

Schmunzelnd blickte ich von der Pizza zu ihm. »Das tue ich.«

Erneut wanderten meine Gedanken zu den vielen Stunden, in denen ich ihn vermisst hatte. In denen ich mich zweifelnd gefragt hatte, ob unsere Leben jemals zusammenpassen würden und unsere Gefühle ausreichend waren. Dabei hatte ich nicht gesehen, dass gerade unsere Verschiedenheit uns gutgetan hatte. Erst dadurch war mir klar geworden, dass ich Schatten aus der Vergangenheit mit mir herumtrug, die noch aufgelöst werden wollten.

Auch nachdem wir unsere Pizza fertig gegessen hatten, blieben wir noch lange sitzen. Weston zog die Decke über uns, und wir sprachen über all die Dinge, die uns durch den Kopf schossen, über Texte, die ich verfasst hatte, und was für Ideen er für seine Zukunft hatte.

»Raymond hat direkt zugesagt, als ich ihn gefragt habe, ob ich bei ihm aushelfen kann«, sagte Weston, als ich ihn nach seinem Onkel fragte, und klang dabei so glücklich wie lange nicht mehr.

»Das glaube ich sofort. Er freut sich bestimmt riesig darüber.«

Weston lachte. »Das tut er. Genauso wie ich.« Gedankenverloren strich er über meine Arme, ehe er hinzufügte: »Eventuell kann ich dir dann ja ein Bücherregal bauen.«

Wenn überhaupt möglich, wurde mir noch ein Stück wärmer. Ich kuschelte mich enger an Weston und schloss die Augen. Draußen war es inzwischen stockdunkel, und ich hatte jegliches Zeitgefühl verloren.

»Hmm«, murmelte ich schläfrig.

»Na komm, gehen wir ins Bett. Sonst wird dein Rücken dich morgen killen.« Mit einem Ruck stand Weston auf. Ehe ich ihm folgen konnte, schob er einen Arm unter meine Beine und umschlang mit dem anderen meinen Oberkörper.

»Du trägst mich jetzt ja wohl nicht ernsthaft in dein Zimmer!«

»Natürlich tu ich das. So müde, wie du bist, läufst du am Ende sonst noch gegen irgendwas oder verwechselst die Badewanne mit meinem Bett.«

»Sehr witzig«, brummte ich, doch kaum legte Weston mich auf dem Bett ab, fielen mir die Augen zu.

»Gute Nacht, Maisie«, flüsterte er. Es war das Letzte, was ich hörte, bevor ich in einen tiefen Schlaf fiel.

EPILOG

Maisie

Einen Monat später

»Wir brauchen mehr Kaffee.« Bree tauchte mit einer leeren Thermoskanne in der Küche auf.

»Schon wieder?«, frage ich.

»Ich mache Emma und Jasper dafür verantwortlich.« Sie füllte den Wasserkocher auf, ehe sie sich an den Tisch setzte, an dem ich unzählig viele Mahlzeiten mit Charlotte eingenommen hatte, und mich nachdenklich musterte. »Wirst du es vermissen?«

»Die Wohnung?« Ich schaute mich um, warf einen Blick auf die vielen kleinen Details, wie die Bilder an den Wänden, die Amelia und ich vor Jahren gemalt hatten. »Natürlich wird es mir fehlen. Das hier ist mein Zuhause. Aber es wird Zeit, dass ich mir etwas Eigenes aufbaue.«

»Denke ich auch. Außerdem wirst du die tollste Mitbewohnerin aller Zeiten haben«, sagte Bree grinsend.

Da hatte sie vermutlich recht. Nachdem ihr Mitbewohner verkündet hatte, dass er ausziehen würde, war in meinem Kopf die fixe Idee aufgekommen, sein Zimmer zu übernehmen. Bree war sofort Feuer und Flamme gewesen, und ich hatte nur noch Charlotte davon überzeugen müssen, dass es für mich an der Zeit war, zu gehen. Die Aussicht, bald nicht mehr täglich hier zu sein, machte mir zwar auch Angst, aber das gehörte vermutlich dazu.

»Ich warne dich«, gespielt drohend hob ich den Finger, »ich werde nicht hinter dir aufräumen, wenn du dein Zeug überall stehen lässt.«

»Hey, ich bin total ordentlich«, protestierte sie.

»Ach ja? Das letzte Mal, als ich in deinem Zimmer war, konnte ich den Boden vor lauter Klamotten kaum sehen.«

Sie zog eine Grimasse »Da habe ich meinen Kleiderschrank aussortiert, das zählt also nicht.«

»Na schön. Solange wir genug Pizza im Gefrierfach haben, ist mir alles andere egal.«

»Ist schon längst eingekauft«, sagte Bree schmunzelnd. »Das wird so genial werden. Wir können stundenlang quatschen und endlos lange Filmmarathons starten.«

»Auf jeden Fall. Und am Ende muss niemand mehr nach Hause fahren, sondern man kann einfach faul liegen bleiben.«

»Stimmt, das ist vermutlich der größte Vorteil von allen«, erwiderte sie lachend.

Als der Kaffee durchgezogen war, füllte ich die Kanne auf und griff nach dem Tablett, das mit Tellern und einem großen Apfelkuchen beladen war. Die Gäste waren alle pünktlich erschienen und warteten im Garten hinter dem Haus. Er gehörte eigentlich den Vermietern, die im obersten Stockwerk wohnten, aber sie hatten uns erlaubt, ihn heute zu nutzen.

»Du hast mit dem Wetter echt mal wieder unverschämt viel Glück«, sagte Bree und öffnete mir die Tür.

Ich lachte. »Du weißt doch, dass an meinem Geburtstag immer die Sonne scheint.«

»Das stimmt, aber heute kommt es mir besonders warm vor.«

Für Mitte Juni waren die Temperaturen tatsächlich ungewöhnlich hoch. Ich konnte sogar mein knielanges blau-violett geblümtes Kleid tragen, das ich normalerweise erst im Hochsommer auspackte.

Zusammen gingen wir um das Haus herum zu der kleinen Wiese, auf der Amelia und Bree ein großes Büfett aufgebaut und eine Picknickdecke ausgebreitet hatten. Von Erdbeermuffins, Brownies und einem Käsekuchen war alles dabei. Charlotte hatte den gestrigen Tag komplett in der Küche gestanden, wobei sie Hilfe von Weston gehabt hatte, der seine Backkünste unbedingt aufbessern wollte. Wenn er sich dabei allerdings genauso gut angestellt hatte wie bei den Pancakes, sollte ich mich vermutlich um das Wohl meiner Gäste sorgen.

»Hier kommt der letzte Kuchen«, rief Bree und nahm mir entschlossen das Tablett ab.

Bevor ich die anderen erreichte, blieb ich kurz stehen. Das Bild, das sich mir bot, brachte mich zum Lächeln. Jasper und Emma hockten auf der Decke und diskutierten über ein Buch, das sie beide kürzlich gelesen hatten, wobei Emma ihn kaum zu Wort kommen ließ. Amelia saß ein Stück hinter ihnen und zupfte leise an ihrer Gitarre. Ein Geräusch, das mir so bekannt war wie das Kratzen eines Stifts auf Papier. Mit einem warmen Gefühl im Bauch schaute ich zum Büfett, wo Charlotte und Bree den Apfelkuchen zu den anderen stellten. Wer das Zeug alles essen sollte, war mir ein Rätsel.

»Gibt es auch Schokoladenkuchen? Missie hat gesagt, es gibt

ganz viel zu essen.« Die kindliche Stimme hinter mir ließ mich herumfahren.

Teddy saß auf den Schultern seines Onkels und strahlte übers ganze Gesicht. Damit strahlte er fast noch mehr als Weston, der mich lächelnd musterte.

»Es gibt mehr als genug«, versicherte ich Teddy, der auf Westons Schultern zu zappeln begann, woraufhin er ihn absetzte. Er raunte ihm noch etwas ins Ohr, dann kam Teddy zu mir gerannt.

»Alles Gute zum Geburtstag«, sagte er und wirkte beinahe verlegen.

Ich ging in die Hocke und schaute ihm in die kugelrunden Augen, die mich jedes Mal erweichten. Das musste in der Familie liegen. »Danke, Teddy.«

»Ich habe auch ein Geschenk für dich«, fuhr er mit dem für ihn so typischen ernsten Tonfall fort. Er kramte in seiner Hosentasche und zog einen kleinen grünen Stein heraus. »Den habe ich mal von Wesy bekommen. Es ist ein Glücksstein.«

Er streckte ihn mir entgegen, und ich nahm ihn vorsichtig an. »Bist du dir sicher, dass du ihn nicht selbst brauchst?«

»Ja. Du sollst ihn haben.« Er nickte bekräftigend und schaute im nächsten Moment an mir vorbei. »Breee!«, rief er. »Darf ich jetzt Kuchen haben?« Mit schnellen Schritten lief er auf sie zu.

»Er ist und bleibt ein Wirbelwind.« Schmunzelnd richtete ich mich auf. Und blickte in blaugraue Augen.

»Hallo, Geburtstagskind«, raunte Weston. Er trat einen Schritt näher und schlang seine Arme um meine Taille. »Du siehst wunderschön aus. Hat dir das heute schon jemand gesagt?«

»Charlotte«, erwiderte ich grinsend. »Ungefähr alle zehn Minuten.«

»Deine Tante ist eben eine weise Frau.« Er beugte sich zu mir herunter und küsste mich zärtlich.

Wie so oft in seinen Armen trat der Rest der Welt in den Hintergrund. Ich schloss die Augen, erwiderte den Kuss, der mit jeder Sekunde fordernder wurde. Als wir uns atemlos voneinander lösten, war mir beinahe schwindelig. Mein Puls raste, als wären diesem Kuss nicht etliche vorausgegangen. Doch in Westons Nähe fühlte ich mich jedes Mal wieder wie ein frisch verknallter Teenager. Und gleichzeitig ging unsere Verbindung viel tiefer als das. Tiefer, als ich es jemals für möglich gehalten hatte.

»Ich kann es kaum erwarten, wenn diese Party vorbei ist und ich dich für mich allein habe«, flüsterte Weston in mein Ohr.

Seine Worte jagten einen Schauer über meinen Rücken und erinnerten mich daran, wie leicht er das Verlangen in mir wecken konnte. »Nur Geduld«, erwiderte ich. »Es ist 'ne Menge Kuchen da, und ich glaube nicht, dass meine Gäste so schnell gehen wollen.«

»Ich kann warten.« Er hauchte einen Kuss auf die Stelle unter meinem Ohr und ließ mich viel zu schnell wieder los. Mit einem breiten Grinsen, als wusste er genau, was er damit in mir auslöste, ging er auf die Picknickdecke zu. Mistkerl!

»Na komm, es wird Zeit, die Geschenke auszupacken!«, rief Charlotte.

Ich riss mich von dem Anblick los und mischte mich unter die anderen, die mir ihre Geschenke entgegenstreckten. Bree hatte mir eine Collage mit Fotos von uns gebastelt, während Emma mir ein edel aussehendes Notizbuch mit Ledereinband überreichte.

»Das zerfledderte Ding, das du immer in die Schreibwerkstatt mitbringst, kann ich nicht mehr sehen«, erklärte sie.

»Es ist wahnsinnig schön, danke.« Ich fuhr über den Einband und überlegte bereits, welchen Text ich für den ersten Eintrag schreiben wollte.

Als Nächstes überreichte Amelia mir eine selbst gebastelte Lichterkette, die ich in meinem neuen Zimmer aufhängen konnte, und Jasper schenkte mir wie jedes Jahr ein Buch mit einem Kommentar vorn drin, warum es in meine Sammlung gehörte.

Charlotte hatte mir ihr Geschenk bereits am Morgen überreicht, einen großen Reiserucksack, mit dem ich absolut nicht gerechnet hatte. In den letzten Wochen hatte ich mich dazu entschieden, den Job im Kindergarten zu kündigen. Ich wollte mich an der Uni einschreiben und Psychologie studieren, um eines Tages Kindern und Jugendlichen mit ähnlichen Problemen, wie ich sie früher gehabt hatte, zu helfen. Für den Sommer hatte ich noch keine Pläne, doch der Gedanke, Schottland für ein paar Wochen zu verlassen, um mehr von der Welt zu sehen, war mehrmals in meinem Kopf aufgetaucht. Vielleicht wollte Charlotte mir mit dem Rucksack den nötigen Schubs geben.

Sobald alle Geschenke ausgepackt waren, eröffnete Charlotte das Büfett, woraufhin sich alle auf die Kuchen stürzten und begannen, sich fröhlich miteinander zu unterhalten. Irgendwann, als der Kaffee längst wieder leer war und das Kuchenbüfett einem Schlachtfeld glich, setzte Amelia sich neben mich.

»Wie geht's dir?«, fragte sie mit ihrem typisch aufmerksamen Blick.

»Gut.« Ich schaute mich um, sah zu Weston, der sich lachend mit Emma und Bree unterhielt, während Jasper mit Teddy spielte und dabei unendlich geduldig zu sein schien. »Es geht mir sogar sehr gut. Ich glaube, so zufrieden und glücklich war ich bisher an keinem Geburtstag.«

Ein breites Lächeln erschien auf Amelias Lippen. Im nächsten Moment schlang sie einen Arm um mich und drückte mich an sich. »Das freut mich so sehr. Ich bin ziemlich stolz auf dich, weißt du das?«

Ich blinzelte gegen die plötzlichen Tränen an und lehnte mich an sie. »Mum und Dad würden das hier lieben.«

Sie lachte erstickt und drückte mich noch ein bisschen fester. »Ja, das würden sie definitiv.« Sie ließ mich los, und ich setzte mich wieder aufrecht hin.

»Weißt du«, wechselte Amelia das Thema, »ich habe mich gefragt, ob heute vielleicht der Tag ist, an dem ich endlich mal einen Text von dir höre. Weston hat erzählt, dass du gestern etwas Neues geschrieben hast.«

»Stimmt, habe ich … Aber ich weiß nicht, ob das wirklich hierher passt.«

»Na klar. Wir alle warten sehnsüchtig darauf, endlich etwas von dir zu hören. Und was wäre dafür passender als dein Geburtstag?«

»Meinst du echt?« Ich schaute mich um und bemerkte, dass uns alle anblickten und sämtliche Gespräche verstummt waren.

Bree, die ganz in der Nähe saß, nickte. »Ja klar, denkst du, ich finde es fair, dass nur Emma in den Genuss deiner literarischen Fähigkeiten kommt?«

»Ich habe mein Notizbuch nicht hier«, erwiderte ich. Natürlich hatte ich bereits darüber nachgedacht, wie es wäre, vor meinen Freunden einen Text vorzutragen, aber bisher hatte mir der Mut gefehlt. Und die passende Gelegenheit.

»Ich schon.« Weston zog mein zerfleddertes Notizbuch hinter seinem Rücken hervor.

»Woher …?«

»Du hast es heute Morgen bei mir liegen lassen.« Er reichte es mir mit einem zufriedenen Lächeln.

Nach einem kurzen Zögern nahm ich es entgegen und stand auf. Ich starrte auf den Text, von dem ich jedes Wort auswendig kannte, obwohl ich ihn erst vor einigen Stunden beendet hatte. Aber es gab Worte, die vergaß ich nicht.

Ich ließ meinen Blick über die Gesichter der Menschen wandern, die mir die Welt bedeuteten, und blinzelte die Tränen weg, die sich klammheimlich in meine Augen geschlichen hatten.

»Also gut.« Ich holte tief Luft und dachte an die vielen Male, in denen meine Stimme mir nicht gehorcht hatte. »Der Text handelt von Glück. Davon, was Glück für mich heute ist.«

Noch einmal schaute ich in die Runde, hielt mich an Westons Sturmaugen fest, die mich ermutigend anblickten. Dann schloss ich kurz die Augen, stellte mir vor, wie meine Eltern von dort, wo sie jetzt waren, mir zuhörten, und begann zu reden.

Ich dachte an den Weg, der hinter mir lag, der manchmal holprig und nicht immer leicht gewesen war, aber mich heute hierher geführt hatte. Weil ich mich entschieden hatte, mein Leben selbst in die Hand zu nehmen.

Die Vergangenheit hatte ihre Spuren hinterlassen, aber sie definierte nicht, wer ich war. Sie bestimmte nicht, ob ich glücklich oder unglücklich war. Ich bestimmte das. Und ich würde mich immer wieder erneut für das Leben mit all seinen Herausforderungen und Wundern stellen. Über all das sprach ich, während ich in die Gesichter der Menschen sah, die ich liebte. Die mir beigestanden hatten in den schweren Zeiten, die mir Mut gemacht und mich meinen eigenen Weg hatten finden lassen. Ich dachte an Weston und mich am Meer, daran, wie frei wir dort gewesen waren.

Ein Lächeln breitete sich auf meinen Lippen aus, als ich den letzten Satz sprach. Amelia war die Erste, die klatschte und die Stille durchbrach. Die anderen schlossen sich an, und ich ließ mich rasch wieder auf die Decke sinken.

»Danke, Leute.«

»Das war megaschön!«, rief Bree. »Ich will ab jetzt viel öfter deine Texte hören. Unfassbar, dass du mir das bisher vorenthalten hast.«

Ich zuckte entschuldigend mit den Schultern. »Ich schau mal, was sich machen lässt.«

Während um mich herum wieder Gemurmel einsetzte, geredet und gelacht wurde, kam Charlotte zu mir. »Das war sehr bewegend. Ich weiß, ich habe mir immer viele Sorgen um dich gemacht, und das wird vermutlich nie aufhören. Aber ich weiß auch, dass du deinen Weg gehen wirst.«

»Danke.« Gerührt sah ich sie an. »Für alles.«

Sie nickte, und ich musste nicht weiter ausführen, was ich meinte. Charlotte war Familie und würde es immer bleiben. Daran änderte auch mein Auszug nichts.

Obwohl es schon seit einer Weile dunkel war, saßen Weston und ich immer noch auf der Hollywoodschaukel auf seinem Balkon und genossen die warme Nachtluft. Allmählich wurde ich allerdings doch müde, und mir fielen immer wieder die Augen zu. Der Tag war lang, aber schön gewesen.

»Bist du zufrieden mit heute?«, fragte Weston und schlang einen Arm um meine Schultern.

»Sehr. Ich hatte selten einen so tollen Geburtstag.«

»Das freut mich. Teddy war total happy, dass er dabei sein durfte.«

Ich lächelte. »Das war ihm anzusehen. Vielleicht können wir ab jetzt ja ab und zu gemeinsam was mit ihm unternehmen? Er ist in Tränen ausgebrochen, als ich ihm erzählt habe, dass ich nicht länger im Kindergarten arbeite.«

»Ja, der Kleine hat sich ein bisschen in dich verguckt. Was ich ihm nicht verdenken kann.« Ich hörte das Lächeln in Westons Stimme.

»Er ist eben ein kleiner Charmeur. Wie sein Onkel.«

»Und du liebst das an mir.« Er strich mit seiner Hand über meinen Arm, und ich schmiegte mich enger an ihn.

»Ein bisschen vielleicht.«

»Ein bisschen sehr. Tatsächlich glaube ich, dass es mein unbestechlicher Charme war, der dich dazu gebracht hat, dich in mich zu verlieben.«

Ich schnaubte. »Stimmt, das war Liebe auf den ersten Blick. Ich weiß noch genau, wie du da lagst, auf der Bank, und geschlafen hast wie ein Engel. Und als du dann aufgewacht bist, konnte ich mich vor lauter charmanten Bemerkungen gar nicht retten. Da hat es Klick gemacht.«

»Machst du dich etwa gerade über mich lustig?« Westons Hand wanderte zu meiner Hüfte, wo er mich sanft in die Seite pikste.

»Das würde ich doch nie wagen«, erwiderte ich grinsend.

»Ich bin jedenfalls froh, dass du mir trotz dieser ersten Begegnung eine zweite Chance gegeben hast«, sagte er ernst.

»Das bin ich auch.«

Ich richtete mich auf und sah ihn an. In seinem Blick lag ein friedlicher Ausdruck, den ich in den letzten Wochen öfter darin gesehen hatte. Seit er sich mit seinem Vater ausgesprochen hatte und Raymond in der Werkstatt half, war die Anspannung, die ihn anfangs fast immer begleitet hatte, von ihm abgefallen.

»Ich habe dir noch gar nicht mein Geschenk gegeben«, sagte Weston plötzlich.

»Du brauchst mir nichts schenken«, erwiderte ich reflexartig.

»Weiß ich. Aber ich will es. Und ich glaube, wenn du siehst, was es ist, wirst du deine Meinung ändern.« Er griff neben sich auf den Boden und holte einen Briefumschlag hervor.

»Happy Birthday, Maisie.«

Mit steigender Spannung nahm ich den Brief entgegen und öffnete ihn. Heraus fielen zwei Flugtickets. Im schwachen Schein der Lichterkette über uns konnte ich es auf den ersten Blick nicht erkennen, doch dann las ich, wo das Ziel war.

»Spanien?«

»Du meintest mal, dass du gern einen richtig warmen Sommer erleben würdest. Und ich hatte in letzter Zeit den Eindruck, dass es dich aus Edinburgh rauszieht und du gern andere Orte sehen würdest, bevor dein Studium beginnt.«

»Das ist unglaublich … Und viel zu viel.«

»Ich hab ja auch was davon. Schließlich sind es zwei Tickets, und ich hoffe doch sehr, dass du mich mitnimmst.«

Statt einer Antwort fiel ich ihm um den Hals. »Natürlich nehme ich dich mit. Geht das denn mit deiner Arbeit in der Werkstatt?«

»Ja, ich hab das mit Raymond alles abgesprochen. Er hat mich für vier Wochen beurlaubt.«

»Vier Wochen?«, rief ich und schaute erneut auf die Tickets. »Das ist das beste Geburtstagsgeschenk, das ich je bekommen habe.«

Weston schnaubte amüsiert. »Das will ich doch hoffen.«

»Jetzt ergibt auch der Rucksack von Charlotte Sinn«, bemerkte ich.

»Eventuell habe ich ihr da einen Tipp gegeben«, sagte Weston schmunzelnd.

»Und wann geht es los?«

»Du kannst die Tickets in dem Licht wirklich kaum lesen, oder? Wir starten nächste Woche.«

Ich riss die Augen auf. »Wow! Das ist bald.«

»Zu früh?«

»Nein, es ist perfekt so. Dann habe ich danach genug Zeit, um mich einzurichten, bevor die Uni losgeht. Vorausgesetzt, ich erhalte eine Zusage.«

»Das wirst du. Wenn die dich nicht nehmen, wären sie unglaublich dämlich.«

»Ich bin auch optimistisch.«

Weston lächelte, und ich beugte mich zu ihm. Mit meinen Lippen strich ich sanft über seine, was ihm ein leises Seufzen entlockte. Im nächsten Moment vergrub er seine Hand in meinen Haaren und zog mich enger an sich, ehe er mich richtig küsste.

Der Kuss schmeckte nach Sonne und Weston, nach Liebe und Hoffnung. Und nach dem Versprechen, dass dieser Sommer und die Zukunft uns gehörten.

TRIGGERWARNUNG

(Achtung: Spoiler!)

Dieses Buch enthält Themen, die triggern können.
Diese sind:

Medikamentenmissbrauch
hohe Stressbelastung

DANKSAGUNG

Maisies und Westons Geschichte zu erzählen, hat mir unendlich viel Freude gemacht, und ich hätte sie nicht ohne die Unterstützung einiger großartiger Menschen erzählen können!

Ein großes Dankeschön geht an meine wundervollen Agentinnen, die mich und meine Ideen so wundervoll unterstützen: Mathilda, Gesa und Kristina. Danke, dass ihr an mich und meine Geschichten glaubt.

Danke auch an Nadja, die Maisie und Weston bei Ravensburger ein großartiges Zuhause gegeben hat, und an Paula, die mich bei jedem Schritt unterstützt hat. Deine Ratschläge und dein Zuspruch sind Gold wert! Danke für die tolle Zusammenarbeit.

Tamara, dir danke ich für deine Geduld beim Lektorieren, für deine wertvollen Kommentare und Anmerkungen und dass du mir geholfen hast, aus dem Buch das Beste rauszuholen.

Danke an meine tollen Testleserinnen: Vivi, Nina, Gabriella, Anna und Sina. Ohne euch wäre die Geschichte nicht, was sie heute ist.

Meinen wundervollen Autorenfreundinnen Nina, Anna, Rebekka, Vivi, Maren und Tami danke ich außerdem für den Austausch und die klugen Ratschläge. Ihr macht den Schreiballtag bunter, lebendiger und weniger einsam! Danke für alles.

Marie und Pauline – danke, dass ihr mich beim Schreiben des Buchs begleitet habt. Danke auch an Geno, Chiara und Sina – für den Austausch, die Buchliebe und das offene Ohr.

Danke außerdem an all die großartigen Autorenkolleg*innen und Buchblogger*innen. Ihr macht die Buch-Community zu einem Ort, an dem ich mich wahnsinnig gern aufhalte! Danke für die Unterstützung und die Inspiration.

Zum Schluss möchte ich dir danken. Danke, dass du zu dem Buch gegriffen hast und es mir damit möglich machst, meinen Traum zu leben! Ich hoffe, wir sehen uns bei zukünftigen Geschichten wieder.

LESEPROBE

»A Reason To Stay«
Liverpool-Reihe, Band 1
von Jennifer Benkau
ISBN 978-3-473-58598-4

»Wir müssen hier verschwinden. Sofort!«

Einen begriffsstutzigen Moment lang blinzle ich Olivia an und warte darauf, dass sie in ihr lautes Gelächter verfällt. Das kann nur ein Scherz sein! Doch ihr Gesicht bleibt ernst, und ich spüre mein Lächeln erstarren.

»Bist du verrückt? Warum?« Die Führung durchs Museum ist seit nicht einmal drei Minuten beendet. »Die Party geht doch jetzt erst los.«

Um uns herum stehen festlich herausgeputzte Menschen in kleinen Grüppchen zusammen. Elegante Abendkleider malen Farbkleckse zwischen schwarze Anzüge. Die Leute nehmen Champagnergläser vom Servicepersonal entgegen, lassen sie klirren und beginnen ihre Unterhaltungen, leise Musik erfüllt den Hintergrund. Ich habe längst ausgemacht, wer hier zu den Sponsoren und zur reichen und/oder schönen Prominenz von Liverpool gehört. Die interessieren mich nicht. Ich bin hier, um Kontakte zu den Leuten zu knüpfen, die im Mary Annings Museum arbeiten werden. Den Wissenschaftlerinnen und Wissenschaftlern, Kuratoren, Präparatorinnen, den Leuten aus Verwaltung und Öffentlichkeitsarbeit und den Hilfskräften. Zum ersten August hat das heute feierlich eröffnete Naturkundemuseum einen einzigen Assistenzplatz für die Kuration ausgeschrieben. Meine Bewerbung wurde dankend zur Kenntnis genommen, mein Vorstellungsgespräch findet in fünf Tagen statt. Doch außer mir will gefühlt jeder zweite Bewohner der Stadt diesen einen Job, und wenn ich eine ernsthafte Chance haben will, brauche ich irgendetwas, das für mich spricht. Oder irgendjemanden. Ich habe weder Studium noch Praktika vorzuweisen, keinerlei Empfehlungsschreiben, niemanden, der jemanden kennt, der jemanden kennt, der ... Die Party heute Abend ist meine einzige Chance auf eine winzig kleine und vermutlich dringend notwendige Dosis Vitamin B.

Ich kann hier doch jetzt nicht weg!

Olivia rafft den Rock ihres smaragdgrünen Abendkleides, duckt sich und umrundet einen beleibten Herrn, der ihr dabei in den Ausschnitt glotzt. Sie versucht offenbar, unter einem Radar wegzutauchen, dessen Mittelpunkt ich nicht ausmachen kann. Was hat sie denn nur?

Ich kann nicht behaupten, dass meine Freundin für ihr stets berechenbares und vernunftorientiertes Verhalten bekannt ist – sie hat auf schrecklich liebenswerte Weise heftig einen an der Klatsche! –, aber sie weiß, wie wichtig mir dieser Abend ist, und würde ihn niemals aus einer ihrer wetterwendischen Launen heraus gefährden. Was auch immer hier vor sich geht, sie dreht nicht grundlos derart frei.

Eilig hakt sie sich bei mir unter und zieht mich mit sich zwischen den Säulen entlang durch die hohe Eingangshalle in Richtung der Treppe, die zum Ausgang führt. Fast streift sie dabei das Häppchen-Tablett eines ebenso eilenden Kellners. Ich müsste mich mit Gewalt von ihr losreißen, um mich zu widersetzen. Aber als hysterische Furie, die sich auf der Eröffnungsgala mit ihrer Freundin prügelt, möchte ich hier keine Bekanntheit erlangen.

»Tut mir so leid, Billy, aber wir müssen wirklich weg.« Olivia lässt ein paar Strähnen ihres türkis gefärbten Bobs vor ihr Gesicht fallen und entgeht so meinem Blick. Sie wirkt ernsthaft zerknirscht. »Immerhin hast du den Spino-Dino gesehen.«

Den *Spinosaurus aegyptiacus*. Er gehört nicht dem Museum, wird nur als Leihgabe im Rahmen des Eröffnungsjahres hier ausgestellt und soll als Highlight der Ausstellung ›Versteinerte Zeit‹ der Publikumsmagnet sein. Seit dem Zweiten Weltkrieg, in dem Fossilien von unschätzbarem Wert zerstört wurden, existiert nur noch dieses eine, beinah vollständige Originalskelett. Ich bekam eine Gänsehaut am ganzen Körper, als ich es vorhin zum ersten Mal ansehen konnte.

»Und wenn du das nächste Mal herkommst«, fährt Olivia mit zu hoher Stimme fort, »darfst du ihn vielleicht sogar schon abstauben.«

»Sehr witzig.« Mir ist nur leider nicht nach Scherzen, sondern nach einer Erklärung. »Warum müssen wir hier so plötzlich weg?«

Wir erreichen die breite Steintreppe, die sich nach wenigen Stufen teilt und in zwei Bögen zum Kassenbereich im Erdgeschoss führt. Zwei Leute geben dort gerade ihre Garderobe ab, einige Gäste erscheinen offenbar noch nach der Führung. Die Party beginnt ja auch erst.

Ich fasse Olivia am Arm, sodass sie stehen bleiben muss. »Kannst du mir vielleicht endlich verraten, was hier los ist? Versagt dein Deo, brauchst du einen Tampon, oder hast du deinen Ex gesehen?«

»Ich erklär es dir draußen.«

»Erklär es mir jetzt, oder ich gehe keinen Schritt weiter! Du weißt, warum wir hier sind, Livie. Ich kann doch nicht …«

Was auch immer Olivia sieht, als sie einen kurzen Blick an mir vorbeiwirft, muss sich ungefähr auf dem Niveau eines tanzenden Neandertaler-Skeletts bewegen, denn zu ihren geröteten Wangen gesellt sich eine ungesunde Blässe um ihre schmale Nase. Kurzerhand fasst sie mich an beiden Schultern, dreht mich herum und versetzt mir einen Schubs, sodass ich auf meinen hohen Schuhen – Olivias hohen

Schuhen, um ehrlich zu sein – die ersten beiden Treppenstufen hinunterstolpere und dabei deutlich schneller werde, als sich gut anfühlt. Beim Versuch, das breite Steingeländer zu packen, reißt mir ein Nagel ein, die Clutch flutscht aus meiner Hand, ein Killerabsatz knickt unter meiner Ferse zur Seite weg. Ich sehe mich bereits in dem geliehenen senfgelben Abendkleid die Steintreppe abwärtspurzeln und als ersten Rettungswageneinsatz in die Annalen des Museums eingehen, als mein hilfloses Stolpern jäh endet.

In den Armen … der Beatles.

Deren Konterfeis und Pilzfrisuren prangen nämlich direkt vor meiner Nase, bis ich mich aufgerappelt habe und wieder sicher auf beiden Füßen stehe. Ein Beatles-T-Shirt in Liverpool? So was tragen Touristen, die aus deutschen Kuhkäffern kommen, oder?

»Danke«, stoße ich atemlos hervor und hebe den Blick von dem ausgewaschenen Beatles-T-Shirt, das unter dem geöffneten Jackett eines Maßanzugs hervorblitzt. Da weiß jemand, wie man gekonnt den Stil bricht. Den Beatles muss man in Liverpool für einiges danken – mein Dank aber gilt dem Typen, der mir nun, da er zwei Treppenstufen unter mir steht, direkt ins Gesicht sieht. Ohne ihn wäre ich die Treppe runtergefallen.

»Flüchtest du aus Gründen?« Er hat dunkle Haare, fast schwarz, kurz an den Seiten und etwas zu lang im oberen Bereich. Vermutlich darf er weder nicken noch den Kopf schütteln, sonst fallen ihm die verwegen zur Seite arrangierten Strähnen über die Augen. Was schade wäre, denn diese Augen kann man nur als gelungen bezeichnen. Die kräftigen Brauen – die rechte wird von einer fädchenfeinen Narbe im letzten Drittel geteilt – und der dunkle Bartschatten lassen sie sehr, sehr blau wirken. Vielleicht *sind* sie aber auch nur sehr, sehr blau. Sein Akzent verrät, dass er kein Tourist ist. Das T-Shirt muss Ironie sein.

»Ich komme nicht grundlos zu spät«, sagt er, »aber ist es wirklich so langweilig hier, dass man sich hinausstürzen und dabei alle Knochen riskieren muss?«

»Bist du echt so ein Banause?«, frage ich. »Danach siehst du gar nicht aus. Oder bist du einer von denen, die denken, es wäre irgendwie cool, alles langweilig und öde zu finden, was nicht extrem laut, extrem gefährlich oder extrem bescheuert ist?«

Daraufhin lächelt er bloß. Hab ich ihn durchschaut? So schnell richtig geraten?

»Billy!« Olivia ist bereits einige Stufen an mir vorbeigelaufen und wirkt inzwischen regelrecht aufgelöst. »Jetzt komm schon. Bitte!«

Der Beatles-Fan bückt sich nach meiner Clutch und reicht sie mir. »Ich will nicht indiskret sein, aber falls ihr einen Fluchtwagen braucht ...«

Sein Lächeln ist eigentlich keins. Er lächelt nur mit einem Mundwinkel, und selbst der bewegt sich nur wenig. Ein halbes Lächeln wäre schon zu viel gesagt – es ist ein Viertellächeln. Man müsste es äußerst sparsam nennen, aber dieses Viertel wiegt aus irgendeinem Grund mehr als das strahlende ganze Lächeln der meisten anderen Menschen. Es ist ansteckend, sodass ich fast meinen Ärger vergesse. Aber nur für einen Sekundenbruchteil. Dann frustriert es mich nur noch mehr, weil es dafür sorgt, dass ich mit jedem Moment weniger hier verschwinden will. »Sag nicht, du hast zufällig einen vor dem Museum stehen?«

»Das nicht, aber für mich halten Taxis.«

»Wow. Das ist beeindruckend.« Wer ist der Knabe – ein Superstar? Ein Royal, von dem ich nichts weiß? Jesus?

»Möchtest du vielleicht mit mir frühstücken?«, fragt er.

Nun muss ich lachen. »Frühstücken. Es ist halb zehn am Abend.«

»Ich meine morgen. Bei mir. Du wirst hungrig sein, wenn du dich entscheidest zu bleiben, und ich hab vier verschiedene Sorten Cereals. Und«, er macht eine bedeutungsschwere Pause und berührt seinen scharf geschnittenen Kiefer mit den Fingerspitzen, »ziemlich guten Kaffee.«

»Das klingt wirklich verlockend. Hast du Weetabix?«

»Klar. Vermutlich abgelaufen, aber …«

»Billy!«, ruft Olivia.

»Ich muss das wissen!« Ich verschränke die Arme. »Funktioniert diese Masche bei irgendeiner Frau?«

Der Maßanzug sagt: Oh ja. Das Beatles-T-Shirt sagt: Aber hallo. Sein Lächeln … wird eine Spur breiter.

Warum frag ich denn – natürlich funktioniert das.

»Leider muss ich ablehnen.« Ich schiebe mich an dem Typen vorbei und muss mich zwingen, den Blick wieder nach vorn zu richten. Unter dem Anzug steckt nicht nur ein Beatles-Shirt, sondern auch eine schwarze Tätowierung, die an seinem linken Schlüsselbein unter dem Halsausschnitt hervorblitzt. »Ich habe dem Spinosaurus einen Wirbel gestohlen. Mit einem Taxi komme ich nicht weit.«

Bitte was habe ich gesagt? Bin ich betrunken vom Anschauen der Champagnerkelche?

»Aufregend«, raunt er. »Machst du so was öfter?«

»Ja, ständig. Wenn du mich in deiner Wohnung versteckst, wirst du von Scotland Yard ebenso verhaftet wie ich.«

»Und wenn ich bereit bin, das Risiko einzugehen? Vielleicht sperren sie uns zusammen in eine Zelle.« Sein Blick klebt auf meinem Mund, und auch wenn ich derart direkte Anmachen für gewöhnlich eher abtörnend finde, spüre ich ein Kribbeln in den Lippen, und das liegt nicht daran, dass dieser Typ wirklich verboten gut aussieht. Sondern daran, dass er in wenigen Sekunden schafft, was manchen nie gelingt: Er spricht unverblümt über nichts anderes als Sex und gibt mir dabei trotzdem das Gefühl, es ginge ihm um *mich.*

Bei den meisten Männern ist es genau andersrum.

Vielleicht liegt es an meiner Aufregung an diesem Abend, vielleicht an dem verpassten Glas Champagner, vielleicht an der Tatsache, dass ich ohnehin gehen und ihn vermutlich nie wiedersehen werde. Aber für ein paar Sekunden spiele ich das Spiel mit. Ich lege ihm die Hand auf die Brust, meine Fingerspitzen gleiten in die Kuhle über seinem Schlüsselbein, und ich beuge mich so weit zu ihm, dass ich seinen Geruch wahrnehme. Ein Hauch Aftershave oder Parfüm, darunter ein Duft, der an Orangen und dunkle Schokolade denken lässt.

»Nie«, flüstere ich, »würde ich etwas tun, was dich in Gefahr bringt.« Damit drehe ich mich um und stöckle die Treppen hinab; klapp, klapp, klapp. Und das, ohne mir etwas zu brechen. Wer sagt's denn, ich muss eine verschollene Avengers-Lady sein. Solche Aktionen schafft man nicht ohne Superheldinnen-Gen.

»Schade. Aber viel Glück mit deinem Wirbel.« Er klingt überraschend ernsthaft.

»Danke!«, rufe ich über meine Schulter. »Die Ausstellung ist übrigens kein bisschen langweilig!«

»Natürlich nicht. Aber die Party.«

BILLY

Ich würde dem Typen auf der Treppe gern noch mal widersprechen, aber Olivia nimmt mich bei der Hand und zieht mich zum Ausgang. Wir rennen beinah in eine hochgewachsene dunkelhaarige Lady mittleren Alters hinein, die selbst auf dieser feierlichen Gala unter allen Gästen noch als besonders exquisit gekleidet heraussticht und uns milde amüsiert nachsieht, als wir an ihr vorbeirauschen. Einen Moment später stehen wir in unseren ärmellosen Kleidern im Aprilwind. Eine Böe lässt Tropfen aus den Platanen, die den Eingangsbereich des Museums einfassen, auf uns niederregnen.

Olivia hält sich ihre Handtasche über den Kopf, was überhaupt nichts bringt, denn diese *Tasche* ist nicht viel größer als eine Kreditkarte.

»Auto!«, ruft sie, wobei sie meinem drängenden Blick ausweicht.

»Ich hoffe für dich, dass du alles erklären kannst!«, antworte ich, während wir mit hochgerafften Kleidern zur Straße laufen, links abbiegen und ein paar entgegenkommenden Typen mit Bierflaschen ausweichen, die uns Schweinkram nachgrölen. An die Prolls musste ich mich anfangs gewöhnen; in Liverpool sind sie überall. Nicht selten stecken sie sogar in schicken Anzügen.

Im Licht der Straßenlaternen bemerke ich immer mehr Spritzwassersprenkel auf dem senfgelben Stoff meines Kleides.

»Na super! Wenn die Reinigung die nicht rausbekommt, bin ich am Arsch.« Das Kleid ist vom Verleih und mehr wert als mein rostbrauner, altersschwacher Ford, den ich auf den Namen Homer getauft habe.

»Ich helf dir«, erwidert Livie. Und genau das hatte ich befürchtet.

»Bloß nicht. Ich erinnere dich an meinen irischen Schafwollpulli.«

»Den kann immerhin noch dein Erstgeborener in einem harten Winter tragen.«

Endlich erreichen wir Homer. Ich schließe die Beifahrertür auf, umrunde die Motorhaube und öffne meine eigene Tür. Die Zentralverrieglung war bereits kaputt, als ich den Wagen im letzten Jahr gekauft habe, und sie zählt zu den vielen Dingen, die ich nie habe reparieren lassen. Den Namen habe ich Homer in unserer ersten gemeinsamen Nacht gegeben – der ersten von beinah dreißig, in denen ich zusammengestaucht auf seiner Rückbank geschlafen habe. Mein Auto heißt nicht so, weil ich auf altgriechische Literatur oder die Simpsons stehe, sondern weil es eine Weile lang mein Zuhause war. Irgendwie wird es das wohl auch immer bleiben.

Olivia sitzt bereits, als ich mich hinters Steuer fallen lasse, und obwohl sie normalerweise, wie jede Britin, die etwas auf sich hält, nicht zum Frieren neigt, hat sie die zitternden Arme vor der Brust verschränkt und klappert mit den Zähnen. »Kannst du losfahren, bitte?«

Ich drehe den Schlüssel im Zündschloss, damit der Motor und damit auch die Heizung starten, mache allerdings keine Anstalten, mich anzuschnallen oder einen Gang einzulegen. Das Gebläse pustet uns Wind entgegen, der vom Nordpol stammen muss, und wir drehen uns gleichzeitig um und angeln nach Jeansjacke und Hoodie, die wir vorhin auf die Rückbank geworfen haben.

»Verrätst du mir jetzt, warum wir fliehen mussten, oder soll ich raten?«

Da Olivia statt einer Antwort die Lippen zusammenpresst, mache ich meine Drohung wahr.

»Okay. Prinz Harry war da, und du hattest was mit seiner Frau, bevor sie geheiratet haben. Nein, warte. Du hattest was mit seiner Frau, *nachdem* sie geheiratet haben. Oh … Du hast *immer noch was* mit seiner Frau?«

»Die ist vierzig oder so!«, widerspricht Olivia entrüstet. »Sie könnte meine Mum sein.«

»So sieht sie aber nicht aus.«

Olivia mustert mich und reibt sich mit dem Zeigefinger am Kinn. »Nein. Aber sie könnte *deine* Mum sein. Warum ist mir das nie aufgefallen? Meghan hat dunkle Haut, welliges schwarzes Haar, große, schokoladenbraune Augen … *Ist* sie deine Mum?«

»Meine Mutter«, sage ich und spüre die Ungeduld in mir anschwellen, »hat bis auf die Hautfarbe sehr wenig Ähnlichkeit mit der Herzogin von Sussex. Und du weißt ganz genau, dass ich gerade weder über Mum noch über Meghan reden möchte. Verdammt, Livie, diese Party war meine Chance!«

Eine kleine, mag sein. Aber leider die einzige.

Livie seufzt, es klingt fast wie ein Schluchzen, und ihre Miene sieht derart unglücklich aus, dass mir die scharfen Worte sofort wieder leidtun. Trotzdem muss ich wissen, was passiert ist. Immerhin könnte ich genau jetzt mit den Kuratorinnen plaudern und ihnen beweisen, wie ansteckend meine Begeisterungsfähigkeit für die Ausstellungsstücke ist. Und danach vielleicht ein Glas Champagner mit dem hübschen Beatles-Fan trinken. Ein halbes – wegen Homer.

Ich könnte ihn fragen, ob er eine Wette verloren hat, derentwegen er nun mit diesem Beatles-Shirt herumläuft, und wenn er zum Wetten neigt, würde ich dafür sorgen, dass er eine gegen mich verliert und dieses Shirt …

Oh my, es geht mit mir durch. Ich rufe meine Gedanken zur Ordnung, räuspere mich und werfe Olivia einen Blick mit streng hochgezogenen Augenbrauen zu. »Raus damit! Jetzt!«

Olivia starrt auf die Handschuhfachklappe. »Die Karten«, sagt sie dann, viel leiser, als es ihre Art ist.

»Du hast sie geklaut.« Obwohl ich meinen kuscheligen Hoodie trage und inzwischen warme Luft aus dem Gebläse kommt, wird mir schlagartig eiskalt. Gleichzeitig bricht mir der Schweiß aus, und einen Moment verweigert mein Körper den nächsten Atemzug. *Nicht das.*

»Natürlich nicht«, murmelt Olivia, und ich entspanne mich wieder ein wenig. »Leider ist die Wahrheit aber nicht viel besser.«

»Sag's bitte einfach.«

»Erinnerst du dich an Gavin? Der hübsche Blonde, den wir in dieser Bar kennengelernt haben? Auf den ersten Blick wirklich vielversprechend, aber beim Date stand nach fünf Sekunden schon fest, dass das mit uns nichts wird.«

»Moment! Warst du es nicht, die mir gesagt hat, man müsse auch dem ersten Eindruck eine zweite Chance geben?«

»Schon, aber Gavin hat komisch gerochen. Nach Fleisch, Senf, Frittenfett und Zwiebeln. Wie ein McMenü mit Cheeseburger.«

Trotz allem muss ich grinsen. »Verstehe.« Olivia reagiert regelrecht hysterisch auf Gerüche. »Und was hat das alles mit dem heutigen Abend zu tun?«

»Die Karten sind von ihm. Er war einfach überhaupt nicht mein Typ, Billy, aber als er davon geredet hat, dass er diesen Kontakt und Einladungskarten für heute Abend hat …«

Ich ahne Fürchterliches. »Da hast du ihn weiter getroffen? Nur wegen der Karten?« Nur … für mich?

»Zweimal. Es ist gar nichts gelaufen, wir waren nur im Kino, und ich habe ein wenig vom Museum geschwärmt.«

Mir schießt die Frage durch den Kopf, wie Olivia das angestellt haben will. Ihre Interessen mögen vielfältig sein, aber weder ausgestorbene Tiere noch Steine und Knochen, geschweige denn versteinerte Knochen, gehören dazu. Und in Sachen Astronomie kennt sie sich nur aus, solange es die Universen von *Star Wars* oder *Star Trek* betrifft.

»Er hat sie mir schließlich geschenkt, und dafür hab ich ihn sogar beinah geküsst.« Sie tippt auf ihren Mundwinkel. »Dorthin. Ganz kurz nur. Er hätte es gern anders gehabt, aber ich sag nur: McMenü.« Sie schüttelt sich.

Das klingt nicht, als müsse man deshalb panisch aus dem Museum rennen. »Und dann?«

Langsam zuckt sie mit den Schultern. »Dann könnte es sein, dass ich mich eine Weile nicht mehr bei ihm gemeldet habe. Eine ganze Weile.«

»Also gar nicht mehr.«

Sie nickt, und ihr Blick sagt, dass sie gerade am liebsten ins Handschuhfach krabbeln würde. »Als er mich anrufen wollte, habe ich ihn weggedrückt. Und nach siebzehn Nachrichten, die ich nicht beantwortet habe, habe ich ihn auf WhatsApp blockiert. Und dann auf Insta.«

»Oh, mein Gott. Du hast ihn geghostet! Livie!«

»Das ist mies, ich weiß das doch selbst. Aber …«

Ich lasse den Kopf sinken und lehne die Stirn gegen das Lenkrad.